12 साल

12 साल

मेरी बिगड़ी हुई लव स्टोरी

चेतन भगत

अनुवाद

करन ढल

हार्पर
हिन्दी

प्रथम प्रकाशन 2026
हार्पर हिन्दी
(हार्परकॉलिंस *पब्लिशर्स* इंडिया) द्वारा प्रकाशित
हार्परकॉलिंस *पब्लिशर्स* इंडिया, साइबर सिटी, बिल्डिंग 10-A,
गुरुग्राम, हरियाणा – 122002, भारत
www.harpercollins.co.in

P-ISBN: 978-93-6569-978-4
E-ISBN: 978-93-6569-998-2

टाइपसेटिंग : हार्परकॉलिंस *पब्लिशर्स* इंडिया प्राइवेट लिमिटेड
मुद्रक: सौरभ प्रिंटर्स प्रा0 लि0

HarperCollins *Publishers*, Macken House, 39/40 Mayor Street Upper,
Dublin 1; D01 C9W8, Ireland

उन सभी लोगों के नाम, जिन्हें मैंने जाने-अनजाने में

किसी भी तरह का दुख पहुंचाया हो।

मिच्छामि दुक्कडम

मैं आपसे क्षमा माँगना चाहता हूँ।

प्रस्तावना

मुंबई–ऐसा जीता जागता शहर जहाँ आप कुछ भी कर सकते हैं, सिवाय सुसाइड के। उसके ऑप्शन ज़रा कम हैं। आप चाहें तो ख़ुद को मारने के वही पुराने तरीके आज़मा सकते हैं: नस काट लेना, पंखे से लटक जाना, या हथेली भर नींद की गोलियां खा लेना। मगर उनमें वो मुंबई वाली बात नहीं। खैर इनमें वैसे भी कुछ खास बात नहीं। क्या ही होगा इनसे? किसी को ख़बर तक नहीं होगी। ना उसे होगी, ना उसके पेरेंट्स को होगी।

मैं चाहता था कि मेरे मरने से ज़रा धमाका हो। मैं उसे दिखाना चाहता था कि उसके जाने से कैसे मेरा दिल चकनाचूर हुआ था।

शायद, बांद्रा-वर्ली सी लिंक? आने वाली खबरों के लिए तो कुछ मसालेदार किस्से बन जाएँगे: 'साकेत खुराना, चौंतीस साल के स्ट्रगलिंग स्टैंड-अप कॉमेडियन ने लगाई बांद्रा-वर्ली सी लिंक से छलांग। हाल ही में हुआ था ब्रेकअप।'

कम से कम तब तो उसे कुछ फ़र्क़ पड़ेगा ना?

लेकिन अगर सी लिंक इतना भी ऊँचा ना हुआ तो? अगर मैं मरा ही नहीं? चलो मान लो कि मैं 50 फुट नीचे गहरे समंदर में छलांग मार भी लूँ लेकिन पास में रहने वाले कोली मछुआरे मुझे बचा लें? लेकिन फिर तो कहानी के हीरो वो बन जाएँगे ना: 'कोली मछुआरों ने बचाई एक नाकाम स्टैंड-अप

कॉमेडियन की जान, जो ना ठीक से इश्क़ कर पाया, ना काम कर पाया, और ना ही ठीक से मर पाया।'

ना, ये तरीका भी नहीं चलेगा। उसको शायद और भी ज़्यादा यकीन हो जाएगा कि मुझे छोड़कर उसने कोई गलती नहीं की।

भाग 1

मुंबई

'नहीं, मुदित, प्लीज़! अगले वीकेंड पक्का भाई,' मैंने उससे हाथ जोड़ते हुए कहा।

हम लोग क्रेयॉन क्लब के बैकस्टेज पर थे और मेरे पास, स्टेज पर जाने से पहले, सिर्फ़ तीन मिनट थे।

मेरा बेस्ट फ्रेंड और क्लब का मालिक, मुदित एक नंबर का अड़ियल था। उसके पतले-दुबले शरीर को देखकर कोई ये नहीं कह सकता था कि उसकी आवाज़ शेर-सी बुलंद होगी। 'नहीं, साकेत! सुन मेरी बात! तू स्टेज पर जाएगा, और अभी जाएगा,' उसने कहा।

'अरे ब्रो, सुन तो—' मैंने कहा। मैं पसीने-पसीने हो गया था।

'जा!' मुदित ने स्टेज की तरफ़ इशारा करते हुए मुझे टोका।

मेरे पैर जम गए।

'तूने मुझे हज़ार बार कहा है कि ये तेरा पैशन है। इसी के लिए तो तूने सब कुछ छोड़ा था,' मुदित ने कहा।

मैंने मुदित की तरफ़ देखा, मैं अभी भी हिम्मत नहीं कर पा रहा था।

'चल ना, साकेत! ज़रा देख अपने आप को... छह फुट की हाइट है, क्या बाइसेप्स हैं, क्या डोले-शोले हैं! और तेरी कुछ जोक्स मारने में ही जान निकल रही है?'

'लेडीज़ एंड जेंटलमैन!' एनाउंसर शुरू हो गया, 'हमारी अगली एक्ट जो लेकर आ रहे हैं, ज़रा नये हैं! नहीं-नहीं, इस प्लेनेट पर नये नहीं हैं, 33 साल के हैं भाई! मतलब ये कि आम दुनिया में तो वो ज़रा मिडिल-एज हैं। लेकिन स्टैंड-अप कॉमेडी की दुनिया के तो ये सीनियर सिटीज़न हुए! तो

चलिए, पेश हैं हमारे सबसे नये, और आज के सबसे उम्रदराज़ कलाकार, साकेत खुराना!'

मन में प्रेयर करते हुए मैंने स्टेज की तरफ़ धीरे-धीरे अपने कदम बढ़ाए। द क्रेयॉन क्लब एक बेहद छोटा-सा क्लब है, बस एक कॉलेज हॉल जितना, मेरे जैसे छोटे कलाकारों के लिए एक मंच। ऑडियंस में क़रीब सत्तर लोग मुझ पर नज़रें गड़ाए थे। मैंने गहरी साँस ली।

कम ऑन, साकेत! तुम ये कर सकते हो!

'हेलो, मुंबई,' मैंने अपनी एक्ट शुरू की।

सन्नाटा। ऐसा सन्नाटा, जिसका एक ही मतलब था: एक स्टैंड-अप कॉमेडियन की मौत।

'हाँ, मुझे पता है तुम सब क्या सोच रहे हो! ये बाउंसर लोग कबसे स्टैंड-अप कॉमेडी करने लग गये?' मैंने अपने डोले दिखाते हुए कहा। 'वैसे तो, यहाँ की मैनेजमेंट कूल है। कह रही थी, हमें अब किसी बॉडीगार्ड की ज़रूरत नहीं है, तो तुम स्टेज पर ख़ुद को आज़मा सकते हो!'

कुछ लोग हंसे। सही है, सही है, बढ़ते जाओ, साकेत!

'अच्छा, स्टेज से याद आया! मैं वो बच्चा था जिसे स्कूल में हर प्ले में, हर नाटक में, एक ही रोल दिया जाता था: भीम का।'

कुछ और लोग हंसे। शाबाश। लगे रहो!

'आप लोगों ने कभी स्कूल के प्ले में भाग लिया क्या?'

ऑडियंस में से कुछ ने अपने सर हिलाए।

'ले-देकर हमारे स्कूलों में दो या तीन नाटक होते हैं। जैसे, एक होता है इंडिपेंडेंस डे वाला—जहाँ उसी एक बच्चे को हमेशा गाँधी जी बना दिया जाता है। उसी एक पतले-दुबले-सुकड़े से बच्चे को एक गंजी विग पहना दी जाती है। ऐसे चलता है वो, कुबड़ाते हुए, और गिनती के वही रटे-रटाये डायलॉग बोलता है, साल-दर-साल—"सत्य, अहिंसा," वगैरह-वगैरह। बैकग्राउंड में देशभक्ति गीत बज रहे होते हैं, ज़्यादातर "वन्दे मातरम्"। मस्त माहौल होता है, भारत को आज़ादी मिलने वाली होती है—लाइव, स्टेज पर! लेकिन, मेरे

भाई, स्टेज के पीछे! ग्रीन रूम में जो हंगामा मचता है! एक टीचर पगला रही होती है। आज़ादी? कौन-सी आज़ादी? उससे आज़ादी छीन ली गई है! उसे सारे बच्चों को इकट्ठा करना है, कॉर्डिनेट करना है—किसे कब जाना है स्टेज पे, किसे कब आना है स्टेज से! वो चिल्ला रही होती है—मुझे याद है, हमारी एक ड्रामेबाज़... मेरा मतलब, ड्रामा की टीचर हुआ करती थीं—मिसेज़ दत्ता। ये ज़ोर से चिल्लाती थीं: "ओय, गाँधीजी कहाँ हैं? बाथरूम? ये कोई टाइम है बाथरूम जाने का?"'

चलो, कुछ लोग तो हंस रहे हैं, शुक्र है!

'गाँधी जी आते हैं। क्लास थ्री-बी का मनीष वर्मा। मनीष भाई! धोती संभाल के! और वहाँ मिसेज़ दत्ता उसका कान खींचकर, थप्पड़ मारकर बोलती हैं: "कहाँ ग़ायब हो गया था, हाँ? जाओ, जल्दी जाओ स्टेज पे, नहीं तो एक और थप्पड़ मारूँगी खींच के!"'

कुछ और लोग हंसते हैं।

'बैकस्टेज पे अहिंसा-वहिंसा कुछ नहीं होती। मिसेज़ दत्ता से डरे हुए हमारे गाँधीजी, स्टेज की ओर भागते हैं और अंग्रेज़ों के सामने अपनी निडरता का प्रदर्शन करते हैं। "अब ये सुभाष चन्द्र बोस कहाँ है?" मिसेज़ दत्ता पर्दों के पीछे से चिल्लाती हैं। "अरे, ये बटन बंद कर शर्ट का! और ये... ये टोपी कौन पहनेगा! जा, भाग!"'

ऑडियंस हंस-हंस के लोटपोट हो रही है, साकेत! देख! क्या बात है! इसी पल का तो तुझे इंतज़ार था!

'एक और नाटक था जो हम अक्सर करते थे—महाभारत। और जैसा कि मैंने कहा, हर क्लास में एक-ना-एक विशालकाय बच्चा तो मिल ही जाता है'—मैंने एक हाथ में माइक रखा और एक हाथ से अपने डोले दिखाए—'जो कुछ न बने, तो भीम तो बन ही जाता है! वो था मैं। मैं ही हूँ भीम, दोस्तों!'

हा-हा-हा! कुछ लोग बाक़ियों से ज़्यादा ज़ोर से हंस रहे थे।

'अरे मतलब, भीम का तो पता चल ही जाता है। आपको बस पता होता है कि ये—ये रहा भीम! यही है अपना भीम! लंबा भी होता है, चौड़ा भी होता

है, बहुत बड़ा होता है। और इसी रोल के लिए—भीम बनने के लिए ही पैदा हुआ होता है। क्या फ़र्क़ पड़ता है कि वो कितना सेंसिटिव है, कितना फनी है, या कितनी गहरी बातें कर सकता है, या कितना इमोशनल है—ना! किसी को इसकी परवाह भी नहीं होती कि उसकी एक्टिंग कैसी है या वो ये रोल निभाना चाहता भी है या नहीं। उसे तो ये रोल करना ही पड़ेगा। बड़ा है, तो भीम बनना ही पड़ेगा—इस साल, अगले साल, हर उस साल, जब तक वो इस स्कूल में है। मैं छह साल तक भीम बना था। यही मेरा पूरा बचपन था। एक बार मैं पहुँच गया मिसेज़ दत्ता के पास। बोला, "मैम, अगले साल हम *सिंड्रेला* का प्ले कर रहे हैं, क्या मैं उसमें हिस्सा ले सकता हूँ?" मिसेज़ दत्ता चौंककर बोलीं, "कौन से रोल के लिए? प्रिंस के लिए? अरे पागल हो क्या! तुम तो भीम हो! *सिंड्रेला* में तो कोई भीम-शीम नहीं होता, साकेत! तुम किसी भी प्ले में भाग ले सकते हो, बशर्ते उसमें तुम भीम का रोल करो!" मैं रोया, चीखा, चिल्लाया—विद्रोह जिसे कहते हैं, न, विद्रोह! मैंने वो भी किया, मगर बदले में मुझे क्या मिला? वही घिसा-पिटा डायलॉग, जो हर हताश भीम को चेप दिया जाता है: "शांत, गदाधारी भीम, शांत!"'

ऑडियंस फिर से पेट पकड़कर हंस रही थी। मुझे बढ़त हासिल हो गई थी। अब मैंने एक्ट को कुछ शिफ्ट किया।

'आप लोग फ्लाइट लेते होंगे ना?'

ऑडियंस में से कुछ लोगों ने हाँ में सर हिलाया।

'कौन सी क्लास? बिज़नेस या इकॉनमी?' मैंने कहा।

'इकॉनमी,' बहुत से लोगों ने इकट्ठे बोला।

'बिज़नेस,' सामने वाली रो में से किसी लड़की की आवाज़ आई।

'अरे वाह! कौन है ये अमीर राजकुमारी?' मैंने कहा। मेरी आँखें अँधेरे में उसे ही ढूंढ़ रही थीं।

ऑडियंस में कुछ लोग खिखिया रहे थे।

वो सामने वाली रो में ही बैठी हुई थी। बायें से चौथी सीट पर। जवान थी, खूबसूरत थी, बस बीस के पार लग रही थी। लंबे बाल, चमकता चेहरा और

गहरी भूरी आँखें, जो अँधेरे में भी चमक रही थीं। उसकी सुंदरता मेरा ध्यान भटका रही थी।

ऑडियंस से थोड़ा घुलो-मिलो साकेत। फोकस!

'तो मैडम, आप बिज़नेस क्लास में सफ़र करती हैं?'

'कभी-कभी,' उसने कहा।

'परी हैं आप, पापा की परी?'

सब हँसे, सिवाए उसके। वो थोड़ी चिढ़ी हुई लग रही थी।

'नहीं, मैं वर्क पर्पस से बिज़नेस क्लास में ट्रेवल करती हूँ,' उसने एक लट कान के पीछे करते हुए कहा।

'ओह, वर्क। चलो, किसी के पास तो कोई काम का काम है! क्या करती हैं आप मोहतरमा?'

'मैं प्राइवेट इक्विटी में काम करती हूँ,' उसने कहा।

ऑडियंस वाह-वाह करने लगी।

'क्या?' मैं हँसा। 'मैं भी पहले प्राइवेट इक्विटी में ही काम करता था। भाग आया वहाँ से, कॉमेडी करने, सोचा था कि चलो प्राइवेट इक्विटी वाले लोगों से पीछा छूटा, और अब देखो।'

ऑडियंस की मीठी-मीठी सी हँसी सुनाई पड़ी।

वो थोड़ा हिचकिचाते हुए मुस्कुराई।

मैंने बाक़ी ऑडियंस की तरफ़ अपना मुँह करके कहा। 'गिने चुने कुछ लोगों को छोड़कर ज़्यादातर लोग, इकॉनमी क्लास में सफर करते हैं, है ना? मैं तो करता हूँ। मैं तो कंजूस-मक्खीचूस हूँ। और तो और मेरी जल्द ही होने वाली एक्स-वाइफ मुझे सड़क पर ले आई है, तो मेरे पास कोई और रास्ता ही नहीं है।'

कुछ लोग हल्का सा हँसे।

'तो बात ये है कि–और ये कमाल की बात है कि जब आप इकॉनमी में सफ़र कर रहे होते हैं, आपकी सीट का रास्ता बिज़नेस क्लास से होकर जाता है। और जब आप अपनी सीट पर पहुँच जाते हैं, तो सोचते हैं अबे यार! ग़रीबी!

क्यूँकि आपने पहले ही अमीरी के तमाम नज़ारे देख लिए होते हैं। रिक्लाइनर सीट, अनार का जूस, शैम्पेन। आप सोच रहे होते हैं कि ये बिज़नेस क्लास वाले तो अपना हॉट टॉवल फेशियल कर रहे होंगे। और उधर आप, इकॉनमी क्लास वाले, जैसे तैसे ओवरहेड बिन में अपना सामान रखने के लिए आंटियों से लड़ रहे होते हैं, जिन्हें प्लेन में अपने साथ 10-10 किलो आटे की बोरियां लेकर जानी हैं। मतलब, हम इकॉनमी क्लास वालों को अपनी सीट तक पहुँचने के लिए ये लोग बिज़नेस क्लास से क्यों टहलवाते हैं? ये तो वही बात हो गई: धारावी जाने का है तो घर तक पहुँचने के लिए एंटिला से गुज़रने का माँगता। "हे, कैसा है सेठ लोग! चादर एकदम मस्त है, वाह वाह शैम्पेन चल रही है! अभी अपुन चलता है, क्या है ना अभी कड़की चल रही है।" मतलब, क्या बकवास है! उल्टा नहीं हो सकता क्या? बिज़नेस क्लास वाले भी तो आए ना इकॉनमी क्लास की पतली गलियों में। थोड़ा वो भी सफर करें, इंग्लिश वाला, और फिर कहीं जाकर उनको जब अपनी खुली-खुली हवादार सीट मिले, तो उन्हें लगे, हा! जन्नत! अभी तो ऐसा लगता है कि साला हम इकॉनमी क्लास के लोग फाइव स्टार होटल से गुज़रते हैं, अपने ओयो रूम तक पहुँचने के लिए।'

ऑडियंस के हँसने की आवाज़।

हॉल के एक कोने में खड़े हुए मोहित ने मुझे थम्स-अप का इशारा दिया।

मैंने उस दिन के अपने सेट का आखरी पड़ाव शुरू किया।

'अब ये जैनियों के खाने के साथ क्या मसला है भाई? ऑडियंस में कोई जैन है क्या?'

पाँचवी रो का एक आदमी और उस प्राइवेट-इक्विटी वाली लड़की ने अपने हाथ ऊपर खड़े किए।

'तुम? फिर से?' मैंने उस लड़की की तरफ़ पलटकर कहा।

ऑडियंस में यहाँ-वहाँ कुछ हँसी-ठिठोली हुई।

'हाँ, अब सबको लगेगा, ये सब हम दोनों का प्लान था आज के शो के लिए।'

'जैन हूँ, क्या करूँ?' उसने कहा।

'जेन? मतलब मैं टार्ज़न, और आप जेन?'

कोई नहीं हँसा। इतना सड़ियल जोक था, ये तो होना ही था।

'तुमने अपना नाम क्या बताया?' मैंने उससे पूछा।

'पायल, पायल जैन।'

'अच्छा अच्छा, जैसे बांड, जेम्स बांड होता है। ज़रा सोचो अगर वो जैन होता,' मैंने कहा, और फिर, जेम्स बांड की नकल उतारनी शुरू कर दी। 'हाई, मैं हूँ जैन, जेम्स जैन। एक मार्टिनी दीजियेगा, शेकन नॉट स्टिर्ड, और हाँ, बिना प्याज़-लहसुन के।'

ये लाइन मैंने स्क्रिप्ट में तो नहीं लिखी थी, ना ही ये कोई ख़ास जोक था, लेकिन ऑडियंस में से बहुत लोग इस पर हँसे।

'वैसे, जैन लोग तो पक्का स्वर्ग जाते हैं। हाँ, हाँ, बिल्कुल। सुनो तो,' मैंने कहा। 'देखो, हम पंजाबी तो नॉन-वेज खाते हैं। हम तो पक्का नर्क जा रहे हैं। और फिर आते हैं शाकाहारी, जिनको सबसे नीचे वाला स्वर्ग का हिस्सा मिलता है। उनके ऊपर आते हैं वीगन। और फिर आते है इनमें से सबसे शुद्ध प्रजाति के जीव: जैन। इनको तो स्वर्ग का सबसे बढ़िया वाला स्पॉट मिलता है। जैसे स्वर्ग के सी-व्यू अपार्टमेंट्स, जहाँ वह और भी ऊँचे पुण्य करने वाले लोगों के पड़ोसी होते हैं। मान लो, जैसे कोई अन्ना हज़ारे का पड़ोसी हो, या मदर टेरेसा का।

पायल को हल्की सी हँसी आई। दर्शकों को भी।

'तो पायल, तुम्हें स्वर्ग का सबसे अच्छा रियल एस्टेट मुबारक हो। लेकिन, तुम्हें ये पता होना चाहिए कि स्वर्ग में तुम हम जैसे मजेदार लोगों से नहीं मिल पाओगी। हम पार्टी करने वाले लोग तो नीचे नर्क में होंगे। शराबी, जुआरी, गपोड़ी। हाँ, माना कि हमारे पास एयर कंडीशनिंग नहीं होगी, घटिया खाना, घटिया दारू होगी, लेकिन भाईसाहब, पार्टी ही पार्टी होगी! आप जैन लोगों को तो अन्ना हज़ारे के साथ वक़्त बिताना होगा। वो बोलेंगे, "आओ बेटा, प्रवचन और सत्संग का समय हो गया है।" भाई, इससे कई ज़्यादा अच्छा तो नर्क ही होगा।'

ऑडियंस में से किसी ने तालियाँ बजाई। मैंने अपना सेट धीरे-धीरे ख़त्म करना शुरू किया।

'मैं तो आज रात के सेट के लिए नर्क जाने वाला हूँ, और आप सब भी, जो मेरे जोक्स पर हँसे, नर्क ही जाने वाले हैं। ओके तो आज के लिए बस इतना ही, मैं, साकेत खुराना, आप सबको ढेर सारा प्यार देते हुए, आज शाम के लिए इजाज़त चाहूँगा। आप बहुत बढ़िया ऑडियंस थे।'

ऑडियंस ने खूब सीटियां-तालियां बजाईं, जैसे ही मैं स्टेज से उतरा।

मुदित ने बैकस्टेज में मुझे हाई-फाइव दिया। 'चल तेरे पहले स्टैंड-अप सेट को सेलिब्रेट करने के लिए बार में चलते हैं,' उसने कहा।

~

'तूने कर दिखाया, साकेत!' मुदित ने मुझे एक टकीला और सोडा का ग्लास पकड़ाते हुए कहा।

क्रेयॉन बार ऑडिटोरियम के ठीक बाहर है। यहाँ ऑडियंस शो के बाद हैंग आउट कर सकते हैं। मोहित के हिसाब से इस बार की कमाई शोज़ से ज़्यादा होती है।

'मेरा सेट अच्छा तो था ना?' टकीला पीते हुए मैंने मुदित से पूछा। 'मुझे लगा मैं थोड़ा और बेहतर कर सकता था।'

'अरे वो तो हम सबको लगता है। लेकिन तुम्हारे पहले शो के लिए... बुरा तो नहीं था भाई!'

'वो लड़की,' मैंने कहा। 'मैं तो बस ऑडियंस के साथ घुल-मिल रहा था। पता नहीं शायद उसको...'

'अरे वो बढ़िया था,' मुदित ने कहा। 'किस्मत वाले हो। उसने तुम्हारे सब जोक्स अच्छे से लिए। और ऑडियंस को उसके साथ तुम्हारी नोक-झोंक भी काफ़ी पसंद आई। वो जेम्स जैन वाला तुमने उधर ही बनाया था ना?'

मैंने हाँ में सर हिलाया। 'बस उम्मीद करता हूँ वो ज़्यादा अपसेट ना हो।'

'अरे ठीक है भाई, कोई बात नहीं। कॉमेडी क्लब आई है वो। इतनी नाज़ुक नहीं बन सकती,' मुदित ने कहा। 'ओ, वो रही वो!'

मुदित ने बार के दूसरे कोने की तरफ़ इशारा किया। पायल वहीं खड़ी थी, पांच फीट तीन या चार इंच की। उसने एक काली ड्रेस पहनी हुई थी। उसके साथ दो लड़के फॉर्मल सूट में खड़े थे।

'शायद उसको वो पापा की परी वाला मज़ाक़ पसंद नहीं आया,' मैंने कहा।

'पूछ लेते हैं उससे। पता करने में कोई हर्ज थोड़ी है,' मुदित ने कहा।

इससे पहले कि मैं कुछ बोल पाता, मुदित ने मेरा हाथ खींचा और उन तीनों की तरफ बढ़ चला।

'आप लोगों को शो में मजा आया?' मुदित ने पायल और उसके साथियों को कहा।

उन तीनों ने मुड़कर हमें देखा।

'हाई, मैं मुदित। ये मेरा क्लब है। और ये है साकेत; जिनको आपने अभी स्टेज पर देखा,' मुदित ने कहा।

'हाई, मुदित। हाई साकेत,' उनमें से एक आदमी ने कहा। 'हमें तो शो में बहुत मजा आया।'

मैंने अपना सर झुकाया।

उन्होंने अपना परिचय दिया। उनमें से सबसे जवान दिखने वाला आदमी निमित था और उससे थोड़ी बड़ी उम्र का जो आदमी था, वो जगदीश था। वो तीनों ब्लैकवॉटर में काम करते थे, एक बड़ी प्राइवेट इक्विटी फर्म।

'तुमने तो आज पायल को फेमस बना दिया,' निमित ने मुस्कुराते हुए कहा।

मैं पायल की तरफ़ मुड़ा। 'हेलो पायल, मैं बस थैंक्स कहने आया था,' मैंने कहा।

'किसलिए?' पायल की आवाज़ ना ही ज़्यादा तीखी थी, ना ज़्यादा भारी थी।

'एक मज़ाक़ को मज़ाक़ की तरह लेने के लिए, ऑफेंड ना होने के लिए,' मैंने कहा।

'मैं यहाँ पहले भी आ चुकी हूँ, ऑडियंस रोस्ट देखे हैं मैंने। ये वाला तो ज़रा, नर्म था,' पायल ने कहा।

'आउच,' मैंने कहा। 'फिर तो मैं चूक गया आज!'

'नहीं, तूने बहुत बढ़िया सेट किया,' मुदित ने मेरी पीठ थपथपाते हुए कहा। 'तो निमित, क्या कोई इन्वेस्टर इस कॉमेडी क्लब में अपनी धनलक्ष्मी निवेश करना चाहेगा?'

'ओहो, बिज़नेस टाइम,' मैंने अपनी घड़ी देखने की एक्टिंग करते हुए कहा।

'हमेशा,' मुदित ने कहा।

सब हँसे। जैसे ही मुदित सबको एक ख़ाली टेबल की तरफ़ ले गया, मैंने पहली बार पायल को साफ़-साफ़ देखा। किसी का रूप जैस्मिन की पंखुड़ियों जैसा कैसे हो सकता था? मैंने ना घूरने की कोशिश की।

'क्या इस क्लब को बढ़ाया जा सकता है? और भी शहरों में?' निमित ने मुदित से पूछा।

'हाँ बिल्कुल, क्यों नहीं! आप कहें तो मैं आपको अभी पूरे क्लब का टूर दे दूँ। मैं तो एक रेस्टोरेंट खोलने की भी सोच रहा हूँ,' मुदित ने कहा।

'मुझे तो अभी कहीं जाना है,' जगदीश ने कहा। 'हाँ निमित चाहे तो एक नज़र मार सकता है। चलो दोस्तों, तुम सबसे कल ऑफिस में मिलता हूँ।'

जगदीश के जाने के बाद मुदित ने मेरी और पायल की तरफ़ मुड़कर देखा और कहा, 'हम बस दस मिनट में आते हैं, ओके? आइए निमित, इस तरफ़!'

किसी जवाब के आने से पहले ही मुदित निमित को अपने साथ ले गया और मुझे और पायल को अकेले टेबल पर छोड़ गया। एक खामोशी सी छाई हुई थी। पायल ने अपनी वाईट वाइन का एक सिप लिया। मैं मुस्कुराया।

'क्या? अब क्या तुम्हें कोई जोक याद आया कि हम जैन लोग तो पीते नहीं?' पायल ने कहा।

मैंने ना में सर हिलाया। 'वाइन तो वेज होती है। ना प्याज़ होते हैं, ना लहसुन, तो ठीक ही होनी चाहिए।'

'सही बात है,' उसने कहा। हमने अपने ग्लास उठाए और चियर्स किया।

'मैं भी पहले प्राइवेट इक्विटी में काम करता था,' मैंने कहा।

'कौन-सी फर्म?'

'येलोस्टोन कैपिटल।'

'ओ, तो उनका मुंबई में भी कोई ऑफिस है?'

'सैन फ्रांसिस्को में। मैं तो बस अभी-अभी आया मुंबई।'

'कैसे?'

'कुछ इशू थे,' मैंने थोड़ी देर रुककर कहा। 'मेरी शादी ख़त्म हो गई। मुझे बस ज़िंदगी को एक नए सिरे से शुरू करने का मन था, आख़िरकार एक ज़िन्दगी जो मैं सिर्फ़ अपने लिए जियूँ।'

'और आप स्टैंड-अप में आ गए?'

'हाँ, ये मेरा पैशन है। हालाँकि मैं उतना अच्छा नहीं।'

'आप ऐसा क्यों कह रहे हैं? वहाँ ऑडियंस कई बार हंसी तो थी! लगे रहिए, आप बेहतर ही होते जाएँगे।'

'साथ देने के लिए शुक्रिया।'

'हाँ, हाँ, आपके शो की बलि की बकरी थी ना मैं।'

'पापा की परी वाले जोक के लिए सॉरी।'

'अरे ठीक है। कॉमेडी है। छोटी-छोटी चीज़ों पर कोई ऑफ़ेंड नहीं हो सकता।'

'थैंक यू।'

हमने चुपचाप अपनी ड्रिंक से कुछ सिप लिए।

'कबसे काम कर रहे थे आप प्राइवेट इक्विटी में?' उसने थोड़ी देर बाद कहा।

'कुछ ज़्यादा ही देर तक। लगभग दस साल। और तुम?'

'दस महीने।'

'अरे, तुम तो बच्ची हो।'

'हाँ बोल लो आप! हद है यार!'

'क्या?'

'सब मुझे यही बुलाते हैं। मैंने ग्रेजुएशन ख़त्म की और उन्होंने मुझे तुरंत ही हायर कर लिया। अरे छोटी हूँ तो मैं क्या करूँ? हर कोई मुझे ऑफिस में बच्ची बुलाता है। अरे नहीं हूँ मैं बच्ची।'

'कितनी बड़ी हो तुम?'

'मैं इक्कीस साल की, बस बाईस की होने वाली हूँ।'

'ओ, मैं 33 का हूँ। मेरी उम्र के हिसाब से तो तुम एक छोटी बच्ची ही हो।'

'क्या सच में?'

'हाँ, तुम मुझसे 12 साल छोटी हो। कमाल की बात तो ये है कि तुम्हारे पास ब्लैकवॉटर का ऑफर था, वो भी सीधा कॉलेज के बाद। कहाँ पढ़ी हो तुम?'

'स्टैन्फ़र्ड।'

'ओह,' मैंने कहा। 'कैलिफोर्निया... मैं भी वहाँ रहता था।'

'ओह, अच्छा। और हाँ, आप सच कह रहे थे, मैं हूँ भी थोड़ी सी पापा की परी। उन्होंने ही मेरी कॉलेज की फीस भरी।'

'हाँ पर तुम्हें स्टैन्फ़र्ड में एडमिशन मिला, और अब तुम ब्लैकवॉटर में हो। उन्हें तुम पर नाज़ होगा!'

'पता नहीं। उन्हें तो पता भी नहीं है ब्लैकवॉटर क्या है। बहुत से लोगों को नहीं पता है, सच कहूँ तो।'

'सिर्फ़ 300 लोग काम करते हैं वहाँ, लेकिन ब्लैकवॉटर सौ बिलियन डॉलर में खेलता है।'

'120 बिलियन डॉलर हो गए अब तो,' पायल ने कहा। 'लेकिन मैं तो अभी एक कच्ची खिलाड़ी हूँ। बस प्रॉब्लम ये है कि इतने कम एम्प्लोयी हैं यहाँ और किसी के पास आपको कुछ सिखाने का टाइम ही नहीं होता। इनको लगता है कि आप जैसे ही कंपनी में आएं, शुरू हो जाएं, प्राइवेट इक्विटी में एक्सपर्ट हो जाएं, और पहले ही दिन से कंपनियों को इवैल्यूएट करने लग जाएं। पागलपन है!'

मेरे पास एक सुनहरा अवसर था। और मैं इसको गँवाने वाला नहीं था।

'अगर तुम्हें प्राइवेट इक्विटी के बारे में कोई भी डाउट हो या सवाल हो, चाहे तुम्हें वो कितना भी स्टुपिड लगता हो, बेझिझक मुझसे पूछ लेना। अभी तो मैं स्टैंड-अप कॉमेडी कर रहा हूँ, शायद मुझे तुम्हारे यहाँ की लेटेस्ट चीज़ें ना पता हों, लेकिन मैं हमेशा मदद के लिए तैयार हूँ।'

'आपने येलोस्टोन में दस साल काम—'

उसकी बात ख़त्म होने से पहले ही मुदित और निमित हमारी टेबल पर वापस आ गए।

'अच्छा सेट-अप है, बहुत पोटेंशियल है इसमें।'

उनका मतलब था: अभी इन्वेस्टमेंट करने के लिए बहुत छोटा है।

'अगर आप लोग ज़रा साथ दे देते तो–' मुदित ने उसको टोका।

'अभी नहीं। ब्लैकवाटर के अप्रूवल के लिए अभी उसे थोड़ा और क्रिटिकल मास चाहिए,' उसने कहा।

कहा था ना। बहुत छोटा बिज़नेस लगेगा उन्हें।

मैंने एक बार फिर पायल को देखा। हमारी नज़रें ऐसे मिलीं जैसे हम दोनों एक ही चीज़ के बारे में सोच रहे हो—कि निमित बड़ी विनम्रता के साथ मुदित का ऑफर ठुकरा रहा था।

उसका एक क्यूट, गोल चेहरा था, और अब जब मुझे उसकी एजुकेशन के बारे में पता चल गया था, उसका एक तेज तर्रार दिमाग भी था। जिस तरह मेरी शादी टूटी थी, मैंने क़सम खाई थी कि किसी लड़की के चक्कर में नहीं पड़ूँगा। एक सेकंड... कहीं मैं पायल से प्यार तो नहीं करने लगा था?

'ब्रो, वो तुझसे बात कर रहा है,' मुदित ने मेरे चेहरे के सामने हाथ हिलाते हुए कहा।

'क्या?' मैंने सकपकाते हुए कहा।

'निमित तुझसे कुछ पूछ रहा है,' मुदित ने कहा।

'सॉरी,' मैंने कहा। 'क्या?'

'मैंने कहा, तुम येलोस्टोन में कैसे पहुँचे?'

'अरे बरसों पुरानी बात है। मेरा एक छोटा सा टेक स्टार्टअप था। कुछ सालों बाद, मैंने अपनी छोटी सी कंपनी को एक बड़ी टेक कंपनी को बेच दिया, जहाँ येलोस्टोन एक इन्वेस्टर था। नेगोशिएशंस के वक़्त येलोस्टोन ने मुझसे पूछा था कि इस कंपनी को बेचने के बाद मैं क्या करने वाला था। मेरे कोई ख़ास प्लान नहीं थे। उन्होंने मुझे एक जॉब ऑफर की, और मैंने ले ली।'

'ओह, तो तुम फाउंडर भी रह चुके हो?' निमित ने कहा। 'फाउंडर से इक्विटी इंवेस्ट–क्या बात है!'

'हाँ पर वो एक छोटी सी कंपनी थी, मैं उन यूनिकॉर्न फाउंडर्स में से नहीं हूँ।'

'फिर भी, फाउंडर तो रहे हो,' पायल ने कहा।

जाने क्यों मैं पायल के साथ अकेले बात करना चाह रहा था?

'तुमने एक कंपनी बनाई और बेच दी। कुछ तो बात होगी ना तुममें कि येलोस्टोन ने तुम्हें चुना,' निमित ने कहा।

'अरे बहुत होशियार है साला,' मोहित ने कहा। 'अपनी आईआईटी बॉम्बे की यारी-दोस्ती है। चार साल तक रूममेट थे।'

'ओह, मेरा मतलब तुम भी—' निमित ने कहा, लेकिन मोहित बीच में ही बोल पड़ा।

'हाँ, हाँ मैं भी एक वेस्टेड इंजीनियर हूँ। साकेत की तरह। ऐसे ही थोड़ी हम बेस्ट फ्रेंड्स हैं। ना कॉरपोरेट्स में फिट होते हैं, ना बड़ी डील्स की दुनिया में। इंजीनियर लोग अपनी डिग्रियाँ वेस्ट करके कॉमेडी कर रहे हैं, सबसे बड़ी कॉमेडी तो ये है।'

सब हँसे।

'अच्छा हमें चलना चाहिए। कल कुछ काम है,' निमित ने कहा।

'अरे लेकिन कल तो संडे है,' मुदित ने कहा।

'फ़र्क़ नहीं पड़ता। हमारा मंडे को एक आईएम है,' निमित ने कहा।

'आईएम?' मुदित ने कहा।

'इन्वेस्टमेंट मेमोरेंडम,' मैंने कहा। 'किसी नई ओपर्चुनिटी को इवैल्यूएट करने के लिए किया जाता है।'

'तुम लोग तो बड़े स्मार्ट हो,' मुदित ने कहा।

'इतने भी नहीं,' निमित ने कहा। 'खैर, तुम लोगों से फिर मिलते हैं। हमारा ड्राइवर इंतज़ार कर रहा है। चलो पायल।'

'सी यू,' पायल ने कहा।

मुझे तब रियलाइज़ हुआ कि मेरे पास उसका नंबर नहीं था और मेरे पास सिर्फ़ दस सेकंड थे कुछ भी सोचने के लिए। नहीं तो वो बस एक रात की बात बनकर रह जाएगी। और जो कुछ भी हुआ, वो नहीं होता। लेकिन, किस्मत का कुछ और ही फ़ैसला था।

'मेरे पास आप लोगों के कांटैक्ट डिटेल नहीं हैं, मैं आपको हमारे ब्रॉडकास्ट लिस्ट में ऐड कर देता हूँ, अगर आपको आगे से मेरा कोई भी शो देखना हो तो। बुरी कॉमेडी की लत्त लग सकती है, बता दूँ!'

'ज़रूर,' पायल ने हंसते हुए कहा। उसने अपना काला ट्यूमी लैपटॉप बैग खोला, अपना बिज़नेस कार्ड निकाला, और मुझे दे दिया। निमित ने भी अपना कार्ड मुझे दिया।

'हमें स्पैम तो नहीं करोगे ना?' पायल ने पूछा।

'कभी नहीं,' मैंने कहा।

मुदित और मैं बार में रुके जब पायल और निमित चले गए थे। मुदित मुझे घूरता रहा।

'क्या?' मैंने कहा।

'तू उसे लाइक करता है,' मुदित ने कहा।

'किसे?'

'बकवास बंद कर। तुझे पता है किसे।'

'अरे ऐसी कोई बात नहीं है भाई, वो बस एक गेस्ट थी हमारे शो पे।'

'अरे, खूबसूरत है, गोल चेहरा, लंबे बाल, नाज़ुक सी दिखती है। तुम्हारे टाइप की है बिल्कुल। और सेम इंडस्ट्री की भी है।'

'अबे इक्कीस की है यार मुदित, बहुत छोटी है।'

'तो क्या बस वही बात तुझे रोक रही है? सच में?'

'हाँ भाई, पहली बात, तुझे तो पता ही है मेरी शादी का क्या हाल हुआ था। चल शादी को भी भूल जा। मैं अभी रिलेशनशिप की दुनिया से बाहर हूँ। अगले पाँच साल तक तो, और कम से कम अगले पचास साल तक भी! दूसरी बात, मुझे तो ये भी नहीं पता कि उसको कोई दिलचस्पी है मुझसे बात करने में।'

'उसे है।'

'क्या? नहीं!'

'उसने तुझे अपना कार्ड दिया। उसे मैसेज कर।

'मैंने उससे कार्ड *माँगा* था।'

'ठीक है। तो तुझे दिलचस्पी है। मुझे तो यही बात कहनी थी। तू उसे पसंद करता है।'

'मै बस उसे ब्रॉडकास्ट लिस्ट में ऐड करना चाहता था। जितनी बड़ी लिस्ट होगी उतना अच्छा रहेगा।'

'अच्छा? तो बार में बैठे बाक़ी लड़कों को भी पूछ ना, उन्हें भी ऐड कर अपनी मेलिंग लिस्ट में।'

मैंने अपने हाथ खड़े कर लिए। 'ब्रो, अभी-अभी मैंने अपनी ज़िंदगी का पहला शो दिया है। और तू सही कह रहा है। हाँ, मैंने मांगा उससे कार्ड। वो एक वीक मोमेंट था। भूल जा। भाड़ में जाएँ सब,' मैंने कहा। मैंने पायल का कार्ड लिया और मुदित की शर्ट पॉकेट में डाल दिया। 'यह ले, रख ले इसे, जा फेंक दियो।'

'श...' मुदित ने पायल के कार्ड को मेरे हाथ में थमाते हुए कहा। 'ले रख ले, ख़ुद पे इतना हार्ड क्यों होता है? हर लड़की राशि नहीं होती।'

मैंने अपने कान ढक लिए। 'उसका नाम मत ले, प्लीज़!'

'ठीक हैं, अच्छा मैं बाक़ी के गेस्ट्स को देखकर आता हूँ। तुम अपने पहले शो की कामयाबी के मज़े लो।'

मैं बार में खड़ा रहा, एक हाथ में टकीला, और एक हाथ में पायल का कार्ड।

पायल जैन

एनालिस्ट

ब्लैकवॉटर कैपिटल

मैंने उसके नाम के ऊपर अपनी उँगली दौड़ाई। कार्ड पर उसके नरीमन पॉइंट वाले ऑफिस का एड्रेस लिखा हुआ था। उसका ईमेल भी था, ऑफिस का लैंडलाइन नंबर था और उसका मोबाइल नंबर भी था।

क्या मुझे उसे मैसेज करना चाहिए?

'नहीं, बिल्कुल भी नहीं,' मेरे मन में एक कठोर आवाज़ चिल्लाई।

'आप लाजवाब थे,' एक लड़की की आवाज़ ने मेरे ख़यालों को टोका।

पीछे मुड़ा तो एक यंग कपल मेरे सामने था।

'वो स्कूल प्लेज़ वाला पार्ट बहुत सही था। भाई मैं भी स्कूल के सभी प्लेज में भीम बनता था,' लड़के ने कहा। हट्टा-कट्टा था, छह फुट दो इंच लंबा था और बाक़ी सबसे थोड़ा ज़्यादा चौड़ा था।

'भीम क्लब में आपका स्वागत है!' मैंने उनसे हँसते हुए कहा।

'क्या मैं आपके साथ एक सेल्फी ले सकती हूँ?' लड़की ने कहा।

क्या बात है। मेरी पहली सेल्फी रिक्वेस्ट।

मुदित मुझसे कुछ टेबल्स दूर बैठा था, अपने कुछ रेगुलर कस्टमर्स के साथ। वो मेरी तरफ़ देखा, मुस्कुराया और मुझे सपोर्ट करने के लिए अपना ग्लास ऊपर उठाया।

शायद, शायद मेरी ज़िंदगी में कुछ, छोटा सा ही सही, सही होने जा रहा था।

~

'सुनो, कुशल। उसे वो फाइनल एग्रीमेंट अभी साइन करना होगा। मैंने सब चीज़ों को एग्री कर दिया है,' मैंने कहा।

मेरा लॉयर, कुशल देवराज, अपने सैन फ्रांसिस्को वाले ऑफिस में बैठा हुआ था। हमारी देर रात की ज़ूम काल के लिए उसने अपने पीछे एक बीच का वर्चुअल बैकग्राउंड लगाया हुआ था। सूट पहना हुआ था उसने, बड़ा अजीब

लग रहा था–पीछे ट्रॉपिकल बीच की जन्नत और यहाँ ये सूट बूट में तैयार। मेरा मूड बहुत ख़राब था लेकिन फिर भी मैंने सोचा, क्या मैं ज़ूम पर कॉमेडी सेशन कर सकता था? कुशल जैसे लोगों के ऊपर ही, जिनके लिए वेकेशन का मतलब था अपना वर्चुअल बैकग्राउंड बीच वाला बना देना।

'वो ये साइन करने से मना कर रही है। उसे और चाहिए। तुम्हारे 80% एसेट, अगर तुम मंथली एलिमनी ना दो तो।'

'80? अरे पगला गई है क्या? हमने तो 66 पर बात ख़त्म की थी?'

मैं अपने लिविंग रूम की लेज पर बैठा हुआ था। पाली हिल के एक वन बेडरूम अपार्टमेंट में। मैंने अपनी ब्लैक कॉफ़ी का एक सिप लिया, जो मुझे आधी रात को नहीं पीनी चाहिए। कैफीन और ये स्ट्रेस से भरा डिवोर्स सेटलमेंट मुझे पूरी रात जगा के रखेंगे।

'चलो डिस्कस करते हैं क्या हुआ,' कुशल ने कहा।

'क्या? हुआ कुछ नहीं है! लालची कुत्ती बन रही है वो। मुझसे जितना माल निचोड़ सकती है, निचोड़ रही है, क्यूंकि वो जानती है कि मैं ये सब जल्द से जल्द खत्म करना चाहता हूँ।'

'क्या सचमुच कुछ नहीं हुआ? याद करने की कोशिश करो, साकेत,' कुशल ने कहा। उसके 480पी लैपटॉप वीडियो के बावजूद मुझे उसकी जजमेंटल नज़र साफ़ दिख रही थी।

'मुझे तो कुछ भी आईडिया नहीं कि क्या हुआ था। तुमने कहा था वो मेरे 50% एसेट की हक़दार है, एक मंथली एलिमनी के साथ।'

'हाँ, यही कैलिफोर्निया का क़ानून है।'

'हमने ये फैसला किया था कि हम उसे मंथली एलिमनी की जगह 66% एसेट देंगे, क्यूंकि मुझे अब उससे कोई वास्ता या लेनदेन नहीं रखना। हमें इसी फ़ैसले पर दस्तख़त करने थे। और यही दस्तख़त मैं कोर्ट में दिखाऊँगा। बिना किसी ट्रायल के अपना डिवोर्स करवाऊँगा। गरीब हो जाऊँगा लेकिन आज़ाद रहूँगा।'

'हाँ।'

'और अब उसको एकदम से 80% चाहिए? जबकि हमने तो 66% पर फ़ैसला किया था! आप ही बताओ, वो एक लालची कुत्ती है कि नहीं?'

'मैं ऐसी बात पर कुछ कह नहीं सकता, साकेत। लेकिन, जहाँ तक मुझे मिस राशि के अटॉर्नी से पता चला है, आपकी तरफ़ से एक ब्रीच ऑफ़ कॉन्ट्रैक्ट और कुछ भड़कीली हरकतें रिपोर्ट की गई हैं।'

'क्या मतलब है तुम्हारा? बहन–' मेरे लैपटॉप पर थोड़ी सी कॉफ़ी गिर गई थी।

'ज़बान सम्भाल के, साकेत।'

'ब्रो, मेरे पूरे कीबोर्ड पर कॉफी गिर गई है। अगर ये लैपटॉप गया ना, मैं काम भी नहीं कर पाऊँगा। मेरे पास एक नया लैपटॉप लेने के पैसे भी नहीं हैं। क्यूंकि तुमने तो उसे सबकुछ देने की ठान रखी है। तो भाई, गाली देने के लिए सॉरी, तुम पहले मेरा डिवोर्स सम्भाल लो, ज़बान बाद में संभालना और एक मिनट रुको।'

मैंने लैपटॉप को एक साइड पर सीधा खड़ा कर दिया ताकि सारी कॉफ़ी कीबोर्ड से नीचे आ जाए और लैपटॉप के सर्किट में ना जाए। फिर मैं किचन की तरफ़ भागा, एक कपड़ा लेकर आया, लैपटॉप पोंछा और कुशल से बात करनी शुरू की।

'किस तरीक़े की भड़कीली हरकत की है मैंने?'

'क्या आपने मिस राशि से कोई बात की थी पिछले हफ्ते?' कुशल ने अपना सर टेढ़ा करके कहा। 'और आप मुझे उल्टे क्यों दिखाई दे रहे हैं?'

'अरे लैपटॉप से कॉफ़ी निकाल रहा हूँ। वो, हाँ, एक छोटी सी बात हुई थी मेरी उसके साथ वाट्सेप पर। उसको जानना था कि क्या मैंने हमारे—मेरा मतलब उसके, कैलिफोर्निया वाले घर का प्रॉपर्टी टैक्स दे दिया था। उसका क्या है, उसको घर मिलेगा, वहाँ वो रहेगी, मेरा क्या है, मुझे तो बस प्रॉपर्टी टैक्स भरते जाना होगा, नहीं?'

'जब तक सेटलमेंट नहीं हो जाती, हाँ। आपने किसी और चीज़ के बारे में उससे बात की थी क्या?'

'हाँ, मैंने उससे पूछा था कि उसने अभी तक सेटलमेंट एग्रीमेंट साइन क्यों नहीं किया था।'

'क्यों? हमने बात की थी ना कि सेटलमेंट की बात दोनों के अटॉर्नी के ज़रिए होगी?' कुशल ने कहा।

'हाँ, पता था,' मैंने अपना कीबोर्ड आखरी बार पोंछते हुए कहा और फिर अपना लैपटॉप सीधा कर दिया। 'लेकिन मुझसे अब और इंतज़ार नहीं होता।'

'क्या तुमने कहीं पर भी उस बातचीत में कोई गाली तो नहीं दी?'

'नहीं।'

'पक्का?'

मैंने अपना फ़ोन खोला और राशि के साथ की चैट खोली।

'ठीक है, मैंने एक बार राशि को कुछ कहा था,' मैंने कहा।

'कुछ कहा था मतलब?'

'मैंने कहा, "गो फक योरसेल्फ, राशि।"'

'क्या यार साकेत,' कुशल ने अपनी आवाज़ ऊँची करते हुए कहा। उसके शांत स्वभाव के लिए ये थोड़ा अजीब था।

'सॉरी कुशल, मैं जरा बह गया। वो कह रही थी मैं उसे एग्रीमेंट साइन करने के लिए बुली नहीं कर सकता। मैंने बुली नहीं किया था उसको, बस विनती की थी।'

'पर उसे तो अब इस बात को ज़ोर-ज़बरदस्ती, और एक भड़कीली बात समझने का हक मिल गया है। तुमने उसे हानि पहुचाने वाली गाली दी है।'

'हानि पहुचाने वाली?! कौन-सी हानि भाई?!'

'ये जो भी तुमने... शब्द इस्तेमाल करे हैं, ये।'

'क्या तुम मेरे साथ मज़ाक कर रहे हो? अरे छोटी-मोटी सी तो गाली है यार। कभी किसी इंजीनियरिंग कॉलेज गए हो कुशल? या किसी हिंदुस्तानी कॉलेज में?'

'नहीं, मैं हार्वर्ड गया था। खैर, हमारा मुद्दा वो नहीं है। मुद्दा ये है कि अगर वो ये साइन नहीं करती है, तुमको ट्रायल तक ये एग्रीमेंट ले जाने के लिए

मजबूर करती है, और तुम्हारी ये चैट कोर्ट में दिखाती है, तो इसका अंजाम तुम्हारे लिए अच्छा नहीं होगा।'

'मेरे लिए तो कोई सा भी अंजाम अच्छा नहीं लग रहा।'

'साकेत अगर तुम्हें ये डिवोर्स करना है, और सही सही करना है, तो उससे दूर रहो।'

'अरे उसने मुझे पहले मैसेज किया था।'

'हाँ, लेकिन क़ानून उसकी हिफ़ाज़त ज़्यादा करता है। तुम्हारी उतनी ज़्यादा नहीं।'

'ये तो नाइंसाफी हुई ना!'

'अब जेंडर-स्पेसिफिक क़ानूनों के बारे में हम कभी और बात करते हैं, साकेत। अभी के लिए ये बताओ, अभी करना क्या है?'

'करना क्या है मतलब?'

'उसको 80% चाहिए, और उसके अटॉर्नी को पता है कि हम उनके जाल में फँस चुके हैं।'

'हमारे लग गए हैं भाई!'

'मैंने... कुछ भी नहीं सुना। क्या आप 80% से सहमत हैं, मैं थोड़ा ऊपर नीचे निगोशिएट कर सकता हूँ। ज़्यादा से ज़्यादा 75% तक, उससे ज़्यादा नहीं।'

'ट्रायल ही कर लो यार, ये तो बहुत ग़लत है!'

'नहीं, साकेत, ट्रायल तुम्हारे लिए ठीक नहीं रहेगा। देखो, मेरा बिल बढ़ेगा, लेकिन, फिर भी, मैं कहूँगा कि ट्रायल मत करवाओ।'

'तो फिर?'

'मैं कहूँगा, उसको कर लेने दो उसकी मर्जी। मैं कोशिश करता हूँ 75% कर लूँ।'

'जो करना है कर ले यार।'

'तो क्या मैं इसे हाँ समझूँ? मैं जा सकता हूँ?'

'हाँ।'

‘अच्छा और कोई मैसेज जो आप चाहते हो मैं राशि या उनके अटॉर्नी को दे सकता हूँ?’

‘हाँ।’

‘क्या?’

‘उन्हें कहो गो फक योरसेल्फ।’

मैंने ज़ूम कॉल ख़त्म की और अपना लैपटॉप धाड़ से बंद किया।

मैंने खिड़की से बाहर देखा। स्ट्रीटलाइट की फ्लोरेसेंट लाइट से मेरे पाँचवी मंज़िल के अपार्टमेंट के नीचे वाले पेड़ रात के अंधेरे में चमक रहे थे। नीचे नर्गिस दत्त रोड पर कुछ गाड़ियों और ऑटो का शोर था। बांद्रा वो इलाका था जहाँ मशहूर फिल्मी सितारे रहते थे, और कुछ बड़े सितारे ऐसे मेन्शन में रहते थे, जिनका स्टाफ रूम मेरे पूरे अपार्टमेंट से बड़ा था। राशि मेरी सारी सेविंग्स खा गई और मेरा कॉमेडी का धंधा जितना देता था, उतने में तो बस यहाँ से वहाँ जाने का ऑटो का भाड़ा था। वो हवा जिसमें रणबीर कपूर और आमिर ख़ान साँस लेते हैं, उस हवा में साँस लेने का सवाल ही नहीं था। लेकिन मैं, एक अकेला इस भागते-दौड़ते-दम-तोड़ते शहर में, रात में और दोपहर में... कोई तो आशियाना ढूँढना था ना। और जब मुझे ये 500 स्क्वायर फुट का अपार्टमेंट मिला, इस 30 साल पुरानी बिल्डिंग में, जो बाहर से टूट रही थी। ये मेरे, सॉरी, राशि के, बे एरिया वाले घर के 1/10 साइज का था। लेकिन इस बांद्रा वाले घर के बारे में सबसे बढ़िया बात पता है क्या थी? लिविंग रूम से पेड़ ही पेड़ दिखते थे। ये नीचे का ट्रैफिक छिपा देते थे, और कभी-कभी, मेरा दुख दर्द भी।

हेलो, मैं हूँ साकेत खुराना। 33 का हूँ और मेरी लाइफ कहीं नहीं जा रही है। मैं एक नाकामयाब पति हूँ, मैंने अपना करियर छोड़ दिया, और मैं इतना भी कुछ ख़ास स्टैंड-अप कॉमेडियन नहीं हूँ। मैं अपने दिन या तो अपने जोक्स सुधारने में बिताता हूँ या अपना डिवोर्स सेटल करने में–वो भी एक जोक की तरह ही है।

मैं आपको एक पूरे फ़्लैशबैक में भी ले जा सकता हूँ। मैं आपको ये भी बता सकता था कि मेरे और राशि के बीच में क्या हुआ था, कैसे हमारी शादी टूट गई। लेकिन वो सच नहीं होगा, बायस्ड होगा। तो कोई पॉइंट नहीं है।

हमारी शादी करीब चार साल पहले टूटी, जब मुझे पता चला उसका एक अफेयर चल रहा था। उसके फ़ैमिली-फ्रेंड और 'राखी ब्रदर' के साथ। ये 'राखी ब्रदर' वाला टैग तो हिंदुस्तान में इतना ज़्यादा ग़लत इस्तेमाल हो चुका है कि उसको बैन कर देना चाहिए। ख़ैर, इन राखी ब्रदर और राखी सिस्टर ने अपनी हरकतें हमारी शादी से पहले ही शुरू कर दी थीं, और अपने कारनामे हमारी शादी के बाद भी जारी रखे।

एक बार फिर बता दूँ। ये मेरी साइड की कहानी है। अगर आप राशि से पूछेंगे तो वो आपको बताएगी कि उसके और उसके 'राखी ब्रदर' के बीच जो कुछ भी हुआ था, वो 'वो नहीं था जो सबको लगता है'। वो तो राशि 'अपने आप को ढूँढ रही थी'। मुझे कभी ये नहीं समझ में आया कि कोई अपने आप को कैसे ढूंढ सकता है किसी और के साथ सोने के बाद? खैर छोड़िए, अभी उस पर बात नहीं करूँगा।

जब मैंने राशि से इस मामले में पूछताछ की तो उसने कहा कि उसे सैन फ्रांसिस्को में बहुत अकेलापन लगता था और वो कभी वहां के एनआरआई कल्चर में ढल नहीं पाई। उसको ये लगता था कि मैं उस पर ध्यान नहीं दे पाया क्यूंकि मैं हमेशा अपने काम में बिज़ी था। हमने कई हज़ार डॉलर अपनी शादी को सुधारने के लिए मैरिज थेरेपी में लगा दिए और सोचा एक नए सिरे से शुरुआत करें, लेकिन राशि के उसके 'राखी ब्रदर' के साथ संबंध जारी रहे—काफ़ी गहरे संबंध। और मैं, मैं डिप्रेशन में चला गया, और दारू से दोस्ती कर ली।

अपने दोस्तों के साथ मैं एक दिन वेगास गया था। फुल टाइट हो गया। और जब उठा, तो मैं एक होटल रूम में था जहाँ कई सारी हुकर्स थीं। अब किसी ना किसी लड़के ने ये बात राशि को बता दी। स्यापा तो होना ही था। मैंने भी उसे कहा 'मैं अपने आपको ढूँढ रहा था', और कि मैंने एक कोलंबियन कॉलगर्ल को बुलाया था, जिसे इंग्लिश तक नहीं आती थी। लेकिन कुछ तो बात है कि ये लाइन लड़कों के लिए वैसे काम नहीं करती, जैसे लड़कियों के लिए करती है। मैंने कई बार राशि से माफ़ी माँगी लेकिन उसे कोई फ़र्क़ नहीं

पड़ा। राशि ने एक से बढ़कर एक धाकड़ लॉयर बुलाकर एक डिवोर्स सेटलमेंट की मांग की और कसम खा ली कि मेरे ख़ून का क़तरा क़तरा चूस डालेगी।

कैलिफोर्निया क़ानून भी उसके साथ था।

सौ बातों की एक बात है, मेरे साथ रह गए मैं और मेरी तन्हाई। मेरी पूरी संपत्ति के 80% राशि के पास हैं। यानी कि जो मैंने अमेरिका में 3 मिलियन डॉलर कमाए थे, उसमें से क़रीब ढाई तो राशि के पास ही जाने वाले थे। मेरे पास रहेंगे क़रीब आधे मिलियन डॉलर। हिंदुस्तान में देखा जाये तो ये कोई छोटी रकम नहीं है। आज बाज़ार में इनकी क़ीमत क़रीब 2 करोड़ रुपए होगी। मैं एक छोटी सी जगह रेंट कर सकता था, जितने पैसे मेरे पास हैं इन्वेस्ट कर सकता था और कॉमेडी से थोड़े बहुत पैसे बना सकता था। ये काफी होगा। मेरे मन में यही चल रहा था।

'तुम जानते हो साकेत?' मैंने खुद से मन ही मन कहा। 'तुम्हारे पास पैसे भले ही कम हों, लेकिन अब तुम आज़ाद हो।'

हाँ, अब मैं फाइनली आज़ाद हूँ। कॉमेडी करने के लिए, एक बेकार टूटी हुई शादी से बाहर निकलने के लिए–जो करना चाहूँ, वो करने के लिए।

मेरी सारी ज़िंदगी मैंने वो किया जो लोग मुझसे एक्स्पेक्ट करते थे। पेरेंट्स, रिश्तेदार (हाँ जी, मासियाँ, बुआएँ, चाचियाँ, जिनका हर बात पर कोई ना कोई ओपिनियन है), दोस्त, पड़ोसी, मुझे पूरी ज़िंदगी उनका अप्रूवल चाहिए था।

अरे स्मार्ट है? आईआईटी चला जा।

आईआईटी में है? सिलिकॉन वैली चला जा।

सिलिकॉन वैली में है? अपना कोई स्टार्टअप खोल ले, या कोई टेक कंपनी में नौकरी कर ले!

शादी कर ले।

मैंने ये सब किया। सब पर टिक मार्क लगा दिया।

टिक मार्क–यही तो हमें चाहिए लोगों से। सारी ज़िंदगी साले टिक मार्क ही लगाते जाएं बस।

कॉलेज, टिक।

जॉब, टिक।

पैसा, टिक।

अमेरिका में लाइफ सेट, टिक।

शादी, टिक।

लेकिन फिर भी! मेरी किस्मत सो गई और मेरी बीवी के साथ कोई और सो गया।

शायद यही होता है जब आप अपनी ज़िंदगी दूसरों को ख़ुश करने में बिता देते हो।

राशि जब मुझसे पहली बार मिली थी, मुझे बहुत स्वीट लगी थी। मुझे उसका ज़िद्दी नेचर क्यूट भी लगा था। पर मुझे लगता है और हो भी क्या सकता था? आप एक ऐसे लड़के को, जिसने कभी लड़कियों से बात तक नहीं की है, एक इंडियन इंजीनियरिंग कॉलेज से बाहर ले जा रहे हो। उसे तो जो पहली लड़की मिलेगी, वो उसके लिए देवी बन जाएगी।

अब जब मैं सोचता हूँ, ये सब तो होना ही था। मैं ये सब डिज़र्व करता था। राशि में इतने सारे रेड फ्लैग्स थे, जो मुझे नहीं दिखे। वो कभी इमोशनली खुली ही नहीं मेरे साथ। कभी मेरे जोक्स पर नहीं हँसी। उसे पैसे उड़ाने का बहुत शौक था, खासतौर से डिजाइनर हैंडबैग्स पर, घड़ियों पर, कपड़ों पर, जूतों पर। वही एक टाइम होता था जब मैं उसको मुस्कुराते हुए देखता था। वो हर समय अपने फ़ोन पर लगी रहती थी, कभी फ़िज़िकल इंटिमेसी नहीं दिखाती थी। ओ भाई! राशि में तो एक चाइनीज़ कम्युनिस्ट पार्टी से ज़्यादा रेड फ्लैग थे। ये बढ़िया था गुरु। लिख लेता हूँ, किसी सेट में काम आ जाएगा।

मैंने अपनी टूटती हुई शादी के दौरान अपने अंदर कॉमेडी का टैलेंट पाया। कॉमेडी क्लब बार मेरे लिए एक एस्केप बन चुके थे, सैन फ्रांसिस्को में। शराब पिलाते हैं, जोक्स सुनाते हैं, इससे बेहतर क्या तरीका हो सकता है अपनी प्रॉब्लम्स से भागने का, कुछ घंटों के लिए ही सही।

ठीक उसी समय, मुदित ने मुंबई में अपनी कॉर्पोरेट जॉब छोड़ दी और लाइव इवेंट्स में अपना करियर बनाने की सोची। हम सैन फ्रांसिस्को में ही

थे जब पहली बार मिले। उसने मेरा कॉमेडी में इंटरेस्ट देखा और कहा 'तुम स्टैंड-अप ट्राय करो'।

मैंने कुछ जोक्स ट्राय करे हमारी एनआरई गैदरिंग्स में। एनआरआई गैदरिंग्स दुनिया की सबसे बोरिंग गैदरिंग्स हो सकती हैं। सबका एक पैटर्न होता है। पहले तो सभी आदमी और सभी औरतें अलग हो जाते हैं। फिर आदमी लोग क्रिकेट, स्टॉक मार्केट या व्हिस्की की बातें करते है। और अगर सिलिकॉन वैली में हो तो वो ये भी डिस्कस करते हैं कि किसने अपना स्टार्टअप किसको कितने में बेचा। और औरतें, वो अपना वही कामवाली बाई का रोना रोती हैं, ये डिस्कस करती हैं कि सस्ती से सस्ती वैक्सिंग किधर कराई जा सकती है या सबसे बेहतरीन इडली बैटर कहाँ से ख़रीदा जा सकता है।

बस एक दिन मैंने अपने अमेरिकन ड्रीम, अपनी अमेरिका की ज़िंदगी के कंप्यूटर को बंद कर दिया। पूरा शटडाउन कर दिया। अपनी जॉब को, अपनी लाइफ को, अपनी शादी को, सैन फ्रांसिस्को को, सबको। और अब मैं यहाँ हूँ। गंदी सी ब्लैक इंस्टेंट कॉफ़ी पी रहा हूँ। रात के एक बजे। अकेला, अंदर से टूटा हुआ, बेरोज़गार, लेकिन आज़ाद।

मैं विंडो लैज से उठा और अपने बेडरूम की तरफ़ चला गया। मैंने लाइट्स बंद कर दी और बेड पर लेट गया। लेकिन कॉफ़ी और सैन फ्रांसिस्को की सारी यादों ने मेरा सोना मुश्किल कर दिया। अब दिमाग़ के साथ ये बहुत बड़ी प्रॉब्लम होती है कि वो पास्ट को, बीते हुए कल को, पूरे का पूरा अपने अंदर स्टोर कर लेता है, और दर्दनाक पलों को तो ख़ासतौर से।

अब तुम्हें सैन फ्रांसिस्को से आगे बढ़ना पड़ेगा। सैन फ्रांसिस्को इतिहास हो चुका है तुम्हारे लिए। अब तुम यहाँ हो। ये सोचो कि तुम्हें कल क्या करना है। उस बड़े शो के बारे में सोचो जो तुम्हें अगले वीकेंड करना है।

मैंने अपना फ़ोन चेक किया। मुदित से एक मैसेज आया हुआ था। 'जगे हुए हो?'

'हाँ, कुछ-कुछ,' मैंने जवाब दिया।

मुदित ने उसी वक्त मुझे कॉल कर लिया।

'भाई डेढ़ बज रहे हैं रात के, मैं सोने की कोशिश कर रहा हूँ,' मैंने कहा।

'लेकिन तुमने तो रिप्लाई दे दिया था। क्या चल रहा है?'

'कुछ ख़ास नहीं भाई। अभी एक वीडियो कॉल पर पाँच सौ डॉलर खर्च करके आया हूँ।'

'वाह, ज़रूर कोई सेक्स शो होगा। कौन-सी पोर्न साईट थी भाई?'

'अबे गधे, पोर्न साईट नहीं थी। मेरे वकील के साथ ज़ूम कॉल थी। उसको पैसे दिए ये जानने के लिए कि मुझे अपनी एक्स-वाइफ को और भी ज़्यादा पैसे देने हैं।'

'ये भसड़ अभी तक ख़त्म नहीं हुई क्या तुम्हारी?'

'बस हो ही चुकी है। खैर, वो छोड़ो, तुम बताओ, तुमने कॉल किया था?'

'भाई अगले वीकेंड के शो के लिए बहुत नर्वस हूँ।'

'क्यों?'

'हमारा अब तक का सबसे बड़ा शो है भाई। दो स्टार कॉमिक आ रहे हैं, दिग्गज! और पाँच और एक्ट हैं, तुम्हारी मिला के।'

'अब तुम मुझे और नर्वस बना रहे हो।'

'नहीं, नहीं। तुम चिंता मत करो, तुम कमाल करोगे।'

'उम्मीद तो यही है।'

'लेकिन साकेत, मीडिया भी आएगी। शो हाउसफुल होना चाहिए, ठीक है? पैक्ड बिल्कुल! खड़े होने तक की जगह नहीं होनी चाहिए। वो शो होते हैं—लोग फर्श पे बैठे होते हैं, तुम समझ रहे हो ना?'

'हाँ। मैं किस तरह मदद कर सकता हूँ?'

'क्या तुम एक ब्रॉडकास्ट इन्वाइट भेज सकते हो अपनी पूरी कांटेक्ट लिस्ट को? मतलब जिन जिन लोगों को तुम जानते हो?'

'हाँ, मैं भेज दूँगा।'

'प्लीज़। अभी।'

'अभी? भाई, टाइम देखा है क्या हुआ है? इतना लेट?'

'फ़र्क़ नहीं पड़ता। वो वैसे भी सुबह देखेंगे। हर वो इंसान जिसने तुम्हें अपना कांटैक्ट दिया है या बिज़नेस कार्ड दिया है, सबको बुलाओ यार, प्लीज़, हमें ये क्रैक करना है।'

'करेंगे, मुदित, रिलैक्स!'

'खैर, मुझे एक नए पोस्टर पर काम करना है। मिलते हैं जल्द। गुड नाईट,' मुदित ने कहा और कॉल काट दी।

मैंने अपना कॉमेडी ब्रॉडकास्ट ग्रुप खोला वाटसेप पर। उसमें कम से कम नहीं तो 100 लोग थे। मैंने जल्दी से एक मैसेज लिखा: 'हेलो गाइज़, मैं साकेत खुराना। आप सबको क्रेयॉन क्लब की सबसे बड़ी शाम के लिए इन्वाइट करना चाहूँगा। सात कॉमिक आने वाले हैं, मैं भी, और मेरे साथ दो और बड़े कॉमिक्स भी आने वाले हैं। इस सैटरडे। टिकट्स के लिए लिंक पर क्लिक कीजिए। टिकट के प्राइस में खाना और पीना भी इनक्लूडेड है।'

मैंने सेंड का बटन दबाया, फ़ोन को बेडसाइड टेबल पर रखा और फिर से लेट गया।

एक सेकंड बाद मेरा फ़ोन फिर से बजा।

'आपको फिर से मेरी ज़रूरत पड़ेगी क्या जैन वाले जोक्स के लिए?' पायल जैन का मैसेज आया।

ज़ाहिर सी बात है, मैंने उसे ब्रॉडकास्ट में ऐड किया था।

'हे!' मैंने रिप्लाई दिया।

'इन्वाइट के लिए शुक्रिया।'

'तुम आओगी?'

'मैं पूरी कोशिश करूँगी आने की, मुझे एक ब्रेक चाहिए।'

'सही है। इतनी रात को जगी हुई हो?' मैंने जवाब दिया।

'हाँ, अभी तक ऑफिस में हूँ। विश्वास करेंगे?'

'अभी?'

'एक इन्वेस्टमेंट मेमो पर काम कर रही हूँ। बड़े खुशनसीब हैं आप, आपने ये रैट-रेस छोड़ दी।'

'हाँ लेकिन क्विट करने के अपने चैलेंज होते हैं।'

'जैसे कि क्या?'

'इस सैटरडे एक बड़ा इवेंट है। स्टार कॉमिक आने वाले हैं। मैं काफ़ी नर्वस हूँ।'

'लेकिन, गुड नर्वस ना?'

'गुड नर्वस?'

'ऐसी बहुत सी चीज़ें हैं जो हमें नर्वस बनाती हैं। लेकिन कुछ चीज़ें होती हैं जो हमें "गुड नर्वस" बनाती हैं। वो प्रॉब्लम्स जो ज़िंदगी में अच्छी होती हैं।'

'जैसे?'

'जैसे आप कॉमेडी कर रहे हो। ज़रा सोचो। ये आपका सपना था और आप अब इस सपने को जी रहे हो। एक शो कर रहे हो वो भी इतने बड़े कॉमिक के साथ।'

'तुम हमेशा ही ऐसी खिली-खिली और हौसले से भरी हुई रहती हो?'

'हा हा! दूसरों के लिए–अपने लिए नहीं।'

'मतलब?'

'अपने ऊपर मैं कभी रहम नहीं खाती।'

'मतलब?'

'मतलब मुझे लगता है मैं आपसे बात करते हुए अपना टाइम वेस्ट कर रही हूँ। मुझे प्रपोज़ल पर वापस चले जाना चाहिए।'

'ओ, सॉरी। हाँ, तुम्हें काम पर वापस चले जाना चाहिए।'

'सॉरी बोलने की ज़रूरत नहीं है।'

'खैर, उम्मीद है तुम सैटरडे को आओगी। गुड नाईट।'

मैंने अपना फ़ोन साइड में रख दिया और आँखें बंद कर लीं। ज़हन में बस पायल के ही ख़याल थे। क्या मेरा पायल के साथ कोई चांस था? सोचते-सोचते मुझे नींद आ गई।

'अरे मम्मी, थोड़ा ज़ोर से बोलो। सुनाई नहीं दे रहा मुझे, मैं ट्रेन में हूँ।'

किसी तरह मैं मुंबई लोकल के एक कोच में खड़ा होने की कोशिश कर रहा था। एक हाथ हैंडरेल पर था और एक हाथ से मैंने अपना फ़ोन अपने कानों के नीचे दबा रखा था।

'ट्रेन? कहाँ जा रहा है?'

'लोकल ट्रेन। यहाँ पर लोग ऐसे ही ट्रैवल करते हैं। मैं अभी परेल के कॉमेडी क्लब में जा रहा हूँ। आउच,' मैंने कहा जब सामने एक आदमी ने मुझे कोहनी मार दी।

'क्या हुआ?'

'कुछ नहीं, मम्मी। क्या हम बाद में बात कर सकते हैं? अभी थोड़ा मुश्किल है इस तेज चलती हुई लोकल में सबकुछ बैलेंस करना।'

'टैक्सी नहीं ले सकता था क्या परेल तक?'

'ट्रेन का पास है मेरे पास मम्मी। इतने पैसे कौन वेस्ट करेगा टैक्सी पर?'

'हाँ! वो राशि को तो तूने इतना बड़ा महल दे दिया अमरीका में और यहाँ तू लोकल ट्रेन में जा रहा है?'

'टैक्सी ले सकता हूँ मम्मी लेकिन ट्रेन ज़्यादा फ़ास्ट होती है। और मुझे तो यहाँ स्ट्रगलर वाली ज़िंदगी जीनी है ना। जो मैं हूँ, कॉमेडी में।'

'बेटे मेरे से तो ये सब देखा नहीं जाता। घर आजा साकेत। अगर तुझे इंडिया में रहना है तो ठीक है, तेरी मर्ज़ी। लेकिन यहाँ आजा। यहाँ कर ले कॉमेडी-वोमेडी। तेरे सारे चचे-ताऊ यहीं तो हैं। वो भी तो कितने फनी है।'

'चंडीगढ़ में कॉमेडी का कोई सीन नहीं है।'

'तो कम से कम दिल्ली आजा? थोड़ा हमारे पास आजा।'

'नहीं, मम्मी। कॉमेडी के लिए तो सबसे बड़ी जगह मुंबई है। यहाँ मुदित भी तो है, वो बहुत सपोर्ट करता है मुझे।'

'अरे क्या कॉमेडी-कॉमेडी करता रहता है। हमारे ज़माने में ये सब नहीं होता था। हमारे टाइम पे जॉनी वॉकर था, केष्टो मुखर्जी था, ये अपना, महमूद–'

मैंने उन्हें बीच में ही टोक दिया। 'अरे वो सब मूवीज़ में कॉमेडी करते थे। स्टैंड-अप अलग होता है।'

'तुझे इंडिया में भी एक अच्छी नौकरी मिल सकती है।'

'मैं ठीक हूँ मम्मी,' मैंने कहा। अचानक, मैं हाँफ उठा। एक आदमी माहिम स्टेशन पर उतरने की जल्दी में मेरे पैर पर चढ़ गया था।

'राशि ने पेपर साइन कर लिए?'

'नहीं, जल्द ही कर देगी।'

'देखा! इसका मतलब वो अब भी अपनी शादी बचाना चाह रही है। कोई औरत अपना घर क्यों तोड़ना चाहेगी? एक बार फिर सोच ले बेटा। मैं तो हमेशा से ही उसे अपनी बेटी मानती आई हूँ!'

'मम्मी यार! चुप करो! आपको पता भी है क्या चल रहा है अभी?'

'क्या?'

'वो पेपर इसलिए नहीं साइन कर रही है क्यूंकि उसको और पैसे चाहिएं।'

'कितने?'

'अस्सी परसेंट।'

'अस्सी परसेंट? पागल हो गई है क्या? चुड़ैल कहीं की। पूरी चुड़ैल है चुड़ैल!'

'अच्छा अभी मुझे जाना होगा। मेरा स्टेशन आने वाला है।'

'बहुत बुरा लगता है बेटा मैंने तुम्हें इस रिश्ते को हाँ करने के लिए ज़बरदस्ती की थी। मुझे तो लग रहा था कि वो बड़े सिंपल लोग हैं। अगले ही सेक्टर में तो रहते...'

'कोई बात नहीं, हाँ तो मैंने की थी ना। मेरी गलती है। अब भुगत रहा हूँ।'

ट्रेन लोअर परेल स्टेशन पहुंच गई।

'अच्छा ग़ुस्सा मत हो, बेटा।'

'गुस्सा थोड़ी किया है मैंने मम्मी। कुछ कहा क्या मैंने आपको?'

'कुछ चाहिए बेटा? पैसे?'

'नहीं, मैं ठीक हूँ। अभी जाना होगा मम्मी, बाय!'

ट्रेन लोअर परेल पर ठीक पंद्रह सेकंड के लिए रुकी। लोगों का एक सैलाब उमड़ आया था, उनमें से एक मैं भी था। ऐसे निकल रहे थे लोग मानो जैसे टूथपेस्ट की ट्यूब में से पेस्ट निकल रहा हो।

~

जब मैं क्रेयॉन क्लब पहुँचा तो वो ज़्यादातर खाली था। सिर्फ़ मुदित था वहाँ और वो वहाँ काम कर रहे लोगों को निर्देश दे रहा था, जो पीछे प्लास्टिक की कुर्सियाँ लगा रहे थे।

मुदित ने मुझे हाई-फाइव किया जैसे ही मैं उसके पास गया।

'सारी टिकटें बिक गईं भाई! ज़्यादा ही बिक गई हैं! अलाउड तो नहीं है लेकिन मैं पीछे एक टेम्परारी रो लगा रहा हूँ सीट्स की और आगे फ्रंट रो में कुछ मैट्रस बिछा रहा हूँ।'

'बहुत सही,' मैंने कहा।

'अपनी एक्ट के लिए तैयार?' मुदित ने कहा।

'अरे पगला रहा हूँ अंदर से! कितने बड़े-बड़े लोग आ रहे हैं आज परफॉर्म करने! और यहाँ मैं हूँ, उनके साथ।'

'वही तो, अब मेरा भाई बड़ा खिलाड़ी बन रहा है,' मुदित ने मेरी पीठ पीटते हुए कहा। 'वाह, क्या बैक मसल है, भाई! जिम मेम्बरशिप को पेल रहा है तू!'

'पूरी कोशिश कर रहा हूँ भाई,' मैंने कहा।

'यहाँ भी करियो,' मुदित ने मुझे फिस्ट-बम्प देते हुए कहा, 'ठंड रखियो, ठीक है? और फोड़ दियो आज शाम को!'

~

'यहाँ कोई शादीशुदा है क्या?' मैंने ऑडियंस पर एक सरसरी नज़र मारते हुए कहा।

120 की भीड़ में से क़रीब आधे लोगों ने अपने हाथ खड़े किए।

'बाप रे! सबके सब अपनी डिप्रेशन ठीक करने आए हो?!' मैंने कहा।

कुछ लोग खिखियाये।

'अच्छा किस-किसकी नॉर्थ इंडियन-स्टाइल वाली शादी हुई थी?'

कुछ 20 लोगों ने अपने हाथ खड़े करे।

'और किस-किसकी साउथ इंडियन-स्टाइल वाली शादी हुई? वो सुबह के छह बजे वाली शादी, सॉरी, टार्चर!'

ऑडियंस में ठहाके वाली हँसी शुरू हो चुकी थी। पाँच लोगों ने अपने हाथ खड़े किए।

'अच्छा, मेरी नॉर्थ इंडियन-स्टाइल शादी हुई थी। और अब मैं एक नॉर्थ इंडियन डिवोर्स से भी गुज़र रहा हूँ, लेकिन वो कोई और ही कहानी है!'

ऑडियंस दिल खोलकर हँसी।

'नहीं, सीरियसली, नॉर्थ इंडियन डिवोर्स के उतने ही अलग और अतरंगी कलेश होते हैं जितने अलग और अतरंगी उनकी शादियों के शोशे। मुझे बाक़ी माँओं के बारे में तो नहीं पता लेकिन पंजाबी माँओं का तो अपना एक अलग स्टाइल होता है अपने बेटों के डिवोर्स के साथ डील करने का। आज मेरी माँ ने लिटरली मुझसे माफ़ी माँगी मेरे लिए ग़लत वाइफ चुनने की।'

ऑडियंस में से कुछ लोग बड़ी दया के साथ 'औं' करने लगे।

'फिर उन्होंने बोला, "मुझे लगा बड़े सिंपल लोग होंगे।" ये सिंपल लोगों के साथ क्या ऑब्सेशन है भाई हिंदुस्तानियों को? कौन होते हैं ये "सिंपल लोग"? उससे भी बड़ी बात—"काम्प्लेक्स" कौन होता है भाई?'

ऑडियंस हंस रही थी। मैं अपने इम्प्रोवाइज्ड सेट के साथ चलता चला।

'पंजाबी माएँ ना अपने प्यार को स्विच करने के लिए भी इतनी फेमस हैं। कॉल की शुरुआत में ही ना, जब मेरी माँ को थोड़ी सी भी उम्मीद थी कि मेरी शादी बच जाएगी, उन्होंने बोला कि "वो तो बिल्कुल मेरी बेटी जैसी है!" फिर जब मैंने बोला कि उनकी बेटी को एक बड़ी सेटलमेंट चाहिए थी, तपाक से बोलीं, "मुझे तो पता ही था, चुड़ैल है वो एकदम चुड़ैल!" पंजाबी माएँ ऐसे जा सकती हैं "मेरी बेटी" से "चुड़ैल" तक। ऐसे!'

ज़ोर की हँसी।

दूर बाईं ओर से मैंने एक लड़की को अंदर घुसते हुए देखा। पायल थी। वो पीछे एक प्लास्टिक चेयर पर बैठ गई।

'खैर, मेरी तो डिवोर्स सेटलमेंट में लगी पड़ी है। लगनी ही थी। सब पर और सबकुछ पर विश्वास जो कर लेता हूँ। जैसे... आप लोगों को वो टीवी वाली ऐड याद है ऐक्स की? ऐक्स डियोड्रेंट?'

बहुत से लोग ऑडियंस में सिर हिलाते हुए हाँ बोले।

'हाँ तो, मेरी ये हालत थी कि मुझे लगता था कि जैसे वो टीवी में दिखाते हैं ना, कि ढेर सारी लड़कियाँ एक लड़के के पीछे भाग रही हैं, जिसने वो डीओ लगा रखा है? मुझे लगता था ऐसा, सचमुच होता है।'

कुछ लोग खिखियाये।

'नहीं, सच में। मैंने कम से कम नहीं तो आधा कैन अपने ऊपर स्प्रे कर लिया। और फिर शॉपिंग मॉल चला गया। मैं किसी वीमेन क्लोथिंग स्टोर में चला गया। लेकिन कोई भी मेरे एक इंच पास भी नहीं आया। मैंने पूरा कैन अपने ऊपर स्प्रे किया था। तब भी कोई नहीं आया।'

ऑडियंस से ऐसी हँसी की आवाज़ आई, मानो जैसे ज़ोर की बारिश बरस रही हो।

'फिर मुझे समझ आया कि ये तो झूठ बोल रहे थे। अगर उनके डीओ स्प्रे से सचमुच लड़कियां पागल हो सकती थीं और आपके पीछे भागती होतीं तो सोचो क्या होता ऐक्स की फैक्ट्री में? पागलपन हो जाता भाई! गेट पर लड़कियों का झुंड होता हर दिन!'

लोग ज़ोर से हंसने लगे।

'वो सब भी छोड़ दो, जब मैं डीओ को टैस्ट कर रहा था, तो मैं एक लौंजरी स्टोर में चला गया। वहाँ भी कोई ऐक्स इफ़ेक्ट नहीं हुआ। लेकिन मुझे एक चीज़ के बारे में पता चल गया जिसे पुश अप ब्रा कहा जाता है,' मैंने कहा।

कुछ लड़कियों ने अपना सिर हिलाया।

'अब कुछ नाम इंग्लिश से हिंदी में ठीक से ट्रांसलेट नहीं हो पाते। पुश-अप ब्रा को ही ले लो। क्या बुलाओगे उसे हिंदी में? धक्का मार ब्रा?'

लोग खिखियाने लगे।

'चलो, ये पुश-अप ब्रा को भी साइड करते हैं, आपमें से कुछ लोगों को लगेगा कि वो एक तरह का स्कैम है।'

कुछ लोग ज़रा सा हँसे। मैंने पायल को हँसते हुए देखा लेकिन वो ना में अपना सर हिला रही थी।

'चलिए आगे बढ़ते हैं, कोई खाने का शोकीन है यहाँ?' मैंने कहा।

कुछ हाथ ऊपर खड़े हुए।

'कहते हैं खाने की भी लत लग सकती है। आपने सुना है?'

ऑडियंस ने हाँ में सिर हिलाया।

'मुझे थोड़ा बहुत समझ में आता है कि वो क्या कहना चाह रहे हैं। लेकिन लत लगना? थोड़ा ज़्यादा हो गया, नहीं? क्यूंकि वो किसी ड्रग या दारू की लत जैसी थोड़ी होती है। भाई चरसी और नशेड़ी तो लोगों को चक्कू घोंप देते हैं, गोली मार देते हैं। कभी किसी को जलेबी के लिए बंदूक तानते हुए देखा है? या फिर कभी सुना है कि कोई पंजाबी माँ ने किसी को एक गुलाब जामुन की प्लेट के पीछे चाकू मार दिया? ये शायद हुआ भी हो सकता है। चंडीगढ़, सेक्टर 17 में। "दे मुझे मेरा गुलाब जामुन, चुड़ैल!"' मैंने कहा, हवा में खंजर मारने के इशारे करते हुए।

ऑडियंस ज़ोर से हँसी। इस बार तो पायल भी खूब ज़ोर से हँसी।

मैंने अपनी एक्ट ख़त्म करने से पहले कुछ और जोक्स भी मारे। मुदित, जो उस रात का एमसी था, और शो होस्ट कर रहा था, स्टेज पर आया।

'ये थे क्रेयॉन क्लब के अपने राइजिंग स्टार, साकेत खुराना। ज़ोरदार तालियाँ हो जाएँ मेरे लंगोटिये चड्डी-बड्डी के लिए।'

ऑडियंस ने मुझे ढेर सारी तालियों के साथ विदा किया। जब मैं स्टेज से उतरा तो एक आदमी ने मुझे बोला।

'क्या तुम कॉर्पोरेट शोज़ भी करते हो?' उसने कहा।

'हाँ, कर लूँगा। क्यों नहीं?' मैंने कहा।

हमने एक-दूसरे को अपने नंबर दिये। मैंने ऊपर आसमान की तरफ़ देखा। थैंक यू गॉड! मैंने एक छोटी सी प्रेयर की।

~

'उम्मीद है तुमने अब तक उस ड्रिंक के पैसे नहीं दिये,' मैंने पायल की तरफ़ जाते हुए कहा।

वो क्लब के एक हाई स्टूल पर बैठी थी। उसके एक हाथ में वाईट वाइन थी और एक हाथ में फ़ोन।

'ओ हाय,' उसने कहा। उसकी आँखें चमक उठी। 'बढ़िया शो था।'

'तुम्हें ऐसा लगता है?'

'हाँ, आप बेहतर होते जा रहे हो। जोक्स भी, डिलीवरी भी, आपके इशारे, मॉड्यूलेशन, सब बेहतर होता जा रहा है।'

'दूसरे शब्दों में, पिछली बार मेरा शो बेकार था,' मैंने हंसते हुए कहा।

'मैंने ऐसा तो नहीं कहा,' पायल ने कहा। 'ख़ैर, क्या मैं आपके लिये एक ड्रिंक ले आऊँ?'

'नहीं नहीं, मैं ख़ुद ले लूँगा। आख़िर तुम मेरी मेहमान हो।'

मैंने कुछ स्टाफ वाउचर अपनी पॉकेट से निकाले और उनमें से एक बारटेंडर को दे दिया। 'जिन और टॉनिक, प्लीज़,' मैंने कहा। एक मिनट बाद, बारटेंडर ने मुझे मेरा ड्रिंक दे दिया।

'चियर्स,' पायल और मैंने अपने गिलास उठाते हुए कहा।

'आने के लिए बहुत-बहुत शुक्रिया,' मैंने कहा।

'मुझे मज़ा आया।'

'अकेले आयी थी?'

'आने तो नहीं वाली थी। मेरे साथ मेरी सहेली आने वाली थी, आकांक्षा। लेकिन लास्ट मिनट पर उसने प्लान कैंसिल कर दिया।'

'लेकिन तुम फिर भी आई...' मैंने कहा।

'वेल, आपने मुझे पर्सनली बुलाया था। और मैंने हाँ भी कहा था, याद है ना?' उसने कहा।

हमारी आँखें मिलीं।

'वाह, शुक्रिया।' मैं मुस्कुराया।

'मैं आपको यहाँ बिठाकर रखना नहीं चाहती। आपने अभी-अभी अपना शो ख़त्म किया है—जाइए थोड़ा घूमिये, मिलिए जिससे भी आपको मिलना है।'

'मुझे कहीं नहीं जाना,' मैंने कहा।

'पक्का?' उसने पूछा। 'मुदित नहीं चाहता कि आप बाक़ी गेस्ट्स से मिलें?'

'नहीं, ठीक है। एक और ड्रिंक?' मैंने उसका ख़ाली गिलास देखकर कहा।

'हाँ लेकिन सिर्फ़ एक और। आज मैं अपने मम्मी-पापा के यहाँ जा रही हूँ।'

मैंने बारटेंडर को दो और वाउचर दिये और हमारी ड्रिंक को रिपीट करने को कहा।

'उन्हें तो ये भी नहीं पता कि मैं ड्रिंक करती हूँ। मुझे जाने से पहले बहुत सारी मिंट्स लेनी पड़ेंगी।'

मैंने उसकी तरफ़ हैरानी से देखा।

'वो ज़रा कंजर्वेटिव हैं,' उसने कहा।

'और तुम?'

पायल ने हैरत से मुझे देखा। 'मैं नहीं हूँ। मैं ड्रिंक करती हूँ। मुझे कॉमेडी बहुत पसंद है। और मैं और भी कई तरह की बग़ावत कर सकती हूँ। लेकिन मैं फिर भी वो सब करने की कोशिश करती हूँ, जो वो मुझसे एक्स्पेक्ट करते हैं।'

'और वो तुमसे क्या एक्स्पेक्ट करते हैं?'

'हार्ड वर्क करो। एक अच्छे जैन बनो। उनकी बात सुनो। कोई बॉयफ्रेंड मत रखो।'

'और तुम ये सब करती हो?'

'कोशिश करती हूँ।'

ओके तो शायद उसका कोई बॉयफ्रेंड नहीं था। ये तो गुड न्यूज़ थी। लेकिन वो कोई बॉयफ्रेंड रख भी नहीं सकती थी, और ये बैड न्यूज़ थी।

'तो तुम एक अच्छी जैन हो,' मैंने कहा।

'हाँ, अगर वाइन पीने की आदत को छोड़ दिया जाए तो, हाँ।'

'हमने तो पहले ही इस बात पर डिस्कशन कर ली थी कि वाइन जैन फ्रेंडली होती है।'

'फिर भी, उसमें एल्कोहल तो होता ही है ना। मेरे मम्मी-पापा तो बिल्कुल भी ड्रिंक नहीं करते।'

'घर पर और कौन-कौन है?'

'मेरा एक बड़ा भाई है, वो फ़ैमिली बिज़नेस संभालता है, वैसे तो पापा ही ज़्यादातर काम करते हैं।'

'क्या काम करते हैं?'

'हम लोग इलेक्ट्रिकल केबल बनाते हैं। हमारी एक फ़ैक्ट्री है ठाणे में। काफ़ी बोरिंग काम होता है। आपके काम जितना मजेदार काम नहीं है हमारा।'

'हाँ लेकिन केबल का काम, कॉमेडी के काम से तो ज़्यादा पैसे कमाता है।'

'मुझे लगता है कि कॉमेडी ज़्यादा मज़ेदार है केबल्स बनाने से।'

हम दोनों मुस्कुराए।

'पैसा भी मज़ेदार हो सकता है,' मैंने कहा। 'ख़ैर, अभी के लिए तो मेरे पास ये स्टाफ़ वाउचर हैं मज़े के लिए। कुछ और ड्रिंक्स चाहिएं? या मैं हमारे लिए कुछ खाना ऑर्डर कर दूँ?'

'कोई ड्रिंक नहीं। लेकिन, हाँ मुझे बहूत भूख लग रही है,' पायल ने कहा।

'जैन फ्रैंडली खाना खाओगी ना? नाचो या फ्रेंच फ्राइज़ चलेंगे?'

पायल ने मुझे बताया कि फ्रेंच फ्राइज़ भी नॉन-जैन समझे जा सकते हैं अगर थोड़े से और कट्टर जैन नियम लगाए जाएँ। जिसका मतलब था कि जड़ वाली कोई भी सब्ज़ी खाई नहीं जा सकती। लेकिन पायल और उसके परिवार वाले आलू खाते थे, तो मैं फ्रेंच फ्राइज़ और नाचो ऑर्डर कर सकता था, बस बिना प्याज़ और लहसुन के।

जब खाना आया तो मैंने एक फ्रेंच फ्राइज़ लिया और उसको चूहे की तरह कुतरने लगा।

'आप फ्रेंच फ्राइज़ नहीं खाते?' पायल ने कहा।

'मैं खाता हूँ, लेकिन अभी मैं एक हाई प्रोटीन डाइट पर हूँ। बस बॉडी बनाने के चक्कर में।'

'बॉडी बिल्डिंग तो आपका धर्म होगा ना? मैं कुछ चीज़ें इसलिए नहीं खाती हूँ क्योंकि मैं जैन हूँ। आप कुछ चीज़ें इसलिए नहीं खाते हो क्योंकि आप एक बॉडी बिल्डर हो।'

'कह सकती हो। मेरी डाइट में काफ़ी मीट है, लेकिन। जैन लोग तो स्वर्ग जाते हैं। बॉडी बिल्डर शायद नहीं जाएँगे।'

'पर, याद है, आपने कहा था, अगर सभी फनी लोग नर्क में होंगे तो स्वर्ग में किसको जाने की पड़ी है! कौन मदर टेरेसा और अन्ना हज़ारे के साथ गप्पें लड़ाए?'

'ओ तुम्हें याद है,' मैंने कहा। हम दोनों हँसे।

उसी समय उसको अपने फ़ोन पर एक नोटिफिकेशन आई। 'सॉरी, मुझे इसका जवाब देना होगा। ऑफिस से है,' उसने कहा।

'बिल्कुल, बिल्कुल!' मैंने कहा।

उसने गुस्से में अपने फ़ोन पर एक ईमेल लिखनी शुरू की। टाइप करते हुए, वह चुपचाप मुँह में उन शब्दों को बोल रही थी। उसको इस बात की कोई ख़बर नहीं थी कि उसकी ये हरकतें मेरे अंदर कितनी कोमलता पैदा कर रही थी। उसकी उंगलियां इतनी नाज़ुक कैसे थीं? उसके नाख़ून ऐसे गुलाब जैसे कैसे थे? उसका फ्लोरल प्रिंट वाला पीला शिफॉन टॉप किसी कॉटन कैंडी के जैसा चमक रहा था। उसके कानों से सुनहरी डॉल्फिन जैसे झुमके झूम रहे थे। उसके बाल एक लंबी पोनीटेल में बँधे हुए थे, जो उसे उसकी उम्र से और भी छोटा दिखा रही थी।

उसने मेरी तरफ़ देखा और धीरे से बोला, 'सॉरी बहुत ज़्यादा वक़्त लेने के लिए।' मैं मुस्कुराया और इशारों में कह गया, 'कोई बात नहीं'।

क्या मुझे ये बात आगे बढ़ानी चाहिए? लेकिन फिर मेरे उस नो-मोर-वीमेन-इन-माय-लाइफ वाले रूल का क्या होगा? और फिर उसके नो-बॉयफ्रेंड-अलाउड वाले नियम का क्या होगा? और फिर हम दोनों की उम्र के बीच का फ़र्क़! उसके रूल का क्या होगा? क्या ऐसा कोई रूल था भी?

प्रॉब्लम ये है कि जब आपको सच में कोई पसंद आता है तो सभीं रूल बेकार हो जाते हैं।

'सॉरी, मुझे इसका जवाब देना था,' पायल ने अपनी ईमेल ख़त्म करके कहा। 'यकीनन उन्हें सेटरडे नाईट से कोई फर्क नहीं पड़ता।' उसने अपना फोन एक तरफ रख दिया।

'वैसे काम कैसा चल रहा है?' मैंने कहा।

'काफ़ी बिज़ी हूँ। एक प्रॉब्लम पर अटकी हुई हूँ। एक कंपनी को वैल्यू करना है, लेकिन मुझे डर लगता है कि अगर मैंने अपने सीनियर्स से पूछा, तो उनको लगेगा कि मैं एक बहुत बड़ी बेवक़ूफ़ हूँ, जो कि मैं हूँ!'

'नहीं, तुम नहीं हो। तुम कहाँ अटकी हुई हो?' मैंने पूछा।

'ये कंपनी जो मैं वैल्यू कर रही हूँ, उसने कई सारे स्टॉक ऑप्शन अपने एम्प्लोयी को दे रखे हैं। ईसॉप, तुम्हें पता है?'

'हाँ, मुझे पता है।'

उसने अपना सर हिलाया। उसकी चोटी साथ ही में झूलती रही। 'यहाँ कई सारे लेयर और ट्रेंच हैं ईसॉप के, जिन सभी का हमें हिसाब रखना है।'

'हाँ, अगर कंपनी ने कई सारे स्टॉक ऑप्शन जारी कर रखे हैं, तो शेयर्स में भारी कमी हो जाएगी,' मैंने कहा।

'बिल्कुल, लेकिन ये जो ईसॉप हैं, ये काफ़ी कॉम्प्लिकेटेड हैं। इनमें हमें काफ़ी कॉम्प्लेक्स ऑप्शन्स को वैल्यू करना होगा।'

'ब्लैक-शोल्स फ़ॉर्मूला के भी परे?'

उसने अपना सर हिलाया।

'मैं मदद कर सकता हूँ,' मैंने कुछ देर रुककर कहा।

'क्या?'

'मैंने दो कॉम्प्लेक्स स्टॉक ऑप्शन वैल्यू की थी जब मैं येलोस्टोन में काम करता था, तो हम तुम्हारे ईसॉप डिस्कस कर सकते हैं, बस मुझे कोई नाम या कोई कॉन्फिडेंशियल जानकारी मत देना किसी कंपनी के बारे में।'

'हाँ? क्या हम वो कर सकते हैं?'

'क्यों नहीं! तुम्हारे पास ईसॉप की डिटेल है ना? मैं उन्हें अभी देखता हूँ।'

'आज नहीं। आज तुम्हारा बड़ा दिन है।'

'तो तुम कब डिस्कस करना चाहोगी उन्हें?'

'मैं कल देख सकती हूँ। आज मैं अपने मम्मी पापा के घर जा रही हूँ, घाटकोपर। लेकिन कल मैं अपने फ़्लैट पर आ जाऊँगी, परेल में। रास्ते में बांद्रा रुक जाऊँगी,' उसने कहा, 'क्या वो तुमको चलेगा?'

'चलेगा? दौड़ेगा! मैं बांद्रा में ही रहता हूँ। अच्छा कल बॉम्बे सैलेड को. पर मिलते हैं। मैं सन्डे को वैसे भी वहीं पर लंच खाता हूँ।'

'काफ़ी हेल्दी लगता है,' उसने शक के साथ कहा।

'कोई प्रॉब्लम है?'

'नहीं,' वो हँसी। 'कल मिलते हैं।'

~

'एक आयरन-मैन चिकन सैलेड, और एक फ़ील गुड सैलेड टोफू के साथ। जैन, कोई प्याज़ नहीं, कोई लहसुन नहीं, ड्रेसिंग में भी नहीं,' मैंने बॉम्बे सैलेड को. पर अपना ऑर्डर दिया।

'टोफू भी नहीं प्लीज़! मुझे बहुत ही ज़्यादा गंदा लगता है,' पायल ने कहा।

उसने एक गहरी नीली सलवार-कमीज़ पहनी हुई थी, जिस पर सुनहरे पोल्का डॉट बने थे। साथ में उसके माथे पर एक बिंदी भी थी। उसने अपना दुपट्टा हटाया हुआ था और उसको अपने बड़े गूची के टोट बैग के बग़ल में रखा हुआ था। उसने झुमके भी पहन रखे थे, लंबे, चाँदी के झुमके, जिन पर मोर के पंख थे जो उसके कपड़ों के रंग से मेल खा रहे थे।

'क्या ये मोर के पंख असली हैं?' मैंने उसकी ईयररिंग्स की तरफ़ इशारे करते हुए कहा।

'हाँ लेकिन ये जैन-फ्रेंडली है। इनको बनाते समय किसी मोर को कोई हानि नहीं पहुँचाई गई थी।'

'तुम्हें कैसे पता?' मैं मुस्कुराया।

'ऐसे कि मोर के पंख नैचुरली झड़ जाते हैं। वैसे भी, मैं कुछ ज़्यादा ही ओवरड्रेस हूँ! इन बांद्रा की लूलूलेमन पहनी लड़कियों से तो बिल्कुल अलग।'

शायद हमारे आसपास हर दूसरी टेबल पर लोगों ने एथलीज़र वाले कपड़े पहने हुए थे।

'मैं ऐसी लग रही हूँ जैसे मैं किसी गरबा नाईट पर गुजराती थाली खाने आई हुई हूँ,' उसने कहा।

मैं हँसा।

'सब मेरी माँ का ही किया धरा है। वो मेरे लिए ये सब कपड़े ख़रीद लेती हैं, फिर यह सब पहनाने के लिए ज़बरदस्ती करती हैं जब भी मैं उनसे मिलने जाऊँ।'

तभी वेटर हमारा खाना लेकर आ गया।

'कितने फिट हैं सब लोग इस रेस्टोरेंट में! तुम भी,' उसने कहा।

'शुक्रिया। जबसे मैंने हर दिन चौदह घंटे ऑफ़िस में काम करना बंद कर दिया है, मेरे पास वर्कआउट के लिए काफ़ी टाइम रह गया है।'

'काश मेरी भी तुम्हारे जैसी ज़िंदगी होती,' उसने एक गहरी साँस छोड़ते हुए कहा।

'हाँ तुम्हें मेरी जैसी ज़िंदगी मिल सकती है, बस अपना ये अंधे-पैसे वाला करियर छोड़ दो, और कुछ बेतुका कर लो, जैसे स्टैंड-अप कॉमेडी।'

'कॉमेडी बेतुकी नहीं है। लोगों को हंसाती है, उनको ख़ुश करती है। और फिर, यही तो ज़िंदगी का मक़सद है ना? ख़ुश रहना?' पायल ने कहा।

'वाह! मैंने कभी इसे इस तरह देखा ही नहीं था,' मैंने अपने सैलेड की एक बाईट लेते हुए कहा।

'मैं अमीर लोगों का पैसा इन्वेस्ट करती हूँ, ताकि वो और अमीर बन जाएँ। एक बार के लिए ये चीज़ बेतुकी हो सकती है,' उसने कहा।

'थैंक्स। मुझे अब इतना बुरा नहीं लग रहा। तुम एक तरह की कैपिटलिस्ट फिलोसफर हो, है ना? काफ़ी मैच्योर ख़याल हैं तुम्हारे, तुम्हारी उम्र के लिए।'

'वैल मुझे पहले भी कहा गया है कि मैं काफ़ी मैच्योर हूँ अपनी उम्र के लिए।'

'किसने कहा?'

'आकांक्षा, मेरी बेस्ट फ्रेंड।

'अरे हाँ, वही ना, जिसने आखरी मिनट पर प्लान कैंसिल कर दिया था कल?'

'ओ! तो कोई मेरी बात गौर से सुनता है।'

'बस कोशिश कर रहा हूँ,' मैंने मुस्कुराते हुए कहा।

हमने अगले कुछ मिनटों के लिए ख़ामोशी में खाना खाया।

'अच्छा अमीर लोगों को अमीर करने वाली बात से याद आया, तुम मेरे साथ ईसॉप डिस्कस करने वाली थीं,' मैंने अपनी प्लेट साइड करते हुए कहा।

'हाँ, करती हूँ,' पायल ने कहा। उसने अपने टोट बैग से लैपटॉप निकाला, फिर अपनी नोटबुक, कुछ प्रिंटआउट और दो पेन निकाले। लड़कियाँ अपने हैंडबैग में इतना सारा सामान कैसे रख लेती हैं?

उसने लैपटॉप पर एक स्प्रैडशीट खोली और लैपटॉप को मेरी तरफ़ घूमा दिया ताकि हम दोनों को स्क्रीन दिख सके ।

'मैंने कंपनी की डिटेल तो छुपा दी हैं, लेकिन ईसॉप का ढाँचा यही है। ये प्रिंटआउट तुम्हें और थोड़ी जानकारी दे सकते हैं,' उसने कहा।

'ओके, चलो देखते हैं,' मैंने स्प्रैडशीट को देखते हुए कहा।

मैंने अगला घंटा उसके साथ काम करने में बिताया। बीच में हमने दो ब्लैक कॉफी मंगवाई। मैंने स्प्रैडशीट को मॉडिफाई किया, कुछ नई रो डालीं, कुछ नए फ़ॉर्मूले डाले।

'और ये हो गया,' मैंने कहा। 'यही है ईसॉप की वैल्यू।' मैंने लैपटॉप स्क्रीन उसकी तरफ़ मोड़ दी।

'ये बेहतर लग रहे हैं,' उसने एक मिनट बाद, पूरी स्प्रेडशीट देखकर कहा। 'और फिर ईसॉप क़रीब पच्चीस पर्सेंट हैं पूरी कंपनी के शेयर्स के।'

'हाँ, पूरी कम्पनी का एक चौथाई है।'

उसने मुझे देखा। 'शुक्रिया, साकेत, मेरी काफ़ी हेल्प हो गई। मुझे लगता है कि मुझे आपको साकेत सर बुलाना चाहिए।'

'प्लीज़ बिल्कुल नहीं! मुझे अपनी बढ़ती उम्र के बारे में ना ही याद दिलाओ तो अच्छा है। आज सुबह ही किसी कॉलेज के लड़के ने मुझे जिम में बोला, "अंकल आपका केबल मशीन के साथ काम हो गया क्या?"'

'अरे वो तो ठीक है,' पायल ने अपनी हँसी को किसी तरह रोकते हुए कहा।

'भाई, वो बंदा 20 साल का था और हट्टा कट्टा पहलवान। बॉडी बिल्डर किस्म का।'

'मैं भी तो 21 साल की हूँ, शायद मुझे भी...' उसने कहा, लेकिन मैंने उसे बीच में ही टोक दिया।

'नहीं प्लीज़, बिल्कुल नहीं! कोई सर नहीं और अंकल तो बिल्कुल भी नहीं। साकेत चलेगा।'

'ओके... साकेत,' उसने दाँत दिखाते हुए कहा। '*विश मी लक*। अगले थर्सडे ही मेरी प्रेजेंटेशन है।' उसने अपना लैपटॉप बंद कर दिया और सबकुछ वापस अपने टोट बैग में डाल दिया।

'तुम कमाल करोगी,' मैंने कहा। मुझे मालूम था कि वह कमाल करेगी।

हमने अपनी-अपनी कॉफ़ी ख़त्म की और रेस्टोरेंट से बाहर आ गए। उसने अपने ड्राइवर को बुलाया, जो एक बीएमडब्ल्यू में आया।

'ये मेरे पापा की है अगर तुम्हें कुछ और मसाला चाहिए तो,' उसने कहा।

'मसाला, कैसा मसाला?'

'पापा की परी वाले कुछ और जोक्स?'

मैं हँसा। वो फनी थी और स्मार्ट, समझदार और ख़ूबसूरत भी। *मैं कौन होता था ऐसी खूबसूरत बला के जादू से बचने वाला?*

जाने से पहले, पायल ने जल्दी से मुझे एक साइड-हग दी। लड़कियों के हग करने के अलग-अलग तरीके होते हैं। अगर वह आपको ठीक से नहीं जानतीं, तो कोई गुडबाय हग नहीं होती। अगर वह आपको थोड़ा बहुत जानती हैं, तो आपको एक साइड-हग मिलती है। और अगर वो आपको अच्छे से जानती हैं, तो आपको एक पूरी सीने-से-सीना-टकराने वाली हग मिलती है।

ओके, तो अब पायल मुझे थोड़ा बहुत जानने लगी थी।

'याह!' मैं 20 किलो के डंबल के साथ बाइसेप कर्ल करते हुए चिल्लाया । मैं कुशल के साथ कॉल पर था। वो मेरे एयरपॉड्स पर था।

'तुम ठीक तो हो, साकेत? मुझे लगा मैंने तुम्हें गुड न्यूज़ दी है,' कुशल ने कहा।

'हाँ, सॉरी। जिम में हूँ।'

मैंने डंबल वापस रैक में रखे और एक बेंच पर बैठ गया।

'मैं बाद में भी बात कर सकता हूँ, बस तुम्हें एक अच्छी ख़बर देना चाहता था।'

'मेरी 80% सेविंग तो पहले ही जा चुकी हैं, लेकिन अगर तुम्हें फिर भी वो एक गुड न्यूज़ लगती है, तो ठीक है।'

'देखो, वो तो टस से मस नहीं हुई, लेकिन कम से कम उसने काग़ज़ तो साइन कर दिए। अब तुम्हें ट्रायल पर जाने की ज़रूरत नहीं पड़ेगी। तुम एक आज़ाद आदमी हो।'

'तो अब ऑफिशियली मेरा डिवोर्स हो चुका है?'

'हाँ, जज इसी हफ़्ते एक ऑर्डर साइन कर देगा।'

'ठीक है।'

'और एक और बात...' कुशल कुछ देर रुका।

'क्या?'

'हमारी लीगल फी अभी भी बाक़ी है,' उसने थोड़ा शरमाकर कहा।

'ठीक है! जो लेना है ले लो! बाक़ी के 20% चाहिएं?'

'नहीं साकेत, सिर्फ़ उतना ही चाहिए जितना बकाया है। मैं तुम्हें एक इनवॉइस भेज दूँगा। अपना ख़याल रखो।'

मैंने कॉल काट दी और वापस अपना सेट करने लग गया और दो 30-किलो डंबल उठा लिए।

'बहुत ज़्यादा है,' एक जिम ट्रेनर ने कहा जब उसने मुझे 30 किलो के दो डम्बल के साथ बाइसेप कर्ल्स करते हुए देखा।

'क्या?' डंबल नीचे रखकर, उसकी तरफ़ मुड़ते हुए मैंने कहा।

'कुछ ज़्यादा ही वेट है! लग जाएगी!'

लेकिन अगर पहले ही लगी हो, तो?

~

'फ्री हो?'

पायल का मैसेज मेरे फ़ोन की नोटिफिकेशन पर आया। मैंने लिखना छोड़ दिया और लैपटॉप साइड में रख दिया।

'हाँ बताओ,' मैंने कहा।

'मैं अपना इन्वेस्टमेंट मेमो ख़त्म कर रही हूँ। तुम कैसे हो?'

'अच्छा हूँ। एक कॉर्पोरेट शो के ऑडिशन की तैयारी कर रहा हूँ।'

'ओ, ग्रेट।'

'हाँ, देखते हैं कैसा जाता है। मेमो कैसा दिख रहा है?'

'गुड। तुम्हारी मदद चाहिए होगी। फिर से।'

'बिल्कुल।'

'मैंने ईसोप्स वाला सेक्शन तो ख़त्म कर दिया है, एक्सप्लेनेशंस के साथ। क्या तुम इसे एक बार देख सकते हो और बता सकते हो कि ये सही है?'

'हाँ बिल्कुल। ज़रा मुझे ये ईमेल करना।' मैंने अपना ईमेल एड्रेस पायल को दिया।

कुछ ही सेकेंड बाद उसकी ईमेल आ गई। मैंने ईमेल में अटैच फाइल खोली और उसको कॉल करने से पहले एक मिनट तक उसे देखता रहा।

'हे,' उसने कॉल उठाते हुए कहा। 'क्या बहुत ही बेकार है?'

'नहीं, ये एकदम ठीक है। तुम इतना शक क्यों कर रही थी अपने ऊपर?'

'सॉरी! मैं बस नर्वस थी।'

'गुड नर्वस ना?'

वो हंसी। 'वैसे उम्मीद है तुम्हारा कॉर्पोरेट ऑडिशन जल्द ही होगा, है ना?'

'इसी फ्राइडे है। एक कंपनी है, रिलायबल पॉलीमर्स। उनकी एक एनुअल कॉन्फ्रेन्स आने वाली है, और उन्हें एक एंटरटेनर चाहिए।'

'मजेदार लगता है।'

'अरे क्या ख़ाक मजेदार है? कॉरपोरेट्स अच्छा पैसा दे देते हैं वैसे, बस वही बात है। क्रेयॉन क्लब में तो मुझे मुश्किल से कुछ पैसे मिलते है।'

'लेकिन तुम उस क्लब में अपना नाम बना रहे हो, जिससे तुम्हें और भी प्राइवेट फंक्शंस में पैसे कमाने का मौक़ा मिल रहा है।'

'वो तो सच बात है। मैं बस नर्वस हूँ वैसे। मुझे एक कमरे में बैठे हुए एचआर वालों को हँसाना है। कभी सोचा है कि एचआर वाले हंसते भी होंगे?'

पायल हसीं, 'देखो अब ये बहुत फनी है। तुम इसे यूज़ कर सकते हो।'

'एचआर वालों पर एचआर वाले जोक्स नहीं मार कर सकता मैं।

'रिलैक्स करो तुम वैसे ही फनी हो।'

'तुम्हें ऐसा लगता है?'

'मैं ऐसा मानती हूँ! चिंता मत करो तुम कमाल करोगे!'

'थैंक यू, मिस मोटिवेशन!'

'वेलकम, मिस्टर ईसॉप!'

क्या हम फ़्लर्ट कर रहे थे? क्या ये दुनिया में किसी भी सूरत में फ्लर्टिंग थी? क्या मैं इसको अगला क़दम समझ सकता था, और उससे फिर से मिलने के लिए पूछ सकता था?

'अगर हम दोनों अपनी-अपनी प्रेजेंटेशन में कमाल कर दिखायें, तो किसी दिन बाहर चलकर इसे सेलिब्रेट करेंगे,' मैंने कहा।

'डन,' उसने कहा और कॉल काट दी।

एक सेकेंड! क्या उसने मेरे साथ बाहर जाने के लिए हाँ कर दी थी? कह सकते हैं।

मैंने अपना लैपटॉप खोला और वापस जोक्स लिखने शुरू कर दिए, डेंटिस्टों के ऊपर, इस उम्मीद में कि रिलायबल पॉलीमर्स के एचआर डिपार्टमेंट में किसी का कोई रिश्तेदार डेंटिस्ट ना हो।

'मुझे डेंटिस्टों के लिए बुरा लगता है। कोई डेंटिस्ट या कोई डेंटिस्ट का रिश्तेदार है क्या यहाँ?' मैंने उन आठ लोगों को देखते हुए कहा, जो एचआर डिपार्टमेंट से थे, और उस कॉन्फ्रेन्स रूम में बैठे थे। रिलायबल पॉलीमर्स का ऑफ़िस उतना ही बोरिंग और बेरंग था, जितना उस कंपनी का नाम था। सबकुछ, फ़र्नीचर और दीवारों से लेकर लोगो तक, ग्रे था।

मैंने अपना सेट जारी रखा। 'कोई है एचआर में जो मन ही मन एक डेंटिस्ट बनना चाहता था? लोगों के दाँत उखाड़ना चाहता था?'

कमरे में बैठे आधे लोगों के चेहरे पर ऐसा दर्दनाक एक्सप्रेशन था, जैसे मैं उनकी आंतों का ऑपरेशन करने वाला था। एचआर वालों को हंसाना, मानो किसी मैयत पर आए लोगों को नचवाने जैसा है। लेकिन आख़िरकार एक सीनियर एचआर वाला हँसा। देखा-देखी उसके जूनियर भी हँसे।

ओके, ये तो अच्छा साइन था।

मुझे ये समझ में आ गया था कि ये सीनियर एचआर मेरी कामयाबी की चाबी था। क्यूंकि कॉरपोरेट की दुनिया में जूनियर लोग तभी किसी चुटकुले पर हँसते हैं, जब उनके सीनियर उस चुटकुले पर हँसते हैं।

'मुझे लगता है कि हमारे मेडिकल एजुकेशन बोर्ड ने डेंटिस्टों के साथ बड़ी नाइंसाफ़ी की है। ऐसा लगता है कि उन्होंने एक दिन ये ऐलान कर दिया कि: "आपमें से कुछ लोग डॉक्टर बनने वाले हैं, आप लोग पूरे शरीर का इलाज करेंगे। और आपमें से कुछ लोग डेंटिस्ट बनने वाले हैं, आप लोग सिर्फ़ दांतों का इलाज़ करेंगे।" डेंटिस्टों ने कहा, "सिर्फ़ दाँत? क्या हम पूरे चेहरे को ठीक नहीं कर सकते?" बोर्ड वालों ने कहा "नहीं!" डेंटिस्ट ने बोला, "अच्छा, सर के बारे में क्या ख्याल है?" नहीं। "अच्छा कम से कम हमें होंठ या नाक तो दे दीजिए?" नहीं! "तुम लोग डेंटिस्ट हो, तुम्हारा काम है दांतों के बारे में सीखना और सिर्फ़ दांतों के बारे में ही सीखना। वह बत्तीस दाँत जो इंसानों के होते हैं ना बस वही और तुम यही चीज़ पूरे 4 साल करोगे।"'

मैं सीधा सबसे सीनियर एचआर के पास चला गया, उसकी आँखों में देखा और कहा, 'सर, मुझे एक बात बताइए, आप डेंटल कॉलेज में करते भी क्या हैं? उन्ही बत्तीस दांतों के बारे में सीखते हैं, है ना? इसका मतलब हर साल आप आठ दाँतों के बारे में सीखते हैं, चार सालों तक। इसका मतलब हर सेमेस्टर में आप सिर्फ़ 4 दांतों के बारे में पढ़ते हैं?'

सीनियर एचआर हँस पड़ा। *जैकपॉट!* साथ ही साथ, सीनियर एचआर के जूनियर भी हँस पड़े, और फिर उनके जूनियर, और फिर उनके जूनियर के जूनियर भी हँस पड़े। पूरा कमरा ही हँसी में उमड़ गया।

मैंने अपना जोक जारी रखा। 'यहाँ डॉक्टर लोग नर्वस सिस्टम के बारे में पढ़ रहे होते हैं, सर्कुलेटरी सिस्टम के बारे में पढ़ रहे होते है, एंडोक्राइन सिस्टम के बारे में पढ़ रहे होते हैं, और ना जाने कौन-से कौन-से सिस्टम्स के बारे में सीख रहे होते है, वो भी एक ही टर्म में। और एक हमारे डेंटिस्ट! पूछते रहते हैं, "अब क्या करें सर? हमने तो इस साल आठ दांतों के बारे में पढ़ लिया। अब क्या?" और फिर उन्हें हमारा एजुकेशन बोर्ड क्या कहता है? "जाओ तो बाज़ार में बिकने वाले सारे टूथपेस्ट देखो, चेक करो और बताओ कि कौन-सा टूथपेस्ट सभी डेंटिस्ट का सुझाया होना चाहिए हर ऐड में?"'

वहाँ बैठे सभी लोग, बिना अपने सीनियर से हँसी का अप्रूवल लिए, हँसने लगे।

मैं अपना तीन मिनट का ऑडिशन ख़त्म करके सबके सामने झुका।

'ठीक है, तुम गिग पर आ सकते हो,' एचआर के सीनियर ने मुझे हैंडशेक दिया। 'मैं प्रियांशु गुप्ता हूँ यहाँ पर एचआर हेड हूँ।'

'शुक्रिया सर,' मैंने कहा।

प्रियांशु फिर अपने जूनियर्स की तरफ़ मुड़ गया, और मुझे उनसे मिलवाया। 'ये अखिल है, ये हमारी ऑफ़ साइट देखता है, और ये राजेश है, ये एम्प्लोयी वेल्फेयर को देखता है।'

मैं ये सोच रहा था कि अंतरात्मा को मार देने वाला एक ऐसा कॉर्पोरेट, जो रेसिन बनाता था, वो अपने एम्प्लॉयज़ के लिए किस तरह की वेलफेयर एक्टिविटी करता होगा। *अच्छा, एचआर के सामने कोई एचआर या कॉरपोरेट वाला जोक मत मारो।*

अखिल मुझे कॉन्फ्रेन्स रूम से बाहर लेकर गया।

'हमें आपके साथ थोड़े से कमर्शियल डिस्कस करने होंगे,' उसने कहा।

'वह सब मुदित संभालता है,' मैंने कहा। 'मैं उसे बोल दूँगा आपसे बात करने के लिए।'

'बिल्कुल! क्या आप हमारे साथ मल्टीपल इवेंट्स करने के लिए एक डील साइन करना चाहेंगे? हमारे 4 ज़ोनल ऑफ़ साइट हैं: गोवा, कोची, जयपुर और सिलीगुड़ी।'

'मैं चारों करना चाहूंगा। मैं मुदित से कहूँगा कि वो आपको कॉल कर ले और सभी डिटेल और कमर्शियल की डिटेल ले ले,' मैंने खुद को मन ही मन एक हाई फाइव देते हुए।

~

'डन है भाई, मैंने अखिल से बात भी कर ली। 4 शहर एक साथ। साठ। सही है न?' मुदित ने मुझे फ़ोन पर कहा। मैं कैब से रिलायबल पॉलीमर्स से वापस आ रहा था।

'बड़ी जल्दी बात कर ली! और साठ हज़ार? चार शहरों के लिए? सही है,' मैंने कहा। क्रेयॉन क्लब तो मुझे हर रात के शो के लिए सिर्फ़ 5 हज़ार रुपये देता था। ये तो फिर भी हर शो के 15 हज़ार दे रहे थे।

'नहीं, ब्रो। पागल है क्या?' मुदित ने कहा, 'ये एक कॉर्पोरेट गिग हैं। साठ हज़ार तो हर शहर के मिलेंगे। जाना, रहना, अलग। चार शहर मतलब 2,40,000। क्लब कम से कम पंद्रह पर्सेंट रख लेगा, तो तुझे दो लाख तो मिल ही जाएंगे।'

'दो लाख?' मैं चौंककर उठ गया। मैंने अपने कॉमेडी के करियर में अब तक 'लाख' शब्द नहीं सुना था।

'अरे वैलकम,' मुदित ने हँसते हुए कहा। 'तुझे अपने डिवोर्स का समझौता करवाने के लिए मुझे बुला लेना चाहिए था भाई!'

'भाई क़सम से! तू बेस्ट है। ऐसे ही थोड़ी तुझे मैं बॉस मानता हूँ,' मैंने कॉल काट दी।

मैंने सोचा पायल को कॉल किया जाए।

उसने पहली ही रिंग पर फ़ोन उठा लिया। 'क्या तुम अभी बात करने के लिए फ्री हो,' मैंने पूछा।

'हाँ मैं ऑफ़िस से घर जा रही हूँ। मैं भी तुम्हें आज कॉल करने वाली थी।'

'सच में?'

'हाँ। दो चीज़ें हैं। पहली, मैं ये पूछना चाह रही थी कि तुम्हारा कॉर्पोरेट ऑडिशन कैसा गया?'

'तुम्हें याद था? मैं बस अभी रिलायबल पॉलीमर्स से ही वापस आ रहा हूँ।'

'और?'

'तो बात ऐसी है कि, वो मैं एक इवेंट नहीं कर रहा...'

'ओ,' उसने निराशा भारी आवाज़ के साथ कहा।

'...क्योंकि मैं चार इवेंट कर रहा हूँ, सब अलग-अलग शहरों में, और वह मुझे मेरी उम्मीद से कहीं ज़्यादा पैसे दे रहे हैं। पता चला कि एचआर वाले वाक़ई डेंटिसट जोक्स पर बहुत हँसते हैं।'

'अरे बधाई हो साकेत! मैं डेंटिस्ट वाले जोक अभी इसी वक़्त सुनना चाहती हूँ,' उसने कहा।

'बिल्कुल बिल्कुल,' मैंने कहा। 'पर रुको, अगर मैं पूछ सकता हूँ तो, तुम्हारी मेमो वाली प्रेजेंटेशन कैसी रही?'

'अरे वही तो दूसरी चीज़ थी जिसके बारे में मैं तुमसे बात करना चाहती थी।'

'ओके, और?'

'अरे ग़ज़ब,' उसने धीरे से कहा।

'सच में?'

'रुको, मैं तुम्हें वो मैसेज ही पढ़ाती हूँ जो जगदीश ने मुझे भेजा: "तुमने आज मेमो के साथ कमाल ही कर दिया पायल। तुमने ईसोप की वैल्यू को निकालने में काफ़ी समझदारी दिखाई। बधाई हो!"'

'ये तो कमाल हो गया! शाबाश पायल,' मैंने हर शब्द पर ज़ोर देते हुए कहा।

'जगदीश ने यह मैसेज हमारी ऑफ़िस की ग्रुप चैट पर डाला, जबकि वो कभी किसी की तारीफ़ नहीं करते।'

'तुम तो स्टार हो, पायल।'

'सब तुम्हारी मदद की वजह से।'

'नहीं, नहीं। यह सब तुम्हारी ही मेहनत है,' मैंने कहा।

'शुक्रिया,' पायल ने कहा।

साकेत खुराना तुम ये कर सकते हो, मैंने अपने आपसे कहा और पायल से एक सवाल पूछा: 'पायल, तुम इस वीकेंड क्या कर रही हो?'

'कुछ भी तो नहीं। फ्री ही हूँ।'

'ओके। मैं सोच रहा था अगर मैं तुम्हें बाहर डिनर के लिए ले चलूँ?'

'डिनर?'

'हाँ। हमने कहा था ना कि हम हमारी प्रेजेंटेशंस को सेलिब्रेट करेंगे, याद है ना?'

'हाँ लेकिन ट्रीट तो मुझे तुम्हें देनी चाहिए, मेरी मदद करने के लिए।'

'नहीं, मैं तुम्हें बाहर लेकर जाना चाहता हूँ। मैंने कॉर्पोरेट वाली डील जो क्रैक की है, और वैसे भी, मैं तुमसे बड़ा हूँ।'

'ओके,' उसने कहा। 'कहा चले?'

'एयर चलें? कल साढ़े सात बजे शाम को?'

'एयर फोर सीज़न्स, जो वर्ली में है? पर वो तो बहुत ज़्यादा महंगा है ना?'

'उसकी चिंता मत करो। ये डिनर रिलायबल पॉलीमर्स स्पांसर कर रहा है। कल मिलते हैं।'

एयर एक रूफटॉप लाउंज और बार है, जहाँ से मुंबई शहर का शानदार व्यू मिलता है। अरब सागर की लहरों पर जैसे अंधेरे और उजाले का एक अजीब खेल चल रहा होता है। एक तरफ़ शहर की चकाचौंध, और टिमटिमाती हुई इमारतें। और दूसरी तरफ़ अँधेरा, जो बड़ी शराफ़त से शहर के बाक़ी बेरंग, बेस्वाद इलाक़ों को रफ़ा-दफ़ा करके छिपा देता है। एयर का ऑल-वाईट डेकॉर है—सबकुछ, चेयर-टेबल से लेकर बीच में बने एक बाउल आकार वाले बार तक सबकुछ सीधे सादे सफेद में रंगा हुआ है। सबकुछ हाई एंड है, और खाने-पीने के दाम भी। अगर रिलाएबल पॉलिमर्स ने अपनी डील कैंसिल कर दी, तो आज रात के खाने के बिल को भरने के लिए मुझे क्रेयॉन क्लब पर महीने भर के लिए रोज़ शो करने पड़ते।

मैं एयर पहले पहुँच गया। एक बेहतर व्यू के लिए वहाँ की हॉस्टेस मुझे किनारे के पास वाली एक टेबल तक ले गई। मैं वहाँ बस पाँच मिनट पहले ही आया था कि पायल भी पहुँच गई।

'सॉरी, वर्ली नाका के सिग्नल पर फँस गई थी,' उसने कहा।

जब तुम इतने खूबसूरत दिखते हो, तो तुम्हें माफ़ी मांगने की कोई ज़रूरत नहीं होती।

उसने एक छोटी चमचमाती हुई ड्रेस पहनी हुई थी, जिसका रंग रेड वाइन सा था। उसकी लिपस्टिक भी उसी रंग की थी। उसके गले में एक रोज़ गोल्ड चेन थी, जिस पर एक छोटा सा बटरफ़्लाई पेंडेंट था। उसने अपने बाल खुले छोड़े हुए थे। और वो उसकी कमर तक लहरा रहे थे। उसकी गर्दन की बायीं तरफ़ एक छोटा सा तिल था, वहीं जहाँ उसकी गर्दन ऊपर की तरफ़ मुड़ती थी। मैं काफ़ी देर तक उसी को देखता रहा।

'मैंने कहा हेल्लो,' उसने दोबारा कहा।

'ओ, हाय, सॉरी। आइए प्लीज़। तुम बहुत ख़ूबसूरत लग रही हो।'

'शुक्रिया,' उसने कहा। वह ब्लश कर रही थी, 'वाह! क्या नज़ारा है!'

वह मेरे सामने बैठ गई।

'एक ग्लास प्रोसेको, प्लीज़,' पायल ने कहा, जब एक वेटर हमारा ऑर्डर लेने आया।

'मैं भी वही लूँगा,' मैंने कहा। मैं पायल की तरफ़ मुड़ा, 'एक बोतल ही कर लें?'

'सच में?'

'हाँ, क्यों नहीं?' मैं वेटर की तरफ़ मुड़ा। 'प्रोसेको की एक बोतल, प्लीज़। और कुछ डिप और पीटा ब्रेड भी। क्या आप डिप्स को बिना प्याज़ और लहसुन के बना सकते हैं? जैन-फ्रेंडली?'

'हाँ सर, कर सकते हैं,' वेटर ने कहा, और हमारा ऑर्डर लेकर चला गया।

'कितना मुश्किल है मेरे साथ कहीं भी बाहर जाना,' पायल ने कहा।

'कोई बात नहीं,' मैंने कहा।

कुछ ही मिनटों बाद वेटर हमारी वाइन की बोतल और ग्लासेस के साथ आ गया। उसने सील्ड बोतल एक सिल्वर आइस बकेट में रखी और चला गया।

'यह बिल्कुल शैंपेन की तरह है। अजीब बात है कि हम इसे शैंपेन नहीं बोल सकते,' मैंने कहा।

'हाँ सिर्फ़ वही स्पार्कलिंग वाइन जो फ्रांस के शैम्पेन इलाके में बनती हैं, उन्हें ही शैम्पेन कहा जाता है,' पायल ने कहा।

'यह तो वही बात हो गई कि जो लस्सी पंजाब के बाहर बने, उसे लस्सी नहीं बोल सकते,' मैंने कहा। 'ज़रा सोचो, अगर पंजाब कहे, "ओय गुजरात! लस्सी हमारी है! चुपचाप अपनी अमूल वाली ड्रिंक का नाम स्वीट दही स्मूदी या कुछ और रख ले, नहीं तो हमने तेरी फ़ैक्ट्री बंद कर देनी है और तुझे अंदर!"'

पायल अपने मुँह पर हाथ रखकर हँसी।

'वही तो शैंपेन वाले लोग करते हैं फ्रांस में,' मैंने कहा।

'कितना मज़ेदार है एक कॉमिक के साथ बाहर आना, जैसे मुझे एक फ्री शो की फ्रंट रो वाली सीट मिल गई हो,' उसने कहा।

मैं मुस्कुराया और मैंने स्पार्कलिंग वाइन बोतल को खोलना शुरू किया। उसकी कॉर्क पॉप करके बाहर आ गई। मैंने ध्यान से, धीरे-धीरे से वाइन को दो ग्लासों में डाला, और एक ग्लास पायल की तरफ़ पास कर दिया। जैसे ही हमने चियर्स किया, वेटर हमारे खाने के साथ आ गया।

'ईसोप्स में मेरी मदद करने के लिए बहुत-बहुत शुक्रिया,' पायल ने पीटा ब्रेड को जैन हमस में डुबोते हुए कहा।

'तुम्हें मुझे बार-बार शुक्रिया कहने की ज़रूरत नहीं है,' मैंने कहा।

पायल ने सर हिलाया। उसने अपने आस-पास देखा और हम दोनों ने अपनी प्रोसेको का सिप लिया।

'कितने सारे डेटिंग-टाइप लोग आए हुए है यहाँ,' उसने हमारे आस-पास बैठे कपल्स की तरफ़ इशारा करते हुए कहा। उनमें से एक ने एक-दूसरे के हाथ पकड़े हुए थे।

'हाँ यह एक पॉपुलर डेट स्पॉट है,' मैंने कहा।

'सच में? ओ, पर मुझे कैसे पता होगा,' पायल ने कहा।

'तुमने पहले लोगों को डेट किया है ना?' मैंने कहा।

'मतलब कोई बॉयफ्रेंड वग़ैरह क्या?'

'वैल, हाँ।'

'वैसे तो नहीं।'

'क्या मतलब "वैसे तो नहीं?"'

'नहीं मेरा कोई बॉयफ्रेंड नहीं रहा है। क्रश रहे हैं, बॉयफ्रेंड कभी नहीं।'

'मतलब कभी नहीं?'

पायल ने मेरी तरफ़ एक शर्मीली सी मुस्कान के साथ देखा और अपना सर हिलाया।

'मतलब तुम कभी किसी के साथ डेट पर नहीं गई हो, कभी किसी का हाथ नहीं पकड़ा है, कभी किसी को किस नहीं किया है?'

'नहीं... नहीं... और हाँ। मैंने किस किया है, पर सिर्फ़ गालों पर, और वो भी मेरे छोटे कज़न्स को।'

'नहीं, मेरा मतलब एक प्रॉपर किस।'

'बड़ी शर्म की बात है, लेकिन नहीं।'

मेरा मुँह खुला का खुला रह गया। अब आगे क्या बोलूँ?

'ओके। कोई बात नहीं, होता है। तुम अभी भी छोटी हूँ। पर स्टैन्फ़र्ड में क्या हुआ? क्या तुम्हें वहाँ कोई नहीं मिला?' मैंने कहा।

'मेरा एक क्रश था।'

'था क्या?'

'हाँ, पर... ये बड़ी शर्मनाक बात है। वो एक प्रोफ़ेसर था, एक जवान असिस्टेंट प्रोफ़ेसर, पर मुझसे काफ़ी बड़ा था उम्र में।'

'कितना बड़ा था?'

'मैं उन्नीस की थी, वो इकतीस का था। माइक्रोइकनॉमिक्स पढ़ाता था। मैंने उसकी क्लास में जी जान लगा दी, इस उम्मीद में कि वह मुझे नोटिस करेगा।'

'और फिर?'

'फिर क्या होना था? कुछ नहीं, बस एक नादान सा क्रश था एक उम्र से बड़े इंसान के ऊपर। उस क्रश का कुछ नहीं हुआ।'

'तो तुम्हें अपनी उम्र से बड़े लड़के पसंद हैं?'

'अगर मेरे आज तक के क्रशेज को देखा जाए, तो हाँ। किसे पता लेकिन। मेरे पास तो डेटिंग का तजुर्बा भी नहीं है।'

मैंने अपना सर हिलाया।

'तुम्हें काफ़ी हैरानी हो रही होगी ना? ये सोच के कि आजकल के ज़माने में ऐसी भी एक लड़की है,' पायल ने कुछ देर बाद कहा।

'थोड़ा अजीब ज़रूर है, हाँ,' मैंने कहा।

'तुम मेरे घर का हाल नहीं समझ पाओगे। मैंने तुम्हें बताया है ना? कितनी तो पाबंदियों के साथ बड़ी हुई थी मैं वहां।'

'हाँ, याद है, मांस नहीं, अंडा नहीं, प्याज़ नहीं, लहसुन नहीं... '

'और लड़के नहीं। एक बॉयफ्रेंड होना उतना ही बड़ा पाप है जितना बड़ा बीफ खाना!'

'क्यों?'

'क्योंकि मेरी माँ ने मेरे अंदर यह ख़याल ड्रिल करके रखा हुआ है कि सिर्फ़ बुरी लड़कियों के ही बॉयफ्रेंड होते हैं।'

'तो अच्छी लड़कियाँ क्या करती हैं?'

'वो पढ़ती हैं, और अपने पेरेंट्स का कहना मानती है।'

'जैसे कि तुम। तुम भी तो एक अच्छी लड़की हो।'

'हाँ, वो मैं अब हूँ। स्टैन्फ़र्ड में भी मुझे क्लास में टॉप करना ही करना होता था। मम्मी-पापा ने कभी ज़ोर-ज़बरदस्ती नहीं की, ये बात तो बस मेरे अंदर छपी हुई थी। अगर मेरा एक भी ग्रेड कम आता था तो मैं अपने आपसे बहुत ज़्यादा सख्ती से पेश आती थी।'

'परफेक्शनिस्ट हो?'

'सच कहूँ तो, टॉक्सिक परफेक्शनिस्ट। स्टैन्फ़र्ड में टॉप करना मतलब तुम्हारी कोई ज़िंदगी नहीं है। वैसे लड़कों ने कोशिशें की थी; मुझे कॉफ़ी पर, ड्रिंक्स के लिए, या डिनर पर इनवाईट ज़रूर करते थे।'

क्यों ना करते!

'और?' मैंने अपनी एक्साइटमेंट कंट्रोल करते हुए कहा।

'मैंने हर बार ना कर दी, और क्या करती...'

'फिर भी तुम यहाँ आई हो आज रात को।'

उसने मेरी तरफ़ देखा। वो थोड़ी हैरान सी लग रही थी। 'क्या ये एक डेट है?' उसने धीरे से कहा।

एक ट्रिक क्वेश्चन। अगर मैंने ना बोला, तो मेरे सभी चांस ख़त्म हो जाते, हमेशा-हमेशा के लिए। और अगर हाँ बोला, तो पायल उसको ग़लत तरीक़े से भी ले सकती थी। जब कोई सही जवाब नहीं होता है तो एक सवाल का सबसे सही जवाब, एक और सवाल होता है।

'तुम्हें क्या लगता है?' मैंने उससे पूछा।

'हम तो यहाँ डिनर के लिए मिले थे, अपनी-अपनी प्रेजेंटेशंस को सेलिब्रेट करने के लिए...'

'हाँ, बिल्कुल।'

'लेकिन, जैसा कि तुमने पहले कहा था, यह जगह एक डेट स्पॉट है, कपल्स से भरी हुई है।'

'यह बात भी सही है।'

'और इससे हमारा मिलना, एक डेट कैसे बनता है? मुझे कुछ नहीं पता,' उसने कहा।

'क्या तुम वाक़ई इतनी भोली हो?' मैंने हंसते हुए कहा।

'हाँ-हाँ, ठीक है, उड़ा लो मेरा मज़ाक,' पायल ने अपनी वाइन का एक बड़ा सिप लेते हुए कहा।

'मैं तुम्हारा मज़ाक नहीं उड़ा रहा हूँ, मुझे बस ये बहुत क्यूट जवाब लगा।'

'मैं बदलने की कोशिश कर रही हूँ। मैं जानती हूँ कि मेरी माँ ओवर-कंट्रोलिंग नेचर की हैं। देखो! मैं अपने लिए एक और ग्लास वाइन का भर रही हूँ, एक और चीज़ जिस पर बैन लगा हुआ है,' पायल ने अपना ग्लास दोबारा भरा।

'हमने तो ये बात पहले ही कर ली थी ना कि वाइन जैन-फ्रेंडली होती है?'

'जैन-फ्रैंडली की बात नहीं है,' पायल ने कहा। 'वाइन बहुत ज़्यादा मज़ा देती है। और *यशोदा जैन मैन्युअल ऑन गुड गर्ल्स* के हिसाब से हर वो चीज़ जो मज़ा देती है उसकी सज़ा होती है।'

'यशोदा जैन? तुम्हारी माँ?' मैंने कहा।

'करेक्ट। सिर्फ़ एक चीज़ ऐसी है जो मज़ेदार है और हमें अलाउड है। जंक फ़ूड। बस उसको जैन-फ्रेंडली होना चाहिए।'

'जैसे कि क्या?'

'भुजिया, लड्डू, हलवा, काजू की बर्फ़ी, काफ़ी लंबी लिस्ट है ऐसे जैन-फ्रेंडली जंक फ़ूड की, जिनसे मम्मी को कोई दिक्कत नहीं है। लेकिन लड़के और शराब बहुत बुरे होते हैं!'

'तो यह दो चीज़ें बहुत बुरी होती है,' मैंने अपनी तरफ़, और उसके वाइन ग्लास की तरफ़ इशारा करते हुए कहा।

पायल हँसी, 'हाँ। नर्क तक ले जा सकते हैं, इतने बुरे। ख़ैर, मेरे बारे में बहुत हो गया। तुम अपनी सुनाओ।'

'क्या जानना चाहती हो?'

'तुम मुंबई में अकेले रहते हो?'

'हाँ।'

'और तुम्हारी फ़ैमिली?'

'मेरे मम्मी-पापा चंडीगढ़ में रहते हैं। पापा आर्मी से आठ साल पहले रिटायर हुए हैं।'

'हम्म... और वो एक डिफिकल्ट डिवोर्स वाली चीज़ जो तुमने अपने शो में बताई थी? क्या वो सच है? या सिर्फ़ शो मैटेरियल?'

'नहीं, वो सच है। मेरा डिवोर्स अभी-अभी कुछ दिनों पहले ही हुआ है। हालाँकि राशि और मैं काफ़ी सालों से अलग रह रहे थे।'

'राशि, तुम्हारी बीवी?

'एक्स-बीवी।'

'तुम लोग कितने टाइम तक साथ थे?'

'छह साल।'

'बच्चे? नहीं?'

मैंने अपना सर हिलाया।

'तुम लोगों के बीच क्या हुआ?'

'लंबी कहानी है। मैं तुम्हें कभी और बताऊंगा।'

'सॉरी, मेरा मतलब तुम्हारे पुराने ज़ख़्म कुरेदने का नहीं था,' पायल ने माफ़ी माँगी।

'नहीं-नहीं, कोई बात नहीं। ठीक है। मैं तुम्हें शोर्ट में बताता हूँ: वो हमारी शादी से पहले, शादी के दौरान, और शादी होने के बाद भी अपने राखी ब्रदर के साथ सेक्स कर रही थी।'

'क्या?' उसने कहा। वो ज़रा हैरान लग रही थी।

'सॉरी, मुझे ऐसी लैंग्वेज का इस्तेमाल नहीं करना चाहिए। अब मैं क्या कहूँ... यूँ समझ लो, उसके और उसके राखी ब्रदर में रिलेशंस थे,' मैंने थोड़े दर्द, थोड़े गुस्से के साथ कहा। 'अब ठीक है?'

'क्या ये टॉपिक तुम्हें अपसेट कर रहा है? सॉरी! हम टॉपिक चेंज कर सकते हैं।'

'अरे कोई बात नहीं। मोटी बात ये है कि उसका किसी और के साथ चक्कर चल रहा था। हम दोनों को ज़िंदगी से भी कुछ और चाहिए था। उसे दौलत चाहिए थी, हाई लाइफ चाहिए थी, और तुमने तो मुझे देखा ही है, मैं कैसी-कैसी बेवक़ूफ़ियाँ करता हूँ। जैसे एक प्राइवेट इक्विटी की जॉब को छोड़ देना, बस कुछ जोक्स मारने के लिए।'

'बेवक़ूफ़ी नहीं, ये तो बहादुरी है,' पायल ने कहा।

'तुम्हें ऐसा लगता है?'

'हाँ। अपने सपनों का पीछा करना तो काफ़ी बहादुरी का काम है, बेवक़ूफ़ी का नहीं। लेकिन वही काम करते जाना जिससे तुम्हें नफ़रत होती है–जो बहुत सारे लोग करते हैं–वो बेवक़ूफ़ी होती है।'

'थैंक यू। शायद मुझे यह सुनने की ज़रूरत थी,' मैंने कहा।

'कोई बात नहीं। सॉरी तुम्हें इन सब चीज़ों से गुज़रना पड़ा अपनी शादीशुदा ज़िंदगी में।'

'वैल, अब यह सब ख़त्म हो गया है,' मैंने कहा। 'और मुझे यक़ीन है कि राशि का भी अपना एक वर्ज़न होगा इन सब घटनाओं का। जब मुझे यह पता

चला कि उसने क्या किया है, तो मैंने भी कुछ बहुत ही उल्टी-सीधी हरकतें की थीं। मैं उनको बहुत ख़ुशी से याद नहीं करता हूँ।'

'हर कहानी के दो पहलू होते हैं।'

मैंने अपना ग्लास नीचे रखा, 'मैं तुमसे कुछ कहना चाहता हूँ।'

'क्या?'

'मैं तुम्हें पसंद करता हूँ।'

'ओह, मैं भी तुम्हें पसंद करती हूँ।'

'नहीं, मेरा मतलब... मैं सिर्फ़ दोस्ती ही नहीं करना चाहता तुमसे। मेरा मतलब है... मैं चाहूँ भी तो सिर्फ़ तुम्हारा दोस्त बनकर नहीं रह पाऊँगा।'

'तो क्या बनना चाहते हो फिर?'

'पता नहीं, शायद तुम्हारी बैंड लिस्ट में से एक चीज़?'

'लहसुन?' पायल दाँत दिखाते हुए मुस्कुराई। 'सॉरी, यह बहुत बुरा था, लेकिन मैं अपने आपको रोक नहीं पाई।'

मैं हँसा। 'यह वाला सच में अच्छा था। तुम काफ़ी फनी हो। एक सेकंड, यहाँ पर असली कॉमिक कौन है?' मैंने कहा।

'शुक्रिया, मैं सबसे बढ़िया कॉमिक से जो सीख रही हूँ,' उसने कहा।

'तो... मुझे तुम पसंद हो, और यह सिर्फ़ एक दोस्त की तरह नहीं।'

'वाह!'

'ये कैसा वाह है? अच्छा वाला या बुरा वाला?'

'यह एक "पता नहीं मुझे कैसे रिएक्ट करना चाहिए" वाला वाह है। मैंने यह सब पहले कभी नहीं किया है, साकेत।'

'एक तरह से यह मेरे लिए भी पहली बार जैसा ही है। राशि और मेरी अरेंज्ड मैरिज हुई थी।'

'क्या ये एक डेट बन चुकी है?' पायल ने कहा।

'वह तुम्हारे जवाब पर डिपेंड करता है।'

'मेरे यहाँ बॉयफ्रेंड रखना सख़्त मना है, मैंने तुम्हें बताया तो है,' उसने कहा।

'मुझे यह भी पता है कि तुम्हें कभी-कभी बग़ावत करना अच्छा लगता है, और अपने फ़ैसले लेने अच्छे लगते हैं, चाहे नियम कुछ भी हों,' मैंने अपने वाइन ग्लास से उसकी तरफ़ इशारा करते हुए कहा।

वह मुस्कुरायी।

'और अगर तुम यह फैसला ले सकती हो कि तुम्हें एक कंपनी में कितने मिलियन डॉलर इन्वेस्ट करने चाहिएं या नहीं, तो तुम इस बात का फैसला तो कर ही सकती हो कि तुम्हें अपनी ज़िंदगी में अपने लिए क्या चाहिए।'

पायल ख़ामोश रही। मैंने धीरे से अपना हाथ उसके हाथ पर रख लिया। उसने अपना हाथ पीछे नहीं हटाया।

'क्या तुम मुझे पसंद करती हो?' मैंने कहा।

'क्या? हाँ, बिल्कुल! मैं तुम्हें पसंद करती हूँ, तुम अच्छे हो।'

'क्या तुम मुझसे अट्रैक्ट फ़ील करती हूँ थोड़ा सा भी?'

'क्या मतलब "थोड़ा सा भी"?'

'क्या तुम मेरे बारे में सोचती हो? क्या मेरे ख्याल तुम्हें ऐसे ही आ जाते हैं?'

'हाँ... कभी-कभी...'

'किस तरह के ख्याल?'

'ओ, मैं सोचती हूँ कि तुमसे बातें कर लूँ। तुम्हारे साथ थोड़ा वक़्त गुज़ार लूँ। मैं सोचती हूँ कि तुम क्या कर रहे होंगे। मैं तुम्हारी परफारमेंस के बारे में सोचती हो जो तुमने कॉमेडी क्लब में दी थी उस दिन।'

'मेरे बारे में कितनी बार सोचती हो?'

'पता नहीं, दो-तीन बार? मैंने गिना नहीं। तुम मेरे बारे में कितनी बार सोचते हो?'

'पचास-साठ बार?'

'क्या?'

'रिलैक्स! मैं मज़ाक कर रहा हूँ,' मैंने हँसते हुए कहा। 'लेकिन मैं तुम्हारे बारे में कई बार सोचता हूँ।'

'ओके,' उसने कहा, थोड़ी अनिश्चितता और थोड़ी ख़ुशी से।

'मुझे ये भी पता है कि मैं डिवोर्स्ड हूँ और तुमसे काफ़ी बड़ा भी हूँ। तो ये तुम्हारे लिए एक आसान फ़ैसला नहीं है।'

'वैल मेरी कभी शादी नहीं हुई है, और न ही कभी मैंने किसी को डेट किया है,' पायल ने कहा।

'हाँ पता है।'

पायल आगे झुकी। 'यह जो भी है साकेत, ये सब हौले-हौले ही रखना प्लीज़,' उसने कहा। 'मैं काफ़ी क्यूरियस हूँ इन चीज़ों के बारे में। मैं जानना चाहती हूँ कि ये कहाँ जाती हैं, लेकिन मैंने कभी यह सब पहले नहीं किया है।'

मैंने अपना हाथ हटाया और उसकी आँखों में देखा। 'हां, हौले, हौले ठीक है।'

'थैंक यू।'

'हाँ, अबसे मैं किसी स्लो मोशन वाली पिक्चर के एक्टर की तरह बिहेव करूँगा,' मैंने कहा और मेन्यु कार्ड को स्लो मोशन में उठाया। उसके बाद मैंने अपना वाइन ग्लास उठाया और अपनी प्रोसेको को स्लो मोशन में पीने लगा।

वो हँसी।

'क्या हमें कुछ डिनर ऑर्डर करना चाहिए?' मैंने वेटर को स्लो मोशन में इशारा करते हुए कहा।

~

'क्या मैं तुम्हारे लिए कैब मंगा दूँ?' मैंने कहा। 'परेल, ना?'

हम लोग फ़ोर सीज़न्स होटेल की लॉबी में थे। अपना खाना खाकर नीचे आ गए थे।

पायल ने अपनी घड़ी देखी। 'सिर्फ़ 10 ही बजे हैं! मुंबई के हिसाब से ज़्यादा लेट तो नहीं हुआ है अभी।'

तो वो मेरे साथ थोड़ा और वक़्त गुज़ारना चाहती थी।

'तुम कहो तो, कहीं और चलें?' मैंने कहा। 'जैसे कोई नाइट क्लब वग़ैरह?'

'किसी शांत जगह चलें? सैर करने? समंदर के किनारे शायद?'

'बैंडस्टैंड है, बांद्रा में। वहाँ चले क्या थोड़ी देर के लिए?'

'बिल्कुल,' उसने कहा।

हमने बैंडस्टैंड के एक छोर तक एक काली-पीली टैक्सी कर ली।

'वह गैलेक्सी है, सलमान ख़ान का घर,' पायल ने एक अपार्टमेंट कॉम्प्लेक्स की तरफ़ इशारा करते हुए कहा।

'हाँ, और बैंडस्टैंड के दूसरे छोर पर शाहरुख़ ख़ान का घर है, मन्नत।'

'चलो सलमान से लेकर शाहरुख़ तक के घर तक चलते हैं,' उसने कहा।

बैंडस्टैंड इतनी रात को भी सैर पर आए लोगों से खचाखच भरा हुआ था। पायल मेरे क़रीब चल रही थी। उसकी नंगी बाहें मेरी शर्ट की स्लीव को अक्सर छू रही थी। सैर के आधे ही रास्ते हमें एक भुट्टे वाला मिल गया और हम एक भुट्टा ख़रीदने के लिए रुक गए।

'मुझे यह बहुत पसंद है,' पायल ने भुट्टे की एक बाईट लेते हुए कहा, और फिर उसने भुट्टा मुझे दे दिया। एयर रेस्टोरेंट के मुक़ाबले इस सैर के दौरान हम दोनों में ज़्यादा नज़दीकियाँ लग रही थीं। बार-बार हमारी उंगलियां आपस में टकरा रही थीं, और हम बस चलते जा रहे थे।

'तुम्हारा एक भाई भी है ना? तुम मुझे बता रही थी उस दिन...'

'हाँ, वंश। मम्मी-पापा की मानें तो वो कभी कुछ ग़लत कर ही नहीं सकता,' पायल ने कहा।

'क्या मतलब?'

'पढ़ाई-लिखाई में तो वैसे भी कुछ ख़ास नहीं था, पर इससे मम्मी पापा को कोई फ़र्क़ नहीं पड़ने वाला था! पापा चाहते हैं कि वह फ़ैक्ट्री में आकर मदद करे लेकिन वंश बिल्कुल भी मेहनत नहीं करना चाहता। वो बस अपने दोस्तों के साथ आवारागर्दी करना चाहता है और वीडियो गेम खेलना चाहता है। और फिर भी...'

'और फिर भी क्या?'

'वो घर का बेटा है। मैं बेटी हूँ!'

हम लोग शाहरुख़ के घर पहुँच गए, मन्नत। कई सारे लोग बाहर खड़े हुए थे, पिक्चर ले रहे थे, इस उम्मीद में कि उन्हें शाहरुख़ दिख जाएंगे। मैंने पायल का हाथ अपने हाथ में लिया, हमने सड़क पार की और हम वापस चलने को मुड़ गए।

'क्या वो मुश्किल था? तुम्हारा डिवोर्स?' उसने मेरे क़रीब आते हुए कहा।

'उसने मेरा सबकुछ बदल दिया। मेरा घर चला गया, मेरी अमेरिका वाली लाइफ चली गई, मेरा पैसा गया।'

'मेरा मतलब क्या वो तुम्हारे लिए इमोशनली काफ़ी मुश्किल था?'

मैंने उसकी तरफ़ देखा। 'किसी ने आज तक कभी मुझसे यह नहीं पूछा है।'

'तुम्हें बताने की ज़रूरत नहीं है अगर तुम्हें लगता है ये काफ़ी पर्सनल है।'

'नहीं, कोई बात नहीं, ठीक है। हाँ, वो इमोशनली काफ़ी मुश्किल था,' मैंने अपनी बात जारी रखी। 'इस बात का पता लगना कि वो किसी और के साथ थी, वो भी हमारी शादी से पहले से! फिर भी उसने मुझसे शादी करने का फ़ैसला लिया। इसका मतलब एक तरह से उसने शुरू से ही मुझे बेवक़ूफ़ बनाया।'

'तो फिर उसने तुमसे शादी क्यों की? उस आदमी से शादी क्यों नहीं, जिसके साथ वो थी?'

'वो राखी ब्रदर? उस लड़के का परिवार तो राशि के परिवार से ज़्यादा ऊँचे स्टेटस का था। लड़के के पेरेंट्स ने ही मना कर दिया था रिश्ते के लिए। तुम्हें तो पता ही है इंडियन फ़ैमिली कैसी होती हैं।'

पायल ने सर हिलाया। 'और तुमने शादी क्यों की?'

'पता नहीं, शादी से बेहतर कुछ लगा नहीं। मुझे लगा शादी ही अगला सही क़दम है। टिक मार्क के हिसाब से।'

'टिक मार्क... क्या?'

'वैल, मेरी एक थ्योरी है। हमारे आसपास सभी लोग, जो हमें जज करते हैं और बताते हैं कि हमें ज़िंदगी को कैसे जीना चाहिए, वे टिक-मार्कर्स कहलाते हैं। अगर हम वैसा करते हैं जैसा वह कहते हैं तो वो हमें अपना अप्रूवल देते हैं–टिक मार्क,' मैंने हवा में एक टिक मार्क बनाते हुए कहा।

'काफ़ी दिलचस्प कॉन्सेप्ट है।'

'अरे जाल है ये बहुत बड़ा वाला! लेकिन बहुत से लोगों की तरह, मैं भी एकदम इसके अंदर गिर गया। दूसरों की आशाओं, एक्सपेक्टेशंस के मुताबिक़ जीने लग गया, और यही करते-करते मैंने अपने आप को कहीं खो दिया।'

'अब तुम ठीक हो?' पायल ने कहा।

'हाँ, मैं अब काफ़ी बेहतर हूँ। सच कहूं तो मेरा शादी जैसी चीज़ से पूरी तरह विश्वास उठ चुका है।'

'इसमें हैरानी की कोई बात नहीं है। तुम्हें वाक़ई काफ़ी ज़्यादा दुख पहुँचा है,' पायल ने मेरी आँखों में देखते हुए कहा।

मैं चुप रहा। उसने मेरा हाथ पकड़ा और उसे धीरे से दबाया।

'सॉरी! मेरा हमारी आउटिंग को इतना सीरियस बनाने का कोई इरादा नहीं था,' आखिरकार, मैंने कहा।

'अरे ठीक है, मैं खुश ही होती हूँ दूसरों की कहानियाँ सुनकर।'

'तुम अपनी उम्र के लिए काफ़ी मैच्योर लगती हो,' मैंने कहा। 'और एक अच्छी लिसनर भी हो।'

'थैंक यू,' उसने मुस्कुराते हुए कहा।

हम लोग वहीं पहुँच गये जहाँ से हमने अपनी वॉक शुरू की थी। मैंने वक़्त देखा तो साढ़े ग्यारह बज गए थे।

'काफ़ी लेट हो गया है,' मैंने कहा। 'लेकिन फिर भी चाहता हूँ कि तुम्हारे साथ थोड़ा और वक़्त गुज़ार लूँ।'

'मुंबई, सैटरडे नाइट के लिए इतना भी लेट नहीं हुआ है,' पायल ने धीरे से कहा।

'कुछ कॉफ़ी हो जाए?'

'बिल्कुल,' उसने कहा। 'कहाँ चलें?'

'कार्टर रोड पर कई कैफ़े हैं लेकिन आज सैटरडे नाईट है, मतलब वहाँ काफ़ी भीड़ होगी,' मैंने कहा।

'कहीं ऐसी जगह चलें जहाँ ज़्यादा भीड़ ना हो?' उसने कहा। 'कहीं जहाँ हम शांति में बैठकर बात कर सकें?'

'मेरे दिमाग़ में एक जगह है तो, मगर हम वहाँ तभी जाएँगे, अगर तुम्हारी इजाज़त हो तो।'

'बताओ कहाँ?'

'मेरा घर। यहाँ से बहुत दूर नहीं है। मेरे पास वहाँ सबकुछ है। कॉफ़ी, चाय, वाइन, और वहाँ भीड़ भी नहीं है।'

पायल एक सेकंड तक मुझे घूरती रही। फिर उसने नज़रें चुरा लीं और अपने होंठ दबा लिए, वो सोच में डूबी हुई थी–जाऊँ या ना जाऊँ?

'वहां जाना ज़रूरी नहीं है,' उसने जवाब नहीं दिया तो मैंने जल्दी में कहा। 'और तो और मेरा घर तो पूरा बिखरा पड़ा है। ये तो हमारे प्लान में था भी नहीं। मेरा मतलब, वो तो बस–'

'ओके,' पायल ने मुझे टोका। 'चलो तुम्हारे घर चलते हैं। क्यों नहीं? किसी भीड़-भाड़ वाले कैफे से तो बेहतर ही होगा।'

~

'ये कितनी अच्छी जगह है। और वो खिड़की कितनी प्यारी है,' पायल ने कहा।

हम लोग मेरे लिविंग रूम में खड़े थे। मैंने टेबल लैंप जलाए और वो वाला भी जलाया जो विंडो लैज के बग़ल में था।

पायल खिड़की तक गई और उसके लैज (किनारे) पर बैठ गई, और मेरी तरफ़ मुड़कर बोली, 'अगर मैं यहाँ रहती तो मैं हमेशा यहीं बैठी रहती।'

'वही तो मैं करता हूँ,' मैंने कहा।

उसको खिड़की से बाहर देखता छोड़कर मैं लिविंग रूम के बग़ल में एक छोटे से किचन में चला गया। 'तुम्हें क्या चाहिए?' मैंने ज़ोर से कहा ताकि पायल मुझे बाहर से सुन पाये।

'तुम्हारे पास क्या है?' उसने किचन में आते हुए कहा।

मैंने लकड़ी का कैबिनेट खोला और उसको उसमें पड़ी हुई चीज़ें दिखाईं। उसमें ब्लैक टी, ग्रीन टी और कॉफ़ी थी।

'मेरे पास कुछ सॉफ़्ट ड्रिंक्स भी है, और वाइन भी है फ्रिज में,' मैंने कहा।

'क्या मैं?' उसने फ्रिज की तरफ़ इशारा करते हुए कहा।

'हाँ बिल्कुल,' मैंने हंसते हुए कहा। 'ये मेरा प्राइवेट सेफ थोड़ी है? और वैसे भी मेरे पास कौन सा कोई प्राइवेट सेफ है।'

उसने फ्रिज खोला। वह व्हे प्रोटीन शेक, प्री वर्कआउट ड्रिंक्स, और कुछ पांच दर्जन अंडों से भरा हुआ था।

'वाह, तुम तो हार्डकोर हो,' उसने कहा।

'मैं कोशिश करता हूँ।'

उसने फ्रिज को थोड़ा सा और कुरेदा। 'क्या ये रेगुलर वाईट वाइन है?' उसने एक बोतल निकालते हुए कहा।

'हाँ, और क्या होगी?'

'पता नहीं, शायद तुम कोई हाई प्रोटीन वाइन या कुछ रखते होगे,' उसने कहा।

मैं हँसा। पायल भी मेरी तरह बात करती थी। बिल्कुल मज़ाकिया अंदाज़ में, ऐसे-ऐसे विटी कमेंट मारती थी, वो भी तब, जब तुम उन्हें सबसे कम एक्सपेक्ट कर रहे हों।

पायल ने बोतल को किचन काउंटर पर रख दिया।

'क्या हम इसे पी रहे हैं?' मैंने कहा।

'नहीं?' उसने पलकें झपकाई।

'मुझे लगा हम कॉफ़ी या ग्रीन टी पीने वाले हैं, लेकिन वाइन ठीक है'

'शायद तुम्हारी उम्र के लिए ग्रीन टी ठीक होगी...' उसने कहा।

'आउच! क्या तुम मेरा मज़ाक उड़ा रही हो?'

'नहीं। वैसे भी यहाँ पर तो एक ही कॉमिक है ना, वो हो तुम,' उसने कहा। उसकी आँखें चमक रही थीं।

मैं हँसा, और मैंने दोनों ग्लासेस में वाइन डाल दी।

'चलो विंडो लैज पर बैठते हैं,' उसने कहा।

हम लोग लिविंग रूम में वापस आ गए और विंडो लैज पर बैठ गए। एक दूसरे के सामने। हमारी पीठ दीवार के सहारे थी, और हमने अपनी टाँगें आगे खींच ली थीं। हम लोगों ने ख़ामोशी में वाइन पी और खिड़की के बाहर देखते रहे। बाहर की हवा में पेड़ की पत्तियों की मद्धम सी सरसराहट, और फिर कभी कभी आती-जाती गाड़ियों की आवाज़ें इस खामोशी को तोड़ देती थी। मेरा दायाँ पैर उसके बाये पैर से टकरा रहा था।

थोड़ी देर बाद उसका फ़ोन बजा। उसने पहले तो इग्नोर किया, लेकिन वो फिर से बजा। इस बार पायल ने कॉल काटी और एक मैसेज लिखना शुरू किया।

'सब ठीक है?' मैंने कहा। 'ले लो कॉल अगर लेनी है...'

उसने अपना सर हिलाया। 'अरे मेरी मम्मी हैं। उन्होंने पहले भी फ़ोन किया था जब हम डिनर कर रहे थे। वो मुझे हर रात फ़ोन करती हैं, ये जानने के लिए कि सब ठीक तो है।'

'तो ले लो ना कॉल।'

'नहीं, वो बहुत सारे सवाल पूछेंगी। क्या खाया? किससे मिली?'

'और तुम ये तो नहीं बता पाओगी कि तुम मुझसे मिली?'

'हाँ, मतलब अगर तुम्हारा नाम साकेत की जगह साक्षी होता तो–'

'तो तुम मुझे साक्षी बुला सकती हो, अगर मैं तुम्हें साक्षी जैसा लगूँ तो।'

हम दोनों मुस्कुराए।

'मैंने उन्हें मैसेज कर दिया है। मैंने लिख दिया कि मैंने दाल चावल खाये, थोड़ी देर काम किया, फिर सो गई,' पायल ने कहा।

'सुनो, अगर तुम्हें उन्हें वापस कॉल करना है तो...'

'नहीं, नहीं सब ठीक है। कल संडे है। मैं वैसे भी उनसे मिलने जा रही हूँ,' उसने कहा, और अपना फ़ोन साइड में रख दिया।

'म्यूजिक?' मैंने कहा।

मैंने अपना फ़ोन ब्लूटूथ स्पीकर्स के साथ लगाया और यूट्यूब की ऐप खोल ली। ए.आर. रहमान का गाना 'पिया मिलेंगे' बजने लगा।

'अच्छा गाना है,' पायल ने कहा। वो संगीत पर हल्का-हल्का झूमने लगी।

'नया गाना है, *रांझना* मूवी का।'

उसने सर हिलाया और खिड़की के बाहर देखने लग गई। 'ये पेड़, कितनी शांति है यहाँ...' उसने एक आह भारी।

'क्या मैं तुम्हारे बगल में बैठ सकता हूँ?' मैंने पायल से पूछा।

'हाँ बिल्कुल,' उसने कहा। पतली-दुबली सी पायल खिड़की की तरफ़ थोड़ा सा खिसक गई, मेरे लिए जगह बनाने के लिए।

'क्या ये वाक़ई सच है?' उसके पास बैठते हुए मैंने पूछा।

'क्या?' उसने मेरी तरफ़ मुड़कर कहा।

'कि तुम्हें कभी किसी ने किस नहीं किया है?'

'ओह, वो!' उसने एक नटखट सा चेहरा बनाया। 'हाँ, वो सच है। काफ़ी नादान और बेवकूफ हूँ ना मैं आज के ज़माने के लिए?'

मैंने उसकी तरफ़ देखा, हमारी नज़रें मिलीं। मैं आगे झुका, हमारे चेहरों में बस कुछ मिलीमीटर की ही दूरी थी। उसकी साँसें तेज हो गईं। उसने अपनी नज़र मेरी तरफ़ से हटा ली और फिर वो वापस मुझे देखने लगी।

बैकग्राउंड में कहीं, गाना अपने चरम तक पहुँच रहा था।

'ओके?' मैं फुसफुसाया।

उसने हौले से अपना सर हिलाया।

मैंने उसकी चिन को एक हाथ से उठाया और उसके निचले होंठ को पूरी कोमलता से, धीरे-धीरे से किस करना शुरू किया। कुछ ही पलों में मैं पायल को थोड़ी और ज़ोर से किस करने लगा। वो भी मुझे किस करने लगी। वो अपना शरीर मेरे क़रीब ले आई। अपनी पूरी ज़िंदगी में मैंने सिर्फ़ एक किस में इतना सबकुछ कभी महसूस नहीं किया था। ये दुनिया कहीं खो सी गई थी। हम कहीं खो से गए थे, वक़्त कहीं खो सा गया था। गाना ख़त्म हो गया था। और फिर एक एंटी-डैंड्रफ की ऐड यूट्यूब पर बजनी शुरू हो गई। उसके बाद एक और ऐड। सारे मूड का सत्यानाश! लेकिन हमें फ़र्क़ नहीं पड़ रहा था। हम बस एक-दूसरे को किस किए जा रहे थे।

जब हमारी किस ख़त्म हुई, तो पायल ने अपना सर मेरे सीने पर रख दिया और मुझे गले लगा लिया। कुछ एक दो सेकंड बाद मुझे मेरी छाती कुछ गीली-गीली सी लगी। उस जगह जहाँ कुछ देर पहले उसकी आँखें थीं।

'पायल? तुम ठीक हो?' मैंने कहा।

'हां, मैं ठीक हूँ,' उसका धुंधला सा जवाब आया, उसका सिर अभी भी मेरे सीने में गढ़ा था।

'पायल, रो रही हो क्या?'

'नहीं।'

'पायल?'

'थोड़ा सा।'

'क्यों?'

'बस पता नहीं... मेरे अंदर एक हिस्सा मानने लगा था कि मेरे साथ कुछ ग़लत था। कि कोई कभी मुझे किस नहीं करना चाहेगा।'

'क्या? पागल हो क्या? कौन तुम्हें किस नहीं करना चाहेगा?' मैंने कहा।

'थैंक यू,' उसने धीरे से कहते हुए अपना चेहरा मेरी छाती से हटाया और मुझे देखने लगी। 'और एक और चीज़ कहनी थी,' उसने कहा।

'क्या?' मैंने मखमली आवाज़ में कहा।

'क्या हम ये सर्फ एक्सेल की ऐड हटाकर कुछ गाने चला सकते हैं?'

हम दोनों हंसने लग गए। मैंने अगला गाना लगाया और प्ले का बटन दबा दिया। *लम्हा* फ़िल्म का गाना 'साजना' शुरू हो गया। उसकी शुरुआती गिटार की धुन पूरे कमरे में गूँजने लगी।

'कितना सॉलफ़ुल गाना है,' उसने धीमे से कहा।

'तो तुम्हें कैसा लग रहा है?'

'तुम्हारा मतलब मेरी पहली किस के बाद?'

'हाँ।'

'मैं ठीक हूँ। थोड़ा-थोड़ा ऐसा लग रहा था कि "वाह! ये सचमुच हो रहा है" और थोड़ा-थोड़ा ऐसा लग रहा था कि "बस?! यही था जो था?" और

फिर कभी-कभी वही गंदी सी फीलिंग होने लग जाती है, जो सारे अच्छे मूड का सत्यानाश कर देती है।'

'कौन-सी गंदी सी फीलिंग?'

उसने मेरी तरफ़ नहीं देखा। 'अरे वही फीलिंग कि मैं एक बहुत बुरी और गंदी लड़की हूँ। कि मैं क्या कर रही हूँ? अपने पेरेंट्स का भरोसा तोड़ रही हूँ, उनकी नाक कटवा रही हूँ।'

'सच में?'

'हाँ, और इसी बात पर थोड़ी और वाइन हो जाए।'

'मुझे लगता है हमने काफ़ी वाइन पी ली है–'

'तुम बुड्ढे हो, तुम्हें नाप के शराब पीनी चाहिए। लेकिन प्लीज़, मैं तो आज बोतल नहीं, दिल खोल के शराब पीना चाहूँगी, थोड़ी सी और प्लीज़।'

'तुम, पायल जैन, एकदम पटाका हो!'

'चलो ना यार, पहली किस तो एक अनमोल घड़ी होती है। एक लड़की को एक ग्लास वाइन का तो मिलना ही चाहिए उसके बाद,' उसने कहा।

मैंने अपना सिर हिलाया और हम दोनों के ग्लास फिर से भर दिए।

'चियर्स,' उसने कहा, जैसे ही मैंने उसे उसका वाइन का ग्लास दिया और उसने एक सिप लिया।

या तो वो वाइन थी या हमारी किस जिसने मेरी हिम्मत और बुलंद कर दी थी, लेकिन मैं बैठा और अपने हाथ उसकी टांगों पर रख दिए। मेरे बदन में जैसे बिजली का एक करंट दौड़ा।

'मैं तुम्हें पसंद करता हूँ पायल।'

'मैं भी तुम्हें पसंद करती हूँ साकेत...'

'और मैं तुम पर भरोसा भी करता हूँ। बड़े लंबे समय के बाद मुझे लगा है कि मैं किसी पर भरोसा कर सकता हूँ। और वो हो तुम।'

'मैं भी तुम पर भरोसा करती हूँ।'

'और मुझे स्पेशल भी फील हो रहा है।'

'क्यों?'

'क्योंकि मैं वो पहला लड़का हूँ जिसने तुम्हें किस किया।'

'ओ,' उसने मेरी तरफ़ देखा, उसकी नज़र एकदम स्थिर थी। 'मुझे भी बहुत स्पेशल लग रहा है।'

'क्यों?'

'क्यूंकि मैं वो पहली लड़की हूँ जिसे तुमने अपने डिवोर्स के बाद पसंद किया, है ना?'

इससे पहले कि मैं जवाब देता, पायल ने दोबारा बोलना शुरू कर दिया। 'या रुको, शायद मैं ग़लत भी हो सकती हूँ। हूँ क्या? मैं तो बस अज्युम कर रही थी–'

'नहीं, तुम सही कह रही हो,' मैंने उसे बीच में ही टोक दिया। 'मैंने तो ये ठान लिया था कि अब किसी रिलेशनशिप में नहीं आऊंगा। लेकिन तुम, तुम्हारे बारे में कुछ तो बात...'

'मेरे बारे में क्या?'

'शुरू-शुरू में मुझे लगा था मैं बस तुम्हारी सूरत से अट्रैक्ट हो रहा हूँ, बस एक इंफ़ेच्युएशन जैसे।'

'और अब?'

'अब... सिर्फ़ वो बात नहीं है। जब हम यहाँ विंडो लैज पर बैठकर, वाइन पी रहे थे, तो वो जो खामोशी थी ना, एकदम सही लग रही थी। और मुझे शांत, एकदम शांत लग रहा था। खामोशियाँ भी तो प्यार का एक बड़ा इम्तिहान होती हैं। जब दो लोग खामोशी में भी बैठकर खुश हों और उन्हें अजीब ना लग रहा हो। तब लगता है कि हाँ, सचमुच कुछ तो है।'

पायल ने कोई जवाब नहीं दिया। वो बस मेरी आँखों में देखती रही।

मैं उठा और धीरे से उसके हाथों को पकड़कर उसे मेरी तरफ़ खींचा। मैं आगे झुका और उसे किस किया। उसने मेरी गर्दन में अपनी बांहें डाल लीं और मुझे वापस किस किया। हम दोनों उस लम्हे में बस खो से गए।

मैंने अपनी शर्ट के ऊपर के कुछ बटन खोल लिए और पायल का हाथ अंदर डाल दिया। मैं चाहता था कि वो मेरे चीज़ल्ड पैक्स को महसूस करे।

क्या उसने नोटिस किया? मैं कुछ बता नहीं सकता था। जितना हम किस कर रहे थे, उतना ही वो मुझे कस के पकड़ रही थी। उसने अपनी पहली किस के लिए 20 साल इंतज़ार किया था, लेकिन अगले ही 20 मिनट में उसे 100 और मिलने वाली थीं।

मैंने जल्दी से अपनी शर्ट खोलकर ज़मीन पर डाल दी और वापस से उसे किस करने लगा।

'क्या ये जो हम कर रहे हैं, वो ग़लत है?' उसने कहा। उसके हाथ मेरी छाती और डोलों को सहला रहे थे।

'क्या?'

'मैंने ये सब कभी नहीं किया है साकेत। मुझे कुछ नहीं पता ये सब कैसे होता है। ऐसे ही होता है क्या?'

'ऐसे कोई रूल्स नहीं हैं।' मैंने उसे फिर से किस किया। उसकी आँखों को, उसकी गर्दन को।

वो खिखियाई। 'सॉरी, वहाँ थोड़ी गुदगुदी होती है,' उसने कहा।

'चलो अंदर चलते हैं,' मैंने पायल के कान में फुसफुसाया। 'मगर तभी अगर तुम कहो तो...'

'हाँ चलो,' उसने कुछ देर रुककर कहा।

'पक्का?'

'हाँ।'

मैंने उसका हाथ थामा और उसे बेडरूम में ले गया। हम बेड पर बैठ गए, एक-दूसरे के सामने।

'तुम बहुत खूबसूरत हो पायल,' मैंने कहा।

'थैंक यू,' उसने कहा।

मैंने पायल को अपनी बाहों में भर लिया और उसकी ड्रेस का जिपर खोजा। उसने सर उठाया मुझे देखने के लिए। मैंने जिपर पर हाथ तो रखा लेकिन मैं उसे खोल नहीं पाया। उसने मेरी मदद करने के लिए अपने हाथ पीछे कर दिए और एक सेकंड बाद उसकी ड्रेस, उसकी कमर से होते हुए ज़मीन पर गिर

गई। पायल मेरे बिस्तर पर बैठी हुई इतनी नाज़ुक, इतनी खूबसूरत लग रही थी। उसने आदतन अपने हाथ अपनी ब्रेस्ट्स को ढकने के लिए ऊपर किए हुए थे। मैंने अपनी सांसें थामी। मैंने उसे एक बार फिर किस किया। धीरे धीरे, हल्के हल्के, और फिर वो मेरी बांहों में सिमट गई। उसके हाथ मेरे सीने पर थे। जब मैंने उसकी ब्रा खोलने के लिए हाथ बढ़ाया, तो उसने कोई हिचकिचाहट नहीं दिखाई। मैंने अपनी उँगलियों की टिप से उसकी ब्रेस्ट्स को महसूस किया। अंधेरे कमरे में उसके ब्रेस्ट्स मुश्किल से दिख रहे थे, वहां बस मद्धम सी स्ट्रीटलाइट की रोशनी थी। वो कपकपाई जैसे ही मैंने उन्हें महसूस किया। मेरे छूने पर ही उसकी पीठ तन गई।

'मैंने कभी... ऐसा कुछ महसूस नहीं किया है,' उसने धीरे से कहा।

'मैं धीरे-धीरे ही करूँगा सब,' मैंने कहा। 'मुझ पर भरोसा करो।'

उसने अपनी आँखें बंद कर लीं और सर हिलाया।

मैंने उसे बार-बार किस किया। उसके चेहरे पर किस की लड़ी लगा दी। उसके ब्रेस्ट्स, उसकी बांहों, उसके चेहरे को सहलाया। मेरा दिल ही नहीं भर रहा था उससे। भावनाओं और उत्तेजना से भरा हुआ मैं, वापस उठकर बैठ गया। मैंने कुछ गहरी साँसें लीं।

'तुम ठीक हो?' उसने पूछा।

'काफ़ी समय हो गया है...'

'मुझे पता है...' उसने अपनी उँगलियों को मेरी उँगलियों के साथ जोड़ते हुए कहा। 'यही करते हैं क्या फिर लोग?' उसने एक सेकंड बाद पूछा।

'क्या?'

'लोग डेट पर यही करते हैं क्या?'

'वेल, हाँ।'

'तो मतलब हम डेट पर हैं?'

'हाँ, अब तो हम बिल्कुल डेट पर हैं।'

'सही है, अब हम सचमुच डेट पर हैं। कूल,' उसने मुस्कुराते हुए अपनी आँखें बंद कर लीं।

'तुम कुछ ज़्यादा ही क्यूट हो।' मैंने पायल को अपनी तरफ़ खींचा। उसकी ब्रेस्ट, मेरी सीने से टकराई। और उसी वक्त मैं टर्न ऑन हो गया।

'यहाँ आओ,' मैंने उसको अपने साथ बेड पर लिटाते हुए कहा। उसका बदन मेरे बदन से रगड़ रहा था, हम लोग अंडरवियर में कडल कर रहे थे।

'तुम टर्न ऑन हो रहे हो?' उसने एक सेकंड बाद कहा।

'और क्या! तुम्हें क्या लगा?' मैंने कहा।

'पता नहीं, मैं... मैंने कभी ये सब देखा नहीं है।'

'क्या नहीं देखा है?'

'किसी आदमी का वो। टर्नड ऑन। या वैसे भी नहीं देखा है।'

'देखना चाहोगी?'

'शायद। मेरा मतलब, मैं देखने के लिए क्यूरियस तो हूँ, लेकिन मुझे बहुत शर्म भी आ रही है,' उसने अपना चेहरा मेरी छाती में छुपाते हुए कहा।

'तुमने पिक्चर्स में तो देखा होगा ना? या फ़िल्मों में?'

'तुम्हारा मतलब पोर्न? हाँ मैंने पोर्न देखा है।'

'क्या तुमने उसके साथ-साथ और भी चीज़ें की हैं?'

'जैसे कि क्या?'

'जैसे कि... मतलब... पोर्न देखते हुए खुद को छूना?'

'चुप करो। ये कैसे सवाल हैं?' उसने खिखियाते हुए कहा।

'मैं बस जानना चाहता हूँ कि तुम कितना जानती हो।'

'अम... मैंने ट्राय तो किया था अपने आपको छूना,' वो कहते हुए खिखियाई।

'और, फिर क्या हुआ?'

'अच्छा तो लगा। लेकिन मुझे नहीं लगा कि कुछ हुआ था। शायद वो फिल्म भी कुछ ज़्यादा ही वाहियात थी। और फिर कुछ देर बाद मुझे लगा छी! फिर मैंने बंद कर दिया।'

'क्या तुमने फिर कभी कोशिश नहीं की?'

'कुछेक बार। लेकिन कुछ नहीं हुआ। और फिर वो जैन वाला गिल्ट।'

'तो पोर्न और मस्टर्बेशन भी जैन की नॉट-टू-डू लिस्ट में हैं?'

'वो क्यों नहीं होंगे? कुछ भी जिसमें मज़ा आए और वो पाप हो, इस लिस्ट में है। और ये सिर्फ जैन ही नहीं, किसी भी गुड इंडियन गर्ल की नॉट-टू-डू लिस्ट में है।'

'लेकिन क्या तुम्हारे पेरेंट्स ने तुम्हें ये बताया था?'

'नहीं। लेकिन कौन से इंडियन पेरेंट्स अपने बच्चों से सेक्स की बात करते हैं?'

'सच है।'

'लेकिन मैं अब सीख रही हूँ,' उसने मेरी तरफ मुड़ते हुए कहा। 'और ये गंदा नहीं लग रहा। ये... अच्छा लग रहा है? एक्साइटिंग?'

मैंने उसे फिर से किस किया। उसकी सांसें तेज़ हो गईं।

'तुम्हें कभी ओर्गास्म नहीं हुआ?' मैंने कहा।

'मुझे नहीं लगता,' उसने कहा।

'खैर आज तुम्हें पहला होगा, और आगे बहुत सारे'—मैं थोड़ा उठते हुए अपनी कोहनी के बल आ गया। 'क्या मैं शुरू करूं?'

हमारी आँखें मिलीं। उसने सर हिलाया।

मैंने उसके चेहरे को किस किया, फिर नीचे, उसकी गर्दन को, उसके ब्रेस्ट को, पेट को, नाभि को। उसके अंडरवियर तक पहुँचकर मैं रुक गया। मैंने अपनी उँगलियाँ उस पर रखकर उसे देखा। मुझे देखने के लिए वो अपनी कोहनी के बल उठी।

'मैं नर्वस हूँ,' उसने कहा।

'क्यों?'

'मुझे कभी किसी ने नंगा नहीं देखा है। किसी डॉक्टर ने भी नहीं।'

'मैं समझता हूँ, पर तुम गुड नर्वस हो ना?'

वो मुस्कुराई। 'हाँ पर मुझे प्रेग्नेंट भी नहीं होना है।'

'हम सेक्स नहीं कर रहे हैं।'

'नहीं?'

'नहीं। मेरे पास तो प्रोटेक्शन भी नहीं है।'

'ओह?'

'हां, मेरे पास कंडोम नहीं हैं। मैंने ये सब प्लान ही नहीं किया था। मुझे तो ये भी नहीं पता था कि हम यहाँ आने वाले हैं।'

'क्या तुम्हें लगता है मुझे यहाँ नहीं होना चाहिए?'

मैं ऊपर बैठा और उसकी आँखों में देखकर बोला। 'मुझे तो लगता है तुम्हें हमेशा-हमेशा के लिए यहीं रहना चाहिए और कभी नहीं जाना चाहिए।'

वो शर्माते हुए मुस्कुराई।

'रिलैक्स!' मैंने कहा और उसे धीरे से, आराम से नीचे बेड पर लिटा दिया। उसका अंडरवियर उतारा और उसकी टांगें खोलीं। मैंने अपना मुँह उसकी टांगों के बीच में रखा।

'आह...' उसने अपना निचला होंठ दबाया, अपनी चीख को दबाने के लिए, जैसे ही मैं उसको प्लेजर करने लगा।

मैंने उसके दोनों हाथों को अपने हाथों में ले लिया। कुछ ही मिनटों में उसका शरीर थरथराने लगा, उसकी पीठ तन गई और वो ज़ोर से चिल्लाई और लड़खड़ाकर बिस्तर में चित हो गई।

'ओ माय गॉड,' पायल ने कुछ सेकंड बाद कहा। उसकी आँखें खुलीं, और उसने एक लंबी साँस छोड़ी। 'ये क्या हुआ?'

'तुम बताओ,' मैंने कहा।

'ऐसा लगा जैसे... पता नहीं। एक बहुत ही गहरा किस्म का... सुख मिला मुझे कुछ सेकेंड्स के लिए। मेरा पूरा शरीर काँप गया और मुझे लगा कि मैं फट जाऊँगी। देखो अब तक काँप रही हूँ। अभी-अभी मेरा ऑर्गैज़म हुआ ना? नहीं?' वो हैरान थी।

'हाँ! तुम्हें अभी-अभी एक ऑर्गैज़म हुआ।'

'वाह! थैंक यू!'

'मुझे थैंक यू बोलने की ज़रूरत नहीं है।'

'क्यों नहीं? तुम्हारी वजह से ही तो हुआ!'

'क्या ही कह सकता हूँ मैं, मुझे भी बहुत अच्छा लगा।'

वो मुस्कुराई। 'और... तुम क्या करोगे?'

'क्या?'

'तुम अपना... अपनी चीज़ नहीं करोगे?'

मैं उसकी तरफ़ देखकर मुस्कुराया।

'मैं तुम्हारी क्या हेल्प कर सकती हूँ अभी?'

'बस मेरा हाथ थाम लो और मेरे बगल में लेट जाओ,' मैंने वापस बिस्तर पर चढ़ते हुए कहा। उसने मुझे कडल किया, और किस किया और मैंने अपने हाथों से अपना काम चलाया। कुछ ही मिनट बाद जब मुझे 'सुख' की प्राप्ति हो गई, मैंने बेड के बगल वाली ड्रॉवर से कुछ टिश्यू निकालकर अपने आपको पोंछा। और फिर मैं पायल की तरफ़ मुड़ गया, और उसे थाम लिया।

'कैसा लगा?' उसने कहा।

'बहुत अच्छा।'

'ओ, सुनकर ख़ुशी हुई,' उसने कहा।

उसने अँगड़ाई ली। मुझे तो वो भी इतना क्यूट लगा। क्या मुझे प्यार हो रहा था?

'सॉरी पर मुझे नींद आ रही है। अब मुझे जाना चाहिए,' वो उठी और अंधेरे कमरे में अपने कपड़े खोजने लगी।

'कहाँ?'

'घर, और कहाँ?' उसने अपनी ड्रेस ज़मीन से उठाते हुए कहा।

'रात के दो बज रहे हैं।'

'तो क्या हुआ? मुंबई काफ़ी सेफ है।'

'यहीं सो जाओ, पायल।'

'क्या? कैसे?'

'मैं तुम्हें अभी एक टी-शर्ट दे देता हूँ।'

'अरे वो बात नहीं है। मुझे कल सुबह अपने पेरेंट्स के घर जाना है। और यहाँ मेरे पास कोई इंडियन कपड़े नहीं हैं।'

'तो कल सुबह चली जाना अपने फ्लैट, और फिर अपने पेरेंट्स के घर। संडे है, ट्रैफिक भी नहीं होगा।'

पायल ने अपनी ड्रेस को पकड़े रखा और बैठ गई। एक घड़ी रुकी और बोली, 'ठीक हैं, पर मैं जल्दी निकल जाऊँगी।'

'बिल्कुल,' मैंने कहा।

मैं उठा और अपनी अलमारी के पास चला गया। मैंने गोल्ड्स जिम, सैन फ्रांसिस्को की एक पुरानी टी-शर्ट निकाली और पायल को दे दी। वो टी शर्ट मुझे तो पूरी फिट आ जाती थी, लेकिन पायल के लिए काफ़ी बड़ी थी।

'अब सो जाओ।' मैंने पायल के बालों को सहलाते हुए कहा।

'तुम बहुत अच्छे हो, साकेत,' उसने बुदबुदाया और वो सो गई।

'गुड मॉर्निंग,' मैंने जोश के साथ कहा।

पायल अपने पैर घसीटते हुए लिविंग रूम तक पहुँची, और उसकी आँखें बाहर की धूप देखकर झपकी। विंडो लैज पर एक छोटी बुलबुल बैठी हुई थी, जिसकी मीठी चहचहाहट पूरे कमरे में गूँज रही थी।

'गुड मॉर्निंग,' उसने सोई-सोई सी आवाज़ में कहा। 'क्या टाइम है?'

'आठ।'

'हे भगवान! मैं लेट हो गई,' उसने कहा। उसका ध्यान टेबल पर लगे नाश्ते पर गया। 'ये सब क्या है?'

'टोस्ट, जैम, बटर, न्युटेला, चीज, पीनट बटर, सेरेअल, दूध, ग्रीक योगर्ट, कटे हुए फल और कुछ ऑरेंज जूस भी है। मैंने थोड़ा सा पोहा भी बनाया है। चाय है, कॉफ़ी है, और पता है क्या? सब जैन-फ्रेंडली है,' मैंने मुस्कुराते हुए कहा।

'वाह, इतना सब करने की क्या ज़रूरत थी?'

'मुझे पता नहीं था ना तुम्हें नाश्ते में क्या अच्छा लगता है।'

'कितने बजे उठे तुम?'

'छह बजे। नींद नहीं आ रही थी तो सोचा नाश्ता ही बना लूँ।'

उसने टेबल पर रखे फूल देखे। 'और ये फूल? ये तो मुझे कल रात नहीं दिखे थे?'

'नहीं, ये मैं अभी लाया। जब मैं नीचे नाश्ते के लिए सामान लाने गया था। तुम्हें अच्छे लगे?'

'हाँ, पर, रुको! मेरे कपड़े कहाँ हैं?'

'क्यों? तुम मेरी टी-शर्ट में इतनी क्यूट लग रही हो, आओ बैठो, कॉफ़ी? चाय?'

'नहीं, मुझे घर जाना है।'

'पता है, लेकिन कम से कम पहले कुछ खा तो लो! बाद में एक ऊबर बुक कर लेना।'

'मैं अभी जाना चाहूँगी। आऊ! मेरा सर दर्द कर रहा है,' उसने अपना सर पकड़कर कहा।

'तुम्हें हैंगओवर हो रहा है। ये लो थोड़ा ऑरेंज जूस पी लो, हेल्प करेगा।'

'मेरे कपड़े कहाँ हैं?' उसने मुझे इग्नोर करते हुए कहा और वापस बेडरूम में चली गई। 'मिल गए!' उसने एक सेकंड बाद कहा।

मैं उसका पीछा करते हुए बेडरूम गया।

'हे! मैं कपड़े बदल रही हूँ!'

'सॉरी!' मैंने कहा और वापस लिविंग रूम चला गया।

वो कपड़े बदलकर पाँच मिनट में आ गई।

'जूस?' मैंने उसे एक ग्लास दिया।

'मेरी ऊबर आती ही होगी,' उसने कहा।

'ओ तुमने बुक कर भी ली?' मैंने कहा। 'कितनी दूर है?'

'बस दो मिनट दूर है। मुझे नीचे चले जाना चाहिए।'

'जाते-जाते प्लीज़ थोड़ा जूस तो पी लो,' मैंने कहा।

उसने मुझसे जूस का ग्लास लिया और एक घूँट में सारा पी गई–बस दस सेकंड में।

'थैंक्स,' उसने कहा और वो दरवाज़े के बाहर चली गई।

'तुम वाक़ई काफ़ी जल्दी में हो,' मैंने उससे लिफ्ट में कहा।

'हाँ हूँ।'

बाहर, उसकी ऊबर आ गई थी।

'तुम्हारे साथ कल बहुत अच्छा वक़्त गुज़रा। एयर, बैंडस्टैंड, मेरा घर,' मैंने कहा।

'ओह, तुम्हारा भी थैंक्स। डिनर के लिए थैंक्स,' उसने कैब में बैठते हुए कहा।

'मिलते हैं जल्द?'

'देखते हैं,' उसने कहा और उसकी कैब सर्र से चली गई।

देखते हैं–*किसी लड़की के मुँह से निकले हुए ऐसे शब्द जो किसी पहेली से कम नहीं।*

~

सात घंटे, सैंतालीस मिनट। पायल ने मुझे इतने वक्त से कुछ जवाब नहीं दिया था। उसने अपने वाटसेप पर ब्लू टिक भी नहीं लगा रखे थे तो मैं ये भी नहीं बता सकता था कि उसने मेरा मैसेज पढ़ा भी था या नहीं। जाने क्यों लोग अपने ब्लू टिक बंद रखते हैं?

मैंने उसे मैसेज किया था: 'तुमसे मिलकर अच्छा लगा। उम्मीद है तुम वक़्त पर अपने पेरेंट्स के घर लंच के लिए पहुँच गई होंगी?'

मासूम सा ही मैसेज था ना? तो ऐसी क्या बात थी कि उसने अब तक जवाब नहीं दिया था? क्या उसने मुझे घोस्ट (एक शब्द जिसका उसकी जनरेशन बहुत ज़्यादा इस्तेमाल करती है) कर दिया था? क्या हो रहा था? कुछ घंटों पहले ही तो वो मेरी बांहों में थी और अब मैं उसके जवाब का ऐसे इंतज़ार कर रहा था जैसे कोई फाँसी पर चढ़ता हुआ क़ैदी, एक माफ़ी का इंतज़ार कर रहा हो।

क्या मुझे उसको एक बार फिर से मैसेज करना चाहिए? नहीं, वो तो डबल-टेक्सटिंग हो जाएगी–वो तो सिर्फ़ चेप लोग करते हैं। क्या मैं चेप हो

रहा था? जाने क्यों मैं, पाँच फुट ग्यारह इंच का आदमी जिसके सिक्स पैक्स हैं, अपने फ़ोन पर एक छोटी सी नोटिफिकेशन का इंतज़ार कर रहा था। इसीलिए मैं रिलेशनशिप्स के चक्करों में नहीं घुसना चाह रहा था। क्या यार पायल, जवाब दे दे ना।

मैंने डाइनिंग टेबल पर बैठे-बैठे लिखा: 'हे, सब ठीक है?' लेकिन मैंने सेंड नहीं दबाया। काफ़ी डेस्पेरेट लगा। मैंने वो मैसेज डिलीट कर दिया।

क्या मैं उसे कॉल कर लूँ? नहीं! क्या पता वो अपने पेरेंट्स के घर हो, जहाँ लड़कों पर बैन लगा हुआ था। वो मुश्किल में पड़ सकती थी। शायद बेहतर यही होता कि मैं डबल टेक्स्ट ही कर लूं।

'हाँ, जी?' मैंने लिखा और सेंड का बटन दबा दिया।

तीस लंबे मिनटों तक कोई जवाब नहीं आया।

'बस ये जानना चाहता था कि तुम ठीक तो हो?' एक घंटे में मैंने उसे 3 बार मैसेज कर दिया था।

'तुम जवाब नहीं दे रही हो। मैं परेशान हो रहा था तुम्हारे बारे में।' दो घंटे बाद मैंने चौथा मैसेज लिख डाला।

इस बार, मैं फ़ोन पर टाइपिंग वाली नोटीफ़िकेशन देख सकता था। ठीक है, चलो, ज़िंदा तो थी पायल। और एक जवाब लिख रही थी। लेकिन फिर उसने लिखना बंद कर दिया। फिर वापस शुरू कर दिया। मेरी आँखें जैसे फ़ोन की स्क्रीन पर चिपक सी गई थीं।

'हेलो,' उसका जवाब आया।

बस? इतने घंटों, और चार टेक्स्ट *मैसेज* के बाद उसको बस यही कहना था?

'हेलो!' मैंने उसी सेकंड उसे जवाब दे दिया। 'फाइनली तुमने जवाब दिया! क्या चल रहा है?'

'बस अभी परेल आई। सोने जा रही हूँ।'

'घर पर लंच कैसा था?'

'अच्छा था।'

'तुमने पूरे दिन मैसेज नहीं किया।'

'सॉरी, बिज़ी थी।'

चैट पर भी मैं एक ठंडापन महसूस कर सकता था।

'सब ठीक तो है?'

'क्या मतलब है तुम्हारा?'

'तुमने पूरे दिन जवाब नहीं दिया, और अब भी तुमसे बात करने में, ऐसी दूरी महसूस हो रही है।'

'मैं ठीक हूँ।'

'पक्का?'

उसने कुछ मिनट बाद जवाब दिया। 'उस शाम जो भी हुआ, उससे मैं कम्फर्टेबल नहीं हूँ।'

मेरा दिल बैठ गया। 'तुम्हारा मतलब वो पूरी शाम? एयर जाना, बैंडस्टैंड, सबकुछ?'

'नहीं, वो सब ठीक था। जो कुछ तुम्हारे घर हुआ, वो ठीक नहीं था।'

'क्या बात है, पायल?'

'मैं जानती हूँ वो सब उस रात, उस पल में हो गया, और शायद तब सही भी लगा मुझे, पर अब नहीं लगता। बाक़ी सब ठीक है, हम दोस्त रह सकते हैं।'

हम दोस्त रह सकते हैं?

उसके शब्द हथौड़े जैसे लगे। एक रात पहले ही मैं वो पहला आदमी था जिसको उसने किस किया था, और 24 घंटों से पहले ही मैं फ्रेंड-ज़ोन हो रहा था? ये क्या बकवास हो रही थी? मैं ये सब चैट पर नहीं झेल पा रहा था।

'क्या मैं तुम्हें कॉल कर सकता हूँ?'

'नहीं। अभी बहुत थकी हुई हूँ, कल काम पर जाना है।'

'हमें इस बारे में बात कर लेनी चाहिए।'

'कुछ बात करने को है ही नहीं, मैं वैसी लड़की नहीं हूँ साकेत।'

'कैसी लड़की?'

'कुछ नहीं। गुड नाईट साकेत।'

मैंने अपना फ़ोन साइड पर रख दिया और बिस्तर पर लेट गया। रात बहुत लंबी होने वाली थी।

'पायल,' मैंने उसे आवाज़ दी। वो एक्सप्रेस टॉवर्स की बिल्डिंग (जहाँ ब्लैकवॉटर का ऑफिस था) से बाहर आई थी, और फ्रंट पोर्च में अपनी गाड़ी का इंतज़ार कर रही थी।

'साकेत?' उसने पीछे मुड़कर कहा। उसने काले रंग का फॉर्मल पेंटसूट पहना था और लैपटॉप का भारी सा बैग उसके नाज़ुक कंधे पर लटका हुआ था।

'तुम मेरी कॉल या मैसेज का जवाब क्यों नहीं दे रही? मैं कितने दिनों से कोशिश कर रहा हूँ,' मैंने कहा।

'बहुत बिज़ी हफ़्ता था।'

'आज फ्राइडे है,' मैंने कहा। 'क्या हम प्लीज़ कहीं चलकर बात कर सकते हैं?'

'मेरे डैड का ड्राइवर आता ही होगा कुछ देर में। मुझे आज रात घर जाना है।'

'बस दस मिनट, प्लीज।'

वो आगे झुकी, देखने के लिए कि बिल्डिंग में कौन सी गाड़ियाँ घुस रही थीं। उसे उसकी गाड़ी नहीं दिखी। 'ठीक है, कहाँ जाना है तुम्हें?' उसने कहा।

'लियोपोल्ड चलते हैं। पास ही है।'

उसने सर हिलाते हुए अपने ड्राइवर को फ़ोन लगाया और कहा कि वो अभी ना आए, कुछ देर रुक जाए।

पायल और मैंने लियोपोल्ड कैफ़े तक की एक टैक्सी की। छोटी सी पाँच मिनट की ड्राइव थी। कोलाबा का वो रेस्टोरेंट मुंबई के 26/11 हमलों के बाद काफ़ी मशहूर हो गया था, जब आतंकी अंदर घुस आए थे और उन्होंने

अंधाधुंध फायरिंग करनी शुरू कर दी थी। रेस्टोरेंट में अब भी एक खिड़की पर उस रात की गोलीबारी के निशान थे।

हमने पूरी टैक्सी राइड के समय एक शब्द तक नहीं बोला था। जब हम लियोपोल्ड कैफ़े पहुचे तो वो पूरा भरा हुआ था। वेटर यहाँ से वहां जा रहे थे, सभी तरह के कस्टमर्स को खाना पीना देते हुए। बैकपैकर फिरंग से लेकर इन्वेस्टमेंट बैंकर तक, जिन्होंने अभी-अभी बस नरीमन पॉइंट में अपना काम ख़त्म किया था।

'बियर?' मैंने पायल से कहा जैसे ही हम एक-दूसरे के सामने बैठे।

'नहीं, सिर्फ़ पानी।'

मैंने एक वेटर को एक पिंट ड्राफ्ट बियर, एक पानी की बोतल और एक प्लेट मसाला पीनट लाने को कहा।

'कितनी देर तक मेरे ऑफिस के बाहर खड़े रहे थे?' पायल ने पूछा।

'दो घंटे शायद।'

'क्यों?'

'क्या फ़र्क़ पड़ता है। क्या चल रहा है ये सब पायल?'

'कुछ भी तो नहीं, साकेत। मैंने तुम्हें बताया तो।'

'क्या बताया?'

'कि उस रात जो कुछ भी हुआ मैं उसके साथ कम्फर्टेबल नहीं हूँ।'

'और ये बात मुझे बताने के बजाए तुमने मुझसे बात करना ही छोड़ दिया, कट ऑफ कर दिया?'

'मुझे थोड़ी स्पेस चाहिए थी,' उसने कहा।

हमारी नज़रें एक सेकंड के लिए मिलीं, और फिर वेटर हमारा ऑर्डर लेकर आ गया। मैंने ठंडी बियर का एक घूँट भरा, और एक चम्मच मसाला पीनट खाये, जिनके साथ कच्चे प्याज़, हरी मिर्च और धनिये के पत्ते भी थे।

पायल अपने पानी के साथ खेलती रही।

'मुझे लगा उस दिन हमने एक बहुत अच्छी शाम गुज़ारी,' मैंने कहा।

'कुछ ज़्यादा ही हो गया था।'

'मानता हूँ, हम एक हद से गुज़र गए थे और सबकुछ बहुत जल्दी हो गया। लेकिन ऐसा लगा जैसे हमारे बीच कुछ तो केमिस्ट्री थी और–'

'साकेत,' उसने मुझे टोका। 'प्लीज़ समझने की कोशिश करो, मैंने कभी भी ऐसा कुछ नहीं किया है, किसी के भी साथ। और फिर...'

'और फिर क्या?'

'फिर अगले दिन मुझे इतना गिल्टी फील हुआ।'

'क्यों? हम दोनों सिंगल हैं और एक-दूसरे को पसंद करते हैं। जब एक लड़का-लड़की एक दूसरे को पसंद करते हैं तो यही होता है।'

'ये सब शादी के बाद होना चाहिए, मेरे ख़याल से। कम से कम मम्मी-पापा ने तो मुझे बचपन से यही बताया है।'

'मतलब सही में, पायल? जरा अपने आसपास आए हुए इन कपल्स को देखो। इनमें से बहुतों की शादी नहीं हुई है। क्या लगता है, क्या ये आज रात कुछ नहीं करेंगे?'

पायल ने आसपास देखा। हमसे दो टेबल दूर एक जवान, लगभग बीस साल का कपल एक-दूसरे को चूम रहा था।

'मैं उस तरह की लड़की नहीं हूँ,' पायल ने कहा।

'वहाँ बैठी हुई लड़की भी वैसी लड़की नहीं है। वो बस अपने बॉयफ्रेंड को किस कर रही है।'

'लेकिन हम बॉयफ्रेंड-गर्लफ्रेंड भी नहीं हैं,' पायल ने ऊँची आवाज़ में कहा।

'शांत, शांत,' मैंने पायल से कहा। 'प्लीज़ बुरा मत मानो।' मैंने अपना हाथ उसके हाथ पर रखा लेकिन उसने अपना हाथ पीछे कर दिया।

'खाना खाया क्या?' मैंने कहा।

वो चुप रही। एक मिनट बाद उसने न में अपना सर हिलाया।

'चलो कुछ खाते हैं, उस पर तो कोई रोक नहीं है ना?'

उसके जवाब देने से पहले ही मैंने वेटर को बुला लिया। 'मैडम जैन हैं, क्या ऑर्डर कर सकते हैं?' मैंने कहा।

वेटर ने कहा कि हम या तो एक पिज़्ज़ा या कुछ इंडियन वेजीटेरियन खाना (जैनी अंदाज़ में बना हुआ) ऑर्डर कर सकते थे। मैंने वही चुना, और खाने में पीली दाल, पनीर मसाला और कुछ रोटियाँ मंगाई, 'और क्या आप कुछ पीनट ला सकते हैं, बिना प्याज़ के?' मैंने कहा।

'और एक ग्लास वाईट वाइन,' पायल ने कहा।

वेटर ने अपना सिर हिलाया और चला गया।

'थैंक्स,' उसने नीचे अपने हाथों को देखते हुए कहा।

'इतनी फॉर्मेलिटी की कोई ज़रूरत नहीं है,' मैंने कहा। 'और क्या मैं एक बात बोल सकता हूँ?'

उसने ऊपर देखा।

'मैं समझ सकता हूँ तुम्हें क्या लगता होगा उस शाम के बारे में सोचकर। तुम्हें लग रहा होगा कि–'

'क्या?'

'कि मैं, तुमसे उम्र में बड़ा हूँ, और तो और डिवोर्स्ड हूँ। तुम ये सब पहली बार कर रही हो, सुनने वाले को तो क्रीपी लगेगा ही।'

'मैं...' पायल ने रुककर कहा। 'मैं ये नहीं कहूँगी कि वो क्रीपी था। बस सबकुछ, बस एकदम से ही हो गया, इतनी जल्दी।'

'मानता हूँ।'

'थैंक यू।'

'थैंक यू बोलने की ज़रूरत नहीं है। क्या तुम ये जानना चाहोगी, मुझे कैसा लगा?'

पायल ने ज़ोर से हाँ में अपना सर हिलाया।

'पहली बात तो, मैंने इसमें से कुछ भी प्लान नहीं किया था। मैंने कभी ये नहीं सोचा था कि तुम मेरे घर आओगी।'

'हाँ पता है,' उसने कहा।

'मुझे तुम्हारे साथ एयर में वक्त गुज़ारकर इतना अच्छा लगा था, और फिर वो सैर!'

'हाँ मुझे भी बहुत मज़ा आया था।'

वेटर हमारे पानी के ग्लास के साथ वापस आ गया। पायल ने एक घूँट लिया।

'एक जादू सा लगा जब तुम मेरे घर आईं। जबसे तुम गई हो, हर दिन मैं सोचता हूँ तुम कैसी लगती विंडो लैज पे बैठी हुई।'

वो मुस्कुराई। मैंने उसकी आँखों में आँखें डालकर देखा।

'सालों हो गए जब मैंने खुद को किसी से यूं जुड़ा हुआ महसूस किया। मेरी शादी चार साल पहले ही ख़त्म हो गई थी। तबसे मुझे किसी से अपनापन फील नहीं हुआ।'

उसकी आँखें अभी भी मेरी आँखों पर थीं, उसने कहा, 'मैं क्यों?'

'मैं ये तुम्हें किसी शब्द में समझा नहीं सकता। हमारे बीच कुछ तो है। शायद तुम्हारा वो मुझे सपोर्ट करना जब मेरा बहुत ही खराब वक्त चल रहा था, या जब मैं नर्वस था, या शायद तुमसे बातें करने में मुझे जो मज़ा आता है, या तुम्हारी मदद करने में भी जो मुझे मज़ा आता है... ऊपर से तुम इतनी समझदार इतनी स्मार्ट, और...'

'और क्या?'

'और तुम बेहद खूबसूरत हो। मैं कभी किसी लड़की से इतना अट्रैक्ट नहीं हुआ हूँ, जितना तुमसे हूँ। शायद इसलिए ही सबकुछ इतना जल्दी-जल्दी हो गया।'

हमने कुछ देर तक एक-दूसरे को खामोशी में देखा। वो अपनी कुर्सी में जरा हिली, ये सोचती हुई कि वो इस बात का जवाब कैसे दे।

मैंने फिर से कहा, 'पायल, अगर तुम्हें लगता है कि मुझे ये सब करने के लिए तुम्हारा बॉयफ्रेंड बनना चाहिए तो मुझे बहुत ख़ुशी होगी अगर तुम मेरी गर्लफ्रेंड बन जाओ।'

'मैं 21 की हूँ, और तुम 33 के। हमारे बीच 12 साल का गैप है।'

'तो क्या हुआ?'

'तुम्हारी एक बार शादी और एक बार डिवोर्स भी हो चुका है। और मैं कभी किसी रिलेशनशिप में नहीं आई हूँ। ये रिश्ता कैसे चलेगा?'

'तुम्हें कैसे पता कि ये नहीं चलेगा?'

वो चुप रही।

'तुम्हें भी तो कुछ लगा होगा ना कि तुमने मुझे अपना पहला बॉयफ्रेंड बनाया?' मैंने पायल से कहा।

'जैसाकि तुमने कहा, ये सबकुछ भी प्लैंड नहीं था। लेकिन आकांक्षा ने कहा–'

'आकांक्षा?' मैंने पायल को टोका। 'वही लड़की जो तुम्हारे साथ शो पर आने वाली थी उस रात?'

'हाँ वही। मेरी बेस्टफ्रेंड है, हम एक दूसरे को सबकुछ बताते हैं।'

'ओके, उसने क्या कहा?'

'तुम जानना नहीं चाहोगे।'

'मैं ज़रूर, ज़रूर जानना चाहता हूँ।'

'उसने कहा कि मैं तुमसे दूर रहूँ, सारे कांटैक्ट तोड़ दूँ।'

'और तुमने वही किया।'

'उसने तो मुझे तुम्हारा नंबर ब्लॉक करने को भी कहा। लेकिन मैंने वो तो नहीं किया।'

'बड़ी मेहरबानी आपकी,' मैंने सर्कास्टिकली कहा।

'मैं घबरा गई थी। तुम्हें समझना चाहिए साकेत। कुछ ज़्यादा ही हो गया था। हम एक-दूसरे को मुश्क़िल से जानते हैं, और फिर भी उस रात कुछ ज़्यादा ही हो गया।'

'जानता हूँ, लेकिन जैसा कि तुमने कहा, वो बस, हो गया।'

पायल ने एक गहरी साँस छोड़ी। 'आकांक्षा का तो ये भी कहना है कि ये पागलपन है, इंफ़ेच्युएशन है बस। इसका कोई सिर पैर नहीं है।'

'और क्या कहना है उसका?'

'यही कि तुम बस एक ठरकी बुड्ढे आदमी हो जिसे बस एक नया माल चाहिए।'

मैंने अपने आपको शांत करने के लिए एक गहरी साँस ली।

'और तुमने उसकी बात को मान लिया?' मैंने कहा।

'वो मेरी बचपन की दोस्त है। हम लोग स्कूल से साथ में हैं। मैं उस पर भरोसा करती हूँ।'

'और क्या करती है ये आकांक्षा?'

'हाउसवाइफ है। इंस्टाग्राम इंफ्लुएंसर भी है लेकिन–'

'तुमने तो कहा था कि वो तुम्हारी बचपन की दोस्त है। तुम्हारी ही उम्र की होगी ना?'

'हाँ। उसकी शादी जल्दी हो गई।'

'वाह।'

वेटर हमारा खाना लेकर आ गया। मैंने जल्द ही हम दोनों को खाना परोस दिया।

'आकांक्षा के बारे में तो मैं कुछ नहीं कह सकता,' मैंने रोटी तोड़कर दाल में डुबोते हुए कहा। 'लेकिन इतना ज़रूर जानता हूँ कि मैं किसी लड़की से बात करने के इंतज़ार में इतनी देर किसी ऑफिस के नीचे कभी नहीं खड़ा हुआ हूँ। और शायद कभी नहीं खड़ा होऊँगा।'

'सॉरी मैंने तुम्हें इस तरह कट ऑफ कर दिया,' पायल ने कहा। 'मैं तुम्हें ठेस नहीं पहुचना चाहती थी। मुझे इन सब चीज़ों का कोई अनुभव नहीं और––'

'कोई बात नहीं, पायल,' मैंने उसे बीच में ही टोक दिया। 'और मैं एक और बात कहना चाहूँगा फिजिकल चीज़ों के बारे में।'

'क्या?'

'वो इंतजार कर सकती हैं।'

'मतलब?'

'मतलब तुम सही कह रही हो। हम एक-दूसरे को ठीक से जानते भी नहीं हैं और हम उस रात एक हद से आगे गुज़र गए थे। और एक और चीज़।'

'क्या?'

'तुम कोई नया माल नहीं हो जिसकी मैं तलाश कर रहा हूँ,' मैंने कहा।

उसने मेरी तरफ़ देखा। हमारी नज़रें मिलीं।

'भरोसा कर सकती हो मुझ पर?'

'कोशिश कर सकती हूँ,' उसने कुछ बुझी सी आवाज़ में कहा।

अगले कुछ मिनटों के लिए हमने अपना खाना खामोशी से खाया। और फिर पायल ने कहा।

'मैंने ओवररिएक्ट कर दिया, सॉरी। मुझे वाक़ई तुम्हें इस तरह से कट ऑफ नहीं करना चाहिए था। इसे मेरी नादानी समझकर माफ कर देना।'

मैंने अपने कंधे उचकाये।

'और अगले दिन सुबह-सुबह ऐसे ही उठकर जाने के लिए सॉरी। वो बहुत रूड था। तुमने इतनी मेहनत की थी वो अच्छा सा नाश्ता बनाने के लिए।'

'तुम्हारे दिमाग़ में उस समय काफ़ी कुछ चल रहा होगा।'

'अरे मैंने तुम्हें अपनी परवरिश के बारे में तो बताया है ना? लड़कों से बात करना भी पाप है। ये सब जो हुआ, सबकी सख़्त मनाही है।'

'मैं समझ सकता हूँ।'

'और, आकांक्षा ने भी कहा कि ये जो मैं कर रही हूँ, बहुत बड़ी बेवक़ूफ़ी है। कहती है मेरा बस इस्तेमाल होगा यहाँ। और कुछ नहीं। और ये जो मेरा मुझसे बड़ी उम्र के लोगों के ऊपर क्रश आने का फ़ितूर है, वही मुझे एक दिन डुबायेगा।'

'तो, तुम्हें मेरे ऊपर क्रश है...' मैंने कहा।

वो मुस्कुराई। 'तुम उसकी बात समझ रहे हो ना? हम दोनों शायद किसी अजीब फैंटेसी में जी रहे हैं,' पायल ने कहा।

'जैसे क्या?'

'मैं एक भोली भाली सी इक्कीस साल की लड़की हूँ जिसके साथ तुम कुछ भी कर सकते हो और अपने डिवोर्स से उभर सकते हो। लेकिन तुम, एक मैच्योर, तजुर्बे वाले आदमी हो जो मुझे बहुत ज़्यादा अटेंशन दे रहा है और मैं बस खिची चली जा रही हूँ।'

'वाह भाई वाह, तुमने तो काफ़ी गहराई से सोच लिया है इस बारे में।'

'काफ़ी ज़्यादा सोच लिया है, ओवरथिंकिंग, एक्सपर्ट हूँ मैं। खैर, हो सकता है ये सब सच ना हो, साकेत।'

मैंने कुछ मिनटों बाद जवाब दिया। 'शायद तुम सही कह रही हो। ये सिर्फ़ वक्त ही बताएगा। जब तक हम दोनों एक साथ वक्त गुज़ार रहे हैं और खुश हैं, किसी और से, और किसी और को क्या फ़र्क़ पड़ता है?'

'इतना आसान है क्या?'

'पायल, दूसरों को खुश करने के लिए ज़िंदगी मत जिओ। मैंने जी रखी है ऐसी ज़िंदगी और अब मुझे बहुत पछतावा होता है।'

और फिर हमने अपना डिनर खामोशी में खाया।

'मेरी बात सुनने के लिए शुक्रिया,' पायल ने कहा।

हम लोग लियोपोल्ड कैफ़े से बाहर आ गए और सड़क पर खड़े हुए थे।

'मेरी भी बात सुनने के लिए शुक्रिया। क्या तुम अपने ड्राइवर को कॉल करना चाहती हो?'

पायल ने मुझे एक सेकंड तक देखा। 'या क्या मैं उन्हें घर ही भेज दूँ?' उसने कहा। 'अगर तुम्हें कुछ और वक़्त साथ गुज़ारना है?'

मैंने उसकी तरफ़ कुछ देर देखा। 'ठीक है,' मैंने कहा।

उसने अपने ड्राइवर को फ़ोन लगाया और उसे घर जाने को बोल दिया।

'क्या करना है अब?' मैंने पायल से पूछा।

'मैं तुम्हारी विंडो लैज पर बैठना पसंद करूँगी, ग्रीन टी पीते-पीते।'

मैं उसे देखकर हक्का बक्का रह गया। *क्या थी ये औरत?*

'प्लीज़, मुझे उस लैज पर बैठना बहुत अच्छा लगता है। क्या हम चल सकते हैं तुम्हारे घर?' उसने कहा।

~

'ग्रीन टी?' मैंने कहा।

पायल चौकड़ी मारकर बैठी हुई थी मेरी विंडो लैज पर, थोड़ी अनकम्फर्टेबल लग रही थी अपने पैंटसूट में।

'ज़रूर,' उसने बाहर सड़क को देखते हुए कहा। 'लेकिन जरा रुको, तुम्हारे पास वाइन है क्या?'

'सच में?'

'प्लीज़ मुझे जज मत करो, मैंने लियोपोल्ड पर सिर्फ़ एक ग्लास पिया है। वीकेंड है, और मेरा काफ़ी बिज़ी हफ़्ता गया है। 14-14 घंटे तक काम करती रही थी मैं ऑफिस में।'

मैं किचन में गया और वाईट वाइन के दो ग्लास लेकर आया। पिछली बार की तरह, मैं खिड़की के बराबर बैठा, पायल के सामने।

'तो, काम कैसा चल रहा है?' मैंने न्यूट्रल टॉपिक पर ही टिके रहते हुए कहा।

'बिजी चल रहा है। अभी हमें एक डील क्लोज करनी है, हज़ारों पन्ने पढ़ने हैं।'

'हाँ, प्राइवेट इक्विटी में ज़्यादातर लीगल डॉक्यूमेंट पढ़े जाते हैं। मुझे उस सबकी तो बिल्कुल भी याद नहीं आती।'

'तुम्हारा काम कैसा चल रहा है?'

'मुझे नए सेट पर काम करना था। नहीं कर पाया।'

'क्यों नहीं?'

'काफ़ी डिस्टर्बड था। कई सारी चीज़ें चल रही हैं दिमाग़ में।'

'ओ, क्यों?'

'किसी ने मुझे घोस्ट कर दिया था।'

'आउच! एक बार फिर से, सॉरी।'

'कोई बात नहीं। अब तुम यहाँ हो।'

'क्या मैं इस दलील के साथ बच सकती हूँ कि अभी मैं बहुत छोटी हूँ?'

'इतनी बड़ी तो हो कि प्राइवेट इक्विटी के डॉक्यूमेंट पढ़ सको, लेकिन शायद अपनी भावनाओं को बताने के लिए थोड़ी छोटी हो।'

वो हँसी। 'हाँ तुम कुछ ऐसा कह सकते हो,' पायल ने अपनी वाइन का एक घूँट लिया और खिड़की से बाहर देखने लगी। हम कुछ मिनटों तक खामोशी में बैठे रहे।

'अभी भी उसकी याद आती है?' उसने अचानक पूछा।

'किसकी?'

'राशि की?'

'नहीं, इतनी ज़्यादा नहीं। शुरू में हमने एकसाथ कुछ अच्छा वक्त भी गुज़ारा था। लेकिन अब वो यादें धुँधली पड़ गई हैं। ताज़ा हैं तो सिर्फ़ मेरे डिवोर्स की यादें।'

'सॉरी।'

मैंने अपने कंधे उचकाये।

'मुझे आकांक्षा को तुम्हारे बारे में नहीं बताना चाहिए था।'

'ठीक है, कोई बात नहीं। वो तुम्हारी बेस्ट फ्रेंड है।'

'हाँ, पर मैं उसके जैसी नहीं हूँ।'

'सच में?'

'आकांक्षा वो है जो मेरे पेरेंट्स चाहते हैं मैं बनूँ। कोई बॉयफ्रेंड नहीं, बीस पर शादी, और जिसे खाना बनाना, घर की देखभाल करना बहुत अच्छा लगता है।'

'बीस? बड़ी जल्दी शादी हो गई।'

'हाँ, सूरज चंडक से। आकांक्षा के पेरेंट्स ने ही उसके लिए एक लड़का चुना। मारवाड़ी है ना वो, तो मारवाड़ी लड़का ही चाहिए था।'

'तुमने तो कहा था कि वो एक इंफ्लुएंसर है?'

'कोशिश कर रही है बनने की। गेस करो उसका अकाउंट किस चीज़ के बारे में है?'

'मुझे कोई आईडिया नहीं।'

'एक प्राउड हाउसवाइफ! अकाउंट का नाम है होम डीवा। बताता है किस तरह वो अपनी बेस्ट ज़िंदगी जी रही है एक हाउसवाइफ बनकर। वो क्या-क्या खाना बनाती है, कैसे अपने कमरे सजाती है, और अपने मंगलसूत्र के बारे में बताती है जो वो पहनती है।'

'कैसा चल रहा है उसका अकाउंट?'

'चल रहा है? दौड़ रहा है! आए दिन मर्द कमेंट करते रहते हैं: तुम तो घर की लक्ष्मी हो, हमें तो तुम जैसी लड़की से ही शादी करनी है।'

उसने अपने फ़ोन पर इंस्टाग्राम खोला। एक अकाउंट दिखाया: AkankshatheHomeDiva, 20 हज़ार फॉलोवर थे। आकांक्षा की सूरत आकर्षक इंडियन हाउसवाइफ सी लग रही थी, बिल्कुल वैसी जैसी सास-बहू सीरियल में आती हैं, जहाँ हर दिन हर पल, सास अपनी बहू को ठेस पहुचाने के लिए चालें चल रही होती हैं। आकांक्षा के ज़्यादातर पोस्ट में उसने सलवार-क़मीज़ या साड़ी पहन रखी थी, सोने के ज़ेवरात के साथ। अपने सबसे नए पोस्ट में वो बता रही थे कैसे वो अपने पति की लंबी उम्र के लिए करवाचौथ पर व्रत रख रही थी। उसने पूजा करते हुए और चाँद को देखते हुए अपनी फोटो शेयर की थी। साथ में एक भावुक कैप्शन भी थी जिसमें वो ये कह रही थी कि वो कितनी खुश थी। पोस्ट पर काफ़ी सारे कमेंट थे। ज़्यादातर, उसकी तारीफ़ में थे: 'भारतीय संस्कृति और कल्चर को इसी तरह बरकरार रखो!' 'हमारी बेटी भी तुम्हारी जैसी हो!'

'ये तुम्हारी बेस्टफ्रेंड है?' मैंने पायल को उसका फ़ोन वापस करते हुए कहा।

'हाँ, हम लोग नर्सरी से साथ में हैं। वो अपने संस्कारी रूप को इंटरनेट पर जरा बढ़ा-चढ़ा रही है। लेकिन असल ज़िंदगी में वो ऐसी नहीं है। जींस पहनती है, कभी-कभी वाइन भी पीती है।'

'फिर भी, उसकी शादी बीस पर हो गई है,' मैंने कहा। 'उसी समय पर, उसी लड़के के साथ जो उसके पेरेंट्स चाहते थे।'

'हाँ, और अब वो करवाचौथ मनाती है। अपनी लाल और सुनहरी साड़ी में, और उसे उसी में ख़ुशी मिलती है। और यहाँ मैं एक ग्रे सूट पहनकर, शेयरहोल्डर की शर्तें पढ़ते-पढ़ते थक जाती हूँ।'

'तुम ब्लैकवाटर के लिए काम करती हो, ये दुनिया की सबसे मुश्किल जॉब में से एक है। इतनी कम उम्र में तुम बहुत कुछ कर रही हो।'

'लेकिन इसका पॉइंट क्या है? कभी-कभी लगता है, क्या आकांक्षा ही बेहतर रास्ते पर है?'

'पागल हो क्या? स्मार्ट हो, टैलेंटेड हो। क्या तुम अपना पोटेंशियल पूरा नहीं करना चाहती हो?'

'वो तो अपनी ज़िंदगी से बहुत खुश है ना। मुझे तो हर समय ओवरवर्क्ड लगता है।'

'हाँ, वो ऐसा कहती होगी सोशल मीडिया पर। लेकिन अगर वो सचमुच खुश है तो उसे ये ज़ाहिर करने के लिए सोशल मीडिया पर क्यों पोस्ट करना पड़ता है?'

'पता नहीं,' पायल ने अपने कंधे उचकाये और अपनी वाईट वाइन का एक घूँट भरा।

'तुम्हें बस अपने आपसे ईमानदार होना चाहिए और अपने फैसलों के साथ जीना आना चाहिए। वो भले ही दूसरों के फैसलों से अलग क्यों ना हों।'

'अगर वो फैसले उतने सही ना हो तो? क्रेजी हो तो?'

'अगर एक लड़की एक अच्छा करियर बनाने का फैसला करती है तो वो कोई क्रेजी फैसला तो नहीं है।'

'अच्छा, और अगर वही लड़की, अपनी उम्र से बहुत बड़े, डिवोर्स्ड आदमी के घर पर एक विंडो लैज पर बैठी हुई हो, क्या वो क्रेजी नहीं होगा?'

मैंने उसे देखा। उसने मुझे देखा।

'हम बस बैठकर बातें कर रहे हैं,' मैंने धीरे से कहा।

'बस?' उसने अपनी टाँग मेरी टांग पर रख दी।

'यही प्लान था ना?'

'था क्या?' उसने मुस्कुराते हुए कहा। पायल ने धीरे से अपना सर हिलाया और मुझे पास आने का इशारा किया।

मैं आगे झुका लेकिन फिर अपने आपको रोक लिया। 'पायल, मैं तुम्हें सच में किस करना चाहता हूँ अभी। लेकिन... मैं पिछले हफ़्ते की तरह तुम्हें फिर से खोना नहीं चाहता।'

पायल आगे बढ़ी और उसने अपना सर मेरी छाती पर रख दिया। मैं हल्के से उसके बाल सहलाने लग गया।

'मैं पूरी कोशिश करूँगी कि इस बार ना घबराऊँ,' उसने कहा। 'क्या यही होता है मिक्स्ड सिग्नल देना?'

'शायद। पता नहीं। मैं बस चाहता हूँ कि तुम क्लियर रहो कि तुम्हें ज़िंदगी में क्या चाहिए।'

'मुझे तुम्हारे साथ अच्छा लगता है, साकेत। मैं ये सबकुछ चाहती हूँ,' उसने कहा। 'मैं तंग आ चुकी हूँ अपनी माँ के इशारों पर ज़िंदगी जीते जीते।'

वो अपना चेहरा मेरे क़रीब ले आई। मैं कुछ भी साफ़-साफ़ सोच नहीं पा रहा था।

'मैं तुम्हें पसंद करता हूँ, पायल।'

मेरा मतलब था प्यार करता हूँ, पसंद नहीं!

'मैं भी तुम्हें पसंद करती हूँ, साकेत।'

अपने आपको रोकने की बड़ी कोशिशों के बाद मैंने आख़िर पायल के होंठों को हल्का सा किस कर ही लिया। फिर उसने मुझे किस किया। मैंने अपने आपको दूर खींच लिया। 'मैं नहीं चाहता कि तुम मुझे कल सुबह घोस्ट कर दो।'

'मैं कोशिश करूँगी,' उसने कहा।

हमने फिर एक-दूसरे को किस किया। पिछले एक हफ़्ते की जुदाई ने हमारी किस को एक अजब सा जोश दे दिया था। हम दोनों की जीभ टकराई। मैं उसका निचला होंठ बस खा ही गया था। इस बार बैकग्राउंड में कोई गाना भी नहीं चल रहा था–सिर्फ़ हमारी साँसें तेज होने की आवाज़ थी। मैंने अपनी उँगलियाँ उसकी गर्दन तक दौड़ाई, और वो काँपी। हम काफ़ी देर तक एक-दूसरे को किस करते रहे।

'चलो बेडरूम में चलते हैं,' पायल ने कुछ देर बाद कहा।

'पक्का?'

'हाँ।'

बिना कुछ बोले मैं उठ गया और उसे बेडरूम तक ले गया। हमने चुपचाप अपने कपड़े उतारे और बेड पर एक दूसरे के बगल में लेट गए। हमें बस

एक चादर ही ढक रही थी। मैंने पायल को फिर से किस किया और उसको हर तरफ़ छुआ। फिर मैंने कुछ ऐसा सुना जिसे सुनने का मौक़ा आदमी को रोज़-रोज़ नहीं मिलता।

'मैं सेक्स करना चाहती हूँ।'

'क्या?' मैंने हैरानी के साथ कहा।

'हाँ करना चाहती हूँ,' पायल ने कहा।

'पक्का? क्यों?'

'मैं ट्राय करना चाहती हूँ, जानना चाहती हूँ कि क्या होता है इसमें और इसमें ऐसी क्या खास बात है। और क्यूंकि मैं तुम पर भरोसा करती हूँ।'

'अरे ज़रूरी नहीं है ये सब करना। इस तरह मजबूर मत समझो अपने आपको।'

'अरे मजबूर नहीं हूँ। मैं, वाक़ई करना चाहती हूँ। तुम्हारे पास सामान है ना?'

'कैसा सामान?'

'कंडोम वगैरह।'

'पायल, पक्का ना?'

'हाँ, मैं उस तरह की लड़की नहीं हूँ, लेकिन मैंने कुछ और ट्राय भी नहीं किया है। सेक्स तो आकांक्षा ने भी किया है। स्टैन्फ़र्ड में तो मेरे दोस्त कई-कई लोगों के साथ सेक्स करते थे।'

'आकांक्षा शादीशुदा है।'

'हाँ, लेकिन मुझे इतनी जल्दी भी शादी नहीं करनी। और मैं इतना इंतज़ार भी नहीं करना चाहती। अब तुम बताओ, करना है कि नहीं?'

'क्या?'

'सेक्स करना है कि नहीं?'

'तुम एक आदमी से पूछ रही हो कि उसे सेक्स करना है या नहीं? मतलब सच में?'

'क्या मैं इसे हाँ समझूँ?'

'बिल्कुल हाँ समझो।'

'कूल, तो, तुम्हारे पास कंडोम है क्या?'

'नहीं, पर मेरे पास एक केमिस्ट का नंबर है जो जल्द ही उन्हें डिलीवर कर देगा।'

'क्या तुम उसे कॉल करोगे?'

मैंने पायल की तरफ़ देखा। मैं हक्का-बक्का रह गया था। मैंने फ़ोन उठाया और केमिस्ट को कॉल किया।

'वालेद भाई, एक अर्जेंट डिलीवरी चाहिए।'

'क्या?'

'एक डाईजीन की बोतल, एक पैरासिटामोल की पत्ती और टाइगर बाम। और एक ड्यूरेक्स।'

'ओके, टाइगर बाम नहीं है।'

'कोई बात नहीं, आप बाक़ी भेज दीजिए।'

'ओके, कौन-सा ड्यूरेक्स?'

'कौन-से वाले हैं?'

'तीन का या दस का पैक?'

'पता नहीं, तीन का पैक?'

'ओके, एक्स्ट्रा थिन, रिब्ड, डॉटेड, कौन-सा?'

'कोई भी चलेगा।'

'एक्स्ट्रा थिन डिमांड में है। वो भेज देता हूँ।'

'ओके, थैंक्स,' मैंने कॉल काट दी।

'तुमने डाईजीन और पैरासिटामोल क्यों मंगाई?' पायल ने पलकें झपकाई।

'सिर्फ़ कंडोम मंगाना अजीब लगता है।'

'सच में?' वो खिखियाई।

'पता नहीं, यहाँ आओ,' मैंने पायल को अपने पास खींच लिया।

हम दोनों पूरे जोश के साथ एक-दूसरे को किस कर रहे थे कि दरवाज़े की घंटी बज गई। मैंने अपनी कमर पर एक टॉवल बाँधा और दरवाज़े पर गया।

'टाइम पर आ गया ना, सर?' वालेद भाई दाँत दिखाकर मुस्कुरा रहे थे।

मैंने जवाब नहीं दिया लेकिन वालेद भाई को 500 का नोट पकड़ा दिया।

'चेंज?' उन्होंने कहा।

'रख लो,' मैंने कहा और दरवाज़ा बंद कर दिया।

मैं बेडरूम की तरफ़ भागा।

'मुझे बॉक्स दिखाना तो,' पायल ने कहा।

'क्या?'

'मैंने कभी कंडोम नहीं देखा है।'

मैंने भूरे काग़ज़ वाले लिफाफे से एक छोटा सा ड्यूरेक्स का पैकेट निकाला, और पायल को दे दिया।

उसने वो पैकेट खोला और अंदर पड़े तीन सैशे में से एक निकाला। 'ये तो बड़ा गद्देदार है।'

'हाँ, लुब्रिकेशन की वजह से।'

'इसमें लुब्रिकेशन होती है?'

मैं मुस्कुराया, कंडोम का सैशे पायल से वापस लिया और वो सैशे खोला। वहाँ मैं कंडोम पहन रहा था और यहाँ पायल मानो एक स्कूल की अच्छी बच्ची की तरह मुझे देखे जा रही थी।

'इसे पहनने में दर्द होता है क्या?'

मैं मुस्कुराया और अपना सर ना में हिलाया। मैंने उसके कंधे पीछे करते हुए, उसे लिटा दिया।

'दर्द होगा क्या?' उसने पूछा।

'हो सकता है। मैं पूरी कोशिश करूँगा आराम से करने की।'

जैसे ही हमने सेक्स करना शुरू किया, उसने मेरे कंधे कस के पकड़ लिए।

'आऊ!' वो दर्द में चिल्लाई। उसके नाखून मेरे कंधों में धँस गए।

'तुम ठीक हो?'

'हाँ,' उसने गहरी साँसें लेते हुए कहा।

'ओके।' मैं कुछ देर के लिए थमा और उसको आराम देने के लिए उसको हौले से किस करने लगा।

'मैं तुम्हें अपने अंदर फील कर सकती हूँ,' उसने फुसफुसाया।

'मैं भी।'

उसने मुझे कस के पकड़ा।

और कुछ ही जादुई मिनट बाद, हम दोनों एक-दूसरे के बगल में लेटे हुए थे। हमारी साँसें भारी थीं, और हम थककर, चूर थे।

'तो... हो गया,' पायल ने कुछ देर बाद कहा।

'हाँ।'

'मैंने सेक्स कर लिया...'

'हाँ।'

'वाह! मैं, पायल जैन, अब वर्जिन नहीं हूँ।'

'मेरा भी कुछ ऐसा ही ख्याल है।'

अब क्या वो फिर से घबरा जाने वाली थी कल?

'कैसा लग रहा है?' मैं उसकी तरफ़ मुड़ गया और उससे कहा।

'शुरू-शुरू में थोड़ा दर्द हुआ, पर बाद में अच्छा लगने लगा।'

'और?'

'चिंता मत करो, मैं ठीक हूँ। और तुम?'

'मैं बहुत सारी चीजें महसूस कर रहा हूँ, अभी दिमाग़ में बहुत कुछ चल रहा है।'

'सच में?' पायल ने अपनी कोहनी के बल उठकर मुझे देखते हुए कहा।

'मैं तुम्हें डेट करना चाहता हूँ पायल।'

'क्या तुम मुझे प्रपोज कर रहे हो? अभी? ऐसे?'

'हाँ। मैं तुमसे काफ़ी क्लोज़ फील करता हूँ, और तुम्हें खोने का ख्याल तक बर्दाश्त नहीं होता है मुझसे। मेरी गर्लफ्रेंड बन जाओ, पायल।'

'मुझे लगता है वो तो मैं हूँ ही, है ना? जो हमने अभी किया, वो तो गर्लफ्रेंड-बॉयफ्रेंड करते है ना?'

'वो इससे और ज़्यादा करते हैं। और फिर बाद में सुबह नाश्ते में न्युटेला टोस्ट भी खाते हैं, बिना घबराए।'

पायल ने मेरी तरफ़ देखा और मुस्कुराई, 'क्या तुम चाहते हो मैं आज रात यहीं रुक जाऊँ?'

'मैं तो चाहता हूँ तुम सारी ज़िंदगी यहीं रुक जाओ।'

'लाइन बड़ी अच्छी मारते हो तुम।'

'थैंक यू। मैं तुम्हें एक पुरानी टी-शर्ट देता हूँ, रुको।'

'हाँ, प्लीज़। अच्छा उसके पहले एक बुद्धू सा सवाल पूछूँ क्या?'

'हाँ?'

'वो कंडोम को यूज़ करने के बाद उसका क्या किया जाता है?'

मैं कॉमेडी क्लब के बैकस्टेज पर था। मैंने पायल को एक मैसेज लिखा: 'नर्वस।'

'याद है ना? गुड नर्वस! ऑल द बेस्ट,' उसने जवाब दिया।

'सिर्फ़ 2 मिनट बचे हैं। बात करती रहो ना, प्लीज़। किसी भी चीज़ के बारे में। बहुत मदद हो जाएगी मेरी।'

'अच्छा। सुनो, क्या तुमने सर्फ एक्सेल मंगवाया? और कॉफी?'

'सच में? हम अब यहाँ बैठकर राशन की बातें करेंगे क्या? क्या हैं हम? बीस साल से ब्याहे हुए मिया-बीवी?'

'हा हा! अपने शो पर ध्यान दो। *गो किल इट!*'

उसी समय मेरा नाम अनाउंस हो गया। मैंने अपना फ़ोन अपनी बैक पॉकेट में रख दिया और स्टेज की तरफ़ भागा। 'हेलो!' मैंने कहा, ऑडिटोरियम भरा हुआ था। 'कैसे हैं आप लोग?'

'बढ़िया!' ऑडियंस ने एकसाथ कहा।

वाह, बढ़िया ऑडियंस।

'मैं भी बढ़िया! अब मेरी एक गर्लफ्रेंड बन गई है। छह महीने हो गए।'

ऑडियंस ने सीटियाँ-तालियाँ बजायीं।

'लेकिन वो मुझसे काफ़ी छोटी है,' मैंने कहा। 'अच्छा इतनी भी छोटी नहीं है, वोट दे सकती है शायद।'

कुछ-कुछ लोग हँसे।

'अपने से उम्र में छोटी लड़की को डेट करना काफ़ी मज़ेदार होता है। थोड़ी सी पगली है, और कभी-कभी थोड़ी सी जंगली भी हो जाती है! एक बार जब हम मेकआउट कर रहे थे, तो उसने मुझे उसको बोलने को कहा: "हूज़ योर डैडी?"'

ऑडियंस में कुछ लोग खिखियाये।

'उसने कहा उसने ये ऑनलाइन पढ़ा है। कुछ लड़कियों में काफ़ी चल रहा है ये "हूज़ योर डैडी?" क्यों चल रहा है भाई? क्या मजा आ जाता है लड़कियों को जब कोई लड़का उनसे ये पूछता है? ये कोई वेस्टर्न चीज़ है क्या? हॉलीवुड की फ़िल्मों से उठाया हुआ है क्या? हो सकता है। क्यूंकि इंडिया में ऐसा कोई कॉन्सेप्ट ही नहीं। अगर होता तो हमारे पास डैडी के अलावा मेल रिश्तेदारों की भरमार है! चाचा, मामा, है ना?'

मैंने एक सिडक्टिव आवाज़ बना ली, और कहा: 'हूज़ योर चाचू? हूज़ योर मामू? हूज़ योर फूफा, बेबी?'

ऑडियंस पागलों की तरह हँसने लगी। तालियाँ बजने लगीं।

~

'मैं विश्वास नहीं कर सकती तुमने वो "हूज़ योर डैडी?" वाली बात अपने सेट में यूज़ की, दोबारा,' पायल ने मुझ पर एक कुशन फेंकते हुए कहा। 'मैंने तुमसे वो बात मुझे कहने को कही थी, और वो भी एक बार! और उस वक़्त मैंने पी रखी थी।'

हम बेड में लेटे हुए थे, मेरे फ्लैट पर। एक तरह से वो पायल का भी घर बन चुका था। वो हफ्ते में पाँच रातों के लिए मेरे ही फ्लैट पर रुकती थी और वीकेंड पर या तो अपने परेल वाले घर चली जाती थी, या अपने मम्मी-पापा के घर, घाटकोपर।

'सॉरी, बेबी,' मैंने हंसते हुए कहा। 'बड़ा नासमझ सा जोक है, लेकिन लोगों को खूब समझ आता है। जब मैं एक भारी सी आवाज़ में कहता हूँ "हूज़ योर चाचू?" तो लोग हमेशा हँसते हैं।'

'ओ मिस्टर! अपनी गर्लफ्रेंड का अपने कॉमेडी सेट को लिखने के लिए मत इस्तेमाल करो।'

'हाँ, लेकिन असल ज़िंदगी में हुई घटनाओं से ही तो राइटिंग और निखरकर आती है,' मैंने पायल को किस किया। 'पर बेबी, एक बात तो बताओ।'

'क्या?'

'हूज़ योर ताऊजी?' मैंने एक मखमली सिडक्टिव आवाज़ में उसे कहा।

'ईयू! सच में?! डबल, ट्रिपल ईयू। छी! बस करो!'

मैं हँसा। उसने मुझे उन सुंदर एथनिक कुशन से पीटना शुरू कर दिया, जो वो अनोखी सी लाई थी। पायल ने पूरे घर की सजावट ही बदल दी थी, बेड की चादर, कुशन, पर्दे, अब सब आपस में जच रहे थे। उसने विंडो लैज को भी सजा दिया था। दीवार पर एक फेयरी लाइट्स की लड़ी, और आराम के लिए थोड़े और कुशन। जब एक आदमी की ज़िंदगी में एक औरत आती है ना, नहीं... जब एक आदमी की ज़िंदगी में उसके लिए सही औरत आती है ना, तो सबकुछ बेहतर हो जाता है।

मैंने कुशन उसके हाथ से छीना और उसे साइड में फेंक दिया। मैंने उसका चेहरा थामा और अपने करीब ले आया। 'आई लव यू,' मैं उसके कानों में फुसफुसाया।

'तुम बहुत बुरे हो,' उसने कहा।

'पता है! लेकिन फिर, हूज़ योर दादाजी?' मैंने कहा।

'चुप करो, साकेत खुराना!'

'तुमने ही तो मुझे कहा था बोलने के लिए हूज़ योर डैडी? तो दादाजी बोलने में क्या बुराई है? क्या हिंदी में है इसलिए?'

'अरे मुझे चढ़ी हुई थी और मैं काफ़ी टर्न्ड ऑन थी। और हम उन बातों के बारे में बात नहीं करते, जो बातें हमने बिस्तर में तब की हों जब हमें चढ़ी हुई थी और हम टर्न्ड ऑन थे।'

‘सच में? ऐसा क्यों?’

‘ओके, तो फिर उस टाइम की बात करते हैं ना जब तुमने मुझे अपनी उंगली वहाँ डालने को–’

‘बस करो!’ मैंने कहा।

‘देखा,’ उसने हँसते हुए कहा।

मैंने उसको प्यार से देखा। वो शरमाई। क्या वो मुझसे उतना ही प्यार करती थी जितना मैं उससे करता था?

‘क्या सोच रही हो?’ मैंने कहा।

‘हमारा हार्पिक ख़त्म हो गया है,’ उसने कहा।

‘क्या?! यह जो तुमने रोमांटिक बात की है ना, ऐसी बात तो बिस्तर में किसी ने कभी नहीं कही होगी।’

पायल ज़ोर से हँसने लगी। ‘पर सही में, हमारे पास हार्पिक नहीं है। क्या तुम उसे शॉपिंग लिस्ट में डाल सकते हो, प्लीज़?’

‘पर बेबी, मैं तो कितने रोमांटिक मूड में था।’

‘यही तो है असली रोमांस! जब आप बोरिंग से बोरिंग चीज़ों के बारे में बात करें पर आपको वो फिर भी स्पेशल लगे।’

‘पर हार्पिक?’

वो आगे झुकी और मुझे किस किया। ‘मैं तुमसे प्यार करती हूँ साकेत, बहुत ज़्यादा!’

‘मैं भी।’

वो शरारत से मुस्कुराई, और उसने बेड के बगल वाली ड्रॉवर खोली। उसने एक जोड़ी पिंक हैंडकफ़ निकाले और मुझे पकड़ा दिए।

‘ये क्या है भई?’ मैंने पूछा।

‘अमेज़न से मंगाई।’

‘किसलिए?’

‘मैं चाहती हूँ तुम मुझे बाँध दो, साकेत!’

‘क्या?’

उसने मेरी तरफ़ देखा और शरमाते हुए हल्का-हल्का मुस्कुराई।

मैंने हैंडकफ़्स उसकी कलाई पर घुमाए और उन्हें बंद कर दिया। 'पायल जैन, तुम बिल्कुल एक जंगली बिल्ली हो!'

'सिर्फ़ तुम्हारे लिए। मेरा ये रूप सिर्फ़ तुम्हारे सामने ही आता है।'

मैं उसे अपने पास खींच लिया।

'अच्छा, इससे पहले कि हम शुरू करें, तुम मुझसे एक वादा करो। कभी भी, ग़लती से भी अपने किसी कॉमेडी सेट में "हैंडकफ़" शब्द का इस्तेमाल नहीं करोगे,' उसने कहा।

मेरा कॉमेडी करियर बढ़ता जा रहा था। एक सुंदर, स्मार्ट गर्लफ्रेंड मेरा और मेरे घर का ख़याल रख रही थी। मेरी सेक्स लाइफ एकदम धाँसू थी। हाँ, कुछ महीनों के लिए मेरी ज़िंदगी एकदम परफेक्ट थी। बस कुछ महीनों के लिए, क्यूंकि मेरा ये सपना बहुत जल्द ही टूटने वाला था।

ख़ैर, इससे पहले कि हम वहाँ पहुँचे, मैं आपको उन महीनों के दौरान अपनी सेक्स लाइफ के बारे में बताना चाहूँगा। देखा जाए तो जब हम मिले थे, तब पायल ने पहले कभी कुछ फिज़िकल नहीं किया था, लेकिन आहिस्ता-आहिस्ता, पायल एक सेक्सुअल बीस्ट बन गई थी, जिसकी प्यास कभी मिटती ही नहीं थी।

एक बार वो मेरे एक शो से पहले बैकस्टेज आई, मुझे सरप्राइज देने के लिए। हमारे और ऑडियंस के बीच में बस एक महीन सा पर्दा था। और फिर हम वहीं पर, उसी वक्त, ऐसी-ऐसी चीज़ें करने लग गए कि क्या बताऊँ! मेरे जन्मदिन पर उसने कुछ रोल प्ले करने का फ़ैसला किया। उसने एक एयरलाइन स्टीवरडेस की यूनिफॉर्म पहनी जो उसने ऑनलाइन मंगाई थी। वो मेरे लिए एक ट्रे पर कुछ हॉट टॉवल लाई। इससे ज़्यादा क्या कहूँ–हमारी सबसे हॉट रात थी वो एक साथ।

हमारा रोल प्ले फ़ेज़ मेरे जन्मदिन के कुछ समय बाद तक जारी रहा। हमने कई तरह के रोल प्ले आज़माये: डॉक्टर-पेशेंट, प्रोफेसर-स्टूडेंट,

पुलिसवुमैन-क्रिमिनल, कॉल-गर्ल और कस्टमर (ये उसका आईडिया था, मेरा नहीं)। हर बार हमारा सेक्स हॉट होता गया और हम एक-दूसरे के और क़रीब आते गए।

बात सिर्फ़ सेक्स की ही नहीं थी। मैं पूरी तरह से फ़ना हो रहा था। प्यार में, प्यार की दीवानगी में। एक पल भी ऐसा नहीं होता था जिसमें मैं पायल के बारे में नहीं सोचता था। मुझे इतना ज़्यादा बुरा लगता था, जब पायल को वीकेंड पर अपने पेरेंट्स के घर जाना होता था। उसके पेरेंट्स से याद आया, मैंने उनसे कभी भी बात नहीं की। उनको तो ये भी नहीं पता था कि साकेत खुराना नाम का कोई आदमी है भी इस दुनिया में। पायल चाहती थी सब यूँ ही चलता रहे।

और यूँ ही, सबकुछ ख़त्म हो गया।

एक शाम, पायल और मैं विंडो लैज पर बैठे हुए थे, और अपने लैपटॉप पर काम कर रहे थे। मैं एक नया सेट लिख रहा था सास-बहू सीरियल्स के बारे में। वो एक क्लाउड-किचन कंपनी की पिच पढ़ रही थी, जिसे कुछ पैसे रेज़ करने थे। तभी पायल की मम्मी का फ़ोन आया।

'हेलो मम्मी! मैं अभी बिजी हूँ,' पायल ने फ़ोन उठाते हुए कहा। 'मैं आपको कल सुबह ऑफिस जाते समय कॉल कर लूँगी।'

पायल का फ़ोन स्पीकर पर नहीं था लेकिन फिर भी मुझे उसकी मम्मी की आवाज़ साफ़-साफ़ सुनाई दे रही थी।

'अच्छा ठीक है, लेकिन कल पक्का मुझे फ़ोन कर देना, ठीक है? एक ज़रूरी बात है।'

'क्या हुआ?' पायल ने कहा।

'एक रिश्ता आया है। कमाल का रिश्ता है!'

'क्या? मम्मी, अभी मुझे कोई रिश्ता-विश्ता नहीं चाहिए।'

'अरे ऐसा रिश्ता है तुम ख़ुद ही दौड़ी-दौड़ी चली आओगी, जब तुम सारी डिटेल सुनोगी। तुम्हारे पापा और मैं इतने ज़्यादा एक्साइटेड हैं!'

'मेरे पास इस सबके लिए टाइम नहीं है...'

'कल सुबह कॉल करना।'

पायल ने कॉल काट दी और अपना फ़ोन साइड में रख दिया। मैंने उसकी तरफ़ देखा। मैं कन्फ्यूज़्ड था।

'चिंता मत करो, ये सब बकवास है,' उसने कहा।

'कमाल का रिश्ता?'

'कुछ भी! वो ऐसे ही बात करती रहती हैं!'

'क्या ये पहले भी हुआ है?'

'क्या?'

'तुम्हारे लिए रिश्ते आना...'

'हाँ, एक-आध बार हुआ है पहले।'

'तुमने मुझे कभी बताया नहीं।'

'अरे कुछ तो तुम्हें जानने से पहले भी आए थे। जैसे आकांक्षा के पति का बेस्टफ्रेंड।'

'और?'

'मैंने मना कर दिया।'

'और, जबसे हम डेट कर रहे हैं, तबसे?'

'दो-तीन आए हैं। जैन बिरादरी में से ही। किसी के मम्मी-पापा ने मुझे एक जैन मंदिर में देख लिया, और फिर वो मेरे मम्मी-पापा के पास चले आए रिश्ते लेकर। इस तरह से कुछ रिश्ते आए थे।'

पायल विंडो लैज से उठ गई और उसने अपना लैपटॉप एक कॉफ़ी टेबल पर रख दिया। फिर वो किचन में चली गई खाना गर्म करने, जो हमारी काम वाली बाई ने दोपहर को ही बना दिया था। एक या दो मिनट बाद माइक्रोवेव से 'टिंग' की आवाज़ आई। पायल ने डिनर लगाना शुरू कर दिया।

'तुमने मुझे बताया क्यों नहीं?' मैंने कहा।

'कुछ बताने को था ही नहीं। चलो खाना खाते हैं।'

हमने खामोशी में खाना खाया।

'कुछ तो कहो। इतने चुप क्यों हो?' पायल ने अपने कौर में छोले लेते हुए कहा।

'मैं तुम्हें खोना नहीं चाहता, पायल।'

'हैं?! ये क्या बात कर रहे हो?'

'वेल, मुझे नहीं पता कि ये कितना "कमाल का रिश्ता" आया है तुम्हारे लिए...'

'अरे कमाल का होगा मेरी माँ के लिए। मेरे लिए थोड़ी,' उसने कहा। 'थोड़े और छोले देना प्लीज़, मेरे पेट में चूहे दौड़ रहे हैं।'

'पायल, मैं मज़ाक़ नहीं कर रहा। थोड़ी सीरियस हो जाओ।'

'किस बारे में?' उसने अपनी प्लेट में एक कड़छी से छोले डालते हुए कहा।

'तुम्हारे पेरेंट्स तुम्हारे लिए रिश्ते ढूंढ रहे हैं। आज नहीं तो कल वो ये चाहेंगे कि तुम्हारी शादी हो जाए।'

'मैं नहीं मानूँगी।'

मैंने अपना चम्मच नीचे रख दिया और खाना खाना बंद कर दिया। 'अपने पेरेंट्स को सबकुछ बता दो, हमारे बारे में।'

पायल हँसी।

'इसमें हंसने वाली क्या बात है?'

'पागल हो गए हो क्या? मैंने तुम्हें उनके बारे में बताया है ना? है कि नहीं?'

'पर यही तो सच है ना पायल? कि हम दोनों एक साथ हैं!'

'सच? वो क्या होता है? हमारे यहाँ तो नहीं चलता, हमारी फ़ैमिली तो सच बिल्कुल भी नहीं पचा सकती।'

'तो क्या मैं सारी ज़िंदगी ऐसे ही छुप-छुप के जियूँ?'

'कम ऑन, मैंने ऐसा तो नहीं कहा।'

'तो फिर तुम्हारा क्या प्लान है?'

'तुम बताओ, कोई प्लान होना चाहिए क्या?'

मैं चुप रहा।

'क्या तुम्हारे पास कुछ भी नहीं है कहने को? मुझे लग ही रहा था। ख़ैर, मेरा डिनर हो गया है,' पायल खड़ी हो गई।

हमने टेबल साफ़ की, और सारा सामान वापस किचन में ले गए। मैंने बचा-खुचा खाना छोटे छोटे डब्बों में डाल दिया, और उन्हें फ्रिज में रख दिया। पायल ने सारी प्लेटों को पानी से धो दिया और उन्हें सिंक में छोड़ दिया। मैंने एक गीले कपड़े से डाइनिंग टेबल पोंछी। पायल ने हमारी बेडसाइड टेबल पर रखी जाने वाली बोतलों में पानी भरा। वैसे तो ये खामोशी, जिसमें हम ये सारे डिनर के बाद वाले काम करते थे, बहुत नॉर्मल लगती थी। लेकिन आज हवा में एक भारीपन था।

'ऐसी बात नहीं है कि मैं कोई प्लान नहीं बनाना चाहता,' मैंने आख़िरकार चुप्पी तोड़ी। हम लोग बेडरूम में थे, अपनी-अपनी साइड पर बैठे हुए।

'चिंता मत करो,' पायल ने अपने चेहरे पर थोड़ा सा मॉइश्चराइजर मलते हुए कहा। लड़कियों के सौ तरह के स्किनकेयर रिचुअल्स होते हैं, जिसका लड़कों को कोई आईडिया नहीं होता। रही बात पायल की; उसके पास अंडर-आई एरिया के लिए एक अलग क्रीम थी, बांहों पर मलने की अलग क्रीम, और पैरों पर लगाने की एक और अलग क्रीम थी। इन सब क्रीम में क्या अलग था? और वो करती क्या थीं?

'आई लव यू, पायल,' मैंने कहा।

'लेकिन आख़िरकार उसका क्या मतलब बनता है?'

'मतलब?'

'क्या हमारा कोई फ्यूचर है?'

जब भी कोई लड़की, एक रिलेशनशिप के सिलसिले में 'फ्यूचर' शब्द का इस्तेमाल करती है, समझ लो, मामला गड़बड़ है। एक ग़लत कदम उठाया, और आपकी रिलेशनशिप का खेल खल्लास। हमेशा, हमेशा के लिए।

'जब मैं ये कहता हूँ कि मैं तुम्हारे बिना जी नहीं सकता, मैं वाक़ई सच बोल रहा होता हूँ।'

'लेकिन तुम मुझसे शादी नहीं करना चाहते।'

'मैंने ऐसा तो नहीं कहा।'

'अरे तुम्हारे चेहरे पर साफ़ लिखा हुआ है। और तुम मुझे ये पहले भी बता चुके हो। शादी-वादी से तुम्हें डर लगता है।'

'हाँ, देखो, मैंने ये ज़रूर कहा था कि मुझे शादी करने से डर लगता है।'

'लेकिन तुम ये भी नहीं चाहते कि मेरी शादी किसी और से हो जाए। दूसरे शब्दों में, तुम चाहते ही नहीं हो कि मेरी कभी शादी हो।'

'तुम मेरी बात को घुमा रही हो...'

'मैं सब समझ रही हूँ साकेत, तुम्हारे साथ कोई शादी-टाइप-फ्यूचर नहीं है।'

'ऐसी बात नहीं है, पायल।'

पायल मेरी ओर घूम गई। गुस्से में भी वो कितनी... प्यारी और मासूम सी दिखती थी। बिल्कुल मेरी दिखती थी। उससे बहस करना नामुमकिन था।

'सॉरी,' मैंने कहा। 'मैं बस ज़रा घबरा गया जब तुम्हारी मम्मी उस कमाल के रिश्ते के बारे में इतनी एक्साइटेड हो रही थीं।'

'मैं एक्साइटेड नहीं हूँ।'

'मुझे पता है।'

'तुम चाहते हो कि मैं अपने मम्मी-पापा को हमारे बारे में सबकुछ बता दूँ। हाँ वो घबरा जाएँगे। पर चलो एक बार को हम उन्हें कन्विंस कर दें, और वो अगर मान भी जाएँ...'

'हाँ-हाँ, बोलो,' मैंने अपनी साँसें रोकते हुए कहा।

'क्या लगता है, वो हमसे क्या उम्मीद रखेंगे?'

'क्या?'

'कि हम शादी कर लें।'

'ओ।'

'और तुम उसके लिए तैयार नहीं हो।'

'अभी नहीं हूँ। तुम तो जानती हो ना मेरे साथ क्या-क्या हुआ। मेरे डिवोर्स को एक साल भी नहीं हुआ है।'

'वो लोग डेटिंग, और शादी के बिना लिव-इन वगैरह में नहीं मानते।'

'पता है।'

'अब समझ आया कि मैं उन्हें हमारे बारे में क्यों नहीं बता सकती? जब कोई प्लान होगा हमारे पास, तो मैं ज़रूर बताऊँगी।'

'उम्र में बड़ा एक पंजाबी आदमी, जो एक स्टैंड-अप कॉमेडियन है और जिसका एक बार डिवोर्स भी हो चुका है। काफ़ी मुश्किल होगा उन्हें बताना।'

'देख लेंगे, साकेत,' पायल ने कहा।

'आई लव यू।'

'थैंक यू।'

'मुझे वापस "आई लव यू" नहीं बोलोगी?'

'कल बोलूँगी।'

'कल क्यों?'

'जरा देख तो लूँ कि ये "कमाल का रिश्ता" आख़िर कितने कमाल का है,' उसने कहा।

मैंने उसकी तरफ़ एक कुशन फेंका। उसने वो पकड़ा और हँसने लगी। उसने मेरी तरफ़ वो कुशन वापस फेंक दिया। मैंने पायल को कस के पकड़ लिया। 'रुको, अभी तुम्हें कुछ और दिखाता हूँ कमाल का।' मैंने कहा, और कमरे की लाइट बंद कर दी।

~

'क्या तुम अभी बात कर सकते हो?' मुझे पायल का मैसेज आया।

मैं रिलाएबल पॉलिमर्स के साथ एक मीटिंग मे था। हम लोग आने वाले एनुअल रिट्रीट्स का इवेंट फ्लो डिस्कस कर रहे थे।

'अभी एक मीटिंग में हूँ, बेबी। वापस कॉल करूँ?' मैंने उसे मैसेज किया।

'जल्दी, प्लीज़,' उसने जवाब दिया।

'मैं तुम्हें शाम को मिलता हूँ घर पे?'

'मैं आज बांद्रा नहीं आ सकती।'

'क्यों?'

'कॉल करना मुझे, फिर बताती हूँ।'

मैंने अपनी मीटिंग ख़त्म की और पायल को टैक्सी में बैठे-बैठे फ़ोन किया।

'हेलो स्वीट्स! क्या चल रहा है?' मैंने कहा।

'तुम्हारी मीटिंग कैसी थी?'

'अच्छी थी। हम सबकुछ फ़ाइनलाइज़ कर रहे हैं। अगले हफ़्ते मैं गोवा जा रहा हूँ, पहले इवेंट के लिए। फिर मैं बाक़ी के कांफ्रेंस वेन्यू पर जाने के लिए ट्रैवल करूँगा एक हफ़्ता।'

'बढ़िया!'

'हाँ, अच्छा, हुआ क्या? तुमसे आज रात मुलाक़ात क्यों नहीं हो पाएगी?'

'मुझे मम्मी-पापा के घर जाना है।'

'लेकिन आज तो वेडनेसडे है।'

'हाँ, थोड़ा ट्रिकी मामला है घर पे। लेकिन मैं सम्भाल लूँगी, टेंशन मत करो।'

'क्या मामला?'

'घबराना मत, ठीक है? याद है वो कमाल का रिश्ता जिसके बारे में मम्मी बात कर रही थीं?'

'हाँ, उसके बारे में क्या?'

'मामला थोड़ा कॉम्प्लिकेटेड है...'

'क्या मतलब?' मैंने कहा।

'ये रिश्ता जिग्नेश अंकल की साइड से है।'

'कौन?'

'जिग्नेश जैन। पापा के अकाउंटेंट रहे हैं काफ़ी लंबे समय से।'

'तो?'

'हम लोग फ़ैमिली फ्रेंड्स भी हैं। पापा-मम्मी जिग्नेश अंकल और सुप्रिया आंटी को दशकों से जानते हैं।'

मेरी टैक्सी पाली हिल पहुंच गई। मैं अपने अपार्टमेंट पहुँच गया।

'एक सेकंड, मुझे जरा लिफ्ट लेनी है। ऊपर पहुँचकर कॉल करता हूँ।'

मैंने पाँचवे फ्लोर का बटन दबाया और पहुँचते ही पायल को कॉल किया। 'हाँ बताओ, पायल।'

'हाँ, तो बात ऐसी है कि परिमल...'

'अब ये परिमल कौन है?'

'जिग्नेश अंकल का बेटा। वही तो है वो "रिश्ता"।'

'वो कमाल का रिश्ता?'

'अरे कुछ कमाल का नहीं है उसके बारे में। मेरे मम्मी-पापा तो बस इसलिए एक्साइटेड हैं क्यूंकि मम्मी और सुप्रिया आंटी बहुत अच्छे दोस्त हैं। जिग्नेश अंकल और पापा भी एक दूसरे को हफ़्ते में एक बार मिलते हैं।'

'इस सबका क्या मतलब है पायल?'

'इसका मतलब ये है कि मुझे उनसे आज रात मिलना होगा। उनके साथ एक शाम गुज़ारनी होगी। वो घर आ रहे हैं, मैं तुम्हारे यहाँ नहीं आ सकती।'

'वो, मलतब जिग्नेश अंकल और सुप्रिया ऑंटी?'

'परिमल भी।'

'ओ, अच्छा, लड़के वाले आ रहे हैं तुम्हें देखने। सबकुछ फॉर्मल होता जा रहा है।'

'ऐसी बात नहीं है साकेत।'

'तो फिर कैसी बात है?'

'बस डिनर है कुछ मेहमानों के साथ घर पे।'

'क्या पहन रही हो आज रात को?'

'क्या?'

'अरे बताओ ना, आज रात क्या पहन रही हो?'

'क्या फर्क पड़ता है?'

'बस बताओ मुझे।'

'सलवार कमीज़।'

'लो कर लो बात! पारंपारिक पोशाक! सज-धज रही हो तुम, बिल्कुल एक अच्छी बहू की तरह।'

'अरे रिलैक्स, साकेत! मामी चाहती थी कि मैं साड़ी पहनूँ। लेकिन मैंने कहा सलवार क़मीज़ ही ठीक है।'

'वाह, सही है, ड्रेस कोड भी था?'

'अरे मैं सब संभाल लूँगी, साकेत। सबकुछ ठीक हो जाएगा,' पायल ने कहा, हर शब्द पर ज़ोर देते हुए।

'अच्छा इस परिमल के बारे में ज़रा कुछ बताना तो।'

'मैं उसे उतनी अच्छी तरह से नहीं जानती।'

'पर तुम लोग तो फ़ैमिली फ्रेंड हो ना?'

'हमारे पेरेंट्स जानते हैं। मैं सालों से परिमल के टच में नहीं रही।'

'लेकिन तुम उसे जानती हो?'

'अरे मैं उसे बचपन में जानती थी। परिमल भैया के नाम से! तुम यकीन करोगे?'

वो 'भैया' शब्द सुनकर मुझे उस 'राखी ब्रदर' की याद आ गई। 'हाँ, मैं यकीन कर सकता हूँ, बिल्कुल,' मैंने कहा, एक सीरियस आवाज़ में।

'ओह, सॉरी,' पायल ने कहा, जैसे वो मन ही मन कांटेक्स्ट समझ गई हो। 'मेरा वो मतलब नहीं था। मुश्किल से दो-तीन बार ही बात हुई है हमारी।'

'ठीक है। उम्मीद है तुम उससे आज ठीक से बात कर लो।'

'बस करो! ये सब बस एक फॉर्मेलिटी है। बस एक फ़ैमिली डिनर ही तो है। और कुछ नहीं।'

'ठीक है।'

'मैं परिमल से बात करूँगी। बोल दूँगी उसको कि ये रिश्ता नहीं जमेगा मुझे। वो समझ लेगा बात को, और पीछे हट जाएगा।'

'जैसा तुम कहो।'

'क्या मतलब?'

'तुम्हारी जैसी लड़की से कौन शादी नहीं करना चाहेगा?'

'औ! क्या ये एक कॉम्प्लिमेंट था? बहुत स्वीट था। मेरी याद आ रही है?'

'नहीं नहीं, ऐसे ही। बाय, डिनर पर मज़े करना।'

'जलन हो रही है?'

'नहीं।'

'थोड़ी सी भी नहीं?' पायल खिखियायी।

'बाय, पायल।'

'मैं तुमसे जल्द मिलती हूँ। आज रात मैं अपने मम्मी-पापा के यहाँ रुक रही हूँ। लेकिन मैं कल तुम्हारे यहाँ आ जाऊँगी ऑफिस के बाद।'

'क्यों? तुम्हें गहने-वहने नहीं ख़रीदने होंगे?'

'कौन-से गहने?'

'शादी के प्रोग्राम के लिए। जैनी पहले क्या करते हैं? रोका?'

'अरे मज़ाक नहीं है ये।'

'वो भी तो जैन है ना। काफ़ी मदद हो जाएगी तुम्हारी।'

'मुझे फ़र्क़ नहीं पड़ता कि वो कौन है, क्या करता है। मुझे बस तुमसे फ़र्क़ पड़ता है।'

'ये परिमल करता क्या है?'

'सीए है, अपने पापा की तरह। क्यों?'

'सही है। अच्छा खासा पढ़ा-लिखा है, परिमल और पायल। वाह! तुम दोनों के वेडिंग कार्ड पर तो "पी वेड्स पी" लिखा जा सकता है, फ्रंट पेज पे!'

'बस करो साकेत! और बाय! आई लव यू!' पायल ने कहा।

मैं चुप रहा।

'मुझे वापस आई लव यू नहीं कहोगे?' पायल ने कहा।

'बाय,' मैंने कहा और कॉल काट दी।

मैंने अपना लैपटॉप खोला और अपना ध्यान भटकाने के लिए एक नया सेट लिखना शुरू किया–कुछ सीए जोक हो जाएँ।

~

'कौन है?' मैं बेडरूम से चिल्लाया। किसी ने मेरे दरवाज़े की घंटी पाँच बार लगातार बजाई थी।

मैंने अपनी आँखें मली और बेडसाइड टेबल पर रखी घड़ी में समय देखा। रात के दो बज रहे थे। इतनी रात को कौन घर की घंटी बजाएगा? खुद को घसीटते हुए मैं बेडरूम से बाहर दरवाज़े तक गया और पीप-होल से बाहर देखा।

'पायल?' मैंने दरवाज़ा खोला।

'सरप्राइज!'

पायल ने एक मैरून-सुनहरी सलवार-क़मीज़ पहनी हुई थी, एक ज़री कढ़ाई वाले दुपट्टे के साथ।

क्या मैं सपना देख रहा था?

'अपने मुझे बुलाया साहब?' उसने एक शर्मीले अंदाज़ में कहा और अंदर आकर, दरवाज़ा बंद कर दिया।

'हैं? ये सब क्या है?' मैंने उसको देखा। मैं अभी भी नींद में था और कन्फ्यूज्ड था।

'हमारी मेमसाब ने हमको आपसे मिलने को कहा,' पायल ने मुझसे कहा। उसने मेरे चेहरे पर अपनी उँगली दौड़ाई। 'मेमसाब कह रही थी कि आप बड़े तन्हा हैं आज की रात। कहा, साहब के घर आज शाम थोड़ी रौनक ही लगा देना।'

'ये सब क्या है पायल? तुम्हें तो अभी अपने मम्मी-पापा के घर होना चाहिए।'

'श...! मैं पायल नहीं हूँ। मेरा नाम शबनम है। पायल आपकी गर्लफ्रेंड है ना?'

'हैं?'

अच्छा, हम एक सरप्राइज रोल प्ले कर रहे थे।

'चलिए अंदर चलते हैं,' उसने मुझे धकेलते हुए कहा।

और फिर वो किचन की तरफ़ चली गई, एक बोतल वाइन की निकाली, और बोतल से ही सीधा एक सिप ले लिया। फिर उसने मुझे थोड़ी सी वाइन ऑफर की।

'साहब, क्या कहते हो, आज की शाम, एक एक जाम हो जाए?'

'मैं अभी सो रहा था,' मैंने कहा।

'सो रहे थे? अकेले-अकेले? क्यों? ऐसे कैसे? जब शबनम यहाँ है!'

वो मेरी तरफ़ आगे बढ़ी, एक सिडक्टिव अंदाज़ में, और उसने धीरे से मेरे होंठों पर किस किया।

ओ, भाड़ में जाए सबकुछ। पायल से उसके डिनर के बारे में बाद में पूछ लूँगा। पहले इस शबनम से निपटता हूँ।

'आने के लिए शुक्रिया शबनम,' मैंने कहा।

'आना ही पड़ा साहब! क्या करें! पेमेंट अभी देंगे, या बाद में?'

'और कितनी करनी है पेमेंट?'

'वो आप पर है साहब। आप कौन-सी सर्विस लेते हैं। बेडरूम चलें साहब?'

इससे पहले कि मैं कुछ कहता, वो मुझे बेडरूम तक लेकर चली गई। फिर उसने अपना फ़ोन निकाला और *उमराव जान* का एक गाना बजाया।

इन आँखों की मस्ती के
मस्ताने हज़ारों हैं...

'क्या?'

'श,' पायल—मेरा मतलब, शबनम—ने कहा। उसने मुझे चुप कराया और हमारे सर के ऊपर एक दुपट्टा ढक दिया।

'साहब, आज मैं आपको खुश करने के लिए आई हूँ। आज मैं आपकी हूँ, जो भी चाहे करिए।'

'जो भी?'

'हाँ, मैं जानती हूँ कि आप अपनी गर्लफ्रेंड से ख़फ़ा हैं। वो आपको बहुत तंग कर रही है, है ना? बहुत जला रही है, है ना?'

'हाँ थोड़ा-थोड़ा।'

'हाय, उस गुस्से को दबाइये मत। निकाल दीजिए आज रात शबनम पर अपना सारा गुस्सा। जैसे भी आप चाहें।'

उसने कस के मेरे होंठों को किस किया, मेरे होंठ बस चबा ही डाले।

'आप तो बड़ी ताक़त वाले हैं!' उसने मेरा कंधा सहलाते हुए कहा। 'देखते हैं आज रात आप क्या क्या कर सकते हैं।'

मेरी नज़रें उसकी नज़रों से मिलीं। मुझे सारी शाम उसकी याद आ रही थी। जाने मैंने क्या-क्या सोचकर अपने आपको तड़पाया था। जैन लोग, जैन वाली बातें कर रहे हैं, जैन टाको खाये जा रहे हैं, जैन सुशी बँट रही है, ये बातें चल रही हैं कि पायल और परिमल की जोड़ी क्या ख़ूब जमेगी। और फिर उनके बच्चे होंगे, जो प्याज़ और लहसुन नहीं खाएँगे। मैं बस जल नहीं रहा था। मैं तप रहा था पायल की जुदाई में। मैं अपनी पायल को लेकर बहुत पॉजेसिव था।

'रफ़ सेक्स या कुछ नहीं,' उसने कहा।

'रफ़?'

'हाँ, बाँध दो मुझे, खींचो मेरे बाल, पकड़ लो मेरा गला। कुछ भी करो, इस्तेमाल करो मुझे, मैं तुम्हारी हूँ! तुम्हारी...तुम्हारी...'

'पायल लेकिन—'

'शबनम! मेरा नाम शबनम है,' उसने कहा।

हमारी नज़रें फिर मिलीं। एक चिंगारी सी भड़की। और फिर शुरू हुई हमारी सबसे हॉटेस्ट रात।

जब हमारा काम हो गया, और हम दोनों बिस्तर में ढेर हो गए।

'क्या मुझे मेरी पायल वापस मिलेगी अब?' मैंने कुछ देर बाद कहा।

'हाँ,' उसने कहा मुस्कुराते हुए।

'ये था क्या?'

'बस, तुम बताओ, कैसा लगा?'

'हॉट! तड़कता, कड़कता, भड़कता हॉट!'

'था ना अमेजिंग? मेरे लिए भी था।'

'अब जब हम दोनों होश में आ गए हैं, वेल, थोड़े-थोड़े होश में आ गए हैं, क्या मैं ये पूछ सकता हूँ कि तुम मेरे घर इतनी देर रात क्या कर रही हो? तुमने डिनर नहीं किया क्या मम्मी-पापा के यहाँ?'

'मैंने उनके साथ डिनर किया और वो मुझे रुकने को कह भी रहे थे, लेकिन मैंने मना कर दिया। मैंने कहा कि मुझे कल ऑफिस जल्दी पहुंचना है। ड्राइवर मुझे परेल तक छोड़ गया। जब वो चला गया, तो मैंने बांद्रा की टैक्सी ले ली।'

'वाह! तुमने इतनी रात गए एक ऊबर कर ली?'

'क्या करें! शबनम को एक ज़रूरी क्लाइंट के पास आना ही पड़ा!' उसने मेरे गाल पर किस किया।

'डिनर कैसा था?'

'मैं तुम्हें नाश्ता करते-करते बताती हूँ। फ़िलहाल, इस लम्हे को तो जी लूँ। जैन डिनर की बातें फिर कभी कर लेंगे।'

'अच्छा, और कोई परेशानी की बात है क्या?'

'हाँ, है ना, बहुत परेशानी की।'

'क्या?' मैंने थोड़ी फ़िक्र के साथ कहा।

'कि मैं अब कहीं नहीं जा रही हूँ। तो तुम्हें उस चीज़ की चिंता करनी चाहिए,' उसने मेरे बाल सहलाते हुए और मेरे और क़रीब आते हुए कहा।

~

'और न्यूटेला नहीं प्लीज़, साकेत!' पायल ने अपने टोस्ट पर चॉकलेट स्प्रेड लगाते हुए कहा। 'तुम ये सब लाना ही बंद कर दो। जब तक ये घर पर रहेगा, मैं इसे खाती ही जाऊँगी।'

हम डाइनिंग टेबल पर बैठे हुए थे। पायल ने एक नीला पिनस्ट्राइप सूट पहना हुआ था, वो ऑफिस जाने के लिए तैयार थी। मैं अपने वर्कआउट वाले कपड़ों में था, पायल के ऑफिस जाने के बाद जिम जाने वाला था।

'लेकिन तुम्हें तो न्यूटेला बहुत पसंद है,' मैंने अपने एक दर्जन अंडे छीलते हुए और उनके एग वाईट अलग करते हुए कहा।

'कभी-कभी हम जिस चीज़ से बहुत ज़्यादा प्यार करते हैं ना, वो हमारे लिए बहुत बुरी होती है,' उसने कहा।

'ये तो बड़ी गहरी बात बोल दी तुमने,' मैंने अपने बेस्वाद एग-वाईट को खाते हुए कहा।

'तुम ये कैसे खा लेते हो? तुम्हें ये पसंद भी है?' उसने कहा।

'पसंद-नापसंद की बात नहीं है। मुझे बस मेरे प्रोटीन का टारगेट पूरा करना है। अच्छा, काम की बात पर आते हैं–डिनर कैसा था?'

'बोरिंग,' पायल ने कहा। 'बस हर समय पैर छूने थे और गंदे, अन्हेल्थी कार्ब खाने थे। तुम ये सब अप्रूव नहीं करते।'

'मैं तो मैं तुम्हारा उस डिनर पर जाना तक अप्रूव नहीं कर रहा था।'

'मैंने परिमल से अकेले में बात की।'

'क्या कहा तुमने?'

'मैंने कहा मैं अभी शादी के लिए तैयार नहीं हूँ। हमारे पैरेंट्स काफ़ी एक्साइटेड हैं लेकिन अभी मैं बहुत छोटी हूँ। और, अभी मेरा कैरियर बस शुरू ही हुआ है, और मैं अपना ध्यान उस पर लगाना चाहूँगी।'

'और फिर उसने क्या कहा?'

'क्या फ़र्क़ पड़ता है कि उसने क्या कहा।'

'मुझे फ़र्क़ पड़ता है।'

पायल ने एक लंबी साँस छोड़ी और फिर बोली, 'उसने कहा, "मैं तुम्हें तुम्हारा कैरियर बनाने से नहीं रोकूँगा। मैं इंतज़ार कर सकता हूँ शादी करने के लिए, अगर तुमको थोड़ा और वक्त चाहिए तो।"'

'वाह।'

'क्या वाह, साकेत?'

'उतावला है!'

'फ़र्क़ नहीं पड़ता, क्यूंकि मैं नहीं हूँ।'

'ठीक है, फिर क्या हुआ?'

'कुछ नहीं। मम्मी हम दोनों के लिए पानी पूरी लेकर आईं। हमने वो खाई और ये बात की कि मुंबई में सबसे बेहतरीन पानी-पूरी कहाँ मिल सकती है।'

'तुमने उसके साथ मुंबई के सबसे बेहतरीन पानी-पूरी स्पॉट की बात की?'

'अरे कुछ तो बात करनी थी।'

'कुछ बात? ये पानी-पूरी के स्पॉट की बातें, थोड़ी इंटिमेट नहीं हो गईं?'

'इंटिमेट वो है जो कल रात इस घर में हुआ था,' पायल ने अपनी उँगली से एक सिडक्टिव अंदाज़ में न्यूटेला चाटा।

पायल ने अपना नाश्ता ख़त्म किया और अपनी प्लेट को किचन सिंक में रख दिया और फिर अपने हाथ धोए।

'और फिर तुम्हारे मम्मी-पापा ने क्या कहा?' मैंने कहा।

'अरे वो सब पागल हैं, उन्हें इग्नोर करो।'

'फिर भी, बताओ तो।'

'कुछ नहीं। वो बस फालतू की बातें करते रहे। जैसे "वाह! वाह! कितना बढ़िया आईडिया है ये," और कैसे "दो बेस्टफ्रेंड अब एक परिवार बनने वाले हैं।"'

'ये सब "कुछ नहीं" है?'

'अरे वो मेरी और परिमल की शादी के सपने देखते जायें, मुझे क्या है! कुछ भी नहीं होगा, और तो और मुझे ये भी पता चल गया है कि मेरे पापा परिमल को लेकर इतना एक्साइटेड क्यों हैं?'

'क्यों?'

'क्यूंकि परिमल स्मार्ट है, मेहनती है, उनका बिज़नेस संभालने में मदद कर सकता है। दूसरी तरफ वंश, वो तो आलसी और बेवक़ूफ़ है। उसे केबल और शूलेस में फर्क नहीं पता। ख़ैर, मेरी कैब आ गई है। बाय। रात को मिलते हैं,' उसने मुझे किस करते हुए कहा।

'परिमल स्मार्ट है, हैं?' मैंने कहा जैसे ही वो लिफ्ट में घुसी।

'कितना क्यूट है ये सब,' उसने कहा।

'क्या सब?'

'मेरा हल्क जैसा पहलवान आदमी, अपनी स्लीवलेस जिम वाली टी-शर्ट में खड़ा हुआ, एक दूसरे लड़के से जल रहा है, बाय क्युटी,' पायल ने मुझे एक फ्लाइंग किस दी और फिर लिफ्ट का दरवाज़ा मेरे मुँह पर बंद हो गया।

~

एक पूरा हफ़्ता बीत गया। मैं अपनी विंडो लैज बैठा हुआ, काम कर रहा था कि घर का दरवाज़ा खुला, पायल अंदर आई और उसने ज़ोर से दरवाज़ा बंद कर दिया।

'मैं उनसे नफ़रत करती हूँ,' उसने कहा।

मैंने अपने लैपटॉप के ऊपर से देखते हुए कहा, 'किससे?'

'मेरी माँ से!'

'अब क्या हुआ?'

'अरे वो बिल्कुल पगला गई हैं!'

'क्या हुआ क्या?'

'ये परिमल का चक्कर!'

'अभी भी कुछ प्रॉब्लम है?'

'मुझे लगता था नहीं होगी, लेकिन, बदकिस्मती से, वो अभी भी एक प्रॉब्लम है।'

'क्या हुआ?'

'परिमल के मम्मी-पापा ने मेरी मम्मी को फ़ोन किया। उन्होंने कहा कि पायल ने परिमल से कहा कि वो अभी शादी नहीं करना चाहती।'

'अच्छा, फिर?'

'मेरी माँ ने उनको बोल दिया, "अभी पायल को पता ही क्या है? उसने तो कभी किसी लड़के से ठीक से बात तक नहीं की है। वो बस शर्मीली है।"'

'शर्मीली हो?'

'बस करो साकेत!'

'पता नहीं क्यों तुमने ये भोली-भाली मासूम लड़की वाली इमेज बना रखी है अपनी अपने घर पे।'

'तो और क्या बताऊँ? कि उनकी बेटी रात रात भर कॉल-गर्ल के रोल प्ले करती है?'

'नहीं नहीं, ये तो ठीक नहीं रहेगा। अच्छा, फिर क्या हुआ?'

'परिमल के मम्मी-पापा का हौसला थोड़ा और बढ़ा। अब वो अगला कदम लेना चाहते हैं!'

'और वो क्या है?'

'रोका? रिश्ता फाइनल करना? मुझे नहीं पता ये सब क्या होता है, या क्या चल रहा है। मुझे बस इतना पता है कि मेरे मम्मी-पापा पगला गए हैं।'

'बस करो, पायल!'

'कोशिश कर रही हूँ। मैंने आज फिर मम्मी से लड़ाई की। पता है, मैंने उन्हें फ़ोन पर ब्लॉक भी कर दिया है।'

'और तुम्हें ये एक अच्छा आईडिया लगता है?'

'तुम्हारे पास कोई बेहतर आईडिया है?'

मैं चुप रहा। मैं किचन तक गया और एक गिलास पानी लाया पायल के लिए।

'पानी से मेरा काम नहीं चलेगा। कुछ स्ट्रोंग लाओ,' उसने कहा।

'बाद में। पहले ये पिओ। और ठंडी हो जाओ। अभी बात करते हैं ना आगे क्या करना है।'

'मेरे पापा ऑब्सेस्ड हैं बिल्कुल। ये बात नहीं है कि उनको एक परफेक्ट दामाद मिल गया है। बात ये है कि उनको अपने बिज़नेस का परफेक्ट वारिस मिल गया है। परिमल और उनका एक ही जुनून है।'

'और वो क्या है?'

'केबल्स।'

'उनको वायर और केबल्स का जुनून है?'

'वेल, हाँ। परिमल पापा को कुछ नए पीवीसी के सामान के बारे में कुछ आईडिया दे रहा था, ये बता रहा था कैसे वो बचत कर सकते हैं और अपने मार्जिन सुधार सकते हैं।'

'तो उनको कहो ना कि परिमल को अपना बिज़नेस कंसल्टेंट बना लें। अपनी बेटी क्यों ब्याह रहे हैं उससे?'

'उनसे कहो ना जाके,' पायल ने एक साँस में ही पूरा पानी का गिलास पी लिया। 'क्या अब तुम मुझे कोई असली ड्रिंक देते हो?'

मैंने अपना सर हिलाया। मैं किचन में वापस गया और शराब का स्टॉक देखा। 'वाइन तो ख़त्म हो गई है। जिन और टॉनिक चलेगी?'

'हाँ कुछ भी दे दो, जिससे मैं अपनी माँ के बारे में ना सोचूँ।'

मैंने दो ड्रिंक बनाईं और वापस लिविंग रूम में आ गया।

'थैंक यू,' उसने कहा। 'देखो, नाराज़ मत होना। लेकिन मेरी माँ के दिलासे के बाद, परिमल के मम्मी-पापा ने हमारे घर कुछ भेजा।'

'क्या?'

'सोने की चूड़ियाँ। ये एक परंपरा है। इसके बारे में ज़्यादा सोचना मत। मैंने बस तुम्हें ये बता दिया क्यूंकि मैं तुमसे कुछ छुपाना नहीं चाहती।'

'ये सब क्या चल रहा है, पायल?' मैंने ज़ोर से पूछा।

'प्लीज़, चिल्लाओ मत। मैं पहले ही अपनी मम्मी के साथ चिलम-चिल्ली करके आ रही हूँ। मैंने उन्हें चूड़ियाँ वापस करने को बोल दिया था।'

'और?'

'वो नहीं चाहतीं। उन्होंने कहा, "तुम्हें इस सबके बारे में क्या पता? और तो और, परिमल की मम्मी को कितना बुरा लगेगा।"'

'पायल, सच में?'

'मैं ये सबकुछ रोक दूँगी,' उसने एक सख़्त, दृढ़ आवाज़ में कहा।

'कैसे?'

'तुम सही कह रहे थे।'

'क्या?'

'हमें उन्हें हमारे बारे में बताना होगा।'

'और क्या लगता है तुम्हें, उनका क्या रिएक्शन होगा?'

'चेर्नोबिल, हिरोशिमा, नागासाकी।'

'हैं?!'

'न्यूक्लियर बम फटेंगे, और क्या! हाँ बस ये परिमल वाली कहानी ख़त्म होगी।'

'हो जाएगी क्या?'

'हाँ, मैं मम्मी-पापा को बताऊँगी कि हम लोग डेट कर रहे हैं। मेरा मानना है कि इसके बाद वो तुमसे मिलना चाहेंगे। और एक बार तुमसे मिल लिए तो तुम्हें पसंद भी करेंगे।'

'दिल को बहलाने के लिए ये ख्याल अच्छा है।'

'उम्मीद पे दुनिया क़ायम है। तुम एक आईआईटी ग्रेजुएट हो। परिमल नहीं है।'

'क्या अब इसी तरह सब चीज़ों के फ़ैसले लिए जाते हैं?'

'मेरे मम्मी-पापा की नज़र में तो, हाँ।'

'और क्या-क्या बताओगी तुम?'

'कि तुम बाहर काम करते हो, तुमने अपनी ख़ुद की कंपनी भी बनाई है, तुम अपना बिज़नेस भी चलाते हो।'

'तो मुझे केबल बनानी पड़ेगी?'

'बेबी, मर्दों ने तो अपनी औरतों के लिए जंगें लड़ी हैं, तुम थोड़ी से केबल नहीं बना सकते अपने सपनों की रानी के लिए?'

'लेकिन मैं तो कॉमेडी करता हूँ–'

पायल ने मुझे टोका, 'मैं ये कहूँगी कि कॉमेडी तुम्हारी हॉबी है। तुमने अमेरिका में अपनी कंपनी बेच दी और तुम्हें एक ब्रेक चाहिए था वहाँ काम करने के बाद, तो तुमने कॉमेडी करनी शुरू कर दी।'

'हॉबी नहीं है पायल, अब मैं यही करता हूँ। अब मैं यही हूँ, एक स्टैंड-अप कॉमिक।'

'प्लीज़! ये उनके लिए है, सिर्फ़ एक आखरी बार।'

'और फिर क्या? फिर क्या मुझे ठाणे वाली फैक्ट्री में जाना पड़ेगा, अकाउंट चेक करने पड़ेंगे? केबल निकालनी होंगी?'

'सुनो, मेरे पापा बिज़नेस चलाते हैं। उनको बस कहने को एक वारिस चाहिए। उनका बेटा तो वो नहीं बन सकता।'

'आदमी ही चाहिए क्या?'

'हाँ, वो ऐसे ही हैं। भले ही उनकी बेटी दिनभर बड़ी-बड़ी कंपनियाँ ही क्यों ना ख़रीद-बेच रही हो ब्लैकवाटर में बैठकर, लेकिन उन्हें ये नहीं लगता कि मैं एक 2-एकर का प्लांट संभाल पाऊँगी।'

'मैं भी नहीं कर सकता। और ये वारिस-वारिस क्या लगा रखा है? तो इसका मतलब क्या हमें जल्द से जल्द शादी करनी पड़ेगी?'

'इतनी जल्दी भी नहीं। मैं बोल दूँगी कि हमें कोई जल्दी नहीं है। मुझे पता है कि तुम्हें शादी से कितना डर लगता है।'

'ऐसी बात नहीं है—'

'अरे ठीक है। मैं इंतज़ार कर लूँगी और अगर तुम्हें शादी नहीं भी करनी है, तो भी चलेगा। सबकुछ चलेगा, जब तक हम दोनों साथ हों।'

मैंने उन खूबसूरत आखों में देखा। उनमें कितना सारा प्यार, कितनी हिम्मत भरी हुई थी। 'मैं तुमसे बहुत ज़्यादा प्यार करता हूँ, पायल। तुम्हारे लिए कुछ भी करूंगा।'

'बस एक छोटी सी चीज़ करोगे?'

'हाँ?'

'ठीक है, अपने बालों को कलर करवा लो।'

'क्या?' मैंने हैरान होकर कहा।

'वो ग्रे साइडबर्न। मुझे वो बहुत पसंद हैं, हॉट भी लगते हैं, लेकिन मेरे मम्मी-पापा को नहीं लगेंगे।'

'क्या मैं अपने बाल काले करवा लूँ?'

'हाँ, मुझे लगता है गहरी भूरी शेड करवा लेना। लॉरियल नंबर 2।'

'क्या?'

'अरे कुछ नहीं। बस सैलून जाओ। वो तुम्हारे बालों के साथ मैच कर देंगे।'

'तुम अपने मम्मी-पापा को मेरी उम्र बताओगी ना?'

'मैं उन्हें एक अनुमान दे दूँगी। तुम तंदरुस्त हो, और फिर, काले बालों के साथ तो उन्हें लगेगा कि तुम अभी अपने लेट ट्वेंटीज़ में हो।'

'मैं 34 का हूँ।'

'मुझे पता है, स्वीटी।'

'ऐसा लग रहा तुम मुझे ऑब्जेक्टिफ़ाई कर रही हो।'

'तुम्हें ऐसा लग रहा है?' उसने कहा, मेरी टी-शर्ट खींचते हुए। 'एक अच्छी सी फॉर्मल शर्ट भी पहन लेना। वो एक्स्ट्रा-टाइट हॉट वाली टी-शर्ट मत पहनना, जिनमें तुम्हारे डोले दिखते रहते हैं।'

'ठीक है। क्या तुम उन्हें मेरे डिवोर्स के बारे में बताओगी?'

'अभी नहीं। उन्हें अभी उतना ही बताना होगा, जितना वो पचा सकें।'

'तो तुम मेरी उम्र और पिछली शादी के बारे में झूठ कहोगी? और जब आखिर में उन्हें पता चल जाएगा, तब क्या होगा?'

'मैं झूठ नहीं बोलूँगी, बस कुछ चीज़ों को छुपाऊँगी।'

'ठीक है।' मैंने सोचा, क्या ग़लत हो सकता था? 'उन्हें ये तो पता होगा ना कि मैं पंजाबी हूँ?'

'हाँ, वो उन्हें पता होगा। लेकिन वो मैं संभाल लूँगी। क्या तुम एक वेजीटेरियन बनने की एक्टिंग करने को तैयार हो?'

'क्या?'

'सिर्फ़ उन लोगों के सामने।'

'लेकिन वो तो झूठ होगा।'

'छोटा सा झूठ होगा। प्यार में इतना सा झूठ तो चलता है।'

'ठीक है, ठीक है। कब मिल रहे हैं हम उनसे?'

'वेल, सबसे पहले तो मुझे अपनी मम्मी को अनब्लॉक करना पड़ेगा।'

'प्लीज़ उन्हें अनब्लॉक करो, पायल, वो तुम्हारी माँ हैं।'

'ठीक है,' पायल ने थोड़े बेमन से कहा। उसने अपना फ़ोन खोल दिया और अपनी मम्मी का नंबर अनब्लॉक कर दिया।

'गुड,' मैंने कहा। 'अपने मम्मी-पापा से बात करना और बताना कि वो क्या कहते हैं। फिर हम उसी हिसाब से बाक़ी की चीज़ें प्लान कर लेंगे।'

मैं खाना गर्म करने किचन तक गया।

'मैं तुम्हें बस बताऊँगी ही नहीं, तुम्हें उनकी बातें सुनवाऊँगी भी,' उसने कहा।

'क्या?' मैंने कहा सारा डिनर एक ट्रे पर लगाते हुए।

'हाँ, मैं तुम्हें एक कॉल पर रखूँगी जब मैं उनसे बात करूँगी।'

'कैसे?'

'मैं तुम्हें जाने से पहले फ़ोन कर दूँगी और फिर मैं फ़ोन अपने पर्स में रख लूँगी। पर्स को मैं बिल्कुल अपने बगल में रखूँगी।'

'और उससे तुम्हें क्या हासिल होगा?'

'तुम्हें सब समझ आ जाएगा। तुम्हें वहाँ के हालात समझ आ जाएँगे कि मुझ पर क्या बीत रही है। कम से कम फिर तुम ये नहीं कह पाओगे कि मैंने ठीक से कोशिश नहीं की।'

'मैं तुम्हें ऐसा कभी नहीं कहूँगा।'

'फिर भी, मैं चाहूँगी कि तुम वो बातें सुनो। हमें हमारा अगला कदम प्लान करने में मदद करेगा ये सब।'

'पक्का, हम पकड़े तो नहीं जाएँगे?'

'नहीं नहीं, बस अपने आपको म्यूट पर रखना। चिंता मत करो।'

~

'हेलो,' मैंने पायल का फ़ोन उठाते हुए कहा।

'तो मैं अपने मम्मी-पापा के घर पर हूँ। मैं अभी उनसे बात करने वाली हूँ। तुम कहाँ हो?'

'मैं स्टारबक्स में, खार में।'

'इतनी लेट? दस बज रहे हैं रात के!'

'घर पर अकेले क्या करूँ? तुम्हारे बिना मन नहीं लगता।'

'ऑ! मैं आज रात नहीं आ सकती। मैंने घर पर बताया है कि मुझे उनसे एक ज़रूरी बात करनी है। एक फॉर्मल, शेड्यूल्ड मीटिंग है मेरी उनके साथ।'

'उन्होंने क्या कहा?'

'उनको थोड़ी सी फ़िक्र हो रही थी। उन्होंने मुझसे पूछा कि क्या हुआ था। अब मैं उन्हें बता दूँगी।'

'सही है, ऑल द बेस्ट।'

'थैंक्स! अच्छा, अब चुप हो जाओ, मेरा मतलब म्यूट कर लो अपने आपको।'

मैंने पायल को उसका फ़ोन अपने पर्स में डालते हुए सुना। पायल एक कमरे के अंदर घुसी। कुछ कुछ आवाज़ें दूर से, लेकिन साफ़-साफ़ सुनाई पड़ रही थीं।

'ऐसी क्या बात हो गई है? ऐसी क्या बात करनी है तुम्हें हमारे साथ, पायल?' एक औरत की आवाज़ आई। ज़रूर यशोदा जैन होंगी, उसकी मम्मी।

'कुछ भी तो नहीं, मम्मी, बस आप लोगों से कुछ ज़रूरी बात करनी थी बहुत दिनों से।'

'तुम्हारी नौकरी चली गई क्या?' एक हँसते हुए आदमी की आवाज़ आई। वंश होगा, उसका भाई।

'नहीं, बिल्कुल नहीं, और इससे पहले कि तुम मेरी जॉब के बारे में कुछ भी कहो, जरा बताओ तो, तुम्हारी कोई जॉब है भी?' पायल ने कहा।

'मैं बहुत कुछ कर रहा हूँ,' वंश ने कहा।

'जैसे क्या? वीडियो गेम खेलना? सारी दोपहर अपने आवारा दोस्तों के साथ वोडका के शॉट लगाना?'

'भाड़ में जा!' वंश ने कहा। 'तेरे तो दोस्त भी नहीं हैं।'

'बस करो तुम दोनों,' एक सख़्त आवाज़ सुनाई दी। आनंद जैन की थी, पायल के पापा की। 'पायल बेटा, क्या हुआ?' उन्होंने कहा।

'चिंता करने की कोई बात नहीं है,' पायल ने कहा।

'तो फिर?' यशोदा ने कहा।

'ये परिमल का चक्कर...'

'तुम मुझसे पहले ही बहुत लड़ चुकी हो इस पर,' यशोदा ने कहा। 'तुम ये सब चीज़ें नहीं समझती हो पायल।'

'कैसी लड़ाई?' आनंद ने कहा।

'अरे उसे वो चूड़ियाँ वापस करनी हैं, जो उन्होंने भेजी थीं।'

'क्यों?' आनंद ने कहा। 'उन्होंने इतने प्यार से भेजी थीं। वो तुम्हें बिल्कुल अपनी बेटी की तरह मानते हैं।'

'लेकिन मैं उनकी बेटी नहीं हूँ।'

'पर तुम जल्दी ही उनकी बहू बन जाओगी,' आनंद ने एक दृढ़ आवाज़ में कहा।

शायद यहाँ मुझे चिंता करनी चाहिए थी।

'मैं 22 की हूँ, पापा। अभी किसी की बहू बनने के लिए बहुत छोटी हूँ।'

'तो आकांक्षा कितने साल की है? तुम्हारी ही उम्र की है ना? उसकी तो दो साल पहले शादी हो गई थी,' आनंद ने कहा।

'हाँ बिल्कुल,' यशोदा ने एक्साइटेड आवाज़ में कहा। 'आकांक्षा कितनी खुश लगती है। उसकी दिवाली की फोटो देखीं तुमने फेसबुक पे? क्या चमक रही थी वो उस गुलाबी-बैंगनी ज़री वाले सूट में।'

'मैं आकांक्षा नहीं हूँ, मम्मी। और ना ही मेरी गुलाबी-बैंगनी सूटों में कोई दिलचस्पी है। मैं ब्लैकवॉटर में काम करती हूँ। मुझे एक बेवकूफ हाउसवाइफ नहीं बनना है,' पायल ने एक ऊँची, इर्रिटेटेड आवाज़ में कहा।

'मतलब तुम्हारी माँ एक बेवकूफ हाउसवाइफ है,' यशोदा ने कहा।

'सॉरी मम्मी, मेरा वो मतलब नहीं था,' पायल ने कहा।

'तुम्हारी कंपनी ब्लैक, तुम्हारी ज़बान ब्लैक! ऐसे बात करते हैं क्या मम्मी से?' यशोदा ने कहा।

मैंने एक आह भरी और ब्लैक कॉफ़ी पीते हुए, उनको सुनता रहा।

'मुझे नहीं लगता कि यहाँ मेरी ज़रूरत है,' वंश ने कहा।

'नहीं, रुक। मैं अभी बस बताने ही वाली हूँ मैं क्या कहने आई थी,' पायल ने कहा।

'क्या?' वंश ने कहा, 'जल्दी, बोल न।'

'मैं मिली किसी से,' पायल ने कहा।

'मिली किसी से?' यशोदा ने कहा। 'क्या मतलब?'

'उससे मिली जिससे मैं प्यार करती हूँ,' पायल ने कहा।

'कौन?' आनंद ने शक भरी आवाज़ से कहा।

'एक लड़का है, मेरी ज़िंदगी में। मैं उसे पसंद करती हूँ।'

'क्या?' यशोदा चिल्लाई, मानो जैसे अभी पायल ने कह दिया हो कि वो एक पाकिस्तानी जासूस थी।

'कौन लड़का? कौन है वो?' आनंद ने कहा।

'तुम्हारा कोई बॉयफ्रेंड है? बहुत बढ़िया। अब तक तो उसके साथ वो भी हो गया होगा?'

'चुप कर, वंश,' पायल ने कहा।

'चिल कर, बहन। अब तो मुझे इस सबमें मजा आ रहा है। चलो, पहली बार मम्मी-पापा सिर्फ मुझसे ही निराश नहीं हैं।'

'शायद तुम्हें यहाँ से चले जाना चाहिए, वंश। गेट आउट!' पायल ने कहा।

'नहीं, नहीं, अब तो मैं यहाँ खड़े-खड़े सारा तमाशा देखना चाहूँगा। शायद थोड़े पॉपकॉर्न भी ले आऊँ। मेरी बहन अब छोटी नहीं रही। मम्मी, अब आप क्या करोगी?' वंश धीरे से हँसा।

'हे भगवान! ये सब क्या हो रहा है?' यशोदा ने कहा। 'इसलिए मैं आपको कहती थी कि लड़कियों की शादी जल्दी हो जानी चाहिए।'

'मैंने मना कब किया?' आनंद ने कहा, 'भगवान ने हमें एक परफेक्ट दामाद दे दिया है, परिमल। एक तुम ही हो पायल, जो ज़िंदगी में आगे नहीं बढ़ रही हो।'

'मम्मी-पापा, सुनिए तो!' पायल ने परेशान होकर कहा। 'मैं परिमल से शादी नहीं कर सकती। मैं साकेत के अलावा किसी से शादी नहीं कर सकती, ठीक है?'

'साकेत?' आनंद ने कहा, 'अब ये साकेत कौन है?'

'मैंने बताया ना, मेरी ज़िंदगी में एक लड़का है, साकेत।'

'साकेत कौन? सरनेम क्या है उसका?'

'साकेत ने आईआईटी बॉम्बे से पढ़ाई की है,' पायल ने कहा, इस उम्मीद से कि मेरी डिग्री हालात को कुछ सुधार देगी।

'उसका सरनेम क्या है?' आनंद ने कहा। इंडियन पैरेंट्स को बस धर्म, जाति, समाज, समुदाय की पड़ी हुई होती है। सीवी तो बहुत बाद की बात है।

'उसने अपनी एक टेक कंपनी भी बनाई और बेच दी थी अमेरिका में। उसके बाद वो येलोस्टोन में काम करने लगा, जो एक और टॉप की प्राइवेट इक्विटी फर्म है।'

'अमेरिका? कहाँ मिली तुम उससे?' यशोदा ने इस दर्द से कहा, जैसे घर पर कोई मर गया हो। या उनकी केबल फैक्ट्री में आग लग गई हो।

'वो अब मुंबई में रहता है।'

'उसका सरनेम क्या है? मैं तुमसे तीसरी बार पूछ रहा हूँ!' आनंद अपना आपा खो रहे थे।

'साकेत खुराना। हाँ वो पंजाबी है, पर एक अच्छा लड़का है। ज़्यादातर वेजीटेरियन भी है।'

'ज़्यादातर वेजीटेरियन?' यशोदा ने कहा।

'वो वेजीटेरियन है,' पायल ने जल्दी-जल्दी कहा।

चलो जी, पहला झूठ।

'वो जैन नहीं है?' आनंद ऐसे हैरान हो गए जैसे पायल किसी इंसान को नहीं बल्कि किसी चिम्पांजी या लाल पूंछ वाले बंदर को डेट कर रही थी।

'नहीं, पर वो एक अच्छा इंसान है। और आपने पूछा तो बता दूँ, मैं उससे पहली बार एक कॉमेडी क्लब में मिली थी।'

'अरे दीदी आप क्लब भी जाने लगे? कब से?'

'कॉमेडी क्लब।'

'ये कॉमेडी क्लब क्या होता है? टीवी वाले *कॉमेडी सर्कस* जैसे?' यशोदा ने पूछा।

'वो नहीं पर वैसा ही कुछ। ये सब चीज़ें इंपोर्टेंट नहीं है। इंपोर्टेंट ये है कि मैं उसे पसंद करती हूँ और वो मुझे पसंद करता है।'

'कब से जानती हो तुम उसे?' आनंद ने पूछा।

'एक साल होने वाला है,' पायल ने कहा।

'और तुमने हमें कुछ भी नहीं बताया?' यशोदा ने कहा।

'क्या इस घर में ऐसा माहौल है कि मैं आपसे आराम से सारी बातें शेयर कर सकूँ?' पायल ने कहा।

'क्यों? क्या ख़राबी है यहाँ के माहौल में?'

'छोड़िए जाने दीजिए, मम्मी। मैं आपको अभी बता रही हूँ ना। और आप उससे मिल भी सकती हैं।'

'मैं किसी से नहीं मिल रही,' यशोदा ने कहा। 'पहले तो तुम ग़लत काम करके आओ, और फिर...'

'कौन-से ग़लत काम कर दिए मैंने, मम्मी? स्कूल टॉप किया, स्टैन्फ़र्ड गई, एक अच्छी जगह जॉब करती हूँ, अब मैंने किसी से प्यार करके ऐसी भी क्या बड़ी गलती कर दी? क्या मुझे किसी से प्यार करने का कोई हक नहीं?'

'तुम ऐसे ही किसी ऐरे-ग़ैरे से शादी नहीं कर सकती जिससे भी तुम प्यार करती हो,' यशोदा ने कहा।

'सुनिए जी,' फिर यशोदा ने अपने पति से कहा, 'आप भी कुछ कहिये ना, मैं ही अकेली क्यों बुरी बनूँ?'

'ये सही चीज़ नहीं है बेटा। हम ये सब मंज़ूर नहीं कर सकते,' आनंद ने कहा।

'मुझे किसी की मंज़ूरी की ज़रूरत नहीं होनी चाहिए। ये मेरी ज़िंदगी है,' पायल ने कहा।

'देखो तो जरा इसको!' यशोदा ने कहा। 'और भेजो लड़कियों को बाहर पढ़ने, फिर देखो क्या होता है। ये जो स्टैन्फ़र्ड-स्टैन्फ़र्ड की रट लगाई हुई थी ना इसने, और आप पिघल गए। क्या मुंबई में कोई अच्छे कॉलेज नहीं हैं? के.सी. कॉलेज है, जय हिन्द कॉलेज है, शहर में कितने सारे कॉलेज हैं...'

'पापा,' पायल ने कहा, 'वो वाक़ई एक अच्छा इंसान हैं, बिज़नेस में भी अच्छा है वैसे, अगर आपको वह ज़रूरी लग रहा है तो।'

'ये क्यों ज़रूरी होगा?' आनंद ने कहा।

'जैसे मुझे कुछ पता ही नहीं! आपको परिमल इसलिए अच्छा लगता है क्योंकि वो हमारे फ़ैमिली बिज़नेस में हाथ बंटा सकता है।'

'हा हा! तो फिर मेरा क्या होगा? मैं तो सीईओ बनूँगा,' वंश ने कहा।

'हाँ पापा, जाइए उसको सीईओ बना दीजिए,' पायल ने कहा, 'अगले साल दिवाली नहीं दिवाला मनायेंगे।'

'तू कितनी बुरी है।'

'मुझे, मुझे नहीं पता मुझे क्या कहना चाहिए,' आनंद ने कहा। 'एक पंजाबी लड़का, जिसके बारे में तुमने हमें एक साल तक कुछ नहीं बताया था। मुझे काफ़ी झटका लगा, ये सब बहुत ग़लत है, बेटा!'

'एक बार उससे मिल लीजिए, पापा! प्लीज़, खुले दिमाग से।'

'हम नहीं—' यशोदा ने कहा लेकिन पायल ने उन्हें टोका।

'मम्मी प्लीज़। मैं आपके आगे हाथ जोड़ती हूँ! एक बार, बस एक बार उससे मिल लीजिए। बस ये समझियेगा कि वो मेरा दोस्त है, ठीक है?'

पायल को इस तरह भीख माँगते हुए देखकर मुझे उसके लिए बहुत बुरा लग रहा था। वो मेरे लिए लड़ रही थी, हमारे लिए लड़ रही थी। और इसी वजह से मुझे उस पर और भी ज़्यादा प्यार आने लगा।

'लड़का दोस्त?' यशोदा ने कहा।

'उससे एक इंसान की तरह मिलना,' पायल ने कहा। 'सिर्फ़ एक बार? प्लीज़?'

'आपको क्या लगता है जी?'

'मैं किसी से भी मिल सकता हूँ बेटा, लेकिन मुझसे हाँ की उम्मीद मत रखना, और तुम जानती ही हो कि जिग्नेश और हमारी फ़ैमिली, हम पुराने दोस्त हैं, उनको ऐसे ही ना नहीं बोल सकते।'

'अभी के लिए बस एक बार उससे मिल लीजिए,' पायल ने कहा। 'मैं आज रात आपसे सिर्फ़ इतना ही माँगती हूँ।'

'मैं सोने जा रहा हूँ,' आनंद ने कहा।

'और मैं *फ़ोर्टनाइट* खेलने जा रहा हूँ,' वंश ने कहा।

'गुड नाईट पापा। बाय वंश,' पायल ने कहा।

मुझे कदमों की आवाज़ आई। वंश और आनंद कमरे से चले गए।

'क्या तुम उससे क्लोज हो?' यशोदा ने कहा। अब वो अपनी बेटी के साथ अकेली थीं।

'हाँ,' पायल ने कहा।

'कितनी क्लोज?'

शायद वो ये जानना चाहती थीं कि हमने सेक्स किया था या नहीं।

'नहीं, उस तरह से क्लोज नहीं,' पायल ने कहा। *चलो जी, दूसरा झूठ बोल दिया गया है।*

'पक्का?'

'हाँ, मम्मी।'

'क्या क्या हुआ है तुम दोनों के बीच?'

'हमने बस हग किया है,' पायल ने कहा।

सच में पायल? कमाल है! तुम इतने सफाई से झूठ कैसे बोल लेती हो?

'बस हग ही किया है?' यशोदा ने थोड़ी सख्ती से कहा।

'हमने किस भी किया है,' पायल ने कहा।

'किस?' यशोदा ने कहा, उनकी आवाज़ में डर और परेशानी घुली हुई थी।

'अरे, बस नाम की किस थी, ऐसे ही हो गई थी गलती से।' पायल ने कहा, अपने शब्दों को वापस घुमाते हुए।

देवियों और सज्जनों, मिलिए दुनिया की सबसे माहिर, बातें घुमाने वाली और 'गलती से किस' करने वाली मेरी पसंदीदा औरत–पायल जैन से!

~

'ये कितना सुंदर है!' पायल ने कहा। वो मेरे साथ एक वीडियो कॉल पर थी।

मैं लीला, गोवा की कैफ़े के आउटडोर सेक्शन में बैठा हुआ था। मेरे ठीक सामने बीच था।

'मैं गोवा में हूँ, बेबी,' मैंने कहा। 'मैं यहाँ शिफ्ट भी हो सकता हूँ।'

'प्लीज़ कर लो, मुझे भी साथ लेते चलना,' पायल ने कहा। 'ख़ैर, तुम वापस कब आ रहे हो?'

'बस एक हफ़्ते में। आज मैं अपने शो के बाद गोवा से कोच्चि जाऊँगा, फिर वहाँ से जयपुर, वहाँ से सिलीगुड़ी, और फिर वापस मुंबई।'

'अच्छा, तुम्हारी रिटर्न फ्लाइट कब की है?'

'एक सेकंड चेक करके बताता हूँ... मैं वापस आ रहा हूँ, 11 नवंबर को।'

'ओ, वो तो संडे है। चलो उसी दिन मेरे मम्मी-पापा से मिलते हैं।'

'सच में? उसी दिन?'

'हाँ, मैं और देर नहीं करना चाहती इन चीज़ों में। मैं उन्हें बता दूँगी कि तुम आधे घंटे के लिए घर आओगे। बस कैजुअल सा ही माहौल होगा, बस एक कप चाय।'

'क्या पता वो मेरी चाय में ज़हर डाल दें तो?'

'नहीं, वो ऐसा नहीं करेंगे।'

'पक्का?'

'हाँ, हम जैन लोग ज़िन्दगी ख़त्म करने में नहीं मानते। अरे हम तो कीड़े मकोड़ों तक को नहीं मारते।'

'बड़ी मेहरबानी,' मैंने कहा।

~

'चलो एक और बार अपना प्लान डिस्कस कर लेते हैं,' पायल ने कहा।

'हम उसे हज़ारों बार डिस्कस कर चुके हैं, पायल,' मैंने कहा। मैं सिलीगुड़ी के होटल रूम में अपना सामान पैक कर रहा था। रिलाएबल पॉलिमर्स के सारे शो हो गए थे। आख़िरकार मैं कल मुंबई वापस जा रहा था।

'बस एक और बार। तुम 11 बजे लैंड करोगे ना? उसके बाद तुम सीधे मेरे घर आओगे, घाटकोपर में? या तुम पहले बांद्रा जाना चाहोगे? अपने घर?'

'मुझे लगा हमने ये प्लान किया था कि मैं पहले अपने घर बांद्रा में जाऊँगा? क्या तुम चाहती हो मैं पहले तुम्हारे यहाँ आ जाऊँ?'

'शायद। मुझे बस लगा कि तुम सीधे यहीं आ सकते हो,' पायल ने एक चंचल आवाज़ में कहा।

'क्यों? मैं तुम्हारे यहाँ फिर दोपहर के थोड़ी देर बाद पहुँचूँगा। तुमने कहा था कि तुम्हारे मम्मी-पापा घर पर नहीं होंगे 1:30 से पहले। वो कौन-से मंदिर जाते हैं वो जिसका बहुत लंबा नाम है?'

'बाबू अमीचंद पन्नालाल आदिश्वरजी जैन मंदिर, जो वाकेश्वर में है। और हाँ, वो घर, डेढ़ बजे के बाद ही आयेंगे।'

'अच्छा तो मैं तुम्हारे यहाँ इतनी जल्दी आकर क्या करूँगा?' मैंने कहा अपने सूटकेस की ज़िप बंद करते हुए।

'अरे इतने नादान हो क्या? 'मैं इतनी जल्दी आकर क्या करूँगा?" कमाल है, अब क्या मैं सबकुछ यहीं बता दूँ, या—'

मुझे कुछ सेकंड लगे ये समझने में कि पायल किस बारे में बात कर रही थी। 'ओह, ओके, अब समझ आया।'

'आ गया?! या एक ईमेल और भेजूँ तुम्हें समझाने के लिए?'

मैं हँसा। 'लेकिन, बेबी, ऐसे कैसे? तुम्हारे मम्मी-पापा के घर पे?'

'मेरा अपना कमरा है। मैं घर पर अकेली हूँ। वंश, हमेशा की तरह अपने दोस्तों के साथ, बैंकॉक में पार्टी कर रहा है।'

'और कामवाली बाई?'

'संडे उनकी छुट्टी होती है।'

'अहा, ये हुई ना बात! उफ़्फ़! कितना टाइम हो गया है, कितनी याद आ रही है!'

'हाँ बस उसी को याद करो तुम, सब पता है मुझे!'

'हे, ये सच नहीं है! तुमने ही तो—'

'अरे, अरे मज़ाक कर रही हूँ,' पायल ने मुझे टोका। 'मुझे भी तो अपने बंदे की याद आ रही है दस दिनों से।'

'अजीब नहीं हो जाएगा अगर तुम्हारे मम्मी-पापा तुम्हें मेरे साथ ऐसे अकेले में देख लें?'

'मैं भी वही सोच रही थी। ऐसा करना, तुम मेरे साथ एक घंटा गुज़ारना। फिर चले जाना। घाटकोपर में कहीं कॉफ़ी पी लेना, और फिर डेढ़ बजे वापस आ जाना। चलेगा?'

'दौड़ेगा! क्या दिमाग़ लगाया है पायल! मैं तुमसे कल मिलने के लिए बहुत बेताब हूँ।'

'मैं भी,' पायल ने कॉल काटने से पहले कहा।

मेरी क़िस्मत एकदम से ऐसे कैसे खुल गई थी? मुझे पायल जैसी कमाल की लड़की कैसे मिल गई!

मैंने लाइट बंद की और बिस्तर पर चित्त हो गया, इस उम्मीद से कि मुझे जल्दी से नींद आ जाए, और सुबह थोड़ी और जल्दी हो जाए।

'लैंड हो गई फ्लाइट! और जल्दी लैंड कर गई। अभी तो बस 10:35 हुए हैं,' मैंने पायल को मैसेज किया जैसे ही प्लेन के पहिए ने मुंबई की ज़मीन को छुआ।

'बढ़िया! हमें थोड़ा और समय मिल जाएगा एक साथ। जल्दी आना। मैं बहुत नर्वस हूँ,' पायल ने जवाब दिया।

'क्यों?'

'भूल गए हो तो याद दिला दूँ, तुम्हें मेरे मम्मी-पापा से मिलना है, चार घंटे से भी कम बचे हैं।'

'ओ हाँ, मैं तो भूल ही गया था। ओके, बेबी। बस अभी आया तुम्हारे कलेजे को ठंडा करने के लिए।'

~

मेरी टैक्सी एक पॉश बिल्डिंग के ड्राइववे में रुकी। बिल्डिंग का नाम, ऋद्धि-सिद्धि निवास। बैरियर वाले गेट पर एक गार्ड खड़ा था। उसने मुझसे आईडी और कुछ और डिटेल मांगी।

'किसके घर जाना है?' उसने पूछा।

'मिस्टर जैन,' मैंने कहा।

'बिल्डिंग में 8 जैन रहते हैं।'

'आनन्द जैन, फिफ्थ फ्लोर,' मैंने कहा।

'किसलिए आए हो?' उसने कहा, एक टचस्क्रीन टेबलेट पर टाइप करते हुए।

'चाय पीने,' मैंने कहा।

अब मैं उसे ये तो नहीं बता सकता था कि मैं मिस्टर जैन की बेटी के साथ सेक्स करने, और फिर उससे शादी की बात करने आया था।

'क्या?'

'उन्होंने मुझे चाय पे बुलाया है।'

'मैं "सोशल विजिट" लिख देता हूँ। यहाँ एक ऑप्शन है। थैंक यू,' गार्ड ने कहा। उसने अपने टेबलेट पर टाइप करना बंद किया और एक बटन दबाया। बैरियर वाला दरवाज़ा खुल गया।

~

'तुम सूट पहनकर आए हो?' पायल ने मुझे ऊपर से नीचे तक देखते हुए कहा।

मैंने घर की घंटी भी नहीं बजाई थी कि पायल ने दरवाज़ा खोल दिया था।

'ये वही सूट है जो मैंने रिलाएबल पॉलिमर्स के हर शो पर पहना। मेरे पास यही फॉर्मल कपड़े हैं।'

'इस तरह सूट-बूट में आने के लिए थैंक्स। बहुत स्वीट हो तुम,' पायल ने कहा।

उसने एक क्रीम रंग की सलवार कमीज़ पहनी हुई थी, जिस पर एक लाल-पीला बांधिनी दुपट्टा था। इस सादे लिबास में भी वो बेहद खूबसूरत लग रही थी। उसने क्या पहना था, इससे कुछ फ़र्क़ नहीं पड़ता। अगर पायल आईआरसीटीसी की बेडशीट भी पहन लेती, तब भी वो उतनी ही सुंदर लगती।

'आख़िर मुझे तुम्हारे मम्मी-पापा पर इंप्रेशन जमाना है,' मैंने कहा। 'क्या हम हग कर सकते हैं? सेफ है तुम्हें यहाँ हग करना?'

'हाँ, मैं ही हूँ बस घर पे।'

'उफ़्फ़, मुझे तुम्हारी कितनी ज़्यादा याद आई,' मैंने कहा। हमने एक-दूसरे को कस के गले लगाया, पूरे एक मिनट के लिए। दस दिन बाद पायल को छूकर ऐसा लगा जैसे मैं वापस घर आ गया। भले ही वो उसके सनकी मम्मी-पापा का घर ही क्यों ना हो।

मैंने लिविंग रूम को देखा। बहुत बड़ा था। कम से कम आधा टेनिस कोर्ट आ सकता था उनके लिविंग रूम में। दीवार पर कई सारे जैन संतों और मंदिरों के तस्वीरें थीं। कई सारे देवी-देवताओं के ब्रोंज और ताँबे के स्टेचू भी रखे हुए थे। *क्या मैं एक पुजारी की बेटी को डेट कर रहा था?*

'ये कैसे महल में रहती हो तुम, पायल? कितना बड़ा है ये?'

पायल हँसी। 'इतना भी बड़ा नहीं है, बस कुछ पाँच हज़ार स्क्वायर फीट का है।'

'मेरा बांद्रा वाला अपार्टमेंट पाँच सौ स्क्वायर फीट का है। मेरे घर जैसे दस घर आ जाएँगे तुम्हारे घर में।'

'अरे वो पाली हिल है, बड़ा महंगा इलाका है।'

'फिर भी! ये बिल्डिंग कितनी पॉश है। हाईटेक सिक्योरिटी वगैरह है। वो बाहर एक गार्ड खड़ा हुआ था, टकटक-टकटक लिखे जा रहा था मेरी सारी डिटेल अपने टेबलेट पर। अरे मेरी बिल्डिंग के गार्ड पे तो सिर्फ़ गुटका होता है।'

पायल खिखियाई। मैं आगे झुका और उसको किस किया। बड़ा अजीब लग रहा था उसको उसके मम्मी-पापा के लिविंग रूम में किस करना। आसपास हर जगह देवी-देवताओं-मंदिरों की तस्वीरें थीं। ऐसा लगा जैसे वो सब हमें देख रहे थे, और मुझे नर्क जाने का श्राप दे रहे थे। अचानक, मुझे एक आवाज़ सुनाई पड़ी, मंत्रजाप हो रहा था, लगातार।

'ये क्या आवाज़ है?'

पायल ने एक छोटी सी मशीन की तरफ़ इशारा किया, जो दरवाज़े के पास एक सॉकेट में लगी हुई थी। 'ओम, ओम' का जाप लगातार हो रहा था।

'आओ, बैठो,' पायल ने एक बड़े से सोफा सेट की तरफ़ इशारा करते हुए कहा। सोफा क्या, वो फोम का गोदाम था।

पायल और मैं एक-दूसरे के सामने बैठे, हमारे बीच कम से कम दस फीट का फासला था।

'नर्वस हो?' पायल ने कहा।

'तुम्हारे मम्मी-पापा से मिलने के लिए? हाँ,' मैंने कहा।

'घबराओ मत, बस जैसे तुम हो, वैसे ही रहो। याद रखो, हम सिर्फ़ दोस्त हैं। सीधी बात करना, साफ़ बात करना, प्यार से बात करना। और सबसे ज़रूरी बात, चिल करो यार।'

'सैद्धांतिक भी रहूँ, है ना?'

'हाँ, बिल्कुल, बिल्कुल! उनके सामने बेबी-बेबी मत करने लग जाना, कोई उल्टी-पुल्टी हरकत कर दी तो सारा प्लान चौपट हो जाएगा।'

'अभी करनी है? कोई उल्टी-पुल्टी हरकत, बेबी?' मैंने कहा।

'सब्र कीजिये, सर।'

'कोई और कमरा है जहाँ हम जा सकते हैं? तुम्हारा तो अपना कमरा है ना?'

'कोई तो बहुत ज़्यादा उतावला हो रहा है,' पायल ने कहा और वो हल्के से हँसी। वो उठ खड़ी हुई और मुझे अपने बेडरूम तक लेकर गई।

'मेरे रूम में आपका स्वागत है,' उसने दरवाज़ा बंद करते हुए कहा। 'स्टैन्फ़र्ड जाने के बाद से मैं यहाँ बहुत कम रही। लेकिन फिर भी, ये मेरी जगह है।'

मैंने आसपास देखा। बेड पर गुलाबी बेडकवर था, जिस पर कुछ स्टफ टॉय रखे हुए थे। दीवारों पर मारिया कैरी, इंदिरा नूई और कल्पना चावला के पोस्टर थे। पायल का कमरा अभी भी किसी स्कूल के बच्चे के कमरे जैसा लग रहा था जिसमें एक स्टडी टेबल थी, और एक बुकशेल्फ थी जिसमें एसएटी की तैयारी की किताबें और अमेरिका के कॉलेज-एप्लीकेशन गाइड रखे हुए थे। मैंने एक और फ्रेम्ड तस्वीर देखी। एक नंगे आदमी की जो चौकड़ी मारकर बैठा हुआ था।

'ये कौन है?'

'ये एक जाने-माने जैन संत हैं।'

'और इन्होंने कुछ नहीं पहना है क्यूंकि—'

'क्यूंकि वे दिगंबर जैन संत हैं,' पायल ने कहा। 'इन पर कोई उल्टी-सीधी बात नहीं, ठीक है? मेरी फ़ैमिली इनको बहुत मानती है।'

'मैं हिम्मत भी नहीं करूँगा,' मैंने कहा अपने मुँह पर हाथ से एक ताला बनाते हुए।

हम पायल के बेड पर बैठ गए।

'मैं कितनी खुश हूँ कि तुम यहाँ आए हो। इस कमरे से मेरी कितनी सारी यादें जुड़ी हुई हैं,' पायल ने कहा।

'कुछ और यादें बना लें?' मैंने कहा, अपना चेहरा पायल के चेहरे के क़रीब लाते हुए।

उसने मुझे धीरे से धक्का दिया। 'बस एक ही तरफ़ चलता है तुम सबका दिमाग़,' उसने कहा। 'यहाँ मैं ऐसे ही इमोशनल होती जा रही हूँ कि तुम मेरे बचपन के कमरे में आए हो, और तुम हो कि बस लगे रहना चाहते हो!'

मैं हँसा। 'नहीं नहीं, मैं तुम्हारे बचपन की फोटो एल्बम देखना चाहूँगा, सच में।'

'सच में?' पायल एक्साइटेड होकर बोली। 'रुको,' वो खड़ी हो गई। 'मैं अभी उसे अलमारी से निकालती हूँ।'

मैंने पायल को हाथ से अपनी तरफ़ खींच लिया और उसे वापस बिठा दिया। 'मैं मज़ाक़ कर रहा था,' मैंने कहा। 'बाद में देख लेंगे फोटो एल्बम।'

'पता था! बस एक ही जगह दिमाग़ चलाओ तुम।'

'मैं तुमसे इतने दिन दूर रहा।'

'बस दस दिन ही तो थे।'

'मतलब 240 घंटे, या 14,400 मिनट, और ना जाने कितने सेकंड। पता नहीं, मुझे उतनी मैथ नहीं आती। मैं थोड़ा पागल होता जा रहा हूँ,' मैंने कहा, पायल को थोड़ा और क़रीब लाते हुए।

'हाँ, वो तो दिख रहा है, सूट-बूट-वाले-साकेत,' वो अपना मुँह मेरे कान के पास ले आई। 'आज,' वो फुसफुसाई, 'तुम एक कॉर्पोरेट बॉस की तरह लग रहे हो। मुझे अपनी सेक्रेटरी बना लो ना।'

'पायल क्या कह रही हो तुम?' मैंने हँसते हुए कहा। 'तुम और तुम्हारे ये रोल प्ले!'

'श! पायल नहीं! मैं रोज़ी हूँ। तुम्हारी सेक्रेटरी। आपको मेरा काम पसंद आया, सर?'

'कौन-सा काम?'

'कहिए ना कि आपको मेरा काम नहीं पसंद आया। कि आप मुझसे बहुत नाराज़ हैं।'

'क्या?'

'अरे यार, एक्टिंग करते रहो ना,' पायल ने फुसफुसाया और मेरा कान चबाया।

मैंने सोचा मैं भी बॉस बन जाता हूँ। मैं जाकर स्टडी चेयर पर बैठ गया। मैंने काग़ज़ का एक टुकड़ा उठाया। 'रोज़ी,' मैंने इर्रिटेट होकर कहा, 'क्या है ये?'

पायल मेरे पीछे खड़ी हो गई। 'क्या हुआ, सर?' उसने एक मासूम सी आवाज़ बनाकर पूछा। 'आपको मेरा काम नहीं पसंद आया।'

'नहीं!' मैंने गुस्से-भरी आवाज़ में कहा। 'इसमें कितनी सारी स्पेलिंग मिस्टेक हैं। तुमने तो कंपनी का नाम भी ठीक से नहीं लिखा है।'

‘सॉरी, सर!’

‘क्लाइंट क्या सोचेंगे? तुमने उनको ये ईमेल तो नहीं कर दिया ना?’

‘हाँ सर, मैंने ईमेल कर दिया। सॉरी सर।’

‘ये तो हॉरिबल है,’ मैंने काग़ज़ के पन्ने को साइड में फेंकते हुए कहा।

‘अभी मैं आपके लिए क्या कर सकती हूँ सर? आप जो सज़ा दें मुझे मंज़ूर है,’ पायल मेरे क़रीब आ गई, ‘बस मुझसे नाराज मत होइए सर।’

‘कोई भी सज़ा मंज़ूर है?’ मैंने कहा, ‘कैसी भी?’

पायल ने अपना दुपट्टा फेंक दिया। ‘जो सज़ा आप दें वो क़ुबूल है। मैं एक बहुत बुरी लड़की हूँ, बहुत बुरी।’

चलो, मुझे ये मानना पड़ेगा, पायल के ये बेवक़ूफ़ी वाले रोल प्ले मुझे वाक़ई टर्न ऑन कर देते थे। मैं उसके कपड़े फाड़कर उतार देना चाहता था। शुक्र है उसने ख़ुद ही अपने कपड़े उतार दिए, और मैंने मेरे।

मैंने पायल को उसके पिंक बेड पर धक्का मारकर लिटा दिया और कस के उसे होंठों पर किस किया। मैं शायद उसके होंठ चबा ही गया।

‘सॉरी सर,’ पायल ने कहा, ‘मैं आइंदा ऐसा कभी नहीं करूँगी। प्लीज़ मुझे सज़ा दीजिए।’ ये कहकर वो उल्टी तरफ़ मुड़ गई, अपनी तशरीफ़ मेरी तरफ़ लाते हुए। ‘मारिये मुझे सर, मुझे स्पैंक कीजिए!’

मैंने हल्के से उसकी तशरीफ़ पर मारा।

‘और ज़ोर से!’ उसने कहा।

हालाकि मैं बॉस था, लेकिन मैं बस पायल के इशारों पर नाचता जा रहा था।

‘क्या मैं एक बहुत बुरी लड़की हूँ?’ पायल ने कहा।

‘हाँ, बहुत बुरी, बहुत बुरी!’ मैंने कहा। उसकी तशरीफ़ धीरे-धीरे लाल होती जा रही थी। निशान पड़ रहे थे।

‘मैं इतनी टर्न ऑन हो चुकी हूँ, मुझे और मारिये! और ज़ोर से स्पैंक करिए ना!’ मैं भी बहुत टर्न ऑन हो चुका था, और उसकी तशरीफ़ में घुसने ही वाला था कि तभी–

बेडरूम का दरवाज़ा तपाक से खुला और पायल के मम्मी-पापा कमरे में आ गए।

'मम्मी!' पायल ने अपना सर मोड़ लिया और चिल्लाने लग गई। वो अभी भी अपने हाथों और टाँगों के सहारे अपने बिस्तर पर बैठी हुई थी।

शुरू-शुरू में मुझे समझ ही नहीं आया कि हो क्या रहा था। मुझे लगा शायद मैंने पायल के मम्मी-पापा के आने के बाद भी एक बार उसे स्पैंक कर दिया था। कुछ सेकंड लगे मुझे, ये समझने और जानने में कि आसपास हो क्या रहा था और मैं कितनी बुरी मुसीबत में पड़ चुका था। *अब कहने सुनने को बाक़ी क्या रह गया था? हेलो अंकल, हेलो आंटी। मैं ही साकेत हूँ। मैं अभी-अभी आपकी बेटी को पीछे से प्लेजर देने वाला था। वो भी आप ही के घर में। क्या आप मुझे अपना दामाद बनाना चाहेंगे?*

जो भी मर्द-लोग इसे पढ़ रहे हैं, मैं उम्मीद करता हूँ आप अपने आपको ऐसी स्थिति में कभी ना पायें। लेकिन अगर ऐसा कोई हादसा हो भी जाता है, तो मैं बताता हूँ कि आपको सबसे पहले क्या करना चाहिए। वो चीज़ जो मैंने उस समय नहीं की, लेकिन आपको मेरी गलती से सीखना चाहिए। खैर, सबसे पहले आपको अपने औज़ार को ढकना चाहिए। मैंने नहीं ढका वो, क्यूंकि मैं जैन परिवार को अचानक देखकर इतना डर गया था, मेरे होने वाले सास-ससुर, जो अचानक कमरे में घुस आए, और मुझे और पायल को देख लिया ऐसी अवस्था में। मैं जम गया। ऐसे जैसे कोई हिरण किसी ट्रक की हेडलाइट में आ जाता है। फ़र्क़ इतना था कि ये हिरण अभी भी टर्न्ड ऑन था। मुझे कुछ सेकंड लगे ये जानने में कि मुझे कुछ ना कुछ ढूंढना पड़ेगा अपने औज़ार को छुपाने के लिए। और उन चंद पलों में पायल की माँ ने, मेरी परम पूज्य होने वाली मदर-इन-लॉ ने एक अच्छी नज़र डाल ली थी मेरी मर्दानगी पर। हाल ही में लंबे नाम वाले मंदिर से लौटे पूजनीय, माननीय होने वाले ससुर जी ने भी एक देखा मार ही लिया था। हालात और भी ज़्यादा ख़राब करने के लिए मेरा लिंग तैयार बैठा, मेरा मतलब खड़ा था। उसे इस बात का अंदाज़ा ही नहीं था कि सारा पासा पलट चुका था, सारे खेल का बंटधार हो चुका था। अब

हम कोई मस्ती-वस्ती नहीं करने वाले थे। लेकिन नहीं, अनजान, नादान, मेरा नन्हा सिपाही अभी भी अटेंशन में खड़ा हुआ था, मानो जैसे हमारे नए-नवेले महमानों को सलामी दे रहा था।

मैंने खुद को ढकने के लिए किसी कुशन को ढूंढने की कोशिश की, लेकिन कोई नहीं मिला। फिर मेरे हाथ के टेडी बेयर आ गया। मैंने उसे उठाकर अपने प्राइवेट पार्ट पर रख लिया। ऐसा लग रहा था, जैसे मैं उसमें खुद को घुसाने की कोशिश कर रहा था, जो और भी अश्लील लग रहा था। फिर भी, मुझे किसी तरह खुद को ढकना तो था ही।

पायल, लेकिन, बड़ी सयानी निकली। एक सेकंड नहीं लगा उसे अपने आपको बेडशीट से ढकने में।

पायल के मम्मी-पापा वहीं पर जम गए थे। अपनी शुरुआती चीख़-पुकार मचाने के बाद उन्होंने एक शब्द भी नहीं बोला। मैं सोचता रहा कि मुझे क्या करना चाहिए। क्या मुझे उनसे हाथ मिलाने चाहिएं? उनके पैर छूने चाहिएं? नमस्ते करना चाहिए? मैं इनमें से कुछ भी नहीं कर सकता था अभी। मेरे हाथों में एक टेडी बेयर था जो मेरी मर्दानगी को ढक रहा था।

'हम लोग अभी बाहर आते हैं, मम्मी। आप हमें ज़रा कुछ प्राइवेसी दे दीजिए, प्लीज़,' पायल ने कहा।

ऐसे टाइम पे ये इतने सलीके वाली साफ़ और स्पष्ट बातें कैसे कर पा रही थी?

'आइए,' पायल की मम्मी ने अपने पति को कमरे से बाहर निकाला। वो भी उतने ही भौचक्के थे, जितना मैं था।

आखिरकार मैंने पायल की तरफ़ देखा, जब उसके मम्मी-पापा चले गए।

'मर गए,' उसने एक लंबी आह भरते हुए कहा।

'तुम्हें ऐसा लगता है?' मैंने कहा, होश में आने की कोशिश करते हुए।

'लेकिन ये हो कैसे गया...' पायल ने अपने फ़ोन पर टाइम चेक किया। 'अभी तो बस 12:10 हुए हैं। उन्हें तो डेढ़ बजे के बाद घर आना था।'

'तुम बताओ,' मैंने कहा।

'मुझे नहीं पता ये सब कैसे हो गया,' पायल उठ गई और अपने कपड़े पहनने लगी।

'अब क्या करें?' मैंने कहा। मेरा दिमाग़ बिल्कुल सुन्न हो गया था।

'कपड़े पहनो, और क्या? और साकेत, ये तुम मेरे टेडी बेयर के साथ क्या कर क्या रहे हो?'

~

'मम्मी-पापा मैंने अभी-अभी अभी आपको बताया कि साकेत मेरा बॉयफ्रेंड है।'

हम लोग पायल के बड़े से लिविंग रूम के बड़े से सोफे पर बैठे हुए थे। दीवार पर टँगी सारी देवी-देवताओं और संतों की तस्वीरें मुझे ऐसा महसूस करवा रही थी, मानो मैं किसी धर्म और आदर्श की कचहरी में खड़ा हुआ था, और मुझे मौत की सज़ा मिलने वाली थी। ये लोग या तो मुझे भूख से, या तो मेरे अंदर जैन खाना ठूस-ठूस के मुझे मारने वाले थे।

'बॉयफ्रेंड?' पायल की माँ ने कहा। 'और तुम लोग ये क्या कर रहे थे? क्या अश्लील हरकतें हैं ये?!'

'हम एक दूसरे से प्यार करते हैं मम्मी,' पायल ने कहा।

कमरे में बैठे हुए मर्दों, यानी मैं और आनंद जैन, ने अभी तक एक शब्द भी नहीं बोला था। मुझे लगता है मर्द लोग सेक्स से इतने ज़्यादा ऑब्सेस्ड हैं, लेकिन जब बात उस पर बात करने की आ जाये, तो हम पुतलों की तरह ख़ामोश हो जाते हैं।

ओम, ओम! उस मशीन से मंत्र जाप जारी रहा, और उससे हमारे बीच की ख़ामोशी और भी ज़्यादा ऑक्वर्ड हो गई थी।

'तुमने तो कहा था कुछ भी नहीं हुआ है, तुम लोग सिर्फ़ गले मिले हो,' यशोदा ने कहा।

'मैंने आपसे झूठ बोला सॉरी!'

'तुमने झूठ बोला, और तुम सिर्फ़ इसके लिए ही शर्मिंदा हो?' यशोदा अपने पति की तरफ़ मुड़ी, 'क्या आप कुछ नहीं कहेंगे?'

पायल के पापा ने अपना गला साफ़ किया और बोले, 'मेरे पास कुछ भी नहीं है कहने को। मुझे जिस बंदे को मैसेज करना था, कर दिया।'

'किसे?' यशोदा ने कहा।

'मेरा दोस्त पाटिल। सीनियर पुलिस इंस्पेक्टर है घाटकोपर पुलिस स्टेशन में। वो अपने कुछ आदमी भेज रहा है।'

मेरे नीचे की धरती खिसकने लगे गई।

ओम, ओम!

'पुलिस,' पायल ने परेशानी में अपने हाथ ऊपर खड़े करते हुए कहा। 'क्या? आप पुलिस को क्यों बुला रहे हैं?'

'ये अपने आपको समझता क्या है?' आनंद चिल्लाए। वो मेरी तरफ़ मुड़े और उन्होंने एक चेतावनी-भरी आवाज़ में कहा, 'तुम जो भी हो, मैं तुम्हें जेल तक पहुँचा के रहूंगा। तुम वहीं सड़ोगे।'

जेल? भाई ये सब क्या हो रहा था? मैं यहाँ चाय पीने आया था, बातें करने आया था, और फिर चला जाता। *अरे मुझे चाय पिलाओ, ढोकला, खांडवी ख़िलाओ, यह पुलिस को क्यों बुला रहे हो?* ठीक है, अब तो मुझे कुछ बोलना ही था।

'हेलो अंकल, मैं साकेत हूँ,' मैंने कहा। मैं खड़ा हो गया। मैं पायल की मम्मी की तरफ़ मुड़ा, 'हेलो आंटी! आपसे मिलकर अच्छा लगा!'

'तुम बैठो,' आनंद चिल्लाए। 'तुम बस अपनी जगह पर बैठो, जब तक पाटिल के आदमी यहाँ नहीं आते हैं। ये तो अच्छा हुआ कि हमें एक एसएमएस आ गया गार्ड-हाउस से, हम लोग उसी समय वापस मुड़ गए और घर चले आए। हम लोग आज मंदिर भी नहीं गए।'

अब समझ आया तो ये सब उस गार्ड के टैबलेट का क़सूर था। भाड़ में गए ऐसे सिक्योरिटी सिस्टम, भाड़ में गई पॉश बिल्डिंग।

'अंकल, लेकिन...' मैंने कहा। मैं सोच रहा था कि क्या मुझे समय रहते यहां से निकल जाना चाहिए।

'बैठो,' उन्होने एक सख़्त आवाज़ में कहा।

'बैठ जाओ साकेत,' पायल ने आराम से कहा।

मैं सोफ़े के अंदर वापस पसर गया। ऐसा लग रहा था कि वह सोफा छोटे बच्चों को निगल जाता है। हालात बहुत बुरे थे लेकिन इन हालातों में भी मुझे वो सोफा बड़ा ही आरामदायक लग रहा था।

पायल आसुओं से रो पड़ी। 'इसीलिए मैं आप लोगों को कुछ भी नहीं बताती हूँ, क्योंकि आप लोग सुनेंगे ही नहीं! उल्टा ओवररिएक्ट कर देंगे! क्या हम यहाँ बैठकर बात नहीं कर सकते?' उसने अपने आँसू पोछते हुए कहा।

मेरा मन तो कर रहा था कि मैं उठकर पायल को गले से लगा लूँ, लेकिन क्या पता, आनंद कब, किस घड़ी मुझे किसी घाटकोपर की गन से उड़ा देते।

'अंकल प्लीज़,' मैंने कहा। 'वो रो रही है! प्लीज़ बस एक बार हमारी बात सुन लीजिए बस पाँच मिनट के लिए। और क्या हम ये ओम-ओम वाली मशीन थोड़ी देर के लिए बंद कर सकते हैं?'

'क्यों?' आनंद चिल्लाए। 'उससे तो अच्छी वाइब्रेशन आ रही है मेरे घर में! तुम्हारी तरह थोड़ी है, जिसने घर की सारी वाइब्रेशन खराब कर दी।'

'वो बेहद डिस्ट्रैक्ट कर रही है। ठीक है, कोई बात नहीं, उसे ऑन ही छोड़ दीजिए।'

ओम, ओम!

'ज़िंदगी में कभी मेरी इतनी ज़्यादा बेइज़्ज़ती नहीं हुई।'

ये तो मुझे कहना चाहिए ना, भाई!

'मैं समझ सकता हूँ, अंकल,' मैंने कहा। 'मैं आपसे माफ़ी माँगता हूँ। पायल और मैं बहुत दिनों बाद मिले, हम बस थोड़े ज़्यादा एक्साइट हो गए थे।'

'अरे एक्साइटमेंट मतलब क्या? कुछ भी करोगे? फूहड़ता है,' आनंद ने कहा।

'ऐसी बात नहीं है जो आप सोच रहे हैं,' मैंने कहा।

'हमें सोचने की ज़रूरत नहीं है। हमने अपनी आँखों से देखा है अभी, किस तरह तुम हमारी बेटी का इस्तेमाल कर रहे हो,' यशोदा ने कहा।

'नहीं!' पायल चिल्लाई।

'देखो तो जरा उसको, अरे बच्ची है वो अभी,' पायल की मम्मी ने बोला। 'तुम्हारी क्या उम्र है?'

क्या यार, इन्हें अभी ही ये सवाल क्यों पूछना था? और मैं करने भी क्या वाला था? झूठ बोलता और कह देता कि मैं 28 का हूँ? नहीं। एक तो ऐसी अवस्था में पकड़े जाना, ऊपर से झूठ बोलना, ये तो सही नहीं था। मैंने सोचा कि बेहतर यही रहेगा कि मैं चुप रहूँ।

'जवाब दो उन्हें। कितने साल के हो?' आनंद ने कहा।

'मैं 34 का हूँ।'

'क्या? क्या तुमने कहा 34?'

'जी अंकल,' मैंने कहा। मेरा सर झुका हुआ था, मानो जैसे मैंने किसी बड़ी शर्मनाक चीज़ करने की गलती स्वीकार ली थी। मैं ये भी कहना चाहता था कि मेरा सिर्फ़ पंद्रह पर्सेंट बॉडी फैट था और मैं क़रीब 150 किलो बेंच कर लेता था। पर मुझे ऐसा लगा कि उन्हें कुछ फ़र्क़ नहीं पड़ेगा।

'वो बाईस की है,' आनंद बोले। 'क्या तुम्हें इस बात का जरा भी अंदाज़ा है?'

'जी अंकल। लेकिन—'

'लेकिन क्या?' आनंद ने सख्ती से कहा। 'क्या तुम यही करते हो? जवान लड़कियों को फँसाना और उनका इस्तेमाल करना?'

'नहीं अंकल। बिल्कुल भी नहीं। मैं आपकी बेटी से प्यार करता हूँ। बहुत ज़्यादा प्यार करता हूँ। मैंने ज़िंदगी में कभी किसी को इतना प्यार नहीं किया है जितना मैं उसे करता हूँ,' मैंने कहा।

मेरी आँखों के कोने से मैंने पायल को एक हार्ट सिंबल बनाते हुए देखा। वो अपने हाथ पास लाई और उसकी उँगलियों के टिप एक दूसरे को छू रहे थे। 'आई लव यू,' उसने मद्धम आवाज़ में कहा।

पता नहीं क्यों, लेकिन मेरी आँख भर आई। ये सब कैसे हो गया? अरे ये तो वो मुलाक़ात होने वाली थी मैं पायल के मम्मी-पापा के सामने कमाल करने वाला था, धोती फाड़ के रूमाल करने वाला था। लेकिन किस्मत का खेल देखो, उनके सामने ना तो मेरे पास ढकने को धोती थी, ना ही कोई रूमाल।

मैंने अपने आपको लात मारी, पायल के घर जल्दी घुस जाने की बेवक़ूफ़ी करने के जुर्म में।

'तुम उससे कोई प्यार-व्यार नहीं करते हो, ये बस लस्ट है,' आनंद ने कहा।

'वो मुझसे प्यार करते हैं,' पायल ने कहा।

पायल की मम्मी ने उसे एक टिश्यू दिया और उसका हाथ थामा। 'ना बेटा ना, रोते नहीं हैं,' उन्होंने कहा। 'जवानी में ऐसी ग़लतियाँ हो जाती हैं, हम सब करते हैं। इसलिए तो हम बच्चों की शादी जल्दी करवा देते हैं।'

'कोई गलती नहीं है, आंटी,' मैंने कहा, 'हम लोग काफ़ी समय से रिलेशनशिप में हैं।'

'कितने लंबे समय से?' आनंद ने पूछा।

'करीब एक साल से,' मैंने कहा। 'मैं आत्मनिर्भर हूँ, अच्छा खासा पढ़ा-लिखा हूँ, अच्छे परिवार से हूँ। आपकी बेटी का खूब ख्याल रखूँगा। आज हमसे बहुत बड़ी बेवक़ूफ़ी हो गई, मैं मानता हूँ, लेकिन हमारे बीच वैसा रिश्ता नहीं है जैसा आप सोच रहे हैं। यह रिश्ता कुछ और गहरा है।'

'क्या परिवार? कहाँ से हो तुम?' पायल की मम्मी ने कहा।

'मेरे मम्मी-पापा चंडीगढ़ में रहते हैं,' मैंने कहा।

'और उन्होंने अभी तक तुम्हारी शादी नहीं कराई?' यशोदा ने कहा। 'तुम अब तक शादीशुदा क्यों नहीं हो?'

पायल और मैंने एक-दूसरे को देखा। मैंने फ़ैसला कर लिया कि झूठ बोलने से किसी का फ़ायदा नहीं होगा। 'मेरी शादी हुई थी,' मैंने कहा।

पायल के मम्मी-पापा हक्के-बक्के रह गए।

'मतलब?' पायल की मम्मी ने कहा।

'मेरा डिवोर्स हो चुका है। हम लोग चार साल पहले अलग हो गए थे।'

पायल की मम्मी ने अपनी आँखें चढ़ाईं और अपने पति की तरफ़ देखा, उनको इशारा देने के लिए की उन्हें भी अपनी पत्नी की तरह मेरी इस बात पर बहुत ही बुरी तरह रियेक्ट करना था। घिन और गुस्से के साथ।

'डाइवोर्सी हो तुम?' आनंद ने कहा, मानो जैसे मैं घर पर कोई महामारी लेकर आ गया था। वो उठे और अपने लिविंग रूम में चलने लगे। सभी इंडियन हसबैंड्स की तरह उन्हें भी इन हालात में सबसे उचित चीज़ लगी अपनी पत्नी पर दोष डालना।

'सब तुम्हारी ग़लती है यशोदा! तुम्ही ने हमारे बच्चों में अच्छे संस्कार नहीं डाले,' आनंद ने कहा।

'ओहो! और तुम? तुम ही तो थे जो कहते थे कि "मेरी बेटी तो इतनी नेक है, वो तो शेफर्ड जाएगी, शेफर्ड"?'

'स्टैन्फ़र्ड,' पायल ने कहा।

'हाँ, वही, स्टैन्फ़र्ड। और भेजो उसे गोरे लोगों के गोरे देशों के गोरे कॉलेजों में, वो तो फिर आएगी ही ना अपना दिमाग़ ख़राब करके?'

'पर मैं ये भी तो कह रहा हूँ ना अब कि इसकी शादी जल्द से जल्द परिमल के साथ करा दी जाए। जरा सोचो अगर जिग्नेश और सुप्रिया को पता चल गया इस सबके बारे में तो।'

'हे भगवान! नहीं!' यशोदा ने डर-सहमकर कहा, 'हम ऐसा हरगिज़ नहीं होने दे सकते। इससे पीछा छुड़ाओ अपना, पायल! पायल इस लड़के से अपना पीछा छुड़ाओ और इसके बारे में किसी को भी कभी भी मत बताना!'

'मम्मी, क्या मैं—' पायल ने कहा, लेकिन उसके पापा ने उसे टोक दिया।

'अरे सड़ेगा ये जेल में। मैं देखता हूँ कैसे नहीं जाता जेल!'

'अरे पुलिस केस होगा तो सबको पता चल जाएगा। चारों तरफ़ लोग बातें करने लग जाएँगे। प्लीज़ आनंदजी, पुलिस-वॉलिस मत बुलाइए। इधर ही सेटल कर देते हैं मामला,' यशोदा ने कहा।

आनंद ने कुछ देर रुककर सोचा। शुक्र है, उनकी पत्नी के सुझाव की वजह से मेरा घाटकोपर जेल का समय थोड़ा कम हो गया।

'तुम! मैं तुमसे बात कर रहा हूँ!' आनंद ने मुझे उँगली दिखाई, 'मैं तुम्हें एक आखरी मौक़ा दे रहा हूँ। पायल की ज़िंदगी से, हमारी ज़िंदगी से, हमारे घर से चले जाओ, अभी, इसी वक्त, हमेशा, हमेशा के लिए।'

'अंकल लेकिन–'

'मैं पैंतालीस का हूँ, तुम चौंतीस के हो। मुझे अंकल किसलिए बुला रहे हो?' आनंद ने कहा।

क्यूंकि आप दिखते हैं एक अंकल जैसे। अपनी तोंद देखी है?

'ओके, सॉरी मिस्टर जैन लेकिन—'

उन्होंने मुझे फिर टोका। 'मैं तुमसे उतना बड़ा नहीं हूँ जितने बड़े तुम हो पायल से। उस लिहाज़ से तो पायल को भी तुम्हें अंकल बुलाना चाहिए, है ना?'

मुझे समझ आ गया कि वो बस यूँही सवाल कर रहे थे। मैं चुप रहा।

वो बोलते रहे, 'ये तो मेरे परिवार की इज़्ज़त का सवाल है, और पायल के लिए एक अच्छा रिश्ता आया हुआ है, इसीलिए हम तुम्हें जाने दे रहे हैं। नहीं तो सड़ रहे होते तुम किसी जेल में।'

'जेल में किसलिए अंक... मेरा मतलब मिस्टर जैन?'

'क्या मतलब है तुम्हारा?'

'मैंने क्या ग़लत किया है? क्या दो एडल्ट्स अपने मर्जी से एक रिलेशनशिप में नहीं आ सकते?' मैंने कहा।

'ये एक जाल है,' उन्होंने कहा। 'और मेरे शहर में बहुत कांटेक्ट्स हैं, पुलिस से लेकर... हर जगह। मैं तुम्हारा पूरा करियर बर्बाद कर सकता हूँ।'

अंकल तो मेरे जैनी दुश्मन, सॉरी, जानी दुश्मन बनते जा रहे थे। मैंने पायल को देखा। *अरे कुछ तो बोल पायल?*

'पापा, आप ऐसा नहीं कर सकते। मैं चाहती हूँ कि आप उससे ठीक से मिलें। साकेत मेरे लिए ज़रूरी है।'

'तुम पर उसका काला जादू चल गया है। वो तुम्हारे लिए उम्र में काफ़ी बड़ा है। और उसका डिवोर्स भी हो चुका है। तुम सोच भी क्या रही थीं?'

'मैं तो ये सोच रही थी कि आख़िरकार मुझे एक ऐसा इंसान मिला है जो मुझे सचमुच, जैसी भी हूँ मैं, वैसी समझकर मुझसे प्यार करता है। इस घर की तरह नहीं जहाँ सब लोग नकली हैं और बस एक्टिंग कर रहे होते हैं हर वक्त,' पायल ने कहा।

धाड़! मैंने एक आवाज़ सुनी। यशोदा ने पायल को कस के एक चांटा रसीद दिया। 'बेगैरत लड़की! तुम्हारे पापा ने तुम्हारे लिए इतना कुछ किया, और तुम इस सबको नकली बुलाती हो,' उन्होंने कहा। उनका चेहरा ग़ुस्से से लाल हो रहा था।

पायल हैरान थी। उसने अपना चेहरा पकड़ लिया। उसको समझ ही नहीं आ रहा था कि अभी अभी क्या हुआ।

'निकल जाओ यहाँ से!' यशोदा ने मुझे कहा।

'पाटिल के आदमी पांच मिनट में यहां आते होंगे,' आनंद ने कहा।

मैंने कमरे में सबको देखा। सब लोग आसपास की ब्रोंज मूर्तियों की तरह जमे हुए थे। मैंने सोचा यहाँ रहूँगा तो किसी का फ़ायदा नहीं होगा।

'ठीक है, मैं चलता हूँ अंक... मेरा मतलब, मिस्टर जैन। बाय मिसेज़ जैन। थैंक यू। उम्मीद है आपसे फिर से मुलाक़ात होगी। अभी माहौल जरा गर्म है। इस प्रॉब्लम को फिर कभी जरा ठंडे दिमाग़ से सुलझाते हैं।'

'कभी नहीं। मैं तुम्हें वार्निंग दे रहा हूँ। कभी भी, पायल के नज़दीक मत आना, ना ही हमारे परिवार के,' आनंद दरवाज़े की तरफ़ एक उंगली करते हुए बोले। वो मुझे जाने का रास्ता दिखा रहे थे।

ओम, ओम, मशीन चलती रही, और मैं घर से निकल गया।

'मैं फंसी हुई हूँ,' पायल ने बाहर डूबते हुए सूरज को देखते हुए कहा।

हम लोग ओबरॉय होटल, नरीमन प्वाइंट के कैफ़े में बैठे हुए थे, उसके ऑफिस के पास। उसने अपना काम जल्दी खत्म कर लिया था और अपने घर जाने से पहले, वो आधे घंटे के लिए मुझसे मिलने आई थी। उस ग़ज़ब के दिन के बाद से पायल के घर का माहौल ही बदल गया था। पायल की मम्मी उसके साथ उसके परेल के अपार्टमेंट में शिफ्ट हो गई थीं। और तो और पायल पूरा वीकेंड अपने मम्मी-पापा के घर, घाटकोपर में ही बिताती थी। इस सबने उसका मेरे घर आना, या मेरा उसके फ्लैट पर जाना मुश्किल

ही नहीं, नामुमकिन कर दिया था। इस छोटी सी मुलाक़ात के लिए भी चुपके से ऑफिस से निकलकर, ओबरॉय तक चलकर आई थी, इससे पहले कि उसकी मम्मी उसे लेने आ जाती।

'बियर?' मैंने कहा।

'मम्मी उसको सूंघ लेंगी,' पायल ने अपना सर हिलाते हुए कहा।

हम लोग एक-दूसरे के सामने, खामोशी में बैठे रहे। पायल के घर बिताए उस एक दिन ने हमारी सारी ज़िंदगी और सारे प्लान को हिला डाला, उजाड़ डाला था। एक भूकंप की तरह।

'मेरी खिड़की तुम्हें याद करती है,' मैंने कहा।

'*हमारी* खिड़की! तुम नहीं जानते मुझे तुम्हारे बांद्रा वाले फ्लैट की कितनी याद आती है। जी करता है किसी दिन काम से भाग आऊँ तुम्हारे यहाँ।'

'नहीं, नहीं, ऐसा बिल्कुल भी मत करना। अगर तुम्हारे मम्मी-पापा को पता चल गया, तो हमारे बीच सबकुछ ख़त्म हो जाएगा।'

'मुझे तुम्हारी बहुत याद आती है साकेत,' उसने मेरा हाथ पकड़ते हुए कहा।

'मुझे भी। तुम्हारी मम्मी का क्या प्लान है? कब तक बनी रहना चाहती हैं वो तुम्हारी वार्डन? हमेशा तो नहीं रह सकतीं!'

'शायद तब तक जब तक मेरी शादी ना हो जाए, और वो अभी कभी भी होती होगी।'

'सच में?'

'हाँ।'

'उस परिमल के साथ?'

'हाँ। वो उसके दीवाने हैं।'

'पायल, हम बस ऐसे ही हाथ पे हाथ रखकर नहीं बैठ सकते। हमें कुछ तो करना पड़ेगा।'

'जैसे कि क्या?'

'मुझे उनसे फिर मिलना पड़ेगा। तुम्हारे मम्मी पापा से। उन्हें कन्विंस करवाना पड़ेगा कि मैं कोई ठरकी नहीं हूँ।'

'कैसे? वो तुम्हें अंदर ही नहीं आने देंगे। सिक्योरिटी ही तुम्हें अंदर नहीं आने देगी।'

'तो कहीं बाहर मिलें? एक जगह बताओ जहाँ वो अक्सर जाते हैं। मैं वहाँ आ जाऊँगा और ऐसी एक्टिंग कर लूँगा कि मैं उनसे इत्तेफाक से मिल गया।'

'जैन मंदिर?'

'मैं उनसे वहाँ टकरा जाऊँगा।'

'नहीं, वो ये समझ जाएँगे कि ये ज़रूर तुम्हारा कोई प्लान है। तुम और किस वजह से आए हुए होंगे एक जैन मंदिर में।'

'वो कोई और मंदिर जाते हैं?'

पायल ने एक सेकंड सोचा और फिर बोली, 'सिद्धिविनायक जाते हैं, महीने में एक बार।'

'ठीक है, सिद्धिविनायक तो फेमस मंदिर है। वहाँ मैं उनसे ज़रूर मिल सकता हूँ, इत्तेफाक से।'

'बहुत भीड़ होती है वहाँ।'

'अरे देख लेंगे। लेकिन पायल, क्या तुम भी उस दिन मंदिर आ सकती हो, प्लीज़?'

'बेबी क्या तुम्हें पक्का यकीन है अपने प्लान पर?'

मैंने पायल के होंठों पर अपनी उँगली रख दी, और उसे चुप करा दिया। 'मैंने तो सुना है कि मर्द अपनी मोहब्बत के लिए जंगें लड़ जाते हैं, तो मैं एक मंदिर तो आ ही सकता हूँ।'

सिद्धिविनायक, जो दादर में है, मुंबई के सबसे मशहूर मंदिरों में से एक है। यहाँ गणेश जी की पूजा होती है। सुबह से लेकर रात तक, यहाँ हर रोज़ हज़ारों-लाखों लोग आते हैं। पायल के मम्मी-पापा सुबह चार बजे के दर्शन के लिए आए।

सिद्धिविनायक जाने से पहले वाली रात, मेरा शो था क्रेयॉन क्लब में, रात के बारह बजे तक। शो के बाद मैं क्रेयॉन क्लब के बार में जाकर बैठ गया।

'कैसा है भाई? कैसा था शो?' मुदित ने मेरे बगल में बैठते हुए कहा।

'शो अच्छा था,' मैंने कहा।

'और ज़िंदगी कैसी चल रही है?'

'बड़ी उलझी उलझी सी।'

'सच में? क्या हुआ? और तेरी स्कूल-गर्ल कैसी है? क्या नाम था उसका?'

'पायल नाम है उसका, और वो स्कूल-गर्ल नहीं है। प्राइवेट इक्विटी एनालिस्ट है वो, ब्लैकवॉटर में। और हम दोनों एक दूसरे से सच में बहुत ज़्यादा प्यार करते हैं। तुझे ये सब पता है, मज़ाक़ थोड़ी कर रहा हूँ।'

मुदित हँसा।

'अच्छा, मुझे सबकुछ बता ना, क्या चल रहा है? और तूने ये कुर्ता क्यों पहन रखा है?' मुदित ने कहा।

'हाँ, मैं बताता हूँ। मुझे पायल के मम्मी-पापा से मिलना है आज। बस कुछ ही घंटों में।' फिर मैंने मुदित को उस मनहूस दिन के बारे में सबकुछ बताया।

मुदित का मुँह खुला का खुला ही रह गया।

'और अब, मैं उनसे सुबह 4 बजे सिद्धिविनायक में मिलने का प्लान कर रहा हूँ। हमारे रिश्ते को बचाने की कोशिश में। ये कुर्ता इसी के लिए है। '

'एक सेकंड, भाई, एक सेकंड,' मुदित ने कहा। 'मतलब तू ये कह रहा है कि अंकल-आंटी ने तेरा नन्नू–'

'चुप बे, और हाँ,' मैंने कहा।

मुदित फूट-फूटकर हँसने लगा। 'तुझे इस सबके ऊपर एक कॉमेडी सेट करना चाहिए। हिट हो जाएगा मैं कह रहा हूँ।'

'मुदित ये मेरी ज़िंदगी का सवाल है। और मैं कितने ज़्यादा दर्द में हूँ,' मैंने कहा, और वापस जाने के लिए खड़ा हो गया।

'अरे सबसे बढ़िया जोक तो ज़िंदगी के दुख-दर्द-कष्ट-पीड़ा से ही निकल के आते हैं,' मुदित ने मुझे पुकारा, वो अब भी हंस रहा था।

~

'हम दस मिनट पहले निकल गए घर से,' पायल का मैसेज आया।

रात के 3:40 बज गए थे मैं सिद्धिविनायक मंदिर से बस आधा किलोमीटर दूर था। मैंने सोचा कॉमेडी क्लब से मंदिर तक चल लूँ।

'सही है, मैं भी बस पहुँचने वाला हूँ,' मैं मंदिर से पहले की आखरी लाल बत्ती पर था।

सिद्धिवनायक, इंडिया के बाकी मशहूर मंदिरों से थोड़ा छोटा है, लेकिन मुंबई में जगह ही इतनी कम है। रात के इस समय, मंदिर में भीड़ तो नहीं लगी हुई थी, लेकिन वो खाली भी नहीं था, कुछ ना कुछ चल ही रहा था वहाँ। वहाँ की चमकीली लाइटें, घंटियों की आवाज़, सबकुछ गूँज रहा था। शहर के अँधियाये आसमान तले ये सब और भी ज़्यादा जादुई लग रहा था।

मैं जैन परिवार के आने से पहले ही मंदिर पहुंच गया था। मैं मंदिर के गर्भ-गृह में पहुँच गया, जहाँ पर गणेश जी की एक केसरी रंग की मूर्ति थी, दर्शन के लिए। गणेश जी को विघ्नहर्ता भी कहा जाता है, कष्टों को दूर करने वाला। और जैसे ही मैं उनके सामने प्रार्थना करने झुका, मैंने सोचा, क्या वो मेरी भी सारी मुश्किलें दूर कर देंगे। मैंने जाने-अनजाने में की गई हर भूल-चूक के लिए माफ़ी माँगी, और गणपति को दंडवत प्रणाम किया। ऊपर उठा तो पंडित जी ने मेरे माथे पर एक केसरी तिलक लगा दिया।

पीछे मुड़ा तो पायल के मम्मी-पापा मुझसे बस कुछ कदम दूर ही खड़े हुए थे। मेरे दिल की धड़कन बढ़ गई। पायल ने मुझे नोटिस किया लेकिन उसने कोई रिएक्शन नहीं दिया। मैं जल्दी से उनके रास्ते से हट गया ताकि वो अपना दर्शन पूरा कर सकें। मेरी तरह, उन्होंने भी दंडवत प्रणाम किया। जैसे ही वे मूर्ति से हटे, मैं उनके पास गया।

'अंकल, हेलो!' मैंने कहा, और उसी समय मुझे पछतावा हो गया। अंकल बोलने की क्या ज़रूरत थी? वो तो अच्छा हुआ कि मेरी आवाज़ मंदिर में बजती घंटियों की आवाज़ में दब गई थी।

'नमस्ते मिस्टर जैन, आपसे यहाँ मिलकर अच्छा लगा,' मैंने थोड़ी ज़ोर से कहा, और अपने हाथ जोड़ लिए।

आनंद जैन को कुछ सेकंड लग गए मुझे पहचानने में। जब उन्होंने मुझे पहचान लिया तो वो इस तरह पीछे हटे जैसे उन्होंने कोई ज़हरीला साँप देख लिया हो। उन्होंने पायल की बांह पकड़ ली कि वो उनसे दूर ना जाए।

'तुम यहाँ क्या कर रहे हो? मैंने तुम्हें कहा था ना कि दफ़ा हो जाओ,' उन्होंने कहा।

अरे अरे, ये तो अच्छी शुरुआत नहीं हुई।

वो अपनी बेटी की तरफ़ मुड़े। 'ये यहाँ क्या कर रहा है, पायल?'

पायल ने कोई जवाब नहीं दिया।

'मैं मंदिर आया था,' देखा जाए तो मैं झूठ नहीं बोल रहा था। गणपति को सबकुछ पता था। मुझे उम्मीद थी कि मेरी मोहब्बत की खातिर, वो मुझे इस बात के लिए माफ कर देंगे।

'चलो, यशोदा,' आनंद ने पायल को और भी कस के पकड़ लिया। बिना कोई शब्द कहे, वो मंदिर से बाहर चले गए, पायल को कोर्टयार्ड में घसीटते हुए।

मैं उनकी तरफ़ भागा। 'मिस्टर जैन, मिसेज़ जैन, सुनिए तो, मुझे आपसे बस एक बार बात करनी है। और कुछ नहीं।'

'हमें कोई दिलचस्पी नहीं तुमसे बात करने में। प्लीज़ हमें अकेला छोड़ दो,' यशोदा ने कहा।

'हम यहाँ गणपति के घर हैं,' मैंने कहा, 'ये पायल और मेरी ज़िंदगी का सवाल है, प्लीज़!' मैंने कहा।

'तुम्हें पायल की ज़िन्दगी की चिंता करने की कोई ज़रूरत नहीं है,' यशोदा ने कहा, अपने बेटी को अपने और क़रीब लाते हुए।

'मम्मी-पापा, प्लीज़ मुझे ऐसे मत पकड़िये,' आखिरकर पायल ने कुछ कहा। 'और एक बार बात करने में क्या हर्ज है?'

'उल्टा जवाब देना बंद करो–' यशोदा ने कहा।

'मैं नहीं दे रही,' पायल ने कहा। 'मैं बस एक बार आपसे उसकी बात सुनने को कह रही हूँ। प्लीज़ क्या हम कहीं बैठकर दो मिनट बात कर सकते हैं? हम सभी एडल्ट है यहाँ।'

'हाँ, पता है, क्या सब एडल्ट चीज़ें करते हो तुम दोनों,' यशोदा ने कहा।

'मैं पायल के साथ भाग भी सकता था,' मैंने आराम से, लेकिन एक दृढ़ आवाज़ में कहा। 'लेकिन मैंने ऐसा नहीं किया। और क़ानूनी तौर पर भी आप हमें रोक नहीं सकते।'

'क्या तुम मुझे धमकी दे रहे हो?' आनंद ने कहा।

मंदिर जाते हुए कुछ लोगों ने हमारी बहस को नोटिस कर लिया।

मैंने अपनी आवाज़ नीची करके कहा, 'देखिए, मैं आप दोनों की इज़्ज़त करता हूँ। मंदिर के बाहर एक चाय की दुकान खुली हुई है। वहां चलते हैं। मुझे आपसे कुछ बात करनी है।'

'क्या बात करनी है?' यशोदा ने कहा। उन्होंने पायल की तरफ़ ऐसी चिंता भरी नज़रों से देखा, जैसे मैं अभी-अभी उनके सामने ये बम गिरने वाला था कि पायल मेरे बच्चे की माँ बनने वाली थी।

'बस एक नॉर्मल बात करनी है। एक कप चाय के साथ। प्लीज़—'

'मम्मी-पापा, बस कुछ ही मिनट लगेंगे,' पायल ने कहा।

आनंद और यशोदा ने एक दूसरे को बड़ी फिक्र के साथ देखा, और फिर पायल के पापा ने हल्के से अपना सर हिलाया।

थोड़ी राहत महसूस करते हुए मैं उनको मंदिर से बाहर लेकर चाय की दुकान तक पहुँच गया।

'चार चाय, प्लीज़,' मैंने चायवाले से कहा।

हम लोग चाय की दुकान के बाहर पड़े लकड़ी के डगमगाते स्टूल पर बैठ गए।

'मेरे लिए फीकी चाय,' यशोदा ने कहा, 'और इनके लिए भी,' उन्होंने अपने पति की तरफ़ इशारा किया।

'चीनी कम, फीकी नहीं! कम दूध वाली, एकदम कड़क चाय बनाना,' आनंद ने कहा।

इंडियन पैरेंट चाहे कितने भी दुखी या परेशान हों, चाय तो उन्हें अपने हिसाब की ही चाहिए।

'जो भी कहना है कहो, लेकिन जल्दी। हमारे पास ज़्यादा वक़्त नहीं है,' आनंद ने कहा।

मैं चाय का इंतज़ार कर रहा था कि वो माहौल को थोड़ा ठंडा करा देगी। 'हाँ,' मैंने कहा, स्टूल पे थोड़ा सीधा बैठते हुए। 'पहले तो, एक बार फिर, मैं आपसे उस दिन के लिए माफ़ी माँगना चाहता हूँ। जब आपने हमें हमारे प्राइवेट मोमेंट में देख लिया था।'

'क्या मतलब प्राइवेट मोमेंट?' यशोदा ने ज़ोर से कहा, एक चीनी से भरा मोदक खाते हुए। उन्होंने वो मोदक बगल वाली दुकान से खरीदा था।

'चलिए ना, जाने देते हैं ना कल की बातों को, मैम,' मैंने कहा, 'मैं कई बार आपसे माफ़ी माँग चुका हूँ। और वैसे भी, जैन लोग तो जाने जाते हैं लोगों को माफ करने के लिए। आपका तो इतना खूबसूरत कॉन्सेप्ट है: "मिच्छमी दुक्कड़म", है ना? जिसका मतलब होता है माफ़ी माँगना। और मैं आपसे वही माँग रहा हूँ।'

पायल के मम्मी-पापा ने एक दूसरे को हैरान होकर देखा। एक पल के लिए मानो उनका गुस्सा शांत हो गया था। लेकिन आनंद को हमारे हालात फिर से याद आ गये, और उसी समय उन्होंने अपना सख़्त स्वभाव वापस धारण कर लिया।

'खैर, कम समय को देखते हुए पॉइंट पर आते हैं,' मैं बोलता रहा।

'कोई पॉइंट नहीं है,' आनंद ने कहा। उनके पत्नी ने मोदक का डिब्बा उनकी तरफ़ कर दिया था, आनंद ने एक मोदक उठाकर खाया। 'हम बस यहाँ ज़बरदस्ती बैठे हुए हैं।'

काश वो मुझे भी एक मोदक दे देते। मुझे भी बहुत भूख लग रही थी। मुझे भी कुछ चीनी चाहिए थी, इस स्ट्रेस को झेलने के लिए।

'ठीक है, मैं परिमल के बारे में जानता हूँ।'

पायल ने मुझे हैरानी से देखा।

'तुमने उसे बता दिया?' यशोदा ने पायल को कहा, अपनी बेटी को फिर से उसी निराशा से देखते हुए।

पायल ने अपने कंधे हिलाए।

'हाँ, उसने मुझे बता दिया,' मैंने कहा। 'और मैं समझ सकता हूँ कि आपको वो पायल के लिए सही लड़का क्यों लगता है।'

पायल के मम्मी-पापा ने एक बार फिर मेरी तरफ़ हैरानी से देखा।

'लेकिन,' मैंने कहा। 'मुझे नहीं लगता पायल उसके साथ ख़ुश रहेगी। ना ही वो पायल के साथ खुश रहेगा। कभी-कबार कुछ चीज़ें सिर्फ़ काग़ज़ पर अच्छी लगती हैं, लेकिन असल में नहीं चल पाती। केमिस्ट्री और कम्पेटिबिलिटी भी ज़रूरी होती है।'

'और तुम्हें लगता है कि तुम और पायल कम्पेटिबल हो?' यशोदा ने अकड़कर हँसते हुए कहा। 'अपने बीच उम्र का फासला देखा है?'

'मैं आपकी बात समझ रहा हूँ, लेकिन हम दोनों कम्पेटिबल हैं। ये सिर्फ बायोलॉजिकल उम्र की बात नहीं है। और अगर होती भी तो मैं आपको बता दूँ, मैं औसतन ट्वेंटीज के लड़कों से काफ़ी ज़्यादा फिट हूँ और मेरा फिट रहने का ही इरादा है।'

'तुम्हारा डिवोर्स हो चुका है। और तुम जैन भी नहीं हो। तुम्हें जरा भी अंदाज़ा है कि हमारा सोसाइटी में क्या हाल होगा इस रिश्ते से? और तुम वैसे भी क्या ही काम करते हो?' आनंद ने कहा।

'मैं एक स्टैंड-अप कॉमिक हूँ,' मैंने कहा।

'स्टैंड-अप क्या?' यशोदा ने कहा।

'मैं स्टेज पर लोगों को जोक सुनाता हूँ और उन्हें हँसाता हूँ। मुझे पैसे भी मिलते हैं, अच्छे-ख़ासे पैसे मिलने लगे हैं अब तो।'

'तो क्या मैं अपने सब रिश्तेदारों को ये बताऊँ कि पायल एक स्टेज आर्टिस्ट से शादी कर रही है?' यशोदा ने घबराकर कहा।

'ये तो मैं अपनी मर्जी से कर रहा हूँ। ज़रूरत पड़े तो मुझे कभी भी कोई टेक वाली जॉब मिल सकती है, या मैं अपना बिज़नेस शुरू कर सकता हूँ, इंडिया में या बाहर। मुझे अब भी ऑफर आते रहते हैं,' मैंने कहा।

'तुमने अपना नाम क्या बताया?' आनंद ने पूछा।

'साकेत, सर।'

'देखो, साकेत, वो सब तो ठीक है, लेकिन हमें ये रिश्ता मंज़ूर नहीं है।'

'क्यों नहीं?'

'अरे नहीं है, तो नहीं है। तुम ज़बरदस्ती थोड़ी कर सकते हो हमारे साथ।'

'और ना ही आप हमें रोक सकते हैं,' मैंने कहा।

आनंद उठ खड़े हुए। उनके चेहरे पर घिन नज़र आ रही थी। 'अगर तुम्हें हमें ऐसे ही धमकी देनी है, तो कोई फ़ायदा नहीं है बात करने का। मुझे इससे बात नहीं करनी पायल। चलो। चलो, यशोदा।'

'बैठिए पापा, प्लीज़!' पायल ने कहा।

हम लोग चुप बैठे रहे। आनंद कुछ देर तक गुस्से में भुनभुनाते रहे। उसके बाद वो फिर बैठ गए।

'चलिए फिर सबकुछ सही ढंग से करते हैं,' मैंने कहा। 'आप मेरे माता पिता से बात कर लीजिएगा। फिर जो भी रस्में होंगी हम वो कर लेंगे।'

'रस्में?' यशोदा ने कहा।

'रोका, या जो भी रस्में आप फॉलो करते हैं शादी से पहले। हम आपके आशीर्वाद के साथ वो संपन्न कर लेंगे।'

आनंद और यशोदा ने मुझे ऐसे देखा जैसे मैं कोई फिरंगी टूरिस्ट गाइड था, जो उनसे ग्रीक में बात कर रहा था।

'मेरी बात ध्यान से सुन लीजिए, मिस्टर साकेत,' आनंद ने कुछ देर सोचकर कहा। 'मैं अपनी बात फिर नहीं दोहराना चाहता, ना ही आपसे दोबारा मिलना चाहता हूँ। पायल की शादी परिमल से ही होगी। हम रस्में तो निभायेंगे और आशीर्वाद भी देंगे, लेकिन वो पायल और परिमल के लिए। समझे?'

उन्होंने अपना खाली कप साइड में रख दिया और एक और मोदक अपने मुँह में डाल लिया। उन्होंने अपनी मिठाई ख़त्म करके फिर कहा, 'मैं समझता हूँ कि ये मेरी-आपकी आखरी मुलाक़ात होगी। नहीं तो मैं आपको अंदर भी करवा सकता हूँ। और आप कभी भी मुंबई में नहीं रह पाएंगे। चलो पायल, चलो यशोदा, उठो चलो।'

यशोदा खड़ी हो गईं, लेकिन पायल हिली नहीं।

'उठो पायल! चलो! अभी!' आनंद चिल्लाए।

पायल एकदम से उठ गई। और इससे पहले कि मैं कुछ कहता, वो चले गए थे। मैंने देखा कि उन्होंने अपनी मिठाई का डब्बा पीछे छोड़ दिया था, जिसमें चार मोदक पड़े हुए थे। मैंने चारों अपने मुँह में डाल दिए, ये सोचकर कि वो मेरा दर्द थोड़ा कम कर देंगे। उन्होंने किया भी, भले ही थोड़ा सा।

मैंने अपना सर अपने हाथों में पकड़ लिया, मैं अपने आंसू रोक रहा था।

'चाय के पैसे आप देंगे न?' चायवाले ने मेरी पीठ थपथपाते हुए कहा।

मैं पायल को मैसेज नहीं कर पा रहा था। उसको कॉल नहीं कर सकता था। उसकी वाट्सेप की डिस्प्ले पिक्चर चली गई थी। उसने मुझे ब्लॉक कर दिया था। हर जगह से, इंस्टाग्राम और फेसबुक से भी।

सिद्धिविनायक वाली मुलाक़ात के बाद मेरी उससे कोई बात नहीं हुई थी। उस बात को एक हफ़्ता हो गया था। मैं डेस्परेट था, इतना कि मैंने ब्लैकवॉटर के लैंडलाइन नंबर पर ही फ़ोन कर दिया।

'ब्लैकवॉटर कैपिटल, कहिए हम आपकी क्या सहायता कर सकते हैं?' एक लड़की ने फ़ोन उठाया।

'क्या मैं पायल जैन से बात कर सकता हूँ, प्लीज़?'

'किस नाम से कॉल आई है? और किस सिलसिले में बात करनी है आपको उनसे?'

'उनसे कहिएगा साकेत का फ़ोन आया था, कुछ पर्सनल बात करनी है।'

'एक सेकंड, होल्ड पर रहिये,' रिसेप्शनिस्ट ने कहा।

मैं दो मिनट के लिए होल्ड पर था, लेकिन ऐसा लगा जैसे दो घंटे से होल्ड पर हूँ।

'सॉरी सर, मिस पायल अभी एक मीटिंग में हैं। क्या वो आपको कुछ देर बाद फ़ोन कर सकती हैं?' रिसेप्शनिस्ट ने कहा।

'जी, बिल्कुल।'

मैं अपने नए सेट के लिए एक शब्द भी नहीं लिख पाया। कॉमेडी वो आखरी चीज़ थी जो मेरे दिमाग़ में चल रही थी। ना मुझसे इश्क़ हो पा रहा था, ना काम हो पा रहा था, और कसरत? वो तो छोड़ ही दो।

उसने मुझे अब तक कॉल क्यों नहीं किया? उसने मुझे ब्लॉक कैसे कर दिया? क्या मैं उसके लिए कुछ नहीं था?

ऐसे दर्द-भरे सवाल मेरे दिमाग़ में घूमते रहे, जैसे कोई छोटे-छोटे पत्थरों को एक ब्लेंडर में पीस रहा हो। सवाल आते, और मेरे सर में किटकिटाते रहे।

दो घंटे बाद मेरे फ़ोन की घंटी बजी। ब्लैकवॉटर का लैंडलाइन नंबर था।

'हेलो साकेत,' पायल ने दबी आवाज़ में कहा।

'पायल! फाइनली! कहाँ हो तुम? मैं तुमसे कितने दिनों से बात करने की कोशिश कर रहा हूँ। मैंने तुम्हारे ऑफिस में फ़ोन लगा दिया था।'

'हाँ, जानती हूँ। उस समय बोर्ड मीटिंग में थी। वो बस अभी अभी ख़त्म हुई। तुमने ऑफिस में क्यों फ़ोन लगाया?'

'और मैं क्या करता? तुमने मुझे हर जगह से ब्लॉक जो कर दिया है।'

'हाँ, सॉरी।'

'क्यों?'

'मम्मी-पापा ने ज़बरदस्ती करवाया मुझसे।'

'और तुमने कर दिया।'

'उन्होंने मेरा फ़ोन लिया और ख़ुद ही ब्लॉक कर दिया। घर पर बहुत बुरे हाल हैं।'

'कितने बुरे?'

'बहुत, बहुत बुरे। मेरे मम्मी-पापा पगला गए हैं। खैर, ये सही जगह नहीं है ये सब बातें करने के लिए। अभी मैं काम कर रही हूँ।'

'तो फिर मिल लो मुझसे।'

'कैसे? हर समय तो मुझे देख रहे हैं वो!'

'कुछ देर के लिए बाहर आ जाओ।'

'अरे वो मेरी लोकेशन देखते रहते हैं किसी ऐप से।'

'सच में?'

'हाँ, मैं इनके इलेक्ट्रॉनिक पट्टे से बंधी हुई हूँ।'

'और तुम ये सब सह रही हो?'

'मम्मी ने खुदकुशी करने की धमकी दे दी।'

'क्या?'

'हाँ, सुनो। मैं अभी ठीक से बात नहीं कर पाऊँगी यहाँ। मैं तुमसे बाद में बात करती हूँ।'

'तुम कम से कम मुझे कॉल या मैसेज तो कर देती! किसी और नंबर से! किसी तरह तो बात कर सकती थी...'

'सॉरी साकेत, बहुत, बहुत मुश्किल समय है ये मेरे लिए, भरोसा करो। मैं तुमसे जल्द ही बात करूँगी, ठीक है? बाय।'

~

'एक और ड्रिंक?' मुदित ने पूछा।

'पूछ मत, पिलाए जा,' मैंने कहा।

मुदित और मैं जनता बार में थे, पाली नाका पर। मेरे घर से पैदल का रास्ता था। साल दर साल, जनता बार के आसपास की हर दुकान पॉश बनती जा रही थी–रियल एस्टेट के दाम जो इतने बढ़ गए थे। हार्डवेयर स्टोर हाई-फाई कैफ़े में बदल गए थे, एक बर्तनों की दुकान प्रीमियम बेकरी बन चुकी थी, और एक रबर टायर की दुकान फ्यूज़न रेस्टोरेंट बन गई थी। लेकिन जनता बार बिल्कुल नहीं बदला था। वो अब भी वही जगह थी जहाँ ड्राइवर, मज़दूर, और दिल-टूटे कॉमेडियन आते थे, शहर की सबसे सस्ती शराब पीने।

मुदित ने एक और बार ओल्ड मंक और कोक मंगाई।

'बोतल ही ख़रीद लो साहब, सस्ती पड़ेगी,' वेटर ने कहा, ये देखते हुए कि हम कितनी, और किस रफ़्तार से शराब पी रहे थे।

इससे पहले कि मैं ना में अपना सर हिलाता, मुदित फैसला कर चुका था। 'ठीक है, ले आओ बोतल! और साथ में कुछ स्टार्टर भी ले आना। तंदूरी चिकन वगैरह,' मुदित ने उस बिजी वेटर से चिल्लाते हुए कहा, ताकि उसे जनता बार के शोर में सबकुछ साफ़ साफ़ सुनाई दे पाये।

'वो पागल, मोटा आनंद जैन। तू देखियो मुदित, एक दिन सारी अकड़ निकाल दूँगा साले की,' मैंने, मेरा मतलब, मेरे ओल्ड मंक वाले वर्ज़न ने कहा। मैंने अपनी मुट्ठी जकड़ ली।

'नहीं, तू ये नहीं कर सकता, तू ये नहीं करेगा, भाई,' मुदित ने कहा। 'हम लोग लोगों को हंसाते हैं। उन्हें चोट नहीं पहुँचाते।'

मैंने अपनी ड्रिंक का एक बड़ा घूँट भरा, पूरी ख़त्म कर दी, और ठाँ करके ग्लास टेबल पर पटक दिया। 'अबे क्या फ़ायदा ऐसे डोले-शोले होने का, जब मैं ऐसे घटिया लोगों को सबक नहीं सिखा सकता?' मैंने कहा।

'अरे वो बुरा आदमी नहीं है रे, बाप है। वो बस अपनी बेटी को प्रोटेक्ट कर रहा है।'

'प्रोटेक्शन? अबे जेल है ये। अपनी बेटी को बंदी बना के रखा हुआ है उसने, उसकी इच्छा के बगैर! उसकी इच्छा के बगैर मुझे ब्लॉक करवाया गया! उसी के फ़ोन से। धत्त! लोकेशन तक चेक करता रहता है उसकी। ऊपर से वो पायल की मैया यशोदा! मक्खी की तरह, मोटी मक्खी की तरह मंडराती रहती है अपनी बेटी के चारों तरफ़। क्या बकवास है यार ये सब!'

'तूने पायल से पूछा क्या तेरे साथ आकर रहने के लिए?' मुदित ने कहा।

'नहीं, कुछ भी नहीं पूछ पाया। खड़ा रहा ऐसे ही, भीगी बिल्ली की तरह। पहले उनके घर पे, फिर उस दिन मंदिर में। विनती कर रहा था, काम की बात कर रहा था। समझदारी की बात कर रहा था, प्यार से, आराम से!'

'जो हुआ सो हुआ भाई, तूने कोशिश की, अभी क्या करना है?'

'हाँ, क्या... क्या करना है आगे?' मैंने कहा, मेरी शराबी ज़बान लड़खड़ाने लगी थी।

'ये तो तुमको ही डिसाइड करना होगा ना!'

वेटर हमारी ओल्ड मंक, दो लीटर की कोक की प्लास्टिक बोतल, और एक स्टील जग ले आया, बर्फ के साथ। जनता बार बिल्कुल भी दिखावटी नहीं था। कभी कभी मुझे लगता था, काश सारी दुनिया ही ऐसी होती।

मुदित ने हमारे लिए दो और ड्रिंक बनाईं। मैं पहले से ही टल्ली महसूस कर रहा था। मेरा फ़ोन बजा। मैंने स्क्रीन को घूरा–कॉल किसी रैंडम लैंडलाइन नंबर से थी।

'छोड़ दे,' मुदित ने कहा। 'ज़रूर स्पैम होगी। तू पी।'

उसने मुझे ग्लास दिया और कॉल काट दी। एक सेकंड बाद उसी नंबर से दोबारा कॉल आई। मुदित ने वो भी काट दी। 'ये गॉर्मेंट को कुछ तो करना चाहिए इन स्पैम कॉलर का,' उसने कहा।

मेरा फ़ोन दोबारा बजा। वही नंबर था।

'रुक,' मुदित ने कहा, 'अभी देखता हूँ सालों को। बार-बार, बार-बार फ़ोन करे जा रहे हैं।'

उसने कॉल उठाई। 'नहीं भाई, कोई म्युचुअल फंड, प्रॉपर्टी, इंश्योरेंस, आर.ओ. फ़िल्टर, शेयर, क्रेडिट कार्ड, कुछ नहीं चाहिए। हमारी शाम क्यों बर्बाद कर रहा है?' मुदित ने कहा।

कॉल करने वाले ने कुछ कहा। मुदित का चेहरा उतर गया। 'क्या? ओह, पायल? सॉरी, मैं मुदित। हाँ, वो यहीं है।'

मुदित ने मुझे फ़ोन पकड़ाया। उसने अपनी जीभ दबा ली और माफ़ी में अपने कान पकड़ लिए।

'पायल?' मैंने अपना फ़ोन पकड़ा। 'हाँ मैं ही हूँ, ये कौन-सा नंबर है? हाँ बहुत शोर है यहाँ। रुको बाहर जाता हूँ।'

मैं बाहर रोड पर चला गया। अब बातों के शोर की जगह ट्रैफिक का शोर था। मैं एक थोड़ी और शांत गली में चला गया।

'अब ठीक है?' मैंने कहा।

'हाँ, अब तुम्हारी आवाज़ क्लियर आ रही है,' पायल ने कहा। 'मैं रॉकिन सीज़र्स पे हूँ।'

'कहाँ?'

'एक सैलून है, घाटकोपर में। मैं वहीं के फ़ोन से बात कर रही हूँ। अगर मेरे मम्मी-पापा लोकेशन देख भी लें तो भी ठीक है।'

'ओ, ओके, मैं अभी मुदित के साथ बाहर आया था।'

'कहाँ?'

'जनता बार, बांद्रा।'

'मुझे बांद्रा बहुत याद आता है।'

'तो आ जाओ न यहाँ। इधर ही रह लो, मेरे साथ।'

'क्या?'

'मेरे अपार्टमेंट में रहने आ जाओ। बाकी मैं संभाल लूंगा,' मैंने कहा।

ये ओल्ड मंक वाला जिगरा भी ना, कुछ और ही होता है।

'कैसे?'

'हमारे पास और कोई रास्ता नहीं है, पायल। भाग चलो और आ जाओ मेरे साथ। मैं तुम्हें बहुत मिस करता हूँ, तुमसे बहुत बहुत ज़्यादा प्यार करता हूँ। मैं तुम्हारे बिना नहीं जी सकता।'

'और मेरे मम्मी-पापा कहते हैं कि वो मर जाएँगे अगर मैंने तुम्हारे साथ ये रिलेशनशिप जारी रखी।'

'अरे कोई नहीं करता ऐसा। सब वापस ठीक हो जाते हैं, सब बातें हैं बस।'

'नहीं, ये सिर्फ़ बातें नहीं हैं। साकेत, मुझे तुमसे कुछ कहना है। वादा करो तुम नाराज़ नहीं होगे।'

'क्या?'

'वो आज आ रहे हैं। इसलिए मैं इस सैलून में बैठी हूँ, अपना मेकअप करवाने और बाल बनवाने।'

'कौन आ रहा है?'

'परिमल और उसके मम्मी-पापा। उनके कुछ क़रीबी रिश्तेदार। और मेरे भी।'

'क्यों?'

'उन्हें रोका करवाना था, मैंने मना कर दिया। खैर, ये बस एक फ़ैमिली डिनर है। बीस लोगों के साथ।'

'पायल!' मैं इतनी ज़ोर से चिल्लाया कि आते-जाते लोग मेरी तरफ़ मुड़कर देख रहे थे। मैंने अपनी आवाज़ नीची की, 'अरे तुमने ऐसे-कैसे...?'

'साकेत, ऐसा बिल्कुल भी मत समझना कि मैं इन सब चीज़ों के लिए राज़ी हूँ। लेकिन मम्मी-पापा ने खाना खाना बंद कर दिया था–'

मैंने उसे टोका। 'अरे वो तुम्हें मेनीप्युलेट कर रहे हैं ऐसे और-'

'उन्होंने चार दिन तक कुछ नहीं खाया, साकेत। मम्मी तो एक बार बेहोश भी हो गईं। डॉक्टर ने कहा वो मर भी सकती थीं।'

'क्या बात कर रही हो?'

'जैन पर्युषण में आठ दिन के व्रत होते हैं। मम्मी-पापा ने कहा अगर उन्हें कभी पता चल गया कि मैं तुमसे बात कर रही हूँ, तो वो आमरण अनशन पर बैठ जाएँगे अगले पर्युषण में। मरते दम तक कुछ भी नहीं खाएँगे।'

'क्या?'

'हाँ सचमुच साकेत। वो पक्के जैन भगत हैं। उनकी पूरी ट्रेनिंग है कष्ट झेलने में।'

'और तुम्हें मेनीप्युलेट करने में।'

'पता नहीं साकेत, लेकिन मैं ऐसे ही नहीं भाग आ सकती बांद्रा तक।'

'तो उनको मनाओ, कुछ तो करो। तुम तो उनके ही इशारों पर नाचे जा रही हो।'

'नहीं! मैंने तुम्हें कॉल किया ना अभी? जबकि उन्होंने मुझसे क़सम ली थी कि मैं तुम्हें कभी कॉल नहीं करूँगी।'

'बड़ा एहसान कर दिया आपने,' मैंने गुस्से में पानी की खाली बोतल को लात मारते हुए कहा।

'ऐसे लड़ो मत, प्लीज़। मैं वैसे ही बहुत ज़्यादा स्ट्रेस में हूँ,' पायल ने कहा।

'हाँ, स्ट्रेस तुम्हारा मेकअप बिगाड़ देगा, है ना। तुम्हें तो अपने पति और ससुराल वालों के सामने अच्छा दिखना है।'

'बस करो साकेत यार, प्लीज़,' पायल रोने लगी।

'पायल प्लीज़ रो मत,' मैंने कहा।

'तो ऐसी रुलाने वाली बाते मत करो ना!'

'आओ, मुझसे मिल लो एक बार। अपना फोन पार्लर पर ही छोड़ देना। या मैं वहाँ आ जाता हूँ।'

'बहुत ट्रैफिक है। नहीं आ पाओगे। जब तक तुम यहाँ पहुँचोगे या मैं वहाँ पहुँचूँगी, वापस जाने का समय हो जाएगा।'

'ठीक है यार। जाओ।'

'सॉरी, साकेत। तुमसे जल्दी मिलती हूँ।'

'इस रोके के बाद तुम्हारे मम्मी-पापा को मनाना और भी मुश्किल हो जाएगा, तुम्हें पता है ना?'

'ये बस एक डिनर है। मैं उन्हें इसे रोका नहीं बुलाने दूँगी। थोड़ा सब्र करो, साकेत। देखते हैं क्या हो सकता है।'

'ठीक है अगर तुम कहो तो...'

'ओके चलो मम्मी का फ़ोन आ रहा है। मुझे जाना होगा, बाय,' उसने कहा, कॉल काटते हुए।

'बाय, आई लव यू,' मैंने कटी हुई कॉल पर कहा।

~

'भाई कहाँ था तू? मैं यहाँ प्लम्बर लोग के साथ हैंगआउट कर रहा हूँ,' मुदित ने कहा जैसे ही मैं जनता बार में वापस गया।

'सॉरी मुदित, मुझे पायल से बात करनी थी। मेरी ड्रिंक कहाँ है?'

'यहाँ,' मुदित ने कहा। मेरा ग्लास बहुत सारी रम और थोड़ी सी कोक के साथ भरते हुए।

मैं सारी एक ही बार में पी गया।

'भाई! आराम से,' मुदित ने कहा, 'ये कोई प्रोटीन शेक थोड़ी है जो तू जिम के बाद पीता है!'

'एक और,' मैंने कहा।

मुदित ने सर हिलाते हुए, मेरे लिए एक और ड्रिंक बनायी। 'मुझे लग रहा है कॉल ठीक नहीं गयी तेरी और पायल की,' उसने कहा।

'मैंने उससे पूछ लिया मेरे साथ रहने के लिए। मैंने कहा सीधे बांद्रा ही आजा, मेरे ही अपार्टमेंट में रह ले, और कभी, कभी भी मत जाना। मैंने उसको बोल दिया कि बाक़ी मैं सम्भाल लूँगा।'

'क्या बात है! छा गया मेरे शेर! उसने क्या कहा?'

मैंने उसे पूरी कहानी बता दी। कैसे पायाल के मम्मी पापा पूरे अन्ना-हज़ारे-आमरण-अनशन वाले मोड पर जाने वाले थे।

'अरे पगला गये हैं क्या?' मुदित ने अपने मुँह में मुट्ठीभर मसाला पीनट डालते हुए कहा।

'हाँ, और आज रात परिमल और उसका परिवार आ रहा है उसे देखने। और पायल के कुछ रिश्तेदार भी आ रहे हैं।'

'क्या? आज रात को उसका रोका है और तू यहाँ कारपेंटर और इलेक्ट्रीशियन लोग के साथ बैठकर ओल्ड मंक पी रहा है?'

'फक,' मैंने कहा, 'रोका ही है ना? मैंने भी उसको यही कहा था।'

मैंने एक और ड्रिंक गटक ली। ओल्ड मंक की बोतल के अंदर रम तेज़ी से कम हो रही थी। मैंने एक तंदूरी चिकन का पीस उठाया और उसका मांस अपने दांतों से नोच लिया।

'हाँ, मैं जैन नहीं हूँ तो क्या हुआ! यही हूँ मैं! मैं रम पीता हूँ, चिकन खाता हूँ! मेरे लिए एक और ड्रिंक बनाओ,' मैंने मुदित को कहा।

'हम लोग यहाँ हाथ पे हाथ रख के शराब पीते नहीं रह सकते, भाई! हमें कुछ ना कुछ तो करना होगा,' मुदित ने कहा।

'जैसे कि क्या?'

'मुझे नहीं पता। क्या तुम ऐसे ही इस रोके को होने दोगे? क्योंकि अगर ये हो गया तो तुम्हारा काम तीन गुना मुश्किल हो जाएगा।'

'मैंने भी उसे यही कहा था,' मैंने अपनी ड्रिंक को कुछ सेकेंड देखा, फिर मैं उठ गया।

'क्या?' मुदित ने कहा।

'तुमने सही कहा। हमें कुछ न कुछ तो करना ही पड़ेगा। चलो!'

'कहाँ?'

'घाटकोपर बेबी! चलो इस पार्टी को वहाँ ले चलते हैं,' मैंने रम का एक सिप सीधे बोतल से लेते हुए कहा।

उबर ड्राइवर ने हमें रिद्धि-सिद्धि निवास कुछ 40 मिनटों में पहुँचा दिया।

एक सिक्योरिटी गार्ड ने हमको एंट्रेंस पर रोका। 'किससे मिलना है?'

मुदित ने गाड़ी का शीशा नीचे किया, 'मेरा दोस्त यहाँ अपने ससुर से मिलने आया है। कोई दिक़्क़त है क्या?'

'क्या? कौन सा अपार्टमेंट?' सिक्योरिटी गार्ड ने हमारी तरफ़ भौंह चढ़ाते हुए कहा। उसको शायद पता चल गया था कि हम बुरी तरह से भंड थे।

'आनंद जैन, पाँचवा फ़्लोर,' मैंने किसी तरह कहा।

'आपका शुभ नाम,' गार्ड ने कहा।

'मुदित और-,' मुदित ने बोलना शुरू कर दिया था लेकिन उसी समय मैंने उसके मुँह पर अपना हाथ रख दिया और उसे चुप करा दिया।

'हम लोग परिमल जैन के कज़न हैं। यहाँ पे एक फ़ैमिली गैदरिंग है,' मैंने कहा।

'हाँ होगी, लेकिन आपका क्या नाम है?' गार्ड ने कहा।

'हम लोग परिमल जैन की तरफ़ से आए हैं, उन्हें बता दीजिए,' मैंने कहा।

'मुझे कोई तो नाम देना पड़ेगा।'

'मुदित,' मुदित ने कहा, 'मुदित सक्सेना।'

गार्ड ने इंटरकॉम नंबर डायल किया। पायल के अपार्टमेंट की एक बाई ने फ़ोन उठाया। गार्ड ने उससे कुछ सेकेंड बात की। मुझे लगा हमारा भांडा वहीं

फूट जाएगा, लेकिन किसी तरह बाई को पता नहीं चला। गार्ड ने कॉल काट दी और दरवाज़ा खोल दिया।

हमने टैक्सी छोड़ी और पाँचवे फ्लोर तक एलिवेटर पकड़ लिया। पायल के अपार्टमेंट के बाहर क़रीब दो दर्जन चप्पलों की जोड़ियां दरवाज़े के इर्द-गिर्द लगी हुई थी। मैंने दरवाज़े की घंटी बजायी।

'दरवाज़ा खुला हुआ है,' आनंद जैन घर के अंदर से चिल्लाए। एक पल बाद वो दरवाजे तक आए और मुझे पहचानने में उन्हें कुछ समय लगा।

'तुम?' वो चिल्लाए, और उसके तुरंत बाद उन्होंने अपनी आवाज़ नीची कर ली, ताकि उन्हें घर के अंदर के मेहमान ना सुन पाएँ। 'साले तू यहाँ अंदर भी कैसे आया?'

उन्होंने अपना फ़ोन खोला और ऑटोमैटिक विज़िटर की नोटिफिकेशन चेक की।

'मुदित? तूने अपना नाम तक झूठा बताया,' आनंद ने नोटिफिकेशन पढ़ते हुए कहा। 'लेकिन तुमसे और उम्मीद भी क्या...'

'अंकल, मैं मुदित हूँ,' मुदित ने कहा। 'साकेत का दोस्त।'

आनंद ने उसे पूरी तरह इग्नोर कर दिया, और मुझसे बात करने लगे। 'मुझे तेरी शक्ल भी नहीं देखनी है! मैं सिक्यॉरिटी को बुला रहा हूँ।'

'हाँ तो मुझे भी आपकी शक्ल नहीं देखनी है। मुझे सिर्फ़ पायल से मिलना है, उसे बुलाओ,' मैंने कहा। मैं ओल्ड मंक के जोश से भरा हुआ था।

'तूने पी रखी है?' आनंद ने मुझे सूंघते हुए कहा।

'बुलाओ उसको, नहीं तो मैं अंदर जाऊँगा और उसे ख़ुद ढूँढ लूंगा,' मैंने कहा।

'सिक्योरिटी,' आनंद ने फ़ोन पर कहा। 'प्लीज़ पांचवें फ़्लोर पर आइए। मैं यहाँ ख़तरे में हूँ।'

'आप यहाँ किसी ख़तरे में नहीं हो अंकल, या मिस्टर जैन या जो भी। मैं बस यहाँ अपनी गर्लफ्रेंड से मिलने आया हूँ, जिसे आपने ज़बरदस्ती यहाँ रखा हुआ है,' मैंने कहा।

'अबे भाड़ में जा,' आनंद ने कहा।

'कौन है जी?' यशोदा ने आवाज़ दी। जैसे ही वो दरवाज़े पर आईं, उन्होंने मेरी ओर मुदित की तरफ़ हैरानी से देखा। हम दोनों ने पुरानी टीशर्ट और शॉर्ट्स पहने हुए थे–जनता बार वाले कपड़े। और वो, और जैन परिवार के सभी सदस्य, तनिष्क की दिवाली एड में आए हुए एक्टरों की तरह दिख रहे थे। आनंद एक ब्रोकेड सिल्क कुर्ता और मेल खाती कढ़ाईदार कमरकोट पहने हुए थे। यशोदा ने एक सुनहरी कढ़ाई वाली बैंगनी साड़ी पहन रखी थी। और उन्होंने साथ ही एक बहुत बड़ी डाइमंड नैकलेस भी पहन रखी थी, जिस पर साउथ अफ्रीका की किसी ख़ान से ज़्यादा पत्थर जड़े हुए थे।

'ये मनहूस कहाँ से आया?' उन्होंने बुदबुदाया।

अच्छा, वो मेरी बात कर रही थीं।

'आंटी, प्लीज़ पायल को बुलाइए, मैं बस उससे बात करूँगा और चला जाऊँगा,' मैंने कहा।

'हमारा एक फ़ैमिली फंक्शन चल रहा है यहाँ,' यशोदा ने कहा।

'मैं अंदर आ रहा हूँ,' मैंने कहा।

'नहीं तुम नहीं आ रहे हो,' आनंद ने कहा, और अपनी बांहों से रास्ता रोक दिया। मैं वहीं पर उनका हाथ तोड़ सकता था, पेड़ की किसी डंडी की तरह। और जैसा मेरा मूड था, मैं अभी बिल्कुल वही करने वाला था।

आनंद ने एक बार फिर सिक्योरिटी को बुलाया। सिक्योरिटी ने आनंद को कहा कि गार्ड ऊपर आने ही वाले थे। ठीक है। उनसे भी निपट लूँगा। मेरे अंदर आग उगल रही थी। मैं अपनी बंदी से मिलना चाहता था। मैं किसी मोटे-बुड्ढे आदमी को, जो सिर्फ़ कार्ब खाता था, मुझे रोकने नहीं दे सकता था।

'मैं पायल को बुलाता हूँ,' मैंने मुदित के फ़ोन से पायल का नंबर डायल करते हुए कहा। उसने नहीं उठाया।

वह अंदर क्या कर रही थी? उस गांडू परिमल से बात कर रही थी क्या? क्या उसको ये नहीं पता था कि दरवाज़े पर कितना शोर हो रहा था?

लिफ़्ट के दरवाज़े कॉरिडोर में खुले, और तीन कमजोर से, पर एक नंबर के घमंडी गार्ड आए और हमारी तरफ़ ऐसे भागे जैसे कि हमने यहाँ पर किसी को बंदी बनाकर रखा हुआ था।

'ले जाओ इन्हें,' आनंद ने कहा।

'चलो चलते हैं साकेत,' मुदित ने गार्ड को देखते हुए कहा। 'हम लोग इससे बाद में निपट सकते हैं।'

'मैं कहीं नहीं जा रहा,' मैं चिल्लाया।

'अरे लेके जाओ इन्हें,' आनंद चिल्लाए।

एक सिक्यॉरिटी गार्ड मेरी तरफ़ आया। वह शायद मेरे बड़े शरीर को देखकर डर गया। उसने एक और गार्ड को कहा मेरे पीछे आने के लिए।

'हाथ मत लगाना,' मैंने अपने हाथ उठाते हुए कहा, जैसे ही उन्होंने मुझे पकड़ने की कोशिश की। मैंने अपनी मुट्ठी बंद कर ली, मैं मुक्का मारने के लिए तैयार था।

एक सिक्योरिटी गार्ड ने एक वॉकी-टॉकी निकाला, और ऐसे अंदाज़ से बैकअप की माँग की, जैसे वो *मिशन इम्पॉसिबल* का टॉम क्रूस हो।

'मेरी गर्लफ्रेंड, पायल जैन घर के अंदर है। मैं सिर्फ़ उससे मिलने आया हूँ। ये आदमी मुझे अंदर जाने से रोक रहा है। *उसे लेकर जाओ,* मुझे नहीं,' मैंने कहा।

गार्ड एक सेकेंड के लिए झिझका। वह कन्फ्यूज था।

आनंद ग़ुस्से से पगला गये। 'ये मेरा घर है। किस बात का इंतज़ार कर रहे हो? इसे लेकर जाओ यहाँ से! मैं पुलिस को बुला रहा हूँ।' उन्होंने एक नंबर मिलाया। 'पाटिल, अपने कुछ बंदे भेजो प्लीज़! हाँ, वही कमीना। मेरी बेटी की मंगनी के दिन, मेरे घर आके हल्ला मचा रहा है।'

मंगनी? ये क्या बकवास कर रहा था? ये कोई फ़ैमिली गेट-टुगेदर या रोका नहीं था? *मंगनी थी?* क्या पायल ने मुझसे झूठ कहा था?

'पुलिस आ रही है,' आनंद ने कहा। 'तू वैसे तो मानेगा नहीं!'

मुदित ने मेरा कंधा पकड़ा, उसको समझ आ गया था कि सबका पारा तो चढ़ गया था, लेकिन ओल्ड मंक उतर गई थी। 'चलते हैं, भाई, अंकल ने पुलिस बुला ली है!'

'भाड़ में गए पुलिस वाले! ये पायल की मंगनी करवा रहे हैं,' मैंने कहा।

दरवाज़ा खुला और पायल बाहर आ गई। उसने एक गुलाबी लहंगा पहना हुआ था, जिस पर नाज़ुक से लाल फूलों की कढ़ाई की गई थी। हर फूल पर चाँदी और सोने के स्टोन लगे हुए थे। नशे में भी मैंने सारी डिटेल नोटिस कर ली। वो दुनिया की सबसे सुंदर दुल्हन लग रही थी। और जबकि मेरा शादी वादी से विश्वास उठ चुका था, मैं उससे वहीं उसी वक्त शादी करने को तैयार था।

'पायल,' मैंने अपनी आवाज़ नर्म करते हुए कहा। 'मैं बस तुमसे दो मिनट बात करना चाहता हूँ।'

'पायल, अभी के अभी अंदर जाओ,' यशोदा ने कहा।

'साकेत? मुदित?' पायल ने हमारी तरफ़ हैरानी से देखा।

'दो मिनट, पायल। प्लीज़, मिस्टर जैन, मिसेज़ जैन... मैं बस उससे दो मिनट के लिए बात करना चाहता हूँ, फिर मैं चला जाऊँगा,' मैंने कहा। मेरी आवाज़ टूट रही थी। *नहीं, मैं नहीं रोऊँगा। ग़ुस्सा ही ज़्यादा बेहतर है।*

'अंदर जाओ पायल,' आनंद ने सख़्ती से कहा, 'मेहमान आ गए हैं। यशोदा, इसको अंदर लेकर जाओ! जाओ, मेहमानों को देखो।'

'नहीं, पापा, मुझे उससे बात करने दीजिए,' पायल ने कहा, उसकी नज़रें मुझ पर थीं।

मैं बता सकता था कि वो भी मुझसे प्यार करती थी। मैं उससे अब एक भी मिनट और दूर नहीं रहना चाहता था। नहीं, मैं उसे अभी, इसी वक़्त, अपने साथ लेकर चला जाऊँगा।

'अंदर जाओ पायल,' आनंद ने कहा। 'अब पुलिस इसे संभालेगी।'

'दो मिनट, पापा?'

इससे पहले कि उसके पापा जवाब देते पायल उनकी बांहों के नीचे से होते हुए अपने घर की दहलीज़ से बाहर आ गई।

'ये सब बातें करने के लिए यह सही जगह और सही समय नहीं है, साकेत,' आखिरकार पायल ने कहा।

क़सम से, उसका चेहरा वहीं पकड़कर, चूम लेना चाहता था, लेकिन मैंने किसी तरह ख़ुद को रोका।

'पायल।' आनंद ने अपनी बेटी को कोहनी के बल वापस खींच लिया। 'पागल हो गई हो क्या?'

'पापा मुझे छोड़ दीजिये। आप अंदर जाइए। मैं इससे बात करके अंदर आ जाऊँगी। वादा करती हूँ!'

'नहीं, मैं कहीं नहीं जा रहा,' आनंद ने अपने घर के अंदर देखते हुए कहा। उन्हें डर था कि कहीं बाक़ी मेहमानों ने हमें देख ना लिया हो।

'आय लव यू पायल,' मैं बिना सोचे-समझे बोल गया।

'निकल जाओ यहाँ से!' आनंद ने कहा। 'गार्ड, इसे यहाँ से लेकर जाओ। अभी, इसी वक़्त।'

तीन गार्ड मेरे ऊपर झपट गए। मैं उन्हें आसानी से हटा सकता था, लेकिन मैं ऐसा कर नहीं पाया। मेरा सारा ध्यान पायल पर था।

'मेरे साथ चलो,' मैंने कहा। सिक्योरिटी गार्ड मुझे खींच रहे थे। 'मेरे पास सारे जवाब नहीं हैं, लेकिन हम एक साथ मिलकर फिगर आउट कर लेंगे। चलो मेरे साथ, पायल, अभी।'

'साकेत,' पायल ने कहा, 'तुम क्या कह रहे हो?'

'मैं कह रहा हूँ अपना घर छोड़ दो और मेरे साथ चलो।'

'साले तू जेल में सड़ेगा,' आनंद ने अपने फ़ोन पर किसी को कॉल करते हुए कहा। वो चैक कर रहे थे कि पुलिस वाले कहाँ तक पहुँचे थे।

'मैं कैसे कर सकती हूँ ये?' पायल ने कहा। 'और अभी तो यहाँ मेहमान आए हुए हैं।'

'तुम्हारी मंगनी हो रही है, पायल? तुम्हारी मंगनी हो रही है! ये जानते हुए कि तुम मेरे साथ एक साल साथ रही थी, एक ही बिस्तर में सोई थी।'

आनंद आगे आए और उन्होंने मेरे चेहरे पर एक तमाचा जड़ दिया। वो मुझे और मारते, लेकिन मुदित ने उन्हें रोक दिया।

'अंकल हम जा रहे हैं! साकेत, चलो,' उसने कहा।

'पायल, प्लीज़। *प्लीज़?'*

पायल और मैं, दोनों रोने लगे।

'प्लीज़, पायल!' मैंने एक और बार कहा। मुझे लगा कि मेरी मिन्नतों से उसे मेरा वो छोटा सा घर, वो खिड़की जहाँ हमने कई रातें बितायी थी, वो सारे पल याद आ जाएँगे, और उसे याद आ जाएग कि मैं उससे कितना प्यार करता हूँ।

घर के अंदर बैठे हुए कुछ मेहमान बाहर दरवाज़े पर आ गए। एक जवान आदमी, जो क़रीब पच्चीस का था, उनमें से एक था। क्या वो परिमल था?

'क्या हुआ, अंकल?' उसने आनंद के आस-पास मंडराते हुए कहा।

'कुछ नहीं, परिमल। ये आदमी पागल है,' आनंद ने कहा। 'यहीं आसपास रहता है, पीकर आता है, और सबको परेशान करता है।'

क्या इंप्रोवाइज़ेशन किया आनंद जैन! मज़ा आ गया! क्या जैन लोग झूठ बोल सकते हैं?

'क्या आप ठीक हैं अंकल?' परिमल ने कहा।

'हाँ, हाँ। गार्ड इसे लेकर जा रहे है। इसका दोस्त भी है साथ में,' आनंद ने कहा, और मुदित की तरफ़ मुड़े। 'तुम इसे एक अच्छे हॉस्पिटल लेकर जाओगे ना?'

मुदित ने अपना सर हिलाया। आनंद ने सभी मेहमानों को अंदर जाने के लिए कहा। वे चले गए।

'अरे मैं पागल नहीं हूँ, आप ही हैं यहाँ जो चू–' मैंने बोलना शुरू किया, लेकिन मुदित ने मेरा मुँह अपने हाथ से ढक लिया।

मैंने पायल की तरफ़ देखा। उसने मुझसे नज़रें मिलाईं एक सेकेंड के लिए। उसके पापा ने उसका कंधा थपथपाया और वो मुड़कर अंदर चली गई। मैंने उससे कहा था मेरे साथ आने के लिए, लेकिन उसने मुझे कोई जवाब नहीं दिया। कोई जवाब ना देना भी एक जवाब होता है।

'हम इसे ले जाएँगे, सर, चिंता मत करिए,' एक गार्ड ने कहा।

'पुलिस आती ही होगी। इसे उनके हवाले कर देना,' आनंद ने कहा।

हाँ सर, पर सर?'

'क्या?' आनंद ने कहा।

'सर अगर कोई मँगनी का फंक्शन होता है, तो गार्ड लोग के लिए कोई चाय-मिठाई नहीं होती?'

'मैंने आपसे कहा ना कि कुछ नहीं हुआ। हम बस पायल जैन को देखने आए थे, जो मेरे दोस्त के साथ रिलेशनशिप में है,' मुदित ने कहा।

हम लोग घाटकोपर पुलिस स्टेशन में, इंस्पेक्टर पाटिल की कमरे में बैठे थे। लकड़ी की कुर्सियां ऐसी थीं, जो कभी भी हमारे वज़न से टूट सकती थीं। मेरी सारी शराब उतर चुकी थी।

इंस्पेक्टर पाटिल कुछ चालीस साल के थे, गंजे हो रहे थे और हमारे इस केस में बिल्कुल भी दिलचस्पी नहीं दिखा रहे थे। क्यूंकि कोई केस ही नहीं बनता था। इंस्पेक्टर साहब की यूनिफॉर्म उनकी तोंद के लिए दो साइज छोटी थी।

'आनंद जैन का कहना है कि आप उनको परेशान कर रहे थे। उनके घर में जबरन घुस रहे थे,' इंस्पेक्टर पाटिल अपनी उंगलियों को चटकाते हुए बोले।

'कोई जबरन घुसपैठ नहीं थी। हमने घर की घंटी बजायी और पूछा कि क्या हम पायल से बात कर सकते हैं,' मुदित ने कहा।

'मुझे बस अपनी गर्लफ्रेंड से मिलना था और हमने कोई बदतमीजी नहीं की। हम तो उनके घर के अंदर भी नहीं गए,' मैंने कहा।

'क्या वो तुमसे मिलना चाहती थी?' पाटिल ने कहा।

'हाँ,' मैंने कहा। 'उसके पिताजी उसको मुझसे नहीं मिलने दे रहे थे। वो एडल्ट है। वो जो करना चाहे अपनी लाइफ के साथ, कर सकती है, है ना?'

'हाँ, और उसकी मँगनी हो गई है। किसी और के साथ। देख, उन्होंने मिठाई भी भेजी है।'

पाटिल ने अपनी डेस्क के नीचे से काजू कतली का एक बड़ा डब्बा निकालकर, हमें ऑफर किया। भले ही मुझे कितनी भी भूख लग रही थी, लेकिन मेरे अंदर इतना आत्मसम्मान तो था कि मैं पायल की मंगनी की मिठाई नहीं खाऊँगा।

लेकिन मुदित ने दो पीस उठा लिए और अपने मुँह में ठूस लिए। *ग़द्दार कहीं का!*

'शायद पहली बार किसी पुलिस वाले ने किसी को मिठाई खिलाई हो। थैंक यू, सर,' मुदित ने कहा।

मैंने मुदित को घूरा। उसने मेरे तरफ़ हैरानी से देखा। 'क्या?' उसने कहा और काजू कतली के दो और पीस खा गया। 'अरे भाई खा ले, सर खिला रहे हैं।'

इंस्पेक्टर पाटिल हंस पड़े। 'अरे पागल है क्या?' उन्होंने मुझे कहा। 'ऐसे कौन किसी की मंगनी में आता है? क्या सोच के आए थे? कि वो तुम्हारे साथ भाग चलेगी?'

'हाँ,' मैंने पूरी गंभीरता से कहा। 'वो जाना चाहती है, मुझे पता है।'

'तो फिर अपने मंगेतर के साथ डिनर क्यों कर रही है वो? और तुम यहाँ पुलिस स्टेशन में क्यों बैठे हो?' पाटिल ने हँसते हुए कहा।

मेरा मुँह उतर गया। इंस्पेक्टर की बात कड़वी थी, मगर थी सच, और मैं वो बात सुनना नहीं चाह रहा था। मैं रोने लगा। बहुत बुरी तरह रोने लगा।

'अबे चूतिये,' इंस्पेक्टर ने कहा। 'बस कर, ये ले मिठाई खा। मैं तुझे लाठी भी खिला सकता था, लेकिन मैं तुम दोनों को काजू कतली खिला रहा हूँ। खा लो।'

मैंने उनका कहना मान लिया और एक पीस ले लिया। वाक़ई काफ़ी टेस्टी था।

पाटिल बोलता रहा, 'तुम तो अच्छे ख़ासे पढ़े-लिखे दिखते हो, अच्छे परिवार के लगते हो, ये सब क्यों कर रहे हो? इतना बड़ा शरीर है, और इतना छोटा सा दिमाग़?'

मैं चुप रहा।

'सॉरी सर,' मुदित ने कहा। 'उसने बस अभी ही सुना था कि पायल के मम्मी-पापा उसकी मंगनी करवा रहे थे। हमने पी रखी थी और हम बिल्कुल होश में नहीं थे। ये उससे बहुत प्यार करता है, सर।'

'ये प्यार-व्यार एक दिन तुम्हें बर्बाद कर देगा,' पाटिल ने कहा।

मुदित और मैं चुप रहे।

'देख, मिस्टर जैन अपनी सोसाइटी के बड़े आदमी हैं। उनकी बात तो माननी पड़ेगी। आज रात तुझे लॉकअप में रखना ही पड़ेगा।'

'सर, प्लीज़ सर,' मुदित ने कहा।

'श...!' इंस्पेक्टर साहब बोले। 'रिपोर्ट नहीं दर्ज कर रहा। उससे चीज़ें और ज़्यादा बिगड़ जायेंगी। लेकिन मुझे उनको ये तो बताना पड़ेगा कि आज रात मैंने तुम्हें लॉकअप में बंद रखा है।'

'अरे यार पर मैं क्यों रहूँ जेल में? मैं उससे शादी करूँगा। मैं पायल से कोर्ट मैरिज तक करने को तैयार हूँ। अभी।'

'लेकिन क्या वो तैयार है?' इंस्पेक्टर ने कहा। 'तुमसे शादी करने के लिए?'

'मेरे दोस्त पर ध्यान मत दीजिये, सर,' मुदित ने कहा। 'क्या कोई रास्ता है जिससे हम बिना लॉकअप में रहे यहाँ से जा सकते हैं?'

'नहीं, और अगर तुम्हें कल सुबह यहाँ से निकलना है, तुम्हें मुझसे एक वादा करना होगा।'

'क्या,' मैंने कहा। इंस्पेक्टर साहब मुझे देख रहे थे।

'तुम पायल से बात नहीं करोगे, उसके नज़दीक भी नहीं जाओगे।'

'क्या ऐसा करना ग़ैर-क़ानूनी है?' मैंने कहा।

'भाई अब तुम मुझे क़ानून मत पढ़ाओ। मैं तुम्हारे ख़िलाफ़ तीन केस दर्ज कर सकता हूँ अभी। फिर सफ़ाई देते रहना कोर्ट में सालों साल।'

'नहीं सर, ठीक है सर। हम लोग यहीं रह लेंगे आज रात,' मुदित ने कहा।

'सही है, चलो कम से कम तुम्हारा दोस्त तो समझदार है,' पाटिल ने हवलदार को हमें लॉकअप ले जाने का इशारा करते हुए कहा।

वो हमें आठ बाय दस की कोठरी में ले गए। वहाँ तीन और आदमी भी थे, जिन्हें उस बंद और सीलन भरे कमरे में रहने से कोई प्रॉब्लम नहीं थी। मैं नहीं जानता था कि उन्होंने क्या जुर्म किया था, मैं तो ये भी नहीं जानता था कि मैं किस जुर्म में अंदर था। मैं तो सिलिकॉन वैली में एक मल्टी मिलियन डॉलर घर में रहता था। मेरी तो प्राइवेट इक्विटी में एक जॉब थी। मैं क्यों सड़ रहा था इस घाटकोपर के जेल में?

मोहित जल्द ही सो गया। मेरे बग़ल वाले आदमी ने नींद में ही पाद मार दिया। ये बहुत ही घिनौना था, लेकिन साथ ही फनी भी। ऐसे जैसे कि मेरी ज़िंदगी ख़ुद ही एक बड़ी डार्क कॉमेडी एक्ट बन गई थी।

मैं जेल के ठंडे फ़र्श पर सोने की कोशिश कर रहा था, फिर भी मेरे दिमाग़ में उथल-पुथल चलती रही: क्या इंस्पेक्टर पाटिल सही कह रहे थे? क्या पायल सचमुच मेरे साथ नहीं रहना चाहती थी? ऐसा कैसे हो सकता था? वो तो मुझसे प्यार करती थी। उसने मुझे ये हज़ारों बार बताया था। तो वो मेरे साथ क्यों नहीं भाग आई? उसके मम्मी-पापा की वजह से? क्या मुझे कुछ और कहना चाहिए था? क्या मुझे कहना चाहिए था, 'चलो हम अभी इसी वक़्त कोर्ट में शादी कर लेते हैं?'

वेल, वो हाँ कर देती तब भी हम कोर्ट में नहीं जा पाते, क्योंकि कोर्ट वीकेंड पर बंद रहते है। लेकिन क्या उनको वीकेंड पर कम से कम कुछ तो कोर्ट खुले रखने चाहिएं, ताकि लोग अपनी शादियाँ रजिस्टर कर पायें? आख़िर वही तो समय होता है जब लोग शादी करने का फ़ैसला करते हैं, नहीं? ख़ैर, मैं इस वक्त क़ानूनी संशोधनों के बारे में क्यों सोच रहा था?

सौ बातों की एक बात, पायल मेरे साथ नहीं आई थी। वो उसी समय वापस अंदर चली गई थी। और उसके मम्मी-पापा? वो शायद मुझसे नफ़रत करते थे। अब तो अगर पायल उन्हें ये बता देती कि वो लेस्बियन है, तो शायद उन्हें वो फिर भी ठीक लगता। क्या जैन लोग लेस्बियन होते हैं? कुछ तो होंगे, है ना?

देखा, ऐसे चलता है मेरा दिमाग़। हज़ारों फजूल की बातें और थोड़े बहुत जज़्बात। एक बार को तो मुदित उठा और उसने मेरी तरफ़ देखा।

'सोने की कोशिश कर भाई,' उसने कहा।

'नींद नहीं आ रही भाई,' मैंने जवाब दिया।

उसने मेरा कंधा थपथपाया और वापस से आंखें बंद कर लीं।

'पायल वापस आ जाएगी ना भाई? वो उस गधे परिमल से तो शादी नहीं करेगी ना?' मैंने कहा।

मुदित ने कोई जवाब नहीं दिया। उसने बस कंधे हिलाये और वापस सोने चला गया।

~

मुझे लगा पायल कम से कम मुझे कॉल या मैसेज करेगी।

पाँच दिन, 120 घंटे हो गए थे उसकी मंगनी को। मैं अपनी खिड़की पर बैठा हुआ, दर्द-ए-दिल, दर्द-ए-जिगर के साथ, अपने फ़ोन को देख रहा था, उसके टेक्स्ट के इंतज़ार में।

'हेलो बेबी,' वो लिखती, और उसके बाद वो लिखती, 'क्या तुम ठीक हो?' और 'मुझे उस दिन के लिए माफ़ कर देना'। मैं खफ़ा होता लेकिन मैं उसको आख़िरकार माफ़ कर ही देता। वह किसी तरह भाग आती मेरे घर, हम लोग एक-दूसरे को प्यार करते, और एक-दूसरे को कभी न छोड़ने की कसमें खाते। मैं उसको ये कह देता कि मैं बेकार ही दूसरी बार शादी करने से डर रहा था। मैं उसको बांद्रा कुर्ला कॉम्पलेक्स के फ़ैमिली कोर्ट तक लेकर जाता, और उसी वक़्त उससे शादी कर लेता। बस। कोई परिमल जैन नहीं, कोई आनंद जैन नहीं, या कोई और जैन नहीं आता हमारे रास्ते में।

मेरा फ़ोन बजा। लेकिन पायल नहीं थी। मैंने मुदित की कॉल उठाई।

'कैसा है?'

'लगी पड़ी है भाई।'

'उसने तुझे मैसेज नहीं किया होगा?'

'नहीं।'

'हम्म।'

'मुझे उससे मिलना है भाई!'

'याद है ना इंस्पेक्टर ने क्या कहा था?'

'मुझे फर्क नहीं पड़ता।'

'तू भाई अपनी ही धुन में है। अच्छा भाई ये बता तेरी नई एक्ट कैसी चल रही है?'

'कौन-सी एक्ट?'

'साकेत! हमारा एक इंटरनेशनल कॉमेडी फेस्टिवल होने वाला है। गोरे आ रहे हैं परफ़ॉर्म करने, तेरी तो देसी एक्ट है, तुझे उनसे बेहतर करना होगा।'

'ओ, हाँ यार। हाँ उस पर वापस जाना होगा मुझे। मैंने तो अभी शुरू भी नहीं किया था उस पर काम करना।'

'प्लीज़ कर ले भाई। परफॉरमेंस अगले हफ्ते है भाई, सैटरडे को।'

'हाँ कर लूँगा।'

कॉल खत्म होने के बाद मैं अपने लैपटॉप के आगे बैठा और घंटेभर एक खाली वर्ड डॉक्यूमेंट को घूरता रहा। बड़ा मुश्किल होता है कॉमेडी लिखना जब आपकी ख़ुद की लाइफ ही इतनी बड़ी ट्रेजेडी बनती जा रही हो। क्या यार! पायल ने अभी तक कोई मैसेज क्यों नहीं किया था?

मुझे प्लान बी पर उतर आना पड़ा: नए सिम कार्ड लाना। मैं अपने अपार्टमेंट से एयरटेल की लिंकिंग रोड वाली दुकान पर गया, बांद्रा में। एक दर्जन आईडी प्रूफ देने के बाद मुझे आखिरकार तीन नए सिम कार्ड मिल गए।

ये केवाईसी–नो योर कस्टमर–का क्या चक्कर है भाई? क्या उन्हें सच में लगता है कि मेरी आधार कॉपी को लेकर, मेरा बिजली का बिल लेकर, वो

मेरे बारे में *सबकुछ जान जाएँगे*? उन्हें कोई आईडिया भी नहीं है। क्या उन्हें ये पता है कि मेरे दिल के सौ टुकड़े हो चुके हैं? कि मेरी गर्लफ्रेंड, जो पहले मेरे साथ सोती थी, अब उसने मुझे ब्लॉक कर दिया है? कि मैं उसके प्यार में इतना पागल हो गया हूँ कि मुझे तीन नए सिम लेने पड़ रहे हैं, सिर्फ़ उसे मैसेज करने के लिए? अगर नहीं, तो वो कैसे दावा कर सकते हैं कि उन्होंने मेरा केवायसी कर लिया है?

मैंने अपना नया सिम अपने फ़ोन में डाला, एक नया वाट्सेप अकाउंट बनाया। फिर मैंने पायल को मैसेज किया: 'हेलो, मैं हूँ, क्या हम बात कर सकते हैं?'

उसने मैसेज पढ़ लिया लेकिन जवाब नहीं दिया।

एक घंटे बाद मैंने एक और मैसेज भेजा। 'मैं हूँ, एस। प्लीज़ जवाब दो।'

मैंने दो नीले टिक देखे। किसी ना किसी ने तो मैसेज पढ़ लिया था।

'पायल? मैं हूँ,' मैंने तीसरा मैसेज भेजा।

आखिरकार एक जवाब आया।

'मैं सुनीता। पायल की दीदी।'

क्या? इससे पहले कि मैं जवाब देता, मुझे पायल के नंबर से एक फ़ोन आया।

'पायल! फाइनली! कहाँ हो तुम? कैसी हो तुम?' मैंने कहा, जल्दी-जल्दी कॉल उठाते हुए।

'पायल, नहीं... मैं सुनीता बोल रही हूँ। पायल के घर काम करती हूँ।'

'ओ, पायल कहाँ है?'

'पता नहीं, सुबह ऑफिस चली गईं।'

'आपके पास उनका फ़ोन कैसे?'

'ये मेरा फ़ोन है। पायल दीदी ने अपना सिमकार्ड मुझे दे दिया। उनका न्यू नंबर हैं।'

पायल के सनकी मम्मी-पापा ने ना ही उसको मुझे ब्लॉक करने को कहा, उन्होंने उसका नंबर भी बदल दिया था। उनको ये लग रहा होगा कि कभी ना

कभी मैं किसी दूसरे नंबर से पायल तक पहुँचने की कोशिश करूँगा। स्मार्ट तो हैं जैन। ऐसे ही थोड़ी इंडिया की सबसे अमीर और बाकियों से ज़्यादा कामयाब कम्युनिटी हैं।

'कौन बोल रहा है,' सुनीता ने कहा।

'कोई नहीं, रॉंग नंबर,' मैंने कहा। बड़ा बेवकूफ जवाब था। क्यूंकि पिछले ही सेकंड मैंने पायल के लिए पूछा था।

'आपका शुभनाम?'

'क्या आपको कोई बैंक लोन चाहिए?'

'नहीं।'

'कार इंश्योरेंस? आरओ फ़िल्टर? पनवेल में प्रॉपर्टी?'

'नहीं, अभी तो कुछ नहीं चाहिए।'

'क्या यार! मैं आपको अच्छी डील दिलवा देता।'

'कौन बोल रहा है? एस बोले तो?'

'एस बोले तो सलमान ख़ान। ओके बाय,' मैंने कहा और कॉल काट दी।

'पायल,' मैंने कहा। 'हेलो।'

मैं एक्सप्रेस टावर की लिफ्ट में खड़ा था। दो घंटे से ऊपर नीचे ले जा रहा था लिफ्ट को। मैं शाम के 5:30 बजे पहुँचा था। लॉबी में इंतज़ार नहीं कर सकता था क्यूंकि उसकी मिलिट्री-माँ वहाँ खड़ी होती उसे वापस घर ले जाने के लिए, और मेरा स्वागत करने के लिए। तो मैंने फ़ैसला किया कि मैं पायल का इंतज़ार लिफ्ट में ही करूँगा। मैं सीधा उसके ऑफिस नहीं जाना चाहता था, वो बहुत शर्मिंदा हो जाती। इसलिए मैंने लिफ्ट में ही रुकने का फ़ैसला लिया। पायल के फ्लोर तक दो लिफ्ट जाती थीं। वो उनमें से कोई भी एक लिफ्ट ले सकती थी। दूसरे शब्दों में मेरे इस बेवक़ूफ़ी भरे प्लान की कामयाबी का सिर्फ़ आधा चांस था। लेकिन मैं फिर भी अपने प्लान के साथ आगे बढ़ा। मैंने एक लिफ्ट ऊपर जाने के लिए ली, फिर बाहर निकला, और फिर दूसरी लिफ्ट से

नीचे आया। मैं ये सब तब तक करने के लिए तैयार था जब तक मैं पायल से ना टकरा जाऊँ। क्या ये आपको अजीब लग रहा है? हाँ, लेकिन प्यार में पड़े मर्द अक्सर अजीबोगरीब चीज़ें कर जाते हैं। दीवारें पार करते हैं, पहाड़ चढ़ते हैं, और मैंने तो सुना है, जंग भी लड़ते हैं। मैं तो बस लिफ्ट ले रहा था।

मुझे करीब दो दिन लगे उससे मिलने में। दूसरे दिन, शाम, साढ़े सात बजे, पायल उसी लिफ्ट में आई जिसमें मैं था। मेरे पास बस एक ही मिनट था अपनी लव-लाइफ की शानदार पिच देने के लिए। पायल और मेरे अलावा, लिफ्ट में एक और सज्जन थे, क़रीब साठ साल के।

पायल को कुछ सेकंड लगे मुझे पहचानने में। 'साकेत,' उसने धीमी सी आवाज़ में कहा। 'तुम यहाँ क्या कर रहे हो?'

'तुम्हें क्या लगता है? तुमसे मिलने की कोशिश कर रहा हूँ।'

'मैं तुमसे अभी नहीं मिल सकती। मम्मी नीचे इंतज़ार कर रही हैं,' पायल ने कहा। उसके चेहरे पर डर साफ़ नज़र आ रहा था। 'प्लीज़ साकेत, मेरे हालात समझने की कोशिश करो।'

'मतलब सच में पायल? मेरे हालात का क्या? क्या तुम्हें ज़रा भी आईडिया है कि मैं किन हालात से गुज़र रहा हूँ?' मैंने कहा। मेरी आवाज़ इतनी ऊँची थी, लिफ्ट में खड़े दूसरे आदमी ने अपने फ़ोन से ऊपर देखा।

उसने पहले पायल को देखा, फिर मुझे। मैंने उसे इग्नोर किया।

'पायल, मुझे बस तुमसे दस मिनट बात करनी है। अकेले में,' मैंने कहा।

'साकेत, अगर मम्मी ने देख लिया तो वो मुझे मेरी जॉब क्विट करवा देंगी। और अगर मेरी टेढ़ी-मेढ़ी, उथल-पुथल करती हुई ज़िन्दगी में एक चीज़ ठीक-ठाक चल रही है, तो वो है मेरी जॉब।'

'वो हमें नहीं देखेंगी, चिंता मत करो। इसलिए ही तो मैं दो दिनों से लिफ्टों में ऊपर-नीचे घूम रहा हूँ।'

'क्या?'

'कुछ नहीं। क्या हम नीचे पार्किंग लॉट में उतर जायें? या किसी और फ्लोर पर? हम बस कहीं खड़े होकर बात कर सकते हैं।'

'मैंने मम्मी को पहले ही बोल दिया था कि मैं नीचे आ रही हूँ।'

मैंने लिफ्ट का डिस्प्ले पैनल देखा–हम दसवे फ्लोर तक पहुँच चुके थे।

'क्या तुम उन्हें ये कह सकती हो कि तुम ऑफिस में कुछ भूल गई हो?'

'ठीक है, लेकिन हम जाएँगे कहाँ?'

'पार्किंग लॉट? हम वहाँ खड़े होकर बात कर सकते हैं।'

'वहाँ बहुत अंधेरा बदबू होती है,' पायल ने कहा। 'और हर जगह ड्राइवर लोग घूम रहे होते हैं।'

'क्या तुम्हें लगता है मुझे इस सबसे कुछ फ़र्क़ पड़ता है?' मैंने कहा।

'एक्सक्यूज़ मी,' हमारे साथ खड़े बूढ़े आदमी ने कहा। हम दोनों चौंक गए।

'यस?' मैंने जरा इर्रिटेट होकर कहा।

'मेरा नाम लोकेश अग्रवाल है। मेरी एक लॉ फर्म है, और हमारे ऑफिस दसवें और तीसरे फ्लोर पर हैं। अगर आपको एक प्राइवेट जगह चाहिए कोई बात करने के लिए, तो आप उनके मीटिंग रूम में बैठ सकते हैं, तीसरे फ्लोर पर...'

पायल और मैंने एक दूसरे को देखा।

'मैं अभी वहाँ जा रहा हूँ। क्या आप लोग मेरे साथ आना चाहेंगे?' अग्रवाल साहब ने कहा।

लिफ्ट के दरवाज़े तीसरे फ्लोर पर खुले। मैंने पायल की तरफ़ देखा। उसने अपना सर हिलाया।

'बहुत, बहुत शुक्रिया सर,' मैंने कहा।

अग्रवाल साहब हमें अग्रवाल एंड बंसल लीगल एसोसिएट्स के ऑफिस में ले गए। अग्रवाल-बंसल की ये लॉ फर्म पूरे थर्ड फ्लोर पर फैली हुई थी, और उसका एक हिस्सा टेंथ फ्लोर पर भी था। युवा एसोसिएट्स यहाँ से वहाँ भागदौड़ रहे थे, दस्तावेज़ प्रिंट कर रहे थे, अपने कंप्यूटर्स पर लिख रहे थे। हम एक ख़ाली मीटिंग रूम से गुज़रे और अग्रवाल साहब ने इशारा किया कि हम उसका इस्तेमाल कर सकते थे।

'एक बार फिर, आपका बहुत-बहुत शुक्रिया। हमें बस दस मिनट लगेंगे,' मैंने कहा।

'अपना समय लीजिए, कोई जल्दी नहीं,' अग्रवाल साहब वहाँ से जाते हुए कहा।

पायल और मैं मीटिंग रूम में घुसे। पूरे कमरे में लीगल किताबें भरी हुई थीं। मुझे अपने लॉयर्स के साथ की गई मीटिंग याद आ गईं, जहाँ हम मेरे डिवोर्स की सेटलमेंट पर घंटों बहस करते थे। लेकिन आज मुझे एक रिश्ते के सिलसिले में मीटिंग रखनी पड़ी यहाँ। और मेरे पास सिर्फ़ दस मिनट थे।

पायल ने अपनी मम्मी को कॉल किया। 'हेलो मम्मी, मैं बस एक प्रिंटआउट लेना भूल गई थी। हाँ... दस मिनट में आती हूँ। जल्दी ही आ जाऊँगी,' उसने फ़ोन पर कहा, फिर मेरी तरफ़ देखा। 'कैसे हो? क्या चल रहा है?' उसने कहा।

'तुमने मुझे हर जगह से ब्लॉक कर दिया है, अपना फ़ोन नंबर बदल लिया है, एक बार भी मुझसे बात करने की कोशिश नहीं की, और अब तुम मुझसे पूछ रही हो मैं कैसा हूँ?'

'साकेत तुम्हें पता है ना क्या हुआ था उस दिन? उस दिन जब तुम पीकर आए थे और—'

'तो मेरे पास और कोई रास्ता भी तो नहीं था,' मैंने उसे टोकते हुए कहा, मेरी आवाज़ ऊँची होती जा रही थी।

'प्लीज़ चिल्लाओ मत,' पायल ने अपने कान ढकते हुए कहा। 'आजकल सब मुझ पर चिल्ला ही रहे हैं।'

'मैं चिल्ला नहीं रहा हूँ। मैं बस बहुत ज़्यादा दर्द में हूँ। परेशान हूँ। खोया-खोया सा हूँ। खोखला सा हो गया हूँ, ना कोई रास्ता नज़र आता है, ना मंजिल... डिप्रेस हो गया हूँ। यही मेरा हाल है, पायल। और मुझे बस उम्मीद थी कि तुम एक बार, बस एक बार मुझसे बात करने की कोशिश करतीं।'

'तुमने एक बार भी सोचा है कि मुझ पर क्या बीत रही होगी? या मैं किन हालात से गुज़री हूँ?' पायल ने कहा। उसकी आँख भर आई।

'क्या हुआ पायल?' मैंने अपनी आवाज़ नर्म करते हुए कहा।

'बस बहुत हो गया, साकेत। और नहीं सहा जाता। ये लोग मेरी लोकेशन ट्रैक कर रहे हैं। मेरी ज़िंदगी कंट्रोल कर रहे हैं। कुछ कहती हूँ तो खाना बंद कर देते हैं। कहतें हैं छत से कूद पड़ेंगे।'

'क्या तुमने उनसे बात करने की कोशिश की है?'

'हाँ, हज़ारों बार। उनको लगता है मैं मेंटल हूँ, किसी ने मुझे ब्रेनवॉश कर दिया है। उन्होंने मुझे थैरेपी में भी डाल दिया।'

'क्या?'

'वो नहीं समझते। घर पर जो दो हंगामे किए हैं तुमने, उनके बाद उन्हें नहीं समझ आ रहा है कि मैं तुम्हारे साथ क्यों रहना चाहती हूँ, परिमल के साथ नहीं।'

'क्या *तुम्हें* समझ आता है?'

पायल ने सीधा मेरी आँखों में देखा। थोड़ा ठहरते हुए। उसने मेरे सवाल का जवाब नहीं दिया।

'क्या तुम्हें मेरी याद आती है?'

'तुम्हें कोई आईडिया नहीं है कितनी ज़्यादा आती है,' पायल ने कहा। उसके गाल से एक आँसू टपका।

'आती है?'

'मैं सोच नहीं पाती, काम नहीं कर पाती, कुछ खा नहीं पाती। लेकिन साथ ही साथ एक डर सा भी लगा रहता है। मम्मी-पापा जाने क्या कर बैठेंगे। मुझे पता है, अभी तुम्हें शायद ऐसा लग रहा होगा कि मुझे कोई फ़र्क़ नहीं पड़ता। लेकिन इसका ये मतलब नहीं है कि मुझे दर्द नहीं होता है।'

'मैं तुमसे शादी करूँगा,' मैंने कहा।

'बस करो यार,' पायल ने कहा।

मैं फिर भी बोलता रहा। 'मैंने कहा था कि मुझे फिर से शादी करने में थोड़ी झिझक है। लेकिन मुझे एक बात पक्के तौर पर पता है। मैं तुमसे दूर नहीं रह सकता। ये मुमकिन नहीं है, पायल। मैं किसी काम का नहीं रहूँगा। मैं

दिनभर की नॉर्मल चीज़ें भी नहीं कर पाता हूँ अभी। और अगर तुम्हारा साथ पाने के लिए मुझे तुमसे शादी ही क्यों ना करनी पड़े, मैं कर लूँगा। शादी कर लेते हैं पायल। देखो, हम तो एक लीगल ऑफिस में भी खड़े हैं, यहीं शादी कर लेते हैं, क्यों? या क्या हमें एक कोर्ट में जाना पड़ेगा? कोई नाईट कोर्ट होते हैं क्या यहाँ?'

'पागल हो गए हो क्या साकेत? हम ऐसा कुछ भी नहीं कर सकते।'

'क्यों? अपनी मोहब्बत से शादी करने में कौन-सी पागलपंती है?'

'पहली बात तो ये कि मेरी माँ नीचे मेरा इंतज़ार कर रही है। दूसरी बात, तुम शादी करने को तैयार ही नहीं हो, वो भी इतनी जल्दी। तुम बस ये सब करना चाहते हो ताकि हमारा रिश्ता बना रहे।'

'मैं तुम्हें खोना नहीं चाहता हूँ, पायल।'

उसने मेरी तरफ़ देखा और उसकी आँखों से कुछ और आँसू गिरने लगे। मैंने धीरे से उसके आँसू अपने हाथों से पोंछे। उसने अपना सर हिलाया।

'क्या?'

'नहीं चलेगा ये सब साकेत।'

'क्या नहीं चलेगा?'

'ये,' उसने हम दोनों के बीच के फ़ासले की तरफ़ इशारा किया। 'तुम और मैं, हमें ये बात माननी पड़ेगी। शायद सब सही कहते हैं। शायद हमारा बस एक फेज था।'

'एक फेज?'

'मेरा ये अपनी उम्र से ज़्यादा बड़े मर्दों को प्यार करना, तुम्हारा ये अपनी से छोटी लड़की से प्यार करना। हाँ, ज़रूर ये मजेदार था, एक्साइटिंग था, लेकिन, आख़िरकार, इसे कभी ना कभी तो ख़त्म होना था।'

'ये किसकी भाषा बोल रही हो तुम? अपनी? अपने पेरेंट्स की? या अपनी उस दोस्त की?'

'आकांक्षा।'

'उसने ये सब कहा?'

'कुछ ग़लत तो नहीं कहा उसने। ऐज डिफरेंस से बहुत फ़र्क़ पड़ता है। बारह साल, साकेत। चार साल की थी मैं जब तुम कॉलेज गए थे।'

'अब ऐसे भी मत बोलो यार।'

'और फिर मेरी कम्युनिटी है। एक तो तुम डिवोर्स्ड हो, ऊपर से तुम मेरी मँगनी पे नशे में चूर होकर आ गए...'

'क्या हम उस दिन को भुला सकते हैं, प्लीज़?'

'काश ये इतना आसान होता, साकेत। मैं अपने मम्मी-पापा के एकदम ख़िलाफ़ नहीं जा सकती। वो वाक़ई कुछ कर बैठेंगे अपने साथ, अगर मैं तुम्हारे साथ चली गई।'

'और इसके बावजूद तुम मेरे साथ थी एक साल के लिए।'

'हाँ क्यूंकि तब मैंने आगे का नहीं सोचा था।'

'तो वो पायल कहाँ गई? वो पायल जो इतना ज़्यादा नहीं सोचती थी और खुलकर जीती थी, ऐसे मर-मर के नहीं।'

'वो पायल बड़ी हो गई। कभी ना कभी तो उसे बड़ा होना था।'

मैंने पायल की तरफ़ देखा। उसकी आँखों में प्यार और उदासी, दोनों नज़र आ रही थी। मैंने उसे गले लगा लिया। वो पीछे नहीं हटी, लेकिन उसने वापस मुझे हग नहीं किया। मैंने टाइम चेक किया, हमारे पास सिर्फ़ तीन मिनट बचे थे।

'तुम्हारे आगे दो रास्ते हैं, पायल, साफ़ और स्पष्ट। मैं भी शादी करने को तैयार हूँ, परिमल भी। अब फैसला तुम्हें करना है कि तुम किससे शादी करना चाहती हो।'

'ये सिर्फ़ मेरे फैसले का सवाल नहीं है, मुझे अपने मम्मी-पापा के बारे में भी सोचना होगा।'

'हाँ, मेरे साथ रहना, उनके ख़िलाफ़ जाना होगा कुछ देर के लिए, लेकिन अंत में वो तुम्हारा ही फ़ैसला होगा, पायल।'

उसने कोई जवाब नहीं दिया, मैं बोलता रहा, 'हम उनका दिल जीत लेंगे, बेबी। मैं कॉमेडियन हूँ ना, उनको हँसा दूँगा, और ये जो हमारे ये हालात है ना, कुछ सालों बाद हम इन पर हँसेंगे।'

'साकेत, तुम समझ नहीं रहे हो,' पायल ने सख़्त आवाज़ में कहा। 'ये कोई मज़ाक़ नहीं है। मेरे पूरे खानदान को, परिमल के पूरे खानदान को, सबको ऐसा लगता है कि मेरी और परिमल की जोड़ी एकदम परफेक्ट है। अगर मैं उन सबके ख़िलाफ़ जाऊँ, तो तुम्हें जरा भी अंदाज़ा है कि मेरे मम्मी-पापा कितने शर्मिंदा हो जाएँगे पूरे समाज में? जैन लोग बड़े निर्दयी होते हैं। बहिष्कार कर देंगे मेरे मम्मी-पापा का समाज से।'

ओके। ये सही नहीं जा रहा, साकेत खुराना।

मैंने उसकी तरफ़ देखा। उसने अपनी नज़रें हटा लीं। 'क्या तुम मुझसे ब्रेकअप कर रही हो?' मैंने कहा।

पायल खड़ी हो गई। 'मुझे चलना चाहिए अभी। मम्मी इंतज़ार कर रही होंगी।'

'कम से कम मुझे जवाब तो देती जाओ!'

'मैंने तुमसे कहा ना! ये सब नहीं चल सकता। ये रिश्ता, ये कभी होना ही नहीं था।'

'मतलब तुम वाक़ई मुझसे ब्रेकअप कर रही हो।'

'सॉरी साकेत, ऐसी बात नहीं है कि मैं तुमसे ब्रेकअप कर रही हूँ, या तुम मुझसे ब्रेकअप कर रहे हो, कभी-कभी बस कुछ रिश्ते नहीं चलते।'

ऐसा लगा जैसे किसी ने मेरे सर के ऊपर एक बहुत बड़ा पत्थर गिरा दिया हो।

'सॉरी, मुझे जाना होगा। मम्मी की पहले ही दो मिस कॉल आ चुकी हैं,' पायल ने कहा।

'लेकिन—' मैं कुछ कहना चाह रहा था, लेकिन शब्द ही नहीं निकले।

हम मीटिंग रूम से बाहर निकले। मैं उसका पीछा कर रहा था।

'और साकेत, सुनो, एक और बात कहनी थी,' उसने कहा, जैसे ही हम लिफ्ट की तरफ़ मुड़े।

'क्या?'

'मुझे कांटेक्ट करने की कोशिश मत करना। मुझ तक पहुँचने की कोशिश मत करना। मेरे बारे में मत सोचना। यकीन मानो मैं भी कोशिश कर रही हूँ।

वैसे ही ये सब करना इतना मुश्किल है, इसे और मुश्किल ना बनायें तो हम दोनों के लिए अच्छा होगा,' उसने कहा।

अब ये कैसे हो सकता है? उस इंसान से जिससे आप दुनिया में सबसे ज़्यादा प्यार करते हो, उसके बारे में आप कैसे नहीं सोच सकते? लिफ्ट के दरवाज़े खुले। पायल ने मेरी तरफ़ देखा और मुझसे गले मिलने के लिए आगे बढ़ी। लेकिन इससे पहले कि मुझे ये समझ आता कि क्या चल रहा था, उसने चुपके से अलविदा कहते हुए हाथ हिलाया, और लिफ्ट में बंद हो गई।

जैसे ही लिफ्ट के दरवाज़े बंद हुए, मैं अपने घुटनों के बल नीचे गिर गया और जाने कितने लंबे समय तक रोता रहा।

अग्रवाल साहब ने मेरा कंधा थपथपाया, 'ठीक हो, यंग मैन? क्या प्रॉब्लम है?' उन्होंने कहा।

'मैं यंग मैन नहीं हूँ ना,' मैंने कहा। 'यही प्रॉब्लम है।'

'पता है मुझे सबसे ज़्यादा क्या पसंद है? स्पैम मैसेज जो मेरे फ़ोन पर आते हैं,' मैंने कहा।

ऑडियंस में कुछ लोग खिखियाये।

'नहीं, नहीं, सच में। उनके आने से मुझे अकेलापन कुछ कम लगता है। भले अब मेरी गर्लफ्रेंड मेरे साथ ना रहती हो, कोई तो है जो मुझे ये सिखाना चाहता है कि मैं स्टॉक-ट्रेडिंग से दो करोड़ कैसे कमा सकता हूँ। कोई तो है जिसे मेरी फ़िक्र होती है। मैं तो उन सबको थैंक यू वाले मैसेज भी भेजता हूँ। लोनावला में प्लॉट जिसका तीन साल में दोगुना दाम हो जाएगा? अरे सर क्या बात कर दी! थैंक यू ये स्कीम मेरे साथ शेयर करने के लिए।'

ऑडियंस हँसी।

'खैर, तो हाँ, एक अपडेट है। ऐसा है कि मेरी गर्लफ्रेंड ने मेरे साथ ब्रेकअप कर लिया।'

ऑडियंस 'ऑ' और 'ओह नो' करने लगी।

'जानते हैं उसने मुझसे ब्रेकअप क्यों कर लिया? कोई गेस करना चाहेगा?' मैंने पूरी ऑडियंस से पूछा।

'तुमने उस पर चीट किया,' कोई चिल्लाया।

'नहीं भाई, मैंने उसपे चीट नहीं किया,' मैंने कहा।

'तो उसने तुमपे चीट किया होगा,' किसी और ने कहा।

'नहीं, उसने भी मुझपे चीट नहीं किया।'

'ऐसा तुम्हें लगता है,' उसी आदमी ने कहा।

'फक यू,' मैंने कहा। ऑडियंस दोबारा हँसी। थोड़ा इसलिए क्यूंकि मैंने गाली दे दी, और थोड़ा इसलिए क्यूंकि मैंने एक बड़ी ही उदासीन आवाज़ में गाली दी थी। लेकिन, सच तो ये है कि ना ही मेरी आवाज़ बनावटी थी, ना ही मेरी गाली। उस आदमी की बात मुझे वाक़ई बहुत ज़्यादा चुभी थी। वैसे तो कॉमेडियन्स को ऑफेंस लेने का कोई हक नहीं बनता। हम कितनों को ऑफेंड करते हैं दिनभर। लेकिन, जाने ऐसा क्या हुआ उस दिन कि मेरी खोपड़ी फिर गई और मैं सिर्फ़ उस गाली पर ही नहीं रुका। अभी तो मुझे और ज़्यादा रायता फैलाना था।

'फक यू, मैन,' मैंने कहा। 'उसने तो मुझे पर चीट नहीं किया था। मुझे लगता है, *तेरी* बीवी या गर्लफ्रेंड ने तेरे पे चीट किया होगा है ना?'

ओके, ये बिल्कुल भी फनी नहीं था। क्यों बोला मैं ये सब? हम ऑडियंस का थोड़ा बहुत मज़ाक़ उड़ा सकते हैं लेकिन उनको अटैक तो नहीं कर सकते। लेकिन, ज़ाहिर सी बात है उस समय, मेरे ज़हन में ऐसा कुछ भी नहीं आया।

'पता है उसने मुझसे ब्रेकअप क्यों कर लिया? क्यूंकि मैं डिवोर्सी हूँ। और बूढ़ा भी हूँ। वो अब एक जवान लड़के से शादी कर रही है। मैं उस लड़के का कीमा बना सकता हूँ, लेकिन, छोड़िए कोई बात नहीं। चलिए, कोई है यहाँ जो बूढ़ा है? जिसका डिवोर्स हो चुका है? अरे मान भी जाओ, लूजर लोग!'

ऑडियंस ने मेरी तरफ़ देखा। सहमी हुई थी। मैंने पूरी ऑडियंस को लूजर नहीं कहा था। बस उन लोगों को लूजर कहा था जो बूढ़े थे और जिनका डिवोर्स हो चुका था। इसका मतलब मैं अपने आपको एक लूजर कहकर ख़ुद

पर जोक मार रहा था। देखिए, मैं बूढ़ा हूँ, है कि नहीं? मेरा डिवोर्स भी हो चुका है। तो मैं ही तो हुआ ना लूजर? आप समझे ना? नहीं समझे? कोई बात नहीं, ऑडियंस भी नहीं समझी। कुछ लोग तो ऑडिटोरियम से ही चले गए।

'अरे कौन हैं ये लोग जो जा रहे हैं? डिवोर्स वाले हैं या बुड्ढे हैं?' मैंने कहा।

मेरे कॉमेडी करियर में पहली बार, मुदित स्टेज पर आया। उसने मेरा कंधा थपथपाया, और बोला, 'चलो, चलते हैं साकेत।'

'क्या?' मैं उसको स्टेज पर देखकर हैरान था।

उसने अपनी बांहों से मेरे कंधों को जकड़ा, 'चल मेरे साथ,' उसने कहा।

'मैं ठीक हूँ,' मैंने कहा, 'यही है मेरा बॉस, दोस्तों! लेकिन ये मुझे कहीं लेकर जा रहा है। कहाँ? घाटकोपर जेल?'

एक और जोक जो बिल्कुल लैंड नहीं हुआ। किसी के पास कोई कॉन्टेक्स्ट ही नहीं था ना।

मुदित ने मुझसे माइक छीन लिया। वो ऑडियंस को बोला, 'सॉरी दोस्तों, साकेत की तबीयत आज थोड़ी खराब है। लेकिन जल्द ही एक रिप्लेसमेंट एक्ट आता होगा। तो दिल थाम के बैठिए। और साकेत खुराना के लिए एक बार फिर ज़ोरदार तालियाँ हो जाएँ!'

ऑडियंस में बैठे कुछ लोगों ने तालियाँ बजाईं। वे कन्फ्यूज्ड लग रहे थे। मुदित मुझे बैकस्टेज ले गया, और फिर बाहर बार में ले गया।

'कहा ना मैं ठीक हूँ,' मैंने मुदित को कहा।

हम लोग क्लब बार में बैठे हुए थे। उसने मुझे शराब पीने से मना कर दिया। उल्टा वो मुझे पानी पिलाये जा रहा था। आधे घंटे से लेक्चर दे रहा था, और अब भी उसके पास कहने को बहुत कुछ था।

'तू ठीक नहीं है भाई, चल, और पानी पी।'

'और पानी नहीं यार, मुदित, प्लीज़ यार, मैं फट जाऊँगा।'

'पी के आया था ना स्टेज पे?'

'बस थोड़ी सी बियर पी थी यार।'

'थोड़ी से थोड़ी ज़्यादा भाई।'

'थोड़ा तो रहम खा यार। मेरे गर्लफ्रेंड मुझे छोड़कर चली गई और वो किसी और से शादी करने वाली है।'

'ओ, चल एक काम करते हैं... हम सारे इकट्ठे बैठकर रोने लगते हैं। फिर क्या करें? इस जगह का नाम कॉमेडी क्लब की जगह क्राइंग क्लब रख दें?'

'सॉरी आज की एक्ट उतनी अच्छी नहीं गई। कभी-कभी ऐसा होता है।'

'सिर्फ "अच्छी नहीं।" अबे तूने हग दिया भाई। बहुत बड़ा वाला।'

'ठीक है, माना कि मैंने हग दिया। ले मार दे मुझे।'

'तूने ऑडियंस को गाली दी।'

'उन्होंने कहा पायल ने मेरे पे चीट किया।'

'अरे मज़ाक कर रहे थे यार वो। मज़े ले रहे थे तेरे। मज़े लेने ही तो आते हैं लोग यहाँ, है ना? क्या है तू? दूध पीता बच्चा है क्या? ऊपर से तूने ऑडियंस को लूजर बोल दिया।'

'अरे वो मैं अपने ऊपर मज़ाक़ कर रहा था यार डिवोर्सी बुड्ढे वाला। नहीं लैंड किया तो नहीं लैंड किया।'

'अबे क्रैश हो गया। और उसने लगा दी आग। हमारे फ्यूचर पे। सोशल मीडिया वाले छोड़ेंगे नहीं हमें अब। देखियो कैसे-कैसे रिव्यू आते हैं।'

'सॉरी भाई।'

'क्लब के लिए अच्छा नहीं है भाई, हम यहाँ थोड़ा स्केल करना चाहते हैं। इन्वेस्टर लोग को ऐसी जगह नहीं पसंद आती जहाँ कस्टमर लोग का मज़ाक उड़ता है, गालियाँ पड़ती हैं।'

'तो आख़िर तेरे लिए सब पैसा ही है न, मुदित। है ना? तुझे बस कैपिटल रेज करना है और आज के शो के बाद तेरे सारे प्लान चौपट हो गए हैं, है ना? तुझे परवाह ही नहीं है कि तेरे दोस्त पर क्या बीत रही है?'

'बस कर यार! अगर पैसा ही मेरे लिए सबकुछ होता ना, तो मैंने भी इन्वेस्टमेंट बैंकिंग जॉइन कर ली होती। बेवकूफ नहीं हूँ जो कॉमेडी क्लब चला रहा हूँ।'

मैंने कोई जवाब नहीं दिया।

'तुझे लगता है मुझे तेरे बारे में कभी फ़र्क़ नहीं पड़ता। सच में?' मुदित ने कहा।

'तुझे पड़ता है, लेकिन तू समझ नहीं सकता कि मुझपर क्या बीत रही है।'

मुदित ने पानी का एक सिप लिया और फिर बोला, 'तू सही कह रहा है, मुझे कैसे पता होगा। और क्यों हाथ धोकर पीछे पड़ा है तू इस लड़की के?'

'मैं उससे प्यार करता हूँ मुदित। मैंने कभी किसी से इतना प्यार नहीं किया।'

मुदित बनावटी हंसी हंसा।

'क्या?' मैंने कहा। 'क्या सोच रहा है जरा बताएगा?'

'ओके, ये तेरे को थोड़ा चुभ सकता है, लेकिन तू पूछ ही रहा है तो बता देता हूँ, सुन मेरी बात। मुझे लगता है कि तुझे एक हॉट जवान लड़की मिली, तू उसकी तरफ़ खिंचा चला आया, वो भी तुझे पसंद करती थी, कमाल का सेक्स होता था तुम दोनों के बीच। वो नौसिखिया थी इन सब चीज़ों में, तूने उसको सबकुछ सीखा दिया, ठीक है? ये भी बड़ी हॉट बात है। वो एक साल तेरे साथ रही, तेरी हो के रही, और तू इस हूर परी और क्रेजी सेक्स की दुनिया में जिए जा रहा था। नशा बन गई थी वो तेरे लिए, एक ड्रग जैसी। और अब जब वो ड्रग चली गई है, तो तुझे उसकी याद आ रही है, और तू पागल होता जा रहा है। इसे ही विदड्राल कहते हैं। और इसी की वजह से तू ऐसी-ऐसी हरकतें कर रहा है जैसे दिन में अपनी एक्ट से पहले दारू पीना, और अपनी ऑडियंस को गाली देना, उनकी बेइज़्ज़ती करना।'

'यार मैं उनकी बेइज़्ज़ती नहीं करना चाह रहा था। मैंने बस एक जोक मारा जो लैंड नहीं हुआ।'

'जो भी हो। बात ये है कि तू प्यार में नहीं है। हर आदमी की मिड-लाइफ क्राइसिस आती है, तीस से चालीस की उम्र में। किसी को भी अधेड़ उम्र

का, बूढ़ा होने का शौक नहीं है। पायल आई तेरी ज़िंदगी में और उसने तुझे फिर से जवान फील करवाया। तुझे लग रहा होगा कि तू वापस अपने वाइल्ड ट्वेंटीज़ में आ गया है।'

'मेरे कभी कोई वाइल्ड ट्वेंटीज़ थे ही नहीं। मैं तो हमेशा बस पढ़ रहा था। या अपने स्टार्टअप के लिए अपनी मरवा रहा था।'

'इसीलिए तो तुझे ये सब और तेज़ी से हिट कर रहा है। तेरे कभी कोई वाइल्ड ट्वेंटीज़ थे ही नहीं। या वाइल्ड कुछ भी। तूने ज़िन्दगी में पहली बार कुछ इतना क्रेजी और एक्साइटिंग किया था। वो सेक्स जो तूने पायल के साथ किया, वो सिलिकॉन वैली में कभी-कभी मिलने वाले, बोरिंग सेक्स से कितना ज़्यादा अलग था, वो भी ऐसी बीवी के साथ जो तुझे प्यार नहीं करती थी।'

'मुदित,' मैंने ऊँची आवाज़ में कहा।

'सॉरी, पर क्या मैं सच नहीं बोल रहा हूँ?'

'हाँ, कुछ-कुछ। पायल मेरी ज़िंदगी में एक्साइटमेंट लेकर आई। लेकिन बात सिर्फ़ सेक्स की नहीं है यार। हम लोग एक साथ ग्रोसरी शॉपिंग गए, घंटों लैज पर बैठकर शांति से अपना काम करते थे, वाक पे जाते थे...'

'हाँ, हाँ, तुमने कुछ देर के लिए उसके साथ घर-घर खेला। और उसी से तुम्हारा विदड्राल और बढ़ जाता है। लेकिन पता है क्या?'

'क्या?'

'ये सब मोह-माया थी। वो बस इक्कीस की है, साकेत!'

'बाईस।'

'ठीक है, बाईस की है। सुंदर है, स्मार्ट है, एक अमीर, कट्टर जैन परिवार से है। तुम्हें ये सब बातें पहले दिन से पता थीं। क्या सोच रहे थे? क्या कहेंगे उसके मम्मी-पापा? "ओके बेटा, कर लो उस अधेड़ उम्र के डिवोर्सी स्टैंड-अप कॉमेडियन से शादी, जो बांद्रा के एक वन-बेडरूम फ्लैट में रहता है।"'

'मैं अधेड़ उम्र का नहीं हूँ!'

'हो ही जाओगे किसी दिन जल्द ही।'

'तुम भी हो जाओगे।'

'हाँ, और इसमें कोई बुराई नहीं है। ना ही अपनी उम्र से छोटी लड़की के साथ मौज उड़ाने में कोई बुराई है। बुरा तब होता है जब तुम्हें लगने लग जाये कि ये सिर्फ़ मज़ा ही नहीं कुछ और भी है। एक हॉट एडवेंचर, जीवनभर का साथ नहीं होता, साकेत।'

'मेरे लिए ये सिर्फ़ एक हॉट एडवेंचर नहीं था।'

'शायद उसके लिए था।'

'नहीं।'

'नहीं? तो फिर वो तुझे ऐसे क्यों छोड़ गई? हमारी साथ क्यों नहीं आयी उस दिन जब हम उसके घर गए थे। उसने अपने मज़े लूट लिए भाई, और जब रियल होने की बात आई, उसने ऐसे आदमी से शादी करना चाहा जो उसको और उसके परिवार को ज़्यादा सूट करता था।'

मैं मुदित को घूरता रहा।

'पता है ये सब बहुत चुभता है, सच्चाई अक्सर चुभती है,' मुदित ने कहा। 'इसीलिए इंसानियत को थोड़े और कॉमेडी क्लब चाहिएं। इस सबसे दूर भागने के लिए।'

मैं उठ खड़ा हुआ। 'मैं घर जा रहा हूँ, क्या मैं कुछ हफ्तों के लिए छुट्टी ले सकता हूँ?' मैंने कहा।

'तेरे एक्ट हैं अगले वीकेंड।'

'कैंसिल कर दे यार, मुझे फिर से नहीं हगना स्टेज पे।'

~

वो होम डिवा वाला अकाउंट पब्लिक था। मैंने आकांक्षा के पुराने पोस्ट को देखा, दो साल पहले तक के पोस्ट देख डाले। उसने अपनी ज़िंदगी के हर इवेंट को कॉन्टेंट में बदल दिया था उसके पोस्ट उसकी शादी के आसपास शुरू हुए थे, और हर रस्म: रोका, मंगनी, संगीत, हल्दी, जयमाला, कन्यादान, फेरे, सबके कई सारे पोस्ट थे। हर पोस्ट की एक लंबी कैप्शन

थी: जो हर एक रस्म का महत्व बता रही थी; या कितनी भावुक हो गई थी आकांक्षा, जब उसके चेहरे पर हल्दी लगाई गई; या उसके शादी के कपड़ों को किसने डिज़ाइन किया था। हर पोस्ट के बाद #blissful #grateful #lovebeingatraditionalgirl जैसे हैशटैग लगे हुए थे।

शादी के बाद भी वो अपनी 'ब्लिसफुल' शादी के बारे में ही पोस्ट कर रही थी। एक पोस्ट में वो बता रही थी कैसे उसने अपने पति के लिए पहली बार खाना बनाया। उसने बताया कि कैसे हार्ट-शेप रोटी बनाई जाती हैं–पहले आटे का एक गोला बनाया जाता है, फिर एक स्टील की कटोरी से उसको दिल वाला आकार दे दिया जाता है, रोटी पकाने से पहले। 'और हाँ, अपने पतिदेव के लिए रोज़ स्वादिष्ट खाना बनाने के लिए सबसे ज़्यादा ज़रूरी सामग्री है: प्यार।'

मेरा आकांक्षा चंडक से बात करना बहुत ज़रूरी था। वही मेरी आखरी उम्मीद थी।

मैंने उसे इंस्टाग्राम पर डायरेक्ट मैसेज किया:

डियर आकांक्षा,

मैं साकेत हूँ, पायल का दोस्त। तुमसे मिलकर कुछ बातें डिस्कस करना चाहता हूँ। पायल के परिवार को मेरे और पायल के बारे में कुछ ग़लतफ़हमियाँ हो गई हैं, जिससे मैं काफ़ी परेशान हूँ। क्यूंकि पायल तुम पर पूरा भरोसा करती है, मैं तुम्हें अपने साइड की स्टोरी बताना चाहूंगा। फिर तुम डिसाइड कर लेना अगर तुम हमारे बीच के इशू सोल्व कर सकती हो।

विद रिगाड्‌र्स,

साकेत खुराना

एक बात और, तुम्हारा इंस्टाग्राम अकाउंट कमाल का है। और तुम एक बेहतरीन कंटेंट क्रिएटर हो।

मैंने अपना केस बनाने के लिए थोड़ी झूठीमूठी तारीफ़ कर दी।

एक घंटे बाद उसका जवाब आया:

हाई साकेत,

तारीफ़ के लिए शुक्रिया। मैं इस वेनस्डे काला घोड़ा में कुछ कंटेंट वीडियो शूट कर रही हूँ। मैं तुम्हें चार बजे कॉफ़ी के लिए मिल सकती हूँ, काला घोड़ा कैफ़े पे। चलेगा?

आकांक्षा

मैंने हौंसला भरते हुए फिस्ट-बम्प किया और तुरंत मीटिंग के लिए हाँ में जवाब दे दिया।

~

काला घोड़ा कैफ़े, जो कोलाबा में है, एक सादी सी लेकिन अच्छी, हवादार कैफ़े है। उसके दो फ्लोर हैं। ये कैफ़े एक पुरानी हेरिटेज बिल्डिंग के अंदर बनी है, जैसी काला घोड़ा इलाक़े में बाक़ी इमारतें हैं। लेकिन काला घोड़ा कैफ़े के चौंधिया देने वाले सफेद इंटीरियर, उसको एक मॉडर्न वेयरहाउस जैसी छवि देते हैं।

मैं कैफ़े में बैठा ब्लैक कॉफ़ी पी रहा था जब आकांक्षा आई। उसने एक हरे रंग की साड़ी पहनी हुई थी, गहरे नीले रंग के ब्लाउज के साथ। साथ ही में उसने ढेर सारे चाँदी के ज़ेवर पहन रखे थे। उसके साथ एक और जवान लड़की आई, जिसने सफेद टी-शर्ट और जींस पहन रखी थी। वो आकांक्षा की असिस्टेंट लग रही थी। उसके हाथों में एक सेल्फी स्टिक थी, एक माइक था, दो शॉपिंग बैग थे, जो कपड़ों से भरे हुए थे।

'हेलो,' आकांक्षा ने अपना हाथ बढ़ाते और अपने सनग्लास उतारते हुए कहा। 'सॉरी, आने में जरा देर हो गई। शूट में कुछ ज़्यादा टाइम लग गया। साकेत, राइट?'

'हाँ, मैं ही साकेत हूँ,' मैंने कहा और उससे हाथ मिलाने के लिए खड़ा हो गया। 'और, लेट आने में कोई प्रॉब्लम नहीं। शूट कैसा था?'

'अच्छा था, एक नए डिज़ाइनर के साथ कोलाब वीडियो था, जो एक ट्रेडिशनल लाइन बना रहे हैं। ये हैं गरिमा, मेरी मैनेजर।'

'हेलो, गरिमा,' मैंने कहा।

'गरिमा, तुम ऊपर जाकर अपने लैपटॉप में सारे वीडियो क्यों नहीं डाउनलोड कर लेती?' आकांक्षा ने कहा।

गरिमा ने अपना सर हिलाया और ऊपर वाले फ्लोर पर चली गई। आकांक्षा और मैं नीचे बैठे हुए थे। उसने एक कैपेचिनो मंगाई और कुछ मिनट लगाए कॉफ़ी कप की फ़ोटो को अलग-अलग एंगल्स से लेने में। एक बार उसका काम हो गया, फिर उसने अपना फ़ोन साइड में रख दिया, और मुझ पर ध्यान दिया।

'सॉरी, मैं जरा फ़ूड कंटेंट इकट्ठा कर रही हूँ,' उसने कहा। 'शायद मुझे एक और फ़ूड-इंफ्लुएंसर अकाउंट खोलना पड़ जाये।'

'सही है। खैर, आकांक्षा, हम कभी पहले मिले नहीं हैं, लेकिन फिर भी मुझे ऐसा लगता है जैसे मैं आपको बरसों से जानता हूँ।'

'मुझे भी कुछ ऐसा ही लगता है। पायल ने तुम्हारे बारे में इतना कुछ बताया है।'

'क्या-क्या बताया उसने?'

'सबकुछ। विश्वास करो। मुझे तुम्हारे और पायल के बारे में सबकुछ पता है।'

'सच में?' मैंने अपनी आईब्रो उठाई।

'गर्ल्स टॉक,' आकांक्षा ने अपने माथे से बाल पीछे हटाये।

'वो कैसी है?' मैंने कहा।

'अब थोड़ी बेहतर है। इस सबने उसको एक गहरा सदमा दे दिया है।'

'मुझसे अलग होना?'

'सबकुछ। वो पूरा ड्रामा। उसके मम्मी-पापा का तुम दोनों को रंगे हाथों पकड़ना, तुम्हारा उस दिन मंगनी पर ड्रिंक करके आना।'

'उस रात तुम भी थी ना उसके घर?'

'हाँ, मैं थी। मैंने ही तो उसे संभाला जब तुम चले गए थे।'

'मेरे जाने के बाद क्या हुआ?'

'पायल बहुत बुरे हाल में थी। मैं उसे उसके कमरे में लेकर गई और उसने मुझे बताया कि क्या सब हुआ। तुमने ठीक नहीं किया साकेत। इस तरह उनके घर आकर तमाशा करना।'

'और क्या जो उसके मम्मी-पापा ने किया वो सही था? परिमल के साथ उसकी मंगनी ज़बरदस्ती करवा देना।'

'अगर उसके मम्मी-पापा चाहते हैं कि वो एक अच्छी जगह सेटल हो जाए तो उसमें प्रॉब्लम क्या है?'

मैंने आकांक्षा की तरफ़ देखा। 'पायल और मैं एक दूसरे से प्यार करते हैं।'

आकांक्षा जवाब में मुस्कुराई।

'क्या?' मैंने कहा।

'कुछ नहीं। मैं तुम्हारी किस तरह मदद कर सकती हूँ, साकेत?'

'क्या तुम उसके मम्मी-पापा से बात कर सकती हो?'

'किस बारे में?'

'पायल और मेरे बारे में। तुम्हें तो हमारे बारे में सबकुछ पता है। तुम जानती हो कि वो मेरे साथ कितनी ख़ुश थी।'

'ख़ुशी ही सबकुछ नहीं होती साकेत।'

'क्या मतलब है तुम्हारा?'

'ख़ुशी होती भी क्या है? और कैसे खुश रह सकती है पायल जब वो ये जानती है कि वो अपने मम्मी-पापा को दुख पहुँचा रही है।'

'ये उसकी ज़िंदगी है, उसके मम्मी-पापा की नहीं।'

'अगर बात उसकी ही ज़िंदगी की हो, तब भी क्या ये उसके लिए बेस्ट चॉइस होगी?'

'क्या मतलब?'

'सॉरी, साकेत। मैं तुम्हारी बेइज़्ज़ती नहीं करना चाहती, लेकिन तुम काफ़ी बड़े हो, तुम्हारी तो पहले भी एक शादी हुई थी।'

'हाँ, पर हमें एक दूसरे से प्यार हो गया। क्या प्यार उम्र देख के होता है?'

'मुझे नहीं लगता कि वो प्यार था।'

'तो फिर क्या था?'

'छोड़ो, कोई बात नहीं। रहने दो,' आकांक्षा ने अपनी कॉफ़ी का एक सिप लेते हुए कहा। उसने अपने होंठों के ऊपर बनी मूछों को एक टिश्यू से पोंछा।

'बोल भी दो,' मैंने कहा।

'तुम्हें पता है ना, उसे अपनी उम्र से बड़े लड़के पसंद थे। शायद ऐसा इसलिए था क्यूंकि वो सारी ज़िंदगी अपने पापा के प्यार और अप्रूवल को जीतने में लगी रही।'

'यहाँ मैं उसके डैडी इश्यूज की बात करने नहीं आया हूँ। ना ही मैं उसके लिए कोई फेटिश हूँ। मैं उससे प्यार करता हूँ और उससे शादी करूँगा। हम दोनों एक साथ बहुत खुश रहेंगे।'

आकांक्षा ने अपना सर हिलाया।

'तुम्हें ऐसा नहीं लगता?' मैंने कहा।

'मुझे नहीं लगता कि मेरी दोस्त तुम्हारे साथ खुश रहेगी। सॉरी, साकेत, पर उसे तुमसे कोई बेहतर लड़का मिल जाएगा।'

'और परिमल बेहतर है?'

'वेल, वो उसकी फ़ैमिली में अच्छा फिट होता है। और पायल उसकी फ़ैमिली में अच्छी तरह फिट होती है। वो कई सालों से फ़ैमिली फ्रेंड रहे हैं।'

'लेकिन क्या वो पायल के साथ कम्पेटिबल रहेगा? क्या वो उसे हंसाएगा?'

'लोगों को हँसने के तरीक़े मिल जाते हैं, साकेत। उन्हें एक कॉमेडियन से शादी करने की ज़रूरत नहीं है।'

पता नहीं क्यों, पर ये बात मुझे जरा ज़ोर से लगी।

'क्या वो मुझसे प्यार करती है?' मैंने कहा।

आकांक्षा ने कोई जवाब नहीं दिया।

'क्या उसने तुमसे कहा कि वो मुझसे प्यार करती है?'

आकांक्षा ने एक लंबी साँस ली, कुछ बोलने से पहले। 'साकेत, मैं तुम्हें कुछ बताना चाहती हूँ। लेकिन तुम्हें मुझसे वादा करना होगा कि तुम ये बात किसी को भी नहीं बताओगे, पायल को भी नहीं।'

'ऐसी क्या बात है?' मैंने चिंता के साथ कहा।

'पहले मुझसे वादा करो।'

'वादा करता हूँ। क़सम खाता हूँ किसी को नहीं बताऊंगा। पायल को भी नहीं।'

'ठीक है। देखो, मेरे लिए दुनिया में सबसे ज़्यादा ज़रूरी है मेरी दोस्त का ख़याल रखना।'

'क्या वो ठीक है?'

'वो बेहतर है। और हाँ, उसने ये भी कहा था कि वो तुमसे प्यार करती है। वो तुमसे ऑब्सेस्ड थी। और जब उसको तुमसे दूर रहने को कहा गया, उसे एक नर्वस ब्रेकडाउन हो गया।'

'क्या? क्या मतलब है तुम्हारा? कब? कैसे?'

'उस मंदिर वाले तमाशे के बाद। ना वो ठीक से बात करती थी, ना ठीक से सोती थी, ना खाती थी। आनंद अंकल ने उसके लिए एक थैरेपिस्ट ढूंढा। पायल के उनके साथ रोज़ सेशन हुए, और उसको एंटी-डिप्रेसेंट्स पर डाल दिया गया।'

'उसमे मुझे ये सब क्यों नहीं बताया?'

'बताती भी कैसे? बताने का मतलब होता तुमसे अभी भी टच में रहना। अगर वो तुमसे ही मिलती रहती, तो वो हील कैसे करती?'

'किससे हील करती?'

'इस अन्हेल्थी अटैचमेंट से... अपनी से बड़ी उम्र के लड़के के साथ हुई इस सेक्स एडिक्शन से।'

'सेक्स एडिक्शन?'

'हाँ। किसी भी एडिक्शन को दूर करने के लिए किसी एडिक्ट को उसकी ड्रग, उसकी लत से दूर रखना चाहिए।'

'ये सब किसने बोला?'

'उसके थैरेपिस्ट ने। वो क्वालिफाइड हैं। वो सब जानते हैं पायल के साथ क्या हो रहा है, चाहे हम इसको प्यार ही क्यों ना समझ बैठें।'

'और कौन हैं ये थैरेपिस्ट?'

'डॉ. मुकेश जैन। कई सालों का तजुर्बा है इनका साइक्याट्री में।'

'एक सेकंड—जैन—ज़रूर पायल के पापा के कोई दोस्त या रिश्तेदार होंगे?'

'हाँ, आनंद अंकल उन्हें बरसों से जानते हैं।'

'और वो ट्रेडिशनल भी हैं,' मैंने सर्कास्म में कहा।

'तुम तो ऐसे बोल रहे हो जैसे ट्रेडिशनल होना बुरी बात है। लेकिन हाँ, वो एक ट्रेडिशनल जैन भी हैं।'

'तो शायद वो बस वही सब कर रहे हैं जो आनंद जैन चाहते हैं—पायल को ब्रेनवॉश करना कि उसका प्यार सिर्फ़ हवस है और एक बुरी लत है।'

'ब्रेनवॉशिंग की बात नहीं है, यही सच है।'

'सच में?' मैंने कहा। 'और तुम ये सब कैसे कह सकती हो?'

'मेरी शादी काफ़ी जल्दी हो गई थी, बिल्कुल वैसे जैसे मेरे मम्मी-पापा चाहते थे। एक लड़के से जो मेरी ही बिरादरी का था, मेरी ही उम्र का। मैं बहुत खुश हूँ।'

'चलो, तुम्हारे लिए तुम्हारी शादी अच्छी रही, अच्छी बात है, पर पायल को ज़िंदगी से कुछ और चाहिए।'

'वो मेरी बेस्ट फ्रेंड है। हम साथ ही बड़े हुए हैं। हम एक ही हैं।'

'नहीं तुम नहीं हो,' मैंने गुस्से में कहा। 'वो ब्लैकवॉटर में काम करती है, हर दिन करोड़ों की डील क्रैक करती है। रही बात तुम्हारी, तुम्हारी ज़िंदगी बस करवा चौथ के व्रत और हार्ट-शेप रोटियों के इर्द गिर्द ही घूमती है।'

'अच्छा, अब समझ आया तुम मेरे और मेरे कंटेंट के बारे में क्या सोचते हो।' आकांक्षा उठ खड़ी हुई। 'और मैं यहाँ बेवक़ूफ़ों की तरह तुमसे मिलने भी आ गई।'

ओके, मैंने सारी मीटिंग का बंटाधार कर दिया था। मैं भी उठ खड़ा हुआ।

'आकांक्षा, सॉरी,' मैंने कहा। 'प्लीज़ बैठ जाओ।'

'नहीं, मुझे घर जाना है, अपने पति के लिए हार्ट-शेप रोटी बनानी है। मेरी ज़िंदगी तो इन्हीं चीज़ों के इर्द गिर्द घूमती है ना, जैसा तुमने कहा...'

'मेरा वो मतलब नहीं था, आकांक्षा।'

आकांक्षा अकड़ते हुए मुस्कुराई, और उसने अपना सर हिलाया। 'तुम्हें भी एक थैरेपिस्ट की ज़रूरत है,' उसने कहा और वो चली गई। कुछ ही कदम चलकर वो वापस मुड़ी।

'क्या?'

'वो जो तुम हार्ट-शेप रोटी की बात कर रहे थे, उस पोस्ट को पाँच हज़ार से ज़्यादा लाइक मिले थे, जिनमें से एक मशहूर सेलिब्रिटी शेफ का था, और एक आटे के ब्रांड ने हमें एक कोलैब के लिए भी बुला लिया था,' आकांक्षा ने कहा, और फिर वो कैफ़े से दनदनाती हुई चली गई।

मुदित ने मुझे नौवी बार फ़ोन किया। मैंने आख़िरकार उसका कॉल उठा लिया। 'हेलो मुदित,' मैंने कहा। मैं नशे में अपने सोफे पर पड़ा हुआ था। दोपहर का सूरज मेरी आँखों को चौंधिया रहा था।

'हे भगवान भाई, तू फ़ोन क्यों नहीं उठा रहा था?' मुदित ने कहा।

'आँख लग गई थी भाई,' मैंने कहा। मैंने देखा एक रम की बोतल, कोक के कैन और एक खाली ग्लास कॉफ़ी टेबल पर पड़ा था। अच्छा, तो मैं नशे में धुत होकर बेहोश हो गया था। रोज़ का ही हो गया था ये सब। एक महीने से।

किसे फ़र्क़ पड़ता है, एक और ड्रिंक बनाते हैं।

मैं किचन तक लड़खड़ाते हुए गया। मैंने फ्रिज खोला और फ्रीज़र से कुछ आइस क्यूब निकाले। मैं वापस लिविंग रूम में आ गया और अपने लिए एक ड्रिंक बनाई।

'क्या कर रहा है तू? अभी आइस क्यूब डाले ना तूने ग्लास में? सब सुनाई दे रहा है मुझे,' मुदित ने कहा।

'शायद। खैर, क्या चल रहा है?'

'अबे तू पी रहा है क्या?'

'अबे ठंडा पानी पी रहा हूँ यार!'

'फालतू बातें मत कर भाई, यहाँ तक सूंघ सकता हूँ मैं तेरी व्हिस्की।'

'हाहा! ग़म भुलाने के लिए रम! पर अच्छा था, व्हिस्की वाला गेस अच्छा था।'

'दोपहर के दो बज रहे हैं भाई!'

'क्या फ़र्क़ पड़ता है? क्यों कॉल किया? कोई ख़ास वजह?'

'हाँ, दो वजह हैं। एक, तेरी माँ का फ़ोन आया था। तूने एक हफ़्ते से अपने घरवालों के फ़ोन नहीं उठाये हैं, कम से कम एक बार फोन कर सकता है उनको बताने के लिए कि तू ज़िंदा है?'

'तू भी तो बोल सकता था?'

मुदित ने कुछ नहीं कहा।

'ठीक है, बता दूँगा। दूसरी बात क्या है?' मैंने कहा।

'एक कॉर्पोरेट शो की इंक्वायरी है।'

'नहीं कर सकता।'

'बैंगलोर, आराम का पैसा, एक टेक कांफ्रेंस है। डे ट्रिप करके, रात में वापस आ सकते हैं।'

'छोड़ ना यार, मुदित, मेरा रहने दे, तू किसी और कॉमिक को दे दे ये।'

'उन्होंने तेरे लिए, सिर्फ़ तेरे लिए ही पूछा है।'

'हैं?!'

'हाँ। तेरे पुराने कॉर्पोरेट शो देखे उन्होंने। कहा यही आदमी चाहिए।'

'पर मैं वही आदमी नहीं हूँ भाई अब।'

'क्या यार साकेत, तू ऐसे ही अपना करियर कचरे के डब्बे में नहीं फेंक सकता। बहुत सही गिग है। इतनी सारी टेक कंपनियों के सीईओ आयेंगे। तुझे इसके बाद और भी बहुत सारे शो मिल सकते हैं।'

मैं पूरी रम पी गया।

'ओके, कितनी गंदी आवाज़ है,' मुदित मेरे गले से शराब को उतरते हुए सुन सकता था। 'अबे रम को ऐसे पानी की तरह क्यों पी रहा है?'

'सॉरी,' मैंने कॉफ़ी टेबल पर ख़ाली ग्लास पटकते हुए कहा। 'और कुछ?'

'तो मैं बस, मना कर दूँ? मना कर दूँ एक लाख रुपयों को जो तुझे बस कुछ ही घंटों के लिए ऐसे जोक सुनने के लिए मिल सकते हैं जो तुझे पहले से ही आते हों?'

'हाँ भाई, जो भी हो, मना कर दे, और कुछ?'

'हाँ, बस थोड़ी देर के लिए इंस्टाग्राम मत चेक करियो।'

'क्यों?'

'तू उस पायल की दोस्त का अकाउंट फॉलो करता है ना? वो हॉट डीवा हाउसवाइफ या जो भी?'

'आकांक्षा? और वो होम डीवा है।'

'हाँ, वही, उसका हैंडल मत देखियो, तू हैंडल नहीं कर पाएगा।'

'क्यों भाई? ऐसा क्या हो गया?' मैंने कहा।

'मान मेरी बात, मत देखियो,' मुदित ने कहा और कॉल काट दी।

मैंने उसी वक्त इंस्टाग्राम खोल लिया और मुझे समझ आ गया कि मुदित ने मुझे वार्निंग क्यों दी थी। आकांक्षा ने पायल और परिमल को शादी पर बधाई देते हुए एक पोस्ट डाला था, उन दोनों की एक प्रोफेशनली शूट हुई फोटो के साथ।

ज़िंदगी में पहली बार मैंने परिमल को सही से देखा–गोरा चिट्टा, सुपर फिट नहीं था लेकिन ठीक-ठाक पतला दुबला था, चिकना था (थोड़ी बहुत दाढ़ी को छोड़कर), और पायल से बस कुछ इंच लंबा था। उसके चेहरे पर ऐसी मुस्कान थी, जैसे उसने कहीं का जैकपॉट जीत लिया हो। वेल, उसने जीत ही लिया था।

पायल और परिमल दोनों ने हल्के बेज रंग के ट्रेडिशनल कपड़े पहन रखे थे। पायल ने परिमल की फोरआर्म को पकड़ा हुआ था और वो शर्म से नीचे देख रही थी। मैं उसकी आँखों में उदासी की एक झलक ढूंढ़ रहा था, कोई ऐसी निशानी जो मुझे ये बताती कि वो अंदर से खुश नहीं थी। पर मुझे वो नहीं मिली।

पता है ब्रेकअप से ज़्यादा बुरा क्या होता है? जब आपको ये पता चलता है कि ब्रेकअप के बाद आपका एक्स बहुत ख़ुश है और ज़िंदगी में आगे बढ़ चुका है।

सोशल मीडिया से पहले वाले दिनों में इसका पता लगाना बहुत मुश्किल था, हाँ अगर आपका एक्स आपका पड़ोसी था तो कुछ और बात होती। आज, सोशल मीडिया के ज़रिए आप अपने एक्स को उनके नए साथी के साथ शर्माते हुए देख सकते हो, भले ही आप दिन की छठी रम और कोक ही क्यों नहीं पी रहे। क्या सोशल मीडिया के इंवेंटरों ने कभी ये नहीं सोचा? मार्क ज़करबर्ग! क्या तुम्हें जरा भी अंदाज़ा है कि तुम्हारी ऐप उन मर्द और औरतों के दिलों पर कितनी छुरियाँ चला रही हैं, जिनको किसी ने डंप कर दिया हो?

मैंने फोटो के नीचे की कैप्शन पढ़ी: 'बहुत बहुत मुबारक मेरी बेस्टी पायल को, और उसके सुपर-हैंडसम सुपर-कूल बे (बिफ़ोर एनीवन एल्स–किसी और से पहले) को, उनकी मंगनी पे। उनकी एक ट्रेडिशनल जैन शादी होगी, और मैं एक पोल करना चाहती हूँ आप सब फॉलोवर्स के साथ: क्या मुझे शादी के सारे अपडेट्स की फोटो डालनी चाहिए? या नहीं? ये मेरे टिपिकल होम डीवा वाले कंटेंट से जरा हटकर होगा, लेकिन मैं बहुत, बहुत, बहुत ज़्यादा एक्साइटेड हूँ इस सबके बारे में!'

मैंने पी रखी थी, मैं नशे में था, लेकिन फिर भी बता सकता था कि ये कैप्शन कितनी ग़लत थी। महाग़लत!

पहली चीज़: परिमल कोई सुपर हैंडसम नहीं था। ठीक है, इतना गंदा भी नहीं लग रहा था उस फोटो में–लाइटिंग, मेकअप और फोटोग्राफर ने खूब मेहनत की थी। लेकिन सुपर हैंडसम? क्या बात कर रहे हो? अरे उसकी शक्ल वाले तो किसी पॉश हेरिटेज होटल में डोरमैन बने फिरते हैं। अगर आकांक्षा को परिमल इतना हैंडसम लग रहा था, तो वो ऋतिक रोशन को क्या बुलाएगी?

दूसरी चीज़: परिमल किसी भी सूरत में सुपर कूल तो नहीं लग रहा था। सीए था वो। सीए भला कबसे कूल बनने लगे?

तीसरी चीज़: ये 'बे' क्या है बे? बिफ़ोर एनीवन एल्स, किसी और से पहले। परिमल एक अरेंज मैच था। जैन परिवार के दिग्गजों ने ये पूरी डील की थी। जैसे किसान पाई पाई जोड़कर गांव के मेले से बकरा ख़रीद के लाए हों। कहीं का 'बे' नहीं था वो बे!

चौथी चीज़। इस क्लिकबेट पोल की क्या ज़रूरत थी? इंडियन लोग शादियों से ऑब्सेस्ड हैं। वो तो कभी मना ही नहीं करेंगे किसी की शादी-ब्याह की फोटो को देखने के लिए।

पाँचवी चीज़: 'शादी के बाद दुनिया बेहतर लगती है'। कुछ भी?! बिल्कुल नहीं बहन! आके मेरे डिवोर्स लॉयर से पूछ।

मैंने पोल के रिजल्ट देखे। 92% लोग चाहते थे कि आकांक्षा पायल की शादी की फोटो डाले। मैं सोच रहा था ये बाक़ी के 8% वाले लोग कौन थे? मेरी तरह दिल टूटे आशिक़ थे क्या? जो शादी के नाम से भागते थे? किसे पता।

मैंने अपने लिए एक और ड्रिंक बनाई, फिर एक और, फिर रम की बोतल ही ख़त्म हो गई। कोई बात नहीं, घर पर बहुत शराब थी।

मैं किचन में गया और अपने लिए एक वोडका की बोतल लेकर आया। लेकिन मेरे पास ना तो कोक बची थी, ना ही आइस। किसे फ़र्क़ पड़ता है? मैं वोडका नीट ही पी गया, सीधे बोतल से।

मैंने एक अरिजीत सिंह की प्लेलिस्ट लगा ली। हर गाना हार्टब्रेक के लिए था। पता नहीं कैसे, पर ऐसा लग रहा था कि हर गाना मेरे और सिर्फ़ मेरे लिए लिखा गया था। अरिजीत ये कैसे जान गया था?

लिविंग रूम में आशिक़ी 2 का एक गाना बजने लगा:

सुन रहा है ना तू, रो रहा हूँ मैं...

लेकिन पायल तो नहीं सुन रही थी। वो तो शायद शॉपिंग कर रही थी या मेहंदी लगा रही थी।

मैंने रूम-टेम्परेचर वाली वोडका का एक घूँट भरा। वो मेरे गले में आग की तरह उतरी। मुझे अच्छा लगा। मुझे हर वो दर्द अच्छा लग रहा था, जो पायल के दिए दर्द से मेरा ध्यान हटाए।

'भाड़ में जाए सब, मुझे उसकी कोई ज़रूरत नहीं है। मुझे किसी की कोई ज़रूरत नहीं है,' मैंने वोडका का एक और बड़ा घूंट भरते हुए कहा। मेरे पेट में और भी ज़्यादा आग उबलने लगी।

मैं विंडो लैज तक गया। वहीं पर जहाँ पायल हर दिन बैठती थी, अपनी टाँगें स्ट्रेच करके और अपनी जांघों पर लैपटॉप रखकर काम करती थी और बीच-बीच में खिड़की से बाहर देखती थी। मैं उसे देख सकता था, वो वहीं बैठी हुई थी।

'साकेत, आओ ना मेरे साथ बैठो,' पायल ने कहा।

'हाँ बेबी,' मैंने कहा और मैं आगे झुका, कंक्रीट की दीवार को चूमने के लिए।

यही आखरी चीज़ याद है मुझे।

~

'मैं कहाँ हूँ?' मैंने पलकें झपकाते हुए कहा।

मैं एक संकरे से बेड पर उठा। मेरे नीचे एक कड़क सफेद चादर थी और मेरे ऊपर एक भूरी रज़ाई थी। मैंने देखा मेरी छाती से लेकर हाथ तक कुछ तारें लगी हुई हैं, मुझे आईवी ड्रिप चढ़ी हुई थी। अच्छा, ये हॉस्पिटल था। क्या मैं सपना देख रहा था? क्या ये वो जगह थी जहाँ सारे मरे हुए लोग आते थे? क्यूंकि, धरती पर भी, न्यू बोर्न बेबी भी एक हॉस्पिटल में ही आते थे।

'पेशेंट उठ गया!' कोई चिल्लाया।

अच्छा, ये वाक़ई एक हॉस्पिटल था। और मैं पेशेंट था।

मेरी मम्मी दौड़ते हुए कमरे में आईं। वो यहाँ क्या कर रहीं थी? वो छोड़ो मैं यहाँ क्या कर रहा था?

'साकेत,' मम्मी ने मुझे कस के गले लगाते हुए कहा।

आप अपने पेरेंट्स से कितना भी दूर क्यों ना हो जाओ, जब माँ गले लगाती है ना, हमेशा अच्छा लगता है।

'अभी कैसा है तू?' उन्होंने कहा।

'क्यों? मुझे क्या हुआ?'

उसी वक्त पापा भी कमरे में आ गए। इससे पहले मैंने कभी भी उनके चेहरे पर इतने इमोशन नहीं देखे थे। उनके पीछे-पीछे एक नर्स भी आई और उसने मुझे सीधा बिठाने में मदद करते हुए, मेरी पीठ के पीछे कुछ तकिए रख दिए।

'सॉरी, मैं कहाँ हूँ? ये कौन-सा हॉस्पिटल है?'

'होली फ़ैमिली हॉस्पिटल,' मम्मी ने कहा।

'आप लोग मुंबई कब आए?' मैंने कहा। मुझे अभी तक कुछ भी समझ नहीं आ रहा था।

'पाँच दिन पहले,' पापा ने कहा। 'मुदित ने हमें बुलाया।'

'मुदित कहाँ है?'

'आ रहा है।'

मेरे पेरेंट्स ने मुझे नहीं बताया कि क्या हुआ था। वो रोज़मर्रा की हल्की-फुलकी बातें करने लग गए। कैसे उनके चंडीगढ़ के बाग़ों में टमाटर बड़े-बड़े उगे थे, और कैसे ये वाली सर्दियां कुछ ज़्यादा ठंडी थीं।

मुदित आधे घंटे बाद आया।

'हाँ भई, अब बेहतर है?' उसने पूछा।

'हां। क्या मुझे सच में यहाँ रहने की ज़रूरत है?'

'हाँ ब्रो,' मुदित ने कहा। 'तुझे सचमुच ज़रूरत थी।'

मम्मी-पापा कुछ देर आराम करने के लिए हॉस्पिटल से मेरे घर चले गए। अब कमरे में बस मैं और मुदित थे। 'मुझे क्या हुआ था, मुदित?'

उसने मुझे सारी कहानी बताई। मैं अपने अपार्टमेंट में विंडो लैज, पीकर बेहोश हो गया था और फिर खिड़की से लुढ़ककर सीधा फर्श पर गिर गया, सर के बल। बस तीन फुट नीचे ही गिरा था, लेकिन मुझे बुरी तरह चोट आई थी। मैं पूरे दिन और रात बेहोश था। वो तो मुदित ने मुझे ढूंढा अगले दिन। वो मुझे देखने आया था, जब मैं अपने फ़ोन का जवाब नहीं दे रहा था। जब मैंने दरवाज़े की घंटी का भी जवाब नहीं दिया, तो उसने एक चाबी वाले को मेरा दरवाज़ा खोलने को कहा। उन्होंने मुझे ज़मीन पर लेटा हुआ पाया। मेरा सर खून से तरबतर हो गया था, और मेरा माथा बुरी तरह सूज गया था। मुदित मुझे होली फ़ैमिली हॉस्पिटल लेकर गया, बांद्रा में, जहाँ उन्होंने मुझे फ़ौरन एडमिट कर लिया। मेरा बहुत ख़ून बह गया था, मैं डिहाइड्रेट हो गया था, और मेरे शरीर में अल्कोहल ही अल्कोहल भरा हुआ था। ख़ुद

मुदित ने अपना खून मुझे दिया और मेरी देखभाल की जब तक मेरे पेरेंट्स वहाँ पहुँचे। मैं एक कोमा-जैसी अवस्था में था पाँच दिनों के लिए, और सिर्फ़ आईवी ड्रिप पर जी रहा था।

'क्या?! इतना सब हो गया। सॉरी यार मुदित, मैं एक नंबर का गधा हूँ।'

'फिर से वही लड़की ना? और हाँ, तू है एक नंबर का गधा!'

मैं चुप रहा।

'अगर मैं नहीं आता तुझे देखने तो मैं अपना यार खो देता, तेरे माँ बाप अपना इकलौता बेटा खो देते, लेकिन नहीं! तेरे लिए तो वो लड़की ही सबकुछ है, हम लोग तो कुछ लगते ही नहीं ना तेरे,' मुदित ने कहा।

मैंने अपना सर झुका लिया।

'करियर, फ़ैमिली, दोस्त, तेरी हेल्थ, तुझे किसी चीज़ से फ़र्क़ नहीं पड़ता। दिन रात सुबह शाम बस पायल! पायल! पायल!'

'नहीं ऐसी बात नहीं है,' मैंने कमजोर आवाज़ में कहा।

'है ब्रो, है। और हाँ, अब उसकी किसी और से शादी हो गई है।'

'हो गई है क्या?' मैंने कहा, बिस्तर के आसपास देखते हुए।

'क्या ढूंढ रहा है?'

'मेरा फ़ोन।'

'हाँ! अब तेरे को तेरा फ़ोन चाहिए। क्यों? सिर्फ़ उस पागल आकांक्षा के अकाउंट पर पायल की वेडिंग फोटो देखने के लिए, है ना?'

'मुझे बाक़ी चीज़ों के लिए भी चाहिए हो सकता है,' मैंने कहा।

मुदित ने मेरा फ़ोन अपनी जेब से निकाला और मुझे पकड़ा दिया। 'चार्ज्ड नहीं है ये, रुक तुझे चार्जर देता हूँ। लेकिन, क़सम से, अगर तूने पायल की शादी की फोटो देखीं, मैं तुझे ख़ुद यहीं मार दूँगा।' मुदित ने मुझे चार्जर पकड़ाया और फ़ोन को चार्ज पर लगाने में मेरी मदद की।

'मैं कब डिस्चार्ज हो रहा हूँ?' मैंने मुदित से पूछा, अपनी छाती पर लगी तारों को खींचते हुए।

'पहले कुछ टैस्ट करेंगे ये लोग। लेकिन उम्मीद है, कल तक हो जाओगे।'

'फिर मैं घर जा सकता हूँ?'

'हाँ, लेकिन बांद्रा नहीं, चंडीगढ़। अपने घर।'

'क्या? क्यों, मुदित?'

'चुप कर। तेरे पेरेंट्स तेरे लिए कितने परेशान हैं। एक हफ़्ते से ठीक से सोए नहीं है वो। वो तुझे ऐसे ही मुंबई में नहीं छोड़ेंगे। कम से कम इस हालत में तो तुझे बिल्कुल भी नहीं रहने देंगे मुंबई में।'

'अरे मैं ठीक हूँ यार मुंबई में। प्लीज़, मुझे वापस नहीं जाना चंडीगढ़। मुझे अपनी स्पेस चाहिए।'

'अभी तू ये सब फैसले नहीं ले सकता,' मुदित ने कहा।

मुंबई से चंडीगढ़ की फ्लाइट पर, मैं और मेरे पेरेंट्स ने शायद ही कुछ बोला। हम लोगों का, बाक़ी किसी भी इंडियन फ़ैमिली की तरह, किसी तनाव की सिचुएशन को सँभालने का एक ही रास्ता था। ऐसा एक्ट करना जैसे कुछ हुआ ही नहीं था। जब कोई उस तनाव भरी चीज़ की बात ही नहीं करेगा, तो वो एक्सिस्ट ही क्या करेगी? तो ऐसे हालात में या तो ख़ामोशी का या स्मॉल टाक का सहारा लिया जाता है। मेरे पेरेंट्स ने स्मॉल टाक चुना।

'ये इंडिगो के काजू अच्छे हैं,' मेरी माँ ने कहा।

'मुझे तो जेट एयरवेज की याद आती है। उनकी इमली वाली कैंडी ग़ज़ब की होती थी,' मेरे पापा ने कहा।

हाँ, हाल ही में इनका बेटा अपने अपार्टमेंट में बेहोश मिला, जिसकी खोपड़ी खुली हुई थी। जो लगभग हफ़्ते भर कोमा-जैसी हालत में था। और इस सबके पहले, एक साल भी नहीं हुआ था उसके भयंकर डिवोर्स को। लेकिन ये दो लोग काजू और कैंडी पर बहस कर रहे थे, मानो इनको उन बातों से कोई फ़र्क़ ही नहीं पड़ा था।

'विस्तारा का भी खाना अच्छा है,' मैंने कहा। कमाल की बात है ना कि कैसे हम अपनी फ़ैमिली की अन्हेल्थी आदतों को पकड़ लेते हैं।

मेरे मम्मी पापा चंडीगढ़ के एक बेहतर सेक्टर में एक छोटे इंडिपेंडेंट मकान में रहते थे। दो फ्लोर का मकान था। ग्राउंड फ्लोर पर लिविंग रूम था, एक किचन था, एक बेडरूम था, और एक बाथरूम था। ऊपर दो और कमरे थे। एक मेरा था। ये वो कमरा था जहाँ मैंने अपना बचपन बिताया था, आईआईटी की तैयारी की थी, और इसी कमरे में लौटकर मैं अपनी कॉलेज की वेकेशन बिताता था। मेरी शादी का भी एक फंक्शन यहाँ मनाया गया था। और तो और, राशि के पेरेंट्स बस कुछ दो किलोमीटर दूर ही रहते थे।

मुझे याद है पहली बार जब पेरेंट्स राशि के पेरेंट्स से मिलने गए थे, रिश्ता लेकर। मेरी माँ बड़ी एक्साइटेड होकर वापस आई थीं। उन्हें लग रहा था कि राशि और मेरी जोड़ी रब ने बनाई थी। बिल्कुल वैसे ही जैसे पायल के पेरेंट्स उसके और परिमल के बारे में सोचते थे। इंडियन पेरेंट्स की मानो तो हर वो रिश्ता जो आपकी बिरादरी का है, समझो रब का बनाया हुआ है। शायद भगवान जोड़ियां बनाने से पहले बिरादरी देखते हैं।

'बेटा, नीचे आजा, लंच तैयार है,' मम्मी ने दरवाज़ा खटखटाया।

'आया मम्मी,' मैंने कहा और उठकर, मम्मी के पीछे-पीछे, नीचे वाले फ्लोर पर आ गया। मेरा मन आकांक्षा के इंस्टाग्राम को देखने का हो रहा था और तभी मम्मी ने दरवाज़ा खटखटा दिया। मुझे पता था कि आकांक्षा के अकाउंट पर ढेर सारी वेडिंग फोटो होंगी, जिन पर चाशनी से मीठी कैप्शन होंगी। पता नहीं क्यों, लेकिन मुझे लगा, अब तो मुझे उन तस्वीरों को देखना ही देखना है। शुक्र है लंच का समय हो गया और मुझे इन ख्यालों से कुछ देर का ब्रेक मिल गया।

मेरे पेरेंट्स और मैं डाइनिंग टेबल पर बैठे। वही टेबल जिसकी एक टाँग लड़खड़ाती है, जो हर मिडल क्लास इंडियन फ़ैमिली में आपको मिल जाएगी। मम्मी ने गोभी-आलू, राजमा, रायता, और परांठे बनाये थे। ये सब मेरे फेवरेट थे।

'थैंक यू मम्मी,' मैंने कहा।

'मुझे पता है तुझे राजमा कितना पसंद है,' मम्मी ने कहा। 'रात को मटर-पनीर बना दूँ? या तुझे चाय के साथ पनीर पकौड़े खाने हैं?'

पंजाबी लोग ना, एक खाना खाते समय अगले वाले की बात करते हैं। मेरी फ़ैमिली में खाने की बातें, बाक़ी सारी ज़रूरी, अहम और असली बातें ना करने का बहाना बन जाती हैं।

'या बाहर भी चल सकते हैं,' पापा ने कहा। 'चावला चिकन, सेक्टर 17।'

'क्या आपको पता है मेरे साथ क्या हुआ था?' मैंने कहा। पेरेंट्स टॉपिक बदलने पर चौंक से गए।

'हाँ, पता है। तूने कुछ ज़्यादा ही पी ली थी,' पापा ने कुछ देर रुककर कहा।

'हम नाराज़ नहीं हैं बेटा। तूने गलती कर दी, होता है,' मम्मी ने कहा।

'यार आप नाराज़ हो जाओ, चिंता जताओ, समझ में भी आता है। पर अभी पता है क्या हो रहा है? सब एक्टिंग कर रहे हैं जैसे कुछ हुआ ही नहीं है। आपके दिमाग़ में क्या है? खाना, खाना, खाना। कभी मटर पनीर, कभी पनीर के पकौड़े, कभी चावला चिकन।'

'मैं तो बस–' मम्मी ने कहा, लेकिन मैंने उन्हें टोक दिया।

'मम्मी पता है प्रॉब्लम क्या है? प्रॉब्लम ये है कि हम इस घर में कभी ये डिस्कस नहीं करते कि हम एक्चुअल में क्या फील करते हैं। मैंने ख़ुद कभी आप लोगों को नहीं बताया है कि मैं आपके बारे में क्या सोचता हूँ।'

'क्या?' पापा ने कहा।

'वो सब छोड़ो। क्या मुदित ने आपको बताया कि मैंने इतनी ज़्यादा क्यों पी?'

'उसने कहा कोई लड़की थी, तुझे छोड़ के चली गई और तू उससे बिछड़ने के बाद दारू का सहारा लेने लगा था,' पापा ने कहा।

'और क्या बताया उसने?'

'उसने और कोई डिटेल नहीं दी,' पापा ने कहा। 'और उसने कहा अब ये सब ख़त्म हो गया है तो अब कुछ फ़र्क़ नहीं पड़ता।'

'हाँ, तुझे हमें कुछ भी बताने की ज़रूरत नहीं है,' मम्मी ने कहा। 'ऐसी ही हैं ये आजकल की लड़कियां। टाइमपास के लिए लड़कों को अपने जाल में फँसाती हैं, और फिर–'

'उसका नाम पायल है, और उसने मुझे नहीं फँसाया। ना ही मैंने उसे फँसाया। हम टाइमपास भी नहीं कर रहे थे। एक दूसरे से प्यार करते थे। पूरे एक साल साथ थे। हमने एक साथ खूब सारा वक्त बिताया। एक तरह से वो मेरे साथ, मेरे ही घर में रहती थी।'

मम्मी ने मुझे हैरानी से देखा।

'हाँ, रहती थी मेरे साथ। मुंबई में बहुत लोग लिव-इन में रहते हैं।'

मम्मी की आँखों में आँसू भर आने लगे।

'अब आप रो क्यों रहे हो, मम्मी?' मैंने कहा।

'तुझे राशि को नहीं छोड़ना चाहिए था, बेटा। तेरे लिए बड़ा मुश्किल है अकेला जीना।'

'मम्मी प्लीज़ यार। ये राशि के बारे में नहीं है। हम लोग बिल्कुल इनकंपैटिबल थे। हमारा तालमेल नहीं बैठ सकता था।'

'मुझे ये सब अंग्रेजी शब्द नहीं समझ आते, "इनकंपैटिबल",' मम्मी ने कहा। फिर पापा की तरफ़ मुड़कर बोलीं, 'सुनिए, कभी मैंने आपसे ऐसे लफ़्ज़ बोले हैं? इनकंपैटिबल?'

पापा ने जवाब नहीं दिया। शायद उन्हें ऐसा लगा कि मम्मी सिर्फ़ बोलने के लिए बोल रही थीं। उन्होंने बस एक और पराँठा लिया, और उस पर थोड़ा और घी लगा दिया।

'मम्मी बस करो यार! मेरा डिवोर्स हो चुका है। प्लीज़ अब आप राशि की बात कभी भी मत करना।'

'कितने पैसों पे राजी हुई फिर वो?' पापा ने कहा।

मैंने उनको पूरी रकम बता दी।

'2.4 मिलियन डॉलर?! मतलब यहीं कहीं, बारह करोड़ रुपये?!' पापा चौंक गए। उनकी उँगलियों से उनका चम्मच फिसल गया।

'बारह करोड़ ले गई? साली कुतिया,' मम्मी ने कहा।

'हाँ,' मैंने शांत आवाज़ में कहा। 'लेकिन मुझे अब भी इस बात की ख़ुशी है कि ये सब ख़त्म हो गया।'

मम्मी आँसुओं से रोने लगी। 'वो तेरा सारा पैसा ले गई,' उन्होंने रोते-रोते कहा। 'फिर तूने अपनी जॉब छोड़ दी अमेरिका वाली। और अब तू एक किराए के कमरे में रह के कॉमेडी-शोमेडी कर रहा है।'

'अरे ठीक है ना मम्मी! पाली हिल में रहता हूँ मैं। खाली उधर के किराए से मैं चंडीगढ़ में पूरा घर ले सकता हूँ। और स्टैंड-अप कॉमेडी मेरा पैशन है, मैं अब फाइनली अपनी लाइफ अपनी शर्तों पर जीना चाहता हूँ।'

'पर तू ख़ुश तो नहीं है। देख क्या हुआ अभी,' मम्मी ने कहा।

'अरे वो अलग बात है। वो तो इसलिए क्यूंकि पायल और मैं एक साथ नहीं रह पाये।'

'ये पायल का सरनेम क्या था?' पापा ने कहा। ये सरनेम ना, इंडियन फ़ैमिली के टू-फैक्टर सिक्योरिटी चेक होते हैं, एक सेकंड नहीं लगता बिरादरी ढूंढने में।

'पायल जैन,' मैंने कहा। 'लेकिन क्या फ़र्क़ पड़ता है? अब तो उसकी शादी हो गई है। पिछले हफ़्ते ही हो गई,' मैंने कहा।

'क्या?!' मम्मी-पापा ने एक साथ कहा।

अगले आधे घंटे में मैंने मम्मी-पापा को वो सबकुछ बताया जो मेरे और पायल के बीच हुआ था। हमारे सुपर-इंटीमेट लम्हों को छोड़ के।

'जब वो मुझे छोड़ के चली गई, मुझे दर्द हुआ। दर्द कम करने के लिए मैंने शराब पी, और शराब पीकर आपको पता है क्या हुआ।' मैंने अपनी कहानी ख़त्म की और उनके रिएक्शन का इंतज़ार किया। एक मिनट के लिए किसी ने कुछ भी नहीं कहा।

आख़िरकार मम्मी उठ खड़ी हुईं। 'मैंने गाजर का हलवा भी बना रखा है। किचन से लाती हूँ,' उन्होंने कहा और वो चली गईं।

पंजाबी माँओं के लिए करारे से करारे तनाव का एक ही मीठा जवाब था। एक हाई-कैलोरी स्वीट डिश।

पापा मम्मी के किचन से वापस आने तक चुप रहे। कमरे में घी और शक्कर की वो मीठी सी ख़ुशबू फैल गई। मैंने एक कटोरी गाजर का हलवा

लिया और खाने लगा। बहुत ही टेस्टी था। अगर गाजर के हलवे का कोई नोबल प्राइज होता, तो वो मेरी माँ को ही मिलता।

'अभी भी लड़कियों की कोई कमी नहीं है तेरे लिए,' मम्मी ने कहा।

'*अभी भी,* अच्छा?' मैंने कहा, एक चम्मच गाजर के हलवे को ठंडा करने के लिए उस पर फूँक मारते हुए।

'तू जवान है, हैंडसम है, पढ़ा-लिखा है, इकलौता बेटा है, तेरे कोई बच्चे भी नहीं हैं। आज तक तेरे लिए रिश्ते आते हैं।'

'प्लीज़ मम्मी! और कोई रिश्ते मत लाइये! ये रिश्ते-विश्ते के चक्करों में नहीं घुसना मुझे। मुझे नफ़रत है इस सबसे!'

'तुझे अकेलापन लग रहा है, तो मान ले ना बेटा। तू अभी भी जवान है। तू एक बार फिर शादी कर सकता है,' पापा ने कहा।

'नहीं पापा, मुझे शादी नहीं करनी। चिंता मत करो, पायल के बिना जी लूँगा मैं।'

'साकेत बेटा, इतनी ना पिया कर!' मेरी मम्मी ने सच्ची चिंता के साथ कहा।

'हाँ, आगे से ध्यान रखूँगा,' मैंने कहा। 'वादा करता हूँ। लेकिन आप लोग भी मुझसे वादा करो। मुझ पर तरस नहीं खाओगे कभी! ना ही मेरे लिए कोई और लड़की ढूँढने निकल जाओगे। अभी जाने कैसे ये पायल वाला कांड हो गया। और अब मुझे नहीं पता अगर मैं कभी किसी और लड़की के साथ उतना इमोशनली खुल पाऊँगा।'

'अभी बहुत ज़िंदगी पड़ी है, बेटा, ऐसा मत सोच,' पापा ने कहा।

'मैंने शादी की, और फेल हो गया। प्यार करने की कोशिश की, और फिर से फेल हो गया। ये सब मेरे लिए नहीं है।'

'तो क्या सब है तेरे लिए?' मम्मी ने कहा।

'मेरा काम, मेरा वर्कआउट, मेरी फिटनेस, मेरे दोस्त, मेरे पेरेंट्स। और भी काम हैं ज़िंदगी में पार्टनर के सिवा, या बीवी के सिवा, या जो भी,' मैंने कहा और उठ खड़ा हुआ।

'कहाँ जा रहा है?' मम्मी ने कहा।

'लॉन्ग रन पर। एक महीने से एक्सरसाइज नहीं की है।'

~

'देखो, कौन लौट के आया है,' मुदित ने मुझे एक लंबी झप्पी देते हुए कहा।

चंडीगढ़ में दो हफ्ते बिताने के बाद मैं शाम की फ्लाइट से मुंबई वापस आ गया, और एयरपोर्ट से सीधा क्लब।

'थैंक यू मेरी जान बचाने के लिए,' मैंने कहा।

'क्या सोच के आया था, ऐसे ही जाने दूँगा?'

'आई लव यू,' मैंने कहा।

'कैसा है ब्रो?' मुदित ने कहा।

'बस ज़िंदा हूँ,' मैंने कहा।

'सब ठीक हो जाएगा। मेरी मान, तू अपने आपको काम में डुबा दे। अभी तेरे लिए एक एक्ट लगवाता हूँ। इस वीकेंड कैसा रहेगा?'

'थोड़ा टाइम दे, ब्रो। स्टैंड-अप करने से पहले मैं फिर से मुंबई में एक नार्मल ज़िंदगी शुरू करना चाहता हूँ। जिम में पसीना बहाना चाहता हूँ।'

'आराम से, कोई जल्दी नहीं है!' मुदित ने मुस्कुराते हुए कहा।

~

क्लब से बांद्रा आते हुए मेरे ज़हन में अजीब से ख़याल आने लगे। मैं सब ख़त्म करना चाहता था। मैं बांद्रा-वर्ली सी लिंक से गुज़रा।

मुंबई ऐसा जीता जागता शहर जहाँ आप कुछ भी कर सकते हैं, सिवाय सुसाइड के। उसके ऑप्शन जरा कम हैं। आप चाहें तो ख़ुद को मारने के वही पुराने तरीके आज़मा सकते हैं–नस काट लेना, पंखे से लटक जाना, या हथेली भर नींद की गोलियां खा लेना। मगर उनमें वो मुंबई वाली बात नहीं। खैर इनमें वैसे भी कुछ खास बात नहीं। क्या ही होगा इनसे? किसी को ख़बर तक नहीं होगी। ना उसे होगी, ना उसके पेरेंट्स को होगी।

मैं मरना चाहता था धूम मचा के। उसे ये दिखा के कि किस तरह उसने मेरे दिल को तोड़ा, कुचला, रौंदा, जब वो मुझे छोड़कर चली गई।

शायद, बांद्रा-वर्ली सी लिंक? आने वाली खबरों के लिए तो कुछ मसालेदार किस्से बन जाएँगे: 'साकेत खुराना, चौंतीस साल के स्ट्रगलिंग स्टैंड-अप कॉमेडियन ने लगाई बांद्रा-वर्ली सी लिंक से छलांग। हाल ही में हुआ था ब्रेकअप।'

कम से कम तब तो उसे कुछ फ़र्क़ पड़ेगा ना?

लेकिन वो सी लिंक इतना भी ऊँचा नहीं है। अगर मैं मरा ही नहीं तो? चलो मान लो कि मैं 50 फुट नीचे गहरे समंदर में छलांग मार भी लूँ, लेकिन पास में रहने वाले कोली मछुआरों ने मुझे बचा लिया तो? फिर तो कहानी के हीरो वो बन जाएँगे ना: 'कोली मछुआरों ने बचाई एक नाकाम स्टैंड-अप कॉमेडियन की जान, जो ना ठीक से इश्क़ कर पाया, ना काम कर पाया, और ना ही ठीक से मर पाया।'

नहीं, ये तरीका भी नहीं चलेगा। उसको शायद और भी ज़्यादा यकीन हो जाएगा कि मुझे छोड़कर उसने कोई गलती नहीं की।

किस्मत से, कैब सी लिंक को पार करके बांद्रा पहुँच गई, और हेडलाइन बनाने के सारे हवाई प्लान धरे के धरे रह गए।

~

जब मैंने अपने बांद्रा वाले घर का दरवाज़ा खोला, तो वो किराए का घर मेरे अपने घर सा लगा, भले ही वो थोड़ा ठंडा था, भले ही धूल से भरा था। मैंने अपना सामान बेडरूम में रखा, और वापस लिविंग रूम में आ गया।

मैं विंडो लैज तक गया। मेरे सीने में एक दर्द उठा। ज़हन में बस पायल की तस्वीरें ही नज़र आ रही थीं। इतनी रियल लग रही थीं कि मैंने अपना हाथ आगे बढ़ा लिया था उसके इमेजिनरी बाल छूने के लिए।

मैं मुँह धोने के लिए बाथरूम गया। टूथपेस्ट स्टैंड में अब भी उसका छोटा सा टूथब्रश पड़ा हुआ था। और वो एक छोटा सा टूथब्रश काफ़ी था यादों का

एक और सैलाब लाने के लिए। हम बाथरूम में साथ में ही ब्रश करते थे। वो मुझे कहती थी कि उसके दाँत ज़्यादा सफ़ेद थे क्यूंकि वो सिर्फ़ वेजीटेरियन खाना खाती थी। और मैं जवाब में उसे कहता था कि नॉन-वेज खाने की वजह से मेरे दाँत उसके दांतों से ज़्यादा ताकतवर थे। मुझे वो सुबह-सुबह की नोकझोंक, वो उससे बातें करना, सब फिर से याद आ रहा था। एक बार को आप दाँत तो ब्रश कर सकते हो, लेकिन किसी एक इंसान से बात करने की चाह को कैसे ब्रश करोगे?

सब ठीक होना ही है, है ना? होना तो चाहिए।

लोग एक दूसरे के बिना जीना सीख लेते हैं। और अब तो पायल की शादी हो गई थी।

वो चली गई है। उसका चैप्टर ख़त्म हो चुका है। मान लो, साकेत।

मैंने अपने दांतों को ज़ोर से ब्रश किया, इस उम्मीद में कि मेरे दांतों के साथ ही साथ पायल के सारे ख्याल भी मेरे दिमाग़ से साफ़ हो जाएँगे। मेरे मसूड़े दर्द करने लग गए और उनसे ख़ून निकलने लगा। मैंने अपना ब्रश दो मिनट तक नल के नीचे रखा, और मैं बस सिंक में जाते हुए पानी की गुड़गुड़ाहट सुन रहा था। मेरे पास और करने को भी क्या था? एक बंगाली आर्ट फ़िल्म बन गई थी मेरी ज़िंदगी, हाँ वही फिल्में जिनको आगे जाकर अवार्ड मिलते हैं।

मैं अपने बेडरूम में गया और लेट गया। मेरे पास कुछ भी करने की कोई मोटिवेशन नहीं थी। ये तो कोई चमत्कार ही था कि मैं साँस भी ले पा रहा था और मेरे दिल की धड़कन चल रही थी। शुक्र है भगवान का कि उसने हमें इन्वॉलंट्री रेस्पिरेटरी और सर्कुलेटरी सिस्टम दिया। वो ना होते तो हर दिल-टूटा इंसान ब्रेकअप के बाद मरा हुआ मिलता। क्यूंकि उसके पास कुछ भी करने की कोई मोटिवेशन नहीं होती।

तुम्हें अपने आपको उठाना पड़ेगा। तुम्हें इससे उबरना पड़ेगा!

एक छोटी सी आवाज़ थी मेरे मन में जो समझदारी की बात कर रही थी, भले ही वो फुसफुसा रही थी।

शायद मुझे एक बार आकांक्षा का इंस्टाग्राम अकाउंट खोलकर देख लेना चाहिए। मैंने अब तक कंट्रोल किया हुआ था, लेकिन शायद वो तस्वीरें मुझे याद दिलाने का एक सख़्त मगर ज़रूरी ज़रिया बन जातीं कि अब पायल और परिमल की शादी हो चुकी थी। वो शायद मेरे मन को समझा दें कि पायल अब मेरी ज़िंदगी से जा चुकी थी।

मैंने अपना फ़ोन निकाला और आकांक्षा का इंस्टाग्राम अकाउंट खोला। उसने तबसे अब तक कई और पोस्ट अपलोड कर दिए थे, जब मैंने आख़िरी बार देखा था। एक पोस्ट बता रहा था कि कैसे आप अपनी फ़ैमिली के लिए एक बेहतरीन पिकनिक ऑर्गेनाइज करवा सकते हैं, हेल्थी और टेस्टी वेजीटेरियन पकवानों के साथ।

'सैंडविच की जगह थेपला,' उसने कैप्शन में लिखा हुआ था। *'ज़्यादा टेस्टी होता है, ज़्यादा पौष्टिक होता है, और सबसे ज़रूरी बात, भारतीय संस्कृति से, ख़ान-पान के तौर-तरीकों में सही बैठता है। हमें हर चीज़ में वेस्ट को कॉपी करने की ज़रूरत नहीं है।'*

क्या थेपले सच में सैंडविच से ज़्यादा हेल्थी थे? लेकिन किसे परवाह थी? कमेंट्स में लोगों ने आकांक्षा की तारीफ़ के पुल बाँध दिए। कैसे वो भारतीय संस्कृति को ज़िंदा रख रही थी। एक यूजर ने लिखा कि आकांक्षा के पोस्ट ने ये सिद्ध कर दिया कि कैसे हिंदुस्तानी लोग पश्चिम के लोगों से ज़्यादा समझदार थे। क्यों? क्यूंकि हमने थेपला इंवेंट किया था। हाँ लेकिन उसने ये नहीं बताया कैसे पश्चिम के लोगों ने इंस्टाग्राम इंवेंट किया था, इंडियंस ने नहीं। खैर वो किसी और दिन की बात है।

और फिर मुझे पायल की बिग फैट जैन वेडिंग के पोस्ट मिल गए।

पहले कुछ पोस्ट पायल की संगीत सेरेमनी के थे। एक बहुत बड़ा इवेंट था शायद, शहर के किसी फाइव स्टार होटल के किसी आलीशान बैंक्वेट हॉल में। पायल ने एक केसरी रंग का लहंगा पहन रखा था, और वो बहुत सी नई हीरोइनों से ज़्यादा सुंदर लग रही थी।

फिर एक फोटो थी जहाँ परिमल घुटने पर बैठकर, पायल को एक लाल गुलाब दे रहा था। मुझे लगा ये थोड़ा ज़्यादा हो गया, लेकिन घाटकोपर के लिए तो ये बड़ी बात थी। एक और फोटो में पायल अपने ससुराल वालों के पैर छू रही थी, और उसकी सास उसको ऐसा करने से रोक रही थी। उसकी सास ने वो मुझे-अच्छा-लग-रहा-है-कि-तुम-ये-कर-रही-हो-और-तुम्हें-ये-करना-भी-चाहिए-लेकिन-ये-अभी-मत-करो वाला पोज़ बखूबी निभाया। एक और फोटो थी जहाँ सारे मेहमान नाच रहे थे और पायल भी उनके साथ नाच रही थी।

अगर वो नाच रही है तो ज़रूर वो ख़ुश होगी, है ना?

अगले दो पोस्ट, शादी की सेरेमनी के थे। पायल ने एक लाल, ज़रदोज़ी लहंगा पहना हुआ था, जो, कैप्शन के मुताबिक, उसकी दादी का था। परिमल ने एक बंदगला पहना हुआ था। क़सम से अगर पायल उसके बगल में ना खड़ी हुई होती तो मुझे लग रहा होता ये कौन वेटर है, जो सारी तस्वीरों में आ गया था।

मैंने जयमाला की एक फ़ोटो देखी, जहाँ परिमल और पायल ने एक-दूसरे को वरमाला पहनाईं। एक और फोटो में वो फेरे ले रहे थे। कन्यादान वाली फोटो में पायल अपने पापा, मेरा मतलब मेरी लाइफ के सबसे बड़े विलन की गोद में बैठी हुई थी।

जैसे-जैसे मैं एक नई तस्वीर देखता, ऐसा लगता था जैसे मैं अपने दिल पर ख़ुद छुरियां चला रहा था। पहले तो मैं सुन्न सा हो जाता, लेकिन फिर मेरे पूरे बदन में एक दर्द भरी टीस उमड़ पड़ती।

ये सबकुछ असल में नहीं हुआ था, ये लोग बस आकांक्षा के इंस्टाग्राम अकाउंट के फोटोशूट के लिए तैयार होकर आए थे।

एक ड्रोन शॉट शादी की सारी तैयारियां, सारी सजावट दिखा रहा था। वैसे तो जैन लोग रोज़मर्रा की ज़िंदगी में अपने आपको काफ़ी सिंपल दिखाते हैं, लेकिन कुछ जैन शादियां ओवर द टॉप चली जाती हैं। पचास से भी ज़्यादा खाने के स्टाल थे, जहाँ दुनिया की शायद हर डिश मिल रही थी–जैन वर्ज़न

में। मूर्तियां थीं, फव्वारे थे, फूल थे, लाइटें थीं। एक बार फिर, मुझे तो ये कुछ ज़्यादा ही लगा, लेकिन घाटकोपर के लिए, ये बहुत बड़ी बात थी।

वेडिंग पोस्ट की कैप्शन थी: *#पा पा को शादी की ढेर सारी शुभकामनाएँ! आप पर ईश्वर का आशीर्वाद रहे, आप दुनिया की हर सुख-समृद्धि पायें। बधाई हो, पायल और परिमल!*

क्या बात है! अब उनका एक हैशटैग भी था! #पा पा।

आकांक्षा ने पायल और परिमल के बारे में एक और अपडेट भेजा था। #पा पा की एक और फोटो आई थी, पेरिस से। पायल और परिमल, दोनों के हाथों में भर-भर के शॉपिंग बैग थे, एक से बढ़कर एक डिज़ाइनर के। फिर वो चाहे लुई वितों हो, अर्मेज़ हो या बर्बेरी हो। उन्होंने एक जैसी पफी जैकेट पहनी थी और वे आर्क द ट्रायोम्फ़ के सामने खड़े थे।

कैप्शन थी: *तो #पा पा ने मुझे ये फोटो भेजी जब मैंने उनको कहा कि मेरे फॉलोवर नए अपडेट्स के लिए पागल हुए जा रहे हैं। लगता है दोनों अपना हनीमून मज़े से बिता रहे हैं पेरिस में। पीएस: कोऑर्डिनेटेड सफेद पफी जैकेट! क्या बात है! #पा पा तो सच में कपल गोल्स वाली जोड़ी हैं।*

ढेर सारे कमेंट आए हुए थे। सब लोग इस नई नवेली जोड़ी को शादी की शुभकामनाएँ दे रहे थे। हाँ लेकिन एक कमेंट जरा नाराज था उनसे: *'मंगलसूत्र कहाँ है? एक नई नवेली दुल्हन को बिना मंगलसूत्र के आना शोभा नहीं देता।'*

क्या होता हमारे देश का इन संस्कृति के रक्षकों के बिना? धन्य हो प्रभु!

मैंने अगले दो घंटे बाक़ी की तस्वीरें देखने में बिताए। हर फोटो पर ज़ूम इन किया। अगर मेरे पास एक कंपाउंड माइक्रोस्कोप होता, तो मैं उसको इन तस्वीरों के नीचे लगा देता। हर एक डिटेल देखता। झुमकों से लेकर, नेकलेस तक। ऑउटफिट से लेकर उन दोनों के हाथ पकड़ने तक। उनका खाना, उनका मुँह बनाना, सबकुछ देखता, तब तक जब तक पिक्सेल आकर फोटो को धुंधला ना कर देते।

वो शादी की तस्वीरें, वो मैचिंग जैकेट, वो लफ़्ज़, 'हनीमून,' मेरे सर में घूमता रहा। जबकि मैंने लाइटें बंद कर दी थी और मैं बिस्तर पर लेट गया

था। हाँ, मुझे बिल्कुल भी नींद नहीं आई। मेरे दिमाग़ में कुछ ऐसे अजीबोगरीब ख्याल आ रहे थे:

क्या वो अभी अपने हनीमून पे है? अभी पेरिस में कितने बजे होंगे? वो लोग ज़रूर बाहर कहीं डिनर कर रहे होंगे। क्या वो उसके साथ खाना खा रही है? क्या उन्हें पेरिस में कहीं जैन खाना मिलेगा? क्या वो उसके साथ शराब पिएगी? क्या परिमल ये जानता है कि वो शराब पीती है? शायद उन्होंने डिनर कर लिया होगा और वो अपने कमरे में जा चुके होंगे। वो शायद अभी सेक्स कर रहे होंगे। आख़िर उनका हनीमून है। लेकिन... पायल... किसी और के साथ सेक्स कर रही है? ऐसा कैसे हो सकता है? अरे वो कोई और नहीं, उसका पति है साकेत। अरे वो परिमल उसे छू के तो दिखाए! मार डालूँगा उसे। गाड़ी चढ़ा दूँगा साले पे। पायल ने बिस्तर में क्या पहना हुआ होगा? कोई नई हनीमून लौंजरी या कोई सस्ता सा घाटकोपर-शिक नाइटसूट जो उसके पेरेंट्स ने उसे दिया था? क्या उसे मेरी टी-शर्ट्स की याद आ रही थी? क्या मुझे उसको एक टी-शर्ट पार्सल कर देनी चाहिए? एक गिफ्ट की तरह? उससे तो वो बिल्कुल पिघल जाएगी ना? परिमल से दूर चली जाएगी ना? नहीं। उसकी परिमल से शादी हो चुकी है। वो उसे लुई वितों दिला रहा था, अर्मेज़ दिला रहा था...

'बस!' मैं अपने पागल दिमाग़ पर चिल्लाया। मैं बिस्तर में उठ बैठा और लंबी साँसें लेने लगा।

'साकेत खुराना, ख़ुद को संभालो! तुम्हें ये सब बंद करना होगा!' मैंने अपने आपको ज़ोर से कहा।

लेकिन मैंने अपने आपको नहीं सम्भाला। हर रात की वही कहानी थी। मैं आकांक्षा का इंस्टाग्राम अकाउंट खोलता, पायल की शादी और हनीमून की फोटो देखता, और अपने दिमाग़ को जैनी ख़याली पुलाओ बनाने के लिए दौड़ाता।

मैं काम भी नहीं कर पा रहा था। पायल के बिना मेरा फनी बनने का या कोई नया सेट लिखने का दम ही नहीं हो रहा था। दुनिया में मुझे कुछ भी

उतना ख़ुश नहीं करता था जितना पायल का मेरे जोक्स पर हँसना। पायल मेरे मन के जोक-जेनरेशन फैक्ट्री का ज़रूरी इंग्रिडिएंट थी। वो क्या कहते हैं उसे? किसी शायर की ग़ज़ल?

'नए सेट पर काम कर रहा है?' मुदित ने मुझे एक दिन मैसेज किया।

'नहीं कर रहा ब्रो। और नहीं होती कॉमेडी। छोड़ रहा हूँ ये सब,' मैंने जवाब दिया।

'क्या? तो फिर क्या करेगा?' उसने जवाब दिया।

'सोचना पड़ेगा। मिलकर बात करते हैं।'

~

मुदित और मैं बांद्रा के योगा हाउस कैफ़े में मिले। ये एक प्योर वेजीटेरियन कैफ़े है, जो एक योगा स्टूडियो के अंदर बनी थी। यहाँ पर कई तरह के सलाद, दलिया, सूप, और हर तरह की आर्गेनिक और अच्छी चीज़ मिलती हैं। हम लोग, बालकनी की तरफ़, फ्लोर कुशंस पर बैठे हुए थे और हमारे बीच एक लड़की की नीची टेबल थी।

'इससे ज़्यादा हेल्दी जगह नहीं मिली तुझे?' मुदित ने ताना मारते हुए कहा। उसने कैफ़े का मेनू देखा।

मैंने हम दोनों के लिए एक दलिया और एक सुपरफूड सलाद मंगाया।

'आने के लिए शुक्रिया,' मैंने कहा।

'कोई बात नहीं। कैसा है?'

'बेहतर हूँ, बस पूरी तरह नहीं...'

'अब भी उसकी याद आती है?' मुदित ने कहा।

मैं चुप रहा।

'आती है ना? कितनी बार सोचता है उसके बारे में दिन में?'

मैंने एक आह भरी। 'चल, यूँ मान ले, ऐसा कभी नहीं होता कि मैं उसके बारे में नहीं सोच रहा हूँ।'

'वाह,' मुदित ने कहा। 'जैसे अभी भी?'

'हाँ। जब मैं मेनू देख रहा था, मैं ऐसी डिश ढूंढ रहा था जो पायल को बहुत पसंद आती। जैन फ़ूड वगैरह।'

'यहाँ पे तो सबकुछ जैन-फ्रेंडली है,' मुदित ने कहा और मेनू पढ़ने लगा। 'आयुर्वेदिक ओट है, दलिया है, योगा हाउस खिचड़ी है। टोफू ब्राउन राइस भी हैं। वाह! ये जगह तो जैन लोगों के लिए जन्नत है।'

'हाँ... ख़ैर, मैं हर समय उसके बारे में सोचता हूँ। लेकिन अब कम से कम मुझे ये पता है कि ये ग़लत है, ये एक प्रॉब्लम है। मैं उसके बारे में कम सोचना चाहता हूँ। ज़िंदगी में आगे बढ़ना चाहता हूँ।'

'और तू ये कैसे करने वाला है?'

'शराब छोड़ के, जिम जा के।'

'ओके, बढ़िया। काम का क्या?'

'वही बात है, मुदित। मेरे अंदर कुछ मर गया है। कॉमेडी नहीं होती यार अब। पता है, पायल मेरे सेट की जान थी। वो मुझे लिखने के लिए प्रेरित करती थी।'

'ओ बस कर यार! तू स्टेज पे ही था जब तू पायल से मिला।'

'हाँ पर बाद में सबकुछ उसी से जुड़ गया। वो मेरी–'

'म्यूज़ थी?' मुदित ने मुझे टोका, 'सच में ब्रो? हम कॉमेडियन लोग हैं यार, पेंटर नहीं! कोई एम.एफ. हुसैन या पिकासो नहीं।'

'जो भी हो, उसके बिना कॉमेडी मुश्किल लगती है।'

'तुझे उससे आगे बढ़ना पड़ेगा, ब्रो। ये तो अच्छा नहीं हुआ यार। मुझे अच्छा नहीं लगा उसने जो तेरे साथ किया।'

'अरे इसलिए ही तो तुझे यहाँ बुलाया है। पायल से आगे बढ़ने के लिए ही तो आगे क़दम बढ़ाने की सोच रहा हूँ। बहुत बड़े क़दम।'

'कैसे बड़े कदम?'

'बताता हूँ, बस, चौंक मत जाइयो।'

'तू गे बन गया है क्या? देख, मुझे गे लोग अच्छे लगते हैं, मुझे तू भी बड़ा प्यारा है। लेकिन मैं नहीं कर सकता वो सब...'

'अबे चुप!,' मैंने मुदित को टोका। 'क्या बकवास कर रहा है? ऐसी कोई बात नहीं है।'

मुदित हँसा। मैं भी मुस्कुराया।

'देख, तू हंस सकता है! बस एक-आधा जोक ही लगता है,' मुदित ने कहा।

'मैं जानता हूँ मैं एक दिन इस सबसे उबर जाऊँगा। लेकिन अभी के लिए, शराब की तरह, मुझे एक और चीज़ को छोड़ना पड़ेगा।'

'क्या?'

'मुंबई।'

'हैं? क्या मतलब?'

'मैं यहाँ नहीं रह सकता, मुदित। यहाँ पर कई सारी जगहें मुझे पायल की याद दिलाती हैं। वो कई दर्जन कैफ़े जहाँ हम गए थे। वो बांद्रा की गलियाँ जहाँ हम टहलने जाते थे, वो ग्रोसरी स्टोर जहाँ हम जाते थे। मरीन ड्राइव, बैंडस्टैंड, कार्टर रोड, नरीमन पॉइंट, कोलाबा—उसकी याद मुंबई के हर कोने पर छाप छोड़ गई है यार।'

'घाटकोपर मत भूलियो,' मुदित दाँत दिखाते हुए मुस्कुराया।

'फक, वो भी! मतलब मैं कभी वहाँ वापस नहीं जाऊँगा, लेकिन ब्रो! सही में। अब तो वो वहीं रहती है। अपने पति के साथ।'

'सो तो है।'

'और मुझे यहाँ रहने से डर लगता है।'

'क्यों?'

'अरे डर लगता है कि उसे देखकर फिर से पिघल जाऊँगा। फिर से कोई पागलपंती कर बैठूँगा। उसके पेरेंट्स के घर का दरवाज़ा खड़का आऊँगा, उसके ऑफिस की लिफ्ट में घुस जाऊँगा, या उसके बाप की फैक्ट्री में घुस जाऊँगा...'

'नहीं ब्रो! उसके बाप की केबल फैक्ट्री नहीं! तुझे याद नहीं हमारा कितनी शानदार तरीके से स्वागत किया गया था उनके घर, और किस शान से

बाकायदा काजू कतली के डब्बों के साथ हमारी विदाई हुई थी? फैक्ट्री में जाएँगे तो कहीं वो आनंद जैन हमें इलेक्ट्रिक वायर में लपेट के शॉक देकर ना मार दे।'

'हमें?'

'अब ब्रो तू कोई ख़ुराफ़ात करे और मैं ना आऊँ? ये हो नहीं सकता,' मुदित ने कहा।

'आई लव यू, मुदित,' मैंने कहा।

'आई लव यू टू,' मुदित ने अपने गर्म दलिये में फूँक मारते हुए कहा। 'पर हम दोनों में कोई गे-शे वाली बात नहीं है, समझा?'

मैं हँसा।

'ब्रो तू बना ही हँसने के लिए है। जब लाइफ हमारी लेती है, तो हम लोग उस पर अपने सेट लिखते हैं। ऐसे कोने में बैठ के रोने नहीं लग जाते।'

'रो नहीं रहा ब्रो, सबकुछ सोच समझकर कर रहा हूँ। मुझे मुंबई छोड़ना ही पड़ेगा।'

'एक ब्रेक के लिए?'

'नहीं। हमेशा के लिए। मैं यहाँ नहीं रह सकता। मैं यहाँ कोई पागलपन कर बैठूँगा...'

'भाग रहा है?'

'कुछ भी कह ले ब्रो। अगर मुझे भागने में ही मन की शांति मिलती है, तो भागना ही सही।'

'और मेरा क्या?' मुदित ने कहा।

'यही बात तो मेरे लिए इस शहर को छोड़ना इतना मुश्किल बना रही है। तू जो रहता है यहाँ।'

'तो फिर मत जा ना।'

'तू मिलने आ जाइयो। या उससे भी बढ़िया, मेरे साथ ही शिफ्ट हो जा!'

'अरे कैसे आ जाऊँ यार? यहाँ क्लब कौन संभालेगा?'

'हाँ, जानता हूँ।'

‘कहाँ जाने की सोच रहा है वैसे?’

‘यार वापस से काम करना है, पैसे कमाने हैं। मेरी बेस्ट बेट है, मैं अपनी पुरानी जॉब जैसा ही कुछ कर सकता हूँ। स्टार्टअप इन्वेस्टिंग।’

‘वेंचर कैपिटल? प्राइवेट इक्विटी?’

‘हाँ, कुछ सालों के लिए काम करना है यार। फिर से अपने कांटेक्ट बनाने हैं। फिर अपना एक स्टार्टअप खोलना है। कुछ ऐसा बनाना है जिसमें पोटेंशियल हो, जो स्केल हो पाए। बड़ा बन पाये। सॉलिड पैसा बनाना है यार इस बार। इस बार मैं अपना स्टार्टअप, बे एरिया में कोई फालतू सा घर लेने के लिए, जल्दबाज़ी में नहीं बेचूँगा।

‘पैसा, हैं?’

‘क्या?’

‘कुछ नहीं। मुझे लगता था तुझे कभी पैसे से इतना फ़र्क़ नहीं पड़ता। तू तो अपना सारा पैसा छोड़कर मुंबई आया था। अपने दिल की सुनने, अपने दिल की करने।’

‘हाँ, देखा ना दिल की आवाज़ सुनते-सुनते मैं कहाँ आ गया? बर्बादी के रास्ते पर। इससे तो वही पुराना ठंडे-मिज़ाज वाला, भावहीन, और बस नफ़ा-नुकसान देखने वाला साकेत ही ठीक है।’

‘मुझे तो वो गर्म-मिज़ाज वाला जज़्बाती साकेत ज़्यादा पसंद है,’ मुदित ने कहा, ‘जो नंबरों से ज़्यादा जज़्बातों पर ध्यान देता है।’

‘कुछ नहीं रखा ब्रो जज़्बातों में। कहीं नहीं ले जाते वो किसी को, कहीं का नहीं छोड़ते वो किसी को ब्रो। मेरा उनके साथ हो गया ब्रो। अब तो बस मुझे सबसे ज़्यादा पैसे वाली नौकरी चाहिए।’

‘कहाँ? वापस यूएस जाएगा क्या? इतनी दूर?’

‘नहीं, यूएस में राशि है, और मुंबई में पायल। इन दोनों में से किसी में भी नहीं रहना चाहूंगा। ऊपर से यूएस में टैक्स भी बहुत ज़्यादा हैं ब्रो।’

‘सब लोगों में से एक तू टैक्स की बातें कर रहा है?’

‘भावहीन, नफा-नुकसान देखने वाला, कहा था ना मैंने? अब वही बनूँगा मैं।’

'तो कहाँ जा रहा है फिर?'

'दुबई। कुछ महीनों पहले पैनथियॉन फंड नाम की एक फर्म ने मुझे ऑफर दिया था। तब मैंने वो ठुकरा दिया था। शायद अब आज़मा के देखूँ।'

'ओ, तो तूने पहले ही सारी सेटिंग कर रखी है?'

'दुबई तो मुंबई के पास भी है। आ-जा भी सकता है तू आराम से।'

'तुस्सी जा रहे हो, खुराना साहब? तुस्सी ना जाओ!'

'तुस्सी आ जाओ! मेरे साथ, दुबई!'

'और, क्या करेंगे हम वहाँ?' मुदित ने कहा।

'कुछ ना कुछ तो कर ही लेंगे। साथ ही में कुछ बना लेंगे।'

'ब्रो अभी तो क्लब छोड़ना मुश्किल होगा। शायद कभी और। बताइयो जब तू एक स्टार्ट-अप खोल ले और वो कहीं जा रहा हो। मैं आकर तुझे जॉइन कर लूँगा।'

'डन। जो भी मेरा अगला वेंचर होगा, तू उसका को-फाउंडर होगा,' मैंने कहा।

'वाह! सही है! ऊपर से मैं अमीर भी बन जाऊँगा।'

'ज़्यादातर स्टार्टअप फेल हो जाते हैं, पता है ना तुझे?'

'हाँ, लेकिन मुझे लगता है तू चला लेगा।'

'अच्छा? इतना भरोसा कैसे?'

'ब्रो कोई इतना भी ज़्यादा अनलकी नहीं हो सकता। चाहे इश्क़ में, चाहे काम में,' मुदित ने कहा और हम दोनों जोर से हंसने लगे।

भाग 2

दुबई

'तुम कंपनी के सबसे ज़्यादा मेहनती लड़के हो। और तुम ही जॉब छोड़ रहे हो?' आह्निक, मेरे बॉस ने कहा। वो अपनी रिवोल्विंग चेयर में पीछे को धस गया, और मेरे जवाब का इंतज़ार करने लगा।

'मुझे भी ये कंपनी छोड़ने का अफ़सोस है,' मैंने कहा।

मैं आह्निक के ऑफिस, पैनथियॉन फंड में बैठा था। मैं यहाँ पिछले दो साल से काम कर रहा था। आह्निक ने ये फर्म सात साल पहले शुरू करी थी, और अब तक उसका दो बिलियन डॉलर का फंड भी बन चुका था।

'क्यों जा रहे हो? क्या हमारे किसी कम्पेटिटर कोई जॉइन कर रहे हो?' आह्निक ने कहा और वो ऑफिस की खिड़की की तरफ़ चलने लगा। खिड़की से बुर्ज खलीफा दिखता था।

'नहीं।'

'हम किसी भी ऑफर पर बात कर सकते हैं, तुम्हें पता है ना?'

'मैं किसी और फर्म में नहीं जा रहा। पैनथियॉन बहुत बढ़िया जगह है काम करने के लिए।'

'तो फिर?' आह्निक ने खिड़की के बाहर देखते हुए कहा।

'मैं अपना एक स्टार्टअप बना रहा हूँ।'

'ओ।' आह्निक मेरी तरफ़ मुड़कर बोले। 'ये कब हुआ? मुझे नहीं पता था तुम्हारे अंदर ये स्टार्टअप का कीड़ा है।'

'मैं हमेशा से ही एक स्टार्टअप प्लान कर रहा था। बहुत समय पहले, मैंने अपना एक स्टार्टअप खोला भी था, जो बाद में बेच दिया।'

'ओ हाँ, तुमने बताया था इंटरव्यू में।'

'हाँ, मुझे लगता है अब मैं एक और चीज़ बिल्ड करने के लिए तैयार हूँ। पैनथियॉन टीम को छोड़ने के लिए माफ़ी चाहता हूँ। और मुझे आपसे भी माफ़ी माँगनी चाहिए, क्यूंकि आपने मुझे यहाँ काम करने का मौक़ा दिया।'

'वेल,' आद्विक ने कहा। 'अब तुम्हें जो करना है, वो करना है। मैंने पैनथियॉन बनाया था ताकि बाक़ी एंटरप्रेन्योर्स के अपने स्टार्टअप के सपने सच हों, भला मैं तुमको तुम्हारी सपनों की उड़ान भरने से क्यों रोकूँगा?'

'थैंक यू।'

'मैंने तुम्हें इसलिए हायर किया था क्यूंकि मुझे तुम्हारी प्रोफाइल बहुत अच्छी लगी थी। तुम्हारे पास एक्सपीरियंस था। और तुम्हारे पास कुछ बोल्ड करने का जज़्बा भी था। जैसे एक टाइम पे वो तुम्हारा कॉमेडी करियर था।'

मेरे चेहरे पर शिकन आ गया।

'वो कितना कूल था। अब भी स्टैंड-अप करते हो?'

'नहीं,' मैंने कहा। 'मेरा स्टैंड-अप करियर तो बहुत साल पहले ही मर गया था।'

'क्यों?'

'लंबी कहानी है,' मैंने कहा।

'हम्म। क्या स्टार्टअप खोल रहे हो?'

'वेल, मैंने उसका नाम रखा है सिक्योरिटीनेट। एक साइबर-सुरक्षा कंपनी है जो खास क्लाउड-बेस्ड प्लेटफॉर्म्स के लिए बनी है।'

'ओके, दिलचस्प लगता है। मुझे वो आईडिया अच्छे लगते हैं जिन्हें एक लाइन में बताया जा सके।'

'थैंक यू।'

'थोड़ा और बताओ ना अपने स्टार्टअप के बारे में, मैं क्यूरियस हूँ। कैसे काम करेगा वो?'

अगले पंद्रह मिनट में मैंने आद्विक को सिक्योरिटीनेट की सरसरी आउटलाइन समझ दी। वो क्या था, उसका क्या काम था, और वो इस फ़ास्ट-पेस क्लाउड-सर्वर की दुनिया में कैसे मददगार साबित हो सकता था।

आद्विक अपने डेस्क पर वापस आया। उसने ड्रावर खोली, और एक चेक बुक निकाली और *वाल स्ट्रीट* के गार्डों गेको के स्टाइल में मुझसे कहा, 'आई वांट इन, मुझे तुम्हारे स्टार्टअप का आईडिया अच्छा लगा और में उसमे इन्वेस्ट करना चाहता हूँ।'

'क्या सच में, आद्विक? ये एकदम ब्रांड न्यू स्टार्टअप है, मुझे स्क्रैच से शुरू करना पड़ेगा इसे।'

'वो ठीक है, कोई बात नहीं। वैसे भी, जितना जल्दी आ जाऊँ, उतने ज़्यादा मुनाफे के मौके मिल सकते हैं मुझे।'

'पैनथियॉन उन कम्पनियों में इन्वेस्ट करता है जो किसी स्तर पर आ चुकी होती हैं। सिक्योरिटीनेट तो अभी शुरू भी नहीं हुआ है।'

'मैं पैनथियॉन की तरफ़ से नहीं, ख़ुद अपने इंटरेस्ट से, एक पर्सनल कैपेसिटी से इन्वेस्ट करना चाहता हूँ तुम्हारी कंपनी में। कितना पैसा चाहिए तुम्हें कंपनी शुरू करने में?'

'करीब आधे मिलियन यूएस डॉलर।'

'और कौन फंड कर रहा है उसे अभी?'

'मेरे पास कुछ सेविंग हैं। और मेरा बेस्टफ्रेंड है, मुदित, उसने कुछ पैसे लगाए हैं। उससे आधा पैसा तो कवर हो जायेग। बाक़ी का पैसा उठाने के लिए मैं सोच रहा था कुछ वीसी फर्म्स के पास जाऊँगा।'

'कोई ज़रूरत नहीं है,' आद्विक ने एक ढाई सौ हज़ार डॉलर का चेक साइन करते हुए और मुझे पकड़ाते हुए कहा। 'चलेगा इतना?'

'कमाल है। मैं यहाँ रिजाइन करने के लिए आया था। मुझे लगा आप मुझसे नाराज़ होंगे और आपने तो मुझे चेक ही पकड़ा दिया।'

'होता रहता है ऐसा ज़िंदगी में कभी-कभी। तो डील पक्की?'

'कितना पर्सेंट चाहिए आपको कंपनी का?'

'आधे पैसे लगा रहा हूँ, तो पचास पर्सेंट?'

'मैं सारा काम कर रहा हूँ, तो बाक़ी के पचास मैं रख लेता हूँ। बाक़ी के पचास आप, मुदित और मैं अपने-अपने इन्वेस्टमेंट रेश्यो के मुताबिक बांट

लेंगे। आप आधा पैसा लगा रहे हैं, मतलब पचास का आधा हुआ, पच्चीस पर्सेंट।'

'थोड़ा और मिल सकता है क्या?'

'*टेक इट और लीव इट,*' मैंने कहा।

वो हँसा। 'तुम तो मोलभाव करने में बड़े स्मार्ट और सख़्त क़िस्म के मालूम पड़ते हो।'

'क्या आप ये नहीं चाहेंगे कि आपकी कंपनी का फाउंडर ऐसा ही हो? कोल्ड, रैशनल और पाई पाई का हिसाब देखने वाला?'

'हाँ बिल्कुल। समझो डील पक्की,' आह्रिक ने कहा और मैंने अपने नए इन्वेस्टर से हाथ मिलाया।

~

'पचास मिलियन? क्या तुमने कहा पचास मिलियन डॉलर?'

'हमें पचास मिलियन डॉलर नहीं मिल रहे। ये तो बस सिक्योरिटीनेट की वैल्यू है,' मैंने कहा।

मैं दुबई में, अपने ऑफिस से मुदित को फोन कर रहा था। एक छोटा सा कमरा था, जिसकी शीशे की खिड़कियों से मेन रोड दिखती थी। सिक्योरिटीनेट को लांच हुए दो साल हो गए थे। हमारी टीम बढ़कर अब तीस लोगों की बन चुकी थी। अब हमारे पास मीडिया सिटी में दो हज़ार स्क्वायर फीट की ऑफिस स्पेस आ गई थी।

हमने बस अभी-अभी सीरीज बी, या फंडिंग का दूसरा राउंड खत्म किया था। दो प्राइवेट इक्विटी फर्म ने हमारी कंपनी में पाँच-पाँच मिलियन डॉलर इन्वेस्ट किए, दस पर्सेंट स्टेक के बदले। इस दस मिलियन डॉलर की बढ़त के साथ, हम अपने ऑपरेशंस को बढ़ा सकते थे, और ज़्यादा लोगों को हायर करके अपना सर्वर इंफ्रास्ट्रक्चर बड़ा कर सकते थे।

'पचास मिलियन! एक डॉलर सत्तर रुपये का होता है, तो तू मान ले, करीब साढ़े तीन सौ करोड़ रुपये,' मुदित ने कहा।

'ये सिर्फ़ वैल्यू है। पेपर पर। रिलैक्स, अभी बहुत लंबा सफ़र तय करना है हमें, मुदित।'

'फिर भी यार। तूने जीरो से पचास मिलियन डॉलर बना दिए, वो भी बस दो साल में।

'ब्रो तूने भी तो मदद की। शुरुआती पैसा तो तूने लगाया ना।'

'अच्छा तो मेरे स्टेक की कितनी वैल्यू है अभी?' मुदित ने कहा।

'मुदित, ये सब कैलकुलेशन का कोई फ़ायदा नहीं है। तुझे ये पैसा नहीं मिलेगा। कंपनी में आता हुआ हर एक पैसा, उसकी ग्रोथ में लगेगा।'

'कम से कम काग़ज़ पे तो मुझे अमीर महसूस करने दे।'

'ओके, ठीक है। तेरे पास साढ़े बारह पर्सेंट का स्टेक है कंपनी में। और अब जबकि हम सबके स्टेक अब थोड़े कम होने वाले हैं, क्यूंकि नए इन्वेस्टर आ रहे हैं, तेरा अब दस पर्सेंट का स्टेक है।'

'पचास मिलियन का दस पर्सेंट मतलब मेरी वैल्यू पाँच मिलियन डॉलर है? सही में?'

'ऑन पेपर, हाँ।'

'फक मी। सच में? मैं अभी भी ये कॉमेडी क्लब क्यों चला रहा हूँ फिर?'

'क्यूंकि ये सब सिर्फ़ तेरे काग़ज़ी स्टेक हैं। और ये तब तक रहेंगे जब तक हमें एक एग्जिट नहीं मिल जाता, या तो कोई हमारी कंपनी ख़रीदे, या हम आईपीओ खोलें।'

'हमें मिल तो जाएँगे ना? एक दिन?'

'जैसा दुबई में कहते हैं, इंशाअल्लाह! भगवान की मर्जी होगी तो ज़रूर मिलेंगे। अभी बहुत मेहनत करनी है आगे।'

'मैं आ रहा हूँ।'

'क्या?'

'मैं दुबई आ रहा हूँ।'

'मिलने आ रहा है?'

'नहीं, रहने। सिक्योरिटीनेट जॉइन करूँगा। तेरी मदद करूँगा उसको आगे बढ़ाने में। और अपने स्टेक की वैल्यू भी बढ़ाऊँगा।'

'सच में? मज़ाक़ कर रहा है ना?'

'तेरे पास मेरे लिए कोई रोल है?'

'हाँ। मार्केटिंग, ब्रांडिंग, बिज़नेस डेवलपमेंट, सबके लिए एक हेड चाहिए।'

'कर लूँगा।'

'तो क्लब का क्या होगा?'

'अरे मेरे बंदे हैं यहाँ। एक मैनेजर है जो सब चीज़ें संभाल लेगा। मारता रहूँगा उसकी, यहीं दुबई से।'

'कूल। कब जॉइन कर सकता है?'

'अगली फ्लाइट कब की है?'

मैं हँसा।

'तेरी याद आती है ब्रो,' मैंने कहा।

'तेरी भी। और तेरी हंसी सुनकर इतना अच्छा लगा।'

'यहाँ आ जा। शायद मैं थोड़ा और मुस्कुराने लगूँगा। अकेलापन लगने ही लगता है कभी ना कभी।'

'अभी तक कोई गर्लफ्रेंड नहीं बनी तेरी?'

'ना।'

'अबे कितने, चार-पाँच साल हो गए हैं ब्रो! डेटिंग-शेटिंग कर यार। अभी भी उस मुंबई-वाली पे अटका हुआ है क्या?'

हाँ, अटका हुआ था। और मुदित ने मुझे फिर से याद दिला दिया।

'अरे छोड़ ना वो सब। तेरे आने की बात करते हैं। इमीग्रेशन का कागज़ी काम शुरू करना पड़ेगा तेरा,' मैंने कहा।

मैं मुदित को पीटी (पायल ट्रिगर्स, ऐसी चीज़ें जिनसे मुझे पायल की याद आती थी) के बारे में कैसे बताता, जिनके साथ मैं अब भी जी रहा था। आम हालातों में एक आदमी को ब्रेकअप से उबरने के लिए चार-पाँच साल का

समय काफी होता है। और एक मैं था, 39 साल का आदमी, जिसके बाल सफेद हो रहे थे। मुझे अब तक उससे जुड़ी छोटी से छोटी बात से इतना ज़्यादा फर्क क्यों पड़ता था?

मैं ऑफिस से बाहर निकला और आलोक के पास गया। वो कंपनी का सीटीओ था। 'मैं निकल रहा हूँ,' मैंने उससे कहा। 'बाक़ी का काम घर से करूँगा।'

आलोक ने मेरी तरफ़ हैरानी से देखा। दोपहर के सिर्फ़ एक ही बजे थे। वैसे तो मैं ऑफिस से कभी रात के बारह बजे से पहले नहीं निकलता था।

'सब ठीक साकेत?'

'जरा सी तबियत ख़राब है। चिंता मत करो मैं ठीक हो जाऊँगा।'

दुबई में मैं प्रिंसेस टावर्स नाम की एक बिल्डिंग के वन-बेडरूम फ्लैट में रहता था। ये मेरे ऑफिस से बस चार किलोमीटर दूर था। तपती गर्मी के बावजूद मैंने ऑफिस से घर तक चलने का फ़ैसला किया, इस उम्मीद में कि ये धूप और पसीना, कम से कम पायल के ख़यालों को दूर कर देंगे।

'उसका तो एक बच्चा भी हो चुका होगा। शायद दो,' मैंने खुद से बुदबुदाते हुए कहा।

बाहर का तापमान पैंतालीस डिग्री था। कोई बेवकूफ ही होगा जो उस वक्त पेवमेंट पर चल रहा हो। और वो बेवक़ूफ़, मैं था। पर मैं ये सज़ा आख़िर डिज़र्व करता था। इतने सालों में मैं अपना दिमाग़ ही ठीक नहीं कर पाया था। मैंने देश छोड़ दिया, ख़ाक से एक कंपनी बना ली थी, उसके लिए पैसे फंड करवा लिए थे, लेकिन पायल को भुला देने का एक भी रास्ता नहीं निकाल पाया था। छोटी से छोटी चीज़ से मेरे पीटी ट्रिगर हो जाते थे। कहीं किसी लड़की को कॉर्पोरेट सूट में देखता, तो बस! वापस एक्सप्रेस टावर्स पहुँच जाता था। *क्या पायल अब भी वहाँ ऑफिस जाती है? वो सारा दिन क्या करती होगी? बस कर साकेत! उसकी शादी हो चुकी है। वो जा चुकी है।* मैं खुद का

फिर से हकीकत से सामना करवाता। और कुछ ही देर बाद मुझे वापस कोई ना कोई और पीटी खटक जाता।

'किसी चीज़ से परहेज करते हैं सर?' कोई वेटर मुझसे किसी रेस्टोरेंट में पूछता। पीटी। पूछो कौन लोग सबसे ज़्यादा परहेज करते हैं? जैन। और कौन है वो जैन जिसके ख्याल मुझे दिन-रात तड़पाते रहते हैं? सही जवाब! एक वाईट वाइन का ग्लास? पीटी। वो शब्द, 'सीए'? पीटी। मूवीज़ में शादियों वाले सीन? पीटी। सड़क-चलते कपल जो हाथों में हाथ डाले चल रहे होते थे? पीटी। वो गाने जो मैंने और पायल ने कभी एक साथ सुने थे... उफ़्फ़! कदम-कदम पर कोई ना कोई नया पीटी, फटने के लिए तैयार रहता था। उससे बचने का कोई रास्ता नहीं था।

मैंने अपना फ़ोन निकाला। इतनी चौंधिया देने वाली धूप में मुझसे मेरे फ़ोन की स्क्रीन नहीं देखी जा रही थी। मैंने फ़ोन की ब्राइटनेस बढ़ाई और व्हाट्सऐप खोला। मैंने नेहा को एक मैसेज भेजा: 'हेलो, देर से रिप्लाई करने के लिए सॉरी। जल्द मिलें कहीं?'

'हाँ, कोई प्रॉब्लम नहीं,' नेहा ने तुरंत ही जवाब दे दिया।

नेहा और मैं कुछ दो हफ़्ते पहले, बरसती बीच क्लब में, आलोक की बर्थडे पार्टी पर मिले थे। वो दुबई में काम कर रही थी और उसका भाई आलोक का बेस्टफ्रेंड था। इसी तरह उसका बर्थडे पार्टी पर आना हुआ। हम दोनों ने पार्टी के दौरान कुछ देर बात कीं। वो एक कंसल्टिंग कंपनी में काम करती थी और अपना एक ऑनलाइन बेकरी बिज़नेस खोलना चाहती थी।

शायद मुझे लड़कियों के इशारे बिल्कुल भी समझ नहीं आते। मुझे सच में लगा कि उसे मेरी बिज़नेस एडवाइस चाहिए। मैंने उसे एक बिज़नेस प्लान बनाने के लिए कुछ टिप्स दीं। उसने बड़े ध्यान से मेरी सारी बातें सुनी, बीच-बीच में मुस्कुराते हुए।

'देखो, एक बिज़नेस प्लान रेसिपी की तरह होता है। या एक मूवी स्क्रिप्ट की तरह। अगर तुम्हारे पास एक अच्छा प्लान है, एक सॉलिड स्क्रिप्ट, तो तुम्हारी डिश, तुम्हारी मूवी, अच्छी चलेगी।'

'आप एक्सप्लेन बहुत अच्छा करते हैं। थैंक यू,' उसने कहा।

'वेलकम,' मैंने कहा।

'मुझे आपकी कुछ और सलाह चाहिए होगी। अगर आपको कभी और हैंगआउट करना है, ड्रिंक्स, डिनर, जो भी...'

'मैं काफ़ी बिजी रहता हूँ,' मैंने कहा, 'मेरे स्टार्टअप के साथ।'

'ओ, ओके। देखिए कोई ज़बरदस्ती नहीं है,' उसने कहा। वो जरा नाराज़ सी लग रही थी।

मुझे आख़िरकार समझ में आ ही गया कि उसके दिमाग़ में कुछ और ही चल रहा था। वो मुझसे बिज़नेस एडवाइस नहीं लेने आई थी, ये एक डेट थी।

'मैं बस कभी-कभार ही लोगों से बात करता हूँ,' मैंने कहा।

'समझी,' नेहा ने कहा। 'क्या हमें एक दूसरे का नम्बर लेना चाहिए, ऐसे ही?'

पार्टी के कुछ दिनों बाद उसने मुझे मैसेज किया था, ये कहते हुए कि उसे कितना अच्छा लगा था मुझसे बात करके। उसने मुझे ये भी कहा कि अगर मुझे ब्रेक लेने का मन करे तो मैं उसे मैसेज कर सकता हूँ।

मैं इंटरेस्टेड नहीं था। लेकिन मुझे लगा शायद और नए लोगों से मिलकर मैं ज़िंदगी में आगे बढ़ पाऊँगा, मूव ऑन कर पाऊँगा। शायद नेहा मेरी मदद कर सकती थी मेरे पीटी से लड़ने में। मुदित भी मुझे डेटिंग-शेटिंग करने को बोल रहा था।

'तुम आज शाम क्या कर रही हो?' मैंने नेहा को मैसेज किया।

~

'जी बिल्कुल, मैं अंदर बैठूँगा,' मैंने वेटर को कहा। मैं पहले ही हॉट सौना वाक कर आया था।

नेहा और मैं बस कुछ ही मिनटों के फासले पर एटिको पहुँचे। एटिको एक रूफटॉप बार और रेस्टोरेंट था, मीना सेयही के डबल्यू होटल में। वेटर हमें ऐसी वाले सेक्शन में एक टेबल तक लेकर गया। एटिको से पाम जुमेरिया का

ख़ूबसूरत नज़ारा दिखता है। पाम जुमेरिया एक पाम ट्री के आकार का एक मैन-मेड आइलैंड है। उस पाम के पेड़ के पत्तों पर आलीशान मकान और उनकी प्राइवेट बीचों की लाइन लगी हुई थी, लेकिन बत्तीसवी मंजिल से, वो मल्टी-मिलियन डॉलर के घर पानी के किनारे बिछे हुए खिलौनों से लग रहे थे।

'क्या नज़ारा है,' मैंने कहा।

'मुझे खुशी है तुम्हें पसंद आया,' नेहा ने कहा। उसी ने यहाँ मिलने का सुझाव दिया था।

नेहा ने एक शोर्ट, फिटेड ऑरेंज ड्रेस पहनी हुई थी। लोग उसे मुड़-मुड़ के देख रहे थे, जब हम एटिको में घुसे। हालांकि वो बहुत खूबसूरत थी, उसको देखकर मेरे अंदर कोई भावना नहीं जागती थी।

'तुम वैसे कहाँ से हो?' मैंने कहा।

'लखनऊ,' उसने कहा।

'आह, ओके,' मैंने कहा। कितना रूखा-सूखा जवाब था। कम से कम मैं उससे लखनऊ के बारे में कुछ पूछ सकता था। क्या उसे टुंडे कबाब अच्छे लगते थे? या चिकनकारी सूट?

हमने दो टकीला सोडा मंगाए।

'और तुम?' उसने कहा। 'तुम दुबई से पहले कहाँ थे?'

'मुंबई। लेकिन वैसे मैं चंडीगढ़ से हूँ।'

'चंडीगढ़... नाइस! अच्छा शहर है,' उसने कहा।

चंडीगढ़, बस 'नाइस' बन के रह गया था। शायद उस शहर की अच्छी सड़कें थीं जिन्हें देखकर लोगों को लगता था कि ये एक 'नाइस' जगह है। लेकिन नाइस का मतलब बोरिंग भी होता है। और ये डेट भी कुछ वैसी ही जा रही थी।

'हाँ, रॉक गार्डन वगैरह हैं,' मैंने कहा।

'क्या?'

'रॉक गार्डन। चंडीगढ़ की सबसे मशहूर जगह है। मैं वहाँ कई बार जा चुका हूँ। जब भी हमसे मिलने कोई आता था, तो हम उसे रॉक गार्डन लेकर जाते थे। ट्रॉमा-भरी यादें हैं सब।'

'ट्रॉमा क्यों?' उसने जरा फ़िक्र से कहा।

'मेरा मतलब, ऐसा कोई ट्रॉमा नहीं था। बस मैं वहाँ सैकड़ों बार जा चुका हूँ। मैं एक जोक मारने की कोशिश कर रहा था।'

'ओ।'

'जो सही से लैंड नहीं हुआ।'

'क्या नहीं लैंड हुआ?'

'वो जोक। सॉरी। ये कॉमेडियन लोगों की भाषा है। मैं बहुत समय पहले एक स्टैंड-अप कॉमेडियन हुआ करता था।'

'स्टैंड अप?' उसने कहा।

'स्टैंड-अप कॉमिक? वो लोग जो स्टेज पर खड़े होकर जोक सुनाते हैं।'

'ओ, दिलचस्प,' नेहा ने कहा। वो बिल्कुल भी इस सबमें दिलचस्प नहीं लग रही थी।

मुझे वो समय याद आ रहा था जब बातें कितनी आसानी से फ्लो होती थीं और सारे जोक लैंड होते थे। मेरा दिमाग़ पाली हिल वाले अपार्टमेंट में पायल के साथ गुज़ारी कई रातों में से एक में चला गया।

पायल और मैं बिस्तर में एक दूसरे से बात कर रहे थे।

'अच्छा रहा आज शो?' पायल ने कहा।

'हाँ, ऑडियंस को काफ़ी अच्छा लगा। वो हूट कर रहे थे, सीटियाँ-तालियाँ पड़ रही थीं।'

'बहुत बढ़िया। अच्छा सुनो। क्या तुम अभी भी वो पुश-अप ब्रा वाला जोक सुनाते हो?'

'हाँ, बहुत चलता है वो। लोग वो "धक्का मार ब्रा" वाले पार्ट पर सबसे ज़्यादा ज़ोर से हँसते हैं।'

'मुझे उससे एक ऑब्जेक्शन है, मिलार्ड!' पायल ने कहा। उसने बैठकर, मेरी तरफ मुड़ते हुए कहा।

'क्या?' मैंने उसकी चमकती हुई आँखों में देखते हुए कहा।

'तुम कहते हो पुश-अप ब्रा एक तरह से एक फ्रॉड हैं।'

'हाँ...'

'और तुम्हें वो फ्रॉड क्यों लगते हैं? वो उसको वैसे ही तो एड्वर्टाइज़ करते हैं।'

'वेल, आदमी लोगों को क्या पता?'

'मैं कभी-कभी पुश-अप ब्रा पहनती हूँ। मेरे उतने बड़े नहीं हैं।'

'हाँ पता है। कोई बात नहीं।'

'क्या कोई बात नहीं?!'

'अरे कोई बात नहीं। तुम जैसी भी हो, तुम्हारा जो भी साइज हो, आई लव यू।'

'आउच,' उसने कहा।

'क्या?'

'कुछ नहीं, कोई बात नहीं, साकेत। मैं भी तुमसे उतना ही प्यार करती रहूँगी। चाहे तुम्हारा जो भी, जैसा भी साइज हो।'

'हैं?!' मैं उठ बैठा। 'क्या मतलब है तुम्हारा?'

पायल मुस्कुराई।

'छोटा है क्या?' मैंने कहा।

'वेल...' पायल थोड़ा शरमायी, दाँत दिखाकर हँसने लगी। उसने एक पिलो लिया और अपने सर के पीछे रखकर टेक लगा ली।

'क्या?'

'मैंने इससे भी बड़े देखे हैं।'

'आउच, डबल आउच, ट्रिपल आउच! कहाँ देख लिए तुमने?'

'पोर्न में।'

'ओ, हाँ! पर वो पोर्न में आने वाले सारे एक्टर, उनके साइज की अलग ही बात है। वो दुनिया के टॉप 1% मर्दों में से हैं। मानो उन्होंने पोर्न का जेईई दिया हो।'

'वेल, तुम तो वो जेईई बिल्कुल भी क्लियर नहीं कर पाते। अच्छा हुआ तुमने वो दूसरा जेईई दे दिया।'

'आऊ! ये चुभा! तुम तो बड़ी कातिल हो, पायल जैन!'

'कोई बात नहीं, बेबी!' पायल ने मेरा कंधा थपथपाते हुए कहा। 'मैं अब भी तुमसे प्यार करती हूँ।'

'तुम कितनी बुरी हो,' मैंने कहा, और पायल को जकड़ लिया। वो फूट-फूट के हँसने लगी।

'क्या हुआ?' नेहा ने मुझे हँसता देख पूछा।

'हैं? क्या? कुछ भी तो नहीं!' मैंने वर्तमान में वापस आते हुए कहा। 'ख़ैर, कब शुरू कर रही हो तुम अपना ऑनलाइन बेकरी बिज़नेस? टाइमलाइन क्या है?' मैंने कहा।

'देखती हूँ। अभी तो मैं अपनी जॉब से भी काफ़ी ख़ुश हूँ,' उसने कहा।

मतलब उसका बिज़नेस खोलने का कभी मन था ही नहीं।

'एक बात बताओ, जब तुमने मुझसे मिलने को कहा था, क्या वो बिज़नेस प्लान डिस्कस करने के लिए था, या कुछ और?' मैंने कहा।

'कुछ और जैसे कि क्या?'

'जैसे शायद डेट की कोई संभावना हो।'

वो मुस्कुराई। 'शायद,' उसने कहा। 'तुम सिंगल हो ना?'

'हाँ,' मैंने कहा।

'ऐसे कैसे?' उसने कहा, अपना सर थोड़ा साइड में झुका के।

'मतलब इस उम्र में भी सिंगल कैसे हूँ? मुझमें ऐसी क्या प्रॉब्लम है?' मैंने कहा।

'नहीं, मेरा वो मतलब नहीं था, सॉरी।'

'अरे कोई बात नहीं। मैं 39 का हूँ। तो हाँ, मुझे अभी तक सिंगल नहीं होना चाहिए। लेकिन मैं हूँ सिंगल। शादीशुदा था, बहुत साल पहले। करीब छह साल पहले डिवोर्स हुआ था मेरा।'

'और उसके बाद कोई रिलेशनशिप?'

'हाँ, एक थी, कुछ समय पहले खत्म हुई।'

'क्या हुआ?'

'मैं...' मुझे थोड़ी हिचक हुई। 'मैं अभी उस बारे में बात नहीं करना चाहूँगा अगर तुम्हें कोई प्रॉब्लम न हो तो।'

'हाँ बिल्कुल। क्या अभी हाल ही में ब्रेक-अप हुआ?'

'नहीं, करीब पाँच साल हो गए।'

'ओ,' उसने कहा। शायद वो ये सोच रही थी कि ये कैसा पागल आदमी था जिसे पाँच साल पुराने ब्रेकअप के बारे में बात करने में इतनी हिचकिचाहट हो रही थी। वो ग़लत नहीं सोच रही थी। मैं था भी थोड़ा पागल आदमी।

'और क्या तुमने उसके बाद किसी को डेट किया?' उसने कहा।

मैंने अपना सर हिलाया।

'ओह,' उसने दोबारा कहा।

'मुझे अपनी जॉब पर, फिर अपनी कंपनी पर ध्यान देना था। पर तुम अपनी सुनाओ। तुम सिंगल क्यों हो?'

'अपनी मर्जी से नहीं हूँ,' नेहा ने एक गमगीन मुस्कान लिए कहा। उसने अपने माथे से बाल हटाए। उसने कुछ मेकअप लगाया हुआ था। वो गहरी लाल लिपस्टिक जो उसने लगाई थी, उससे उसके होंठ और भी मोटे दिख रहे थे। या शायद उसने कोई फिलर लगा रखे थे। दुबई में काफ़ी सारे लोग फिलर लगवा रहे थे। नेहा, अब्बास-मस्तान की किसी मर्डर-मिस्ट्री फ़िल्म की हीरोइन लग रही थी। थोड़ी बनावटी, पर फिर भी सेक्सी।

'मैं पाँच साल पहले दुबई आई थी। कई लड़कों के साथ डेट पर गई। लेकिन उन सबको सिर्फ़ मेरे साथ पार्टी करने में और मेरे साथ सोने से मतलब था। कोई कुछ सीरियस चाहता ही नहीं था।'

मैंने अपना सर हिलाया।

'इसलिए मैं अब तक सिंगल हूँ। मेरे दोस्त भी कहते हैं, "तुम तो एकदम तराशी हुई हो। तुम्हें अब तक कोई कैसे नहीं मिला?"'

'सही कहते हैं, मैं उनसे पूरी तरह सहमत हूँ,' मैंने और कुछ नहीं बस तकल्लुफ़ में कह दिया।

'हाँ तो बस वही बात है,' उसने मुस्कुराते हुए कहा। मैं भी मुस्कुराया।

दो मिनट की अजीब सी ख़ामोशी थी। पर ऐसा लगा जैसे दो घंटे की थी। वो अपने ग्लास में स्ट्रॉ घुमा रही थी। मैंने अपनी ड्रिंक का सिप लिया। क्या कर सकते हैं आप उन डेट्स पर जो पहली ही ड्रिंक ख़त्म होने के बाद फुस्स हो जायें? किसी को तो एक बैड-डेट प्रोटोकॉल मैन्युअल लिखनी चाहिए, सच में।

शायद मुझे बात करनी चाहिए, मैंने सोचा। क्या कहूँ? मैं तो उसे जानता भी नहीं। नए लोगों से मिलना, उनको डेट करना कितना स्ट्रेस-भरा काम था। और फिर मैंने फर्स्ट-डेट वाला वही बोरिंग सवाल पूछा: 'आपकी हॉबीज़ क्या हैं?'

साकेत? हो क्या गया था तुम्हें? तुम कभी इतने बोरिंग तो नहीं थे।

'मुझे म्यूजिकल इंस्ट्रूमेंट बजाने अच्छे लगते हैं।'

'ओ, कौन से?' मैंने झूठमूठ की दिलचस्पी जताई।

'स्कूल में मैं पियानो और वायलिन बजाती थी। अभी मेरे पास घर पर एक कीबोर्ड है।'

'ओ, ओके। मेरे पास भी कीबोर्ड है। लेकिन उससे संगीत नहीं, कोड निकलता है।'

'क्या मतलब?' उसने कहा।

'अरे जोक था। जैसे, जब तुम "कीबोर्ड" कहती हो, तुम्हारा मतलब होता है वो सिंथेसाइज़र, वो डिजिटल पियानो, है ना?'

'हाँ।'

'और मैं कंप्यूटर में लगने वाले कीबोर्ड का इस्तेमाल करता हूँ। उससे कोड लिखता हूँ। खैर, भूल जाओ। ये भी लैंड नहीं किया।'

'क्या नहीं लैंड किया?'

'कुछ नहीं। बिल मांगा लें?' मैंने कहा।

या एक गन, जिससे हम दोनों ख़ुद को गोली मार दें, इस कष्टदाई डेट को ख़त्म करने के लिए।

~

'ये कैसे हो गया?' मैंने अपना होंठ चबाते हुए कहा, मैं अपने गुस्से को रोकने की कोशिश कर रहा था। अपनी कमर पर हाथ रखकर मैं आलोक के क्यूबिकल में खड़ा था, उसके चार-चार कंप्यूटर मॉनिटर के सामने। हमारी वेबसाइट और सर्वर दोनों क्रैश कर गए थे। हमारे हेल्पलाइन नंबर पर कॉल आ रहे थे। कई सारे कस्टमर हमसे नाराज़ थे।

'हमारा ख़ुद का क्लाउड सर्वर क्रैश हो गया है,' आलोक ने गुस्से से अपना माउस यहाँ-वहाँ हिलाते हुए कहा। वह ये समझने की कोशिश कर रहा था कि आखिर हुआ क्या था।

ऑफिस के बाकी लोग हमारे आसपास आ गए। मुदित भी अपने ऑफिस से बाहर आ गया। वो दुबई शिफ्ट हो गया था और अब सिक्योरिटीनेट के लिए काम कर रहा था। हमने उसका ऑफिस ठीक मेरे कमरे के बगल में सेट किया था।

'क्या किसी ने हमें हैक कर लिया?' मैंने कहा।

'नहीं, बस सर्वर पर बहुत ज़्यादा लोड है,' आलोक ने कहा।

'ये तो हमने कस्टमर्स के सामने एक घटिया मज़ाक़ खड़ा कर दिया है। मतलब हम कोई ऐसे ही आई-गई कंपनी हैं क्या जो अपना सर्वर भी नहीं संभाल सकती?'

'सॉरी साकेत।' आलोक उठ खड़ा हुआ। वो निराश लग रहा था।

'लेकिन एक तरह से, सर्वर पर इतना ज़्यादा लोड आना भी एक बहुत अच्छी बात है,' मुदित ने कहा, 'हमारी सर्विसेज डिमांड में हैं...'

'एक तरह से, हाँ,' मैंने ऊँची आवाज़ में कहा। 'लेकिन हम अपना सर्वर क्रैश नहीं होने दे सकते। ये सही नहीं है। हमारे सर्वर की कपैसिटी बढ़ाओ, आपको मैंने इंफ्रास्ट्रक्चर पर खर्च करने से कब रोका है आलोक?'

मेरे गुस्से ने आलोक को हिला डाला था।

'ठीक करो इसे,' मैंने कहा।

'हाँ साकेत,' उसने धीमी सी आवाज़ में कहा।

'अभी!' मैं चिल्लाया।

'ठंड रख, साकेत,' मुदित ने मेरी बाँह पकड़कर कहा। 'आ जा, तेरे ऑफिस में चलते हैं।' मुदित मुझे वापस मेरे ऑफिस ले आया। उसने दरवाज़ा बंद कर दिया।

'क्या हो क्या गया है तुझे? आज क्या ज़्यादा प्री-वर्कआउट सप्लीमेंट ले लिए थे क्या?' उसने ऑफिस टेबल के एक छोर पर बैठकर कहा।

मैं अपनी कुर्सी के अंदर धँस गया और गुस्से में एक आह निकाली। 'हमारा सर्वर और हमारी वेबसाइट दोनों क्रैश हो गए। जानता भी है इसका मतलब क्या है?' मैंने कहा।

'हाँ, जानता हूँ,' मुदित ने अपनी गर्दन रगड़ते हुए कहा।

मैंने अपने डेस्कटॉप पर चेक किया कि वेबसाइट वर्किंग थी या नहीं। वो अब तक नहीं चली थी। गुस्से में आकर मैंने टेबल पर ज़ोर से एक मुक्का मारा।

'कंट्रोल ब्रो! इतना क्या भड़क रहा है?'

'वो गधा आलोक! लगता है मुझे उसे फायर कर देना चाहिए। निकाल देना चाहिए नौकरी से, अच्छी तगड़ी सीख मिलेगी सारे ऑफिस को,' मैं बाहर जाने के लिए खड़ा हो गया।

'नहीं! रुक,' मुदित ने मुझे पकड़ लिया। 'बच्चा है वो! तू बैठ अभी!'

मैं एक सेकंड के लिए रुका और फिर वापस बैठ गया।

'आलोक बस एक पढ़ाकू लड़का है, जिसे तूने बैंगलोर से हायर किया है। उससे गलती हो गई। सबसे होती है यार। अभी हम बढ़ रहे हैं, ब्रो। किसी ने भी नहीं सोचा था अपनी डिमांड इतनी ज़्यादा हो जाएगी। कल तक ठीक कर लेगी टीम इसे, चिंता मत कर।'

मैंने सर हिलाया और कई गहरी साँसें लेने लगा।

'क्या चल रहा है तेरे साथ?' मुदित ने कहा।

'क्या मतलब?'

'तू ठीक नहीं लग रहा। तू ऐसा नहीं है। थोड़ा चिल कर।'

'चिल करने से यूनिकॉर्न नहीं बनता। बहुत मेहनत लगती है।'

'तू हमेशा से ही मेहनत करता आया है ब्रो, लेकिन अब तुझे बहुत ज़्यादा गुस्सा आने लगा है। तू सख़्त बन गया है एकदम से।'

'सख़्त?'

'हम लोग कॉमेडी करते थे यार। तू लोगों को हँसाता था। ये वो साकेत नहीं है जिसे मैं जानता था। जो "सख़्त" लफ़्ज़ सुनते ही उस पर तीन जोक सुना देता।'

मैंने मुंह बनाते हुए कहा, 'कॉमेडी? हा! वो भी कितनी बेवक़ूफ़ी भरा दौर था वो।'

'बेवक़ूफ़ी नहीं थी। वो तू था। तू अपने दिल की सुन रहा था।'

'हाँ अगर अपनी लाइफ के एल लगाने हैं ना, बहुत बुरे वाले, तो सुन लियो अपने दिल की।'

'तो अब तू किसकी सुनना चाहता है ब्रो?'

'पैसे की,' मैंने कहा, और वापस अपने डेस्कटॉप की तरफ़ मुड़ गया।

'साकेत, तू कब से पैसे से सबकुछ तोलने लगा?' मुदित ने कहा। 'ये वही साकेत है ना जो अपनी सारी दौलत, सारी कमाई अपनी एक्स-बीवी को लगभग फ्री में देने के बाद मुंबई आया था, सिर्फ़ एक आज़ाद ज़िंदगी जीने के लिए...'

'जब उस साकेत को ये पता चला कि बिना पैसे के उसकी कोई वक़त नहीं है, तब से वो सबकुछ पैसे से तोलने लगा,' मैंने कहा वेबसाइट फेलियर से ठीक पहले के लॉग चेक करते हुए।

मुदित आगे झुका और उसने मेरा मॉनिटर बंद कर दिया।

'क्या...?' मैंने इरिटेट होकर उसकी तरफ़ देखा।

'चल निकलते हैं यहाँ से। अपनी साईट तो चल नहीं रही। फोर्स्ड-डे-ऑफ है। छुट्टी।'

मुदित मुझे टॉपगोल्फ लेकर गया। एमिरेट्स गोल्फ क्लब में स्थित ये एक हाइफ़ाई गोल्फ ड्राइविंग रेंज है, जिसके साथ एक आलीशान बार और रेस्टोरेंट

है। हमने गोल्फ खेलने के लिए अपने लिए एक बे बुक की, जहाँ से हम गोल्फ बॉल को सामने एक खुले मैदान तक मार सकते थे। मुदित ने हमारे लिए दो पाइंट बियर और बर्गर मंगाए।

'मेरी डाइट का क्या, मुदित,' मैंने कहा।

'उफ़्फ़, क्या है बे तू? कोई मिस यूनिवर्स मॉडल?'

मैं हँसा।

'कितना अकड़ा हुआ है ब्रो। थोड़ी ढील दे, अपने शरीर को ढीला छोड़। किसी ने क्या खूब कहा है: "माफ कीजिएगा लेकिन साकेत इतना अकड़ा हुआ है कि अगर आप उसके पिछवाड़े में कोयला भी भर देंगे ना, तो आपको दो हफ्तों बाद हीरा मिलेगा..."'

'ये तो *फ़ेरिस बेलर'स डे ऑफ* से है ना। बहुत अच्छी फ़िल्म है,' मैंने कहा।

'चल कम से कम तुझे कोई तो फ़न चीज़ें याद हैं,' मुदित ने कहा। 'चल आ जा मेरे साथ कुछ बॉल मार।'

मुदित उठ खड़ा हुआ और उसने ऑटोमैटिक बॉल डिस्पेंसर से एक बॉल उठाई। उसने एक ड्राइवर उठाया और ज़ोरदार शॉट मारा। वो जियोटैग बॉल उड़ी और एक सौ चालीस यार्ड दूर लैंड हुई, वहां लगी स्क्रीन ने बताया।

'नॉट बैड।'

'अब तुम्हारी बारी है मिस्टर।'

मैंने एक शॉट मारा।

'एक सौ दस यार्ड? बस,' मुदित ने तिरछी मुस्कान के साथ कहा, 'जिम में इतने डंबल उठाने के बाद भी बस इतना ही दूर मार पाया? बड़ा कमजोर है तू।'

'ब्रो मैंने ज़िंदगी में कभी गोल्फ नहीं खेला है। पहली बार तो गोल्फिंग क्लब उठाया है,' मैंने कहा।

'शायद तुझे और खेलना चाहिए फिर गोल्फ। लाइफ में थोड़ा फ़न कीजिए सीईओ साहब,' मुदित ने एक और शॉट मारते हुए कहा।

'तेरी गांड मार लूँगा,' मैंने कहा। 'कभी ना कभी।'

'सपनों में!'

हम एक घंटे तक खेले। मुदित का बेस्ट शॉट एक सौ सत्तर यार्ड का रहा। मैं एक सौ चालीस के पार नहीं जा पाया। हमने गेम ख़त्म की और बे वाली जगह के सोफे पर बैठ गए।

'अब तो मुझे यहाँ आकर और प्रैक्टिस करनी पड़ेगी,' मैंने कहा। 'ऐसे कैसे चलेगा!'

'आउच, किसी की जली,' मुदित अपने दाँत दिखाते हुए हँसा। 'ये कोई डेडलिफ़्टिंग नहीं है ब्रो। इसके लिए स्किल और कोआर्डिनेशन चाहिए होती है।'

'डेडलिफ़्टिंग में भी वो सब चाहिए होता है।'

'हाँ, बहुत सारी स्किल चाहिए होती है, है ना?' मुदित ने कहा। वो गोल्फ क्लब के साथ एक मॉक डेडलिफ्ट करने लगा, फिर स्ट्रगल करने का नाटक करते हुए आवाजें निकालने लगा।

मैं हँसा।

'अच्छा लगा तुझे हँसता देखकर, ब्रो' मुदित ने कहा। उसने अपना बियर ग्लास, मेरे बियर ग्लास के साथ चियर्स करने के लिए उठाया।

'मुझे यहाँ लाने के लिए शुक्रिया,' मैंने कहा। 'मुझे ये ब्रेक चाहिए थी।'

'तुझे ऐसा क्या ही परेशान कर रहा है, ब्रो?'

'कुछ नहीं ब्रो। काम, ये कंपनी।'

'क्या तूने हमारे अगले फंडिंग राउंड की उड़ती-उड़ती ख़बरें सुनी हैं? क़रीब तीन सौ मिलियन डॉलर से ज़्यादा की वैल्यू बन रही है! तू अगले महीने न्यूयॉर्क जा रहा है इन्वेस्टरों से मिलने। काम पर तो चीज़ें ठीक ही दिख रही हैं।'

'पता नहीं, उतनी ठीक तो नहीं लग रहीं।'

'क्यों? और कौन सी बात परेशान कर रही है तुझे?'

मैंने अपनी बियर का एक सिप लिया। 'कुछ नहीं, बस। ज़िंदगी में किसी चीज़ में मन नहीं लगता। काम करता हूँ, तो बस सब नार्मल चल रहा होता है, लेकिन जब काम नहीं कर रहा होता, अजीब-सा लगने लगता है।'

'अजीब? मतलब, अकेला?'

'शायद। मुझे ग़लत मत समझ ब्रो। मेरे पास तू है। ये कंपनी है, कंपनी के लोग हैं। और हम लोग शानदार काम कर रहे हैं। लेकिन कभी-कभी, बस ऐसा लगता है कि यार, ये सब किसके लिए कर रहे हैं हम?'

'ओके ब्रो, मुझे पता है तेरी क्या प्रॉब्लम है।'

'क्या?'

'तेरी ज़िंदगी में मोहब्बत की कमी है।'

मैं सहम गया। 'नहीं ब्रो, थैंक्स।'

'अच्छा, अच्छा, ठीक है, वो तो मैं बस उस बात को अच्छी तरह कह रहा था। मेरा मतलब था, तुझे प्यार की नहीं, "करने" की ज़रूरत है।'

'क्या?'

'क्यों? आखरी बार कब किया था तूने वो?' मुदित ने अपने हाथों से कुछ इशारे किए। वो सेक्स की बात कर रहा था।

'पता नहीं? ये सब क्यों ज़रूरी है? क्या हम थोड़ा और खाना मंगायें?'

'बात मत बदल। तूने अपना बर्गर छुआ भी नहीं है। बता ना, आखरी बार कब किया था?'

मैंने अपना सर हिलाया।

'ब्रो, अब ये मत कहियो की तूने तब से नहीं किया है जब से...' मुदित बीच में ही रुक गया।

'नहीं। पता है, मैंने किसी को डेट तक नहीं किया है।'

'हाँ, तो, एक सेकंड, पायल के बाद कोई नहीं? कमाल है!' मुदित ने कहा।

उसका नाम लेना ज़रूरी था क्या? इतने महीनों में पहली शाम अच्छी जा रही थी।

'तुझे डेट पे जाना चाहिए ब्रो। कम से कम कोशिश तो कर डेट पर जाने की,' मुदित ने कहा।

'कोशिश की थी मैंने, कुछ समय पहले।'

'ओ!' मुदित ने अपनी आँख उठाई। 'मुझे तो नहीं बताया तूने।'

'अरे बेकार थी एकदम। क्या ही बताता तुझे!'

'क्यों, बेकार क्यों थी? किसके साथ गया था?'

'एक लड़की है, नेहा कर के। उसको ऑफिस पार्टी में मिला था।'

'ओ, यार वो बंदी तो कितनी हॉट है यार! आलोक के बेस्टफ्रेंड की बहन ना? आई थी एक दिन अपने ब्रो के साथ आलोक को ऑफिस के बाद पिक करने। देखा था मैंने उसे।'

'हाँ, वही है।'

मुदित ने मेरे कंधे पर मुक्का मारा। 'ओए-होए साकेत, छा गया मेरे ब्रो! फिर क्या हुआ?'

मैंने मुदित को एटिको वाली डेट के बारे में सबकुछ बताया। 'बस वहीं तक था जो था। उसके बाद हमारी ज़्यादा बात नहीं हुई,' मैंने कहा।

'जितना तूने मुझे बताया है, वो तो डीटीएफ थी ब्रो,' मुदित ने कहा।

'डीटीएफ?'

'डाउन तो फक–सेक्स के लिए तैयार। समझा?'

'मैं सचमुच बुड्ढा होता जा रहा हूँ। ये नई जनरेशन के आधे शोर्ट फॉर्म तो मुझे समझ ही नहीं आते।'

'वो पॉइंट नहीं है। पॉइंट है कि उसे तेरी ज़रूरत थी। तुम लोग को कर लेना चाहिए था यार!'

'अरे यार पर मेरी ट्यूनिंग नहीं बैठी ब्रो उसके साथ। हम कम्पेटिबल ही नहीं थे, लांग-टर्म रिलेशनशिप के लिए।'

'करके तो देखता। फिर कर लेता अपना परफॉरमेंस-रिव्यू, लांग-टर्म के लिए कम्पेटिबिलिटी चेक, वगैरा वगैरा।'

'कैसे?' मैंने कहा। 'मैं वैसा आदमी नहीं हूँ। खैर, उस दिन के बाद से मैंने डेटिंग के आगे हाथ जोड़ लिए।'

'क्यों साकेत?' मुदित ने कहा।

'ब्रो गलती मेरी ही है। चाहे राशि हो या पायल हो, सबने मुझे अपनी-अपनी तरह एक नया ज़ख़्म दे दिया था। कभी-कभी तो मुझे लगता है मैं अब कभी भी किसी के साथ, कभी भी एक रिलेशनशिप में नहीं आ पाऊँगा। और ये बात थोड़ी...' मैं बीच में ही रुक गया, एक सही शब्द की तलाश में।

'सैड है? डिप्रेसिंग है? पथेटिक है?' मुदित ने कहा।

'हाँ, थोड़े-थोड़े ये सब। क्या कोई ऐसा शब्द है जो इन तीनों को मिलाकर बनाया जा सकता है?'

'अभी बना लेते हैं—सैड-ओ-पथेटिक,' मुदित ने कहा।

मैं हँसा।

'मुझे फिर भी लगता है, तुझे लाइफ में वो करना चाहिए।'

'मुझे नहीं लगता कोई हल है।'

'फिर से सैड-ओ-पथेटिक। सुन, मेरे पास एक हल है।'

'क्या?'

'तूने एसबी के बार में सुना है?'

'नहीं ब्रो, अब ये एसबी क्या है?'

'सुगर बेबी।'

'क्या? ऐसा लग रहा है किसी गर्ल बैंड का नाम है।'

मुदित मुस्कुराया, 'नहीं, ये कुछ और है। तू बस एक लड़की का ख्याल रख, उसको हर महीने थोड़े से पैसे दे, और बदले में वो तेरी गर्लफ्रेंड बनेगी।'

'क्या मतलब?'

'वो तुझे गर्लफ्रेंड होने के सारे सुख देगी। तू समझा ना?' मुदित ने आँख मारी।

'मतलब वो मेरे साथ सेक्स करेगी।'

'कम ऑन! तेरे साथ गुज़ारेगी सारी रात, तुझे सुबह तक करेगी प्यार। इस पर तमीज से बात कर।'

'और मैं बदले में उसे पैसे दूंगा?'

'उसे सपोर्ट करने के लिए, हाँ! देख, ये भी तो कितनी जेंटलमैन वाली बात है।'

'ब्रो ऐसा लग रहा है तू मेरी किसी हुकर के साथ सेटिंग करवा रहा है।'

'नहीं ब्रो। वो सिर्फ़ तेरी होगी।'

'एक हुकर, वो भी सब्सक्रिप्शन प्लान पे?' मैंने आइब्रो उठाते हुए कहा।

'क्या यार, इतना कड़वा क्यों बोल रहा है? चल ठीक है। एसएएएस है वो, "सॉफ्टवेर ऐज़ ए सर्विस नहीं", "सेक्स ऐज़ ए सर्विस"। साथ ही में दोस्ती और प्यार स्वाद अनुसार, शायद,' मुदित ने कहा, और दाँत दिखाते हुए मुस्कुराया।

मैं चुपचाप मुदित को देखता रहा। मैंने अपना सर हिलाया।

'इतना जज मत कर ब्रो। आदमी-औरत की ऐसी अरेंजमेंट तो सदियों से चलती आ रही है, जहाँ वो एक दूसरे से मिलते हैं, एक दूसरे की ज़रूरतें पूरी करते हैं,' मुदित ने कहा।

'लेकिन मैं उसे पैसे दूँगा?'

'वैसे भी तुझे असल-ज़िंदगी में कहाँ कोई गर्लफ्रेंड फ्री में मिलेगी?' मुदित ने कहा।

'क्या यार मुदित। हम दोनों को पता है ये क्या होता है। और मुझे ये सब नहीं चाहिए।'

'तो फिर क्या चाहिए तुझे? तू किसी को डेट नहीं करना चाहता क्यूँकि तू नहीं चाहता कोई तेरे नज़दीक आए। तू ये भी नहीं करना चाहता, क्यूंकि ये तेरे आदर्शों और उसूलों के ख़िलाफ़ है। तो क्या प्लान है फिर? अकेला रहेगा? ब्रह्मचारी रहेगा सारी ज़िंदगी?'

'शायद।'

'मज़ाक़ कर रहा है ना?' मुदित ने हल्की सी इर्रिटेशन के साथ कहा। 'पूजा को पाँच साल हो गए हैं ब्रो!'

'पायल है वो, पूजा नहीं।'

'देखा, मुझे तो उसका नाम तक ठीक से याद नहीं। लेकिन ब्रो, तू तो उसकी याद को पकड़ के ही बैठा है।'

'ब्रो मैं वाक़ई आगे बढ़ना चाहता हूँ ज़िंदगी में, मूव ऑन करना चाहता हूँ, क़सम से। लेकिन कर नहीं पा रहा।'

'तो फिर मेरा रास्ता आज़मा ले। शुगर का रास्ता।'

'ओए शुगर बुरी चीज़ होती है,' मैंने अपना बर्गर उठाकर उसकी एक बाईट लेते हुए कहा।

दुबई, अरब रेगिस्तान का हिस्सा है। दुनिया की सबसे सूखी जगहों में से एक। क्या होता है रेगिस्तान? ऐसी जगह जहाँ पर कभी-कभार ही बारिश होती है। लेकिन उस दिन, दुबई में टिप-टिप वाली नहीं, छमछम वाली बारिश हो रही थी। ऐसा लग रहा था जैसे दुबई के मेघ देवता सालों के पड़े अकाल को एक दिन में ही धो डालना चाहते थे।

इसी भारी बारिश की वजह से मुझे तीस मिनट सिर्फ एयरपोर्ट तक एक टैक्सी ढूंढने में लग गए। और फिर, शेख जायद रोड के रास्ते, मूसलाधार बारिश होने लगी। पानी की बूँदें गाड़ी के शीशे से टकराती रहीं। बारिश के चलते शहर का सबसे तेज हाईवे भी थम सा गया था।

'मेरी फ्लाइट छूट जाएगी,' मैंने कहा।

'इंशाअल्लाह, आप टाइम पे पहुँच जाएँगे,' टैक्सी ड्राइवर ने कहा।

हमें एयरपोर्ट पहुंचने में तीन घंटे लग गए। मैं अपना बड़ा सूटकेस लेकर चेक-इन काउंटर तक भागा।

'रिलैक्स सर,' काउंटर पर खड़ी एयरलाइन पर्सनल ने कहा, 'फ्लाइट डिले हो गई है।'

'ओ, कितने देर के लिए?' मैंने कहा।

'पता नहीं सर, अभी तक कोई जानकारी नहीं मिली है। अभी तो कई सारी फ्लाइट्स को टेक-ऑफ करना है। आप कुछ घंटों की डिले तो मान के चलिए।'

'क्या?'

'हम आपको अपडेट देते रहेंगे,' उसने मेरे सूटकेस पर बैगेज टैग लगाते हुए कहा। 'अभी के लिए आप बिज़नेस क्लास लाउंज में जा सकते हैं और किसी भी अपडेट के लिए इंतज़ार करिए।'

दुबई के टर्मिनल 3 का एमिरेट्स बिज़नेस क्लास लाउंज एक फुटबॉल के मैदान जितना बड़ा है। पूरे टर्मिनल तक फैला हुआ है, बोर्डिंग गेट से एक फ्लोर ऊपर। कई दर्जन बैठने की जगहें हैं वहाँ और कई सारे खाने के आउटलेट।

सामान्य हालात में तो लाउंज काफ़ी शांत रहता है लेकिन आज हालात सामान्य नहीं थे। चारों तरफ़ हलचल थी। पैसेंजर यहाँ से वहाँ जा रहे थे, एयरलाइन स्टाफ के पास, फ्लाइट के अपडेट लेने। उधर स्टाफ वाले बिजी थे, अपने फ़ोन पर काम कर रहे थे। फ्लाइट-स्टेटस का बोर्ड ज़्यादातर फ्लाइटों को या तो बहुत ज़्यादा लेट, या रद्द दिखा रहा था। मेरी ख़ुद की फ्लाइट पाँच घंटे डिले हो गई थी।

शुक्र है मुझे लाउंज के एक शांत कोने में एक सोफा मिल गया कुछ देर आराम करने, और सोने के लिए। लेकिन जैसे ही मैंने सोने के लिए आँखें बंद कीं, मैंने उसे देखा।

कमाल है, मैं वाक़ई कुछ ज़्यादा ही थका हुआ था। ये कोई भ्रम तो था।

वो मेरे सामने बैठी थी। अपने लैपटॉप पर फर्राटे से कुछ टाइप कर रही थी। मैंने एक सेकंड के लिए अपनी आँखें बंद कर लीं।

क्या?! क्या मैंने सच में उसको देखा?

मैंने अपनी आँखें खोलीं। वो चश्मे पहने वहीं बैठी हुई थी। उसका लैपटॉप उसका आधा चेहरा छुपा रहा था। और वो टाइप करते हुए हल्के-हल्के कुछ बुदबुदा रही थी।

हाँ, ये वही थी, और कौन हो सकता था?

मैंने आँखें फाड़कर देखा। *पायल?*

उसने एक ग्रे ट्रैकसूट पहना हुआ था, एक लंबी चोटी बना रखी थी, और पाँच साल पहले, जब मैंने उसे आखरी बार देखा था, तब की अपेक्षा उसका चेहरा ज़्यादा भरा भरा लग रहा था।

अब क्या करूँ? क्या मुझे वहाँ से चले जाना चाहिए? कहीं और बैठना चाहिए? क्या मुझे उसके पास जाकर उसे हेलो बोलना चाहिए? क्या पता वो अपने पति के साथ आई हो?

मैंने उसे कुछ देर तक देखा। ऐसा लगा नहीं कि वो किसी के साथ आई थी।

मैं उसकी तरफ़ बढ़ा।

'पायल?'

उसने टाइप करना बंद कर दिया और ऊपर मेरी तरफ़ देखा। उसको मुझे पहचानने में कुछ सेकंड लग गए।

'साकेत?' वो उठ खड़ी हुई।

'मैंने तुम्हें लाउंज के उस पार से देखा। सॉरी, जरा बिजी लग रही हो, लेकिन मुझे लगा, एक बार हेलो बोल देता हूँ।'

'नहीं,' पायल ने शांति से कहा। 'कोई प्रॉब्लम नहीं है। साकेत खुराना! गॉड! कितना टाइम हो गया हमें मिले? पाँच साल?'

पाँच साल, आठ महीने, तेरह दिन।

'इतना टाइम हो गया?' मैंने कहा।

'हाँ, हाँ,' उसने कहा, एक लंबी साँस छोड़ते हुए।

एक पल के लिए हम दोनों ने संकोच किया। क्या हमें गले मिलना चाहिए? नहीं मिलना चाहिए? मैंने सारी कन्फ्यूज़न दूर कर दी और पायल की तरफ़ अपना हाथ बढ़ाया।

'हेलो,' पायल ने हाथ मिलाते हुए कहा।

उसका स्पर्श, अब भी जाना-पहचाना लगता था।

'तुमसे मिलकर अच्छा लगा,' मैंने कहा।

'मुझे भी। कहाँ बैठे हुए हो?' पायल ने कहा।

'वहाँ,' मैंने अपने सामान की तरफ़ इशारा करते हुए कहा, 'आज हम सब फँसे हुए हैं।'

'हाँ, तुमने डिनर किया क्या?' उसने कहा।

'नहीं।'

'मैं अभी बस डिनर लेने जाने ही वाली थी। क्या तुम मेरे साथ बुफे तक चलोगे?'

हम डाइनिंग एरिया तक चले। हमने एक-एक प्लेट ली और बुफे का एक राउंड ले लिया। मैंने अपनी प्लेट में कबाब भर लिए। हम लोग अपने डिनर के साथ वापस आ गए, और एक छोटी सी डाइनिंग टेबल पर एक दूसरे के सामने बैठ गए।

'दाल चावल? बस?' मैंने कहा।

'पीली दाल, और कुछ चावल! मेरे लिए तो वो जन्नत है! और क्या चाहिए!' पायल ने कहा।

मैं मुस्कुराया।

'मैंने नोटिस किया तुम अब भी अपने प्रोटीन टारगेट रखते हो,' उसने कहा।

'कोशिश करता हूँ,' मैंने चिकन कबाब का एक पीस खाते हुए कहा।

'अच्छे दिख रहे हो। हमेशा की तरह फिट।'

'थैंक्स।'

'और मैं?' पायल ने कहा। 'मैं कैसी लग रही हूँ पाँच साल पहले से अब तक?'

'तुम भी अच्छी दिख रही हो,' मैंने कहा।

मेरे लिए तो तुम अब तक दुनिया की सबसे खूबसूरत लड़की हो।

'मुझे तो अब ये चश्मे पहनने पड़ते हैं,' पायल ने उन्हें उतारकर, और टेबल पर रखते हुए कहा। 'ख़ासतौर से जब में लैपटॉप पर काम कर रही होती हूँ, नहीं तो मेरा सर दर्द करने लग जाता है। बुड्ढी हो रही हूँ!'

'तुम कहाँ बूढ़ी हो रही हो, बूढ़ा तो मैं हो रहा हूँ,' मैंने कहा। 'अगले साल चालीस का हो जाऊँगा, यक़ीन कर सकती हो?'

'तुम इतने बूढ़े तो नहीं लगते,' उसने कहा।

'थैंक यू,' मैंने कहा। 'ख़ैर, अकेले सफ़र कर रही हो?'

'हाँ मैं मुंबई लौट रही हूँ, न्यूयॉर्क से, काम के सिलसिले से गई थी। तुम सुनाओ।'

'मैं न्यूयॉर्क जा रहा हूँ, काम के सिलसिले से।'

'मुझे नहीं लगता मेरी फ़्लाइट आज जाएगी भी,' पायल ने फ़्लाइट स्टेटस बोर्ड देखते हुए कहा। 'चार घंटे डिले दिखा रहा है।'

'मेरी तो पाँच घंटे डिले है। ऊपर से घर से एयरपोर्ट पहुँचने में तीन घंटे लग गए, नहीं तो वैसे आधा घंटा ही लगता है।'

'घर? तुम मुंबई में नहीं रहते?'

'मैं कई साल पहले दुबई आ गया था, यहाँ अपनी कंपनी खोल ली।'

'ओ, तुम दुबई क्यों आ गए?'

तुम्हें भुलाने।

'यहाँ बेहतर अवसर थे,' मैंने कहा।

'और स्टैंडअप का क्या?'

'मैंने वो सब छोड़ दिया।'

'सच में? तुमने स्टैंडअप कॉमिडी छोड़ दिया?'

'मैं ऐसा कोई ग्रेट भी नहीं था।'

'थे तो,' उसने कहा।

हमने पहली बार ठीक से नज़रें मिलाईं।

'परिमल कैसा है?' मैंने बात बदलते हुए और उससे नज़रें हटाते हुए कहा।

'परिमल ठीक हैं। अपने बिज़नेस में काफ़ी बिज़ी रहते हैं। अच्छा काम कर रहे हैं।'

'ये तो अच्छी बात है,' मैंने कहा।

'तुम सुनाओ,' पायल ने कहा।

'क्या?'

'शादी हुई क्या?'

मैंने अपना सर हिलाया।

'ओ, ओके, और क्या तुम...' वो चुप हो गई।

'मैं क्या? क्या मैं किसी को डेट कर रहा हूँ? नहीं।'

'ओके,' उसने कहा।

'मैं अपनी मर्जी से सिंगल हूँ,' मैंने कहा, 'मुझे सिंगल रहना अच्छा लगता है।'

'अच्छा? मज़े कर रहे हो दुबई में?'

'हाँ,' मैंने कहा। 'कर रहा हूँ। हम यहाँ एक अच्छी कंपनी बना रहे है।' मैंने उसको सिक्यॉरिटीनेट के बारे में और अपनी कंपनी के बारे में सबकुछ बताया।

'क्या बात है,' उसने कहा, जब मैंने अपनी बात ख़त्म की। 'अभी से ही तीसरी फंडिंग शुरू हो चुकी है! साकेत, क्या बात है!'

'थैंक यू।'

'फिर तो इसमें कोई हैरानी वाली बात ही नहीं है कि तुम किसी को डेट नहीं कर रहे हो। तुमने तो अपनी कंपनी से ही शादी कर रखी है।'

'हाँ,' मैंने कहा, लेकिन मेरी किसी को डेट नहीं करने की वो वजह नहीं थी।

तुम। तुम हो वो वजह।

'वेल, मैं ख़ुश हूँ कि तुम एक अच्छी जगह पर हो,' उसने कहा।

'तुम बताओ, लाइफ़ कैसी है? काम कैसा है? बच्चे-वच्चे हुए क्या?'

'बच्चे?! नहीं, अभी तक नहीं!' पायल ने कहा और हँसने लगी। 'मैं सिर्फ़ 27 साल की हूँ, अभी मुझे अपने करियर पर ध्यान देना है।'

'और वो कैसा चल रहा है?'

पायल ने अपना बैग खोला और मुझे अपना बिज़नेस कार्ड थमाया।

पायल जैन

वाइस प्रेसिडेंट

ब्लैकवॉटर कैपिटल

'ये हुई न बात,' मैंने कहा। '27 पर ही वीपी!'

'सबसे छोटी वीपी हूँ मैं मुंबई ऑफ़िस में। चलेगा ना अगर मेरे बच्चे थोड़ी देर बाद हो जाएँ?'

'हाँ, हाँ! क्या बात कर रही हो, बधाई हो!'

'थैंक यू।'

'लेकिन वैसे, बाक़ी सबकुछ भी सही ही चल रहा है ना? तुम्हारे और परिमल के बीच?' मैंने कहा।

प्लीज़, प्लीज़, कह दो कि कुछ अच्छा नहीं चल रहा। पता नहीं क्यों लेकिन मैं वो बात सुनना चाहता हूँ।

'हाँ, हम दोनों के बीच चीज़ें ठीक हैं,' उसने कहा और फिर कुछ रुककर जोड़ा, 'ठीक ही हैं... हाँ।'

'ओके, मुझे ये सुनकर ख़ुशी हुई,' मैंने कहा।

'मुझे भी सुनकर ख़ुशी हुई कि तुम अच्छा कर रहे हो।'

'हाँ जो भी होता है, अच्छे के लिए ही होता है,' मैंने कहा।

ओके, मुझे ये बोलने की क्या ज़रूरत थी?

'होता होगा, शायद,' पायल ने कहा।

'और खाना खाओगी?' मैंने कहा।

'नहीं मेरा पेट भर गया।'

अब क्या करें? खाना हो गया। अभी भी हमारी फ़्लाइट से पहले कुछ और घंटे बाक़ी थे। क्या हम अपने-अपने रास्ते चले जाते? एक दूसरे को यहीं अलविदा कह देते?

'मुझे नीचे कुछ शॉपिंग करने जाना है,' उसने कहा।

ओ, तो उसने बच निकलने का सटीक प्लान बना लिया था। लड़कियाँ इन चीज़ों में माहिर होती हैं। कोई अलविदा नहीं, बस एक नैचुरल गुडबाय।

'ओके, ठीक है,' मैंने कहा। 'अच्छा लगा तुमसे मिल के।'

हम लोग वापस जाने के लिए खड़े हुए।

'तुम क्या करोगे?' उसने कहा।

'बैठा रहूंगा यहीं पे, और फ़्लाइट के अपडेट का इंतज़ार करता रहूँगा, और क्या!'

वो हँसी। 'क्या तुम मेरे साथ चलना चाहोगे? एयरपोर्ट के आसपास सैर भी हो जाएगी। हम यहाँ वैसे भी, घंटों के लिए फँसे हुए हैं।'

अच्छा! तो वो बच के नहीं निकलना चाहती थी।

'पक्का ना?'

'हाँ, आओ ना, मज़ा आएगा।'

'ठीक है,' मैंने कहा।

'अच्छा, मुझे परिमल और उनके पापा के लिए कुछ शर्ट लेनी हैं। क्या तुम मेरी मदद कर सकते हो शर्ट चुनने में?'

ये मज़ेदार कैसे था? मैं क्या कह सकता था? चलो! चलो! क्या बात है! 'ये! चलो शर्ट्स ख़रीदते हैं! तुम्हारे पति और ससुर के लिए!'

'हाँ चलो चलते हैं,' मैंने कहा।

~

'कौन सा नीला बेहतर है?' पायल ने मुझे दो शर्ट्स शर्टें दिखाते हुए कहा। दोनों का ही हल्के नीले का एक अलग शेड था।

'कुछ कह नहीं सकता, दोनों ही अच्छे हैं,' मैंने कहा ।

हम लोग ब्रुक्स ब्रदर्स पर आए हुए थे, जो मेन'स क्लोथिंग का एक आलीशान स्टोर था।

'लड़कों के साथ प्रॉब्लम ये होती है कि उनको सिर्फ़ तीन ही रंग पसंद आते हैं: काला, सफ़ेद, या नीला। कितना मुश्किल होता है उनके लिए कुछ भी लेना,' उसने बाक़ी कपड़े छाँटते हुए कहा।

'अच्छा, स्ट्राइप्स वाली शर्ट कैसी रहेगी? या चेक वाली? वह लैवेंडर वाली अच्छी है,' मैंने दूसरे रैक पर इशारा करते हुए कहा।

आख़िरकार उसने वह सारी आठ शर्ट्स ले लीं, जिनकी तरफ़ मैंने इशारा किया था।

'अब इन सबको ले जाने के लिए तो मुझे एक और सूटकेस चाहिए होगा,' उसने मुस्कुराते हुए कहा, जैसे ही उसने हमारे हाथों में दो बड़े शॉपिंग बैग देखे। 'ये एक नई ट्रॉली बैग को लेने के लिए एक अच्छा बहाना है। मुझे काफ़ी समय से एक नया ट्रॉली बैग लेना था।'

बुक्स ब्रदर्स के बाद हम ट्यूमी गए, जो एक प्रीमियम लगेज स्टोर था। पायल ने एक ट्रॉली बैग लिया, जिसका दाम सारी शर्ट्स से ज़्यादा था। और भला क्यों नहीं?! ब्लैकवॉटर की वीपी के लिए साठ हज़ार का ट्राली बैग लेना कोई बड़ी बात नहीं थी। हमने सारी शर्ट्स नई ट्रॉली में डाल दी, और उसने उसकी ज़िप बंद कर दी।

जैसे ही हम बाक़ी स्टोर्स से गुज़र रहे थे, हम एक परफ्यूम शॉप से गुज़रे।

'क्या मैं...? आज का आख़िरी स्टोर होगा, वादा करती हूँ,' उसने परफ्यूम की दुकान की तरफ़ इशारा करते हुए कहा।

'हाँ, क्यों नहीं,' मैंने कहा।

हम लोग अंदर गए और उसने सारे परफ्यूम के रैक छानने शुरू कर दिए।

'साकेत, ज़रा इधर आना एक सेकंड,' उसने मुझे आइल के उस पार से पुकारा।

मैं उसकी तरफ़ गया, और उसने अपनी दोनों कलाइयाँ मेरे चेहरे के सामने कर दीं।

'क्या?' मैंने उसकी तरफ़ देखा। मैं कन्फ्यूज्ड था।

'ज़रा बताना कौन-सा वाला बेहतर है?'

पायल तुम मेरे साथ ऐसा क्यों कर रही हो? तुम मुझे अपनी खुशबु, परफ्यूम की ख़ुशबू के साथ घोलकर क्यों सुंघा रही हो? मुझे तो हफ़्ते, महीने, शायद सालों लग जाएंगे इससे उबरने में।

मैंने उसकी कलाई हल्के से पकड़ी। एक-एक करके उन्हें अपनी नाक के पास लेकर आया, और सूंघने लगा।

'ये वाली, दायीं वाली,' मैंने कहा।

'ओके, वो गूची गिल्टी है,' उसने कहा।

'नहीं, रुको,' मैंने कहा। मैंने एक बार फिर सूँघा।

क्या मैंने ऐसा इसलिए किया क्यूंकि मैं एक बार फिर उसका हाथ पकड़ना चाहता था?

'शायद बांयें वाला बेहतर है,' मैंने कहा। मैंने अब तक उसकी कलाई पकड़ी हुई थी।

'ये तो ऑब्सेशन है,' उसने कहा।

मैंने उसी वक्त उसकी कलाई छोड़ दी। 'क्या?'

'परफ्यूम। परफ्यूम का नाम है ऑब्सेशन, काविन क्लेन।'

'ओह।'

'तो कौन-सा वाला लेना चाहिए मुझे? गिल्टी या ऑब्सेशन?'

मैं ऑब्सेशन की गिल्ट में मरा जा रहा था।

'दोनों ले लो,' मैंने कहा। 'तुम पर दोनों जचते हैं।'

उसने मेरी तरफ़ देखा और मुस्कुराई। उसने कैशियर से दोनों परफ्यूम पैक करने को कहा।

हम वापस लाउन्ज में आ गए। वह अपनी पुरानी सीट पर वापस आ गई और मैं अपनी पुरानी सीट पर वापस जाने वाला था कि उसने कहा, 'अपना बैग यहाँ ले आओ और बैठ जाओ यहीं।'

'लेकिन क्या तुम अभी काम नहीं कर रही हो?' मैंने कहा।

'अब नहीं कर रही।'

मैंने अपना सर हिलाया और अपने काउच को उसके काउच के साथ सटा दिया।

उसका फ़ोन उसी समय बजा। 'परिमल है,' उसने कॉलर आईडी चैक करते हुए कहा। 'वीडियो कॉल है।'

'ओह, ओके,' मैंने कहा और वापस जाने को खड़ा हो गया।

'तुम्हें जाने की ज़रूरत नहीं है। मैं साइड हो जाऊँगी ताकि तुम फ्रेम में नज़र ना आओ।'

क्या हम कुछ ग़लत कर रहे थे? मैं कुछ कह नहीं सकता था।

उसने अपने एयरपॉड्स पहने और कॉल का जवाब दिया। मैं परिमल को देख या सुन नहीं सकता था।

'अभी तक कोई फ़्लाइट अपडेट नहीं आया है, वो बस डिले दिखा रहा है,' पायल ने परिमल से कहा।

कुछ ख़ामोशी के पलों के बाद उसने अपनी स्क्रीन को देखकर सर हिलाया।

'परिमल, मैं लाउंज में हूँ। इन्तज़ार कर रही हूँ। और क्या करूँगी? हाँ, मैंने कुछ शॉपिंग कर ली। कुछ शर्ट लाई हूँ आपके लिए, और आपके पापा के लिए,' उसने कहा।

परिमल ने कुछ तो जवाब दिया।

'हाँ, आपको दिखा दूँगी। आठ शर्ट लाई हूँ। उनके लिए एक अलग ट्राली लेनी पड़ी।' पायल ने अपना फ़ोन अपनी टेबल के पास पड़े एक गिलास से सटा दिया, और अपना ट्यूमी का बैग उठाकर अपनी गोद में रख दिया। फिर उसने बैग खोलकर उसमें से एक-एक करके सारी शर्टें परिमल को दिखाई।

'अरे बैग की छोड़िए, शर्ट्स पर ध्यान दीजिए,' पायल ने परिमल से कहा। 'मुझे वैसे भी बैग की ज़रूरत थी।'

कुछ देर रुककर उसने फिर से कहा, 'हाँ, मालूम है ट्यूमी बहुत महँगा है। कोई बात नहीं मैं उसको अफोर्ड कर सकती हूँ... ये ब्रांड का प्राइस है परिमल, आप इसे अमेरिकन टूरिस्टर से नहीं कम्पेयर कर सकते... हम इस पर बहस क्यों कर रहे हैं? प्लीज़, आप बस शर्ट्स देखिए, मैं अभी भी उनको एक्सचेंज कर सकती हूँ, अगर आपको कोई एक पसंद नहीं आ रही है।'

उसने दोबारा परिमल को आठों शर्ट्स दिखाईं।

'आप बेकार में नखरे दिखा रहे हो। एक बार के लिए क़ीमत को भूल जाओ, ठीक है?' परिमल से बातचीत के दौरान उसने कहा।

'हाँ मैं आपको फ़्लाइट का स्टेटस बता दूंगी, हाँ मैं ये तीन शर्ट्स वापस कर दूंगी, बाय,' उसने कहा और कॉल काट दी।

उसने एक लंबी आह भरी और अपना फ़ोन साइड में रख दिया। मेरी तरफ़ मुड़कर बोली, 'सॉरी, थोड़ी देर लग गई,' उसने कहा।

'सब ठीक तो है?' मैंने कहा।

'हाँ, लगता है मैंने बहुत सारी शर्ट्स ख़रीद लीं। उनको इतनी सारी की ज़रूरत नहीं है। मैं बस अभी जाकर कुछ शर्ट्स वापस कर आती हूँ,' उसने खड़े होते हुए कहा।

'मैं तुम्हारे साथ आ जाता हूँ,' मैंने कहा।

'नहीं, ठीक है, कोई बात नहीं। मैं तुम्हें परेशान नहीं करना चाहती।'

इससे पहले कि मैं जवाब देता, एमिरेट्स की एक स्टाफ़ हमारे पास आयी। उसके हाथ में एक आईपैड था।

'हेलो आप कौन सी फ़्लाइट पर हैं?' उसने कहा।

'ईके203। न्यू यॉर्क,' मैंने कहा।

'ओके,' उसने अपने आईपैड पर टाइप करते हुए कहा। 'सॉरी सर, सॉरी मैडम, लेकिन आपकी न्यूयॉर्क की फ्लाईट, ख़राब मौसम के कारण कैंसल हो गई है।'

'मैं उस फ़्लाइट पर नहीं हूँ,' पायल ने कहा।

'ओ?' उस लड़की ने हमारी तरफ़ हैरानी से देखा।

'हम एक साथ नहीं है,' पायल ने कहा।

याद दिलाने के लिए तुम्हारा बहुत, बहुत शुक्रिया पायल। मुझे ये जानने की सख़्त ज़रूरत थी।

'आप कौन सी फ़्लाइट पर हैं मैम?' उस लड़की ने कहा।

ईके500, मुंबई।'

'ओके, मुझे एक मिनट दीजिए,' लड़की ने अपना आईपैड चेक करते हुए कहा। 'सर न्यूयॉर्क के लिए आपकी, कल रात, सेम ही फ़्लाइट होगी। आपको एक मैसेज मिल जाएगा इस सिलसिले में। आइए, तब तक के लिए हमने आपके लिए एक होटल रूम का इंतज़ाम कर दिया है एयरपोर्ट के पास।'

'उसकी ज़रूरत नहीं पड़ेगी,' मैंने कहा। 'मैं दुबई में ही रहता हूँ। घर चला जाऊँगा।'

'ओ, ऐसी बात है तो मैं आपकी एयरपोर्ट से निकलने में मदद कर सकती हूँ।'

'थैंक्स,' मैंने कहा।

'और मैम, आपकी फ़्लाइट शिफ़्ट हो गई है। अब आपकी फ़्लाइट होगी ईके506, मुंबई, जो कल सुबह नौ बजे उड़ान भरेगी। आपके लिए एयरपोर्ट ट्रांजिट होटल पर ही एक कमरा बुक कर दिया गया है, जो टर्मिनल बिल्डिंग में ही है यहाँ की।'

'थैंक यू,' पायल ने कहा।

'लिफ़्ट ले लीजिएगा और बाएँ मुड़ जाइएगा। आपको ट्रांजिट होटल दिख जाएगा। वहाँ उनको अपना बोर्डिंग पास दिखा दीजिएगा और वो आपको आपका कमरा दिखा देंगे।'

'ज़रूर,' पायल ने कहा।

'सर आप मेरे साथ आइए, मैं आपकी इमीग्रेशन निपटाने में, और आपकी एयरपोर्ट से निकलने में मदद कर देती हूँ।'

'जी बिल्कुल,' मैंने कहा।

क्या बस यहीं तक था जो था? क्या यही अलविदा था? मुझे पता था कि ये मुलाक़ात ख़त्म हो ही जाएगी, लेकिन क्या इसको इसी तरह अचानक ख़त्म होना था? मैंने अपना सामान उठाया। पायल ने अपना लैपटॉप बैग अपनी नई ट्रॉली पर रख दिया। क्या वो कुछ कहने वाली थी? क्या मुझे कुछ कहना चाहिए था?

'तो बस फिर यही है। वक़्त आ गया है अलविदा कहने का,' मैंने कहा

'हैं?!' उसने कहा, 'सच में?'

'हाँ। हम दोनों अपने-अपने रास्ते जाते हैं अब,' मैंने कहा।

इस एयरपोर्ट पर और इस ज़िंदगी में।

'तुमसे फिर मिलकर अच्छा लगा,' पायल ने कहा।

'मुझे भी,' मैंने कहा। 'और जानकर ख़ुशी हुई कि तुम अच्छा काम कर रही हो, और ख़ुश हो।'

'मैं भी ख़ुश हूँ कि तुमने ज़िंदगी में इतना कुछ हासिल कर लिया है, और तुम ख़ुश हो।'

ये किसने कहा कि मैं ख़ुश हूँ? ये तुम्हें किसने बताया?

'हाँ-हाँ बिल्कुल मेरे पास बहुत कुछ है जिसके लिए मैं शुक्रगुज़ार हूँ,' मैंने कहा।

उसने अपना सर हिलाया।

मैं ये ज़रूर कहता कि 'टच में रहना' या 'जल्द मिलते हैं,' लेकिन मुझे पता था कि वो ऑप्शन हमारे पास नहीं था।

'मैं अब भी ब्लॉक्ड हूँ,' मैंने कहा।

'हैं? क्या?,' पायल ज़रा कन्फ्यूज्ड लग रही थी। 'कहाँ ब्लॉक्ड हो?'

'हर जगह से। फ़ेसबुक, इंस्टाग्राम, वॉट्सऐप से भी। मुझे लगता है तुमने अपना नम्बर बहुत समय पहले चेंज कर लिया था, है ना?'

'तुम्हारे पास मेरा कौन-सा नंबर है?' उसने कहा।

मैंने अपना फ़ोन खोला और उसे वो नंबर दिखाया। उसका नंबर अभी भी पायल के नाम से सेव्ड था और उसके नाम के आगे एक हार्ट वाला इमोजी लगा हुआ था। हे भगवान! मैंने अभी तक वो इमोजी क्यों लगा रखा था?

'ये नंबर पुराना है, सुनीता दीदी के पास हैं अब तो,' उसने कहा।

'हाँ, मुझे पता चला,' मैंने कहा।

उसने मेरी तरफ़ ज़रा हैरानी से देखा। 'खैर, ये मेरा नया नंबर है।'

मैंने उसका नया नंबर सेव कर लिया। इस बार उसका नाम था 'पायल न्यू'—और कोई इमोजी नहीं।

'मैंने बस अभी-अभी तुम्हें इंस्टाग्राम और फ़ेसबुक से भी अनब्लॉक कर दिया।'

'कर दिया?'

'कितनी बेवक़ूफ़ी की चीज़ें लगती हैं ये सब अब। हम सब आगे बढ़ गए हैं, है ना?'

'हाँ, सच में,' मैंने कहा।

झूठ, झूठ, झूठ।

'लेकिन मैं ज़्यादा पोस्ट नहीं करती,' उसने कहा।

एयरलाइन स्टाफ़ ज़रा इमपेशेंट हो रही थी। 'सर अगर आप मेरे साथ अभी चलेंगे तो मैं आपकी इमिग्रेशन निपटवा दूंगी, और भी कस्टमर इंतज़ार कर रहे हैं, जिनको मदद की ज़रूरत है।'

'बिल्कुल। आ रहा हूँ,' मैंने कहा, और पायल की तरफ़ मुड़ा। 'बाय, पायल।'

'बाय, साकेत,' उसने कहा।

'बेस्ट ऑफ़ लक। अच्छी ज़िंदगी हो तुम्हारी,' मैंने कहा।

अच्छी ज़िंदगी हो तुम्हारी? अबे कौन पागल ऐसी बातें बोलता है? कितना डम्ब था ये, बताइए!

'हाँ, तुम्हारी भी,' उसने कहा।

मैं पायल से दूर चला गया। हमारे बीच का फ़ासला हर क़दम बढ़ता गया। और मैं उस फ़ासले को, कदम-ब-कदम महसूस कर सकता था। मेरे शरीर का हर एक सेल दर्द करने लग गया, मानो जैसे किसी ने मेरी चमड़ी उधेड़ दी हो। मैं उससे क्यूँ मिल गया दोबारा? मैंने उसके बिना जीना सीख लिया था। एक क़ामयाब करियर बना लिया था, और अपनी छोटी मोटी डिप्रेशन के साथ जीना सीख लिया था। मैंने अपने पीटी संभालने सीख लिए थे, लेकिन फिर भी मेरे साथ आज ऐसा क्यों हुआ?

क्यों, भगवान, क्यों?

~

घर वापस आते हुए मैंने अपना फ़ोन खोला और पायल की वॉट्सऐप प्रोफ़ाइल चेक की। उसकी डिस्प्ले पिक्चर पर वो और परिमल एक जैसे काले एथनिक

कपड़ों में थे। परिमल की बाँह पायल की कमर पर थी। मुझे यह देखने की ज़रूरत थी। मेरे लिए यह एक करारा थप्पड़ था, जो मुझे याद दिला रहा था कि पायल अब किसी और के साथ थी। मैंने ज़ूम इन किया। पायल हँस रही थी, अपने हाथ से अपना मुँह ढकते हुए। इस दुनिया में साढ़े तीन बिलियन लड़कियाँ हैं, लेकिन मुझे सिर्फ़ उसकी ही डिस्प्ले पिक्चर मिली थी घूरने को।

इससे पहले कि मैं पायल का इंस्टाग्राम चेक करता, मुदित ने मुझे फ़ोन कर दिया।

'क्या चल रहा है ब्रो? तू अभी एयरपोर्ट पर होगा। तेरी फ़्लाइट टाइम पर है क्या?' उसने कहा।

'नहीं, कैंसल हो गई है ख़राब मौसम की वजह से। अब मैं कल जाऊँगा न्यू यॉर्क,' मैंने कहा। मैंने उसको पायल और मेरी मुलाक़ात के बारे में नहीं बताया।

'कोई बात नहीं, एक दिन के डिले से कोई फ़र्क नहीं पड़ता,' मुदित ने कहा। 'हाँ, कोई मदद चाहिए हो अपनी मीटिंग को री-शेड्यूल करने के लिए तो बताइयो।'

'वो मैं कर सकता हूँ,' मैंने कहा।

'तू ठीक तो है ब्रो? थोड़ा उदास लग रहा है,' मुदित ने कहा।

बहुत डरावना लगता है, ऐसे दोस्त का होना, जो आपको इतनी अच्छी तरह जानता हो।

'हाँ बस थका हुआ हूँ,' मैंने कहा। 'एयरपोर्ट पर इतने घंटे लग गए और फिर फ़्लाइट भी नहीं आयी है, लेकिन मैं अभी घर वापस जा रहा हूँ।'

'जो भी होता है अच्छे के लिए होता है ये डिले भी किसी अच्छे कारण से ही हुई होगी।'

'ऐसा लगता तो नहीं।'

'तू सेफ है, सुरक्षित है ब्रो, बस वही चीज़ माइने रखती है।'

'लव यू, ब्रो।'

'लव यू टू ब्रो। तू कहे तो आ जाऊँ तेरे घर?'

'इस मौसम में तो नहीं ब्रो। मैं भी थका हुआ हूँ, मुझे बस सोने दे।'

'ठीक है, पर सो जाइयो। अपना फ़ोन मत चेक करियो, और ऑफिस के काम में मत घुसा रहियो।'

'ठीक है, गुड नाइट, ब्रो,' मैंने कहा और कॉल ख़त्म कर दी।

मैंने अपना फ़ोन वापस अपनी जेब में रख दिया। मुझे पायल का इंस्टाग्राम अभी चैक करने की ज़रूरत नहीं थी। उससे कुछ अच्छा निकलकर नहीं आता। उसमें बस उसकी सुखी शादीशुदा ज़िंदगी से भरी हुई फ़ोटो होती, परिमल के साथ। हर पोस्ट मेरे दिल पर हथौड़ा मार जाता, और मुझे अपने आपको और टॉर्चर करने की कोई ज़रूरत नहीं थी।

'बस यही पर। वो लेफ्ट पर जो बिल्डिंग है, वहीं पर,' मैंने टैक्सी ड्राइवर से कहा। मैं घर पहुँच गया था।

~

'ये बस एक सी सीरीज़ सी इन्वेस्टमेंट नहीं है, ये हम सबके लिए एक वोट ऑफ़ कॉन्फिडेंस है, इस राउंड के साथ हमारे इन्वेस्टर ये कहना चाहते हैं कि हम जो भी कर रहे हैं उसकी कोई वैल्यू है कि हमने, सिक्योरिटीनेट ने, कुछ ऐसा बनाया है जिसके वो हिस्सेदार बनना चाहते हैं।'

कमरे में खड़े सभी लोगों ने ताली बजायी जैसे ही मैंने अपनी छोटी सी स्पीच ख़त्म की। मेरा न्यूयॉर्क का ट्रिप 1 महीने पहले काफ़ी क़ामयाब रहा था। चार अलग-अलग प्राइवेट इक्विटी इन्वेस्टर, सौ मिलियन डॉलर क़बूल कर चुके थे हमारी नई इन्वेस्टमेंट में, जो आधे बिलियन डॉलर की, उम्मीद से ज़्यादा वाली, वैल्यू पर पहुँच चुकी थी। मुदित की राय में, एक छोटी सी पार्टी तो बनती थी। टीम में सभी लोगों को अपनी पीठ थपथपाने का मौक़ा मिलना चाहिए था। उसने एक डिनर ऑर्गनाइज किया, ग़ज़ेबो में, जो जुमेरिया टावर्स पर एक इंडियन रेस्टोरेंट था। जैसे ही लोग चिल्ड बियर और स्टार्टर्स के साथ एक दूसरे के साथ घुलने-मिलने लगे, मुदित मेरे पास आया, दो बडवाइज़र की बोतलें पकड़े हुए।

'हाफ मिलियन की ख़ुशी में,' उसने एक बोतल मुझे पकड़ाते हुए कहा।

'जैसा कि मैं हमेशा कहता हूँ,' मैंने बोलना शुरू किया, लेकिन मुदित ने मुझे टोक दिया।

'ये पेपर पर है मुझे पता है सर,' वो हँसा। उसने मेरी बोतल के साथ चीयर्स किया।

हम लोग अभी बात कर ही रहे थे, जब हमारा कोई एंप्लॉयी मुदित को ढूंढता हुआ आया, और उसे लेकर चला गया। अकेले रह जाने पर मैं टेरेस तक गया और मैंने अपना फ़ोन अनलॉक करके, पायल का इंस्टाग्राम चेक किया–दिन में पाँचवी बार। मैं पिछले एक महीने से ऐसा कंपल्सिवली कर रहा था। न्यूयॉर्क जाते हुए, न्यूयॉर्क मैं भी, इन्वेस्टर मीटिंग्स के बीच में, दुबई लौटने के रास्ते में, और फिर जबसे मैं वापस आया था, तबसे हर दिन।

वो पोस्ट वैसे ही थे जैसा मैंने सोचा था। पायल ने अपनी ज़िंदगी को छोटे-मोटे टुकड़ों में डॉक्यूमेंट कर रखा था, ख़ासतौर से वेकेशन और त्योहारों के समय। वो बहुत ज़्यादा पोस्ट नहीं करती थी, महीने के कुछ दो ही पोस्ट आते थे, लेकिन मेरे पास पाँच सालभर की तस्वीरें थीं देखने के लिए, जिसका मतलब था 100 पोस्ट। एक पूरी फ़ोटो अल्बम, मेरे जीवन साथी की, जो अपना जीवन, किस और साथी के साथ बिता रही थी।

ओ इंस्टाग्राम! क्या-क्या चीज़ें दिखला जाते हो तुम!

मैं वो जगहें देख सकता था जहाँ पायल छुट्टियों पर गई थी। अपनी शादी के पहले साल में पेरिस, एमस्टरडैम, और गुजरात के किसी जैन मंदिर। दूसरे साल में वो और परिमल फुकेत और शिमला गए थे। तीसरे साल में वो सिडनी गए थे। हर जगह वो एक शॉट लेते ही लेते थे। परिमल सीधा खड़ा हुआ है और उसने एक बाँह पायल की कमर पर रखी हुई है। पायल उसके बग़ल में है और उसकी बाहें परिमल की कमर पर हैं, और पायल का सर उसकी छाती पर।

कुछ पोस्ट में उन दोनों के पेरेंट्स, और दूर के रिश्तेदार भी नज़र आते थे। पायल कभी अपनी कैप्शन में ज़्यादा कुछ नहीं लिखती थी। बस कुछ हार्ट

वाली, ब्लेसिंग वाली, या वो कभी-कभार हैप्पी दिवाली वाले मैसेज लिख देती थी।

पायल और परिमल की हर फ़ोटो को देखकर ऐसा लग रहा था जैसे मैं अपने आपको एक चाक़ू से मार रहा हूँ, लेकिन मैं उसकी हर डिटेल को देखने से खुद को रोक नहीं पा रहा था। पायल कौन-सा हैंड बैग लेकर आयी है? क्या ड्रेस पहनती है? या उसने कौन से झुमके पहने हुए हैं?

'क्या कर रहा है?' मुदित की आवाज़ ने मुझे पीछे से डरा दिया।

'हैं?' मैंने तुरंत ही फ़ोन से ऊपर देखा और पीछे मुड़ा।

'कुछ भी तो नहीं।'

'ये पायल है ना?' मुदित ने कहा।

'क्या? नहीं!' मैंने कहा।

'तू पायल की फ़ोटो देख रहा था, है ना?'

'नहीं,' मैंने एक सख़्त आवाज़ में कहा।

'क्या उसने तुझे हर जगह से ब्लॉक नहीं कर दिया था?'

'हाँ,' मैंने कहा। 'ये पायल नहीं थी।'

'अपना फ़ोन दिखा। मुझे पक्का यक़ीन है कि वो पायल थी।'

'अरे कोई और लड़की थी।'

'फिर तो मैं और भी ज़्यादा बेताब हूँ इस नई लड़की को देखने के लिए। दिखा दिखा!' मुदित ने अपना हाथ बढ़ाया। उसके चेहरे को देखकर मुझे यह लग गया था कि वह मेरी ना को नहीं मानेगा। मैंने अपना फ़ोन अनलॉक कर दिया और उसकी हथेली पर रख दिया।

'ये तो वही है। मुझे पता था,' उसने मेरी इंस्टाग्राम फीड स्क्रॉल करते हुए कहा। 'तू अनब्लॉक कैसे हुआ? तूने उसका अकाउंट हैक किया है क्या ब्रो?'

'नहीं।'

'फिर?'

मैं चुप रहा।

'उससे अभी भी टच में है?' मुदित ने पूछा।

मैंने अपना सर हिलाया।

'तो फिर बता ये सब कैसे हुआ?'

मैंने एक आह भरी और मुदित को पायल से एयरपोर्ट पर मिलने वाला क़िस्सा सुना दिया।

'वाह, तू पायल से मिला था...'

'इत्तफ़ाक़ से,' मैंने कहा। 'मैंने ऐसा कुछ प्लान नहीं किया था।'

'और तूने ये मुझे नहीं बताया?' मुदित ने कहा।

मैंने अपने कंधे हिलाये।

'क्या मुझे किसी चीज़ की चिंता करनी चाहिए, ब्रो?' मुदित ने मेरे चेहरे को ग़ौर से देखते हुए कहा।

'नहीं। क़सम से हम बस एक-दूसरे से टकरा गए थे एमिरेट्स लाउंज में। हमने बस कुछ यहाँ-वहाँ की बातें कीं, खाना खाया, और बस, हम अपने-अपने रास्ते चले गए।'

'वो तो चली गई। तू वहीं रह गया है।'

'मैं भी चला गया। उस दिन से एक भी बार मैंने उससे बात नहीं की है।'

'फिर तू एक महीने बाद उसका इंस्टाग्राम क्यों चेक कर रहा है?'

'पता नहीं।'

मुदित ने स्क्रॉल किया और पायल के कुछ पोस्ट देखे। 'उसकी हर फ़ोटो उसके पति के साथ है,' मुदित ने कहा।

'हाँ, वो हैपिली मैरिड है।'

'अच्छा हुआ तूने ये देख लिया। अब तुझे ये चैप्टर बंद कर देना चाहिए,' मुदित ने अपना सर हिलाते हुए कहा।

'हाँ शायद।'

'अब क्या तू मुझसे सहमत हैं?'

'किस बारे में?'

'कि तुझे मूव ऑन कर लेना चाहिए। नए लोगों को डेट करना चाहिए?'

'मैं मूव ऑन कर चुका हूँ।'

'अच्छा तो फिर तेरे लिए एक डेट सेट लूँ? एक लड़की है जिसके साथ मेरा छोटा-मोटा चक्कर चल रहा है। उसकी एक कज़न है मुझे अच्छी लग रही है। मिलवाऊँ तुझको उससे?'

'नहीं मुदित, अभी नहीं ब्रो।'

मुदित ने अपने होंठ सी लिए। 'देखा?'

'अरे यार कंपनी है अपनी। हमें इस कम्पनी को बढ़ाना है, आगे लेकर जाना है। तू समझ रहा है इसके लिए कितना काम करना पड़ेगा? दस गुना ब्रो, दस गुना! ये डेट-शेट करने का टाइम थोड़ी है मेरे पास।'

'सच में? यार तुझे लगता है कि हमारी कंपनी में कोई किसी को डेट नहीं करता?'

मैं चुप रहा और इधर-उधर देखने लगा। मेरी नज़र पड़ी बूफ़े काउंटर पर, जहाँ कई एम्प्लोयी अपनी प्लेट में दाल मखनी और पनीर टिक्का मसाला भर रहे थे।

'साकेत, ज़रा देख इन तस्वीरों को,' मुदित ने कहा। 'देख कौन है अब पायल की बाहों में, उसका पति। अब वो उसके साथ रहती है, उसके साथ दुनिया देखती है, उसके साथ सोती है। तू तो बस उससे इत्तफ़ाक़ से मिल गया, लेकिन अगर नहीं मिला होता तो उसको घंटा फ़र्क़ पड़ता कि तू कहाँ है, कैसा है, किस हाल में है। बात समझ में आई कि नहीं?'

मैंने मुदित की तरफ़ देखा।

'ब्रो, सच ये है कि उसने तुझे अपनी ज़िंदगी से फेंक दिया। जैसे कोई अपने घर से कचरा निकालता है ना? वैसे ही। ऐसी लड़की के साथ, क्या तुझे जरा सा भी जज़्बाती होना चाहिए?' उसने कहा।

'नहीं, नहीं होना चाहिए,' मैंने आह भरते हुए कहा। 'इसलिए तो मुझे डेटिंग पसंद नहीं है। मैं हमेशा अपने जज़्बात दांव पर लगा देता हूँ। यही राशि के साथ हुआ, और यही पायल के साथ भी। मैं किसी रिलेशनशिप में आता हूँ ना, तो वो मेरी ज़िंदगी पर हावी हो जाती है, और आखिरकार मेरे जज़्बातों की लग जाती है! कोई फ़ायदा नहीं है इस सबका।'

'तो तुझे जज्बाती होने को कह ही कौन रहा है? क्या तुझे लगता है कि मैं नाडिया के लिए इमोशनल हूँ?'

'नाडिया कौन?'

'वो लड़की जिसे मैं डेट कर रहा हूँ। जिसकी कज़न से मिलवाना चाहता हूँ तुझे।'

'नाडिया?'

'हाँ हाँ, नाडिया और अमीलिया। युक्रेन से हैं।'

'यूक्रेन? क्या? कैसे मिला तू उनसे?'

'एक बार में मिला।'

'तू एक यूक्रेनियन लड़की को डेट कर रहा है?'

'हाँ मैं मुझे अच्छा लगता है दूसरे कल्चर के लोगों से मिलना और उनका कल्चर जानना, और तो और मुझे लोगों की मदद करना बहुत अच्छा लगता है।'

'मदद?'

'वेल, मैं उसको सपोर्ट करता हूँ। पैसों के मामले में, थोड़ी बहुत।'

'क्या? मुदित? तू क्या बकवास कर रहा है?'

मुदित हँसा। 'ये जो भी है, इस इमोशनल ड्रामे से तो बेहतर है, जो तू सालों से अपने दिल में लिए घूम रहा है। हम मर्द हैं, हमें औरतों के साथ एन्जॉय करने के लिए उन पर इतने ज़्यादा जज़्बात खर्च करने की ज़रूरत नहीं है।'

'तो तू...'

'मैं क्या? क्या मेरा एक शुगर बेबी है? हाँ, है। उससे उसकी भी मदद होती है, मेरी भी।'

'मुदित ये बहुत अजीब है।'

'कितना अजीब? ब्रेकअप के छह साल बाद भी अपनी एक्स और उसके पति की तस्वीरों को बार-बार देखने से ज़्यादा अजीब तो नहीं है।'

मैंने कोई जवाब नहीं दिया। मैंने अपना हाथ बाहर निकाला और मुदित ने मेरा फ़ोन मेरी हथेली पर वापस रख दिया।

'क्या कहता है? अमेलिया से मिलेगा?'

मैंने पायल का इंस्टाग्राम देखा। हाल ही का एक पोस्ट था जिसमें पायल परिमल के साथ मालदीव्स गई थी, और अपने प्राइवेट पूल विला में ब्रेकफास्ट कर रही थी। मैंने वो तस्वीर मुदित को दिखाई। वो बस मुँह तिरछा करके हँसने लगा।

'तू सही कह रहा है, मुदित। मैं क़रीब चालीस साल का हूँ, मज़ाक़ नहीं हो रहा अब ये,' मैंने इन्स्टाग्राम को अपने फ़ोन से उड़ाते हुए कहा। 'मुझे वाक़ई मूव ऑन करना पड़ेगा।'

'ये हुई न बात ब्रो,' मुदित ने कहा। 'तो डबल डेट फिर? नाडिया-अमीलिया मैं और तू?'

'अभी तक तो कुछ चल नहीं रहा। चल, तेरा ही रास्ता अपना के देख लेता हूँ।'

'सही है।'

'पर क्या ये सचमुच एक डेट है? मुझे तो ये एक डील लग रही है।'

'क्या फ़र्क पड़ता है?' मुदित ने हँसते हुए कहा।

डीजे ने लेटेस्ट हिट गाना बजा दिया, 'बॉम डिग्गी डिग्गी,' जो *सोनू के टीटू की स्वीटी* फ़िल्म का था। सिक्योरिटीनेट की पूरी टीम डांस फ़्लोर पर आ गई।

डिज़ाइन टीम से मिशेल हमारे पास दौड़ी-दौड़ी आई, 'चलिए मुदित सर, साकेत सर! आइए डांस करते हैं।'

'चलो,' मुदित ने कहा, और मुझे अपने साथ डांस फ़्लोर पर खींच ले आया। 'चीज़ों को छोड़ना सीख ले ब्रो,' उसने कहा। 'और बस खड़ा मत रह, नाच,' उसने कहा।

~

छह साल बाद...

'लेडीज़ एंड जेंटलमैन,' वाजिद, दुबई के एक बैंड 'द सीन' का लीड सिंगर माइक में बोला। उसके ड्रमर और बेसिस्ट असके पीछे एक मद्धम सी धुन बजाते रहे।

मेरे 45वें जन्मदिन पर आए मेहमानों ने अपनी बातें कुछ देर के लिए रोक दीं और स्टेज की तरफ़ मुड़ गए।

'कितनी शानदार शाम है। क्या सेटिंग है, है ना दोस्तों?' मोहसिन ने कहा। सभी मेहमान जवाब में चिल्लाये।

हम लोग क्लाउड 22 पर थे, जो एक एक्सक्लूसिव पूल-साइड क्लब था, दुबई के मशहूर होटल अटलांटिस द रॉयल के बाईसवें फ़्लोर पर। मुदित ने पूरी शाम का प्रोग्राम बनाया था, जगह बुक करने से लेकर सौ से ज़्यादा मेहमानों को मैनेज करने तक, उसने पूरी सिक्योरिटीनेट टीम, हमारे इन्वेस्टर, वेंडर और दोस्तों को बुलाया था।

'इस सबमें कितना ख़र्चा हो गया?' मैंने पास खड़े मुदित से कहा, जैसे ही हमने ड्रोनपेरीनॉन शैंपेन से अपने ग्लास दोबारा भरे।

'मुझे डर है कि मैंने तुझे बता दिया तो तू बेहोश हो जाएगा। और हम नहीं चाहते कि हमारा बर्थडे बॉय बेहोश हो जाए, क्यों?'

'कितना ख़र्चा हुआ मुदित,' मैंने थोड़ी चिंता के साथ कहा।

'थोड़ा ज़्यादा हो गया, लेकिन मेरा ही पैसा है, कंपनी के फंड का नहीं। चिंता मत कर हमारे इन्वेस्टर ये नहीं सोचेंगे कि हम उनके पैसों पर पार्टी कर रहे हैं।'

'ब्रो तुझे यह सब करने की क्या ज़रूरत थी?'

'दो वजह थी। एक तू मेरा बेस्ट फ्रेंड है।'

'थैंक यू। और दूसरी?'

'और दूसरी ये कि तूने ही मेरी इतना सारा पैसा कमाने में मदद की है।'

हम दोनों हँसे।

'ज़रा आसपास देख। हम कितनी दूर चले आए हैं,' मुदित ने क्लब की तरफ़ इशारा करते हुए कहा। ढलते सूरज से आसमान में एक जादुई गुलाबी और सुनहरा रंग बिखर गया था। 'कभी-कभी हमें यूँ ही खुद को सेलिब्रेट कर लेना चाहिए।'

'सही बात है। तानिया कहाँ है, लेकिन?' मैंने अपनी गर्लफ्रेंड के बारे में पूछा।

'वो केक संभाल रही है, ब्रो। वो चाहती थी कि खुद तेरा केक धकेल कर लाए।'

'धकेल के लाए?'

'हाँ ब्रो, बहुत बड़ा है वो। पाँच फ़ुट का है। वो तो ट्राली पर आयेगा।'

'मुदित, ब्रो! क्यों?'

'ठीक है ना ब्रो। तेरा ही बर्थडे है। खैर तू बता, कैसा चल रहा है तानिया के साथ सबकुछ?'

'हॉट, इक्साइटिंग, मज़ेदार।'

'लेकिन?'

'लेकिन क्या?'

'मैं तुझे बहुत अच्छे से जानता हूँ। कहीं न कहीं "लेकिन" तो हैं वहां।'

मैं हँसा। 'हाँ, *लेकिन* मुझे लगता है कि मुझे कुछ ही महीनों में अपना साथी बदलना होगा।'

'ग़जब आदमी है यार तू! और कितनी बार चेंज करेगा?' मुदित ने कहा। 'याद है तू अमीलिया से पाँच-छह साल पहले मिलने के लिए कितना संकोच कर रहा था। और अब देख कैसा हो गया है।'

'तूने ही मुझे यह सब सिखाया। सिर्फ़ मज़े करो, ज़्यादा जज्बाती ना हो, तो फिर मैं उन्हें वक़्त रहते ही बदलता देता हूँ। बढ़ते जज्बात से बचने के लिए।'

'हाँ, लेकिन तानिया तो कितनी अच्छी है।'

'हाँ, लेकिन कभी-कभार रिफ्रेश करना भी अच्छा रहता है।'

'अयी शाबाश,' मुदित ने कहा।

'सर,' बेस गिटारिस्ट मोहसिन की आवाज़ स्पीकर से गूंजी। 'कहाँ हैं साकेत सर? स्टेज पर आइए, केक काटने का समय आ गया है! मुदित सर आप भी आइए।'

मुदित और मैं स्टेज तक गए।

तानिया विंग्स से आयी। वो एक बड़ा सा पाँच-मंजिला केक लेकर आ रही थी। केक एक ऑफ़ वाईट और ब्लू फ़ोंडेंट में सजा हुआ था। और उसका

एक बड़ा ही सुंदर फ्लोरल डिज़ाइन था। वह केक एक इतना सुंदर लग रहा था कि उसको काटना भी एक जुर्म लग रहा था। उस केक से बस एक ही चीज़ ज़्यादा सुंदर थी। तानिया। क्या मैंने आपको उसके बारे में बताया?

तानिया और मैंने एक दूसरे को छह महीने पहले डेट करना शुरू किया था। ये सिलसिला तब शुरू हुआ, जब सोफिया–जिस लड़की को मैं तानिया से पहले डेट कर रहा था–को वापस रोमेनिया जाना था। सोफिया से पहली जूलिएट थी और, शायद मैं ऑर्डर भूल रहा हूँ, उससे पहले मैं रूबी, कैथरीन, क्रिशा, और भी कई और लड़कियों, जिनके नाम मैं भूल रहा हूँ, उनके साथ था। ये सब अमीलिया से ही शुरू हुआ था, जिससे मुझे मुदित ने मिलवाया था, क़रीब 6 साल पहले। एक डील, एक अरेंजमेंट, या सिर्फ़ दो लोग एक दूसरे से मिल रहे थे एक दूसरे की ज़रूरतें पूरी करने के लिए, आप इसे कुछ भी बुला लीजिए, लेकिन ये सिस्टम मेरे लिए बहुत अच्छे से चल रहा था। मुझे पूरा-पूरा मज़ा दे रहा था और रत्ती भर का ड्रामा भी नहीं था।

'केक काटो, स्वीटी,' तानिया ने अपने भारी यूक्रेनियन एक्सेंट में कहा।

देखा! वो मुझे 'स्वीटी' भी बुलाती है! किसने कहा कि ये सब सिर्फ़ सेक्स के लिए था? इसमें प्यार भी था, और एक दूसरे की फिक्र भी थी, भले ही वो एक आपसी समझौता ही क्यों ना हो।

मैंने तानिया से एक चाक़ू लिया और उस ख़ूबसूरत केक को काटा। सब लोग ताली बजाने लग गए और एक साथ हैप्पी बर्थडे गाने लगे। बहुत से लोग, ख़ासतौर से शादीशुदा मर्द, तानिया को देखे जा रहे थे, और उनकी बीवियां उसकी तरफ़ नापसंदगी से देख रही थी, उसे और उसकी ख़ूबसूरती को मन ही मन कोसती जा रही थी। तानिया उनके लिए एक बुरा ख़्वाब थी।

मेरी ख़ूबसूरत 24 साल की तानीया का एक पर्फेक्ट आरग्लास फिगर था, और वो जानती थी कि उस फिगर को हाइलाइट करने के लिए उसे क्या पहनना चाहिए। जैसे कि वह सिल्वर-ग्रे प्राडा ड्रेस, जो उसने पार्टी के लिए पहनी थी, वह उसकी अपर थाई तक जाती थी, और उसके बदन से ऐसी लिपटी-चिपटी हुई थी जैसे वो उसकी ही दूसरी चमड़ी हो। मुझे पता था कि वो ड्रेस प्राडा की

है, क्योंकि मैं ही उसके लिए वो ड्रेस लेकर आया था। उस ड्रेस का रंग उसकी आँखों के रंग जैसा था। उसके सुनहरे बाल उसकी हिप्स तक पहुँचते थे।

'हैप्पी बर्थडे डार्लिंग,' उसने धीरे से मेरे कान में कहा, और मुझे केक की एक स्लाइस खिलाकर, गले लगा लिया। 'हम अपनी-वाली सेलिब्रेशन बाद में करेंगे।'

कमाल है! मुझे अब तक यकीन नहीं हो रहा था कि कुछ साल पहले तक, मैं इस सिस्टम से इतना दूर क्यों भाग रहा था? मुदित तो मुझे धरती पर जन्नत दिखला रहा था, और मैं उसे पागलों की तरह मना कर रहा था।

लेकिन ये ही मेरी ज़िंदगी का सबसे बड़ा बदलाव नहीं था। पिछला साल मेरे लिए काफ़ी बड़ा रहा था। मुदित के शब्दों में, हम आख़िरकार कागज़ी अमीर होने से असल में अमीर हो गए थे। हमारी कंपनी एक नए बड़े ऑफिस, में एक मॉडर्न बिल्डिंग में शिफ्ट हो गई थी, डाउंटाउन दुबई में। हमने सेकेंडरी प्लेसमेंट भी की थी, जिसका मतलब था कि फाउंडर्स को भी अपने शेयर्स कैश करने का मौक़ा मिला। मुदित ने थोड़ा पैसा एक बोट और एक फ़ैन्सी रेसिंग कार ख़रीदने में लगाया। मेरा शक सही निकला। वो मिडलाइफ क्राइसिस से गुज़र रहा था। मैंने अपना ज़्यादातर पैसा बैंक में रखा था, लेकिन पाम पर एक शानदार विला पर ख़ूब ख़र्चा किया। मुझे उसका वॉटर व्यू अच्छा लगता था। बीच मेरे घर के ठीक बाहर था।

मैं स्टेज से उतरा और मेहमानों से घुलने-मिलने लगा, और वेटर सबको केक सर्व कर रहे थे।

'हैप्पी बर्थडे, साकेत। कितनी शानदार पार्टी है,' रिचर्ड मॉरिस ने कहा। मॉरिस साहब एक प्राइवेट इक्विटी फ़र्म के डायरेक्टर थे, जिसने हमारी कंपनी में इन्वेस्ट किया था।

'शुक्रिया रिचर्ड,' मैंने कहा।

'शुक्रिया तो मुझे आपका, सिक्योरिटीनेट का अदा करना चाहिए। वो हमारी सबसे कामयाब इन्वेस्टमेंट रही है,' उसने कहा।

'सुनकर ख़ुशी हुई।'

'मैं कुछ और दिनों के लिए यहाँ दुबई में हूँ। आईपीओ की स्ट्रैटिजी डिस्कस कर लें? अगले साल है ना?'

'जैसा कि यहाँ कहते हैं, इंशाल्लाह,' मैंने कहा।

'पाँच,' रिचर्ड ने अपने हाथ उठाते हुए कहा, जिसकी सारी उंगलियां खुली हुई थी।

'क्या?' मैंने मुस्कुराते हुए कहा।

'तुम्हें अच्छी तरह पता है कि इस पाँच का क्या मतलब है,' रिचर्ड ने हँसते हुए कहा और हमने अपने ग्लास के साथ चीयर्स किया।

मुझे वाक़ई पता था: हमारे इन्वेस्टर ग्रुप में एक पाँच बिलियन डॉलर आईपीओ वैल्यूएशन की बात चल ही रही थी।

'मेरे लिए सिर्फ़ एक ही चीज़ मायने रखती है कि हमारे कस्टमर्स को सिर्फ़ सिक्योरिटीनेट अच्छा लगे। वैल्यूएशन और पैसा आता रहेगा,' मैंने कहा।

'इसलिए मुझे तुम्हारे साथ बिज़नेस करना अच्छा लगता है। ये सिर्फ़ पैसे या डील की बात नहीं होती है, इसमें हमेशा कुछ न कुछ पर्सनल होता है,' रिचर्ड ने कहा।

'हाँ, मैं सीख रहा हूँ पर्सनल को डील से अलग रखना,' मैंने कहा।

रियाज़, मेरे ड्राइवर ने मेरे घर के ड्राइव वे पर गाड़ी रोकी। मैं और तानिया बैक सीट पर बैठे हुए थे। मैंने तानिया को हल्के से उसकी नींद से उठाया। उसने अपना सर हिलाया। उसका सर मेरे कंधे पर था।

'हम घर आ गए,' मैंने धीरे से कहा।

'ओ,' तानिया ने नींद में अपना सर उठाते हुए कहा। 'आज कुछ ज़्यादा ही शैंपेन हो गई, बेबी।'

'हाँ, पता है। तुमने मेरे ऊपर ड्रूल भी कर दिया,' मैंने उसके गाल हल्के से खींचते हुए कहा।

'सॉरी, स्वीटी,' उसने मेरे गाल पर एक किस करते हुए कहा।

रियाज़ ने घर के पोर्च पर गाड़ी रोक दी, ठीक हमारे कोई पोंड के पास। तानिया और मैं बाहर निकले, और घर के अंदर चले गए। लॉबी की हाय सीलिंग की वजह से घर किसी बड़े आधुनिक होटेल जैसा लगता था। मुझे अभी भी यकीन नहीं होता था कि ये मेरा ही घर था। यही चीज़ होती है जब आपके पास अचानक से बहुत सारा पैसा आ जाए। आप जेब से तो अमीर होते हैं, लेकिन मन ही मन आप ग़रीब ही होते हैं। कभी-कभी मुझे डर लगता था कि जिन लोगों को मैंने काम पर लगा रखा है इस घर में, वो मुझसे आकर पूछेंगे कि मैं इस घर में क्या कर रहा था।

मेरा 10,000 स्क्वायर फ़ीट का विला, जिसके पाँच बेडरूम थे, मुझे क़रीब 15 मिलियन डॉलर का मिला था। वह क़रीब 105 करोड़ रुपये होंगे। ये एक बहुत बड़ी रक़म थी लेकिन उस सेकंडरी शेयर की सेल ने मुझे पचास मिलियन डॉलर दे दिए थे। ये घर उसका एक तिहाई भी नहीं था, और मेरा अभी का सिक्योरिटीनेट स्टेक, अगर आईपीओ वैल्यू की मानें, क़रीब एक बिलियन डॉलर के आसपास था। हाँ, मैं इसे अफोर्ड कर सकता था, मैंने ख़ुद को याद दिलाया।

मैं लिविंग रूम के बीच में खड़ा हो गया। उसमें लगी आर्ट को, वहाँ की लाइटों को, सबकी तरफ़ हैरानी से देखते हुए।

'सर, आ गए आप,' शांति दीदी, मेरी हाउसकीपर ने किचन से लॉबी में आते हुए कहा। 'आपके लिए, मैडम के लिए कुछ बना दूँ?'

'नहीं,' मैंने कहा। 'हम खाना खाकर ही आए हैं, थैंक यू। आप आज के लिए जा सकते हो।'

जैसे ही वो गयी, तानिया मेरे पास झुकी और उसने धीरे से कहा, 'चलो ऊपर चलते हैं। अभी सेलिब्रेशन ख़त्म नहीं हुआ है।'

'बेबी, मैं सचमुच थक गया हूँ,' मैंने कहा।

लेकिन तानिया ने मेरी ना पर ज़रा भी ध्यान नहीं दिया। उसने मुझे सीढ़ियों से ऊपर खींचा और मुझे बेडरूम तक ले गई। उसने हमारे पीछे का दरवाज़ा बंद कर दिया।

'थके हुए हो, क्यों?' उसने मेरी नाक और होंठ पर अपनी उंगली दौड़ाते हुए कहा।

मैंने एक लंबी साँस ली और उसके टच ने मेरी रीढ़ में सिहरन पैदा कर दी।

'हाँ हमने बहुत ज़्यादा पी ली थी। तुम तो घर आते वक़्त भी सो गई थी,' मैंने कहा।

तानिया खिड़की तक गई और उसने पर्दे गिरा दिए। हम अभी भी दूसरे पाम विलाज़ की, और बीच की, टिमटिमाती लाइट को देख सकते थे।

'हाँ, लेकिन नैप के बाद अब मैं फ्रेश हूँ।' वह मेरे पास वापस आयी और उसने मुझे धीरे से किस किया। 'क्या तुम एक नैप लेना चाहते हो?' उसने मेरे कानों में फुसफुसाया।

'बेबी अगर तुम ऐसा करोगी तो कौन आदमी जागना नहीं चाहेगा?' मैंने कहा।

'अच्छी बात है, क्योंकि भले ही आज तुम्हारा 45वाँ जन्मदिन हो, तुम उतने भी बूढ़े नहीं हुए हो,' उसने कहा।

'बूढ़ा तो मैं हूँ बेबी चालीस और पाँच और,' मैंने अपना सर हिलाते हुए कहा।

उसने मेरी शर्ट के बटन खोल दिए और अपने हाथ अंदर डाल दिए। 'बताओ, कितने 45 साल के मर्दों का ऐसा सीना होता है?' उसने मेरे सीने को सहलाते हुए कहा।

'थैंक यू,' मैंने कहा, और उसके गाल पर किस कर दिया।

'मुझे याद आया, मैंने तो तुम्हें तुम्हारा बर्थडे प्रेजेंट दिया ही नहीं,' तानिया ने कहा।

'कोई बात नहीं बेबी। तुम्हें देने की कोई ज़रूरत नहीं है। मेरे पास पहले ही सबकुछ है।'

'नहीं, ये सही बात नहीं है। मैं तुम्हारे लिए एक गिफ़्ट जल्द ही ले आऊँगी। लेकिन, क्या आज रात के लिए मैं तुम्हारी बर्थडे गिफ्ट बन सकती हूँ?'

'तुम तो हमेशा से ही हो!'

'तो क्या आप अपनी बर्थडे प्रेजेंट खोलना चाहेंगे?' उसने एक क्यूट, बचकाने से भाव के साथ कहा।

इससे पहले कि मैं कुछ कहता उसने मुझे बिस्तर में ही पीछे धकेल दिया और मेरे ऊपर चढ़ गई। 'हैप्पी बर्थडे, बेबी।'

धुंआधार सेक्स करने के आधे घंटे बाद हम दोनों थक गए थे और पसीने से तरबतर थे। तानिया मेरे बग़ल में लेटी हुई थी और अपने फ़ोन पर लुई वितों की वेबसाइट स्क्रॉल कर रही थी। हर बार की तरह, मैं चाहता था कि वो सेक्स करने के बाद, वापस चली जाए। मैंने उसके लिए एक अपार्टमेंट पहले ही रेंट पर ले रखा था, मरीना में। मैंने वक़्त देखा। हमने कुछ सात मिनट पहले ही सेक्स करना ख़त्म किया था। क्या वो बुरा मान जाएगी अगर मैं उसको अभी जाने के लिए कह दूँ?

'रियाज़ तुम्हें घर छोड़ देगा, बेबी? उसको अपनी ड्यूटी ख़त्म करनी है, और घर वापस जाना है,' मैंने कहा।

'ओ,' तानिया ने मेरी तरफ़ ज़रा हैरानी से देखा। 'हाँ, हाँ। मुझे लगा कि शायद तुम चाहते हो कि मैं आज रात यहीं रुक जाऊँ।' उसने अपनी ड्रेस ज़मीन से उठायी। उसका नंगा बदन डिम लाइट में भी चमक रहा था। उसने अपनी ड्रेस पहनी।

'ऐसा मैंने कब कहा?' मैंने कहा।

'आज तुम्हारा बर्थडे हैं ना। मुझे लगा, अगर तुम अकेले नहीं सोना चाहते तो...'

'कोई बात नहीं, स्वीटी। आदत हो गई है।'

मैं तानिया को अलविदा कहकर, घर के अंदर वापस गया। घर पहले से ज़्यादा बड़ा लग रहा था। मैं एंटरटेनमेंट एरिया में गया, जो लिविंग रूम के बग़ल में था, जहाँ पर एक हंड्रेड इंच का फ़्लैट स्क्रीन TV था। मैंने उसे ऑन कर दिया और सारे एंटरटेनमेंट ऑप्शन देखें दुनिया के—नेटफ्लिक्स, प्राईम, यूट्यूब... और भी कई प्लेटफार्म। लेकिन मुझे कुछ भी देखने का मन नहीं कर रहा था। मैंने अपना पीएस-5 कंसोल ऑन किया, *एल्डेन रिंग* गेम

खेलने के लिए, लेकिन पाँच मिनट बाद मैं उससे भी ऊब गया। मैंने टीवी बंद कर दिया और सोचा थोड़ी देर गेम्स रूम चला जाऊँ। पहले फ़्लोर पे ही है। मैंने गेम्स रूम में एक स्नूकर टेबल, फूसबॉल, एक पिनबॉल टेबल और एक रेट्रो वीडियो गेम कॉन्सोल लगा रखा था, वो सिक्का डाल के गेम खेलने वाला, जैसाकि हम लोगों के बचपन में होता था। मुझे कुछ खेलने का भी मन नहीं कर रहा था। भले ही आपके पास कितनी ही सारी अच्छी चीज़ें हो, उनका असली मजा तो तब आता हैं जब आपके पास कोई हो उनका मज़ा उठाने के लिए।

मैं ऊपर मास्टर बेडरूम में गया, जहाँ तानिया और मैंने कुछ देर पहले ही एक दूसरे को प्यार किया था, मेरा मतलब एक साथ सेक्स किया था। मैंने वापस से बिस्तर बनाया जो हमारी कुछ देर पहले की हरकत से बिखरा-बिखरा सा हो गया था। मैंने अपना नाइट सूट पहना और एक किताब के साथ बैठ गया–द *करेज टू बी डिस्लाइक्ड*। मैंने कुछ दो ही पन्ने पढ़े थे जब मेरा फ़ोन बजा।

'क्या पार्टी थी, ब्रो,' मुदित ने कहा। 'वेल डन।'

'क्या वेल डन?' मैंने कहा। 'तूने ही तो ऑर्गनाइज की थी।'

'हाँ सही बात है। मैं अपनी ही तारीफ़ कर रहा था,' मुदित ने हँसते हुए कहा। 'तेरा बेस्ट फ्रेंड बहुत कूल है, है ना?'

'वो बेस्ट है!'

'क्या कर रहा है?'

'पढ़ रहा हूँ मेरे कमरे में।'

'अपने बर्थडे पे भी?'

'हमने पार्टी कर ही ली है। मैंने वैसे भी बहुत ज़्यादा पी ली थी।'

'तानिया कहाँ है?'

'घर पहुँचती होगी।'

'तूने उसे वापस भेज दिया? सच में?'

'हाँ। मुझे सोने का मन था।'

'तुम लोगों ने फिर भी किया ना? अब ये मत बोलियों की तूने अपने बर्थडे पर नहीं किया?'

'मुदित?'

'क्या?'

'क्या तेरे और मेरे बीच कोई प्राइवेसी है?'

'नहीं। तो, क्या मैं इसे हाँ समझूँ? बोल ना, किया ना तूने?'

'बाय, मुदित।'

'अच्छा रुक, एक सेकेंड! मैंने किसी वजह से कॉल किया था तुझे।'

'क्या?'

'अरे खुसुर-फुसुर चल रही है, बहुत तगड़ी वाली।'

'किस बारे में?'

'एक बॉयआउट ऑफ़र है। कोई सिक्योरिटी नेट ख़रीदना चाहता है।'

'मतलब एक स्टेक?'

'नहीं, पूरी कंपनी। एक्वीजीशन।'

'क्या?'

'हाँ, गोल्डमैन सैक्स से किसी का फ़ोन आया था।'

'वो इन्वेस्टमेंट बैंक?'

'हाँ, ब्रो। उनके मर्जर्स एंड एक्वीजीशन डिविज़न के एक सीनियर आदमी का फ़ोन आया था।'

'क्या कहा उसने?'

'उसने कहा कि उसका एक क्लाइंट है, जो एक कंपनी का मालिक है। वो सिक्यॉरिटीनैट ख़रीदना चाहता है।'

'और आईपीओ का क्या? क्या हमारा आईपीओ का कोई प्लान नहीं है?'

'है, वो तो है। लेकिन क्या पता अगर ये बायर हमें एक अच्छा ऑफ़र देता है? हमें उनसे बात करनी चाहिए।'

'ठीक है, लेकिन पहले इस क्लाइंट के बारे में थोड़ी और जानकारी ले लो। कौन हैं वो?'

'उसने बताया ही नहीं। वह हमारे साथ एक मीटिंग रखना चाहता है, उसने कहा। अगर हम वाक़ई दिलचस्पी दिखाएंगे, तो वो अगली मीटिंग में उस क्लाइंट को ले आयेगा अपने साथ।'

'यहाँ ले आयेगा? दुबई में?'

'हाँ। चिंता मत कर, तुझे कहीं जाने की ज़रूरत नहीं है। मैं उसे अगले हफ़्ते बुला लूँ फिर?'

'बिल्कुल, कभी भी,' मैंने कहा।

'कूल। गुड नाईट ब्रो। और हैप्पी बर्थडे। ख़ुशी है कि तुझे आज के शुभ दिन कुछ "करने" का शुभ अवसर मिला।'

'चुप कर, मुदित।'

फोन काटने से पहले मुदित जोर से हंसा।

'एक मिनट मैक्स,' मुदित ने कहा। 'ज़रा मैं साकेत से अकेले में बात कर लूँ?'

'बिल्कुल,' मैक्स ग्लेनफ़ेल ने कहा। वो गोल्डमैन सैक्स के मर्जर्स और एक्रीडेशन डिवीज़न का मैनेजिंग डायरेक्टर था। वह अपनी कुर्सी से उठा। एलन स्मिथ उसका जूनियर असोसिएट भी साथ ही में उठा। मैक्स और एलन ब्रिटिश थे और वो गोल्डमैन सैक्स के लंदन ऑफ़िस से आए थे। उनके फॉर्मल सूट और कड़क ब्रिटिश एक्सेंट ने मुझे बीबीसी न्यूज़ प्रज़ेंटर्स की याद दिला दी।

'नहीं, नहीं, आप लोग यहीं रुकिए,' मुदित ने कहा। मुदित ने मैक्स और एलन को बैठे रहने का इशारा किया। 'साकेत और मैं उसके ऑफ़िस जा रहे हैं एक मिनट के लिए।'

हम सब हमारे शानदार बीस-सीटर कॉन्फ्रेन्स रूम में बैठे हुए थे, जो सिक्यॉरिटीनेट के नए डाउनटाउन दुबई वाले ऑफ़िस में था। मैक्स और एलन ने अभी-अभी एक प्रेजेंटेशन दी थी। एक बॉयआउट के लिए।

मुदित और मैं उस कमरे से निकले और मेरे ऑफ़िस की तरफ़ भागे।

'ब्रो, सच्ची,' मुदित ने ऑफ़िस का दरवाज़ा बंद करते हुए कहा। 'कोई पूरी कंपनी ख़रीदना चाहता है। कैश में। ये तो एकदम साफ़ एक्ज़िट बन रहा है।'

'हम एग्जिट कर जाएँगे? मतलब पूरा का पूरा एग्जिट?'

'हाँ! क्या तू यकीन कर सकता है? कोई आईपीओ का झंझट नहीं। कोई रोड शो नहीं, कोई कमप्लायंस नहीं, कोई रेगुलेशन और कोई इनवेस्टर रिलेशन नहीं। और तो और मार्केट कंडीशन की रिस्क भी नहीं।'

'सच बात है,' मैंने कहा। 'लेकिन इसका मतलब ये भी होगा कि हम बाहर चले जाएँगे इस कंपनी से। फिर हम क्या करेंगे? फिर मैं क्या करूँगा? मेरे पास तो कोई और जॉब भी नहीं।'

'ब्रो, तुझे कोई और जॉब की ज़रूरत ही नहीं। तेरे पास बैंक में कम से कम नहीं तो एक बिलियन डॉलर होंगे। वो भी सिर्फ़ काग़ज़ी पैसा नहीं।'

मैंने खिड़की से बाहर देखा। थोड़ी ही दूर बुर्ज ख़लीफ़ा आसमान को चूम रहा था, बिल्कुल वैसे ही जैसे सिक्योरिटीनेट ने आसमान की बुलंदियां छू ली थीं।

'मेरे पास पहले ही सबकुछ है जो मैं चाहता हूँ। मैं इतने सारे पैसे और इतने सारे फ्री टाइम के साथ क्या करूँगा?'

'चल ना, ब्रो! हम कुछ न कुछ काम का तो ढूँढ ही लेंगे। शायद एक और स्टार्टअप बना लें। या कुछ और मज़ेदार कर लें। वापस से एक कॉमेडी क्लब चला लें। हाँ, बस इस बार हम अपने काम पर रोल्स-रॉयस में जाएंगे।'

मैं अब भी कन्विंस नहीं हुआ था, लेकिन मैं मुस्कुराया।

'अच्छा सुन, मैं उनसे बात कर लेता हूँ। हम उनको कंपनी बेच देंगे। लेकिन पूरी नहीं। मान के चल, नब्बे पर्सेंट? हम लोग बाक़ी का दस पर्सेंट रख लेंगे। और तू ही सीईओ रहेगा, अगर तू चाहे।'

'मैं नहीं जानता कि मैं क्या चाहता हूँ,' मैंने कहा।

'अपना टाइम ले, सबकुछ समझने के लिए। पॉइंट है कि हमें उनके साथ बात करते रहना चाहिए। अपनी शर्तें डिस्कस करती रहनी चाहिए। मुझे यक़ीन

है वह ख़ुश होंगे तुम्हें कम्पनी चलाने देने में। अभी के लिए बस उस मिस्ट्री क्लाइंट से मुलाक़ात कर लेते है।'

'ठीक है, हम वो कर सकते हैं। मैं भी काफ़ी क्यूरियस हूँ ये जानने के लिए कि वह क्लाइंट है कौन।'

'हमें एक नॉन-डिस्क्लोजर एग्रीमेंट (एनडीए) साइन करनी पड़ेगी। एक बार हमने वो कर ली, मैक्स अपना क्लाइंट ले आयेगा।'

'ठीक है, चल चलते हैं,' मैंने कहा।

हम लोग कॉन्फ्रेन्स रूम में वापस आ गए। मैक्स और एलन ने हमारी तरफ़ देखा। उनकी आँखों में सवाल थे।

'जी,' मैंने कहा, 'हम लोगों को इसमें दिलचस्पी है। लेकिन हमारी कुछ शर्तें हैं।

'बिल्कुल,' मैक्स ने कहा। 'कैसी शर्तें?'

'मैं बायर के साथ डिस्कस करना चाहूँगा। हम उनसे कब मिल सकते हैं?'

'पहले एक एनडीए साइन करना पड़ेगा आप लोगों को...' मैक्स ने कहा।

'मुझे भेज दीजिए, मैं उसे ई-साइन कर दूँगा,' मुदित ने कहा।

'मैं अगले हफ़्ते के लिए एक मीटिंग फिक्स कर कर देता हूँ,' मैक्स ने मुस्कुराते हुए कहा।

~

मैं तानिया से एक हफ़्ते के लिए नहीं मिला था, क्योंकि मैं पागलों की तरह काम कर रहा था। आखिरकार एक सैटरडे शाम को हम ड्रिंक्स के लिए ली'ब्राज़ील पर मिले। ये एक शानदार सी-फेसिंग लेबनीज़-ब्राजीलियन फ्यूजन रेस्ट्रॉन्ट था, जो अड्रेस बीच रिसॉर्ट पर था।

'तुम्हारे पास तो मेरे लिए वक़्त ही नहीं है,' तानिया ने ही मुँह बनाते हुए कहा। 'तुम्हें अब मुझे देखना पसंद नहीं है क्या?'

'ऐसी बात नहीं है, बेबी,' मैंने कहा। 'बस बहुत ज़्यादा काम चल रहा है आजकल। अब तुम ज़रा ये बताओ कि तुम क्या पीना चाहोगी?'

'एप्रोल स्प्रिट्ज़,' उसने कहा। मैंने भी वही ड्रिंक लेने का फ़ैसला किया।

'मैं तुमसे कुछ बात करना चाह रही थी,' हमारा ऑर्डर करने के बाद तानिया ने कहा।

'ओ, क्या हुआ?'

'मेरी एक कज़न है पॉलिना। उसने अभी अपनी ग्रेजुएशन ख़त्म की है कीव में।'

'ओके... और?'

'वह दुबई आना चाहती है।'

'यहाँ काम करने के लिए?'

'हाँ, शायद। मैंने सोचा मैं तुमसे बात करूं कुछ मदद के लिए...'

'उसके लिए एक जॉब ढूंढने में?'

'नहीं। उसे तुम्हारी गर्लफ्रेंड बनाने में।'

'क्या?' मैं हैरान होकर सीधा बैठ गया।

'बस थोड़े ही समय के लिए बेबी। जब तक वो ये समझ नहीं लेती है कि उसे क्या करना है।'

'तानिया तुम ये क्या बात कर रही हो?'

'तुम्हें पता है। जैसे तुमने मुझे एक अपार्टमेंट दिया और कुछ पैसे दिए, क्योंकि मैं तुम्हारी गर्लफ्रेंड हूँ। ठीक वैसे ही। ये तुम प्यार से ही करते हो है ना?'

'वैल, हाँ...' मैंने बीच बात में ही रुकते हुए कहा।

'अगर तुम ये पॉलिना के लिए भी कर सकते हो...'

'लेकिन मेरे पास तो तुम हो ही।'

'तुम हम दोनों को रख सकते हो।'

मैंने तानिया की तरफ़ देखा। मैं हैरान था। इससे पहले कि मेरा दिमाग़ कुछ कहने को बोलता, वेटर हमारे ऑर्डर के साथ आ गया, दो ख़ूबसूरत नारंगी रंग की कॉकटेल ड्रिंक्स।

'क्या लगता है?' तानिया ने अपना ग्लास उठाकर, एक सिप लेते हुए कहा।

‘तुम चाहती हो कि मैं तुम्हारी कज़न और तुम्हारे, दोनों के साथ रिलेशनशिप में रहूँ?’

‘ओके, वो सचमुच मेरी कज़न नहीं है। हम लोग एक ही गाँव में बड़े हुए, हम एक दूसरे को वही बुलाते हैं। चिंता मत करो, हम रिश्तेदार नहीं है।’

‘वैसी बात नहीं है। तुम्हें इस बात से कोई प्रॉब्लम नहीं है कि मेरी दो गर्लफ्रेंड हैं?’

‘उसमें से एक तो मैं ही हूँ ना? प्लस मैं ज़्यादा बड़ी हूँ, और मैं उससे पहले तुम्हारी गर्लफ्रेंड थी, तो मैं तुम्हारी मेन गर्ल रहूंगी ना?’

‘मेन गर्ल?’

‘तुमने इस कॉन्सेप्ट के बारे में नहीं सुना क्या? मेन गर्ल, साइड गर्ल?’

‘नहीं।’ *ये क्या हो रहा था इस दुनिया में?*

‘ख़ैर क्या फ़र्क पड़ता है। तुम्हें उसको अपार्टमेंट देने की ज़रूरत नहीं है। वह मेरे साथ रह सकती है। बस उसे थोड़े से पैसे दे देना, थोड़ी शॉपिंग करा देना, जैसे तुम मुझे करवाते हो। वह उसके लिए बहुत ज़्यादा मायने रखेगा।’

मैं इस सिचुएशन के लिए बिल्कुल भी तैयार नहीं था। मैं कन्फ्यूज़्ड था। क्या बोलता।

‘क्या तुम उसकी तस्वीर देखना चाहोगे?’ तानिया ने कहा।

‘वेल, ऐसी बात नहीं है...’ मैंने कहा। इससे पहले कि मैं अपनी बात ख़त्म करता, तानिया ने अपना फ़ोन मेरी तरफ़ घुमा दिया। एक खूबसूरत, जवान, ब्रूनेट (गहरे भूरे बालों वाली) लड़की, लाल बिकिनी पहने एक बीच पर बैठी हुई थी।

‘यक़ीन मानो तुम्हें वो बहुत अच्छी लगेगी,’ तानिया ने कहा।

क्या दो गर्लफ्रेंड रखना ग़लत था? लेकिन अगर तुम्हारी पहली गर्लफ्रेंड ही तुम्हें एक दूसरी गर्लफ्रेंड रखने को मजबूर कर रही हो? या रुको, यहाँ वो मेरी गर्लफ्रेंड भी थी क्या?

मैंने अपनी ड्रिंक का एक सिप लिया।

'पता नहीं मैं क्या कहूँ, तानिया। मैंने कभी ऐसा पहले नहीं किया है। दो लड़कियों को एक साथ डेट करना।'

'हम दोनों एक साथ कभी भी नहीं होंगे। कुछ दिन तुम मुझे देखोगे, और कुछ दिन उसे। बस।'

'ये शेड्यूल करने की बात नहीं है।'

'अगर तुम कहो तो, कुछ दिन हम दोनों आ सकते हैं, और तुम हम दोनों के साथ मज़े कर सकते हो।'

'क्या?'

'मुझे फ़र्क नहीं पड़ता, बेबी। पॉलिना को भी नहीं। क्या तुम चाहोगे... हम तीनों... एक साथ?'

मैं मुँह फाड़कर हँसने लगा।

'क्या?' तानिया ने कहा। 'मैं सीरियस हूँ।'

'तानिया, बेबी, मैं अभी बहुत ज़्यादा बिज़ी हूँ। ऑफ़िस में बहुत सारा काम करना है मुझे। और भी बहुत सारी चीज़ों पर ध्यान देना है। कुछ बड़े इन्वेस्टर हमसे मिलने आ रहे हैं। मैं अभी यह फ़ैसला नहीं कर सकता कि मुझे एक नई गर्लफ्रेंड चाहिए या नहीं।'

'हर आदमी को एक साथ कई लड़कियाँ पसंद होती हैं।'

'हैं?! क्या?!'

'थ्रीसम तो हर आदमी की फैंटेसी होती है।'

'हाँ, पर मैंने कभी नहीं सोचा था कि मुझे इस फैंटेसी को हक़ीक़त में बदलने करने का कभी मौक़ा मिलेगा।'

'पर अब है तुम्हारे पास। सोच लो।'

'हाँ, सोचूँगा।'

'अगर तुम चाहो तो में पॉलिना को तुमसे मिलने भेज सकती हूँ। तुम उसे आज़मा सकते हो कुछ दिनों के लिए।'

'तानिया, नहीं!'

'सच में, मैं बुरा नहीं मानूँगी। उसे कुछ भी मत देना उन दिनों के लिए।'

ओके, क्या वो मेरी पुरानी गर्लफ्रेंड थी या मेरी नई दलाल। मैं फ़र्क नहीं कर पा रहा था।

'मुझे कुछ समय दो। अभी मैं सिर्फ़ तुम्हारे साथ ख़ुश हूँ। तुम बहुत अच्छी हो, ठीक है?'

'ठीक है, थैंक यू,' तानिया ने कहा और मुस्कुरायी, लेकिन उसके चेहरे पर हल्की सी निराशा नज़र आ रही थी।

'अब तुम एक और ड्रिंक यहाँ पीना चाहोगी या मेरे यहाँ?' मैंने कहा।

'ये इतना छुपा क्यों रहे हैं सब बातों को? हमने एनडीए साइन कर दिया है, और इन्होंने अभी तक नहीं बताया है कि वह ख़रीददार कौन है,' मैंने मुदित से कहा, जैसे ही हम कॉन्फ्रेन्स रूम की तरफ़ जा रहे थे।

मैक्स और एलन पहले ही पहुँच चुके थे, हमारे ख़रीददार के दो प्रतिनिधियों के साथ। कॉन्फ्रेन्स रूम में घुसते ही मैंने दखा कि उसमें से एक कॉकेशियन था, और दूसरा भारतीय मूल का था। दोनों ने फॉर्मल कपड़ों पहने हुए थे। दोनों ऐसे दिख रहे थे, जैसे वो क़रीब चालीस साल के हों।

'हेलो,' मैक्स ने कहा जब हम सब बैठ गए। 'मुझे बहुत ख़ुशी हो रही है आप सबको अपने नए क्लाइंट से मिलवाते हुए। फ़िलिप स्टीवन्स और नीरज गुप्ता, ब्लैक वॉटर से। फ़िलिप, नीरज, साकेत और मुदित से मिलिए। ये सिक्योरिटीनेट के को-फ़ाउंडर है। फ़िलिप ब्लैक वॉटर का एशियाई और यूरोपियन बिज़नेस संभालते हैं, और नीरज उनके इंडिया ऑपरेशन को हेड करते हैं।'

'ब्लैकवॉटर?' मेरे मुँह से निकल गया। मैं और मुदित एक दूसरे को हैरानी से देखते रहे।

'हाँ, काफ़ी हैरानी की बात है, है ना?' फिलिप्स ने मुस्कुराते हुए अपना हाथ हमारी तरफ़ बढ़ाया।

'हाँ,' मैंने उनसे हाथ मिलाते हुए कहा। 'हम ये नहीं सोच रहे थे कि कोई प्राइवेट इक्विटी फ़र्म आएगी।'

'क्यों?' नीरज ने कहा।

'हमें लगा कि हम एक पूरे बायआउट की बात कर रहे थे। स्टेक सेल की नहीं।'

'हम पूरा सिक्योरिटीनेट ख़रीदना चाहते हैं, अपनी पोर्टफोलियो कंपनियों की तरफ़ से। अगर ये डील पास होती है, तो हम सिक्योरिटीनेट को हमारी कंपनी के साथ मर्ज कर देंगे।'

'कौन सी पोर्टफोलियो कंपनी?' मैंने कहा।

नीरज आगे झुका। 'यह बात इस कमरे से बाहर नहीं जानी चाहिए। वो एक लिस्टेड कंपनी है। कोई भी मर्जर डिस्कशन बहुत नाज़ुक न्यूज़ होती हैं। उन्हें हमें अपने बीच ही रखना चाहिए,' उसने कहा।

'हमने दस पन्नों का नॉन डिस्क्लोज़र अग्रीमेंट साइन किया है। और हम क्या करें? एक और अहद लिख दें अपने खून से?' मैंने कहा।

'नहीं,' मैक्स ने फौरन कहा। 'हमारे क्लाइंट आप पर भरोसा करते हैं। वो बस सावधानी बरतने के लिए कह रहे हैं।'

'ओके,' मैंने कहा। 'जो भी हम डिस्कस करेंगे वह इस कमरे के अंदर ही रहेगा।'

'क्लाउडएक्स।'

'वो क्लाउड सर्वर वाली कंपनी?' मैंने कहा।

'हाँ। बेंगलुरु में है,' फ़िलिप ने कहा। 'एक बिलियन डॉलर से ज़्यादा रेवेन्यू वाली कंपनी, जिसकी बिलियन डॉलर से ज़्यादा की वैल्यू है। शुरू हुई थी–'

'मुझे पता है क्लाउडएक्स के बारे में,' मैंने उसे टोका। 'वो क़रीब पंद्रह साल पहले शुरू हुई थी। अभी-अभी उसको एडबल्यूएस, अमेजन वेब सर्विसेज, से इन्वेस्टमेंट मिली है, है ना?'

'बिल्कुल सही,' नीरज ने कहा। 'और ब्लैक क्वार्टर क्लाउडएक्स के सबसे पहले इन्वेस्टरों में से एक था। ये हमारी सबसे क़ामयाब इन्वेस्टमेंट रही है। सौ गुना से भी ज़्यादा का रिटर्न मिला है।'

'बधाई हो,' मैंने कहा।

'थैंक यू। तो एडब्ल्यूएस चाहता है कि क्लाउडएक्स का एक साइबर सिक्योरिटी बिज़नेस हो, अगर क्लाउडक्स ये अपने आप करे, तो इसमें कुछ समय लगेगा। हम एक मौजूदा साइबर सिक्योरिटी कंपनी को ख़रीदना बेहतर समझते हैं, जो पहले से ही बहुत अच्छा काम कर रही हो,' नीरज ने कहा।

'जैसे सिक्योरिटीनेट,' फ़िलिप ने कहा।

'थैंक यू। लेकिन मुझे इस कंपनी को बेचने में कोई फ़ायदा नज़र नहीं आ रहा है। हम लोग जल्द ही अपना आईपीओ खोलने वाले थे। लिस्ट होने वाले थे, हम अपनी इक्विटी रखना चाहेंगे।'

'क्लाउडएक्स पहले से ही लिस्टेड है,' नीरज ने कहा। 'अगर वो तुम्हें ख़रीद लेता है, तो तुम उसकी मर्ज्ड लिस्टेड एंटिटी का एक हिस्सा बन जाओगे, और हम तुम्हें इक्विटी में भी भुगतान कर सकते हैं।

'मुझे लगा था कि हम एक कैश-बायआउट की बात कर रहे हैं,' मुदित ने कहा।

'वेल, हम कैश में पैसा देना पसंद करेंगे,' फ़िलिप ने कहा। 'लेकिन अगर आप चाहें, तो पेमेंट का थोड़ा हिस्सा मर्ज्ड कंपनी की इक्विटी में ले सकते हैं। हम उसके लिए भी तैयार हैं।'

'सिक्योरिटीनेट की मौजूदा मैनेजमेंट और टीम का क्या होगा?' मैंने कहा।

'उसके बारे में क्या?' फ़िलिप ने कहा। 'हम तो चाहेंगे कि वह अपना काम करती रहे।'

मुदित और मैंने एक दूसरे को देखा। उनके जितने भी कंसर्न थे, उन्होंने बता दिए थे।

'हमें बस दो मिनट दीजिए इसे डिस्कस करने के लिए,' मैंने फ़िलिप और नीरज से कहा।

मुदित और मैं जल्द ही कॉन्फ्रेन्स रूम से पैंट्री की कॉफ़ी मशीन तक चले आए। हमारे आसपास और कोई नहीं था।

'तू यक़ीन कर पा रहा है कि ब्लैकवॉटर हमें खरीदना चाहता है?' मैंने कहा।

'हाँ, पता है। सॉलिड लोग हैं ना। कम से कम अब हमें पता है कि वाक़ई कोई मोटी पार्टी आई है। कोई रैंडम फर्म नहीं,' मुदित ने कहा।

'वो बात नहीं है, मुदित। तुझे समझ में नहीं आया?'

'क्या?'

'अबे पायल की फर्म है वो। वो वहाँ काम करती है।'

'यार वो तो सदियों पहले की बात है।'

'वो छह साल पहले भी वहाँ काम करती थी, जब मैं उससे एयरपोर्ट पर मिला था।'

'ब्रो क्या हम तेरी एक्स-एक्स-एक्स-एक्स के बारे में बात ना करें प्लीज़? क्या तू अभी तानिया के साथ नहीं हैं? या पॉलिना के साथ है? या रुक, दोनों के ही साथ है क्या?'

'अभी भी तानिया के साथ हूँ। पॉलिना का फ्री ट्रायल लेने की सोच रहा है, उसकी सब्सक्रिप्शन लेने से पहले। ख़ैर, वो पॉइंट नहीं है। पायल शायद अभी भी वहाँ काम करती है। वो बहुत अच्छा काम कर रही थी, जब मैं उससे आखरी बार मिला था।'

'तो करने दे। क्या फ़र्क पड़ता है। बहुत बड़ी फ़र्म है। दुनिया की सबसे बड़ी प्राइवेट इक्विटी इन्वेस्टर में से एक है वो।'

'बात तो सही है।'

'और उन्होंने अपना हर एक पॉइंट, अपना हर एक कंसर्न हमारे साथ डिस्कस कर लिया था। तू ही सीईओ रहेगा और तुझे इक्विटी मिलती रहेगी।'

'हाँ।'

'हमारे इन्वेस्टर्स को भी बहुत पसंद आएगा अगर हमारी ये डील हो जाए। वो भी पैसा कमाएँगे और उन्हें भी एग्जिट करने का मौक़ा मिल जाएगा,' मुदित ने कहा।

'ये भी सच है,' मैंने कहा।

मैं कुछ देर के लिए चुप रहा, और बस बायर प्रपोज़ल के बारे में सोच रहा था।

मुदित दीवार के सहारे टेक लगाकर खड़ा था। 'तो फ़ाइनल बता। क्या करें?'

'तू सही कह रहा है। वक़्त आ गया है कि हम कुछ बड़ा पैसा कमाएं। चल, करते हैं ये डील,' मैंने कहा।

मुदित मुस्कुराया और उसने मुझे एक हाई-फाइव दिया। हम लोग कॉन्फ्रेन्स रूम की तरफ चल दिए।

'मैं इनके साथ पहले मोलभाव करता हूँ, और फिर तुम आ जाना मदद करने के लिए, हमें बेस्ट प्राइस देने के लिए,' मुदित ने मुझसे कॉन्फ्रेन्स रूम के दरवाज़े पर कहा।

'हमने आपका प्रपोज़ल डिस्कस किया,' मुदित ने कहा जैसे ही हम अपनी हम अपनी सीट पर बैठे।

'और?' फ़िलिप ने कहा।

'हम इसके बारे में सोच सकते हैं। क्लाउडएक्स हमें कितनी वैल्यूएशन देगा?' मुदित ने कहा।

'आह!' फ़िलिप मुस्कुराया। 'आखिरकार ज़रूरी सवाल आ ही गया!'

मुदित और मैं अपनी कुर्सियाँ थाम के बैठे हुए थे।

'और आपकी आख़िरी वैल्यूएशन...,' मैक्स ने कहा, जैसे ही उसके एनालिस्ट ने कॉन्फ्रेन्स रूम के प्रोजेक्टर पर एक स्लाइड लगायी, 'दो बिलियन पर थी।'

'ये दो साल पहले की बात है।'

'हाँ,' मैक्स ने कहा। 'हमारे क्लाइंट को ये सब पता है। तो हम सिक्योरिटीनेट को ढाई बिलियन डॉलर पर ख़रीदने का प्रस्ताव रखते हैं।'

मुदित और मैं एक साथ खड़े हो गए।

'साथियों, मुझे लगता है कि हम सब एक दूसरे का वक्त बर्बाद कर रहे हैं,' मैंने कहा। 'आप लोगों से मिलकर अच्छा लगा।'

'रुकिए, साकेत, प्लीज़ बैठिए,' मैक्स ने कहा। 'मुदित प्लीज़ बैठिए ना। हम इसे डिस्कस कर सकते हैं।'

'डिस्कस करने को अब रखा ही क्या है? मार्केट में अफ़वाह है कि हमारा शानदार आईपीओ निकल सकता है, और पाँच बिलियन डॉलर की वैल्यूएशन पर लिस्ट हो सकता है, और आप यहाँ हमें डिस्ट्रेस प्राइस पर ख़रीदना चाहते हैं,' मुदित ने कहा।

मुदित और मैं कॉन्फ्रेन्स रूम के दरवाज़े की तरफ़ दो क़दम आगे बढ़ें।

'चलिए, तीन बिलियन डॉलर कर देते हैं, अगर उससे आपकी कुछ मदद होती है तो,' फ़िलिप ने कहा।

वाह! दो कॉन्फिडेंट क़दम, और आधे बिलियन डॉलर की बढ़ोतरी। अगर हमने ये खेल अच्छे से खेला तो हम और हमारे इन्वेस्टर के हज़ारों करोड़ों के फ़ायदे हो सकते हैं।

मुदित और मैं नीरज और फिलिप की तरफ मुड़े।

'चलिए, अपने म्यूच्यूअल एक्सपेक्टेशन्स डिस्कस कर लेते हैं? बेहतर होगा कि हम सब बैठ जाएँ,' नीरज ने कहा।

सर हिलाते हुए, मुदित और मैं अपनी कुर्सी तक वापस गए और बैठ गए।

'पाँच बिलियन,' मुदित ने कहा। 'आधा कैश में, आधा इक्विटी में।' 'मुदित,' फ़िलिप ने अपना गाला साफ़ करते हुए कहा। 'मैं समझ सकता हूँ कि तुम दोनों समझते हो कि तुम्हारी कंपनी की बहुत ज़्यादा वैल्यू है, और शायद है भी।'

'है, बहुत वैल्यू है, और आगे के लिए बहुत सारा पोटेंशियल भी,' मैंने कहा। 'हम तो अभी उतनी मार्केट में घुसे भी नहीं हैं। और तो और हमने कई सारी नई टेक्नोलॉजीज भी बनाई हैं।'

'आप शायद सही कह रहे हैं, लेकिन हमें इस सबकी कोई जानकारी नहीं है। आपको एक सही बिड देने के लिए, हमें एक ड्यू डिलिजेंस करवानी पड़ेगी,' फ़िलिप ने कहा।

'आप प्राइवेट इक्विटी में काम कर चुके हैं, साकेत,' नीरज ने कहा। 'आपको तो पता ही होगा ये सब कैसे चलता है।'

'ठीक है,' मैंने कहा। 'करवा लीजिए ड्यू डिलिजेंस। जो भी करवाना है करवा लीजिए।'

'लेकिन मुझे डर है कि उसके बाद भी पाँच बिलियन का दाम कुछ ज़्यादा ही हो जाएगा। यहाँ हम आपको सबसे सही, और मार्केट के हालात को समझते हुए सबसे बढ़िया दाम बता रहे हैं, जो आईपीओ का हो सकता है एक साल बाद। हम आपको पक्के तौर पर पैसे का दावा दे रहे हैं, और अभी दे रहे हैं। आप दोनों भी ये बात ज़रूर मानेंगे, कि हमें इस बात के लिए थोड़ा डिस्काउंट मिलना चाहिए,' फ़िलिप ने कहा।

मुदित और मैंने एक दूसरे को एक सेकेंड के लिए देखा, फिर मैंने उसको देखते हुए हल्का सा अपना सर हिलाया।

'साढ़े चार,' मुदित ने कहा।

'साढ़े तीन,' फ़िलिप ने कहा। 'ड्यू डिलिजेंस के बाद, और इस दौरान हुए किसी भी अनएक्सपेक्टेड चिंता या समस्या के मद्देनज़र।'

'कपड़े लेने आए हैं क्या सर आप, मुंबई की फैशन-स्ट्रीट पे? ये कैसा मोलभाव हुआ?' मैंने कहा।

'आप अपना फ़ाइनल नंबर दीजिए,' नीरज ने कहा।

'4.25,' मैंने कहा।

'3.75,' फ़िलिप ने कहा।

मैक्स और उसके एनालिस्ट ने अपनी नज़रें फ़िलिप से मेरी ओर ऐसे घुमाईं जैसे वो कोई टेनिस का मैच देख रहे थे।

'4 बिलियन,' मैंने कहा, 'अगर हम अभी हाथ मिला लें।'

'पूरी जांच-पड़ताल के बाद?' नीरज ने कहा।

'बिल्कुल,' मैंने कहा।

फ़िलिप ने अपना हाथ आगे बढ़ाया। 'मुझे लगता है हमने एक डील पक्की कर ली है,' उसने कहा।

'बिल्कुल,' मैंने उससे हाथ मिलाते हुए कहा।

'बढ़िया। मैं अभी आपको एक ड्राफ्ट कंडीशनल शीट भेजता हूँ,' मैक्स फूला नहीं समा रहा था। उसने मन ही मन अपनी इनवेस्टमेंट बैंकिंग की कमीशन गिन ली थी। 'ड्यू डिलिजेंस की टीम आप ही के ऑफ़िस से काम करेगी। हम काम कब शुरू कर सकते हैं?' उसने कहा।

'जितना जल्दी हो सके,' मैंने कहा।

'कितने लोग आएंगे ड्यू डिलिजेंस के लिए? हमें उनके लिए बैठने की जगह और उनके एक्सेस कार्ड बनाने होंगे,' मुदित ने कहा।

'गोल्डमैन सैक्स, ब्लैक वॉटर, क्लाउडएक्स और ईवाय के ऑडिटर की एक टीम आएगी। क़रीब आठ लोग होंगे।'

'आठ लोग?' मैंने ज़रा हैरान होकर कहा।

'हाँ,' मैक्स ने कहा। 'मल्टी बिलियन डॉलर की डील है, मिस्टर खुराना। हमारी टीम को एक-एक चीज़ को बहुत बारीकी से पढ़ना होगा।'

'और इस सबमें कितना वक़्त लगेगा?'

'बस कुछ हफ़्ते। शायद एक महीना भी लग सकता है।'

'एक महीना?'

'इस ड्यू डिलिजेंस को जितनी जल्दी ख़त्म कर पाएँ, करते हैं मैक्स,' फ़िलिप ने अपने हाथ मलते हुए कहा।

'मैक्स, बस मुझे बता देना कि टीम कब आने वाली है, मैं सारे इंतज़ाम कर दूँगा,' मुदित ने कहा।

'बिल्कुल। मैं तुम्हें सारी डिटेल ईमेल कर देता हूँ, टर्म शीट के साथ,' मैक्स ने कहा। 'हम 4 बिलियन के दाम पर डील क्लोज कर रहे हैं, है ना?'

'हाँ। 4 चार बिलियन,' फ़िलिप ने कहा, और हम सबने हाथ मिलाकर, मीटिंग ख़त्म की।

~

'क्या कर रहा है?' मुदित ने फोने पर कहा।

'किंडल पर बुक पढ़ रहा हूँ,' मैंने कहा।

'तू दुबई का सबसे बोरिंग अमीर आदमी है। तानिया कहाँ है?'

'वो पॉलिना को लेने एयरपोर्ट गई है।'

'अहा! मेरी बात सही निकली। तू ही है दुबई का सबसे बोरिंग रईस, लेकिन अब तो किसी की लाइफ़ बहुत ज़्यादा इंट्रेस्टिंग होने वाली है।'

'मुझे तो पता भी नहीं कि वहाँ क्या चल रहा है। ख़ैर, क्या हुआ? आधी रात हो रही है। सब ठीक तो है?'

'हाँ, सब ठीक। ठाक-ठीक ही है।'

'ठीक-ठाक मतलब?'

'हां। मतलब, कुछ दिलचस्प हुआ है अभी।'

'दिलचस्प?'

'हाँ, मुझे तो मज़ेदार लगा।'

'तूने मुझे आधी रात को फोन किया है। कोई ऐसी-वैसी बात तो नहीं होगी।'

'उम्मीद है तू भी इसे ऐसे ही लेगा।'

'ओके, अब सीधे पॉइंट पर आयेगा।'

'मुझे उन लोगों की लिस्ट मिली, जो हमारे ऑफ़िस में ड्यू डिलिजेंस करने आ रहे हैं। उनके एक्सेस कार्ड और क्यूबिकल के लिए इंतज़ाम करने हैं ना।'

'हाँ, तो?'

'उसमें दो मैक्स के एनालिस्ट हैं, दो लोग क्लाउड्स की फाइनेंस टीम से आ रहे हैं, ईवाय से दो डायरेक्टर आ रहे हैं... और ब्लैकवॉटर से एक वीपी।'

'हाँ। समझ गया फौज आ रही है, पर इसमें ऐसी क्या दिलचस्प बात है?'

'वो एमडी जो हैं ना ब्लैकवॉटर की...' मुदित ने बात बीच में छोड़ दी।

'हाँ?'

'उसे हम जानते हैं... मेरा मतलब, जानते थे।'

'कौन?' मैंने थोड़ी फ़िक्र के साथ पूछा। 'रुक! क्या?! तू मज़े तो नहीं ले रहा मेरे?'

'काश ले रहा होता, लेकिन नहीं। अपनी मैडम वापस आ गई हैं, पायल जैन। अब ब्लैकवॉटर इंडिया की एमडी हैं।'

'शिट,' मैंने कहा। फ़ोन मेरे हाथों से फिसल गया।

'तू है अभी कॉल पे, ब्रो?'

'हाँ,' मैंने फ़ोन को और कस के पकड़ लिया। 'क्या तूने कहा कि पायल ड्यू डिलिजेंस टीम का हिस्सा है? हमारे ही ऑफिस में बैठकर काम करेगी?' 'हाँ,' मुदित ने कहा। 'बड़ी अजीब बात है, है ना?'

'नहीं,' मैंने एक गम्भीर आवाज़ में कहा। 'क्या यार मुदित! तू मुझे इस सबमें वापस क्यों ले आया?'

'चिल कर ब्रो! मिलते हैं और डिस्कस करते हैं कि इस चीज़ को कैसे संभालना है।'

'अभी?'

'हाँ। बीडीपी चलते हैं। मैं तुझे पिक कर लूँगा'

~

भले ही सारा जहाँ आधी रात को सो रहा हो, लेकिन दुबई नहीं। और बार ड्यू पोर्ट के लोग तो बिल्कुल भी नहीं। दुबई के हार्बर पर स्थित ये चमकता-दमकता नाइट क्लब और रेस्टोरेंट, वैसे तो लेबनान का था। हम यहाँ वेंस्डे को आए थे, जब बीडीपी की फेमस लेडीज़ नाइट होती है। पूरा आउटडोर टेरेस सुंदर लड़कियों और अमीर लड़कों से भरा हुआ था।

मुदित ने एक बोतल शैंपेन मंगाई हमारे टर्म शीट को साइन करने के जश्न में, और मेरे लिए एक ग्लास तैयार किया

'अब बता, मैं इस सबमें तुझे कैसे घसीट लाया, ब्रो?' मुदित ने कहा।

'मुझे कभी बेचने का मन ही नहीं था यार! मैंने तो पहले भी अपनी चिंता जताई थी कि पायल ब्लैक वाटर में काम करती है, जैसे ही मैंने ब्लैक वॉटर का नाम सुना।'

'अच्छा ठीक है, लेकिन क्या हमें चार बिलियन डॉलर का ऑफ़र सिर्फ़ इसलिए मना कर देना चाहिए, क्योंकि तेरी एक्स गर्लफ्रेंड, तेरी बारह साल पुरानी एक्स गर्लफ्रेंड उस कंपनी में काम करती है?'

मैं चुप रहा।

'ब्रो, तुझे पता है मार्केट कभी भी बुरी हो सकती है, और हम शायद अगले साल आईपीओ भी न कर पाएँ, और यहाँ हमारे पास एक पक्की-पक्की डील है।'

'अच्छी डील है, हाँ,' मैंने कहा।

'और वो डील ही है जिससे फ़र्क पड़ता है, न कि उस एक इंसान से जो ड्यू डिलिजेंस टीम में होगा, और हमारे ऑफ़िस में होगा अगले तीन हफ्तों के लिए।'

'तीन हफ़्ते?'

'शायद चार या पाँच या छह भी हो सकते हैं, ब्रो। पर मुझे फ़र्क नहीं पड़ता। अंत में हमारी डील हो जानी चाहिए। बस उस पर ध्यान दे। पायल की चिंता मत कर। होगी एमडी-शेमडी वो अपने घर पे, लेकिन यहाँ पे वो बस एक छोटी सी टीम का, छोटा सा हिस्सा है। अभी, यहाँ, हम बड़े आदमी हैं।'

'मैं कंफर्टेबल नहीं हूंगा यार उसके आसपास होने से,' मैंने कहा। 'क्या हम उसे टीम से निकाल सकते हैं?'

'कैसे? तू क्या कहेगा उनको?' मुदित ने कहा। 'कि हम इसलिए उसको टीम में नहीं रख सकते क्योंकि तूने उसको कभी डेट किया था?'

'बिल्कुल नहीं ब्रो। वो बात तो बिल्कुल भी नहीं। कोई और कारण ढूंढ ना।'

'ब्रो वो ही है, जिसने ब्लैकवॉटर से पहली इन्वेस्टमेंट की थी क्लाउडएक्स में। वो तो ज़रूर ही इतनी बड़ी इन्वेस्टमेंट में हिस्सा लेगी।'

मैं चुप रहा और अपनी शैंपेन के अंदर के बुलबुले देखता रहा।

'साकेत तुम और वो... बारह साल हो गए हैं यार उस बात को,' मुदित ने कहा। 'तुम उससे उबर गए हो ना? या इस लड़की का अब भी तुम पर कोई जादू चला हुआ है?'

'नहीं। कोई जादू नहीं चला हुआ है उसका मेरे ऊपर। मैं मूव ऑन कर गया हूँ।'

'तो फिर प्रॉब्लम क्या है?'

'वो बस ये सिचुएशन मुझे ज़रा खटक रही है।'

'लेकिन हम सब प्रोफ़ेशनल हैं, ना?'

'हाँ, ऐसा लगता तो है।'

'कूल। तो चल पायल और उसकी टीम को उनका काम करने दे। उनको जो भी जानकारी चाहिए, लेने दे। उसके बाद हम अपनी फ़ाइनल डील साइन करेंगे और अपना पैसा लेंगे। बस।'

'हम्म... कब शुरू हो रही है ये ड्यू डिलिजेंस?'

'कल,' मुदित ने कहा।

'क्या? वो कल हमारे ऑफ़िस में आ जाएगी?'

'मेरा मतलब, आज ही आ जाएगी। आधी रात हो चुकी है ना।'

डीजे ने आवाज़ बढ़ा दी। एक अरेबिक-इंग्लिश फ़्यूज़न गाना बज रहा था। बीडीपी में आई भीड़ पगला गई थी डांस फ़्लोर पर। मुदित उनके साथ डांस करने लग गया।

मैं पीछे बार में ही बैठा रहा, और मैंने अपना फ़ोन चेक किया।

'तुम्हारी याद आ रही है, बेबी। पॉलिना तुमसे जल्द ही मिलना चाहती है,' तानिया ने मुझे मैसेज किया था।

~

'वो हैं जेनसन और ग्लोरिया, ईवाय से, वो हैं ऋषभ और संदीप, क्लाउडएक्स की टीम से, और तुम तो इनसे पहले भी मिल चुके हो, मैक्स और एलन,' नीरज ने हमें ड्यू डिलिजेंस टीम से मिलवाते हुए कहा।

हम सब अपने ऑफ़िस कॉन्फ्रेन्स रूम में बैठे थे।

'ब्लैकवॉटर की टीम आती ही होगी। वो बस यहाँ दो मिनट में पहुँचने वाले हैं। देरी के लिए माफ़ी चाहता हूँ,' नीरज ने कहा।

'कोई बात नहीं,' मुदित ने कहा और ड्यू डिलिजेंस टीम को उनके नए आईडी और एक्सेस कार्ड दे दिए।

मैं मुदित के बग़ल में बैठा हुआ था यही सोच रहा था कि क्या मुझे कमरा छोड़ देना चाहिए? मुदित आसानी से सबकुछ संभाल सकता था।

'और... ये आ गये,' जैसे ही कॉन्फ्रेन्स का दरवाज़ा खुला, नीरज की आवाज़ ने मेरे ख्यालों को रोक दिया। 'वो रहा अनिरुद्ध और वो रहीं पायल, ब्लैकवॉटर टीम से।'

मैं उसकी तरफ़ देखने के लिए मुड़ा। वह बिल्कुल वैसी ही दिख रही थी जैसा मैंने उसको आखरी बार देखा था। उसने एक फॉर्मल चारकोल-ग्रे बिज़नेस सूट पहना हुआ था, पिन-स्ट्राइप्स साथ। उसके चश्मों का फ्रेम बदल गया था। अब वो पतला, बिना रिम का फ्रेम था।

मैंने अपनी साँसों पर क़ाबू पाया, मैं ठीक था। आराम से बैठा हुआ था। उसको देखना दिलचस्प था। मेरे दिल में कोई भावना नहीं जागी। पिछली बार की बात और थी। वक़्त वाक़ई चीज़ों को ठीक कर देता है।

'हेलो,' पायल ने सबको ग्रीट किया। हमारी आंखें एक नैनोसेकेंड के लिए मिलीं और हमने एक दूसरे को एक बेहतरीन फ्रेंडली-पर-प्रोफ़ेशनल वाली आधी स्माइल दी।

'इसे अपना ही ऑफ़िस समझो,' मुदित ने ड्यू डिलिजेंस टीम को कहा। 'और हमें बता देना कि हम इसमें आपकी मदद कैसे कर सकते हैं।'

'सबसे पहले तो, ये कुछ डॉक्यूमेंट की लिस्ट है। हमें आपसे ये डॉक्यूमेंट चाहिए होंगे,' जेनसन ने कहा। उसने मुदित को कुछ दस्तावेज़ दिए। मुदित ने वो दस्तावेज़ फाइनेंस टीम के फरहान को दे दिए।

'नो प्रॉब्लम,' फरहान ने कहा, 'हम उनकी अभी से तैयारियां शुरू कर देंगे।'

'मुझे लगता है कि इसके बाद टीम अपनी जांच-पड़ताल ख़ुद ही संभाल लेगी,' मैंने कहा, और खड़ा हो गया। 'मुझे लगता है मेरी यहाँ ज़रूरत नहीं है।'

पायल ने मेरी तरफ़ देखा।

नीरज भी उठ खड़ा हुआ। 'बिल्कुल सही, शायद हमें अपने और क़ाबिल कलीग्स को यहाँ से चीज़ें संभालने देना चाहिए,' उसने कहा। 'लेकिन साकेत, मैं यहाँ दुबई में हूँ आज रात। क्या तुम डिनर करना चाहोगे आज? सिर्फ़ तुम और मैं?'

मुझे क्लाइंट्स के साथ मिलना-जुलना बिल्कुल अच्छा नहीं लगता। मुझे लगा बेहतर यही होगा कि मुदित उनके साथ डिनर करने जाए। वैसे भी मैं तानिया और, आख़िरकार, पॉलिना से मिलना चाह रहा था।

मुदित ने मुझे अपनी आँखों से इशारा किया कि मैं उस डिनर के लिए हाँ कर दूँ। वह सही था–मैं एक बोरिंग डिनर के लिए तो बैठ ही सकता था। सवाल 4 बिलियन डॉलर का था।

'बिल्कुल, नीरज,' मैंने कहा। 'चलो आज शाम आठ बजे आर्ट्स क्लब पर मिलते हैं।'

~

दुबई का आर्ट्स क्लब, दुबई इंटरनेशनल फ़ाइनेंशियल सेंटर में था, जो डाउनटाउन के पास था। ये मेंबर्स-ओनली क्लब वैसे तो लंदन का था, लेकिन इसकी दुबई वाली ब्रांच और भी ज़्यादा आलीशान थी। पाँच मंज़िलें थी इस क्लब की, जिन सबसे एक शीशे की लिफ़्ट गुज़रती थी, जिसके साथ-साथ एक चार मंज़िला झूमर झूलता था। वो दुबई की सबसे ख़ूबसूरत डाइनिंग और ड्रिंकिंग जगहों में से एक थी। हर शाम उस क्लब में ख़ूबसूरत और अमीर लोग आते थे।

मैंने एक टेबल, रोहैन में बुक की, जो क्लब का जापानी फ़ाइन डाइनिंग रेस्टोरेंट था।

'मैं वेजिटेरियन हूँ वैसे,' नीरज ने मेनू देखते हुए कहा। मेनू मरीन लाइफ़ की किसी लिस्ट की तरह था।

'ओह,' मैंने कहा। 'माफ़ी चाहता हूँ। मुझे रिज़र्वेशन करवाने से पहले पूछ लेना चाहिए था।'

'कोई बात नहीं। मुझे खुद तुम्हें बता देना चाहिए था। कोई बात नहीं, यहाँ पर कुछ वेजिटेरियन डिशेज़ हैं,' उसने कहा।

मैंने वेजिटबल टेम्पुरा और एक एवोकाडो रोल नीरज के लिए मंगाया।

'ये तो हमारे भजिए या पकौड़े जैसा है,' नीरज ने कहा, जब हमें टेम्पुरा परोसा गया।

'बिल्कुल,' मैंने कहा, यह सोचते हुए कि मुझे इसे करामा के बीकानेरवाला पर ही ले जाना चाहिए था।

मैंने अपने लिए कॉड-फिश ऑर्डर की। मैं कटौती के बीच चल रहा था। इसका मतलब मैं डिनर में चावल बिल्कुल भी नहीं खा सकता था। बाहर जाना बिल्कुल भी मज़ेदार नहीं होता जब कोई कैलरी डेफिसिट मोड पर हो, वह भी एक बोरिंग क्लाइंट के साथ।

'लगता है ड्यू डिलिजेंस टीम अभी से ही शुरू हो गई है,' नीरज ने कहा।

'हाँ, सभी लोग तैयार होकर आए थे। बहुत ख़ूब,' मैंने कहा।

'क्या मैं एक रिक्वेस्ट कर सकता हूँ?' नीरज ने कहा। 'कुछ ऐसी रिक्वेस्ट जिससे ड्यू डिलिजेंस टीम और अपना काम और तेज़ी से कर पाएगी।'

'हाँ, हाँ कहो,' मैंने कहा। 'मैं भी इस चीज़ को जल्द से जल्द ख़त्म करना चाहूंगा।'

'इस ड्यू डिलिजेंस को अंत में साइन ऑफ़ करने वाली इंसान पायल जैन है, हमारी एमडी और क्लाउडएक्स में हमारी प्रिंसिपल।'

'ऐसा क्या?' मैंने कहा। मेरे कान खड़े हो गये पायल का नाम सुनते ही।

'तुम उसे जानते हो?'

मुझे कुछ समय लगा जवाब देने में। 'वो आज मीटिंग में थी ना, वो लैपटॉप पर?'

'हाँ। वो स्मार्ट है और अपना काम लगन से करती है। अगर उसको ये तसल्ली हो जाती है कि उन्होंने सारे चेक कर लिए हैं, तो हम इस काम को और भी जल्दी ख़त्म कर सकते हैं।'

'ओके, तो मैं आपकी क्या सहायता कर सकता हूँ?'

'क्या तुम उसे थोड़ा समय दे सकते हो? क्यों न तुम उसे कल लंच के लिए मिल लो? सिक्योरिटीनेट के लिए अपना विजन बताना उसे, और उसको बता देना कि तुम्हारी ग्रोथ एरिया कहाँ है। उसे यह बात तुम से ही सुननी चाहिए, कंपनी की ऊँची वैल्यू को जायज़ ठहराने के लिए।'

'ये काम मुझे करना पड़ेगा?'

'तुमने कंपनी बनायी है, तुम इसे चलाते हो। तुमसे ही यह बात आनी चाहिए।'

मैं चुप रहा। मेरा फ़ोन बजा।

'कहाँ हो, बेबी? आज रात को ड्रिंक्स हो जाएँ?' तानिया ने मैसेज किया था।

'मैं आर्ट सेंटर पर हूँ,' मैंने जवाब दिया, जबकि नीरज मेरी टाइपिंग बंद होने का इंतज़ार कर रहा था।

'ओ, पॉलिना और मैं पास ही में हैं, क्लैप में। डीआईएफसी में ही हैं। क्या हम आ जाएं?' तानिया ने जवाब दिया।

'ओके, रोहैन आ जाना। मैं वहाँ वर्क डिनर निपटा रहा हूँ,' मैंने जवाब दिया और अपना फ़ोन साइड में रख दिया और नीरज की तरफ मुड़ा। 'आई एम सॉरी,' मैंने कहा।

'वर्क स्टफ?' नीरज ने कहा।

'नहीं, कुछ क़रीबी दोस्त। वे मुझे बाद में यही ज्वाइन कर लेंगे। हाँ तो तुम क्या कह रहे थे?'

'हाँ, अगर तुम पायल के साथ लंच कर लो तो...'

'लंच?'

'हाँ। बेहतर यही होगा अगर तुम इस चीज़ को कैजुअल रखो। बस अपना विजन बताना कंबाइंड एंटिटी लिए। तुम ये तो कर सकते हो ना?'

'मैं कर सकता हूँ लेकिन...'

'मैं एक बार उससे भी पूछ लेता हूँ,' नीरज ने कहा। इससे पहले कि मैं कुछ कह पाता उसने पायल को एक मैसेज भेज दिया था।

'कल फ्री है वो, चलेगा?' नीरज ने अपने फ़ोन को देखते हुए ही कहा।

'हाँ।'

'कोई जगह जो तुम बताना चाहोगे? कोई सुझाव? कोई भी जगह जो तुम्हारे ऑफ़िस के पास हो?' उसने कहा।

'बिल्कुल। बोस्पोरस चलते हैं बस ऑफ़िस के पास किनारे पर ही है।'

'कूल,' नीरज ने अपने फ़ोन पर टाइप करते हुए कहा। 'कल दोपहर साढ़े बारह बजे फिक्स कर दिया है। ये सब करने के लिए शुक्रिया। यक़ीन मानो इससे चीज़ें और भी फ़ास्ट हो जाएंगी।'

मैंने सर हिलाया, और झूठमूठ में मुस्कुरा दिया।

कुछ ही मिनट बाद दो जवान लड़कियाँ हमारी टेबल पर आईं। उसमें से एक तानिया थी। उसने एक छोटी लाल ड्रेस पहन रखी थी।

'तानिया,' मैंने कुर्सी से खड़े होते हुए कहा और उसे हग किया।

'वो रही पौलिना,' उसने अपनी कज़न से मिलवाते हुए कहा। वह बेहद ख़ूबसूरत, छह फ़ीट लंबी लड़की थी, जो आराम से एक रैंप मॉडल बन जाती। उसने एक लंबी एमराल्ड ग्रीन ड्रेस पहन रखी थी।

'मैं तुम लड़कियों से बार में मिलता हूँ, ठीक है?' मैंने तानिया और पॉलिना को कहा। उन दोनों ने अपना सर हिलाया और वो चली गईं।

मैं नीरज की तरफ़ मुड़ा।

'ठीक है नीरज,' मैंने कहा। 'मुझे अब चलना होगा। मैं कल पायल के साथ लंच करता हूँ।'

'ओके, बाय,' नीरज ने कहा। वह थोड़ा हैरान हो गया था मेरे "क़रीबी दोस्तों" को देखकर।

~

मैं बोस्पोरस के अंदर गया। वहाँ दीवारों पर सुंदर से पीकॉक ब्लु और सफ़ेद मोज़ैक टाइलें लगी हुई थी। बहुत ही ख़ूबसूरत डाइनिंग स्पॉट था, बोस्पोरस। उसकी कई ब्रांच खुली हुई थीं दुबई में, और वह अपने लज़ीज़ टर्किश खाने और शीशा के लिए मशहूर था।

'आपकी दोस्त यहाँ आ चुकी हैं,' होस्टेस ने कहा, जब मैंने उसे अपनी रिज़र्वेशन के बारे में बताया।

वह मेरी फ्रेंड नहीं है।

रास्ते में, मैं पायल के साथ आज कैसे बात करूँ, इसके चार नियम दोहरा रहा था: एक, चीज़ों को प्रोफ़ेशनल रखना। दो, कुछ भी पर्सनल मत डिस्कस करना। तीन, ज़्यादा आय कॉन्टैक्ट मत रखना। चौथा, काम की बात करना। बस।

पायल कोने की एक टेबल पर पहले से बैठी हुई थी, आउटडोर पेटियो में। वो तेजी से अपने फ़ोन पर कुछ टाइप कर रही थी। शायद किसी ऑफिस की ईमेल का जवाब दे रही थी। हमेशा की तरह, वो जो लिख रही थी, उसे मुंह से बुदबुदा भी रही थी। अजीब है वक़्त के साथ-साथ शायद कुछ चीज़ें कभी नहीं बदलतीं।

'हेलो, पायल,' मैंने कहा, और मैं उसके सामने आ खड़ा हुआ।

'ओ हेलो!' पायल ने मेरी तरफ़ ऊपर देखते हुए कहा। उसने अपना फ़ोन साइड में रख दिया, और वो खड़ी हो गई।

रूल नंबर एक: सबकुछ प्रोफ़ेशनल रखो। कोई हग नहीं, कोई साइड हग भी नहीं।

हमने हाथ मिलाया।

'प्लीज़ बैठिए,' मैंने कहा।

हम दोनों आमने-सामने बैठ गए।

'कैसे हो?' पायल ने कहा।

'हम बहुत सही जा रहे हैं। लास्ट क्वार्टर-ऑन-क्वाटर, अट्ठारह पर्सेंट ग्रोथ हुई।'

'हैं?' पायल ने कहा। वह थोड़ी हैरान हो गई।

'सिक्योरिटीनेट ना? हाँ बहुत बढ़िया चल रहा है,' मैंने कहा।

'हाँ, सुनकर अच्छा लगा,' पायल ने कहा।

'तुम कैसी हो। ड्यू डिलिजेंस कैसी चल रही है?'

'अभी तो बस शुरुआती दिन हैं... लेकिन तुम्हारी टीम काफ़ी क़ाबिल है। वो हमारी ज़रूरतें समझती है, और उसने हमारे लिए सारी जानकारी तैयार रखी हुई है।'

'अच्छी बात है,' मैंने कहा। 'मुझे ख़ुशी है कि तुम्हें वो सब मिल रहा है जो तुम्हें चाहिए।'

अजीब सी ख़ामोशी हो गई। बीस सेकंड के लिए, जो मुझे बीस मिनट जितने लंबे लगे। उसने मेरी तरफ़ देखा। मैंने नज़रें चुरा ली, और नीचे मेन्यू की तरफ़ देखा। मैं रूल नंबर तीन का पालन कर रहा था: ज़्यादा आय कॉन्टैक्ट मत करो।

'क्या हमें ऑर्डर करना चाहिए?' मैंने कहा।

'बिल्कुल,' पायल ने मेनू पकड़ते हुए कहा।

'क्या तुम वेजिटेरियन हो?' मैंने कहा।

पायल ने मेरी तरफ़ हैरानी से देखा।

'क्या?'

'तुम्हें तो पहले से ही पता है,' उसने कहा।

'लोग बदल जाते हैं,' मैंने कहा।

उसने मेरी तरफ़ दोबारा देखा। 'क्या सच में?' उसने कहा।

मैंने अपने कंधे उचकाए।

'ख़ैर, मैं अभी तक वेजिटेरियन हूँ। जैन हूँ, आखिरकार,' उसने कहा।

'ठीक है। प्याज़ और लहसुन भी नहीं?'

'वो चलेंगे। अब मैं उतनी कट्टर नहीं हूँ। ख़ासतौर से जब मैं बाहर ट्रेवल कर रही होती हूँ।'

'मेरा ख़याल है, हमें एक अपेटाइज़र प्लैटर मंगा लेना चाहिए। उसमें हमें ये सारे मेज़े डिप मिल जाएँगे, जिनके साथ फ्रेश टर्किश ब्रैड मिलेगी। सबकुछ वेजीटेरियन होता है।'

'बढ़िया,' पायल ने कहा।

'सही है,' मैंने एक वेटर को इशारे से बुलाया।

'तुम अपना चिकन ऑर्डर कर सकते हो,' पायल ने कहा। 'तुम्हें तुम्हारा प्रोटीन चाहिए होगा ना?'

मैंने उसकी तरफ़ देखा।

'तुम्हें तुम्हारा प्रोटीन चाहिए ना,' उसने दोबारा कहा।

ओके, ये बिज़नेस मीटिंग है, मैं उसे यह याद दिलाना चाहता था, लेकिन मैंने ऐसा नहीं किया।

'एक अपेटाइज़र प्लैटर और एक चिकेन शिश ताउक,' मैंने वेटर से कहा।

जब वो चला गया, पायल ने कहा, 'जब मैंने तुमसे पूछा तुम कैसे हो, मेरा मतलब था कि "तुम" कैसे हो। ना कि सिक्योरिटीनेट। तुम कैसे हो? मैं तुम्हें, क्या, पाँच साल बाद मिल रही हूँ?'

नहीं। छह।

'हाँ, ऐसा ही कुछ।'

'छह साल हो गए,' पायल ने कहा।

'क्या तुम चाहती हो कि मैं तुम्हें सिक्योरिटीनेट के अगले कुछ सालों की ग्रोथ एरिया के बारे में कुछ जानकारी दे दूँ?' मैंने कहा।

'क्या?' पायल ने कहा। मेरे अजीब रवैये से वो थोड़ी हैरान लग रही थी। 'बिल्कुल, मेरा मतलब, हाँ, हाँ। काफ़ी मदद हो जाएगी।'

'ठीक है। चलो, क्रॉस-बाइंग पोटेंशियल से शुरू करते हैं,' मैंने कहा।

अगले पंद्रह मिनट तक मैंने उसे हमारे फ्यूचर बिज़नेस प्लान के बारे में सबकुछ बताया। पायल ने मेरे सारी बातें ध्यान लगाकर सुनीं। वो लगातार अपने नोटपैड पर नोट लेती जा रही थी। इतनी देर में वेटर हमारा खाना लेकर आ गया और मैंने अपना लेक्चर कुछ पलों के लिए बंद कर दिया। आधे चाँद के आकर वाले अपेटाइज़र प्लैटर में दस तरीके के मेज़ आइटम थे। तुर्किश ब्रेड एकदम ताज़ी थी। फूली-फूली, और रग्बी बॉल जितनी बड़ी।

'ये सब बढ़िया लग रहा है,' पायल ने कहा।

मैंने काँटे से, ब्रेड में एक छेद कर दिया, ताकि उसके अंदर की भाप बाहर आ जाये।

'क्या हम कुछ देर के लिए बस खाना खा सकते हैं?' पायल ने कहा। 'मैं तब नोट्स लेना चाहती हूँ जब तुम प्रोजेक्शंस के बारे में बातओगे। मैं खाना खाते खाते नोट्स नहीं ले पाऊँगी।'

'बिल्कुल,' मैंने कहा।

'ये तो बहुत टेस्टी है,' पायल ने हमस में डुबोई हुई ब्रेड की एक बाईट लेते हुए कहा।

'हाँ, काफ़ी सही है,' मैंने कहा।

हमने एक मिनट तक चुपचाप खाना खाया।

'तुमने मेरी बात का जवाब नहीं दिया,' पायल ने कहा। 'कैसे हो?'

'बस सब बढ़िया,' मैंने कहा। 'कंपनी काफ़ी बढ़िया स्केल कर गई है। तुम्हें भी पता है। मैंने कभी सोचा भी नहीं था कि हम इतने बड़े बन जाएँगे।'

'अरे लाजवाब काम कर रही है तुम्हारी कंपनी। और मैं ये भी देख रही हूँ, तुम अपनी सेहत अभी भी मेंटेन करके रखे हुए हो।'

'कोशिश करता हूँ। मुश्किल होता है, अपने मसल की ताक़त, बढ़ती उम्र में भी बनाए रखना,' मैंने कहा।

'और इसीलिए प्रोटीन,' पायल ने कहा, जैसे ही वेटर मेरा शिश ताउक लेकर आया।

मैं मुस्कुराया।

'और, वैसे? ज़िंदगी कैसी चल रही है? कैसा है दुबई?' पायल ने कहा।

'अच्छा है,' मैंने कहा। 'यहाँ मुदित है। मैंने यहाँ कुछ नए दोस्त भी बना लिए हैं। अब यही मेरा घर है।'

'सुनकर ख़ुशी हुई,' पायल ने कहा।

फिर से वही अजीब ख़ामोशी। क्या मुझे भी उससे पूछ लेना चाहिए कि वो कैसी थी? मन तो नहीं था। लेकिन अगर नहीं पूछता, तो बहुत रूड लगता।

'तुम कैसी हो पायल?' मैंने कहा, जिज्ञासा से नहीं, तकल्लुफ़ से।

इससे पहले पायल मेरी बात का जवाब देती, मेरा फ़ोन वाइब्रेट करने लग गया। उसकी स्क्रीन टेबल पर थी, और तानिया का चेहरा स्क्रीन पर फ़्लैश हुआ। पायल ने उस तस्वीर को एक सेकंड के लिए नोटिस किया और फिर अपनी नज़र चुरा ली।

'सॉरी,' मैंने कॉल काटते हुए कहा।

'कोई बात नहीं, तुम ये कॉल ले सकते हो,' पायल ने कहा।

'नहीं, मैं ऑफिस मीटिंग्स के समय पर्सनल कॉल नहीं लेता।'

पायल ने अपना सर हिलाया। उसके गर्ल-ब्रेन ने शायद तानिया की तस्वीर को 'पर्सनल' शब्द से जोड़ लिया था। उसको शायद समझ में आ गया था कि क्या चल रहा था।

एक सेकेंड बाद तानिया से एक टेक्स्ट मैसेज आया, जो मेरी फ़ोन स्क्रीन पर फ़्लैश हुआ: 'जब भी कॉल कर सकते हो, कर लेना, बेबी।' उस टेक्स्ट मैसेज के आगे तानिया ने दिल वाले और किस वाले इमोजी का ढेर लगाया हुआ था। मुझे पता नहीं अगर पायल ने वो मैसेज पढ़ा भी था, लेकिन उसने उन इमोजी को तो नोटिस कर ही लिया होगा।

मैंने अपना फ़ोन उठाया और जल्दी से एक जवाब लिखा: 'बिल्कुल, बेबी, अभी एक मीटिंग में हूँ। बाद में बात करता हूँ।'

मैंने अपना फ़ोन डू नोट डिस्टर्ब मोड पर लगा दिया, और उसे साइड में रख दिया।

'अच्छा खाना है यहाँ,' मैंने कहा, अपने शिश ताउक की एक और बाईट लेते हुए।

'हाँ,' पायल ने कहा। 'तो क्या तुम्हें जानने का मन है?'

'क्या?' मैंने कहा।

'तुमने मुझसे उस कॉल के आने से पहले पूछा था ना कि मैं कैसी हूँ। अगर तुम अब भी जानना चाहते हो तो...'

पायल जैन का कातिलाना सर्कास्म। इतने सालों बाद भी, वहीं का वहीं, वैसे का वैसा ही था।

'हाँ, बिल्कुल जानना चाहता हूँ। कैसा है सबकुछ? काम? सेहत? ज़िंदगी?'

'काम बढ़िया चल रहा है। अब तक ब्लैकवॉटर के साथ ही हूँ, जैसाकि तुम देख सकते हो।'

'एमडी हो तुम, जैसाकि मैं देख सकता हूँ!'

वो हँसी। 'थैंक यू, मेरी किस्मत अच्छी थी। मेरी कुछ इन्वेस्टमेंट्स अच्छी रहीं। जैसे क्लाउडएक्स।'

'ब्लैकवॉटर एमडी के लिए तुम काफ़ी छोटी हो।'

'शायद। वैसे अब मैं उतनी भी छोटी नहीं। तैंतीस की हूँ। यकीन कर सकते हो?'

'वाह!' मैंने कहा। 'यकीन नहीं कर पा रहा।'

'तुम उतने ही साल के थे जब हम पहली बार मिले,' उसने कहा।

आह! तुम्हें वो सब याद है? मुझे लगा तुमने उन सभी यादों को एक जैन मेटल झाबे से रगड़-रगड़ के मिटा दिया था।

'हाँ,' मैंने कहा।

'सेहत भी, ठीक है, भगवान की दया से। बस नींद नहीं मिलती मुझे। तुम्हें तो पता ही है इस नौकरी का, प्राइवेट इक्विटी।'

'हाँ... लेकिन सोना ज़रूरी है।'

'हाँ। तुम मुझे ये हर समय बताते रहते थे। फिटनेस के तीन पिलर्सः डाइट, एक्सरसाइज और नींद।'

तुम्हें ये भी याद है? ठीक है।

मैं जवाब में मुस्कुराया।

'ज़िंदगी,' उसने कहा और एक आह भारी। 'वेल, काफ़ी कुछ हो गया है ज़िंदगी में।'

'ओ, ओके। घर पर सब कैसे हैं? पेरेंट्स? परिमल,' मैंने कहा। 'वही है ना तुम्हारे पति का नाम?'

'मम्मी-पापा ठीक हैं। परिमल, पता नहीं, ठीक ही होगा, मुझे लगता है।'

क्या मतलब है तुम्हारा? मैं पूछना चाहता था, लेकिन मैंने नहीं पूछा।

'ओके, ठीक है,' मैंने कहा। 'खैर, मुझे तुमसे सिक्योरिटीनेट की एआई स्ट्रेटेजी के बारे में कुछ बात क़रनी थी। तो–'

'परिमल और मैं अब एक साथ नहीं हैं।'

मैंने पायल की तरफ़ हैरानी से देखा। 'ओ...'

'हमारा दो साल पहले ही डिवोर्स हो गया।'

ओके, मैं और भी जानना चाहता था। लेकिन फिर मेरे चार नियमों का क्या? वो एआई की स्ट्रेटेजी भी डिस्कस करनी थी, पर धत्त तेरी की, मैं जानना चाहता था कि आख़िर ऐसा क्या हो गया?

'सच में?' मैंने कहा।

'हाँ। ख़ैर, तुम्हें सिक्योरिटीनेट की एआई स्ट्रेटेजी के बारे में बात करनी थी?' उसने कहा।

'हाँ, करनी थी।'

'चलो वही डिस्कस करते हैं। काम की मीटिंग्स को काम की मीटिंग ही रहने देते हैं। अगर तुम कहो, तो हम ऑफिस से परे, किसी और जगह, कभी और मिल सकते हैं। बाक़ी बातें करने के लिए,' पायल ने कहा।

मैंने उसे देखा। 'सही है,' मैंने कहा। और लंच ख़त्म करते हुए उसे एआई स्ट्रेटेजी समझ दी।

'लंच के लिए थैंक्स,' पायल ने कहा।

'वेलकम।'

'और मुझे बता देना अगर दूसरी बातों के लिए कहीं मिलना चाहो तो,' पायल ने कहा।

'ओ हाँ, बिल्कुल, मैं तुम्हें बता दूँगा।'

नहीं। तुम उसे कुछ नहीं बताओगे। जाओ वापस जाओ अपने काम पे, अपने काम से काम रखो, उसे भूल जाओ, और उसकी पर्सनल लाइफ को भी।

~

मुदित और मैं मेरे ऑफिस में बैठे हुए थे। हमने बस अभी अभी सिक्योरिटीनेट के यूरोप की प्रोग्रेस रिपोट देखनी ख़त्म की थी।

'हमें जल्द ही यूरोप में एक ऑफिस खोलना पड़ेगा,' मुदित ने कहा।

'फ्रैंकफर्ट?' मैंने कहा।

'शायद।'

किसी ने हमारे ऑफिस का दरवाज़ा खटखटाया। मैंने शीशे के दरवाज़े से देखा। बाहर पायल खड़ी थी।

'हेलो पायल, अंदर आ जाओ,' मुदित ने कहा, और दरवाज़ा खोल दिया। 'कैसा चल रहा है सब?'

'हेलो मुदित। सॉरी तुम लोगों को डिस्टर्ब करने के लिए।'

'हेलो। कोई बात नहीं,' मैंने कहा। 'हम तुम्हारी क्या हेल्प कर सकते हैं?'

'मुझे एक मिनट के लिए मुदित से बात करनी थी।'

'मुझसे?' मुदित ने कहा।

'हमें कुछ डेटा चाहिए, कस्टमर-वाइज़ रेवेन्यूज़ के लिए। सबकुछ कॉन्फिडेंशियल है। आईटी हेड को तुम्हारे दस्तख़त चाहिएं इस पर। ये फ़ाइल तब तक नहीं खुलेगी, जब तक तुम हमे एक्सेस ना दो,' पायल ने कहा।

'ओ, हाँ, ज़रूर मैं बस कुछ ही मिनटों में तुम्हें एक्सेस दे दूँगा मैं बस साकेत के साथ ये मीटिंग ख़त्म कर लूँ?'

'हाँ बिल्कुल, कोई प्रॉब्लम नहीं,' पायल ने कहा और चली गई।

मुदित ने मेरी तरफ़ देखा। 'तेरा पायल के साथ सबकुछ ठीक चल रहा है ना? सबकुछ बिल्कुल प्रोफ़ेशनल है ना?'

'हाँ, ऐसा लगता तो है,' मैंने कहा।

'ऐसा लगता है? मतलब?'

'तुझे पता है उसका डिवोर्स हो गया दो साल पहले?'

'क्या?!' मुदित ने ऊँची आवाज़ में कहा।

'अबे धीरे बोल, मुझे भी अभी पता चला। उसके साथ लंच पर गया था न अपनी फ़्यूचर स्ट्रैटजी डिस्कस करने।'

'फ़्यूचर?'

'हाँ हाँ, मुदित, कर ली कॉमेडी?! मेरा मतलब सिक्योरिटीनेट और क्लाउडएक्स की फ्यूचर स्ट्रेटेजी। नीरज ने ही मीटिंग करवाई थी, याद है?'

'हाँ, लेकिन मीटिंग के समय डिवोर्स की बात कैसे आ गई?' मुदित ने आयब्रो उठाते हुए कहा।

मैंने मुदित को पायल और मेरी लंचटाइम पर हुई सारी बातें बता दी। 'बस। उसने मुझसे पूछा कि मैं कैसा हूँ। तो मुझे भी लगा कि मुझे उससे पूछ लेना चाहिए वो कैसी है। तभी उसने मुझे अपने डिवोर्स के बारे में बताया।'

'और उसने फिर ये भी कहा कि वो तुझसे कहीं और मिलना चाहेगी, अपनी पर्सनल चीज़ें डिस्कस करने के लिए? वाह!'

'"काम की मीटिंग्स को काम की मीटिंग ही रहने देते हैं।" यही कहा था उसने।'

'ब्रो, वो सच में तेरे साथ वक़्त गुज़ारना चाहती है।'

'नहीं, ऐसा नहीं है।'

'वही है जो सारी पर्सनल सवाल पूछ रही है। वही है जो अपने बारे में सबकुछ बता रही है। तुझसे बाहर मिलने के लिए पूछ रही है।'

'अरे वो दुबई में नई है। वो यहाँ किसी को नहीं जानती... शायद इसलिए। शायद उसे मुझसे मिलने का मन है जैसे कोई अपने किसी पुराने दोस्त से मिलने जाता है।'

'शायद। अब उसको सूट करता होगा, तुझे "पुराना दोस्त" बनाना।'

'क्या मतलब है तेरा?'

'बस जरा संभल के। इन सबमें इतना ज़्यादा घुस मत जाइयो। और क्या तूने कहा कि तुझे लंच के समय तानिया का फ़ोन आया था?'

'हाँ, पर मैंने उठाया नहीं।'

'और तूने पायल को देखा उसका नाम और फोटो देखते हुए?'

'शायद।'

'क्या बात है! फिर तो उसे पता चल जाना चाहिए कि वक्त बदल गया है। अब तेरे पास भी ऑप्शन हैं। हॉट, अपग्रेडैड ऑप्शन हैं!'

'वैसे भी मेरा पायल के साथ कुछ होने नहीं वाला है, मुदित।'

'फिर तो और भी अच्छी बात है। तू उससे ऑफिस के बाद मिलेगा?'

'हाँ उसने मुझसे पूछा था। और नहीं तो बस क्यूरोसिटी में ही सही, मैं ये जानना चाहूँगा कि उसके और परिमल के बीच क्या हुआ।'

'ओ, यही था ना उस लूजर का नाम? परिमल जैन?' मुदित ने कहा।

'हाँ।'

'पता है, ये बहुत ज़्यादा होता है जैन-शादियों में। कई बार दो लोगों की शादी हो रही होती है, दोनों का सरनेम जैन होता है। आदमी समझ ही नहीं सकता कि उनकी शादी अभी नहीं हुई है, हुई है, या टूट गई है? चाहे कुछ भी हो, लास्ट नेम वही रहता है। मैं तो कभी अंदाज़ा भी नहीं लगा पाता कि पायल का डिवोर्स हो गया है।'

मैं हँसा। 'ये अच्छा था। कॉमेडी-सेट बनाने के लायक। मैं इसको एक सेट में ज़रूर डालता किसी दिन।'

'तो तुम लोग कहाँ मिलोगे?' मुदित ने कहा।

'पता नहीं, काम के बाद मतलब ड्रिंक्स? या डिनर? या दोनों?'

'कुछ ज़्यादा ही हो जाएगा। चाय पे मिल ले उससे।'

'चाय?'

'हाँ यार, वही तो करते हैं पुराने यार। चाय पे चर्चा। चाय पी, उसके डिवोर्स के सारे समाचार ले, और कट ले।'

'सही है, वही करूँगा। उससे मिलने के लिए टाइम और डेट फिक्स कर लेता हूँ। उसे चाय पे बुलाने के लिए। बस।'

'बढ़िया। चल, अब मुझे जाना होगा। इस धनमाया की जांच-पड़ताल करती पैसों की बोरी पर बैठी हुई फौज को मुझे सिक्योरिटनेटी के सारे राज़ बताने हैं,' मुदित ने मेरे ऑफिस से जल्दी में निकलते हुए कहा।

एक्टर आलिया भट्ट की इंस्टाग्राम रील वायरल होने से लेटो कैफ़े और ज़्यादा फेमस हो गया था। रील में उन्होंने बताया था कैसे उनका सुपरस्टार पति, रणबीर कपूर उनके लिए वहाँ का मशहूर मिल्क केक लंदन से बुल्गारिया लेकर आया था, जहाँ वो साथ ही में एक मूवी की शूटिंग कर रहे थे। हालाँकि

मैंने मॉल ऑफ़ द एमिरेट्स में स्थित ये कैफ़े सिर्फ इसलिए चुना क्यूंकि ये पायल और मेरे घर के बीच-ओ-बीच पड़ रहा था।

हमने एक सैटरडे दोपहर को मिलने का फैसला किया। पायल मुझसे पहले कैफ़े पहुँच गई थी। उसकी नी लेंथ फ्लोरल ड्रेस, उसका हैंडबैग, और उसके ओपन टो प्लैटफ़ॉर्म शूज सब सफेद थे। पायल पूरी सफेद दिख रही थी।

'सॉरी, यह मॉल बहुत बड़ा है,' मैंने कहा। 'मुझे पार्किंग से यहाँ तक पहुँचने में थोड़ा वक़्त लग गया।'

'कोई बात नहीं,' उसने कहा।

कोई हग नहीं, कोई हैंडशेक नहीं, हम सिर्फ़ एक दूसरे के सामने बैठकर मुस्कुराए।

मैंने एक जग गर्म कड़क अदरक मसाला चाय और उनके मशहूर मिल्क केक की एक स्लाइस मंगाई। वेटर जल्द ही हमारा ऑर्डर लेकर वापस आ गया। मैंने केक, पायल की तरफ़ कर दिया।

'आलिया भट्ट वाला केक है ये। ज़रा बताना कि ये उतना अच्छा है भी कि नहीं,' मैंने कहा।

पायल ने उस केक की एक बाइट ली। उसने कुछ दूध भी अपनी चम्मच में समेट लिया, जो उस केक से टपक रहा था। 'वाह,' उसने कहा। 'ये तो कितना अच्छा है। पर...' वो बात के बीच में ही रुक गई।

'पर क्या?'

'इसका स्वाद कुछ रसमलाई जैसा लग रहा है,' उसने कहा।

मैंने भी एक चम्मच से केक लिया। 'देखा जाए तो हाँ, कुछ-कुछ लगता तो है,' मैंने कहा और हम दोनों हँसने लगे।

हम दोनों अगले कुछ मिनटों तक शांति में बैठे रहे। फिर मैंने कहा, 'ओके, तो परिमल और तुम...'

'हाँ, हमारा डिवोर्स हो गया।'

'अजीब बात है,' मैंने कहा।

'तुम ऐसा क्यों कह रहे हो?' पायल ने कहा।

'मुझे याद है तुम्हारा इंस्टाग्राम अकाउंट देखना, बहुत पहले। तुम्हारी कितनी सारी तस्वीरें थीं उसके साथ। दुनिया भर के ट्रिप्स पर। तुम लोग कितने ख़ुश लग रहे थे एक साथ।'

'इंस्टाग्राम भी कितना कमाल है ना? सबको ख़ुश दिखा देता है,' पायल ने अपनी चाय का एक सिप लेते हुए कहा।

'तुम ख़ुश नहीं थीं?' मैंने कहा।

पायल ने नज़रें चुरा लीं। उसने मेरी तरफ़ कुछ सेकंड बाद देखा। 'कोशिश कर रही थी,' उसने कहा। 'मुझे लगा कि मैं अपनी शादी बचा लूंगी। ग़लत थी मैं।'

'क्या हुआ?'

'कोई एक चीज़ नहीं हुई थी। बहुत सारी चीज़ें हुई थीं। शुरुआत से ही, उसकी बुनियाद से ही। तुम्हें उस समय का सारा ड्रामा तो याद ही है।'

मैंने पायल की आँखों में देखा। मुझे सारा ड्रामा सिर्फ़ याद ही नहीं था, वह मेरी दिमाग़ की नस-नस में छपा हुआ था, और वो ड्रामा नहीं था मेरे लिए, ट्रॉमा था।

'याद है,' मैंने अपना कप नीचे रखते हुए कहा। 'इसलिए तो मैं और भी ज़्यादा हैरान हूँ।'

'मतलब?'

'मतलब जिस तरह से सबकुछ हुआ, मुझे लगा कि तुम्हें वाक़ई परिमल अच्छा लगता था। या कम से कम, लगने लगेगा...'

'कैसे?' पायल ने कहा।

'भूल जाओ ये सब, बहुत पहले की बात है। पुरानी बातों को क्यों याद किया जाए।'

'नहीं, बताओ मुझे। तुम्हें ऐसा क्यों लगा कि मैं वाक़ई परिमल को पसंद करती थी?'

'वेल, तुमने मुझे बिल्कुल ही कट ऑफ़ कर दिया। तुमने इतनी जल्दी शादी कर ली। कभी टच में भी नहीं रही। मुझे लगा कि तुम उस लड़के से वाक़ई बेहद प्यार करती होगी।'

'तुमने ऐसा सोचा?'

'हाँ। और तो और तुम्हारी फ़ैमिली भी उसे बहुत प्यार करती थी। जैन था, तुम्हारी बिरादरी का था, तुम्हारी ही उम्र का था और उसकी पहले शादी भी नहीं हुई थी। इसलिए ये बात मुझे और भी ज़्यादा हैरान कर गई कि तुम्हारा और परिमल का डिवोर्स हो गया। क्या जैन लोगों में भी डिवोर्स होता है?'

'क्या ये एक जोक था?'

'सॉरी, शायद ये थोड़ा इनसेंसिटिव हो गया।'

पायल ने अपना सर हिलाया। 'कोई बात नहीं,' उसने धीमी आवाज़ में कहा।

'वैसे कैसी हो तुम अब?' मैंने कहा।

'ठीक हूँ। बेहतर हूँ। काम के लिए शुक्रगुज़ार हूँ। ये मुझे बिज़ी रखता है।'

'ओके...'

'मैंने तुम्हें अपनी मर्ज़ी से कट ऑफ़ नहीं किया था,' पायल ने कहा।

'छोड़ो ना, पायल सब पुरानी बातें हैं। तुम्हारा अपना वर्ज़न है मेरा अपना।'

'और तुम्हारा क्या वर्ज़न है? मैंने तुम्हें कट ऑफ इसलिए किया, क्योंकि मैं परिमल से मिल गई थी?'

'क्या ऐसा नहीं हुआ? तुमने मुझे हर जगह से ब्लॉक कर दिया था, तो मैं तुम तक पहुँच ही नहीं सकता था। फिर, कुछ ही हफ़्तों बाद मुझे पता लगा कि तुम्हारी शादी हो गई थी। और फिर सालों तक तुम दोनों ने एक दूसरे की हँसती गाती तस्वीरें खींची और पोस्ट की इंस्टाग्राम पर, जिसमें तुम एक-दूसरे के हाथ पकड़ रहे थे, अलग-अलग एक्सोटिक लोकेशंस पर। और मैं क्या ही सोचता?'

पायल चुप रही। ऐसा लगा कि उसका मन भारी हो रहा था।

'ये काफ़ी बुरा आईडिया था,' मैंने अपनी आवाज़ को ठंडा रखते हुए कहा। 'इसलिए मैं चाहता था कि हमारी बातें सिर्फ़ बिज़नेस के सिलसिले में ही हों।'

पायल ने एक लंबी साँस भरी और खुद को संभाला। 'तुम सही कह रहे हो। मैंने ही वो सब किया, लेकिन तुम्हें सबकुछ नहीं पता है।'

'मुझे सबकुछ कैसे पता होगा जब तक तुम मुझे नहीं बताओगी?'

'मैं तुम्हें बता सकती हूँ। क्या तुम सुनना चाहोगे?'

'बिल्कुल,' मैंने कहा।

'तुम जानना चाहते हो ना कि मेरा डिवोर्स क्यों हुआ, है ना?'

'हाँ।'

'जैसाकि मैंने कहा। वो सिर्फ़ एक इंसिडेंट की वजह से नहीं हुआ था। ज़रूरी होगा तुम्हें बताना सबकुछ, उस समय से।'

'किस समय से?'

'जब मेरे पेरेंट्स को हमारे रिश्ते के बारे में पता चला था, बारह साल पहले।'

पायल की नज़र से...

'मैं उससे अब बात नहीं करती, पापा। मैंने आपसे उस दिन वादा किया था, और मैंने उसे नहीं तोड़ा है,' मैंने कहा।

पापा लिविंग रूम के सोफ़े पर लेटे हुए थे, और एक हाथ से अपनी छाती को मसाज कर रहे थे। उन्होंने अपना दूसरा हाथ मेरी तरफ़ बढ़ाया, मेरा फ़ोन माँगने के लिए।

'प्लीज़ आप अपनी सेहत पर ध्यान दीजिये, पापा क्या आप ठीक हैं?'

'उन्हें अपना फ़ोन दे दे,' मम्मी ने कहा।

'क्यों?'

'मैं देखना चाहता हूँ कि तूने उसे हर जगह से ब्लॉक किया है या नहीं,' पापा ने कहा। उनकी आंखें बंद थीं। वह बहुत दर्द में लग रहे थे।

'मैंने उसको ब्लॉक कर दिया वाट्सेप और इन्स्टाग्राम पर,' मैंने कहा। दिल से नहीं किया है, मैं ये कहना चाहती थी, लेकिन मैंने नहीं कहा।

'दिखा तो,' पापा ने अपनी आंखें खोलते हुए कहा।

मुझे यक़ीन नहीं हुआ ये सब जिल्लत मेरे साथ हो रही थी, और मुझे एक बच्ची की तरह ट्रीट किया जा रहा था। मैंने उन्हें अपना फ़ोन दे दिया।

पापा मेरे ऐप्स को छेड़ नहीं पा रहे थे। 'तुम इसे कैसे चेक करती हो, यशोदा?' उन्होंने कहा।

'मुझे कैसे पता होगा?' मम्मी ने कहा। 'तुम बस अपने आप पर इतना ज़ोर मत डालो। डॉक्टर वर्मा आते ही होंगे।'

'मुझे तब तक चैन नहीं आएगा, जब तक मुझे ये ना पता चल जाए कि वो हरामज़ादा हमारी ज़िंदगी से बाहर निकल चुका है,' डैड ने कहा।

'किसी को गाली देने की कोई ज़रूरत नहीं है पापा।'

उन्होंने मुझे इग्नोर किया। उन्होंने मेरी कॉन्टैक्ट लिस्ट चेक की। साकेत वहाँ कही नहीं था। उन्होंने इंस्टाग्राम खोला।

'ये कैसे चेक करूँ कि तुमने उसे यहाँ ब्लॉक किया है या नहीं?' उन्होंने कहा।

'मेरी ब्लॉक किए गए लोगों की लिस्ट देखो,' मैंने कहा। मैंने उनके लिए ब्लॉक किए गए लोगों की लिस्ट खोल दी। उसमें सिर्फ़ साकेत का ही नाम था। 'अच्छा किया,' उन्होंने कहा। 'क्या तुम उसे बाक़ी जगहों से भी ब्लॉक कर सकती हो? जैसे तुम्हारी ईमेल और फ़ेसबुक?'

'ईमेल पर कौन ब्लॉक करता है?' मैंने कहा।

'बस मेरी तसल्ली के लिए। तुम्हारी फ़ोन का पासवर्ड क्या है?' पापा ने कहा।

'क्यों?'

'बस मुझे बताओ।'

'वो पर्सनल है पापा। और वैसे भी मेरे फोन पर वर्क ईमेल्स हैं। सबकुछ कॉन्फिडेंशियल होता है।'

'मैं तुम्हारे ऑफ़िस की ईमेल नहीं चेक करने वाला हूँ।'

'तो फिर आपको पासवर्ड क्यों चाहिए?'

'ताकि मैं ये पक्का कर सकूँ कि तुमने उसे कहीं अनब्लॉक तो नहीं कर दिया है।'

'पापा, मैं कोई बच्ची नहीं हूँ। आप मुझे ऐसे कंट्रोल नहीं कर सकते।'

'आह,' वो दर्द में चिल्लाए।

'तुम उन्हें पासवर्ड देती हो या उनको हार्ट अटैक दिलवा के ही मानोगी?' मम्मी ने कहा।

मैंने उन्हें मेरा 4-डिजिट का पासवर्ड दिया। उन्होंने उसे अपने फ़ोन पर लिख दिया। किसी हार्ट-पेशेंट के हिसाब से वो काफ़ी अलर्ट थे।

एक मिनट बाद दरवाज़े की घंटी बजी–डॉक्टर वर्मा आ चुके थे।

'क्या हुआ आनंदजी?' डॉक्टर वर्मा ने कहा।

'कल रात से छाती में दर्द है,' पापा ने कहा।

डॉक्टर वर्मा ने अपना स्टेथोस्कोप लगाया और पापा की हार्टबीट चेक की। 'थोड़ा सा एरिथमिया है,' उन्होंने कुछ देर बाद कहा। 'अगर आप चाहें तो हम इन्हें एक या दो रातों के लिए हॉस्पिटल में एडमिट कर सकते हैं, और कुछ टेस्ट करवा सकते हैं। शायद एक ईसीजी,' डॉक्टर ने कहा।

'हॉस्पिटल?' मम्मी ने परेशान होकर कहा। 'क्या हुआ इन्हें?'

'रिलैक्स, यशोदा जी! बस सावधानी बरतने के लिए। हम छाती के दर्द को हल्के में नहीं लेना चाह रहे।'

~

मैं कोकिलाबेन हॉस्पिटल की सीढ़ियाँ चढ़ रही थी, हर क़दम भारी और थकान-भरा था। मैं सीधा ऑफ़िस से आई थी, दो घंटे के मुंबई ट्रैफ़िक से लड़कर ऑफ़िस से हॉस्पिटल पहुँची थी, अँधेरी।

क़रीब ग्यारह बज गए थे, जब मैं पापा के कमरे में गई। वो सुदर्शन न्यूज़ देख रहे थे TV पर।

'सॉरी, लेट हो गई,' मैंने कहा। 'ऑफ़िस का काम और ट्रैफ़िक दोनों ही बहुत ज़्यादा थे।'

'आओ बैठो, क्या तुमने डिनर किया?' पापा ने कहा।

'हाँ,' मैंने झूठ बोला। मैंने डिनर, लंच या नाश्ता नहीं किया था। पिछले दो दिनों से मैं कुछ खा ही नहीं पायी थी। आकांक्षा ने मुझे बताया था कि साकेत की उससे बात हुई थी, वो उससे मिला भी था, उसने ये भी कहा कि साकेत बहुत डेस्परेट और ऑब्सेसिव लग रहा था, और मुझे उससे दूर रहना चाहिए। बिल्कुल, वो डेस्परेट होगा ही, और ऑब्सेसिव भी होगा, जैसेकि

मैं भी थी उसे देखने के लिए, उससे बात करने के लिए। मुझे साकेत को फ़ोन करने का इतना ज़्यादा मन कर रहा था। मन कर रहा था उसको कहूँ कि आकर मुझसे मिले। मुझे थाम ले, और मुझे यह कह दे कि सबकुछ ठीक हो जाएगा।

'कैसे हैं आप? आज डॉक्टर ने क्या कहा?' मैंने कहा।

'भगवान की बड़ी कृपा है मुझ पर। मैं बहुत किस्मत वाला हूँ,' पापा ने कहा।

'क्या हुआ था?'

'उन्होंने एक आर्टरी में ब्लॉकेज देखी थी। नाइंटी पर्सेंट के ऊपर।'

'ओह नो!'

'चिंता मत करो। कल एक एंजिओ करेंगे और स्टेंट डाल देंगे, फिर मैं ठीक हो जाऊँगा। भगवान की दया से।'

'मुझे जानकर ख़ुशी हुई पापा,' मैंने कहा।

'थैंक यू। परिमल को फ़ोन कर ले बेटा, वो अच्छा लड़का है। जबसे तेरी मंगनी हुई है, तू उससे बात तक नहीं कर रही है।'

'वो मंगनी तो नहीं होनी थी पापा। आपने मुझे धोखा दिया।'

'मुझे जो तेरे लिए सही लगा, वो मैंने किया। क्या तूने परिमल के साथ थोड़ा भी अच्छा वक़्त बिताया है? कम से कम एक बार उसके साथ खाना खाने चली जा? उससे आगे की बात कर, फ़्यूचर की बात कर।'

'क्यों करूँ मैं? मुझे इस तरह कंट्रोल मत कीजिए पापा।'

पापा ने मुझसे नज़रें हटा लीं। वो छोटी और तेज़ साँसों में मुझसे बात करने लगे। तो मैंने उसी वक़्त नर्स को बुला लिया, जो नाइट ड्यूटी पर थी। उन्होंने उनकी पल्स देखी।

'आप इतनी देर रात तक क्यों जगे हुए हैं। अपने आप पर इस तरह ज़ोर क्यों डाल रहे हैं? जाइए सो जाइए,' नर्स ने पापा को कहा। वो मेरी तरफ़ मुड़ी। 'मैडम, आप इतनी लेट मत आइए। वो दिल के मरीज़ हैं। तनाव उनके लिए सही नहीं है।'

'सॉरी नर्स, मैं अभी चली जाऊँगी,' मैंने उठते हुए कहा। 'बाय पापा।'

पापा ने मेरी कलाई पकड़ ली। 'तेरे बाप की इच्छा है बेटा... मैं किसी भी वक़्त मर सकता हूँ। प्लीज़ परिमल से शादी कर ले। वो तेरे लिए अच्छा है।'

मैंने कई लंबी साँसें ली, खुद पर क़ाबू पाने के लिए। फिर मैंने पापा के हाथ से अपना हाथ छुड़ा लिया।

जैसे ही मैं हॉस्पिटल के एग्ज़िट से निकली, मेरा सर चकराने लगा, सब कुछ अँधियाने लगा, धुंधला सा लगने लगा। और मैं थककर फ़र्श पर गिर गई।

~

'ओ, तुम उठ गई,' आकांक्षा ने कहा। वह अपने फ़ोन पर एक वीडियो रिकॉर्ड कर रही थी, जो एक सेल्फी स्टिक से लगा हुआ था।

मैंने आसपास देखा। मैंने देखा कि मेरे बाएँ हाथ पर एक ड्रिप लगी हुई थी। मैं हॉस्पिटल के कमरे में थी, और आकांक्षा हॉस्पिटल की रील बना रही थी। क्या ये एक रील थी? या एक अजीब सपना?

'तुम बेहोश हो गई थी। अच्छा हुआ, हॉस्पिटल में ही बेहोश हुईं,' आकांक्षा ने कहा। 'उन्होंने तुम्हें फ़ौरन ही एडमिट कर लिया।'

'कौन सा हॉस्पिटल,' मैंने कहा। मैं अब भी होश में नहीं थी।

'कोकिलाबेन, और कहाँ?' आकांक्षा ने कहा। 'तुम्हारे पापा भी इसी फ़्लोर पर हैं, बस पाँच कमरे दूर। तुम पूरी रात सोती रही। आनंद अंकल को सुबह-सुबह एंजिओ के लिए ले गए। ऑपरेशन ठीक से हो गया।'

मैंने सर हिलाया। उसने अपने फ़ोन को हिलाया। मेरे आईवी ड्रिप का क्लोज़ अप शॉर्ट लेने के लिए।

'यह तुम क्या कर रही हो?' मैंने कहा।

'मैंने कभी भी किसी हॉस्पिटल का वीडियो नहीं बनाया है। मैंने सोचा मैं यहीं पर हूँ, मौक़ा भी है, तो कुछ रिकॉर्ड ही कर लेती हूँ। बाद में इसका इस्तेमाल किसी तरह कर लूँगी।'

मैं बिस्तर पर बैठ गई।

'रिलैक्स, तुम ठीक हो,' आकांक्षा ने कहा। 'डॉक्टर ने कहा कि तुम कुछ खा नहीं रही थीं तो तुम्हारा ब्लड-शुगर कम हो गया। वो हाइपोग्लाइसीमिया।'

'अभी क्या टाइम हो रहा है? मुझे काम पर जाना है। एक लाइव डील है जिस पर मुझे काम करना है,' मैंने कहा।

'क्या तुम आराम कर सकती हो? ये एक परफेक्ट बहाना है एक छुट्टी का। हॉस्पिटल तुम्हें एक सर्टिफ़िकेट भी दे देगा,' आकांक्षा ने कहा।

'फिर भी! मुझे यहाँ रहने का मन नहीं।'

'वो तुम्हें आज ही डिस्चार्ज कर देंगे, लेकिन प्लीज़ इतनी डाइट मत करो। यही मेरे साथ हुआ था जब मैंने खाना खाना छोड़ दिया था, शादी से पहले वेट घटाने के लिए।'

'क्या?'

'हाँ। सूरज ने कहा था कि हम मालदीव्स जाएंगे अपने हनीमून के लिए। वो चाहता था कि हम एक रिलैक्सिंग जगह पर जाएं, लेकिन उससे मैं और ज़्यादा स्ट्रेस हो गई थी। मैं बिकिनी में कैसी लगूँगी? मैंने दिन में बस एक बार खाना खाना शुरू कर दिया। एक हफ़्ते बाद में बेहोश हो गई। मैंने तो सूरज को कह दिया कोई मालदीव्स-शालदिव्स नहीं जाएंगे हम। इसलिए हम अपने हनीमून पर स्विट्ज़रलैंड चले गये।'

'अच्छा किया,' मैंने कहा, मेरी आवाज़ बहुत ज़्यादा कमज़ोर थी और इससे मेरा सर्कास्म और भी ज़्यादा ऑब्वियस हो गया।

'तुम भी ये सब परिमल के लिए कर रही हो ना?'

'नहीं,' मैंने ना में सर हिलाया।

'नहीं? तो फिर क्या हुआ?'

मैं चुप रही।

उसकी आंखें फैल गईं। 'क्या ये उसी लड़के की बात है? साकेत? पायल, तुम्हें उसे भूलना होगा। अब परिमल ही तुम्हारा सबकुछ है।'

'मैं साकेत से प्यार करती हूँ। मेरी रग-रग साकेत से प्यार करती है। मैं बस ऐसे ही स्विच ऑफ़ नहीं कर सकती, आकांक्षा।'

'कर सकती हो। ये सब तुम्हारे दिमाग़ में है बेबी। तुम परिमल से मिली ही नहीं हो। उससे बात ही नहीं की है। तुमने उसके साथ कुछ वक़्त ही नहीं बिताया है। तुमने उसे एक चांस तक नहीं दिया है।'

'नहीं देना चाहती,' मैंने खिड़की से बाहर देखते हुए कहा।

'क्यों?'

'मैं सोच भी नहीं सकती साकेत के बिना ज़िंदगी कैसी होगी,' मैंने कहा। 'और परिमल से शादी करने से बेहतर तो मैं मर जाऊँ।'

'ऐसा तुम्हें अभी लग रहा है। तुम अभी ठीक से नहीं सोच पा रही हो। जाने दो पायल, परिमल के साथ कुछ वक़्त बिताओ, अपने फ़्यूचर के बारे में सोचो, तुम्हारे पेरेंट्स भी बहुत ख़ुश होंगे।'

मैं काँप रही थी, और मेरा सर भारी था। क्या वो सही कह रही थी? क्या मैं ठीक से सोच नहीं पा रही थी?

'ख़ैर मुझे अब चलना होगा। मैंने सासू माँ से वादा किया था कि हम लोग आज साथ में ढोकला बनाएंगे,' आकांक्षा ने कहा।

~

'क्या तुम्हें पक्का यक़ीन है कि तुम और काम ले सकती हो?' निमित ने कहा। 'तुम पहले ही दो डील पर काम कर रही हो।'

मैं अपने बॉस निमित के ऑफिस में बैठी थी। मैंने उनसे और काम देने की रिक्वेस्ट की थी।

'बिल्कुल, एक दिलचस्प कंपनी है, क्लाउडएक्स करके। मैं सोच रही थी कि अगर हम वहाँ इन्वेस्ट कर सकते हैं,' मैंने कहा।

'तुम बुरी तरह थक जाओगी पायल। तुम वैसे भी हर रात नौ बजे के बाद तक काम कर रही हो।'

'मेरी कपैसिटी है, निमित। मैं कर सकती हूँ।'

मेरा फ़ोन बजा। मम्मी का मैसेज मेरी स्क्रीन पर आया: 'सन्डे, आर सिटी मॉल, घाटकोपर। अर्बन तड़का, 1 बजे, परिमल के साथ लंच।'

मैंने अपना फ़ोन उल्टा रख दिया।

'सॉरी, निमित। जैसाकि मैं कह रही थी, मैं क्लाउडएक्स को भी देख सकती हूँ।'

'ठीक है, अगर तुम कहो, लेकिन फिर तुम्हारे वर्क-लाइफ़ बैलेंस का क्या होगा?'

'अभी तो मैं किसी भी हालत में वर्क-लाइफ़-इम्बैलेंस ढूँढ रही हूँ,' मैंने कहा। क्योंकि मेरी ज़िंदगी नरक बन चुकी है, मैं ये कहना चाहती थी लेकिन नहीं कहा।

जब तक मैं अपनी डेस्क पर वापस आयी, मेरी मम्मी मुझे एक और मैसेज भेज चुकी थीं: 'टाइम पर आना, और अपनी वो पिंक सलवार कमीज़ पहन लेना, जो मैंने तुम्हें पिछले बर्थडे पर दी थी।'

~

परिमल ने एक नीली-काली पैसले प्रिंट की शर्ट पहनी थी। ऐसी शर्ट बस कुछ ही किस्म के गुजराती और जैनियों को कूल लगती है। वह उसके पतले दुबले शरीर के लिए तीन साइज़ ज़्यादा बड़ी थी। वह अपने साथ एक फ़रेरो रोशर चॉकलेट का डब्बा लेकर आया था।

'तुम्हारे लिए,' उसने मुझे डब्बा पकड़ाते हुए कहा।

'थैंक यू।'

'आप बेहद ख़ूबसूरत लग रही हैं,' उसने कहा।

'थैंक यू,' मैंने फिर से कहा।

अर्बन तड़का एक पंजाबी ढाबे की थीम का रेस्टोरेंट था, जिसमें ख़ूब सारे परिवार, ख़ूब सारे रोते- पीटते बच्चों के साथ आए हुए थे। हमने दो लोगों के लिए एक टेबल ली, और आमने-सामने बैठ गए।

'यहाँ काफी नॉनवेज आइटम हैं,' परिमल ने मेनू खोलते हुए कहा।

'हां...'

'क्या तुम कुछ पीना चाहोगी?'

'जैसे क्या?' मैंने कहा। मैं सोच रही थी कि वह कैसे रिएक्ट करेगा अगर मैंने कहा कि मुझे एक एक्स्ट्रा लार्ज टकीला पीने का मन है?

'मॉकटेल वग़ैरह?' उसने कहा। 'उनके पास जामुन लेमनेड भी है और वर्जिन मोहितो भी।'

'शुगर ज़्यादा हो जाएगी मेरे लिए,' मैंने कहा। 'तुम अपने लिए एक ऑर्डर कर दो लेकिन।'

'दरअसल ये सरासर पैसे की बर्बादी है। दो सौ रुपये सिर्फ़ एक ज़रा से जामुन लेमनेड के लिए? वैल्यू ही नहीं है।'

'सही कहा।'

'और खाने का क्या?' परिमल ने कहा।

'आपको जो खाने का मन है, आप ऑर्डर कर दो, मैं आपके साथ ही शेयर कर लूँगी।'

'छोले-परांठे हैं इनके पास। अब पता नहीं अगर वो जैन स्टाइल में बना पाएंगे या नहीं।'

'मुझे प्याज़ और लहसुन कभी-कभी चलते हैं, ख़ासतौर से जब मैं बाहर खाने जाती हूँ और उनके पास और कुछ नहीं होता है मेनू पर, नहीं तो बहुत मुश्किल हो जाती है।'

'मैं तो जितना पॉसिबल हो, जैनी खाना ही लेता हूँ। उनके पास खिचड़ी भी है, वो चल सकती है।'

'ठीक है,' मैंने कहा।

एक वेटर हमारा ऑर्डर लेने के लिए आया। परिमल ने उससे कहा: 'पनीर परांठे कर दीजिए, बिना प्याज़ और लहसुन के। क्या छोले भी बिना प्याज़ और लहसुन के हो जाएंगे?'

'परांठे, हाँ, छोले, नहीं। वो पहले से ही बने हुए हैं,' वेटर ने कहा।

'अच्छा तो फिर एक प्लेट पनीर के परांठे ले आओ, और छोले मत लाना। और दाल-खिचड़ी। सब कुछ जैन-फ्रेंडली बनाना, ठीक है?'

'हाँ सर,' वेटर ने कहा।

वेटर के जाने के बाद, परिमल और मैं कुछ देर चुप बैठे रहे। हम ये सोच रहे थे कि हम किस बारे में बात करें। मैं परिमल के साथ ज़रा सी भी केमिस्ट्री नहीं फ़ील कर रही थी। मुझे नहीं लगता कि परिमल जैसे लोगों का कैमिस्ट्री से कोई संबंध होता है। उन्हें तो सिर्फ़ एक ही सब्जेक्ट समझ आता था: अकाउंट्स!

'उनकी एक कॉम्बो डील भी है,' परिमल ने अचानक मेनू पलटते हुए कहा। 'ओ, मेनू में तो लिखा हुआ है कि इस कॉम्बो के साथ मौकटेल फ्री आती है। हमें यह ऑर्डर कर लेना चाहिए था, ज़्यादा अच्छी वैल्यू मिल जाती।'

'आप वेटर को बुलाकर अपने ऑर्डर चेंज भी करवा सकते हो,' मैंने सपाट फेस रखते हुए कहा।

परिमल ने वेटर को वापस आने का इशारा किया, और अपना ऑर्डर चेंज कर दिया।

'अच्छा आइडिया था,' परिमल ने मुस्कुराते हुए कहा। जबसे हम बैठे थे, वो पहली बार हँसा था।

'अच्छा लगा यह जानकर कि आपको एक अच्छी डील मिल गई,' मैंने कहा।

'हाँ, हमारे चार सौ रुपये बज गए सीधे। नहीं तो हमें अलग से जामुन लेमनेड के लिए पैसे देने पड़ते,' उसने कहा। मेरा व्यंग उसके सर के ऊपर से गया।

'परिमल आप जानते हो ना कि हमारा लंच क्यों तय किया गया है?' मैंने कहा।

'हाँ, जिससे कि हम दोनों एक दूसरे को और बेहतर तरीके से जान सकें।'

'सही कहा। मुझे नहीं पता कि तुम्हें शादी से और एक पार्टनर से क्या चाहिए, और अब मुझे ये भी नहीं पता कि मैं तुम्हारे लिए सही हूँ भी या नहीं।'

'बिल्कुल, तुम मेरे लिए एकदम सही हो। सबकुछ फ़िट होता है–उम्र, ख़ानदान, धर्म...'

'शादी के लिए और भी चीज़ें लगती हैं।'

'जैसे?'

'जैसे कम्पेटिबिलिटी, तालमेल, एक इमोशनल कनेक्शन, जुनून, मेल खाते हुए इंटरेस्ट, कैमिस्ट्री।'

'केमिस्ट्री?'

'हाँ। आपको दूसरे इंसान के साथ कैसा महसूस होता है। क्या आपको उनके साथ कोई केमिस्ट्री बैठती है या नहीं। या तो वो होती है या नहीं।'

'क्या तुम्हें लगता है कि हम दोनों में कोई कैमिस्ट्री है?'

हमारी उतनी ही केमिस्ट्री थी, जितनी दो इनर्ट पत्थरों की होती है, जब वो इकट्ठे रखे जाते हैं। मैं उसे ये कहना चाहती थी, लेकिन मैंने नहीं कहा।

'पता नहीं, लेकिन हमारी फ़ैमिली हमारी शादी कराने की बहुत जल्दी में हैं। शायद अगले कुछ हफ्तों में या एक महीने में।'

'मुझे जल्द शादी करने में कोई एतराज़ नहीं है। और तुम जिन चीज़ों की बात कर रही हो, वो चीज़ें तो बाद में भी आ सकती है,' परिमल ने कहा।

'बाद में क्या आ सकता है?'

'बाद में हम दोनों और करीब आ सकते हैं। हमारे बीच की दूरियाँ मिट सकती हैं।'

'मुझे पता नहीं कि मैं अभी शादी करने के लिए तैयार हूँ,' मैंने कहा।

'तैयार होता भी कौन है? बात बस इतनी सी है कि हम दोनों की जोड़ी बहुत अच्छी है, और हम दोनों के पेरेंट्स चाहते हैं कि हम दोनों की शादी हो जाए। तो फिर क्यों नहीं?'

लेकिन हम दोनों की जोड़ी अच्छी नहीं है, मैं ये कहना चाहती थी।

'मुझे नहीं पता,' मैंने कहा।

'आनंद अंकल मेरे पिता समान हैं,' उसने कहा।

'जानती हूँ।'

'मैंने सुना कि उनको एक हार्ट अटैक आ गया था।'

'हाँ...'

'बस दुआ करता हूँ कि उनको कुछ ना हो। भगवान ना करे, मगर ऐसा कुछ हो जाये, तो क्या तुम नहीं चाहती कि वो हमारी शादी में हों, और ख़ुश हों?'

~

'रोना बंद करो बेबी, तुम्हारा मेकअप ख़राब हो रहा है,' आकांक्षा ने कहा। 'हे भगवान! सारा मस्कारा बर्बाद हो गया। ये मेकअप लेडी कहाँ हैं?'

मेरे आँसू रुक ही नहीं रहे थे। परिमल के साथ लंच करने के एक महीने बाद, मैं फोर सीज़न्स होटेल के सुईट में एक मिरर के सामने बैठी थी। कमाल की बात है ना! साकेत और मेरी पहली डेट भी यहीं थी, एयर में, जो यहाँ का रूफटॉप बार है।

हेयरड्रेसर ने हेयर ड्रायर चलाया, जिसकी आवाज़ से मेरे रोने की आवाज़ दब गई।

'मैं ये नहीं करना चाहती, आकांक्षा! मैं ये नहीं कर सकती,' मैंने कहा।

'तुम कर सकती हो, पायल। तुम बस नर्वस हो,' आकांक्षा ने कहा। वो हेयर-ड्रेसर की तरफ़ मुड़ी और उसको निर्देश देने लगी। 'थोड़ा ज़्यादा वॉल्यूम दीजियेगा यहाँ, और इतना ज़्यादा माथा मत कवर करिए।'

'मुझे तैयार नहीं होना, आकांक्षा। मुझे यह शादी भी नहीं करनी।' मैं पैनिक कर रही थी।

'श...' आकांक्षा ने कहा। 'ऐसी बातें मत करो।'

मैं पूरी तरह टूट गई थी। हेयरड्रेसर को मेरे बाल बनाने बंद करने पड़े क्योंकि मेरा पूरा शरीर कांप रहा था।

आकांक्षा ने मुझे कंधों से पकड़ लिया। 'रिलैक्स करो, बेबी। क्या हुआ है तुम्हें?'

'मुझे साकेत से बात करनी है।'

'क्यूँ?'

'वह सही कह रहा था। वो कह रहा था कि हम सीधे लोगों के साथ नहीं डील कर रहे हैं। कि मुझे भाग चलना चाहिए। मैं भाग जाना चाहती हूँ।'

'पायल,' आकांक्षा ने कहा। 'होश में आओ! ये तुम्हारे फ़्यूचर की बात है, मेरी जान। तुम अपनी लाइफ किसी बड़ी उम्र से आदमी के साथ की दिल्लगी के चक्कर में ख़राब नहीं कर सकती हो।'

'मैं बस एक बार बात करना चाहती हूँ। कर सकती हूँ क्या?'

'नहीं।'

'क्यों?'

'क्योंकि मैं तुम्हारी बेस्ट फ्रेंड हूँ, और मै तुम्हें ऐसा कोई क़दम नहीं उठाने दूंगी, जो तुम्हारे लिए ठीक नहीं है।'

उसने मुझे कुछ टिशू पकड़ाए। मुझे कुछ मिनट लगे अपना संयम वापस पाने में। मेकअप लेडी वापस आयी और मेरा मेकअप ठीक करने लग गई।

'लड़कियों के लिए उनकी शादी के दिन रोना बहुत आम बात है, मैडम,' लेडी ने आई शैडो दोबारा लगाते हुए कहा। 'हर दुलहन रोती है आज। डाउट होना बड़ी नेचुरल बात है। आप ठीक रहोगी। सबकुछ ठीक होगा। बस पूरी कोशिश कीजिएगा ना रोने की। मैं आपको एक्स्ट्रा-ऐब्सोर्बेंट टिशू दे देती हूँ। उनसे आँसू एक चुटकी में साफ़ हो जाएँगे।'

बस यही तो मेरे दुख का इलाज था। एक्स्ट्रा-ऐब्सोर्बेंट टिशू, जिनसे मेरे आँसू उसी समय साफ़ हो सकते थे, जब वो आँखों से छिटकते। मुझे सजा-धजाकर वो लोग मुझे नीचे ले गए। मेरा लाल ज़रदोज़ी लहंगा बीस किलो से ज़्यादा भारी था, और उसी के चलते मैं बैंक्वेट हॉल में स्लो मोशन में घुसी। वो पंजाबी लोकगीत, 'दिन शगना दा,' बज रहा था पीछे। मेरी एंट्री इससे और भी ज़्यादा भव्य और रोमांटिक लग रही थी। मेहमानों ने मेरी तरफ़ गुलाब की पंखुडियां फेंकी, जैसे ही मैं स्टेज तक गयी। अब अगर मैं रोती भी, तो वो ख़ुशी के आँसू लगते। वैसे भी, मेरे हाथों में एक्स्ट्रा-ऐब्सोर्बेंट टिश्यू थे।

~

शादी के अगले दिन मैं अपने ससुराल गई, जो घाटकोपर में ही था, स्व-गृह आगमन की रस्म के लिए। यह एक जैन परंपरा होती है जहाँ नई दुल्हन का

दूल्हे के घर में स्वागत किया जाता है। मैं पिछली सारी रात सोई ही नहीं थी, क्योंकि फेरे पूरे करने में सदियाँ लग गईं। परिमल के घर भी रस्में सारे दिन चलती रहीं। मैं किसी चीज़ के लिए तैयार नहीं थी। थकी हुई थी, और नींद की मारी थी। मुझे एक बेडरूम तक ले जाया गया उस रात को, जहाँ मेरी पहली रात गुज़री परिमल के साथ।

परिमल की एक बड़ी, मैरिड कज़न ने मुझसे कहा, 'सबकुछ धीरे-धीरे करना, ठीक है? आराम से। प्यार से।'

मैं उसे ये नहीं बता सकती थी कि साकेत और मुझे चीज़ें बहुत तेज और रफ़ पसंद थीं। मैंने सिर्फ़ फर्श की तरफ़ देखा, और एक शर्मीली बहू के जैसे बोली, 'ओके दीदी।'

'लेकिन मज़े करना मत भूलना,' उन्होंने कहते हुए आँख मारी, और कमरे में मुझे अकेला छोड़कर चली गईं।

मैंने अपने आसपास देखा। जैसे वो अस्सी के दशक की हिन्दी फ़िल्मों में सुहागरात के सीन दिखाते थे, बिल्कुल वैसा ही दृश्य था। पूरा बैडरूम फूलों से सजा हुआ था।

अब मैं क्या करती? एक शर्मीली दुल्हन के जैसे बैठी रहती, अपने सर पर घूँघट डाल के।

मैं बिस्तर पर बैठ गई। वैसे तो फ़िल्मों में एक दूध का ग्लास रखा होता है साइड-टेबल पर। इसे मर्द पीता है, एक्शन से पहले एनर्जी के लिए। क्या लड़की को ताक़त की ज़रूरत नहीं पड़ सकती? क्या एक की जगह दो ग्लास नहीं हो सकते? मैं ऐसी ही कई रैंडम चीज़ों के बारे में सोचकर, खुद को इस हक़ीक़त से दूर ले जाने की कोशिश कर रही थी कि मुझे अगले कुछ मिनटों में परिमल के साथ सेक्स करना था।

मैंने परिमल के आने का इंतज़ार किया। क्या एक दुल्हन का अपनी सुहागरात पर अपने पति का इंतज़ार करते हुए, इंस्टाग्राम स्क्रॉल करना सही था?

मैंने अपना फ़ोन देखा। बैटरी ख़त्म हो चुकी थी। उन्हें दुल्हनों को पावर बैंक तो देना चाहिए। नहीं तो वो एक नई जगह पर, अपना फ़ोन कैसे चार्ज करेंगी?

तो, एक बार फिर से, तुम्हारा दिमाग़ इधर-उधर दौड़ रहा है। परिमल पर ध्यान दो। आज तुम्हारी स्पेशल रात है, मैंने खुद से कहा।

मुझे आराम की ज़रूरत थी। मैं पिछली दो रातों से, हर रात चार घंटे से ज़्यादा नहीं सोई थी। एक लड़ी लगी हुई थी, रिश्तेदारों की, दोस्तों की, जो शादी के लिए आए थे। और वो रुके ही नहीं। परिमल के घर पर भी ऐसा ही हुआ। मैंने क़रीब हज़ार पैर छू लिए होंगे। पिछले अड़तालीस घंटों में, मैं शायद मुंबई में ब्लेसिंग्स की सबसे बड़ी कलेक्टर बन चुकी थी। मेरे फ़ोन की तरह मुझे भी रिचार्ज चाहिए था।

दरवाज़ा एक आवाज़ के साथ खुल गया। मेरा दिल तेज़ी से धड़कने लगा। परिमल क्या उम्मीद कर रहा था? एक लंबी, पेशनेट नाईट? अब मैं उसकी बीवी थी। उसे ऐसी उम्मीद रखने का हक़ था। हालाँकि, उसके छूने के ख्याल से भी मुझे बेचैनी होने लगी थी।

'हेलो,' परिमल ने अंदर आकर, दरवाज़ा बंद करते हुए कहा। 'सजावट अच्छी है ना?'

'हेलो,' मैंने कहा।

वह अंदर आया और मेरे बग़ल में बैठ गया। फिर बिना कुछ कहे, वो आगे झुका और मुझे किस कर दी। मैं जम गई। ऐसा लगा जैसे किसी ठंडी और मैटेलिक चीज़ ने मुझे छुआ हो। उसने अपना हाथ मेरी ब्रेस्ट्स पर रख दिया।

'क्या तुम इसे हटा सकती हो?' उसने मेरे ब्लाउज को खींचते हुए कहा।

ये किसी भी तरह से रोमांटिक नहीं था। और प्लीजेंट भी नहीं। लेकिन कोई ज़ोर-ज़बरदस्ती भी नहीं थी। ऐसा लगा जैसे कोई बच्चा अपनी माँ को दूध पिलाने को कह रहा हो। और मैं करती भी क्या? अब मैं उसकी बीवी थी। शायद इन लम्हों से मैं परिमल के और क़रीब आ सकती थी। मैंने उसका कहा मान लिया।

'और ये भी,' उसने मेरी ब्रा की तरफ़ इशारा किया।

मैं ऐसा करना तो नहीं चाहती थी, लेकिन मैंने ऐसा किया। मैंने अपने कपड़े एक-एक करके उतार दिए, जैसा परिमल मुझे निर्देश दे रहा था। उसने भी वही किया।

जहाँ साकेत में कुछ दम था, परिमल बस पानी कम था।

बॉडी को कम्पेयर मत करो, मैंने खुद को याद दिलाया।

परिमल ने मुझे बिस्तर पर धकेल दिया, वो मेरे ऊपर चढ़ गया और मेरे अंदर घुस गया। ये सब बग़ैर एक शब्द कहे, और मुझे बग़ैर कहीं और छुए। ये सही नहीं था। मैं बिल्कुल भी टर्न ऑन नहीं फील कर रही थी। दर्द से काँप रही थी। और वो बस अपना काम कर रहा था। आधे मिनट बाद उसने एक आह निकाली और वो रुक गया। उसका शरीर मेरे ऊपर ढह गया, और वो काफ़ी भारी था।

'आह, हो गया,' उसने कहा, और वो बिस्तर की अपनी साइड लुढ़क गया। 'ये अच्छा था।'

'ओह, ओके,' मैंने कहा।

'तुम्हारा हुआ?'

'नहीं।'

~

'रिलैक्स! अपनी पहली रात को तो सभी थके हुए होते हैं,' आकांक्षा ने कहा।

मैंने उसके साथ एक एमरजेंसी मीटिंग रखी थी, पृथ्वी कैफ़े में, जो पृथ्वी थियेटर, जुहू के साथ सटी हुई थी। उस आउटडोर कैफ़े में जवान, जरा आज़ाद विचारों वाले लोग आए हुए थे। कुछ थियेटर प्रेमी थे, कुछ एक्टर या आर्टिस्ट बनने की उम्मीद में आए थे। आकांक्षा ने पहले तो वहाँ की मशहूर सुलेमानी चाय (एक लेमन ब्लैक टी) के तीन वीडियो लिए, जो हमने ऑर्डर की थी, और फिर मुझ पर ध्यान दिया।

'अरे यार, ये सिर्फ़ उस रात की बात नहीं थी। हमने दोबारा कोशिश की थी। दो बार,' मैंने कहा।

'और कैसा लगा?'

'बेकार, आकांक्षा। ऐसा लगा है कि ये कोई सज़ा है। मैंने कभी नहीं सोचा था कि सेक्स इतना बुरा हो सकता है। वैसे इतना बुरा ही नहीं, घटिया। एक

डेंटिस्ट जब तुम्हारे दाँत निकालता है, तो जितना दर्द होता है ना, उससे भी ज़्यादा दर्दनाक था हमारा सेक्स।'

'क्या बात कर रही हो? पति और पत्नी का मिलन तो प्यार की सबसे प्यारी अभिव्यक्ति है।'

'ऐसा कुछ भी नहीं है,' मैंने कहा। 'हे भगवान, क्या यही होने वाली है मेरी सेक्स लाइफ़?'

'सेक्स मत बोलो। मिलन कहो,' आकांक्षा ने अपनी चाय का एक घूँट भरते हुए कहा।

'क्या? क्यों?'

'मिलन सुनने में अच्छा लगता है।'

'कोई मिलन-विलन नहीं हो रहा है। ऐसा लगता है जैसे मैं किसी नौसिखिए गाइनेक के पास जा रही हूँ। और तुम्हें पता सबसे बुरी चीज़ क्या है?'

'क्या?'

'वो हमेशा पूछता है, "डिड यू कम, तुम्हारा हुआ?" मतलब, सच में, ब्रो!'

'और तुम उसको क्या कहती हो? बस हाँ ही बोल दिया करो। मैं हमेशा यही करती हूँ।'

'नहीं। मैं उसको कह देती हूँ: नो।'

'और तुमने ऐसा क्यों किया?'

'क्योंकि यही सच है!'

आकांक्षा ने अपना सर हिलाया। 'ऐसे तो तुम उसका दिल दुखा दोगी,' उसने कहा।

'और मेरी फीलिंग्स का क्या? दो दिन में हम लोग अपने हनीमून पर जा रहे हैं। तब क्या होगा?'

'ये सिर्फ उसकी गलती है या तुम्हारी भी?'

'क्या मतलब है तुम्हारा?'

'तुम कहती हो कि वो बुरा है, ठीक है। तुम्हारा क्या? क्या तुमने कुछ कोशिश की है उसको चाहने की?'

'कैसे? मैं उसके लिए कुछ फील ही नहीं करती।'

'ठीक है, वैसे तो मैं कभी नॉर्मल हालातों में ये सुझाव नहीं देती, लेकिन एक बार कोशिश करने से पहले, ड्रिंक कर लेना।'

'क्या?'

'अभी तुम कुछ ज़्यादा ही सोच रही हो। मैं कभी भी शराब पीने का सुझाव नहीं दूँगी। मैं कभी पीती भी नहीं हूँ। लेकिन यूँ ही, कभी-कभी ऐसे ही, सूरज और मैंने, अपने मिलन से पहले, वाइन पी थी। इससे काफी हेल्प हुई थी।'

'पता नहीं वाइन से भी कुछ असर पड़ेगा या नहीं। ऊपर से, परिमल तो पीता भी नहीं।'

'तुम पेरिस जा रही हो, वाइन के शहर। परिमल से कहना कि थोड़ी पी ले, टूरिस्ट एक्सपीरियंस के लिए ही सही।'

पेरिस बहुत ख़ूबसूरत है। जब आप उसे पहली बार देखते हैं, ऐसा लगता है आप किसी सपने में हैं। मैं पेरिस, परिमल के साथ आयी थी, लेकिन मैं जहाँ भी जाती थी, मेरे सारे ख़याल एक ही इंसान की तरफ़ मुझे ले जाते थे, साकेत।

हम लोग हाथों में हाथ लिए, सिएन नदी के किनारे घूम रहे थे, तभी मेरी नज़र उस क्यूट सी बेकरी पर गई, जिसे सब यहाँ बुलौन्जरी कहते हैं। मैं बच्चों की तरह उन चॉकलेट क्रोसों को देख रही थी, जिनके लिए साकेत मुझसे बहस करता, और समझाता कि इनमें कितनी ज़्यादा शुगर, बटर, कार्ब और कैलोरी होती हैं। लेकिन मैं उससे कहती कि जो कैलोरी पेरिस में बढ़ाई जाती हैं, उनकी गिनती नहीं होती। और आगे बढ़कर कई सारी पेस्ट्री और क्रोसों ठूस लेती। मैं साकेत के हैरान चेहरे को सोचकर मुस्कुराने लगी।

'क्यों मुस्कुरा रही हो?' परिमल ने कहा, हम लोग आइफ़िल टावर के रास्ते में थे।

'कुछ नहीं,' मैंने कहा। 'क्या हम उस बुलौन्जरी में जा सकते हैं?'

'बिल्कुल,' उसने कहा। 'बुलौन्जरी क्या है? कोई बेकरी है क्या?'

'हाँ।'

'परिमल और मैंने चार चॉकलेट क्रोसों लिए। उसने एक खाया मैंने बाक़ी के तीन। और हम चुपचाप आइफ़िल टावर की तरफ़ चलें। बीच में परिमल ने मेरा हाथ पकड़ा, जैसे उसको अक्सर करना अच्छा लगता था। जब हम आइफ़िल टावर पहुँचे, तो वहाँ बहुत लंबी लाइन लगी हुई थी।

'कोई पॉइंट नहीं है,' परिमल ने कहा। '36 यूरो, एक आदमी के लिए, वो भी सिर्फ़ ऊपर तक जाने के। और तो और तुम्हें लाइन में लगना पड़ेगा।'

'हम्म, सही है। आओ चलो, कहीं अच्छी सी जगह डिनर करते हैं,' मैंने कहा।

'ठीक है। कहाँ जाना चाहती हो? यहाँ रसोई है, एक इंडियन रेस्टोरेंट, तो उधर जैन ऑप्शन भी होंगे।'

'हम पेरिस में रसोई पर खाने नहीं आए हैं, परिमल।'

'ओ। तो फिर क्या? पिज़्ज़ा? पास्ता?'

यही तो जैन लोगों की सेफ़ चॉइस होती है, जब भी वो बाहर जाते हैं। या तो इंडियन खाना होता है, या पिज़्ज़ा, या पास्ता, या फिर वो थेपले, जो पेरेंट्स आपके ट्रिप से पहले ही आपके बैग में ठूस देते हैं।

'चलो एक बोतल वाइन और एक चीज प्लैटर लेते हैं डिनर में,' मैंने कहा।

'वाइन?' परिमल दंग रह गया, जैसे मैंने उसको कोकेन सूंघने को कह दिया हो।

'हाँ। हम फ्रांस में हैं, ये जगह वाइन के लिए सारी दुनिया में मशहूर है। हमें यहाँ एक तो ट्राई कर ही लेनी चाहिए। टूरिस्ट एक्सपीरियंस के लिए।'

'लेकिन उसमें तो अल्कोहल होता है।'

'कोई बात नहीं, परिमल। भगवान हमें एक बार माफ कर देंगे।'

'पर...'

'मुझे इसकी ज़रूरत है, ठीक है? मुझे लगता है कि वाइन से तुम और मैं ज़्यादा करीब आ पाएंगे।'

परिमल ने कुछ देर के लिए सोचा। 'ओके, ठीक है,' उसने आखिरकार कहा। 'लेकिन घर पर मत बताना।'

'पागल हो क्या?! कभी नहीं!'

हम लोग आइफ़िल टावर से दूर एक सड़क पर आ गए, जहाँ पर कई सारे रेस्टोरेंट थे।

'मैं धीरे-धीरे शुरू करूँगा। शायद वाइन में थोड़ा पानी मिक्स कर लूंगा,' परिमल ने कैफ़े में घुसते हुए कहा।

'संभल के,' परिमल ने कहा जैसे ही मैं एक चेयर से टकराकर, लड़खड़ाते हुए होटल रूम में घुसी।

हमने रेड वाइन की पूरी बोतल ख़त्म कर दी थी। ज़्यादातर मैंने ही पी थी।

'मुझे चढ़ गई है,' मैंने बिस्तर पर गिरते हुए कहा।

परिमल स्टडी टेबल के बग़ल वाली कुर्सी पर बैठ गया। उसके हाथ में एक रसीदों का गुच्छा था, और वो अपने फ़ोन पर कुछ लिखने लगा।

'क्या कर रहे हो?' मैंने कहा।

'दिन के अकाउंट्स।'

'क्या?' मैंने अपने जूते उतारते हुए कहा।

'ये चेक कर रहा हूँ कि आज हमने पेरिस में कितना ख़र्चा किया। मुझे अपने रोज़ के खर्चों को ट्रैक करना अच्छा लगता है।'

'अपने हनीमून पर भी?' मैंने दबी-दबी आवाज़ में कहा।

'क्या?'

'कोई बात नहीं। यहाँ आओ,' मैंने अपने बग़ल के बिस्तर का गद्दा थपथपाते हुए कहा।

उसने मेरी तरफ़ हैरानी से देखा। 'अभी?'

'हाँ! मैं अभी ख़ुश हूँ, मुझे चढ़ी हुई है, क्यों नहीं!'

'मुझे लगा कि हम वो रात को करेंगे। अभी तो बाहर काफ़ी रोशनी है।'

'तो क्या रोशनी में ये सब करना इल्लीगल है?' मैंने कहा।

'नहीं। वैसे पेरिस में काफ़ी देर रात को अंधेरा होता है। क़रीब दस बजे। उसकी जियोग्राफिक लोकेशन ही कुछ ऐसी...'

'अब मुझे तुम ये लैटिट्यूड और लाँगीट्यूड के बारे में मत पढ़ाओ यार! बस यहाँ आओ,' मैंने उसे टोकते हुए कहा।

वो रसीदें और अपना फ़ोन टेबल पर रखकर, मेरे सामने खड़ा हो गया।

'मेरी ड्रेस उतारो,' मैंने कहा, 'धीरे से। और मेरी गर्दन और कमर को किस करते रहो, आहिस्ता, आहिस्ता।'

परिमल ने मेरा कहा मान लिया। 'क्या मैं ये ठीक से कर रहा हूँ?' उसने कहा मेरी गर्दन पर किस करते हुए कहा। ऐसा लग रहा था जैसे कोई वुडपेकर एक पेड़ की टहनी पर अपनी चोंच मार रहा हो।

'ज़्यादा सवाल मत पूछो। अपने भी कपड़े उतारो,' मैंने कहा।

उसने अपने कपड़े उतारे और बेडसाइड टेबल से एक कॉन्डम उठाया।

'रुको,' मैंने कहा। 'वहाँ तक जाने की जल्दी मत करो।'

मैंने उसको वापस बिस्तर तक बुला लिया। मैंने उसे किस किया, धीरे-सी और देर तक।

'धीरे-धीरे, अपनी उँगलियों और होंठों का इस्तेमाल करो। मुझे हर जगह छुओ,' मैंने कहा। 'और कुछ अलाउड नहीं है।'

'लेकिन मैं कैसे–' वो कुछ कहना चाह रहा था, लेकिन मैंने उसे चुप करा दिया।

उसने मेरी क्लेविकल को किस किया और फिर मेरी छाती को। शायद मुझे चढ़ी हुई थी, या कोई और बात थी, लेकिन मुझे वाक़ई में अच्छा लग रहा था। मैंने परिमल का सर पकड़ा और उसे नीचे की तरफ़ धकेल दिया।

'हाँ! मुझे किस करो। हर जगह। मुझे छुओ, मुझे किस करो। हाँ! साकेत...'

मैं जम गई। नशे की हालत में भी मुझे समझ आ गया था कि मुझसे बड़ी गलती हो गई थी।

परिमल रुक गया और ऊपर आ गया। उसका चेहरा बिल्कुल मेरे सामने था।

'क्या कहा तुमने?' उसने पूछा।

'*सक इट,* मैंने कहा, सक इट,' मैंने उसका सिर वापस नीचे धकेलते हुए कहा।

क्या बात है, पायल, आज तो बच गई तू, मैंने खुद से कहा। ये मैं फिर से नहीं होने दे सकती। मैं इस शादी को एक और चांस नहीं दे पाऊँगी अगर मैं सिर्फ़ साकेत के बारे में सोचती रहूँ तो। ठीक है, कोई बात नहीं। मैं सारी वाइन पी लूँगी, सबकुछ कर लूँगी, लेकिन मैं अपने हसबैंड के साथ ये शादी चलाऊँगी। ये शादी टिकेगी। लगी रहो, पायल! तुम ये शादी चला सकती हो!

'अब अच्छा लग रहा है?' परिमल ने कुछ मिनट बाद मेरी ब्रेस्ट्स को चुगते हुए कहा। ऐसा लग रहा था जैसे कोई खरगोश, कच-कच करता हुआ गाजर खा रहा था।

~

'मैंने नीरज से कहा कि मुझे ज़्यादा ट्रैवल करना अच्छा नहीं लगता है, लेकिन फिर भी उसने मुझे इस इन्वेस्टर कांफ्रेंस में डाल दिया। मुझे जाना पड़ेगा न्यूयॉर्क, अगले हफ़्ते,' मैंने परिमल से कहा।

'हम्म...' परिमल ने कहा।

'उसने कहा कि यह मेरे करियर के लिए अच्छा है। सीनियर लोगों के साथ न्यूयॉर्क में नेटवर्क करना बहुत ज़रूरी है। एक तरह से वो सही कह रहा है,' मैंने कहा।

परिमल ने अपने फ़ोन से नज़र हटाकर, एक पल को मुझे घूरा। 'न्यू यॉर्क? क्या?'

'हाँ, मैं वहाँ जा रही हूँ अगले हफ़्ते,' मैंने कहा। 'हमारा नया इंडिया हेड, नीरज, उसने मुझे कहा है ऐसा करने को।'

परिमल ने मुझे एक ब्लैंक लुक दिया, और फिर वो अपने फ़ोन पर वापस लग गया।

'वैसे मुझे नेटवर्किंग की ज़रूरत नहीं है। मेरी डील सबसे अच्छा काम कर रही हैं मुंबई के ऑफ़िस में। मैंने क्लाउडएक्स को क्रैक कर दिया और अब वो महज़ पांच साल में, हमारे शुरुआती इन्वेस्टमेंट अमाउंट को चार गुना बढ़ा चुका है,' मैंने कहा।

'सच में?' उसने बिना मेरी तरफ़ देखे हुए कहा।

'हाँ, मुझे लगता है कि वो मुझे अगले दो-तीन साल में एमडी तो बना देंगे। मुझे बस कुछ और आईपीओ और एग्ज़िट करने की ज़रूरत है।'

'सॉरी, मुझे एक कॉल लेनी होगी,' परिमल ने टेरेस की तरफ़ जाते हुए कहा।

'तुमने वादा किया था कि पिछले बुधवार को ही पीवीसी मटीरियल ठाणे पहुँच जाएगा। तो फिर देरी-के-लिए-खेद-है वाली मेल तुम किसलिए लिख रहे हो?' मैंने परिमल की आवाज़ सुनी। वो फ़ोन पर बात रहा था।

मैं टेरेस तक गई और उसके सामने खड़ी हो गई। उसने कुछ मिनटों बाद अपनी कॉल ख़त्म कर दी।

'क्या?' उसने कहा। 'तुम ऐसे क्यों खड़ी हुई हो?'

'मैं क्या करूँ?'

'किसके लिए?'

'अपने पति की अटेंशन लेने के लिए। उससे कुछ मिनट काम के बाद बात करने के लिए।'

'मैं यहीं हूँ।'

'पर क्या तुम मुझे सुन रहे हो?'

'मैंने तुम्हें सुन लिया। तुम न्यूयॉर्क जा रही हो अगले हफ़्ते।'

'छोड़ो,' मैंने कहा और अपने बेडरूम तक वापस दनदनाते हुए चली गई।

अगर ये एक बार की बात हुई होती तो फिर भी ठीक था, लेकिन ऐसा ही होता था, और तो और, मैं जैसे ही उसे अपने काम के बारे में बात बताती,

मुझे पता होता था कि परिमल मेरी बात नहीं सुनेगा, और वो कभी इस बात को मानेगा भी नहीं। यही बात होती है शादी की। किसी के साथ पाँच साल गुज़ार लो ना, तो उसके सारे अन्नोयिंग बिहेवियर पैटर्न आप प्रेडिक्ट कर लोगे। काफ़ी समय होता है वो एक इंसान को जानने-पहचाने के लिए।

परिमल मेरे साथ अंदर आया। 'तुम छोटी-छोटी बात पर दुखी हो जाती हो। मुझे बस एक छोटी सी वर्क कॉल करनी थी,' उसने कहा।

'कोई बात नहीं। चलिए, तैयार हो जाते हैं। आपके मम्मी पापा के यहाँ जाना है, डिनर पे।'

'मैं डॉक्टर अदिति जैन को पर्सनली जानता हूँ,' परिमल के पापा ने कहा। 'एक बार उनसे मिल लो। वो आपके सारे इशू सॉर्ट कर लेंगी।'

परिमल और मैं डाइनिंग टेबल पर बैठे थे, उसके पेरेंट्स के साथ। हम दाल-बाटी-चूरमा खा रहे थे, और आईवीएफ की बातें कर रहे थे, और ये बातें चल रही थीं कि और क्या कर सकते हैं मुझे प्रेग्नेंट करने के लिए, और परिवार को उनका चहेता बेटा दिलाने के लिए, जिसका वो बेसब्री से इंतज़ार कर रहे थे।

'मैं पहले ही दो डॉक्टरों के पास जा चुकी हूँ। मेरे सभी टैस्ट एकदम सही आए,' मैंने कहा। 'और मैंने एक बार आईवीएफ़ भी ट्राय किया था। बहुत दर्द हुआ और उससे काम नहीं बना।'

'मेरे साथ भी कोई गड़बड़ी नहीं है,' परिमल ने कहा।

'अगर अदिति आईवीएफ करवाती है, तो प्रेग्नेंसी की चांस हंड्रेड पर्सेंट हैं,' परिमल की मम्मी ने कहा।

'ठीक है, मैं एक बार उससे मिल लेती हूँ,' मैंने उनकी बात मानते हुए कहा। 'लेकिन मुझे नहीं लगता कि मुझे बच्चा करने की कोई जल्दी है। मैं अभी बस साताईस साल की हूँ।'

'जल्दी? क्या मतलब जल्दी?' परिमल की मम्मी हैरानी से बोलीं। 'पाँच साल हो गए हैं तुम्हारी शादी को। सोसाइटी में हर कोई मुझसे पूछता है, "क्या

हुआ? अभी तक कोई गुड न्यूज़ ही नहीं आई? कोई प्रॉब्लम है क्या?" मैं उन्हें क्या बताऊँ?'

क्यों न इन्हें बता ही दूं कि आपका बेटा बुरा लवर है। उसे ना तो अपनी वाइफ़ का मूड बनाना आता है, ना ही उसको ये आता है कि बिस्तर में क्या करना चाहिए। ना ही उसको सेक्स में दिलचस्पी है, और अब तो मुझे भी उन चीज़ों में कोई दिलचस्पी नहीं।

'तुम लोग नैचुरली भी ट्राय कर रहे हो ना?' उन्होंने कहा।

बड़ा ही सभ्य तरीका था यह पूछने का कि हम सेक्स कर रहे थे या नहीं। लेकिन नहीं, हम नहीं कर रहे थे। और चूँकि मैं उन्हें ये नहीं बता सकती थी, मैंने वही किया जो एक बहू को करना चाहिए। मैंने शरमाने की एक्टिंग की और नीचे देखते हुए खाना खाती रही।

'मम्मी प्लीज़, कोई और बात कर लें?' परिमल ने कहा।

'तो इसमें शरमाने की क्या बात है? ज़रूरी बात है–'

'पायल अदिति के पास चली जाएगी। छोड़ो, सुप्रिया। पायल बेटा, क्या तुमने चूरमा ट्राई किया?' परिमल के पापा ने अपनी बीवी को टोकते हुए और हमें आगे और बेइज्जती से बचाने के लिए कहा।

'परिमल, मैं तुमसे कुछ बात करना चाहती हूँ,' मैंने कहा।

'किस बारे में?' परिमल ने कहा, उसके हाथ स्टीयरिंग वील पर थे। हम उसके पेरेंट्स के घर से वापस आ रहे थे। 'और इससे पहले कि मैं भूल जाऊँ, क्या तुम मेरे लिए कुछ फॉर्मल शर्ट ला सकती हूँ न्यूयॉर्क से?'

'ठीक है, ले आऊँगी। लेकिन मुझे तुमसे कुछ बात करनी है–'

'एक काम करना, तुम उन्हें ड्यूटी फ्री से ही ले आना। वहाँ तुम्हें सस्ती पड़ेगी। कोई वैट नहीं होगा,' उसने मुझे फिर से टोकते हुए कहा।

'परिमल मैं तुम्हारे लिए न्यूयॉर्क से शर्ट ले आऊँगी, और तुम्हारा वैट भी बचा लूंगी। अब क्या हम बात कर सकते हैं हमारे बारे में?' मैंने कहा।

'हमारे बारे में क्या?' उसने हैरानी से कहा।

'तुम्हें क्या लगता है हमारी शादी कैसी चल रही है?'

'नार्मल है। क्यों?'

'नॉर्मल? हम लोग एक दूसरे से दिल की बात ही नहीं करते हैं। हम कुछ भी फिजिकल नहीं करते हैं। हमारे बीच कोई कनेक्शन ही नहीं है। तुम्हारी फ़ैक्ट्री है, मेरा करियर है।'

'और दोनों ही अच्छा काम कर रहे हैं।'

'हाँ, लेकिन, हमारे बारे में क्या? क्या तुम इस रिलेशनशिप से और कुछ नहीं चाहते?'

'और? और क्या?' परिमल वाक़ई कन्फ्यूज्ड लग रहा था।

'तुम बताओ।'

'एक बच्चा? तुम अभी डॉक्टर अदिति से मिलने जा रही हो...'

'नहीं परिमल। मैं और तुम, तुम हम दोनों के बीच में क्या चाहते हो?'

परिमल ने कंधे उचकाए और वो चुपचाप गाड़ी चलाता रहा। हम लोग अपने घर की एंट्रेंस पर पहुँचे और फिर उसने कुछ कहा: 'तुम्हें पता है वैट को इंडिया में जीएसटी बोलते हैं।'

~

'क्या हुआ?' मैंने दुबई एयरपोर्ट पर एयरलाइन स्टाफ़ से पूछा जो एमेरिटस लाउंज की रिसेप्शन को सम्भाल रहे थे।

'दुबई में बहुत तेज़ बारिश है, मैडम। बहुत सारी फ्लाइट्स डिले हो चुकी हैं, या कैंसल हो गई है। आप प्लीज़ थोड़ी पेशेंस रखिए, हम अपनी बेस्ट कोशिश कर रहे हैं।'

मैंने सर हिलाया, और मैं लाउंज तक चली गई। काफ़ी भरा हुआ था लाउंज। लेकिन मुझे एक शांत इलाक़ा मिल ही गया, और मैं वहाँ बैठ गई, कुछ काम करने के लिए। मैं एक ईमेल लिखी रही थी कि मुझे लगा कि कोई आया।

'पायल,' एक आदमी की आवाज़ आई। वो आवाज़। मुझे पता था कि कि वो किसकी आवाज़ थी।

मैंने अपने लैपटॉप से ऊपर देखा।

'साकेत?' मैं उठ खड़ी हुई, चक्कर खाते हुए।

'ये वही रात थी जब मैं तुमसे मिली, साकेत। एमिरेट्स लाउंज में,' पायल ने कहा। उसने अपनी अदरक मसाला चाय पी और आसपास देखा। कैफे की हर टेबल अब भर चुकी थी।

'मुझे वो रात याद है,' मैंने अपना कप नीचे रखकर, मुस्कुराते हुए कहा।

'क्या?'

'क्या तुम्हारी शादी में तब भी प्रॉब्लम थी?'

'हाँ।'

'तुमने बताया नहीं। मुझे याद है, मैं तुम्हारे साथ वो शर्ट ख़रीदने गया था। तब मुझे लगा कि तुम और परिमल एक टीम हो, एक यूनिट।'

पायल ने मुँह बनाते हुए अपना सिर हिलाया। 'वैसे तुम्हें बता दूँ, उसे वो शर्ट्स बहुत बुरी लगीं,' उसने कहा।

'किसी को प्लेन सफेद और नीली शर्ट बुरी कैसे लग सकती हैं?'

'उसे वो बहुत महँगी लगीं।'

'क्या वो फ़ैक्ट्री में अच्छा ख़ासा-पैसा नहीं कमा लेता है?'

'हाँ, लेकिन पैसा बनाने और ख़र्च करने में उसे बचाना ज़्यादा अच्छा लगता है। वैल्यू बनाना बहुत अच्छा लगता है। उसने कहा कि वह तो वैसी ही शर्ट्स इंडिया में थोड़े सस्ते दाम पर ख़रीद सकता था।'

'वैल, सबका अपना अंदाज़ होता है। फिर क्या हुआ?' मैंने कहा।

'मैं फिर भी उम्मीद करती रही कि मेरी शादी किसी तरह चल जाएगी। मैंने हर कोशिश की, अगले तीन सालों तक। लेकिन दुर्भाग्यवश, वो नहीं चल पाई।'

'डिवोर्स का प्रस्ताव पहले किसने दिया?'

'मैंने,' पायल ने कहा। 'परिमल को तो ये भी नहीं लगा था कि ये कोई बहुत बड़ी प्रॉब्लम है। उसे तो लग रहा था कि मैं बस ओवर रिएक्ट कर रही हूँ।'

'और तुम्हारे पेरेंट्स? उन्होंने ये सब कैसे लिया?'

'तुम तो उन्हें जानते ही हो। भले ही वो बूढ़े हो गए हों, लेकिन चीज़ें फिर भी सेम हैं उनके लिए। डिवोर्स तो–' वो बीच में ही रुक गई।

'डिवोर्स क्या?'

'डिवोर्स बड़ी शर्मनाक चीज़ है।'

'हाँ, इसलिए तो उन्हें मैं बड़ा शर्मनाक लगता था। वैल, वो तो बस एक वजह थी उनको मुझे नापसंद करने की।'

'ऐसी बात नहीं है साकेत।'

'छोड़ो ना पायल। ये सब कल की बातें हैं। खैर, तो एक दिन तुमने कहा कि "मुझे डिवोर्स चाहिए," और बस?'

'नहीं,' पायल ने एक लंबी आह भरते हुए कहा। 'इतना भी आसान नहीं था। बहुत कलेश हुआ था। सारा परिवार कई बार मिला।'

पायल की नज़र से

'मुझे तो ये भी नहीं समझ में नहीं आ रहा कि प्रॉब्लम क्या है,' परिमल के पापा ने कहा। 'मैं तुम लोगों को देखता हूँ। तुम लोग बाक़ी किसी भी नार्मल कपल की तरह रहते हो।'

परिमल के पेरेंट्स, मेरे पेरेंट्स, परिमल और मैं, मेरे पेरेंट्स के लिविंग रूम में थे। एक महीने पहले मैं घर वापस आ गई थी। मैंने परिमल को कह दिया था कि मैं और बर्दाशत नहीं कर सकती। लंबे अरसे तक, हम एक साथ तो रह रहे थे, लेकिन हमारी लाइफ बहुत अलग हो गई थी। अब हम एक-एक हफ़्ता एक दूसरे को बग़ैर कुछ कहे रह लेते थे। ये सब बहुत आम हो चुका था। ना मुझे इस शादी में कोई तुक नज़र आ रही थी, और ना ही कमरे में बैठे किसी भी इंसान को मेरी बात में।

'पापा,' मैंने अपने ससुर से कहा, 'कम से कम कोई तो कनेक्शन होना चाहिए ना पति-पत्नी में?'

'मतलब?' परिमल के पापा ने कहा। 'क्या मतलब कनेक्शन?'

मेरी मम्मी बोल उठीं, 'मुझे पता है ये क्यों हो रहा है। कोई बच्चा नहीं है ना इनका। अगर इनका कोई बच्चा होता तो ये दिक्कत ख़त्म हो जाती।'

'हमने उनको सबसे बेस्ट डॉक्टरों के पास भेजा,' परिमल के पापा ने कहा। 'डॉक्टर अदिति भी काफ़ी हैरान थी। ऐसा नहीं होना चाहिए था। आईवीएफ को अब तक काम कर जाना चाहिए था।'

'मैंने तीन बार कोशिश की। हर बार वो मेरे लिए किसी सदमे जैसा था। परिमल के लिए तो बहुत आसान है ना—वो तो बस एक कप में हिलाकर आ जाता है, हो गया काम,' मैंने कहा।

'पायल,' मम्मी ने गुस्से में कहा, 'ऐसे बात करते हैं बड़ों के सामने?'

'मैं बस आपको प्रोसीजर बता रही हूँ। ऐसे ही होता है, अगर आपको अपना नाती चाहिए तो,' मैंने कहा।

'पायल बेटा, परिमल अच्छा लड़का है। मैं उसके साथ हर दिन फ़ैक्टरी में काम करता हूँ। भरोसा करो, मैंने उससे ज़्यादा मेहनती लड़का नहीं देखा है। तुमने तो देखा है ना कि बिज़नेस किस तरह बढ़ा है जबसे परिमल ने हमें ज्वाइन किया है? हमारे मार्जिन डबल हो गए हैं।'

'मैं अपने लिए एंप्लॉयी नहीं हायर कर रही हूँ, पापा। मुझे एक पति चाहिए। एक ऐसा आदमी नहीं जो एबिट्डा और प्रॉफिट मार्जिन को बढ़ा सके। मुझे उससे क्या लेना देना? अगर वो जितना दिमाग़ काम में लगाता है, उसका थोड़ा सा हिस्सा हमारे रिलेशनशिप में भी लगा लेता ना, तो बात ही क्या थी।'

'कैसे?' परिमल की मम्मी ने कहा। 'ऐसे तो जिग्नेश जी भी मुझे वक़्त नहीं देते, ना ही आनंदजी हर समय यशोदा जी से बात कर रहे होते हैं। पति हैं वो। कनेक्शन या दिल-से-दिल-तक जैसी बातें नहीं करते।'

'हाँ। आनंदजी के पास तो कभी समय ही नहीं होता है। अगर मुझे किसी से बात करनी होती है, तो उसके लिए मेरा किट्टी ग्रुप है,' मम्मी ने कहा।

'सॉरी मैंने अपने पति से कुछ ज़्यादा ही माँग लिया,' मैंने तीखा एक तंज़ कसा। 'बोलो, क्या मुझे ये करने की इजाज़त है?'

'ज़्यादा क्या?' मम्मी ने कहा। 'और क्या चाहिए तुम्हें उसे? और क्या कर ले वो तुम्हारे लिए?'

'मैं चाहती हूँ कोई ऐसा जो मेरी हर बात सुनें, जो अपने शब्दों से मेरा मन बहलाए, जब मेरा एक बहुत ही बुरा दिन गया हो काम पर।'

'अगर इतना स्ट्रेस है तो तुम काम करती ही क्यों हो? परिमल तो अब अच्छा पैसा कमाता है, नहीं?' परिमल के पापा ने कहा।

'क्योंकि मुझे काम करना है, पापा। भले ही उससे मुझे स्ट्रेस क्यों ना हो। मैं बस चाहती हूँ कि मेरा पार्टनर मुझे सपोर्ट करें, मुझसे बात करे। मेरे साथ प्लान बनाए। हम लोगों के लिए प्लान बनाए। मेरी फ़िक्र करें और–'

'और?' पापा ने कहा।

'और मेरे साथ थोड़ा इंटिमेट हो जाए। हम लोग इंटिमेट ही नहीं हुए हैं। दो साल हो गए हैं। कुछ नहीं। परिमल को सेक्स में कोई दिलचस्पी ही नहीं है।'

'देखो कैसी बातें कर रही है ये,' परिमल ने अपने पेरेंट्स से मेरी इस तरह शिकायत लगाई जैसे कोई स्कूल का बच्चा टीचर से शिकायत लगाता है, 'देखो मैंम! वो कितनी बुरी तरह बात कर रही है!'

'पायल बेटा, ये बातें शायद सच हो सकती हैं। लेकिन ज़िंदगी इन सबसे बढ़कर है,' परिमल की मम्मी ने कहा।

'आपका क्या मतलब है?'

'ये जो तुम्हें अटैचमेंट की ज़रूरत पड़ रही हैं ना? ये इसलिए है क्योंकि तुम भगवान में मन नहीं लगातीं।'

'क्या?' मैंने कहा।

'हाँ। समर्पण कर लो बेटी। भगवान में मन लगाओ। इस मोह-माया से उठ जाओ। इस उम्र में ये सारे प्लेजर तो वैसे भी बुरे होते हैं, बेटा,' उन्होंने कहा।

'हाँ सच कह रही हैं वो। एक व्रत रख लो। पर्युषण आ रहा है। मदद हो जाएगी,' मम्मी ने कहा।

'हाँ थोड़ा ठंडा मेथी का पानी पी सकती हो हर सुबह। सारे अशुद्ध ख़याल साफ़ हो जाएँगे,' परिमल की मम्मी ने कहा।

मैंने सबकी तरफ़ देखा। इन सबके लिए सबसे महान समाधान यही था कि मैं भगवान और भक्ति की तरफ़ समर्पण कर लूँ, और हर सुबह उठकर मेथी वाला पानी पियूँ?

'हमारी ऐसी और कई मीटिंग हो चुकी हैं। आप लोगों ने मेरी मदद करने की कोशिश की है। मैं आप लोगों की शुक्रगुज़ार हूँ। लेकिन मैंने अपना मन बना लिया है। मैं एक लॉयर से मिली हूँ,' मैंने कहा।

'क्या?' सब भौंचक्के रह गए। ऐसे जैसे मैंने कोई प्रोफेशनल किलर हायर कर लिया हो।

'मुझे डिवोर्स चाहिए,' मैंने कहा। 'और मुझे कहते हुए बहुत दुख हो रहा है क्योंकि परिमल जानता है कि मैंने किस तरह सालों-साल चीज़ों को संभालने की कोशिश की है।'

'तुम उसे डिवोर्स नहीं दे सकती,' पापा ने धीमी आवाज़ में कहा।

'हाँ दे सकती हूँ। ये मेरा राइट है,' मैंने कहा।

'वो हमारे फ़ैमिली बिज़नेस का हिस्सा है बेटा। मैं उसे फ़ैक्ट्री में आने से तो नहीं रोक सकता,' पापा ने कहा।

'तो मत रोकिए,' मैंने कहा। 'वो आपके साथ काम कर सकता है।'

'आनंद, ये नहीं हो सकता,' परिमल के पापा ने कहा। 'हम लोगों को क्या मुँह दिखाएंगे?'

'ये तो बहुत ज़्यादा शर्मनाक बात होगी,' परिमल की मम्मी ने कहा। 'यशोदा तुम्हें पता है। हमारा तो समाज से बहिष्कार हो जाएगा! कैसी-कैसी बातें होने लग जाएँगी पूरे शहर में।'

'अब क्या तुम कुछ नहीं बोलोगे?' परिमल के पापा, गुस्से में, परिमल की तरफ़ मुड़े।

'वो सुन ही नहीं रही थी। मैंने इतनी बार कोशिश की,' परिमल ने कहा।

काश उसने सच में मुझसे बात करने की कोशिश की होती... मैंने एक बड़ा ब्राउन एनवेलप निकाला अपने लैपटॉप बैग से और उसको सबके सामने कॉफी टेबल पर रख दिया। 'यह डिवोर्स सेटलमेंट अग्रीमेंट है।'

'क्या सेटलमेंट? मैं तुम्हें कुछ नहीं देने वाला हूँ। तुम्हें यही सब तो चाहिए बस, मैं नहीं,' परिमल ने कहा।

'मुझे कुछ नहीं चाहिए। कोई एलिमनी नहीं, फैक्ट्री में कोई शेयर भी नहीं, वो फैक्ट्री वैसे भी मेरी है, क्योंकि वो मेरे पापा की फ़ैक्ट्री है। लेकिन मुझे वैसे भी फ़र्क नहीं पड़ता। मैं बस इस रिश्ते को ख़त्म करना चाहती हूँ। ये तुम्हारे

लिए आख़री और अच्छा मौक़ा है, परिमल। अगर तुम ये साइन कर दो, तो मैं तुमसे बिना कुछ लिए चली जाऊँगी,' मैंने कहा।

मम्मी ने मेरे चेहरे पर कस के तमाचा धर दिया। 'ये मत सोचो कि उसे छोड़कर तुम यहाँ रह सकती हो,' उन्होंने कहा।

'ओ, तो अब बात यहाँ तक आ चुकी है?' मैंने कहा। 'ठीक है। नहीं रहूँगी।'

मम्मी मेरे ससुराल वालों की तरफ़ मुड़ी, और उन्होंने अपने हाथ जोड़ लिए। 'मैं इसके इस बर्ताव के लिए माफ़ी चाहती हूँ। मुझे नहीं पता कि हम से कहाँ गलती हो गई उसकी परवरिश में। शायद हमने उसको कुछ ज़्यादा ही पढ़ा लिखा दिया।'

परिमल के पेरेंट्स को मेरी मम्मी की इस माफ़ी से कोई फ़र्क नहीं पड़ा। वह उठ खड़े हुए, जाने के लिए।

'मैंने आपको अपना इकलौता बेटा दिया था। वो आपके परिवार में आया और आपका बिज़नेस बढ़ा। और इसका आप हमें ये सिला दे रहे हैं आनंदजी? सोसाइटी में शर्म और बदनामी?' परिमल के पापा ने ग़ुस्से से, घर से जाते हुए कहा। उनकी बीवी और उनका सुपुत्र उनके साथ चले गए।

किसी को हमारी शादी से कोई फ़र्क नहीं पड़ रहा था। सबको सिर्फ़ एक चीज़ की पड़ी थी: लोग क्या कहेंगे?

'सॉरी मम्मी-पापा,' मैंने कहा, जब हम तीनों इकट्ठे बैठे हुए थे। 'मैंने आप लोगों को निराश कर दिया।'

'निकल जा यहाँ से!' पापा ने भावुक होते हुए कहा।

'अभी?'

'हाँ।'

मैं अपनी मम्मी की तरफ़ मुड़ी। उन्होंने अपनी नज़रें चुरा लीं।

बिना कुछ बोले, मैं अपने कमरे में चली गयी, कुछ कपड़े पैक किए और घर से चली गई।

पायल की आँखों से आँसू बहने लगे। उसने मेरी तरफ़ देखा और मुस्कुरायी। 'सॉरी साकेत,' उसने कहा। 'मुझे अंदाज़ा नहीं था कि मैं इतनी ज़्यादा इमोशनल हो जाऊंगी इस बारे में बात करते हुए।'

'कोई बात नहीं। मैं समझ सकता हूँ,' मैंने कहा। 'तुमने बहुत सी चीज़ों का सामना किया है।'

'हाँ। चीज़ें अब बेहतर है, लेकिन–' पायल ने कहा।

'हैं क्या?'

'हाँ, अब काफ़ी बेहतर हैं। दो साल बीत गए हैं हमारे डिवोर्स को। परिमल भी अब इस चीज़ को मान चुका है।'

'और तुम्हारे पेरेंट्स?'

'हम लोगों के आपसी हालात सुधर तो गए, लेकिन एक और मुसीबत के बाद। तुम्हें याद है, वंश?'

'तुम्हारा भाई?'

'हाँ। उसे ड्रग प्रॉब्लम हो गई। उसको रिहैब जाना पड़ा।'

'ओ नो!'

'हाँ। लेकिन मेरे पेरेंट्स को ड्रग वाली समस्या से कोई दिक़्क़त नहीं थी। उनको सिर्फ़ एक ही चीज़ का डर था: लोग क्या कहेंगे? लोग क्या कहेंगे अगर उन्हें पता चल गया कि इनका बेटा नशेड़ी है? या उसको ड्रग प्रॉब्लम है? उन्होंने उसे रिहैब में नहीं रखा।'

'क्या वो अब ठीक है?'

'ठीक-ठाक ही है। वह उसे घर वापस ले आए थे। फिर छह महीने पहले, उन्होंने मुझसे बात की। पूछ रहे थे कि क्या मैं वापस घर आना चाहती हूँ। वंश का ख़याल रखने के लिए।'

'तुमने हाँ कर दी?'

'हाँ। अब मैं मम्मी-पापा के साथ रहती हूँ।'

'और आकांक्षा का क्या हुआ? तुम्हारी दोस्त? वो कैसी है?'

पायल ने मेरी तरफ़ देखा और बड़ी हल्की सी मुस्कान दी।

'क्या?'

'अब वो और मैं दोस्त नहीं रहे।'

'क्यों?'

'उसका पति, सूरज...' पायल ने कहते-कहते बीच में ही रुक गई। 'हाँ, उसके बारे में क्या?'

'हाँ, वो मुझ पर एक पार्टी में लाइन मार रहा था। मैं आकांक्षा को बता दिया।'

'ओह। और?'

'आकांक्षा ने उस दिन से मुझसे ज़्यादा बात नहीं की। धीरे-धीरे उसने मुझे पूरी तरह कट ऑफ़ कर दिया,' पायल ने कहा।

मैंने अपना सर हिलाया। मुझे ये समझ नहीं आ रहा था कि मैं पायल को क्या जवाब दे सकता था। मैंने अपनी घड़ी पर समय देखा।

'ओ, सात भी बज गए। डिनर का वक़्त हो रहा है,' मैंने बात बदलते हुए कहा।

'हमने यहाँ चार घंटे बिता दिए?' पायल ने हैरान होकर कहा।

'हाँ, और अब मुझे काफ़ी भूख लग रही है। क्या तुम्हारा कोई डिनर प्लान है?' मैंने कहा।

पायल ने अपना सर हिलाया।

'हम लोग फिर एक साथ खा सकते हैं कहीं। चलो चलें,' मैंने खड़े होते हुए कहा।

'हम कहाँ जा रहे हैं?' उसने कहा।

'तुम्हें थोड़ा-बहुत दुबई भी घुमा आता हूँ। चलो, सूशी सांबा चलते हैं।'

सूशी सांबा सैंट रेगिस होटल के 51वें फ़्लोर पर है। वहाँ से दुबई के क्या, शायद दुनिया के सबसे शानदार नज़ारे दिखते हैं। पाम आइलैंड के इकलौते स्काईस्क्रेपर पर बना ये रेस्टोरेंट, दुबई का पूरा 360 डिग्री व्यू देता है। किसी साफ़ दिन पर, उत्तर की ओर आप बुर्ज ख़लीफ़ा और बुर्ज अल अरब तक देख सकते हैं। दक्षिण में आप दुबई आई तक देख सकते हैं। और इसके अलावा, बिल्डिंग के नीचे के पाम-ट्री के आकार वाले पाम आइलैंड का भी शानदार नज़ारा मिलता है।

जैसे ही हम लोग वहाँ पहुँचे, सूरज ढलने वाला था, और आसमान में एक नारंगी और गुलाबी रंग फैला हुआ था, जिससे ये शानदार नज़ारे और भी ज़्यादा ड्रामेटिक हो गए थे।

'ये क्या जगह है?' पायल ने कहा। उसका मुँह खुला का खुला रह गया। 'लोग यहाँ सचमुच आकर खाना खाते हैं?'

'हाँ,' मैं हँसा।

'किस तरह का खाना?'

'जापानी-पेरूवियन। और मैं तुम्हें पहले ही बता दूँ: फ़िक्र मत करो इनके यहाँ पर अच्छे वेज ऑप्शन भी हैं। मैंने चेक किए।'

'तुमने चेक किए?' उसने मुस्कुराते हुए कहा। उसकी आंखें चमक उठीं।

'हाँ, मेन्यू ऑनलाइन है।'

हम विंडो लैज एक टेबल पर बैठे थे, जो दुबई आयी की तरफ़ थी। पायल ने कुछ वेजीटेरियन डिशेज़ मंगाई, और मैंने अपने लिए एक चिकन डिश मंगाई। खाना जल्द ही आ गया। एगप्लांट स्कीवर्स और पेरूवियन कॉर्न सलाद लज़ीज़ और लाजवाब थे।

'तुमने मेरी कहानी तो सुन ली। अब तुम्हारी बारी। तुम भी तो कुछ बताओ?' पायल ने खाना खाते हुए पूछा।

'मेरे बारे में क्या?'

'खुश हो?'

मैंने जवाब देने में कुछ समय लिया। 'हाँ,' मैंने कहा। 'कोई शिकायत नहीं है ज़िंदगी से, सब ठीक।'

'ओके, लेकिन क्या तुम...' पायल बोलते हुए रुक गई।

'क्या मैं?'

'अच्छा, मत जवाब देना अगर नहीं देना चाहते हो तो, लेकिन क्या तुम किसी को डेट कर रहे हो?'

मैंने पायल की तरफ़ देखा। वो शर्माते हुए, दाँत दिखाते हुए मुस्कुरा रही थी।

'तुमने उस दिन मेरा फ़ोन देख लिया ना?' मैंने कहा।

'जान-बूझकर नहीं,' पायल ने कहा। 'सॉरी।'

'कोई बात नहीं। हाँ मैं किसी को डेट कर रहा हूँ। उसका नाम तानिया है।'

'तानिया... अच्छा नाम है।'

'हाँ। यूक्रेन से है वो। कीव से।'

'ओह,' पायल ने कहा। 'तुम कैसे मिले उससे?'

'मुदित ने अरेंज करवाया था।'

'अरेंज?' पायल ने आयब्रो उठाकर पूछा।

'हाँ। वो दुबई शिफ्ट हुई थी, और अपने लिए नए दोस्त ढूंढ रही थी। हम करीब एक साल से साथ में हैं।'

'ओके। वो क्या करती है दुबई में?'

'कितना कुछ है करने को यहाँ। शॉपिंग करना, यहाँ-वहाँ घूमना।'

'मेरा मतलब, क्या उसके पास कोई जॉब है? कुछ काम करती है वो?'

'अभी जॉब ढूंढ रही है। लेकिन उसको इंफ्लुएंसर बनने का मन है।'

'ओके...'

'बहरहाल, मैं उसे सपोर्ट कर रहा हूँ।'

'ये तो अच्छी बात है। एक आदमी को हमेशा अपनी गर्लफ्रेंड को सपोर्ट करना चाहिए, उसके साथ खड़ा रहना चाहिए।'

मैं मुस्कुराया। 'मेरा मतलब इमोशनल सपोर्ट से नहीं, फाइनेंसियल सपोर्ट से है। मैं यहाँ उसके रहने के खर्चे उठा लेता हूँ। वो यंग है, उसको इसकी ज़रूरत है,' मैंने कहा।

'क्या उम्र है उसकी? अगर तुम मुझे बता सको तो?'

'चौबीस।'

पायल ने मेरी आँखों में देखा। वो पूरी कोशिश कर रही थी मुझे जज ना करने की।

'हम दोनों वाक़ई एक दूसरे को पसंद करते हैं,' मैंने कहा।

'ओके।'

'क्या तुम उसकी तस्वीर देखना चाहोगी?'

'बिल्कुल।'

मैंने अपना फ़ोन निकाला और पायल को तानिया की एक तस्वीर दिखाई। पिक्चर में तानिया ने एक छोटी, टाइट और सेक्सी काली ड्रेस पहनी हुई थी। शायद मैंने ग़लत तस्वीर चुन ली थी पायल को दिखाने के लिए।

'ये है तानिया?'

'हाँ। और पौलिना भी है।'

'क्या?'

मैंने अपनी फ़ोन गैलरी को स्क्रॉल किया और पौलिना की तस्वीरें निकलीं।

'अब ये कौन है?' पायल ने कहा।

'वो भो... मैं इसे भी सपोर्ट करता हूँ। हम लोग भी काफ़ी क्लोज हैं।'

'क्लोज मतलब? क्या तुम उसे भी डेट कर रहे हो?' पायल जरा हैरान लग रही थी।

'हाँ,' मैंने कहा। 'लेकिन ये वो नहीं है जो तुम सोच रही हो। मैं तानिया को चीट नहीं कर रहा। बल्कि तानिया ने ही मुझे पौलिना से मिलवाया था।'

पायल को ये सब ज़रा भी समझ नहीं आ रहा था। उसने अपना सर हिलाया। 'जरा एक मिनट। तानिया और पौलिना, दोनों तुम्हारी गर्लफ्रेंड हैं? और तुम उन दोनों को सपोर्ट करते हो। फाइनेंशियली?'

'हाँ। पर तुम मुझसे ये सवाल इस तरह क्यों कर रही हो?'

'किस तरह?'

'ऐसे जज करते हुए?'

'मैं तुम्हें जज नहीं कर रही। मैं ख़ुद काफ़ी कन्फ्यूज़ और हैरान हो गई हूँ कि ये क्या सिस्टम है? मैंने ऐसा कुछ कभी पहले नहीं सुना है।'

'वक्त बदल गया है, पायल।'

'और तुम्हें अच्छा लगता है ये? रिलेशनशिप, ये सिस्टम? ये इंतज़ाम?'

'बहुत ज़्यादा पसंद है,' मैंने कहा। 'किस लड़के को नहीं पसंद होगा? दो खूबसूरत, हसीनाएँ आपको एक ही वक्त पर डेट कर रही हों, आपकी सारी ज़रूरतें पूरी कर रही हों। और क्या चाहिए?'

'सारी ज़रूरतें?'

'मेरा मतलब, अब जो मेरी नीड्स हैं। वो उन्हें पूरा कर देती हैं। बस वही। अब मुझे वही चाहिए। कोई इमोशनल ड्रामा नहीं, किसी के साथ कोई ऑब्सेसिव अटैचमेंट नहीं, बस मैं मज़े करता जाऊँ ज़िंदगी भर और चीज़ों को ईज़ी रखूँ।'

'बढ़िया,' पायल ने कहा।

'अब तुम सुशी सांबा से उनकी डेज़र्ट, मोची आइसक्रीम खाये बिना तो नहीं जा सकतीं। तुम्हें बहुत पसंद आयेगी।'

~

पायल को उसके होटल तक छोड़ने के बाद, मैं अपने घर वापस आ गया। बिस्तर में लेटे-लेटे मैंने अपना फ़ोन चलाया और वाट्सेप पर पायल की डिस्प्ले पिक चेक की। उसके नीचे मैंने टाइपिंग लिखा हुआ देखा। फिर वो टाइपिंग वाला मार्क हैट गया। ऐसा कई बार हुआ।

बहरहाल, तानिया ने मुझे मैसेज किया। 'क्या तुम अभी मुझसे मिलने के लिए फ्री हो, बेबी?'

'सॉरी बेबी, कल बहुत सारा काम है। किसी और दिन मिलते हैं,' मैंने जवाब दिया।

मैं अपना फ़ोन साइड में रखने ही वाला था, जब आखिरकार पायल का मैसेज आ ही गया: 'एक शानदार चाय और शानदार डिनर के लिए तुम्हारा बहुत-बहुत शुक्रिया। और मेरी बातें सुनने के लिए भी।'

'वेलकम,' मैंने जवाब में लिखा और अपना फ़ोन साइड में रखकर, सोने के लिए लाइट्स बंद कर दीं।

~

'हम अगले तीन सालों में, आसानी से एक पर्सेंट की एवरेज ग्रोथ तक पहुँच जाएँगे। आप लोग क्या बात कर रहे हैं?' मैंने कहा, मेरी आवाज़ में कुछ परेशानी थी।

'अट्ठारह पर्सेंट काफ़ी अग्रेसिव हो जाएगा। मैं इसे 15% तक लाना चाहूँगी,' पायल ने कहा।

ड्यू डिलिजेंस टीम ने अभी-अभी अपनी रिपोर्ट मुझे और सिक्योरिटीनेट की अपर मैनेजमेंट को दिखाई थी।

'मैं इससे सहमत नहीं हूँ,' मैंने कहा।

'ऐसा ड्यू डिलिजेंस की टीम मानती है। ऐसी बहुत सारी नई मार्केट हैं जिनको अभी हमने टैस्ट नहीं किया है। यह सोचना कि वहाँ बिज़नेस बढ़ जाएगा, मुझे सही नहीं लगता,' पायल ने कहा।

'ये सही बात है,' मैंने कहा।

'मेरी मानो तो, ये सही नहीं है,' पायल ने कहा।

हमारी नज़रें मिलीं, सैटरडे को हुई हमारी दिल की बातों से अलग, आज एक बड़ी प्रोफ़ेशनल तू-तू-मैं-मैं हो रही थी।

'और आपकी राय का क्या इंपैक्ट रहेगा?' मैंने कहा।

'मैं क्लाउडएक्स की टीम से कहूंगी कि वो अपना ऑफ़र रिवाइज कर दें। चार बिलियन कुछ ज़्यादा ही हैं। साढ़े तीन बेहतर होंगे,' पायल ने कहा।

'क्या? आधे बिलियन कम क्योंकि *आप* ऐसा समझती है? नहीं! मुझे तो ये सही नहीं लगता,' मैंने कहा।

'ये सिर्फ़ मेरी सोच नहीं है। ये मैं अपने डेटा को पढ़ और समझकर कह रही हूँ। ये आईपीओ की ड्यू डिलिजेंस में भी आ जाता।'

'हमारी टर्म शीट चार बिलियन की है,' मैंने कहा।

'इसकी और जांच-पड़ताल करनी पड़ सकती है। ये उसी टर्म शीट में लिखा है, क्लॉज़ 3.1,' पायल ने कहा।

हाँ, वो काम में बढ़िया थी। मैं चुप रहा। मैंने उसकी परी सी सूरत और उसकी नाज़ुक उंगलियों को देखा। दोनों उसके अंदर की शेरनी को छुपा रहे थे। वो शेरनी मेरी कंपनी के दाम में चार हज़ार करोड़ की कटौती करने वाली थी।

'क्या आप टर्म शीट में क्लॉज़ देखना चाहेंगे?' पायल ने आराम से कहा।

'नहीं, मेरे पास टर्म शीट की सारी जानकारी है,' मैंने कहा।

'अच्छी बात है। साढ़े-तीन भी एक अच्छा दाम है,' पायल कहकर कमरे से जाने के लिए खड़ी हो गई।

~

मैं ऑफिस से बाहर ही निकल रहा था कि मुझे पायल ऑफ़िस की लिफ़्ट लॉबी में ही मिल गई।

'हो गया आज का काम?' मैंने कहा।

'नहीं, अभी भी थोड़ा काम बाक़ी है। बस अभी नीचे जा रही हूँ कैफ़े तक, कुछ लंच लेने के लिए,' पायल ने कहा।

'पाँच बजे?'

'हाँ। वक़्त का होश ही नहीं रहा। तुम कैसे हो? काम हो गया?'

'हाँ, आज जल्दी निकल रहा हूँ,' मैंने कहा। 'नवरात्रि का पहला दिन है ना, इसलिए आज मंदिर जाऊँगा।'

'ओह बढ़िया! यहाँ दुबई में मंदिर है?'

'हाँ, जबेल अली में। मैं पहले घर जाऊँगा, कपड़े बदलूँगा और फिर मंदिर चला जाऊँगा।'

लिफ़्ट आ गई और हम उसके अंदर आ गए।

'काफ़ी टफ मीटिंग थी,' मैंने कहा।

'हाँ, सॉरी अगर में काफ़ी अडियल रही।'

'नहीं, मैं समझ सकता हूँ। तुम अपना काम कर रही थी। अगर मैं तुम्हारी जगह होता, तो मैं भी यही करता,' मैंने कहा।

'सच में? तुम मुझसे नाराज तो नहीं हो?'

'नहीं। तुम अपना काम काफ़ी प्रोफ़ेशनल-ढंग से करती हो।'

'थैंक यू। पक्का ना? तुम ठीक तो हो ना? आधे बिलियन डॉलर का सवाल है।'

'हाँ, थोड़ा चुभता तो है, लेकिन तुमने समझदारी की बात की है। ख़ैर, ये बस बिज़नेस की बात है। और नाराज़गी तो दूर, मुझे तुम पर नाज़ है,' मैंने कहा। 'सॉरी मेरा मतलब तुम्हें अपने आप पर नाज़ होना चाहिए।'

वो मेरी तरफ़ देखकर मुस्कुराई। 'ये तुम मुझे कह रहे हो साकेत, मेरे लिए ये काफ़ी मायने रखता है,' उसने कहा।

इसका क्या मतलब था? कोई भी लड़कियों को नहीं समझ सकता है, अब मैं आपको क्या बताऊँ!

लिफ़्ट ग्राउंड फ़्लोर तक पहुँच गई।

'ख़ूब मज़े करना,' पायल ने कहा, जैसे ही हम लिफ़्ट से बाहर निकले। 'मेरे लिए भी प्रेयर करना, प्लीज।'

'बिल्कुल,' मैंने कहा, 'और तुम भी मज़े करना।' मैं बस एंट्रेंस पर ही था, जब मैंने रुककर पायल को आवाज़ दी। 'पायल।'

वो पीछे मुड़ी। 'हां?'

'क्या तुम मेरे साथ मंदिर चलोगी?'

'कब? अभी?' उसने कहा।

'नहीं। पहले अपना लंच कर लो, अपना काम ख़त्म करो। मैं घर जा रहा हूँ अभी। मंदिर नौ बजे तक खुला हुआ है। हम कभी बाद में भी जा सकते हैं, क़रीब 8 बजे के आसपास?'

'ओके,' पायल ने कहा। 'लेकिन मैं भी ज़रा चेंज करके आऊँगी। अभी तो मैं कॉरपोरेट सूट पहने हुई हूँ।'

'तो क्या हुआ? भगवान तुम्हें इसके लिए जज थोड़ी करेंगे।'

पायल हँसी। उसकी हँसी अब भी उतनी ही खूबसूरत थी, जितनी 12 साल पहले कॉमेडी क्लब में मैंने देखी थी। 'मैं फिर भी अपने होटल रूम जाकर, कुछ ट्रेडिशनल पहन लूंगी।'

'बिल्कुल। मैं तुम्हें लोकेशन पिन भेजता हूँ मंदिर की। मिलते हैं।'

मैं जबेल अली के चमचमाते सफ़ेद हिन्दू मंदिर के बाहर खड़ा, पायल का इंतज़ार कर रहा था। मंदिर का गर्भगृह, जिसका एक बारीकी से तराशा गया गुम्बद था, वहाँ कई हिंदू देवी-देवताओं की भव्य मूर्तियाँ रखी हुई थीं। वो मंदिर बेहद साफ़-सुथरा था, और उसका वातावरण इतना कोमल, इतना शांत था। ये मंदिर दुबई की हिंदू एक्सपैट जनता में काफ़ी प्रसिद्ध था।

मेरा फ़ोन बजा–तानिया थी।

'हेलो बेबी,' मैंने कहते हुए फोन उठाया।

'तैयार हो स्वीटी? हम लोग आज रात नौ बजे लिंग लिंग पर मिल रहे हैं, याद है ना?'

डैम। लिंग लिंग। मैंने तो आज तानिया और उसके कुछ दोस्तों के साथ प्लान बनाया हुआ था, क्योंकि कल ही तानिया का जन्मदिन था। मैं ये कैसे भूल सकता था?

'ओह,' मैंने कहा, 'सच में क्या?'

'तुम्हें पता है ना? आज रात क्या है?' तानिया ने कहा।

'हाँ, मेरी बेबी का बर्थडे है,' मैंने कहा।

'हाँ, लिंग लिंग, न्यू एटलांटिस। तुम्हारे घर के पास ही है, पाम में।'

'मैं अभी पाम में नहीं हूँ, पर।'

'ओ, तुम कहाँ पर हो?'

'जबेल अली। यहाँ मंदिर में आया हुआ हूँ। नवरात्रि है ना।'

'नवी–क्या?'

'ये हमारे लिए एक खास धार्मिक दिन होता है। आज मैं पियूँगा नहीं, और ज़्यादा खाऊँगा भी नहीं। लेकिन मैं आ जाऊँगा। आज मेरे पास गाड़ी नहीं है तो मैं टैक्सी लेकर आऊंगा।'

'रियाज़ को क्या हुआ?'

'रियाज़ ठीक है। गाड़ी सर्विस होने गई है।'

'ओह, मैं तुम्हें पिकअप कर सकती हूँ बेबी। आज मेरे पास गाड़ी है।'

'है क्या?'

'हाँ, मेरी फ्रेंड सोफ़िया के पास है। उसके बॉयफ्रेंड ने उसे एक पोर्शे दी है।'

'वाह।'

'हिंट, हिंट। बर्थडे-गिफ्ट आईडिया,' तानिया ने हंसते हुए कहा।

मैं चुप रहा।

'मैं मज़ाक कर रही हूँ,' तानिया ने कहा। 'तुमने मुझे पहले ही बहुत कुछ दिया है। सोफिया आज मुझे अपनी पोर्शे चलाने दे रही है, क्योंकि कल मेरा बर्थडे हैं। तो मैं आ जाती हूँ तुम्हें लेने।'

'नहीं, तानिया, ठीक है। मैं टैक्सी लेकर आ जाऊँगा।'

'क्यों? मुझे तुम्हें लेने आना है। इससे मुझे ड्राइव करने का एक बहाना मिल जाएगा।'

'ठीक है,' मैंने कहा, और वक़्त देखा। आठ बजे थे। '8:45 तक आ जाना,' मैंने कहा। 'मैं तुम्हें लोकेशन पिन भेज दूँगा, बाय।'

और कुछ ही दूरी पर मैंने पायल को टैक्सी से उतरते हुए देखा। उसने एक सफ़ेद सलवार कमीज़ पहनी हुई थी, जिसका लाल बॉर्डर था। साथ ही में उसने एक मैचिंग दुपट्टा लिया था। जब वो पास आ रही थी, मेरा ध्यान उसकी छोटी सी लाल बिंदी और उसके झूलते हुए सुनहरे झुमके पर भी गया। महज़ कपड़े बदलने से ही वो एक सख़्त कैपिटलिस्ट बैंकर से एक पारंपारिक

और संस्कारी भारतीय नारी बन गई थी। वह अभी-अभी शावर लेकर आई थी, और उसके बाल अभी भी गीले थे। मैं उससे अपनी नज़रें नहीं हटा पा रहा था।

मेरी ज़िंदगी में दो ख़ूबसूरत यूक्रेनियन मॉडल थीं, लेकिन फिर भी मैं पायल को ऐसे क्यों देख रहा था?

'हेलो,' पायल ने कहा। 'क्या मैं लेट हूँ? मुझे थोड़ा वक़्त लग गया काम से आकर तैयार होने में।'

'नहीं, तुम परफेक्ट...' मैंने कहा। 'मेरा मतलब, तुम एकदम परफैक्ट टाइम पर आई हो।'

हे भगवान! मुझे क्या हो जाता है जब वो मेरे साथ होती है?

'क्या हम अंदर चलें?' उसने कहा।

मैंने अपना सर हिलाया और उसे मंदिर के गर्भगृह में लेकर गया। क्योंकि ये नवरात्रि का पहला दिन था, आज कुछ ज़्यादा ही भीड़ थी। हम पूजा करने वैष्णो देवी की मूर्ति के पास गए। हम दोनों ने हाथ जोड़ रखे थे। मैं मुस्कुराया जैसे ही मैंने उसको एक छोटी सी प्रार्थना बुदबुदाते हुए देखा। वो उसी तरह अपने मुँह में बात कर रही थी, जैसे वो टाइपिंग के समय करती थी। मैं उसकी तरफ़ ही देख रहा था, और मुस्कुरा रहा था। उसने अचानक अपनी आँखें खोली, और मुझे ऐसा करते हुए देखा।

'क्या?' उसने कहा।

'कुछ नहीं,' मैंने कहा।

हम दोनों मूर्ति के सामने माथा टेककर, आशीर्वाद लिया। हम बाक़ी भगवानों की भी पूजा करके, आशीर्वाद लिया। उसके बाद हम पंडित जी के पास चले गए, जिन्होंने हमारे माथे पर तिलक लगाया। हम कुछ पलों के लिए मंदिर के फ़र्श पर बैठ गए।

'शुक्रिया मुझे यहाँ लाने के लिए। कितनी शांति है यहाँ,' पायल ने कहा।

'मुझे अच्छा लगा तुम आईं।'

'कभी भी तुम मंदिर आ रहे हों, तो मैं भी तुम्हारे साथ आ जाऊँगी,' उसने कहा।

हम लोग जाने के लिए खड़े हुए।

'सुनो पायल,' मैंने मंदिर से बाहर निकलते हुए कहा। 'मुझे याद नहीं रहा, लेकिन आज रात मेरा एक डिनर प्लान हैं। किसी का जन्मदिन है आज।'

'ओह, ओके,' पायल ने कहा।

'तानिया का बर्थडे है। जाना पड़ेगा। मैं तुम्हारे साथ आज डिनर नहीं कर पाऊँगा।'

'ओह, कोई बात नहीं। मैंने डिनर के बारे में नहीं सोचा था।'

'हाँ, पर अभी लेट हो रहा है और...'

'अरे रिलैक्स। मैं रोज़ अकेले ही डिनर करती हूँ। मैं वापस होटल चली जाऊँगी, और रूम सर्विस से कुछ मंगा लूँगी।'

मैंने वक़्त देखा। अभी 8:15 बजे थे। 'एक आइडिया है,' मैंने कहा।

'क्या?'

'मेरे पास अभी आधा घंटा है इससे पहले कि तानिया मुझे लेने आए। तुम्हें वो बिल्डिंग दिख रही है बगल में? वो गुरुद्वारा है।'

'ओके... और?'

'उनके यहाँ लंगर होगा, क्या तुम वहाँ जाना चाहोगी? मेरा तो व्रत है, लेकिन मैं तुम्हारे साथ चल सकता हूँ।'

'लंगर?' पायल काफ़ी एक्साइटेड लग रही थी। 'मुझे गुरद्वारे का खाना बहुत अच्छा लगता है। चलो, चलते हैं।'

हम गुरूद्वारे के अंदर गए। मैंने अपने सर पर एक पट्टा बाँध लिया, और पायल ने अपना सर अपने दुपट्टे से ढक लिया। हम दोनों ने अपना सर ग्रन्थ साहब के सामने झुका दिया और कुछ देर के लिए बैठकर कीर्तन सुना।

'ये तो कमाल का है,' उसने कहा।

हम लोग दरबार से निकलकर, लंगर वाली जगह पर आ गए। हम लोग फ़र्श पर बैठ गए, और वहाँ पर सेवकों ने पायल को थोड़ी सी दाल, थोड़े से आलू, थोड़ी सब्ज़ी, थोड़े फुल्के, और रायता दिया।

'ये तो कमाल का आइडिया था,' पायल ने कहा, और लंगर खाने लगी।

जब हम बाहर निकले तो मैंने एक सिल्वर पोर्शे कन्वर्टेबल देखी, जिसका लाल इंटीरियर था। मेरा फ़ोन बजा। वो तानिया थी।

'जी हाँ, मैं तुम्हें देख सकता हूँ। रुको, मैं तुम्हारी तरफ़ आता हूँ,' मैंने तानिया से कहा और कॉल काट दी।

मैंने पोर्शे की तरफ़ इशारा किया। 'मुझे वहाँ जाना है,' मैंने कहा।

'ठीक है, मैं यहीं रहती हूँ। तुम आगे जाओ। मैं अपने लिए टैक्सी कर लूँगी।'

'नहीं, ठीक है। आ जाओ,' मैंने कहा।

हम पोर्शे तक गए।

'हेलो तानिया,' मैंने कहा।

'हेलो, साकेत,' तानिया ने मुझे एक फ्लाइंग किस दी। उसने एक छोटी रेड-वाइन कलर की ड्रेस पहनी थी, जिसका रंग गाड़ी के इंटीरियर से मेल खाता था।

'पायल, ये तानिया है। तानिया, ये है पायल। मेरे साथ ऑफिस में काम करती है। हम दोनों एक साथ मंदिर आए थे,' मैंने कहा।

मैं देख सकता था पायल काफ़ी हैरान थी, कैसे मैंने उसका परिचय तानिया को दिया था।

'ओ, नाइस,' तानिया ने कहा। 'स्वीटी, क्या तुम जाने को तैयार हो?'

'हाँ,' मैंने कहा। 'बाय, पायल। तुमसे कल मिलता हूँ ऑफिस में,' मैंने गाड़ी में बैठने से पहले कहा।

पायल ने अलविदा कहते हुए हाथ हिलाया।

तानिया ने पायल की तरफ़ देखा। 'आपसे मिलकर अच्छा लगा,' उसने मुस्कुराते हुए कहा। 'और आपका ऑउटफिट बहुत सुंदर है।' फिर वो मेरी तरफ़ मुड़ गई। 'चलो चलें, बेबी।'

मैंने बस सीट बेल्ट लगाईं ही थी कि गाड़ी रोर करते हुए निकली।

~

'आराम से बेबी, मैं थक गया हूँ,' मैंने तानिया से कहा जब उसने मुझे बिस्तर पर धकेल दिया।

'मैं तुम्हें चाहती हूँ,' तानिया ने सेक्सी-सी आवाज़ में कहा। 'ये बर्थडे गर्ल तुम्हें चाहती है!'

हमने तानिया के छह दोस्तों के साथ, लिंग लिंग में दो बजे तक पार्टी की थी। उसके बाद उसने कहा कि वह मेरी घर आना चाहती थी।

उसने मेरी शर्ट उतारी और अपनी ड्रेस भी उतार दी, एक झटके में उसका पतला और घुमावदार बदन, चाँदनी में चमक रहा था। मेरे ऊपर मंडराते हुए, वो एक इटसी-बिट्सी लेस लांजरी पहनी हुई थी। वो दूध से नहायी हुई लग रही थी।

'इसे उतार दो बेबी,' उसने मेरा हाथ अपनी ब्रा की तरफ़ ले जाते हुए कहा। जब मैंने कुछ नहीं किया तो उसने अपनी ब्रा ख़ुद ही उतार दी। उसके परफेक्ट ब्रेस्ट मेरे चेहरे के ऊपर आ रहे थे। मैंने अपना हाथ उन पर रखा—वो नर्म, लेकिन ठंडे थे। मैंने अपना हाथ हटा लिया। क्या हो रहा था मुझे? मेरे बिस्तर में एक ख़ूबसूरत लड़की थी, जो इंतज़ार कर रही थी कि मैं उसके साथ सेक्स करूँ, लेकिन मैं उसके साथ सेक्स नहीं करना चाह रहा था। मैंने आंखें बंद कर लीं।

पायल। सफ़ेद सलवार कमीज़ में। मंदिर में प्रार्थना करती हुई। लंगर खाती हुई। चलती हुई। मुस्कुराती हुई।

'तानिया,' मैंने कहा।

'हम्म?' उसने कहा। वो मेरी गर्दन को किस कर रही थी। 'क्या हुआ, बेबी?'

'क्या हम आज रात का सेक्स यहीं तक छोड़ दें?'

'क्या मतलब?'

'मैं बस थका हुआ हूँ,' मैंने कहा।

'सच में, बेबी?' उसने कहा। 'हम काफ़ी टाइम से नहीं मिले हैं...'

'मैं चाहता हूँ, लेकिन आज रात मन नहीं कर रहा।'

'बेबी, मैं अभी तुम्हें मूड में ले आती हूँ, और तुम तैयार हो जाओगे। यकीन मानो,' उसने मेरी पैंट की ज़िप खोलते हुए कहा।

'कोई बात नहीं, बेबी। बस रुक जाओ,' मैंने अपने आपको उससे छुड़ाते हुए कहा।

'कुछ तो गड़बड़ है, है ना?' तानिया ने कहा।

'नहीं मैं ठीक हूँ। क्या हम आज रात के लिए चीज़ें यहीं ख़त्म कर सकते हैं? कभी और मिलेंगे,' मैंने कहा।

तानिया वापस बिस्तर पर बैठ गई। 'मैं तुम्हें अब उतनी सुंदर नहीं लगती हूँ, है ना?' उसने कहा।

'मज़ाक कर रही हो क्या तुम? जानती हो, लिंग लिंग में आज रात तुम सबसे सुंदर लड़की थी।'

'सच में?'

'हाँ,' मैंने कहा। 'हर लड़का बस तुम्हें ही देख रहा था, बेबी।'

'लेकिन तुम मुझे नहीं चाहते हो।'

'बस आज रात। मैं बहुत ज़्यादा थका हुआ हूँ।'

'क्या मेरे होठों में कुछ प्रॉब्लम है? और फिलर करवा लेने चाहिएं।'

'तुम फिलर्स करवाती हो?'

'हाँ, और मेरे सारे दोस्त करवाते हैं। मरीना पर एक बोटॉक्स वाली जगह है।'

'तुम्हारे होंठ एकदम ठीक हैं, और तुम्हारी उम्र ही क्या है? तुम्हें बोटॉक्स की क्या ज़रूरत है?'

'क्या मेरे बूब? क्या अब तुम्हें वो पसंद नहीं हैं?'

'क्या बात कर रही हो, तानिया? तुम एकदम परफेक्ट हो। तुम एकदम मॉडल जैसी दिखती हो।' 'मैं उन्हें बदलवा सकती हूँ, तुम्हें जैसे भी चाहिएं। बड़े चाहिएं क्या?'

'क्या? नहीं! प्लीज़, तानिया, रिलैक्स करो! मैं बस आज मूड में नहीं हूँ। शायद सारे काम का स्ट्रेस है। मैं तुम्हें जल्द ही मिलूंगा, ठीक है?'

इससे पहले कि वो मुझे और कोई कॉस्मेटिक ट्रीटमेंट बता देती, मैंने कहा 'तुम्हारी पोर्शे ड्राइववे में लगी हुई है ना? चलो मैं तुम्हें छोड़ आता हूँ।'

और फिर जब मैं बेडरूम में अकेला था, तो मैं बिस्तर पर लेट गया। मुझे नींद नहीं आ रही थी। पायल से एक मैसेज आया हुआ था, जो उसने कई घंटों पहले भेजा था।

'बहुत बहुत शुक्रिया मुझे मंदिर और फिर गुरुद्वारे लेकर जाने के लिए। बहुत अच्छा लगा। एंजॉय करना शाम को।'

मैंने नोटिस किया कि वो अभी भी ऑनलाइन थी। वो इतनी देर रात क्या कर रही थी?

'वेलकम पायल। बहुत अच्छा लगा तुम आयी,' मैंने जवाब दिया।

'हाई, अभी तक उठे हुए हो?' उसने तुरंत रिप्लाई किया।

'हाँ बस अभी आया बर्थडे डिनर से। तुम क्या कर रही हो इतनी देर रात? 3 बज चुके हैं,' मैंने उसको मैसेज किया।

'मैं सो रही थी। अभी उठी, और फिर अब वापस सोने नहीं जा पा रही।'

'क्यों? क्या हुआ?'

'कुछ पता नहीं और मुझे थोड़ी-थोड़ी भूख लग रही है। शायद मैंने लंगर पर ज़्यादा नहीं खाया।'

'अरे नहीं! तुम्हें खा लेना चाहिए था ना?'

'या शायद मैं लालची हो रही हूँ, और मुझे किसी चीज़ की क्रेविंग हो रही है।'

'क्रेविंग? किस चीज़ की?'

'किसी स्नैक की। किसी बड़े ही अन्हेल्थी स्नैक की। फ़र्क़ नहीं पड़ता कि वो क्या है, बस उसे अन्हेल्थी होना चाहिए।'

मैंने कई सारे रोते और हँसते हुए इमोजी के साथ उसके मैसेज का जवाब दिया। 'तो रूम सर्विस से कुछ मंगा लो।'

ऐसा कैसे हो सकता था कि मुझे पायल के साथ एक छोटी सी चैट, तानिया के साथ सेक्स करने से ज़्यादा इंट्रेस्टिंग लग रही थी? क्या मैं पागल

होता जा रहा था? क्या अब मैं एक मर्द नहीं था? या क्या मैं बस बुड्ढा होता जा रहा था?

'इस होटल में सिर्फ़ फैंसी चीज़ें मिलती हैं। सारी चीज़ें बड़े सलीके से थाली में सजाकर दी जाती हैं, नैपकिन और कटलरी के साथ। मुझे वो सब नहीं चाहिए,' पायल ने जवाब दिया।

'तो फिर तुम्हें क्या चाहिए?'

'कुछ अटरम-पटरम। जो अन्हेल्थी हो, टेस्टी हो, और दिखावटी ना लगे। क्या ऐसी भी कोई चीज़ होती है?'

मैंने कुछ और हँसते हुए इमोजी की लड़ी लगा दी, पायल के टेक्स्ट के जवाब में।

'या शायद मुझे बस वापस सोने चले जाना चाहिए...'

'पर उसमें कुछ मजा नहीं,' मैंने जवाब दिया। 'चलो कुछ अटरम-पटरम खाने चलते हैं।'

'क्या?'

'मुझे एक जगह पता है, जहाँ तुम्हें बिल्कुल वही मिल जाएगा जिसकी तुम्हें तलाश है। टेस्टी, अनहेल्दी, और बिना ज़्यादा दिखावट का खाना।'

'कहाँ?'

'मैं तुम्हें लेने आ जाता हूँ। चलो चलें।'

'अभी?'

'हाँ, अभी। बीस मिनट में आता हूँ।'

'क्या हम ये सच में कर रहे हैं? बाहर जा रहे हैं बस कुछ अटरम-पटरम खाने? रात के तीन बजे? कोई तुक है इस बात की?'

'हाँ। कभी-कभी ज़िंदगी का तुक, कुछ बेतुका करने में ही होता है।'

'गुड मॉर्निंग,' मैंने कहा जैसे ही पायल टैक्सी के अंदर बैठी। उसने एक हेलो किटी टी-शर्ट पहनी हुई थी, और उसके साथ मैचिंग ट्रैक-पैंट पहनी हुई थी।

'गुड मॉर्निंग,' उसने जवाब दिया। 'मुझे यक़ीन नहीं हो रहा कि हम वाक़ई ये कर रहे हैं।'

टैक्सी ने उसकी होटल लॉबी छोड़ी और हमें जुमेरिया की तरफ़ ले गई।

'हम कहाँ जा रहे हैं?' उसने कहा।

'काइट बीच,' मैंने कहा। 'वहाँ पर एक चाय की दुकान है जो सारी रात खुली हुई होती है।'

'मैंने नाइट सूट पहन रखा है!'

'कोई बात नहीं ये जगह वैसी ही है जैसी तुम चाहती थी। यहाँ कोई दिखावा या बनावटी चीज़ें नहीं होती।'

जुमेरिया का काइट बीच, दुबई की पूरी कोस्टलाइन तक फैला हुआ है। ये अपनी काइटसर्फ़िंग के लिए मशहूर है, और उसी से इस बीच का नाम पड़ा है। ये बीच परिवारों से, जवान लोगों से भरा रहता है। रात में भी यहाँ चहल-पहल रहती है। तब यहाँ नाईट-स्विम और नाईट-काइटसर्फ़िंग होती है, जो गर्मियों के महीनों में काफ़ी पॉपुलर हैं।

टैक्सी ड्राइवर ने हमें वहीं उतारा जहाँ मैंने उसे कहा था। मेरे सीक्रेट अड्डे, एक चाय की दुकान के पास। वो एक छोटी, रेक्टैंगल आकार की दुकान थी, जो एक शिपिंग कंटेनर के अंदर बनी हुई थी। इसे एक इंडियन आदमी चलाता था।

'क्या क्या होगा आपके पास अभी?' मैंने उस आदमी से पूछा।

'कड़क मसाला चाय, बिस्किट, समोसे, मैगी,' उसने कहा।

मैगी का नाम सुनकर पायल की आँखें चमक उठीं। मैं मुस्कुराया। 'दो कप चाय और एक मैगी।'

'एक बिस्किट और समोसा भी,' पायल ने कहा।

'ये तो हमने पूरा मेनू ही मंगा लिया है। खैर, मेरा तो व्रत है, मैं तो बस चाय पिऊँगा।'

कुछ ही मिनटों में हमारा ऑर्डर तैयार हो गया था। मैंने खाना लिया और पायल से बीच पर मेरे पीछे आने को कहा। मैं घर से एक बैकपैक लेकर आया

था। जब हमें एक अच्छी जगह मिल गई बैठने के लिए, तो हमने बैकपैक से पिकनिक मैट निकाल लिया। पायल और मैंने उसे दोनों तरफ़ से पकड़ा और बीच की रेत पर बिछा दिया। हम लहरों की तरफ़ बैठ गए। वो लहरें साहिल से टकराते हुए एक बड़ी सूथिंग आवाज़ कर रही थी।

'ये तो परफेक्ट है,' पायल ने चाय में एक बिस्किट डुबोकर खाते हुए कहा।

मैं उसकी तरफ़ देखकर मुस्कुराया।

'मैं ऐसा नाईटआउट सदियों बाद कर रही हूँ,' उसने कहा।

'मैं भी। जाने क्यों, मुझे रात नींद ही नहीं आई।'

पायल ने अपना सर हिलाया। फिर कुछ ही पलों बाद, उसने कहा, 'क्या तुम खुश हो, साकेत?'

'हाँ, मैंने तुम्हें कहा तो था,' मैंने लहरों की तरफ़ देखते हुए कहा। 'अपने काम से ख़ुश हूँ, अपनी कंपनी से ख़ुश हूँ, जो हमने बनायी है, और अब, तुम्हारी बदौलत, मुझे बहुत सारा पैसा मिलने वाला है। भले ही तुमने बिड जरा कम ही ना कर दी हो।' मैं मुस्कुराया।

'मैं काम और पैसे की बात नहीं कर रही।'

'तो? और किस बारे में बात कर रही हो?' मैंने उसकी तरफ़ देखते हुए कहा।

'क्या मैं तुमसे कुछ पर्सनल पूछ सकती हूँ?'

'हाँ, बिल्कुल।'

'क्या तुम इस तानिया-टाइप सिचुएशन से खुश हो?'

'वो कोई सिचुएशन नहीं है, गर्लफ्रेंड है मेरी।'

'सच में?' पायल ने कहा।

'क्या मतलब है तुम्हारा? हम हर वक्त एक साथ हैंगआउट करते हैं। एक दूसरे की फ़िक्र करते हैं। हमारी एक अच्छी फिजिकल रिलेशनशिप भी है।'

'बिल्कुल...' उसने कहते हुए एक ब्राउन पेपर बैग से मैगी का डब्बा निकाला।

'तुम इसे अप्रूव नहीं करती, है ना? तुम जज कर रही हो तानिया को?' मैंने कहा।

'अरे मैं कौन होती हूँ उसे जज करने वाली,' पायल ने लकड़ी के फोर्क से थोड़ी सी मैगी उठाते हुए कहा।

'तो फिर क्या बात है? तुमने मुझसे ये सवाल पूछा ही क्यों?' मैंने कहा। 'नहीं पूछना चहिये था। सॉरी।'

'नहीं, नहीं, बता दो।'

'क्या वो तुम्हें रियल लगती है साकेत? जैसी रिलेशनशिप है तुम्हारी तानिया के साथ... क्या उस रिश्ते में कुछ मतलब है? कुछ गहराई है?'

मैं चुप रहा। हम लोग कुछ देर शांति में ही बैठे रहे। पायल अपने नूडल खा रही थी।

'नहीं, रियल तो नहीं है,' मैंने कुछ देर ठहरकर कहा। 'हाँ, एक अरेंजमेंट है। फ्रेंड्स-विथ-बेनेफिट्स, सिच्युएशनशिप, तुम इसे जो भी नाम दे दो। लेकिन अब मुझे कोई भी असली, रियल रिलेशनशिप नहीं चाहिए। मुझे ट्रस्ट इशू हैं।'

'ट्रस्ट इशू?'

'हाँ... मेरी शादी हुई। उसने मुझे पूरी तरह तोड़ दिया। वो एक मुश्किल दौर था। लेकिन उतना मुश्किल नहीं जितना मेरी दूसरी रिलेशनशिप से उबरना था।'

'तुम्हारा मतलब हम? मैं और तुम?'

'हाँ, मैं नर्क तक जाकर वापस आया हूँ। दिनों के लिए नहीं, हफ़्तों के लिए नहीं, महीनों के लिए नहीं, सालों के लिए। आज भी मैं किसी पर भरोसा नहीं कर सकता जो मेरी क़रीब आता है। मैं वल्नरेबल भी नहीं हो सकता, किसी के साथ खुल नहीं सकता। पता नहीं पहले कैसे हो जाता था मैं इतना ज़्यादा।'

पायल ने एक लम्बे पल तक मेरी तरफ देखा। मैंने अपने होंठ दबा लिए और दूसरी तरफ़ देखा।

'साल लग गए तुम्हें साकेत? हमसे उबरने में?' उसने कहा।

'लगभग 10 साल,' मैंने कहा। 'और मेरा एक हिस्सा, हमेशा-हमेशा के लिए बदल चुका है। मैं यक़ीन नहीं कर सकता कि मैं कभी स्टैंड-अप

कॉमेडी किया करता था। मैं अपने आपको इतना आज़ाद कैसे महसूस करता था वो करने के लिए?'

'काश् तुम अभी भी स्टैंड-अप कर रहे होते। तुम अच्छा स्टैंड-अप करते थे।'

'वो वाला साकेत मर चुका है। बिल्कुल उसी साकेत की तरह, जिसने टूटकर प्यार किया क्योंकि वही प्यार ख़त्म होते ही, वो वाला साकेत बुरी तरह टूट गया था। तो हाँ, तुम बिल्कुल सच कहती हो। तानिया, पॉलिना, और उसकी जैसी लड़कियाँ, उनके साथ मैं जैसा भी रिश्ता रखता हूँ, वह नक़ली है। उतना ही नक़ली, जितना उनका बोटॉक्स फिलर होता है। हाँ, वो रिश्ता सतह पर, ऊपर ऊपर से, बहुत ख़ूबसूरत लगता है, लेकिन अंदर ही अंदर वो मुझे यह दिलासा तो दे ही देता है कि मुझे और मेरे दिल को चोट नहीं पहुँचेगी। कभी-कभार, तैरने का मन करे तो एक कम गहरे पूल में तैरना पड़ता है, ताकि आप आप डूब ना जायें।'

'सॉरी मैं तुम्हारे लिए लड़ नहीं पाई, साकेत,' पायल ने मेरी आँखों में देखते हुए कहा। उसने अपना हाथ आगे बढ़ाया और मेरा हाथ थाम लिया। मैंने हौले से अपना हाथ छुड़ा लिया।

'कोई बात नहीं,' मैंने कहा। 'तुम्हारे ऊपर बहुत ज़्यादा फ़ैमिली प्रेशर था। ऐसा होता है इंडियन फ़ैमिली में। तुमने अपनी पूरी कोशिश की।'

हम लोग कुछ देर ख़ामोशी में बैठे रहे। फिर पायल ने कहा, 'मैं तुम्हारे ट्रस्ट इशू समझ सकती हूँ,' उसने कहा। 'मुझे भी हैं।'

मैंने उसकी तरफ़ ऊपर देखा।

'मेरी शादी ने भी मुझे कई ज़ख़्म दिए हैं। और अब मैं अपनी ज़िंदगी किसी नए इंसान के साथ गुज़ारने के बारे में सोच भी नहीं सकती हूँ।'

'तो तुम्हें भी क्या वो तानिया जैसा सिस्टम आज़माना है? क्या तुम चाहती हो कि मैं उससे पूछूँ अगर कीव में उसका कोई भाई है तो?'

पायल ज़ोर से हँसी। 'नहीं, नहीं, शुक्रिया! मेरा ऐसा कोई सीन नहीं हैं।'

'कम से कम उसको कुछ तस्वीरें भेजने को तो कह ही सकता हूँ। एक यूक्रेनियन टॉयबॉय। कम से कम उसकी तस्वीरें तो देख लो?'

'बस करो यार,' पायल ने कहा, और मेरे बाज़ू पर मुक्का मार दिया। एक पल के लिए लगा जैसे कि हम वापस बारह साल पहले, मुंबई वाले नोकझोंक-भरे दिनों में वापस आ चुके थे।

हमारी बातों को एक जवान आदमी ने रोक दिया जो एक यूनीसाइकिल पर आया था, बीच से लगे साइकिल ट्रैक पर। उसने एक स्ट्राइप्ड शर्ट और पैंट पहनी थी, जिससे वो किसी सर्कस के क्लाउन जैसा दिख रहा था।

'एक्सक्यूज़ मी, लवली कपल,' उसने यूनी साइकिल पर अपना बैलेंस बनाते हुए कहा।

'हम कपल नहीं हैं,' मैंने कहा।

'ओह, ओके, सॉरी,' यूनी साइकिल वाले आदमी ने कहा। 'मेरा नाम जमाल है, मैं एक प्रोफ़ेशनल जगलर हूँ। क्या आप लोग ज़रा मेरी मदद कर सकते है?'

'बिल्कुल,' मैंने कहा।

'मैं एक नई एक्ट के लिए प्रैक्टिस कर रहा हूँ, लेकिन एक बड़े ऑडियंस के सामने ये परफॉर्म करने से पहले मैं ये एक्ट कुछ लोगों को दिखाकर उनकी राय लेना चाहता हूँ। क्या मैं आपको अपनी एक्ट दिखाऊ? फिर आप मुझे अपना जेन्युइन ओपिनियन दीजिएगा।'

पायल और मैंने एक दूसरे को देखा।

'फ़िक्र मत कीजिए, आपको मुझे एक पैसा भी देने की ज़रूरत नहीं है,' जमाल ने कहा।

'बिल्कुल,' पायल ने कहा। 'चलो देखते हैं।'

जमाल हमारे आगे झुक गया। वो साइकिल ट्रैक से उतर गया, और उसने अपनी साइकिल का पहिया रेत में धँसा दिया, ताकि वह बैलेंस कर जाए। उसके बाद उसने कुछ तड़क-भड़क गाने चला दिए अपने ब्लूटूथ स्पीकर पर। जमाल साइकिल के ऊपर बैठा और उसने अपनी पॉकेट से छह बॉल्स निकालीं। वो उन्हें जगल करने लग गया पहले उसने तीन बॉल्स निकाली,

उसके बाद सारी छह की छह बॉल्स को वो जगल करने लगा, पूरे फोकस के साथ, और होंठों पर एक मुस्कान लिए।

पायल की आंखें बस जमाल के हाथों पर टिकी हुई थीं। हवा में जाती हुई बॉल्स पर, और उसके चेहरे पर। मैं अपनी नज़र जमाल और पायल के बीच दौड़ा रहा था। मैं पायल को जगलिंग एक्ट एन्जॉय करता देख ख़ुश था। शायद मुझे यही बात अच्छी लगती थी पायल के साथ रहने में, उसकी ख़ुशी से मैं अपने आप ख़ुश हो जाता था।

'वाह! वाह! क्या बात है!' जमाल का एक्ट ख़त्म होने पर पायल ने तालियां बजायी। वह झुका और मैंने भी ताली बजायी।

पायल ने अपने पर्स से सौ दिरहन का नोट निकाला। जमाल ने पैसों को मना करते हुए अपने हाथ हिलाने शुरू कर दिए।

'अस्तग़फ़ीरुल्लाह! ये तो मैं सरासर नहीं ले सकता, आप मेरे ऑडियंस हैं,' जमाल ने कहा। 'मुझे बस फीडबैक दीजिए।'

'कैसा फ़ीडबैक?' पायल ने कहा। 'तुम कमाल के हो जमाल, बस थोड़ी और कॉन्फिडेंस लाओ अपने एक्ट में और खुद पर थोड़ा नाज़ करो। तुम बहुत अच्छे हो।'

'आपका दिल बहुत बड़ा है,' जमाल ने कहा।

'कम से कम हमें एक कप चाय पिलाने का मौक़ा तो दो,' मैंने कहा।

'बिल्कुल,' जमाल ने कहा।

मैं टी-स्टॉल पर गया और तीन कड़क चाय के कप लेकर आया।

'थैंक यू,' जमाल ने मुझसे कप लेते हुए कहा। 'आप लोग दुबई में रहते हैं?'

'मैं रहता हूँ। ये बस कुछ दिनों के लिए आयी हैं,' मैंने कहा।

'ओके। आप लोग इतनी देर रात इस बीच पर क्या कर रहे हैं? या मैं कहूँ इतनी सुबह?' जमाल ने कहा।

'हमें नींद नहीं आ रही थी,' पायल ने कहा, 'और मुझे कुछ खाने का मन था।'

'इनको कुछ अटरम-पटरम खाने का मन कर रहा था, बिना दिखावे का खाना,' मैंने कहा और सब हँस दिए।

'क्या जगलर बनना बहुत मुश्किल था? क्यूँकि आप जो कर रहे हो, काफ़ी मुश्किल लगता है,' पायल ने कहा।

'आपको पता है सबसे मुश्किल क्या होता है?' जमाल ने कहा। 'बॉल्स को नहीं, फ़ैमिली प्रेशर को बैलेंस करना।'

'क्या मतलब है तुम्हारा?' मैंने पूछा।

'देखिए एक बात तो साफ़ है, आज के दौर में, जगलिंग में कोई खास कमाई तो है नहीं,' जमाल ने कहा।

पायल और मैं मुस्कुराए।

'आप लोग क्या करते हैं?' जमाल ने कहा।

'प्राइवेट इक्विटी,' पायल ने कहा।

'मेरी ख़ुद की साइबरसिक्योरिटी कंपनी है,' मैंने कहा।

'अब देखिए, ये होती हैं कुछ जॉब जिनके बारे में सुनकर मेरे पेरेंट्स बड़ा नाज़ करेंगे,' जमाल ने कहा। 'देसी अम्मी-अब्बू जगलर पसंद नहीं करते। ख़ासतौर से जब उनकी औलाद ही जगलर बन जाए।'

'आप इंडिया से हैं?'

'नहीं, पाकिस्तान। लाहौर का हूँ जनाब, पर यहाँ पर सबकुछ सेम ही है। देसी पेरेंट्स चाहते हैं कि उनकी औलाद क़ाबू में रहे, भले ही वो बच्चे साठ के ही ना हो जाएँ। उसके बाद थोड़ी मुश्किल हो जाती है, क्योंकि फिर उनके अम्मी-अब्बू ही गुज़र जाते हैं,' जमाल ने कहा।

पायल और मैं हँसे।

'तो यही सबसे मुश्किल पार्ट है। अरे मुझे तो अम्मी-अब्बू ने क़रीब-क़रीब घर से बेदख़ल ही कर दिया था। फिर मैंने ख़ुद ही अपने आपको जीना सिखाया। छोटी-मोटी गिग कर लेता था यहाँ-वहाँ। बच्चों की बर्थडे पार्टी से लेकर बीच क्लब तक। थोड़े-बहुत पैसे मिल जाते थे, तो उससे खाना खा लेता था। किस्मत से मैं यहाँ दुबई आ गया। यहाँ मैं अपना

जीवन चला सकता हूँ। मेरे पास सोशल मीडिया भी है, और बीस हज़ार से ज़्यादा फॉलोवर हैं। मैं अपने एक्ट्स की रील बनाता रहता हूँ। इससे मुझे और बिज़नेस मिलता रहता है। क्या मैं आपके साथ अपना इंस्टा शेयर कर सकता हूँ?'

मैंने और पायल ने अपने फ़ोन निकाले, जैसे ही जमाल ने हमें अपना इंस्टाग्राम अकाउंट दिखाया।

'बहुत खूब, जमाल। तो, अब आपके और आपके पेरेंट्स में सब कैसा चल रहा है?' पायल ने कहा।

'बहुत खूब नहीं,' जमाल ने कहा। 'वो दोनों वकील हैं। उनके दादाओं और परदादाओं की तरह। मेरा ख़ानदान, लाहौर की सबसे मशहूर लॉ फर्म चलाता है। मैं ही इस ख़ानदान का "ब्लैक-शीप" हूँ।'

'ऐसा मत कहो,' पायल ने कहा।

'मेरे पेरेंट्स नहीं समझते। मुझे मेरी जॉब बहुत पसंद है। मुझे उससे ख़ुशी मिलती है। और बस उसी से फ़र्क़ पड़ता है। काश के उनको भी ये बात कभी समझ में आ जाए। और अगर ना आए तो, बस मैं समझ जाऊँगा कि सब ठीक नहीं है,' जमाल ने कहते हुए अपने कंधे उचकाए।

'तुम्हारी जॉब सिर्फ़ तुमको ही खुश नहीं रखती है। बाक़ी लोगों को भी–बच्चों से लेकर बूढ़ों तक, सबको खुश रखती है,' पायल ने कहा। वो इमोशनल हो रही थी।

'थैंक यू,' जमाल ने कहा, और वो पायल के आगे झुक गया। 'खैर, अभी मुझे चलना चाहिए। मुझे लगता है मैं आप लोगों के बीच कबाब में हड्डी बन रहा हूँ।'

'नहीं, हम कोई कपल नहीं हैं,' पायल कहते हुए मुस्कुराई।

जमाल ने हाथ हिलाकर हमें अलविदा कहा और अपनी यूनिसाइकिल पर चला गया।

जब वो चला गया तो पायल शांति से बैठी रही। वो एकटक आसमान को देखती रही। सुबह की पहली किरण हौले से आकर सारे आसमान को रात की

नींद से जगा रही थी। पायल का चेहरा उस नए दिन की लाली में दमक रहा था। उसकी आँखों से एक आँसू छलक रहा था।

'पायल? सब ठीक तो है?' मैंने कहा।

पायल ने अपना सर हिलाया। उसकी नज़र अब भी पानी पर थी। जलते सूरज की लौ ने सारे समंदर में आग सी लगा दी थी। तपिश ऐसी थी कि पायल का पूरा बदन तिलमिला उठा।

'पक्का? सब ठीक तो है?' मैंने फिर से पूछा।

उसने तेजी से सिर हिलाया, लेकिन उसके चेहरे पर कोई और ही कहानी थी। कुछ ही पलों में पायल फफक-फफककर रोने लगी।

'क्या हुआ पायल?' मैंने अपना हाथ उसके हाथ पर रखते हुए पूछा।

'मैं जगल नहीं कर पाई,' उसने रोते-रोते कहा।

'क्या?' मैंने पायल की तरफ़ देखा। मैं वाक़ई काफ़ी कन्फ्यूज़्ड था।

लेकिन पायल ने कुछ जवाब नहीं दिया। उल्टा वो अगले कुछ पलों के लिए, और ज़्यादा रोने लगी, दिल खोल के। ऐसा लगा जैसे उसके अंदर कहीं ना कहीं आँसुओं का बाँध था, जो खुल गया था, और अब उसके आँसू रुक ही नहीं रहे थे।

'क्या बात है, पायल?'

वो खुद को शांत करने की कोशिश कर रही थी। मैंने आँसू पोंछने के लिए उसे कुछ टिश्यू दिए, जो हमारे खाने के साथ आए थे। आख़िरकार उसने रोना बंद कर दिया।

'जमाल को देखा तुमने,' उसने कहा। 'वो अपने सपनों के लिए अपने अपनों से लड़ लिया। और आखिरकार उसने क्या कहा? "काश के उनको भी ये बात कभी समझ में आ जाए। और अगर ना आए तो, बस मैं समझ जाऊँगा कि बस बहुत बुरा हुआ"।'

'हाँ, वो काफ़ी गहरी बात थी।'

'वो बर्थडे पार्टियों पर गिग कर रहा है। जैसे तैसे करके अपनी ज़िंदगी चला रहा है। लेकिन वो वो चीज़ कर रहा है, जो उसे वाक़ई पसंद है, और जिसमें

वो माहिर है। उसके घरवालों को उसका साथ देना चाहिए, लेकिन साथ देना तो भूल जाओ, उन्होंने तो जमाल को घर से ही बाहर निकाल दिया। फिर भी वो जी रहा है, मुस्कुरा रहा है, कितना...' पायल बीच बात में ही रुक गई। शायद वो सही शब्द ढूंढ रही थी। '...कितना बहादुर है।'

'हाँ,' मैंने कहा। 'लेकिन मुझे ये अंदाज़ा नहीं था कि वो तुम्हें इतना प्रभावित कर जाएगा।'

'क्यूँकि उसने मुझे एक आईना दिखा दिया, साकेत।'

'आईना?'

'हाँ, वो मुझे ये बता गया कि मुश्किल से मुश्किल परिस्थितियों में भी अपने लिए खड़ा होना मुमकिन है। भले ही आप बच्चों की बर्थडे पार्टी पर बॉल्स उछालते हों, आप अपने सपनों के साथ समझौता नहीं करेंगे। और एक तरफ़ मैं हूँ। मेरी तो अच्छी ख़ासी, बड़े पैसों वाली नौकरी थी, लेकिन क्या मैं अपने लिए खड़ी हो पाई?'

'अपने परिवार से लड़ लेना मुश्किल होता है,' मैंने कहा।

'नामुमकिन तो नहीं,' पायल ने कहा। 'और मैं नाकामयाब रही। मैंने ग़लत आदमी से शादी कर ली। जबकि मुझे पता था कि वह मेरे लिए सही नहीं था। मैंने अपने आपको इतना तड़पाया। तुम्हें भी तड़पाया...' पायल फिर से रोने लगी।

मैंने अपनी बाँह उसके कंधे पर रखी। उसका नाज़ुक बदन छूना अब भी जाना पहचाना लग रहा था। इतने सालों बाद भी।

'मैंने अपने आप पर शक़ किया,' पायल ने कहा। 'मुझे लगा कि वो जो भी बकवास कर रहे थे, सच कह रहे थे।'

'कैसी बकवास?'

'वही सबकुछ, तुम्हारे और मेरे बारे में: तुम्हारी-मेरी उम्र में फ़र्क़। कि वो प्यार नहीं था, बस हवस थी, सेक्स एडिक्शन थी, वगैरह, वगैरह...' पायल एक बार फिर फूट-फूटकर रोने लगी।

'मत रो, प्लीज़। ये तुम्हारी गलती नहीं थी।'

'कैसे नहीं थी?' उसने कहा। 'मैं उतना लड़ी ही नहीं। अपने लिए खड़ी भी नहीं हुई।'

'तुम बहुत छोटी थी, पायल। बाईस की उम्र में किसी को क्या ही पता होता है आगे का?'

पायल ने मेरी तरफ़ देखा। उसका चेहरा आँसुओं से धुला हुआ था।

'कोई बात नहीं,' मैंने कहा। 'सच में। तुम बाईस साल की थी। उस उम्र में सबसे बग़ावत करना बहुत मुश्किल होता है। मैं समझ सकता हूँ।'

पायल मेरी तरफ़ मुड़ी। उसने मुझे गले लगा लिया। मेरे कंधों पर अपना सर रख दिया। बिल्कुल वैसे ही जैसे वो बारह साल पहले करती थी।

'फिर भी, मैं तुमसे माफ़ी माँगना चाहती हूँ, साकेत,' उसने फुसफुसाया।

मैंने देखा कि हम एक दूसरे को ज़रूरत से कुछ ज़्यादा पलों के लिए थामे हुए थे। मेरे सर में मुदित के वो शब्द गूँजे: 'संभल के!'

'कोई बात नहीं,' मैंने खुद को अलग करते हुए कहा।

मैंने टाइम देखा। सुबह के 6.30 हो गए थे।

'हमें वापस चलना चाहिए?' मैंने कहा।

ड्यू डिलिजेंस टीम को छह हफ़्ते लगे अपना फ़ाइनल साइन-ऑफ़ देने में। उन्होंने हर चीज़ की जांच-पड़ताल की थी: हर फ़ाइल, हर डॉक्यूमेंट, हर रसीद, हर तरह का इनवॉइस और हर तरह का डेटा जो सिक्योरिटीनेट में था।

'लीजिए, ये रहे साढ़े-तीन बिलियन डॉलर, ट्रांसफर को रेडी,' नीरज ने फाइनल बाइंडिंग ऑफर डॉक्यूमेंट मेरी तरफ़ सरकाते हुए कहा।

मैंने उस पचास-पन्नों के दस्तावेज़ को पढ़ा, और मैं अपने पे-आउट वाले पन्ने पर थोड़ी देर रुका। इस समय पर मैं क़रीब बीस पर्सेंट मालिक था सिक्योरिटीनेट का, जो करीब सात सौ मिलियन डॉलर, या क़रीब छह हज़ार करोड़ रुपये थे।

मुदित ने धीरे से अपना सर हिलाया। 'हमने कर दिखाया,' उसने चुपके से कहा।

कहीं बैकग्राउंड में मुझे द *वुल्फ ऑफ़ वाल स्ट्रीट* का 'द मनी चैंट' सुनाई दे रहा था।। मैंने ऑफर डॉक्यूमेंट बंद करके, उसे साइड में रख दिया।

'दोनों पक्षों की लीगल टीम ने इसे चेक कर लिया है ना?' मैंने कहा।

'पूरी तरह,' मैक्स ने कहा।

मैं शैलेश की तरफ़ मुड़ा, जो सिक्योरिटीनेट के लीगल डिपार्टमेंट का हेड था।

'हाँ, हमने चेक कर लिया है,' उसने कहा। 'सब सही है। एक बार सारी पार्टी यहाँ साइन कर लें, तो सभी ट्रांजेक्शन तीस दिनों में क्लोज हो जायेंगी।'

'अगर ऐसी बात है तो हमें बस अब एक पेन की ज़रूरत है। है क्या, किसी के पास?'

पायल ने अपने लैपटॉप बैग से एक पेन निकाला।

'थैंक यू, पायल,' मैंने कहा।

'साइन करने से पहले, मेरी एक रिक्वेस्ट है,' नीरज ने कहा।

'क्या?' मैंने कहा।

'हम लोग यहाँ साइनिंग पूरी कर लेंगे। हालांकि, इस डील को सेलिब्रेट करने के लिए हम अगले महीने एक पार्टी होस्ट करना चाहते हैं। हम चाहेंगे, आप, मुदित, और सिक्योरिटीनेट के बाक़ी सारे सीनियर मेम्बर उसमें शामिल हों,' नीरज ने कहा।

'ओके, ओके। हम आप लोगों के साथ एक पार्टी तो झेल ही लेंगे,' मैंने हँसते हुए कहा। 'कब और कहां?'

'अगले महीने, जब ट्रांजेक्शन पूरी हो जाए। हम मुंबई में पार्टी करेंगे।'

'मुंबई में?' मैंने नीरज को आँख मारते हुए कहा।

'वेल, हाँ। ये बहुत बड़ी ट्रांजेक्शन है हमारे लिए। इस इवेंट से ब्लैकवॉटर और क्लाउडएक्स की भी काफ़ी अच्छी पब्लिसिटी हो जाएगी। हम कुछ स्ट्रेटेजिक मीडिया और पीआर मीट भी करवाना चाहते हैं।'

'मैं तो कई सालों से मुंबई नहीं गया हूँ,' मैंने कहा।

'हमें चलना चाहिए, ब्रो,' मुदित ने कहा। 'ये सब वहीं शुरू हुआ था। 'चल जाकर देखते हैं ना कि हम कितनी दूर आ गए हैं।'

मैंने कमरे में सबको देखा। मेरी आँखें पायल पर आकर रुकीं।

'फ़िक्र मत करो, हम एक अच्छी पार्टी देंगे,' उसने मुस्कुराते हुए कहा।

'ओके,' मुदित ने हाथ उठाते हुए कहा। 'मेरे पास अभी अभी एक आईडिया आया।'

'क्या?' नीरज ने कहा।

'हम मुंबई में इवेंट करेंगे, लेकिन वो कोई बोरिंग होटल में नहीं होगा। मुझे उसके लिए एक परफेक्ट जगह पता है–जो सिक्योरिटीनेट के फ़ाउंडर्स से जुड़ी है,' मुदित ने कहा।

मैं हैरानी से मुदित की तरफ़ मुड़ा।

'मैं मुंबई में एक कॉमेडी क्लब चलाता था। कुछ साल पहले मैंने उसे क्लब के सीईओ को बेच दिया था, लेकिन वो क्लब अब भी वहीं है' मुदित ने कहा। 'वहीं करते हैं पार्टी।'

'डील-क्लोजिंग पार्टी एक कॉमेडी क्लब में?' नीरज ने कहा।

'वो जगह हम दोनों के लिए बहुत मायने रखती है। और वो सिर्फ़ एक कॉमेडी क्लब ही नहीं है, उसकी एक बेहतरीन बार और लाउंज भी है। हम उस जगह का इस्तेमाल कर सकते हैं,' मुदित ने कहा।

'चल ना यार, मुदित,' मैं कुछ कहना चाह रहा था, लेकिन मुदित ने मुझे बीच में ही टोक दिया।

'और आपको पता है इस क्लब की सबसे क्रेज़ी चीज़ क्या है? साकेत कभी वहाँ स्टैंड-अप कॉमेडी किया करता था,' मुदित ने कहा।

'क्या?' नीरज ने कहा। 'तो हो गया फैसला। वहीं करते हैं इवेंट। हो सके तो साकेत हमारे लिए परफॉर्म भी कर सकते हैं।'

'अहा! एक और लाजवाब सुझाव,' मुदित ने तालियाँ बजाते हुए कहा।

'ये सब तो काफ़ी मज़ेदार लग रहा है,' मैक्स ने कहा।

‘अरे मस्त होगा एकदम। यही तो होगी हमारी शुरुआत की कहानी। सिक्योरिटीनेट के फाउंडर की शुरुआत, जो उसे फर्श से अर्श तक ले गए,’ फिलिप ने कहा। ‘हमें उसकी बहुत बढ़िया मीडिया कवरेज भी मिल जाएगी।’

‘और तो और, सिक्योरिटीनेट का फाउंडर हम सबके लिए एक स्टैंड-अप सेट भी करेगा,’ नीरज ने कहा।

‘अरे बस भी करो यार,’ मैंने कहा। ‘अब, अगर आप सबके क्रेज़ी पार्टी आइडियाज़ हो गए हों, तो क्या मैं इस मल्टी-मिलियन डॉलर डील पर साइन कर सकता हूँ?’

‘बिल्कुल, हाँ,’ नीरज ने हँसते हुए कहा। ‘लेकिन आप सबको मुंबई वाले इवेंट में ज़रूर आना होगा। चाहे आप परफॉर्म करें या ना करें।’

‘मैं मुंबई ज़रूर आऊँगा। पर मेरा परफॉर्म करना पक्का नहीं है,’ मैंने कहा।

‘अरे करेगा, करेगा!’ मुदित ने कहा।

‘साथियों, चलो काम की बात पर ध्यान देते हैं,’ मैंने कहा।

मैंने ऑफर डॉक्यूमेंट साइन कर दिया। पूरे कमरे में तालियाँ बजने लगीं।

‘मुंबई में मिलते हैं, साकेत,’ नीरज ने कहा।

~

मैं पायल के टेम्परारी सिक्योरिटीनेट ऑफिस में गया। वो अपनी डेस्क के साइड में खड़ी, कुछ डाक्यूमेंट्स को ब्राउन बक्सों में पैक कर रही थी।

‘एक्सक्यूज़ मी, क्या मैं अंदर आ सकता हूँ?’ मैंने ग्लास डोर को धीरे से खटखटाते हुए कहा।

पायल ने ऊपर देखा।

‘ओह, साकेत! हाँ प्लीज़, अंदर आ जाओ।’

‘पैकिंग चल रही है?’

‘हाँ,’ उसने कहा। ‘और एक बार फिर, बहुत-बहुत बधाई हो, डील साइन करने पर।’

‘तुमको भी,’ मैंने कहा। ‘कब जा रही हो वापस?’

'परसों। संडे शाम की फ्लाइट से।'

'ओके, कोई वीकेंड प्लान?'

'कुछ खास नहीं। बस पैकिंग करूँगी। शायद थोड़ी लास्ट-मिनट शॉपिंग। लेकिंग मुझे शॉपिंग से नफ़रत है। फिर भी, दुबई मॉल का एक चक्कर लगा ही आउंगी।'

'ओ, ओके। मैं बस इसलिए पूछ रहा था क्यूंकि मैं कल मंदिर जा रहा हूँ। जबसे ये डील क्लोज हुई है, मैं वहाँ जाना चाह रहा था। क्या तुम मेरे साथ चलोगी?'

'ओ, हाँ... बिल्कुल। ख़ुशी से। क्या मैं तुम्हें सीधा वहीं मिलूँ?'

'नहीं, इस बार मैं तुम्हें पिक कर लूँगा। सात बजे? चलेगा?'

'बिल्कुल। चलेगा।'

'और एक और बात, इस बार मेरे कोई डिनर प्लान भी नहीं हैं। क्या तुम साथ में कहीं डिनर करना चाहोगी?'

'पक्का? मैं फिर से गुरद्वारे पर भी खा सकती हूँ, या कहीं और, अकेले।'

'नहीं, साथ ही में करते हैं डिनर। कल तुम्हारी दुबई में आखरी रात भी है ना?'

'हाँ।'

'सही है, मैं कोई बढ़िया सी जगह ढूंढ़ता हूँ। मिलते हैं।'

'मुझे इंतज़ार रहेगा,' उसने मुस्कुराते हुए कहा।

मैंने जाते-जाते मैंने उन ब्राउन डिब्बों में से एक को हल्के से थपथपाया। 'मुझे भी। हैप्पी पैकिंग!'

~

'मैं इस ड्रेस में बिल्कुल माहिरा ख़ान जैसी लगती हूँ ना?' पायल ने पूछा। वो मुझे अपनी सफेद कढ़ाई वाली स्काई-ब्लू सलवार क़मीज़ दिखा रही थी, जो वो मंदिर में पहनकर आई थी।

'कौन?' मैंने कहा।

'मैंने ये सूट एक पाकिस्तानी बुटीक से लिया था। क्या मैं पाकिस्तानी सीरियल की हिरोइन जैसी नहीं लग रही?'

'मैंने तो नहीं देखें कोई सीरियल। लेकिन, तुम अच्छी दिख रही हो,' मैंने कहा।

'थैंक यू,' उसने मुस्कुराकर, शरमाते हुए कहा। 'कहाँ जा रहे हैं हम फिर डिनर के लिए?' उसने अगले ही सेकंड में पूछा।

'तजीन,' मैंने कहा। हम लोग मेरी गाड़ी की बैक सीट पर थे। 'एक मोरक्कन जगह है, वन एंड ओनली रॉयल मिराज पर।'

'फैंसी,' उसने कहा।

'आख़िर ये तुम्हारी दुबई में आख़िरी शाम है।'

वो मुस्कुराई लेकिन उसके अंदर उत्साह का कोई भाव नज़र नहीं आ रहा था।

'हमें उधर जाने की ज़रूरत नहीं है,' मैंने कहा। 'क्या तुम कहीं और जाना चाहती हो?'

'नहीं, मुझे यकीन है ये बहुत अच्छा होगा,' उसने कहा।

लड़कियाँ कुछ और क्यों बोलती हैं, जबकि उनका चेहरा साफ़-साफ़ कुछ और ही कह रहा होता है?

गाड़ी शेख ज़ायद रोड पर से गुज़री।

'ओके, पायल? देखो मुझे,' मैंने कहा।

उसने मेरी तरफ़ देखा। 'हाँ।'

'तुम्हें कहीं और चलना है? कुछ अटरम-पटरम खाना है? किसी खोखे से? हम वो भी कर सकते हैं।'

'नहीं, आज नहीं। वो तो बस एक अजीब सी रात के तीन बजे वाली क्रेविंग थी।'

'ये तुम्हारी आख़िरी रात है यहाँ, पायल। मैं चाहता हूँ कि तुम ख़ुश रहो। मुझे यहाँ हर तरीक़े की जगह पता है, तो प्लीज़ मुझे बता दो।'

'बता दूँ कि मुझे वाक़ई क्या खाने का मन है?' उसने कहा, वो एक्साइटेड थी।

'हाँ।'

'मुझे गरमा-गरम दाल चावल खाने हैं। जैसे सिंपल घर का खाना। ज़्यादा फैंसी या एक्सोटिक नहीं है, लेकिन मेरा दिल ख़ुश कर जाएगा।' 'यहाँ कुछ इंडियन रेस्टोरेंट हैं, हम वहाँ चल सकते हैं,' मैंने कहा। 'लेकिन फिर भी वो रेस्टोरेंट ही होंगे। एकदम घर जैसा खाना तो तुम्हें एक ही जगह मिलेगा।'

'कहाँ?'

'मेरे घर। मेरी एक कुक हैं, शांति दीदी। वो वैसे ही दाल चावल बना देंगी, जैसे तुम्हें पसंद हैं।'

'जैसे पीली दाल?'

'तुम्हें जो भी दाल खानी हो।'

'आचार और दही के साथ?'

'हाँ, वो घर पर होने चाहिए।'

'पापड़ और घी के साथ?'

'हाँ,' मैंने मुस्कुराते हुए कहा। 'उसका भी इंतज़ाम हो सकता है, मुझे यक़ीन है।'

'डन,' पायल ने एक्साइटेड होकर कहा। 'चलो तुम्हारे घर ही चलते हैं। तुम्हारा घर भी देख लूँगी इसी बहाने।

मैंने पायल की तरफ़ देखा, 'पक्का ना?'

'हाँ।'

मैं ड्राइवर की तरफ़ मुड़ा। 'हम घर चलेंगे, रियाज़,' मैंने कहा।

~

'तुम यहाँ रहते हो?' पायल मेरे लिविंग रूम में खड़ी उसकी डबल हाइट सीलिंग को देख रही थी।

'हाँ, यही मेरा घर है,' मैंने कहा।

पायल अपना सर हिलाते हुए एक सोफे के पास गई और उसमें धँस गयी। मैं किचन तक गया और शांति दीदी को कुछ दाल चावल बनाने को कहकर

आया। और साथ में वो सारी चीज़ें देने को कहा जो पायल खाना चाह रही थी। फिर मैं वापस लिविंग रूम आ गया।

'खाना तैयार होने में एक घंटा लगेगा,' मैंने पायल से कहा। 'क्या तुम बाहर गार्डन में बैठना चाहोगी?'

'हाँ, बिल्कुल,' पायल ने कहा।

मैनिक्योर गार्डन से सटी हुई एक बीच थी, जिससे वाटर-फ्रंट और आसपास के विला दिखाई देते थे।

'वाह,' पायल ने कहा। 'मुझे पता था कि तुम पाम विला पर रहते हो, पर ये तो बहुत ज़्यादा खूबसूरत और बड़ा है।'

'हाँ, ये उस बांद्रा वाली जगह से थोड़ा ज़्यादा हवादार है ना?' मैंने कहा।

'थोड़ा?' वो हँसी। 'ये उससे दस गुना ज़्यादा बड़ा है।'

'बीस गुना,' मैंने कहा।

'मुझे वो बांद्रा वाली जगह बहुत पसंद थी। वो विंडो लेज,' पायल ने कहा। उसने फिर अपनी नज़र बाहर पानी की तरफ़ कर ली। उसके चेहरे पर वही सुकून था, जो मेरे बांद्रा के अपार्टमेंट की खिड़की से बाहर देखने पर हुआ करता था।

'तुम कितनी दूर चले आए हो, साकेत। तुम्हें खुद पर नाज़ करना चाहिए,' उसने कुछ देर बाद कहा।

'थैंक यू,' मैंने कहा। 'भगवान का आशीर्वाद है, हालांकि मैं तो अभी भी वही हूँ। कभी-कभार मुझे यक़ीन ही नहीं होता कि ये मेरा ही घर है। ऐसा लगता है कि मैं कोई बहरूपिया हूँ।'

'तुम अपनी हर कामयाबी के हक़दार हो, जिसके लिए तुमने इतनी ज़्यादा मेहनत की है,' पायल ने कहा।

'थैंक यू। अच्छा सुनो, मैं भी कितना पागल हूँ। मैंने तुम्हें कुछ पीने को ही नहीं ऑफ़र किया। क्या लेना चाहोगी? चाय, सोडा, जूस, वाइन?'

'मैं एक वाइन का ग्लास पीना चाहूँगी। जरा इस नज़ारे को देखो! कितना ख़ूबसूरत होगा यहाँ बैठकर कुछ वाइन पीना, और शामें गुज़ारना...'

मैं अंदर गया और मैंने वाईट वाइन की एक बोतल खोली, ब्लूटूथ स्पीकर पर कुछ म्यूज़िक लगाया, और फिर वाइन और दो वाइन ग्लासेस के साथ वापस आया।

'चीयर्स,' मैंने हम दोनों के लिए वाइन डालते हुए कहा।

'वाईट वाइन,' उसने कहा। 'तुम्हें याद है।'

मैं मुस्कुराया। हम कुछ देर शांति में बैठे रहे।

'मुंबई जाने के लिए एक्साइटेड?' मैंने कहा।

'खुद को तैयार कर रही हूँ। मुझे पता थी कि ये दिन कभी ना कभी तो आयेगा। लेकिन मैंने दुबई में बहुत अच्छा वक़्त गुज़ारा, तुम्हारे साथ...'

'हाँ, जितना भी थोड़ा हमने बिताया, अच्छा लगा,' मैंने कहा।

'हाँ मुझे भी,' उसने कहा। 'और मुझे ख़ुशी है कि हम अपनी आख़िरी शाम यहाँ एक साथ गुज़ार रहे हैं।'

'मुझे नहीं पता कि मैं तुम्हें अगली बार कब देखूँगा,' मैंने कहा।

'तुम मुंबई आ रहे हो ना? डील क्लोज़िंग डिनर के लिए?'

'ओ, हाँ। पता नहीं उस चीज़ में मैं कैसे घुस गया,' मैंने कहा। 'अरे चलो ना मज़ा आएगा। मुदित का आइडिया अच्छा है, क्रेयॉन क्लब में उस पार्टी को रखने का। नहीं तो ब्लैकवॉटर के इवेंट हमेशा या तो ओबरॉय में होते हैं या ताज में। आलीशान होते हैं, पर बोरिंग, बहुत बोरिंग।'

मैं हँसा।

'तुम छोटा सा एक सेट तो करोगे ना?' पायल ने अपने लिए एक और वाइन का ग्लास भरते हुए कहा। मैंने अपनी वाइन के बस दो ही सिप लिए थे।

'ना, ना,' मैंने अपना हाथ हिलाते हुए कहा। 'मैं नहीं कर सकता वो सब। मैंने स्टेज पर सालों से परफॉर्म नहीं किया है। और एक सेट ऐसे ही नहीं हो जाता है। तैयारी करनी पड़ती है।'

'तो कर लो ना तैयारी। तुम्हारे पास एक महीना है। कुछ लिख लो, प्रैक्टिस कर लो।'

'पता नहीं अगर कर भी पाऊँगा या नहीं।'

'बिल्कुल कर पाओगे।'

मैंने अपना सर हिलाया।

'अरे कमाल का होगा, साकेत। सोचो, एक यूनिकॉर्न फ़ाउंडर जो खुद को इतना सीरियसली नहीं लेता है। अपने डील क्लोजिंग डिनर पर एक स्टैंड-अप करता है। सारे शहर में बात फैल जाएगी, वायरल हो जाओगे।'

मैं मुस्कुराया। 'पता नहीं पायल, हो सकता है बहुत बड़ा बेवक़ूफ़ नज़र आऊँ।'

'नहीं, तुम नहीं बनोगे। प्लस, यही तो तुम्हारी ख़ासियत है। तुम खुद को सीरियसली लेते ही नहीं हो। तुम रिस्क लेते हो, और फिर तुम जिस चीज़ पर अपना ध्यान लगाते हो ना, तुम बस उसको करके ही रहते हो।'

मुझे अब समझ में आया कि मैं इस लड़की से इतना प्यार क्यों करता था। जब वो ऐसे बात करती थी, तो मेरे ऊपर एक जादू सा चल जाता था। तानिया, पौलिना, या कितनी भी और यूक्रेनियन मॉडल, जिनकी परफेक्ट बॉडी होती थी, मुझ पर वैसा जादू नहीं चला पाती थीं। पायल उनके जैसी नहीं दिखती थी। उसकी आँखों के कोनों पर एक-दो झुर्रियाँ आ गई थीं। कुछ सफ़ेद बाल भी थे। उसका चेहरा थोड़ा भरा-भरा सा हो गया था, और उसका शरीर अब पहले से थोड़ा कम पतला था। लेकिन फिर भी जब वो ऐसे बातें करती थी, तो मुझे कुछ कर जाती थी जिसे मैं सिर्फ़ एक ही शब्द में बयाँ कर सकता हूँ–जादू।

'क्या तुम मेरी बात सुन रहे हो, मिस्टर साकेत खुराना?' पायल ने मेरे सामने चुटकी बजाते हुए कहा।

'सॉरी, क्या?'

'मैं कह रही हूँ, तुम्हें वाक़ई एक सेट करना चाहिए डिनर पर। सिर्फ़ वो ही नहीं, तुम्हें वापस से स्टैंड-अप करना भी शुरू कर देना चाहिए,' उसने कहा।

'वापस स्टैंड-अप शुरू कर देना चाहिए?' मैं खुद पर हंसा। 'अरे, सवाल ही नहीं है। वो पुराना साकेत था। वो जा चुका है।'

'क्या तुमने अभी ये नहीं कहा कि अभी भी तुम वही इंसान हो?' उसने कहा। हमारी नज़रें मिलीं।

'मैं पी रही हूँ इसका ये मतलब नहीं है कि मैं सुन नहीं रही हूँ,' पायल ने अपने लिए वाइन का तीसरा ग्लास भरते हुए कहा।

आज रात इस लड़की को क्या हो गया है।

'मैं कॉमेडी करने वापस क्यों जाऊँगा अब?' मैंने कहा।

'वेल, मैंने तुम्हें कॉमेडी करते हुए देखा था। अपना सेट लिखते समय तुम कितना खो जाते थे। स्टेज पर तुम्हारी एनर्जी ही अलग होती थी। तुम कितना एक्साइटेड फ़ील करते थे जब तुम ऑडियंस के साथ कनेक्ट करते थे। अब तुम बहुत ज़रूरी काम करते हो, पता है, लेकिन उस समय तुम ज़्यादा ज़िंदा लगते थे।'

'मैं तब जवान था। और बेपरवाह... मुझे जीवन की सच्चाई भी नहीं पता थी।'

'वेल, शायद तुम्हें उसी तरह बेपरवाह ही रहना चाहिए,' पायल ने कहा। उसको वाइन बहुत ज़्यादा साहस देती जा रही थी, अपने दिल की बात कहने के लिए। 'और वैसे भी अब तुम्हें पैसों की तो कोई टेंशन नहीं होगी। मुझे पता ही है कि तुम्हें कितने ज़्यादा पैसे मिले। अरबो खरबो डॉलर।'

'इतने भी ज़्यादा नहीं, पर हाँ, काफ़ी सारे,' मैंने कहा।

'तो अब तुम्हें क्या रोक रहा है? तुम्हें वही जुनून भरा साकेत वापस लाना पड़ेगा।'

मैंने उसकी तरफ़ देखा और एक आह भरी।

'मैं ज़रा देखकर आता हूँ कि खाना तैयार हुआ या नहीं, मैंने खड़े होते हुए कहा।

'ये लो फिर से आ गया प्रैक्टिकल साकेत जो बातें बदलता है, सिर्फ़ ज़रूरी समय पर,' पायल ने अपना ग्लास टेबल पर पटकते हुए कहा।

'पहली बात, तुम और वाइन नहीं पियोगी आज,' मैंने कहा। 'और दूसरी बात मैं ज़रा किचन से लौटकर आता हूँ।'

मैं वापस घर के अंदर गया। शांति दीदी ने खाना बनाना ख़त्म कर दिया था।

'शांति दीदी, हमें खाना गार्डन में ही दे दीजिएगा प्लीज़,' मैंने कहा।

जब मैं वापस गार्डन गया तो पायल मेरी तरफ़ देखकर मुस्कुरा रही थी। उसने वाइन की बोतल उठायी और उसको हिलाया। 'तुम सही कह रहे थे, अब मैं वाक़ई आज शाम और वाइन नहीं पी सकती।'

'पायल,' मैंने उससे ख़ाली बोतल लेते हुए कहा। 'ये तुमने क्या किया? तुम्हें होश भी है कि तुमने क़रीब एक पूरी बोतल पी ली है?'

'पूरी बोतल पी ली क्या? हम तो शेयर कर रहे थे ना?' उसने लड़खड़ाती आवाज़ में कहा।

मैंने अपना सर पकड़ लिया।

शांति दीदी खाने के साथ बाहर आ गईं। उन्होंने सब कुछ एक लंबी ट्रे पर लगाया, और उसे गार्डन की टेबल पर रख दिया।

'चलो खाते हैं,' मैंने पायल से कहा।

'नहीं,' उसने कहा। 'क्या तुम मेरे लिए थोड़ी और वाइन ला सकते हो?'

'बिल्कुल नहीं,' मैंने कहा। 'चलो अब, खालो!' मैंने दाल चावल का एक चम्मच भरा, और उसके मुँह के पास रखा। वह आगे बढ़ी, और उसने खाना खाया।

'अब बाक़ी का खाना ख़ुद खाओ,' मैंने कहा।

'नहीं।'

'क्या तुम्हें चढ़ी हुई है?'

'नहीं, चढ़ी नहीं हुई है। बस मैं बहुत ज़्यादा ख़ुश हूँ।'

'तो मतलब तुम ख़ुद ही ये दाल-चावल खा सकती हो। लो, खा लो,' मैंने उसे प्लेट देते हुए कहा और अपना खाना लेने लगा।

हमने अपना खाना कुछ मिनटों में ख़त्म कर दिया। शांति दीदी वापस टेबल साफ़ करने के लिए आई। खाने के बाद पायल थोड़ा सोबर हो गई थी।

'थैंक यू! ये बेस्ट डिनर था,' वो कहते हुए मेरे पास आकर बैठ गई।

'बस दाल चावल ही तो थे,' मैंने कहा।

'मुझे बहुत पसंद आए। मैंने इतने दिनों बाद घर का खाना खाया,' उसने कहा। उसके बाद उसने धीरे से मेरी बाँह पकड़ी और अपना सर मेरी कंधों पर रख दिया। 'क्या ये ठीक है?' उसने कहा।

मैंने अपना सर हिलाया, जबकि मुझे इस बात का पूरा यक़ीन नहीं था।

'क्या तुम पूरा घर देखना चाहोगी?' मैंने कहा।

'ओ, हाँ, बिल्कुल,' पायल ने कहा।

हम लोग घर के अंदर गए और फर्स्ट फ्लोर पर जाने के लिए सीढ़ियाँ लीं। मैंने उसे एक-एक करके सारे कमरे दिखाये।

'तुम इतने बड़े घर में अकेले रहते हो?' उसने कहा। 'अकेलापन नहीं लगता?'

'कोई बात नहीं। आदत हो गई है।'

'क्या तानिया कभी-कभी यहाँ रुकती है?' उसने कहा।

मैंने उसकी तरफ़ देखा, तानिया के जिक्र पर जरा हैरान हो था। 'कभी कभी। ज़्यादातर नहीं,' मैंने कहा। 'मुझे इसी तरह ठीक लगता है।'

'उसके साथ चीज़ें कैसी चल रही हैं? वो आज रात कहाँ है?'

'हम पिछले कुछ दिनों से टच में नहीं हैं।'

'ओ, क्या हुआ?'

'कुछ नहीं। मैं बस एक ब्रेक चाहता था,' मैंने कहा, जैसे ही हम मास्टर बेडरूम पहुँचे।

'ये तुम्हारा कमरा है, शायद?'

'हाँ,' मैंने कहा, और पर्दा खोलने के लिए विंडो की तरफ़ चला गया।

'बेहद ख़ूबसूरत है। यहाँ से तो तुम्हें बीच और पानी का नज़ारा भी दिख जाता है,' उसने मेरी तरफ़ आते हुए कहा।

'थैंक यू,' मैंने कहा।

वो और क़रीब आई और उसने अपने हाथ मेरे कंधों पर रख दिए।

'हम सेक्स कर सकते हैं,' उसने कहा।

'क्या?'

'वही जो तुमने सुना। हम सेक्स कर सकते हैं अगर तुम चाहो।'

'नहीं, पायल,' मैंने उसके हाथ धीरे से हटाते हुए कहा। उसकी तरफ़ से मुड़कर, मैं खिड़की से बाहर देखने लगा।

उसने अपनी हथेली मेरी पीठ पर रख दी।

'क्या हुआ?' उसने कहा। 'नहीं करना क्या? क्यों?'

'पायल,' मैंने कहा। 'तुम्हें ये सब करने की ज़रूरत नहीं है। तुमने ये सब इस तरह कहा भी क्यों?'

'मैं बस तुम्हें ख़ुश करना चाहती हूँ। मुझे लगता है...' उसने कहा और बीच बात में ही रुक गई।

'क्या लगता है?'

'मुझे लगता है कि मैंने तुम्हें निराश कर दिया, तुम्हें बहुत दर्द, बहुत कष्ट दिया। शादी के बाद, मैंने वो सारी तस्वीरें इंस्टाग्राम पर डालीं, सिर्फ़ अपनी शादी को नॉर्मल दिखाने के लिए। मुझे नहीं पता था कि इससे तुम्हें और ज़्यादा तकलीफ होगी। मुझे बहुत बुरा लग रहा है, साकेत। तुम पहले इतने जिंदादिल इंसान थे। अब तुम अमीर हो, क़ामयाब हो, लेकिन वो पुराना वाला साकेत जो था ना... वो साकेत जिससे मैं प्यार करती थी। जिससे सब प्यार करते थे, वो कहीं खो गया। और मुझे लगता है इस सबकी गुनहगार मैं ही हूँ।'

'और तुम्हें लगता है आज रात मेरे साथ सेक्स करके, तुम उस सारे गिल्ट की भरपाई कर दोगी? इसलिए तुमने इतनी वाइन पी? जैसा तुमने परिमल के साथ किया था? वो करने के लिए?'

'नहीं, ऐसी बात नहीं है, साकेत,' पायल की आँखें भर आईं। 'मैं बस तुम्हें खुश देखना चाहती हूँ, तुम्हें खुश करना चाहती हूँ, भले एक रात के लिए ही सही। तुम्हें ये बताना चाहती हूँ कि मुझे तुम्हारी फ़िक्र है। भले ही मैंने दुनिया की सबसे बड़ी गलती क्यों ना कर दी हो।'

मैंने कुछ जवाब नहीं दिया। मैं चला गया और अपने बेड पर बैठ गया। वो मेरे पास आई, झुकी और अपने हाथों में मेरा चेहरा पकड़ लिया।

'जैसाकि तुमने उस दिन कहा था, मैं बस बाईस की थी। मुझे माफ कर दो, साकेत,' उसने कहा।

'मैं तुम्हें माफ करता हूँ, पायल,' मैंने कहा। 'तुम्हें मेरे साथ सेक्स करने की कोई ज़रूरत नहीं है।'

'पर मैं करना चाहती हूँ। कुछ भी करो मेरे साथ, जो भी चाहते हो कर लो मेरे साथ आज रात। प्लीज़!'

मैं चुप रहा।

'तुम्हें जो चाहिए बताओ। मैं जज नहीं करूँगी। आज, दिल में कोई बात मत रखना। क्या तुम चाहते हो हम फिर से वो पहले जैसी कोई वाइल्ड नाईट बितायें? बताओ।'

'नहीं।'

'ओके,' पायल ने कहा। 'अगर ऐसा है तो अब मुझे घर वापस चले जाना चाहिए...'

'रुको, मैं बताता हूँ तुम्हें कि मैं क्या चाहता हूँ।'

'हाँ प्लीज़।'

'मैं सेक्स नहीं करना चाहता तुम्हारे साथ। मैं बस चाहता हूँ कि तुम आज रात यहीं सो जाओ। मेरे बगल में, मुझे थाम के।'

उसने मेरी तरफ़ हैरानी से देखा।

'बस यही चाहता हूँ मैं। तुम्हारे साथ एक रात। कोई सेक्स नहीं, बस एक रात, एक दूसरे को थामकर सो जाना।'

'ओके,' उसने कुछ देर रुककर कहा। 'बिल्कुल।'

'आओ, मैं तुम्हें कुछ कपड़े दे देता हूँ सोने के लिए।'

वो बाथरूम गई चेंज करने के लिए और मेरी एक ओवर-साइज़्ड टी-शर्ट पहनकर आई।

मैंने उसे बिस्तर पर लिटाया, पर्दे नीचे गिराये और लाइट्स बंद कर दीं। मैं आया और उसके बग़ल में लेट गया। मैंने उसका माथा चूमा। हम लोगों ने एक दूसरे को ऐसे ही थाम लिया, जैसे हम बांद्रा के अपार्टमेंट में बारह साल पहले थामते थे। कुछ ही मिनटों में हम दोनों सो गए।

उस रात मेरे 10,000 स्क्वायर फ़ीट के डिज़ाइनर पाम विला में पहली बार मुझे एक ऐसा एहसास हुआ, जो मुझे पहले कभी नहीं हुआ था–एक घर का।

'गुड मॉर्निंग,' मैंने कहा जब पायल सीढ़ियों से, अपनी आंखें मलते हुए नीचे आई। मेरी ओवर-साइज़्ड टी-शर्ट में वो बेवकूफ़ और क्यूट सी लग रही थी।

मैं डाइनिंग टेबल पर बैठकर, ब्लैक कॉफी और एक एग वाईट का ऑमलेट खा रहा था।

पायल ने उबासी लेते हुए कहा, 'क्या वक़्त हो रहा है?'

'दस' मैंने कहा। 'आओ, कुछ नाश्ता कर लो।'

'दस? मैं कभी भी इतनी देर तक नहीं सोई हूँ। एक सेकंड! मेरी फ्लाइट है ना आज शाम को?'

'हाँ, सात बजे है। रिलैक्स। बहुत टाइम है तुम्हारे पास। आ जाओ।'

'मैंने तो पैकिंग भी नहीं शुरू की है,' उसने मेरे सामने बैठते हुए कहा। 'कितना ज़्यादा हैंगओवर हो गया है,' उसने अपने लिए कॉफ़ी डालते हुए कहा।

'साथ में कुछ खाओगी?' मैंने कहा।

उसने अपना सर हिलाया। उसने दोनों हाथों से कॉफ़ी का मग पकड़ा हुआ था।

'कुछ भी और? न्युटेला टोस्ट? पैनकेक? पोहा?'

'मुझे और टेम्प्ट मत करो। मैंने पहले ही इस ट्रिप पर इतना खाना ठूस लिया है,' उसने अपनी कॉफ़ी सिप करते हुए कहा।

'शांति दीदी तुम्हारे लिए कुछ बना सकती हैं।'

'कभी और। तुम अब भी वैसे के वैसे ही हो ना?'

'कैसे?'

'मेरी परवाह करने में, मेरा ध्यान रकने में, मुझे खिलाने-पिलाने में।'

मैं मुस्कुराया।

'थैंक यू, ये बहुत स्वीट है,' उसने कहा।

मेरा फ़ोन बजा। मैंने उसे डाइनिंग टेबल पर रखा हुआ था। तानिया का चेहरा फ़ोन पर आया। पायल ने एक सेकंड के लिए मेरे फ़ोन पर देखा और फिर नज़रें चुरा लीं।

डैम, आईफ़ोन में ये स्टुपिड फीचर क्यूँ होता है?

मैं सोच रहा था कि उस कॉल का क्या करूं।

'क्या हुआ? कोई बात नहीं। ले लो कॉल,' पायल ने कहा।

मैंने कॉल उठाई।

'हेलो,' तानिया ने कहा।

'हेलो तानिया, मैं एक मीटिंग में हूँ। आकर बात करूँ? थैंक यू। वैसे भी मैं आज के बाद काफ़ी फ्री हो जाऊँगा। तो फिर बात करते हैं। बाय।'

मैंने अपना फ़ोन टेबल पर रख दिया।

'तुम्हें ये सब करने की ज़रूरत नहीं है,' पायल ने कहा।

'क्या?'

'मुझे ये कहने की कि तुम एक ब्रेक पर हो, या जो भी,' पायल ने कहा।

'मैं हूँ।'

पायल ने अपने कंधे उचकाए और अपनी कॉफ़ी का एक सिप लिया।

'कुछ भी नहीं खाओगी?' मैंने फिर से कहा।

'नहीं, और मुझे अब चलना चाहिए।'

'मैं तुम्हें होटल तक छोड़ देता हूँ,' मैंने कहा।

'मैं अपने लिए टैक्सी ले सकती हूँ, साकेत। प्लीज़, ये सब करना बंद करो,' उसने कहा। उसकी आवाज़ काफ़ी इर्रिटेटेड लग रही थी।

'क्या करना छोड़ दूँ?'

'कुछ नहीं,' उसने कहा, और नज़रें चुरा लीं।

'क्या बात है पायल?'

उसने कुछ लंबी साँसें ली। 'तुमने ये सब क्यों किया?' उसने कहा।

'क्या किया?'

'मेरे साथ एक रात गुज़ारी। हम एक साथ सोए, एक दूसरे को थाम के।'

'तुमने कहा था कि तुम कुछ भी कर लोगी जो मैं तुमसे कहूँ।'

'हमने सेक्स ही क्यों नहीं कर लिया?'

'क्या प्रॉब्लम है?'

'इससे मेरा दिमाग़ ख़राब हो जाता है,' पायल ने कहा। 'मैं फिर से उस जोन में नहीं आना चाहती।'

'कौन-सा जोन?'

'ये पूरा इमोशनल जोन, फीलिंग्स वाला। मैं अकेली ख़ुश हूँ, तुम अपनी दुनिया में ख़ुश हो, हमें ये सब करने की ज़रूरत नहीं थी।'

'लेकिन सेक्स करना सही होता?'

'हाँ, इस सबसे तो ज़्यादा आसान और सही रहता।'

क्या कोई लड़कियों के लॉजिक पर कोई किताब लिख सकता है? सबसे पहले मैं ही उसे खरीदूंगा।

'ऐसे कैसे?'

'मैं समझा नहीं सकती। वो बस ऐसे ही, कोई बेमतलब एक रात की बात बनकर रह जाती। लेकिन ये पूरी रात एक दूसरे को कडल करके गुज़ारना, साथ में ब्रेकफास्ट करना, मुझे वापस छोड़ के आना...' उसने कहा, और अपना सर हिलाया। 'अच्छा हुआ तानिया का फ़ोन आ गया। मुझे वापस से हकीकत दिख गई। हाँ तुम आज के बाद ज़्यादा फ्री रहोगे, जब मैं चली जाऊँगी।'

'तो ये बात है? सुनो, मैं बस... अरे छोड़ो ना तानिया को, वो इंपोर्टेंट नहीं है।'

'मैं अपनी कॉफ़ी ख़त्म करके जा रही हूँ, साकेत,' पायल ने और भी बड़ा घूँट लेते हुए कहा।

'हमारे बीच सब ठीक?'

उसने सर हिलाया।

'मैंने तुम्हारे साथ सेक्स इसलिए नहीं किया क्यूंकि मैं डरा हुआ था,' मैंने कहा।

'किससे डरे हुए थे?' उसने अपनी आँखें सिकोड़ते हुए कहा।

'मुझे डर था कि अगर हमने सेक्स किया तो मैं फिर से तुमसे अटैच हो जाऊँगा। और वो पूरी इमोशनल फीलिंग वाली साइकिल फिर से शुरू हो जाएगी। तुम कुछ कर देती हो मुझे।'

'कर देती हूँ?'

'मैं ये बता नहीं सकता शब्दों में। मुझे फिर से नहीं फँसना...'

'फँसना?'

'मुझे सही शब्द नहीं मिल रहे हैं कहने को, लेकिन देखो, जो भी है, मैं ज़िंदा हूँ। मेरा एक सिस्टम है, जो काम करता है, मुझे फिर से साल दर साल दर्द में नहीं गुज़ारना, ख़ुशी के कुछ पलों के लिए। वो मेरे लिए बहुत बुरा दौर था, और मैं बस अभी-अभी अपने पैरों पर खड़ा हुआ हूँ...'

'तो तुम्हें डर है कि मैं तुम्हें वापस उस खड्डे में गिरा दूँगी? या रुको। क्या मैं ही वो खड्डा तो नहीं?'

'नहीं ऐसी बात नहीं है...'

'और ये जाल जिसकी तुम बात कर रहे हो, मैं ही हूँ ना? है ना? वो लड़की जिसका अभी-अभी डिवोर्स हुआ है, जिसके पास तुमसे लिपटने-चिपटने के सिवा कोई काम नहीं है,' उसने कहा।

'नहीं ऐसी बात नहीं है, पायल। तुम क्या बात कर रही हो?'

'सही बात कह रही हूँ। तुम्हें तो संभलकर रहना है ना। खैर, तुमने मुझे पूछा ही क्यों अपने यहाँ रहने के लिए।'

'क्योंकि मैं अब भी तुम्हारी परवाह करता हूँ। तुम्हारा डिवोर्स हुआ है, तुम इस सबसे अकेले ही डील कर रही हो। तुमने बहुत खराब हालात का सामना किया है। मैं तुम्हारे साथ रहना चाहता था।'

'ओ?' पायल तिरछा मुस्कुरायी। 'तो तुमने मुझ पर तरस खा लिया। बहुत मेहरबानी तुम्हारी, साकेत। बहुत शुक्रिया इस अकेली बेबस औरत के साथ रहने के लिए, और साथ ही साथ सिचुएशन की नज़ाकत को समझते हुए और उसके साथ सेक्स न करते हुए। ये तस्सली रखते हुए कि तुम किसी भी जाल में या खड्डे भी नहीं गिरोगे।'

ओ! वो सर्कास्म क्वीन वापस आ गई थी।

'देखो मैं ये सब ग़लत बोल रहा हूँ, लेकिन मैं बस तुम्हारे नज़दीक रहना चाहता था–'

'लेकिन एक लिमिट में ना?'

'पता नहीं आज तुम्हें क्या हो गया है! तुम हर चीज़ का ग़लत मतलब निकाल रही हो। कुछ खा लो। तुम्हें हैंगओवर हो रहा है और तुम क्रैंकी हो रही हो।'

'हाँ, सारी प्रॉब्लम तो मुझमें ही हैं। अकेली हूँ, डिवोर्स हूँ, हंगओवर हूँ, चिड़चिड़ी हूँ, खड्डा हूँ, खायी हूँ। और कुछ कहना चाहोगे मुझे?'

'पायल! चुप हो जाओ! तुम्हें क्या हो गया है? ये तानिया की कॉल की वजह से हुआ क्या?'

'जाग गई मैं साकेत, आंखें खुल गई मेरी,' पायल ने कहा। 'ख़ैर, इस डील पर सारे सपोर्ट के लिए बहुत-बहुत शुक्रिया। और मुझे दुबई घुमाने के लिए भी शुक्रिया। लेकिन अब असाइनमेंट ख़त्म हो चुका है। और मैं कपड़े बदलकर, अपने लिए एक टैक्सी बुक करके वापस जा रही हूँ। अब आप अपनी कॉल पर और अपने अच्छे-ख़ासे लाइफ़स्टाइल पर वापस जा सकते हैं।'

इससे पहले कि मैं उसे रोकता, पायल सीढ़ियों से ऊपर जा चुकी थी। वो दस मिनट में कपड़े बदलकर वापस आ गई। उसने जो उबर बुक की थी, वो आ गई थी।

'अपना ख़याल रखना, साकेत। तुम्हारे साथ काम करके अच्छा लगा,' उसने गाड़ी में बैठते हुए कहा।

'हम लोग फिर मिलेंगे ना?' मैंने कहा।

'किसलिए?' उसने कहा और गाड़ी दूर चली गई।

~

'हेलो, क्या तुम ठीक-ठाक मुंबई पहुँच गई?' मैंने पायल को एक मैसेज भेजा।

उसने एक दिन तक कोई जवाब नहीं दिया।

'तुम कैसी हो पायल? मुंबई कैसा है?' मैंने एक और मैसेज भेजा।

दो दिन तक कोई जवाब नहीं आया। उसके बाद जो मैंने तीन मैसेज भेजे, उनका भी वही हश्र हुआ। मैंने उसे वॉट्सऐप पर कई बार ऑनलाइन देखा

था, लेकिन उसने कभी भी मेरे मैसेज का जवाब नहीं दिया। घोस्टिंग, यही था हमारे ज़माने का, 'मैं तुमसे बात करने में इंटरेस्टेड नहीं हूँ' ख़ामोश होता है, लेकिन चुभता है।

मुझे ये समझ में आ गया कि उसे अकेला छोड़ देना चाहिए। मुझे ये भी पता था क्यों। उस दिन मैंने खुद ही अपने पैरों पर कुल्हाड़ी मार ली थी।

मैंने सोचा कि चीज़ों को उनके हाल पर छोड़ देते हैं कुछ देर के लिए, इसी उम्मीद में कि पेपरवर्क का बाक़ी काम, मुझे उससे बात करने का एक वाजिब मौक़ा तो दे ही देगा।

वो मौक़ा मुझे एक हफ़्ते बाद मिला।

मेरी लीगल टीम को ब्लैकवॉटर से एक डॉक्यूमेंट की ज़रूरत थी: ऑथोराइज्ड साइनेटरीज़ की एक लिस्ट चाहिए थी ब्लैकवाटर से, जो क्लाउडएक्स की डील पर हस्ताक्षर कर सकते थे। छोटी सी टेक्निकल रिक्वायरमेंट थी। मैं अपने ऑफ़िस में से किसी को भी कह सकता था ये करने के लिए, लेकिन मैंने सोचा कि मैं ही ब्लैकवॉटर से सीधे बात कर लेता हूँ। चीज़ें जल्दी निपट जायेंगी।

'हेलो, एक कॉल हो सकती है क्या? काम की बात करनी है,' मैंने पायल को मैसेज किया।

'हाँ, बिल्कुल,' उसने तुरंत जवाब दिया।

ओके, तो वह अपने जवाब जल्दी दे सकती है।

'हेलो,' पायल ने कहा, जैसे ही उसने मेरी वीडियो कॉल उठाई। वो हैरान थी।

'हेलो,' मैंने कहा, और मैं मुस्कुराया। हमारी आंखें स्क्रीन पर ही मिलीं।

'वीडियो कॉल?' उसने कहा।

'हाँ मुझे लगता है एक फ़ेस-टू-फ़ेस चैट बेहतर रहेगी। तुम्हें चलेगा?' मैंने कहा।

'हाँ बिल्कुल, मैं ऑफ़िस में हूँ, मुझे मेरे एयरपॉड पहनने दो,' उसने कहा। उसने अपने ईयर प्लग पहने। 'ओके, अब हम बात कर सकते हैं। क्या चल रहा है?'

'मेरी लीगल टीम को ब्लैक वॉटर से ऑथोराइज्ड साइनेटरीज़ का एक डॉक्यूमेंट चाहिए।'

'ओ, ऐसी बात है? मुझे यक़ीन है हमारी लीगल टीम वो रिक्वेस्ट तुम्हारी लीगल टीम को भी दे सकती थी। ख़ैर, मैं इंतज़ाम कर दूँगी उसका,' उसने अपने लैपटॉप पर कुछ लिखा।

'थैंक्स, कोई जल्दी नहीं है...' मैंने कहा।

'ओके।'

'तुम कैसी हो?'

'ठीक हूँ। काम में काफ़ी बिज़ी हूँ। ये पूरी डील क्लोज़ करना वग़ैरह।'

'मैं काम की बात नहीं कर रहा हूँ। तुम वैसे कैसी हो? ज़िंदगी कैसी चल रही है?'

पायल ने मुझे ख़ामोशी में देखा।

'तुमने मेरे मैसेज का जवाब भी नहीं दिया,' मैंने कहा।

'मैंने अभी दिया था, तुम्हारी कॉल आने से पहले। किसी भी काम की बात के लिए मैं यहाँ पर हूँ।'

'पायल, तुम बिल्कुल वैसा ही बर्ताव कर रही हो, जैसा मैंने उस बोसपोरस के लंच पर किया था।'

पायल ने एक आह भारी।

'सच में, कैसी चल रही है ज़िंदगी?' मैंने कहा।

'अभी थोड़ी सी परेशान हूँ कुछ चीज़ों के साथ डील कर रही हूँ।'

'जैसे कि क्या?'

उसने थोड़ी देर सोचा कि उसको मेरे साथ कुछ और चीज़ें शेयर करनी चाहिएं या नहीं। उसने थोड़ी देर रुककर कहा, 'पापा के ऊपर एक केस हो गया है।'

'क्या? कैसा केस?'

'हाँ, परिमल और पापा का। परिमल कोर्ट में दलील दे रहा है कंपनी में उसके स्टेक के लिए, जो उसका पापा के बिज़नेस में था।'

'पर ये तो तुम्हारे पापा का बिज़नेस है।'

'हाँ, लेकिन पापा उस पर कुछ ज़्यादा ही भरोसा करते थे, उन्होंने उसे पावर ऑफ़ अटॉर्नी दे दी। खैर, ये सब बहुत उलझ चुका है। मैं पापा की एक अच्छी लीगल एडवाइस पाने में मदद कर रही हूँ।'

'सॉरी तुम्हारे साथ ये सब हुआ। क्या मैं किसी तरह तुम्हारी हेल्प कर सकता हूँ?'

'नहीं, साकेत,' उसकी आवाज़ सख़्त थी। 'सबकुछ हैंडल हो जाएगा।'

'ठीक है, मैं बस थोड़ी मदद–'

'मैं अपनी प्रॉब्लम्स ख़ुद सोल्व कर सकती हूँ। तो क्या हुआ अगर मैं डिवोर्स्ड हूँ, वल्नरेबल हूँ, मैं फिर भी ज़िंदा हूँ, ठीक-ठाक हूँ, और अपने फैसले लेने के काबिल हूँ।'

'ओ, लगता है किसी को वो दिन नहीं भूला–'

'अगर मैं अपनी कंपनी के लिए एक साढ़े तीन बिलियन डॉलर की डील क्लोज कर सकती हूँ, तो मैं अपनी ज़िंदगी के फैसले तो ज़रूर ले सकती हूँ। मुझे किसी के सहारे की ज़रूरत नहीं है।'

'हाँ जानता हूँ, पायल। क्या हम उस दिन के बारे में भूल जाएँ, प्लीज़?'

'मैं भूल गई हूँ। और कुछ?'

'हाँ। मैं कई बार तुम्हारे बारे में सोच रहा था। उस समय के बारे में जो हमने दुबई में बिताया।'

'मुझे लगा कि ये एक वर्क कॉल थी?'

'ठीक है। काम की बात से याद आया। मैं मुंबई आ रहा हूँ, क्लोजिंग डिनर के लिए।'

'हाँ, दो हफ़्ते बाद है ना?'

'हाँ। और जैसा तुम चाहती थी, मैं शायद एक कॉमेडी एक्ट भी करूँ। मैंने तैयारी शुरू कर दी है।'

'मैंने ये कभी नहीं कहा कि मैं *चाहती* हूँ तुम वो एक्ट करो, बस सुझाव दिया था। परफॉर्म करना या ना करना तुम्हारे ऊपर है। क्लोजिंग डिनर तो वैसे भी होगा ही।'

'इतनी बेरुख़ी से क्यों बात कर रही हो?'

'बेरुख़ी? नहीं, मैं तो बस ऑफिस में बैठी हूँ, अपना काम कर रही हूँ। बस।'

'ठीक है। अच्छा सुनो, मैंने तानिया से बात कर ली की मुझे वाक़ई एक ब्रेक चाहिए। मुझे समझना है कि मैं ज़िंदगी में क्या चाहता हूँ।'

'सही है। मुझे यकीन है कि तुम सबकुछ फिगरआउट कर ही लोगे। शायद तुम्हें कोई और भी हसीन और जवान मिल जाएगा। शायद कोई और भी ज़्यादा जवान और खूबसूरत मॉडल?'

'तुम मुझसे ऐसे क्यों बात कर रही हो?'

'कैसे? सच ही तो है। तुम सबकुछ अफोर्ड कर सकते हो अब, है ना? अगर कोई चीज़ तुम्हें नहीं जमती तो तुम उसको बस बदल सकते हो ना? है ना?'

'मेरा वो मतलब नहीं था।'

'जो तुम्हारा मन करे वो करो। ख़ैर, मैं तुम्हारे ऑथोराइज़्ड सिग्नेटरीज़ की लिस्ट तुम्हें आज ही दे दूँगी,' उसने कॉल काटने से पहले कहा।

भाग 3

मुंबई

'तुम्हें ख़ुद एयरपोर्ट आने की ज़रूरत नहीं थी, नीरज,' मैंने कहा। 'वो भी इतनी देर रात को।'

मुदित और मैं नीरज की बीएमडबल्यू में बैठकर मुंबई एयरपोर्ट से लोअर परेल के सैंट रेजिस होटल जा रहे थे।

'कोई दिक्कत नहीं, ब्रो,' नीरज ने कहा। 'हम सब क्लोजिंग नाईट के लिए बहुत एक्साइटेड हैं। क्रेयॉन क्लब वाला सेट कमाल था। सबको इतना अच्छा लगा।'

'मुझे बस लगा ये थोड़ा अलग होगा,' मुदित ने कहा।

'हाँ, और तो और हमने अपना एनुअल ब्लैकवॉटर फ़ैमिली डे भी इस इवेंट के साथ जोड़ दिया है,' नीरज ने कहा।

'फ़ैमिली डे?' मैंने बाहर सड़क की तरफ़ देखते हुए कहा। रात में गाड़ी वेस्टर्न एक्सप्रेस हाईवे को तेज़ी से पार करती हुई जा रही थी।

'हाँ, हमारे यहाँ, ब्लैकवॉटर में, हर साल एक ब्रिंग-योर-फ़ैमिली-टू-वर्क वाला दिन होता है। सब लोग अपने परिवार जनों को एक दिन ऑफिस लाते हैं। क्लाउडेक्स भी करता है। हमने तो बस इन दोनों इवेंट्स को जोड़ दिया है।'

'अच्छा,' मैंने कहा। 'तो?'

'तो हमने सोचा क्यों न एक दिन ब्लैकवॉटर और क्लाउडेक्स के लोग अपने-अपने परिवारों को एक शाम डिनर पर बुलायें? उन्हें मज़ा भी आयेगा और यह भी समझ आ जाएगा कि डील्स कैसे क्लोज होती हैं।'

'फैमिलीज? वो भी डील क्लोजिंग के दिन?' मुदित ने कहा।

'बस ब्लैकवॉटर और क्लाउडएक्स के चुनिंदा सीनियर लोग ही अपनी फैमिलीज को बुला सकते हैं। वो क्या है ना, प्रेस में भी मदद हो जाएगी।'

'कैसे?' मैंने कहा। 'और तुम्हें प्रेस की भी क्या ज़रूरत है?'

'ब्लैकवॉटर और बाक़ी प्राइवेट इक्विटी फर्म्स की एक नेगेटिव, कैपिटालिस्टिक, पूँजीवादी इमेज है। हम ये नहीं चाहते कि लोग हमें वैसी नज़र से देखें। हम सबको ये बताना चाहते हैं कि जो लोग हमारी फ़र्म में काम कर रहे हैं, वो भी इंसान हैं।'

'तुम हो, क्या?' मुदित ने कहा।

नीरज हँसा। गाड़ी बांद्रा-वर्ली सी लिंक की तरफ़ मुड़ी।

'तो, कॉन्फिडेंशियल जानकारी का क्या होगा?' मैंने कहा।

'ऐसी कोई जानकारी है ही नहीं। डील पब्लिक है। हम ज़्यादातर बिज़नेस मीडिया को बुला रहे हैं। जैसाकि मैंने तुम्हें पहले कहा, ये एक पीआर इवेंट है,' नीरज ने कहा। 'पर तुम कुछ परेशान से लग रहे हो, सब ठीक है?'

'हाँ, मैं ठीक हूँ,' मैंने कहा। 'मैं बस... मुझे लगा मैं एक छोटा-मोटा सा स्टैंड-अप कर लूँगा। अब फैमिलीज वगैरह आ रही हैं तो...'

'क्यों? अरे करो ना यार, जम के करो स्टैंड-अप अपना,' नीरज ने कहा। 'हिट हो जाओगे! उसके बाद एक म्यूजिक बैंड भी आ रहा है। चिल होगा ब्रो सब, भरोसा करो। बस मस्ती में रहने का।'

'ज़रा मुझे सोचने दो,' मैंने खिड़की से बाहर देखते हुए कहा। 'वाह, मुंबई कितना बदल गया है यार! ये ब्रिज कैसा है?'

'न्यू कोस्टल रोड के लिए कनेक्टर ब्रिज है। साउथ मुंबई ऐसे मिनटों में पहुँचा देगा,' नीरज ने कहा।

~

'तू इतना हैरान-परेशान क्यों हो रहा था, ब्रो?' मुदित ने मुझे लिफ्ट से निकलते हुए कहा। हम सैंट रेजिस होटल में अपने-अपने कमरों की तरफ़ जा रहे थे।

'किस चीज़ को लेकर हैरान-परेशान ब्रो?'

'डिनर के बारे में।'

'यार ये फ़ैमिली डे का क्या चक्कर है ब्रो? जो ये इवेंट के साथ जोड़ रहे हैं?'

'अरे ठीक है ना यार। हमारी डील इनके लिए सबसे बड़ी डील है अब तक की। सबसे हाई प्रोफाइल। थोड़ा स्टाइल झाड़ना चाह रहे हैं, झाड़ने दे। तो क्या हुआ अगर कुछ फैमिलीज होंगी वहाँ तो, हम भी तो मस्ती काटने ही जा रहे हैं ना?'

'मैंने एक स्टैंड-अप करने का सोचा था। इसकी तैयारी भी की है।'

'तो? कर न। क्या फर्क पड़ता है?'

'तुझे पता है ना वहाँ कौन आने वाला है?'

'कौन?' मुदित ने कहा।

'पायल के पेरेंट्स।'

मुदित ने मेरी तरफ़ देखा और जोर से हँसने लगा। 13वें फ्लोर पर लिफ़्ट के दरवाज़े खुल गए और हम लोग कॉरिडोर में अपने रूम तक जा रहे थे, लेकिन मुदित अब तक हंस रहा था।

'इसमें इतना ज़्यादा हँसने वाली क्या बात है?'

'कि तू अभी भी उन लोगों की परवाह कर रहा है। वह घाटकोपर के दुखिया। हे भगवान! क्या रात थी वो, है ना? पुलिस स्टेशन तक पहुँच गए थे हम! खैर, आ रहे हैं उसके पेरेंट्स। फिर क्या हुआ? जो कहना है, कह डालियों। सबसे ज़्यादा घटिया जोक मारियो।'

'नहीं, नहीं। फॉर्मल डील क्लोज़िंग डिनर है वैसे भी।'

'ब्रो तू हीरो है डिनर का। तूने मल्टी बिलियन डॉलर डील साइन की है। वो सिर्फ़ मेहमान हैं वहाँ, और तू है कि उनसे घबरा रहा है।'

मैंने एक आह भारी।

'रात के तीन बज रहे हैं,' मुदित ने कहा, जैसे ही हम अपने कमरे पहुँचे। 'मैं तो सोने वाला हूँ। तू?'

'मैं कुछ देर के लिए जगा रहूँगा शायद। मुझे अपनी एक्ट को मॉडिफाई करना है।'

'अभी?'

'हाँ।'

'सच में?! उन बुड्ढों के लिए? क्यों और किसे पता शायद पायल उन्हें लाए भी ना। तुझे बस सोना चाहिए और टेंशन मत ले यार।'

'मैं सो नहीं सकता। तू ही तो मुझे इस सबमें घसीट लाया।'

'यार तुझे नर्वस देखना ही सबसे बढ़िया कॉमेडी है। गुड नाइट ब्रो,' मुदित हँसा, और उसने दरवाज़ा मेरे मुँह पर बंद कर दिया।

~

'केक? ये सब क्या है? कोई बर्थडे पार्टी चल रही है क्या?' मैंने मुदित से कहा।

'सबकुछ मीडिया के लिए कर रहे हैं। पीआर में मदद हो जाती है,' मुदित ने कहा।

हम लोग क्रेयॉन क्लब की बार में बैठे हुए थे, जो अब डिनर लगाने के लिए के लिए बदल गई थी। बार स्टूल और चेयर हट गए थे। और उससे एक बड़ी, खुली-खुली जगह बन गई थी। एक छोटा सा स्टेज लगाया गया था केक कटिंग सेरेमनी के लिए। क़रीब पचास गेस्ट आ चुके थे, और भी आने बाकी थे।

छोटे से स्टेज पर ब्लैकवॉटर, क्लाउडएक्स और सिक्योरिटी नेट के लोगो लगे हुए थे। केक भी क्लाउडएक्स और सिक्योरिटी नेट के लोगो को एकसाथ जोड़कर बना हुआ था।

'एक बार फिर से बहुत-बहुत बधाई,' नीरज ने हमारी तरफ़ आते हुए कहा।

वेटर अपनी ट्रे में शैम्पेन के गिलास लिए यहाँ से वहाँ जा रहे थे। नीरज ने एक ग्लास मुदित को दिया और एक मुझे।

ऑडिटोरियम का एक दरवाज़ा खुला हुआ था, जो बार से जुड़ा था। मैंने झाँक के अंदर देखा। परफॉर्मेंस स्टेज और सीटों को। कुछ ही देर में मैं यहाँ कुछ दस साल बाद परफ़ॉर्म करने वाला था। मेरा दिल धड़कने लगा।

'पैसे पहुँच गए तुम्हारे बैंक में?' नीरज ने अपना ग्लास मेरे ग्लास से टकराते हुए कहा।

'हाँ, पहुँच गए तीन दिन पहले, शुक्रिया।'

'माय प्लेज़र,' नीरज ने कहा।

हम लोग अभी बात ही कर रहे थे, जब मैंने पायल को आते हुए देखा। उसने एक नेवी-ब्लू ड्रेस पहनी थी, जिस पर उसने एक सफ़ेद और सुनहरे रंग का नेकलेस और मैचिंग ईयर रिंग पहने थे। वो एक ही समय पर फ़ेमिनिन और फ़ॉर्मल लग रही थी। वह एंट्रेंस पर खड़ी हुई थी और पीछे देख रही थी, जैसे कि वो किसी का इंतज़ार कर रही हो। एक सेकेंड बाद उसके मम्मी पापा भी उसके साथ आ गए। वो काफ़ी बूढ़े लग रहे थे, लेकिन उनमें अकड़ अभी भी उतनी ही थी। मैंने देखा उनको बहुत सारे स्नैक्स के लिए मना करते हुए। कुछ भी जैन-फ्रेंडली नहीं था।

अच्छा है, भूखे पेट जाएंगे घर।

मैं थोड़ा सा खिसका। मैं पायल के साथ नज़रें नहीं मिलना चाहता था, ख़ासतौर से उसके पेरेंट्स के साथ। मैंने जैनियों की तरफ़ अपनी पीठ कर ली, और खुद को नीरज के साथ एक बड़ी बोरिंग बातचीत में मसरूफ़ कर लिया: इंडिया की जीडीपी ग्रोथ, और उसका क्लाउड सर्वर स्पेस पर इम्पैक्ट।

'हेलो साकेत,' पायल ने मुझे चौंकाते हुए कहा। वो एकदम मेरे पीछे से आ गई।

'ओ हे, हेलो,' मैंने पीछे मुड़ते हुए कहा।

'मम्मी, पापा, ये साकेत हैं। ये सिक्योरिटीनेट के फ़ाउंडर है। क्लाउडएक्स ने इसी कंपनी को ख़रीदा है,' पायल ने मुझे दोबारा अपने पेरेंट्स से मिलाते हुए कहा।

उसके मम्मी पापा भौंचक्के रह गए।

ओके, पायल ने उन्हें ये नहीं बताया था कि मैं यहाँ आऊँगा, नहीं तो वो आते ही नहीं।

'हेलो,' पायल के पापा ने एक पतली, चूहे-जैसी आवाज़ में कहा।

पायल की मम्मी ने सिर्फ़ मुझे नमस्ते किया।

'वह मुदित है। और आप नीरज से तो पहले ही मिल चुके हैं, मेरे बॉस हैं,' पायल ने अपने मम्मी पापा से कहा।

'जिस तरह पायल डील्स क्रैक कर रही है ना, मिस्टर जैन, वो तो जल्द ही मेरी बॉस बन जाएगी,' नीरज कहते हुए अपने ही जोक पर हँसने लगा।

पायल के पेरेंट्स ने कुछ रिएक्शन नहीं दी। वो अभी भी हैरान थे और ये सोच रहे थे कि अब क्या करना चाहिए। ना खाना, और ना लोग उनकी पसंद के थे। लेकिन यह उनकी बेटी के ऑफ़िस का एक इवेंट था।

'याद है अंकल, हम एक बार मिले थे? आपके घर? मेरा मतलब, घर के बाहर,' मुदित ने कहा। उसकी नीयत सिर्फ़ पायल के पापा को छेड़ने की थी।

'हेलो मुदित,' पायल के पापा ने दबी आवाज़ में कहा।

'आप पहले से ही एक दूसरे को जानते हैं?' नीरज ने कहा।

'वेल, नहीं,' मैंने जल्दी-जल्दी ऑकवर्डनेस को ख़त्म करने के लिए कहा।

'वेल मिस्टर और मिसेज जैन, साकेत खुराना तो आज रात के ख़ास आदमी हैं, और उस कंपनी के फ़ाउंडर है, जो हमने अभी साढ़े तीन बिलियन डॉलर में खरीदी है।'

वैसे तो मुझे डींगें मारना अच्छा नहीं लगता, लेकिन पायल के पेरेंट्स के चेहरे पर छाई हैरानी ने मेरा दिन बना दिया। मुझे ऐसा लगा कि मैंने जितनी मेहनत की सिक्यॉरिटीनेट बनाने में, वो आज रंग ले आई थी।

'बहुत-बहुत बधाई हो,' आनंद ने कुछ खाँसते हुए कहा।

'आपने कुछ खाया क्या?' नीरज ने पायल के पैरेंट्स से कहा।

'वो जैन हैं, हमें उनके लिए अलग से स्नैक्स मंगाने होंगे,' मैंने कहा।

पायल के पापा ने मेरी तरफ़ हैरानी से देखा।

'मैं उसका इंतज़ाम करता हूँ,' नीरज ने कहा। 'बहरहाल मुदित और साकेत क्या तुम स्टेज तक जा सकते हो प्लीज़? चलो केक काटते हैं।'

~

'रिलैक्स, ब्रो,' मुदित ने कहा। 'तेरी कुल 7 मिनट की परफॉर्मेंस है। और तेरा दिल ऐसे धड़क रहा है? तूने अभी-अभी एक मल्टी बिलियन डॉलर कम्पनी बेची है!'

मैंने लंबी साँस ली। मुदित और मैं बैक स्टेज थे, वो छोटा-सा एरिया, जहाँ मैंने स्टैंड-अप के दिनों में सैकड़ों बार इंतज़ार किया था। मैंने बाहर झांका तो वो छोटा सा ऑडिटोरियम भर रहा था लोगों से।

हम लोगों ने सारी फॉर्मेलिटी पूरी कर ली थीं। केक काट लिया था, टोस्ट कर लिया था, हमने कुछ मीडिया इंटरव्यू भी दे दिए थे और ग्रुप फोटोग्राफ भी ले ली थी, सीनियर मैनेजमेंट ब्लैकवॉटर, क्लाउडएक्स और सिक्योरिटीनेट के साथ। उसके बाद नीरज ने सबसे कह दिया था ऑडिटोरियम में आने के लिए, क्योंकि सिक्योरिटीनेट के फ़ाउंडर अपने एक गुप्त हुनर का प्रदर्शन करने वाले थे: स्टैंड-अप कॉमेडी। बस एक ही बात का डर था। मेरा गुप्त हुनर, धीरे-धीरे ज़ंग खा रहा था।

'ब्रो, अभी सिर्फ़ मज़े के लिए एक सेट कर ले। ये तेरा करियर थोड़ी है,' मुदित ने कहा। 'ये बस तू स्टाइल मार रहा है, एक यूनिकॉर्न फ़ाउंडर जो स्टैंड-अप कॉमेडी भी करता है। मीडिया को बहुत पसंद आएगा। तू फ़ेमस हो जाएगा।'

'मैं फ़ेमस नहीं होना चाहता।'

'अब तो बहुत देर हो गयी है उसके लिए,' मुदित ने कहा। 'कल सारे बिज़नस पेपर तेरी तस्वीरें छापेंगे।'

'हे भगवान,' मैंने एक लंबी साँस छोड़ी।

'अरे फोड़ डाल, ब्रो,' मुदित ने कहा।

~

जैसे ही मैं स्टेज तक गया तालियाँ बजने लगीं। वो स्पॉट लाइट मेरी आँखों में चमकी, और यादों का एक सैलाब वापस उमड़ आया। मेरे स्टैंड-अप वाले दिन, वो फर्स्ट एक्ट के पहले की घबराहट, और मेरे दिल की धड़कन। एक पल के लिए मुझे लगा कि यह बारह साल पहले की ही कोई सैटरडे नाइट है।

मैंने भीड़ में झाँका। ब्लैकवॉटर के एम्प्लोयी ज़्यादातर अपने परिवार के साथ आए थे, या तो उनके स्पाउस या पेरेंट्स, और कुछ टीनएज बच्चे। क्लाउडएक्स और सिक्योरिटीनेट से भी कुछ लोग आए थे। मैंने पायल को भी देखा। चौथी लाइन में बैठी हुई थी वो, अपने पेरेंट्स के साथ।

'हेलो! तो कैसे हैं आप लोग?' मैंने कहा।

'बहुत बढ़िया,' दो जवान लोगों ने एक साथ बोला, फ्रंट रो से।

'मैं भी बहुत बढ़िया हूँ। ब्लैकवॉटर और क्लाउडएक्स के लोगों की वजह से। आप लोगों ने इतना सारा पैसा भेजा कि अब मुझे कुछ काम करने की ज़रूरत ही नहीं है। इसीलिए मैं यहाँ कॉमेडी कर रहा हूँ,' मैंने कहा।

कुछ ऑडियंस खिखियाये।

'लेकिन सच में, ये मेरा दोस्त मुदित है यहाँ पे। इसने मुझे बताया कि अब हम अमीर हैं। अब हमें अमीर लोगों जैसी हरकतें करनी चाहिएं। मुझे तो बिल्कुल भी अंदाज़ा नहीं था कि अमीर लोग क्या करते हैं। मैंने उससे पूछा कि हम क्या कर सकते हैं? और उसने कहा चलो स्पा में जाते हैं। तो, आज सुबह हम दोनों सेंट रेजिस होटल मे गए, जहाँ हम ठहरे हुए हैं, एक केरला आयुर्वेदिक मसाज लेने के लिए। यहाँ पर कोई है जिसने यह लिया है?'

दर्शकों में से कुछ लोगों ने अपने हाथ उठाएँ।

'मैंने कभी भी नहीं कराई थी पहले,' मैंने कहा। 'मैं वहाँ गया, उन्होंने मुझे एक पतले से बेड पर लिटाया और उसके बाद उन्होंने मेरे ऊपर तेल ही तेल डाल दिया। और मैं सोच रहा था ब्रो ये क्या है? अब क्या ये मुझे डीप फ्राई करना चाहते हैं? यही मेरा तड़का लगाएँगे?'

कुछ लोग हँसे। पहली रो में बैठा हुआ मुदित मुस्कुराया जब मैंने उसकी तरफ़ देखा।

मैं बोलता गया, 'वैसे अमीर होना अच्छा लगता है। मेरा पार्टनर मुदित और मैं, फ़ाइनली बिज़नेस क्लास में सफ़र कर सकते हैं। ये बात और है कि अब हमारा कोई बिज़नेस नहीं है,' मैंने मुदित की तरफ़ इशारा करते हुए कहा। उसने शर्माते हुई अपना हाथ हिलाया, और लोग हँसते रहे।

'नहीं, सच में। मुझे याद हैं इस कम्पनी के शुरुआती दिनों में अगर मुदित और मुझे कहीं काम के सिलसिले में जाना होता था, तो हम सबसे छोटी, सबसे सस्ती सीट लेते थे। मतलब हमें इकॉनमी के नीचे की भी क्लास लगती थी। अब हम जैसे लोगों के लिए ऐसी क्लास होनी चाहिए, है ना? जिन लोगों को थोड़े पैसे बचाने हैं, अब भले ही उड़ान कैसी भी हो। शायद इसे सर्वाइवल क्लास कहा जा सकता है? क्या कहा, सर्वाइवल क्लास जैसी कोई चीज़ मौजूद है दुनिया में? अच्छा, इंडिगो, है ना?'

लोगों ने खूब तालियां बजायी और हँसने लगे। लगता है, बहुत सारे इंडिगो के निराश कस्टमर दर्शकों में मौजूद थे।

'अच्छा दोस्तों, ये सिर्फ़ एक जोक था। बुरा मत मानना इंडिगो वालों! ख़ैर जब सिक्योरिटीनेट ने बेहतर काम करना शुरू कर दिया था, तो मुदित और मैंने बोला कि अब हम सीनियर मैनेजमेंट हैं। अब हमें बेहतर सीटों पर उड़ान भरनी चाहिए। लेकिन हम अभी भी बिज़नेस क्लास अफोर्ड नहीं कर सकते थे, तो हमने एक नई क्लास में उड़ान भरना शुरू किया। वो थी प्रीमियम इकॉनमी। अब ये *प्रीमियम इकॉनमी* क्या होता है? या प्रीमियम हो सकता है, या इकॉनमी। यार कम से कम एक चीज़ पर तो अपना मन बना लो। और इस क्लास का ऐसा नाम रखने वाले आदमी को पैसे भी कैसे मिले इस आइडिया के लिए? प्रीमियम या इकॉनोमी, कोई चीज़ दोनों कैसे हो सकती है?'

ऑडियंस हँसी। मुदित ने मुझे थम्स अप दिया।

'हमारी कंपनी सिक्यॉरिटीनेट है। जो, वेल, अब हमारी कंपनी नहीं है, टेक्निकली। अब आप लोगों ने ख़रीद ली है, आप लोगों की सिरदर्दी है,' मैंने कहा।

नीरज हँसा, लेकिन उसके चेहरे पर मुझे जरा सी चिंता दिख रही थी।

'ख़ैर, हम साइबरसिक्योरिटी करते हैं। किसी को भी समझ नहीं आया ना ये सब क्या है? हम उन लोगों की तरह हैं जो ये वाला अन्नोयिंग टेस्ट बनाते हैं: "सातों की सातों ट्रैफिक लाइट चुनिए।" और कभी-कभी हम ये सवाल

तब भी पूछते हैं जब पिक्चर में कोई ट्रैफिक लाइट होती ही नहीं। हाँ, कभी कभी हम ऐसे भी फ़िरकी लेते हैं लोगों की।'

इस जोक पर क्लाउडएक्स और सिक्योरिटीनेट की टीम सबसे ज़ोर से हँसी।

'सच कहूँ तो, मुझे कभी भी ये कैप्चा वाली चीज़ें कभी समझ नहीं आई। आप एक ट्रेन टिकट लेने जाते हो, फिर आपसे वेबसाइट पूछती है, "क्या आप रोबोट हैं?" अरे ब्रो, इसका क्या मतलब हुआ? एक रोबोट अपनी ट्रेन टिकट लेगा भी क्यों? वो तो फ्री में भी जा सकता है ना, बैगेज बनकर?'

सारी ऑडियंस हँसी, बस दो लोगों को छोड़ के: मिस्टर और मिसेज़ दुखिया जैन।

'बिज़नेस क्लास वगैरह तो सब ठीक है। लेकिन ट्रेन टिकट्स से याद आया, यार इंडियन ट्रेन्स की बहुत याद आती है। बचपन में मैं ट्रेन में ही सफ़र करता था पेरेंट्स के साथ। इंडिया का ट्रेन कल्चर काफ़ी निराला है। ऐसे ऐसे प्रोडक्ट्स मिल जाएँगे आपको, जो शायद सिर्फ़ ट्रेनों के लिए ही बने हों। जैसे चेन, जो लगेज को आपके बर्थ से बाँध देती हैं। हाँ, मेरी मम्मी को अपने सूटकेस चेन करना बहुत अच्छा लगता था। नहीं तो क्या है, नाइटी चोरी होने का डर लगा रहता है।'

लोग इस जोक पर बेतहाशा हँसे। मैं देख रहा था, पायल भी हँस रही थी।

'लेकिन एक बार की बात बताता हूँ, जब इन्होंने सबकुछ लॉक करने के बाद, अपनी चाबी खो दी थी। और फिर जब चंडीगढ़ आया...' मैं यहाँ जान-बूझकर रुक गया, ताकि ऑडियंस ख़ुद ही आगे की कहानी सोचकर हँसते रहें।

'जी, हमारे पास सिर्फ़ सात मिनट थे दोनों ताले तोड़ने के लिए, और चंडीगढ़ पर उतरने के लिए,' मैंने कहा। 'खैर, मैं ये कॉमेडी एक्ट सुबह तक कर सकता हूँ, लेकिन किसको चाहिए कॉमेडी, जब आपकी लाइफ ही सबसे बड़ा जोक बन चुकी हो।'

ऑडियंस में से कुछ लोग हँसे। शायद उनको लग रहा था एक और सेट शुरू होने वाला है।

'मैं बस आप लोगों के साथ कुछ शेयर करना चाहता हूँ। कुछ ऐसा जो मैंने पहले कभी पब्लिक में शेयर नहीं किया है,' मैंने गंभीर आवाज़ में कहा।

ऑडियंस कुर्सियों पर सीधी बैठ गई और एक दूसरे को देखने लगी, ये सोचते हुए कि ये क्या चल रहा था।

'ये जगह,' मैंने कहा। 'मेरे लिए बहुत स्पेशल है। बारह साल पहले मैंने अपनी अमेरिका वाली जॉब छोड़ दी थी और मैं यहाँ मुंबई आ गया था। मेरी शादी भी टूट गई थी। मैंने सोचा था, ज़िंदगी को एक नए सिरे से शुरू करूँगा। मुदित, मेरा बेस्ट फ्रेंड, उसने मुझे मौक़ा दिया स्टैंड-अप कॉमेडी करने का, वो भी इसी स्टेज पर। और यहाँ मैं हूँ 12 साल बाद, इसी स्टेज पर, किसी और चीज़ को सेलिब्रेट कर रहा हूँ।'

इसी के साथ ऑडियंस ने तालियाँ बजाईं।

'इन 12 सालों में हमारा करियर कई गुना बढ़ा है। और आप लोगों की बदौलत, आज मेरे पास बहुत सारा पैसा है, जिसके साथ मैं नहीं जानता मैं क्या करने वाला हूँ। लेकिन मुझे लगता है कि यहाँ मेरे लिए सबसे बड़ी ग्रोथ नहीं हुई है। मेरे लिए सबसे बड़ी ग्रोथ ये है कि अब मैं जैसा हूँ, मुझे वैसा ही रहने की हिम्मत मिल चुकी है। बारह साल पहले जाएँ, तो तैंतीस साल की उम्र में मेरे पास वैसा साहस कहाँ था? और इसलिय मैं आज इस स्टेज पर खड़ा हूँ और कह रहा हूँ जो कहना चाहता हूँ।'

सारी ऑडियंस ध्यान से सुनने लगी।

'देखिए, बारह साल पहले, जब मैंने यहाँ अपनी पहली एक्ट की थी–जो बहुत ही बेकार थी, ये मैं आपको बता दूँ–मुझे कोई मिल गया। यहीं पर। ऑडियंस में ही कहीं। वो इक्कीस की थी, मैं तैंतीस का...'

मैंने पायल की तरफ़ देखा। इस डिम लाइटिंग में भी मैं देख सकता था कि पायल का चेहरा डर से सफेद होता जा रहा था। हर पल उसको यही डर सता रहा था कि मैं आगे क्या बोलने वाला था।

'हाँ, जानता हूँ, बहुत से लोग मुझे इस हरकत के लिए बहुत जज करेंगे। कच्ची कलियों का दीवाना, हमारे बारह साल की उम्र का फ़र्क़, जो भी। कुछ

हद तक तो मैंने भी खुद को जज किया था। मेरे आसपास के लोगों ने समझाया कि ये रिश्ता लॉन्ग-टर्म नहीं चलेगा। कि मैं बस किसी छोटी बच्ची की फैंटेसी में जी रहा था। कि ये बस एक रिबाउंड था। दिल्लगी थी। प्यार नहीं था।'

मैंने पायल के पेरेंट्स को उनकी कुर्सी में करवटें बदलते हुए देखा। वे जाना चाहते थे। पायल ने उन्हें बैठे रहने का इशारा किया।

'हम लोगों की बिरादरी भी एक नहीं थे। और मैं तो उसके पेरेंट्स से दुनिया के सबसे ऑकवर्ड तरीके से मिला था शायद। हाँ, मैं नंगा था। मुझे एक टेडी बियर का इस्तेमाल करना पड़ा था, अपनी इज़्ज़त को बचाने के लिए।'

कुछ दर्शकों हक्के-बक्के रह गए। कुछ हँसे।

'मैंने कहा ना, मेरी लाइफ ही ख़ुद एक बहुत बड़ी कॉमेडी बन चुकी थी। और फिर अगर बीते सालों को देखा जाए, तो सभी कुछ एक मज़ाक लगता है, नहीं?,' मैंने कहा।

पायल के पापा उठ गए।

'बैठ जाइए, अंकल, बस आपके 2-4 मिनट लूंगा, वादा करता हूँ,' मैंने कहा।

ऑडियंस हँसी। उन्हें ये नहीं पता था कि वह आदमी कौन था। पायल के पिता थोड़ा झिझके, लेकिन वह बैठ गए।

'ख़ैर, मेरे और उसके बीच में चीज़ें कुछ ठीक नहीं रहीं,' मैंने कहा। 'मैंने उसके लिए लड़ने की कोशिश की, लेकिन कोई फ़ायदा नहीं हुआ। और आख़िरकार, उसकी किसी और से शादी हो गई।'

ऑडियंस ने इकट्ठे एक आह भरी।

'और फिर मुझे लगा कि ठीक है, कोई बात नहीं, एक ब्रेकअप ही तो है, मैं इसे भुला दूँगा, ऐसा ही तो वो लोग इंस्टाग्राम पर कहते हैं, है ना? ये सारी रील्स जो कहती हैं कि "हाँ, आप हील कर जाएंगे," "आप आगे बढ़ जाएंगे," "आपको ख़ुद पर ध्यान देने की ज़रूरत है," "आप बिज़ी रहिए"। मैंने सबकुछ करके देख लिया। मैं चला गया, गाँव नहीं, शहर नहीं, देश छोड़कर चला गया। मैं बिज़ी हो गया। और इसी तरह सिक्योरिटीनेट बना।'

कुछ दर्शकों ने अपने सर हिलाये।

'लेकिन चाहे मैं कितना भी बिजी क्यों नहीं रहा, मैं उसे भुला नहीं पाया। मानो जैसे उसने मेरे मन में अपने साथ बिताए लम्हों की गहरी छाप छोड़ दी। मैं जो भी करता, जहाँ भी जाता, दिन तो भूल ही जाइए, एक घंटा नहीं बीतता था ऐसा जब मैं उसके बारे में नहीं सोचता था।'

ऑडियंस चुपचाप बैठे रहे।

'इस सबमें मुझे लगा कि कम से कम वो खुश तो होगी। पता चला, कि वो खुश नहीं थी। उसकी भी शादी नहीं चली। और तभी मुझे इस बात का एहसास हुआ कि शायद हमारी कहानी एक साथ ही लिखी गई थी। वो कहते हैं ना, *ना उम्र की सीमा हो, ना जन्म का हो बंधन, जब प्यार करे कोई, तो देखे केवल मन।*'

ऑडियंस सन्नाटे में बैठी हुई थी। पायल भावुक हो गई थी।

'एक सवाल मुझे अक्सर परेशान करता रहा है। आपको कब ये एहसास हो जाता है कि आपको प्यार हो गया है? कैसे पता चलता है कि वो महज़ अट्रैक्शन ही नहीं, सीधा, सच्चा प्यार है? कैसे कोई जान सकता है ये 'वही' है? दिक्कत यही है कि इस सवाल के जवाब को ढूंढने का कोई आसान तरीका नहीं है। आप इस जवाब को किसी इंस्टाग्राम की रील में समेटकर पेश नहीं कर सकते। कभी कभी, इसका जवाब आपको सिर्फ़ वक्त ही दे सकता है। जब आप उनके बिना ना जी पायें। जियें भी तो जीने में वो मजा ना आए। जब उनके जादू की टक्कर में कोई ना आए, और साल दर साल आप उनको, उनकी मोहब्बत को ढूंढ़ते जाएँ। एक साल, दो साल, तीन साल, और मेरी कहानी की माने तो बारह साल...'

कुछ दर्शकों ने अपना सर हिलाया।

'लेकिन मैं आपको बता सकता हूँ कि मुझे कैसे पता चला कि मुझे "वो" मिल गया है। तीन दिन पहले, आप लोगों ने मुझे मेरी ज़िंदगी का सबसे बड़ा बैंक ट्रांसफर भेजा था। उस रकम में एक फ़ोन नंबर से ज़्यादा जीरो थे। हाँ, जब वो पैसों के मिलने का मैसेज आया, तो वो मेरे लिए बहुत बड़ी बात थी, और मैं बहुत खुश भी हुआ, लेकिन, आधे घंटे के अंदर अंदर, मेरी ज़िंदगी

वापस नॉर्मल हो गई थी। और रात को फिर मैंने सोचा, मेरी ज़िंदगी में ऐसे और कौन से पल होंगे, जो मुझे खुश कर गए होंगे। ऐसे बहुत से पल थे, जिनमें पैसों का कोई लेना-देना ही नहीं था।

'उन पलों में मैं किसी के साथ रात को बैंडस्टैंड पर सैर कर रहा था, उसी इंसान के साथ बांद्रा में अपने छोटे से घर की खिड़की से बाहर देख रहा था, सुबह के चार बजे बीच पर चाय और मैगी खा रहा था, डिनर के बाद साथ में टेबल समेट रहा था, उसके साथ मंदिर जा रहा था।

ये सब आपको बड़ी आम, रोज़मर्रा की चीज़ें लग रही होंगी। पर मेरे लिए, वो मेरी ज़िंदगी के सबसे खास पाल थे। क्यूंकि उन सबको एक कड़ी जोड़ती थी, एक इंसान की मौजूदगी।

'और तभी मुझे समझ में आ गया कि वही था "वो" जो मुझे मिल ही गया था। वही थी, जिसके बगैर मैं अधूरा था। वही थी, जिसके बग़ैर ज़िंदगी तो थी, मगर बड़ी फीकी सी थी। वही थी, जिसने राशन खरीदना मेरे लिए मज़ेदार बना दिया। उसके साथ सस्ती मैगी भी खाना ख़ुशी से मंज़ूर है मुझे, मगर उसके बिना, किसी फैंसी मिशेलिन-स्टार रेस्टोरेंट का खाना भी बेस्वाद लगे। हाँ, वही है वो, जिसकी ख़ुशी में है मेरी ख़ुशी...'

मेरा गला भर आया। मैं एक सेकंड के लिए रुका।

'मैं उसके लिए लड़ सकता था, कुछ भी कर सकता था। मुझे अपने आप पर भरोसा रखना चाहिए था, अपने जज़्बातों को समझ लेना चाहिए था। मुझे उम्मीद का दामन नहीं छोड़ना चाहिए था, अब ख़ैर वो छूट भी इसलिए गया चूंकि मैं इस बात से इतना भरमा गया था कि हाँ, समाज के चार लोग आख़िर सच ही कहते हैं, ये रिश्ता... ये रिश्ता नहीं टिक सकता। डर गया था मैं। शादी से, रिश्तों के बंधन से, समाज से, सबसे।'

मैंने अपना गाला साफ़ किया। ऑडियंस ने मेरे दोबारा बोलना का इंतज़ार किया।

'लेकिन मैं आपको असली कॉमेडी की बात बताता हूँ। इसे जीवन का चक्र ही कह लीजिए या जो भी। हम एक बार फिर मिले। वो मेरी ज़िंदगी में फिर से

आई। बारह साल बाद। अब ना वो शादीशुदा थी, ना मैं। भगवान, मानो मुझे एक सेकंड चांस दे रहे थे। पर जानते हैं मैंने फिर क्या किया? मैंने ये मौक़ा भी गँवा दिया। मैंने उल्टी-सीधी बातें कहीं। उसके जज़्बात नहीं समझे, उनकी क़द्र नहीं करी। मैं नादान था, बेवक़ूफ़ था, बुद्धू था। ये नहीं जानता था कि मैं ज़िंदगी से क्या चाहता हूँ। मैंने फिर से सबकुछ मेस्ड-अप कर दिया! जाने क्या लिखा है मेरी लव लाइफ़ में कि हर बार कुछ ना कुछ मेसअप हो ही जाता है।'

ऑडियंस बेताब हो रहे थे। दिल थामकर बैठे थे। वो मेरा एक-एक शब्द पूरा-पूरा ध्यान लगाकर सुन रहे थे। मैं कुछ देर रुका, एक मुस्कान दी और कहा:

'तो हाँ, साथियों, पेश है आज के स्टैंड-अप का सबसे बड़ा जोक: मैं!'

ऑडियंस अपनी कुर्सी पर बैठे रहे, चुपचाप, हैरान और कन्फ्यूज़्ड। इस असमंजस में कि ये मैंने आख़िर क्या बोल दिया।

पायल उठ खड़ी हुई। हमारी नज़रें मिलीं।

दर्शकों को कुछ पल लगे एक और एक दो करने में। उन्हें ये समझ में आ गया कि पायल ही वो लड़की थी जिसके बारे में मैं बात कर रहा था। सब अपनी कुर्सी में मुड़े, अलग-अलग एंगल पर, पायल की एक झलक देखने के लिए। पायल के पापा ने उसकी कोहनी को खींचा, ताकि वो आगे ना बढ़ पाए, मगर उसने अपना हाथ छुड़ा लिया।

ऑडियंस पायल को ही देखते रह गए, ये सोचते हुए कि आख़िर वो अब क्या करेगी?

वो लोगों के बीच से निकलकर आख़िरकार स्टेज तक आ गई। हम आमने-सामने खड़े थे। दर्शकों ने कोई आवाज़ नहीं की।

पायल ने मेरे सामने रखा माइक्रोफोन छुआ और उसका स्विच ढूँढा। पॉवर का बटन मिलने पर, उसने माइक को ऑफ कर दिया। अब सिर्फ़ मैं और वो एक दूसरे को सुन सकते थे।

उसने अपना सर हिलाया और मुस्कुराई। हमने एक दूसरे से फुसफुसाते हुए बात की।

'क्या?'

'साकेत खुराना, अगर ये तुम्हारी एक्ट का कोई जोक, या प्रैंक निकला, तो मैं तुम्हें मार डालूँगी,' उसने कहा।

'नहीं, बिल्कुल नहीं। ये कोई प्रैंक नहीं है,' मैं मुस्कुराया, मेरी आँख से आँसू छलक रहे थे। 'मैं तो कई हफ्तों से इस स्क्रिप्ट की तैयारी कर रहा था।'

'ओके, ठीक है फिर,' उसने कहा।

'सॉरी, मैंने फिर से सबकुछ मेस-अप कर दिया।'

'नहीं, तुमने नहीं किया,' पायल ने कहा, उसकी आँखों में आँसू भर आए।

'मेरी हो जाओ? हमेशा के लिए?'

'मैं हमेशा से ही थी,' उसने तुरंत कहा।

हमने ऑडियंस की तरफ़ देखा। उनकी नज़रें हमीं पर थीं, एकटक, जैसे कोई थ्रिलर या सस्पेंस मूवी देख रहे हों, म्यूट पर, बिना आवाज़ के।

'अब क्या करें?' उसने कहा।

'पता नहीं। शायद हमें किस करना चाहिए?'

'यहाँ? सबके सामने? मेरे पेरेंट्स हैं यहाँ, मेरे कलीग हैं यहाँ!'

'हैं तो।'

'पर मुझे फ़र्क़ नहीं पड़ता,' पायल ने कहा।

'ठीक है फिर,' मैंने उसकी तरफ़ एक और कदम बढ़ाते हुए कहा।

उसने भी एक कदम आगे बढ़ाया।

'पर रुको, यहाँ तो मीडियावाले भी हैं,' मैंने कहा। 'ये सब कल के पेपर में छप जाएगा।'

'ये भी सही है।'

'पर पता है क्या? मुझे उससे भी फ़र्क़ नहीं पड़ता,' मैंने कहा।

'ऑडियंस इंतज़ार कर रही है, साकेत,' पायल ने कहा। 'या तो हम ये स्टेज छोड़कर चले जाएँ, या...'

इससे पहले कि वो कुछ और कहती, मैं आगे झुका और उसके चेहरे को कस के चूम लिया।

पूरा हॉल सीटियों, तालियों से गूँज उठा। दर्शकों में एक हलचल सी मच गई। मैं और पायल किस करते रहे। सब लोग खुश थे, बस दो लोगों को छोड़कर। मिस्टर और मिसेज़ दुखिया जैन। वे दुखी थे, और घर जाना चाहते थे। लेकिन हॉल में आई भीड़ अपनी पर आ गई, उठ खड़ी हुई और तालियाँ बजाने लग गई। ऐसे माहौल में उनका हॉल से निकलना ही मुश्किल हो गया।

मैंने माइक ऑन किया और दर्शकों से बोला।

'साउंड काटने के लिए सॉरी दोस्तों। मगर जैसाकि आप समझ ही गए होंगे, उसने हाँ कर दी!'

हँसी, तालियों, सीटियों की एक और लड़ी लग गई।

पायल ने मुझे गले लगा लिया। उसने कहा 'इस सबकी क्या ज़रूरत थी, ड्रामेबाज़!'

'हमारी लव स्टोरी बिल्कुल मैस्ड-अप रही है। क्यों न इसकी एंडिंग धूमधाम से हो,' मैंने धीमे से कहा।

उपसंहार

6 साल बाद...

पायल, कबीर और मैं रेचल मैकडगल—दुबई वर्ल्ड स्कूल, एमिरेट्स हिल्स की एडमिशंस ऑफिसर—के ऑफिस में बैठे हुए थे। अपनी नाक पर रीडिंग ग्लासेस लगाए हुए, उन्होंने कबीर के सारे एडमिशन फ़ॉर्म्स पढ़े जो हमने सब्मिट किए थे।

'ओके, सारे डॉक्यूमेंट्स सही हैं। उम्मीद है जल्द ही कबीर हमें जॉइन कर सकता है।'

'थैंक यू, मैम' मैंने कहा।

'आपका बेटा तीन साल का है?' रेचल ने कहा।

'चार का होने वाला हूँ,' कबीर ने कहा।

'क्या बात है! तुम तो जल्द ही बिग बॉय बन जाओगे!'

'जी, मेरा बर्थडे है 2 महीनों में,' कबीर ने कहा।

'मिस्टर-मिसेज खुराना, बड़ा ही कॉफिडेंट बच्चा है आपका।'

'थैंक यू' पायल ने कहा।

'बिल्कुल अपनी मम्मी पे गया है,' मैंने कहा।

पायल और मैं एक दूसरे की तरफ़ देखकर मुस्कुराए।

रेचल ने हम दोनों को एक दूसरे को देखते हुए नोटिस किया और खुश हुईं। उन्होंने कबीर से पूछा।

'कबीर तुम्हें क्या क्या करना पसंद है? तुम्हारी हॉबीज़ क्या हैं?'

'मुझे लोगों को जोक्स सुनाना बहुत पसंद है,' कबीर ने कहा।

'क्या?' रेचल थोड़ी हैरान सी लगीं।

'क्या आप एक जोक सुनना चाहेंगी?' कबीर ने कहा।

'बिल्कुल,' रेचल ने मुस्कुराते हुए कहा।

'मैथ्स की किताब इतनी परेशान क्यों थी?' कबीर ने कहा।

'क्यों?' रेचल ने बड़ी जिज्ञासा से पूछा।

'क्यूंकि उसके पास इतनी सारी प्रॉब्लम्स थीं,' कबीर ने एक हल्की सी हँसी देते हुए कहा।

सब हँसे।

'एक और?' कबीर ने कहा।

'हाँ, हाँ!,' रेचल ने कहा।

'एक समंदर ने बीच को क्या कहा?'

'क्या?' रेचल ने पूछा।

'कुछ नहीं, उसने बस वेव किया।'

रेचल जोर से हंसने लगीं। 'तुम तो बहुत फनी हो, कबीर,' उन्होंने कहा।

'बिल्कुल अपने पापा पर गया है,' पायल ने मेरा हाथ थामकर कहा।

आभार

हर किताब एक सफ़र जैसी होती है और हर सफ़र एक हमसफ़र के बिना अधूरा रहता है।

मैं धन्यवाद देना चाहूँगा, शाइनी एंटनी को, मेरी संपादक, मेरी दोस्त और बीस सालों से मेरी हर किताब के ड्राफ्ट की पहली पाठक। ड्राफ्ट दर ड्राफ्ट उन्होंने मेरा साथ दिया है, और अपनी समझदारी और अटूट विश्वास के साथ मेरा मार्गदर्शन किया है, जो मेरे लिए किसी आशीर्वाद से कम नहीं है।

मेरे कुछ शानदार पहले पाठक–भक्ति भट्ट, जतिन जैन, विराली जैन, मोनिल कोटक, पलक पञ्चमिया, और अन्य–धन्यवाद आप सबकी तेज़ नज़र के लिए, और मेरी मेनुस्क्रिप्ट को खुले और बहुत बड़े दिल के साथ पढ़ने के लिए। आपके सुझावों ने इस किताब में जान डाल दी, और आपके सहयोग से मुझे ताक़त और प्रेरणा मिली।

धन्यवाद हार्पर कॉलिन्स के उन सभी संपादकों का, जिन्होंने इस किताब पर भरोसा किया, उसकी मार्केटिंग की, सेल्स, सोशल मीडिया और प्रोडक्शन संभाला, वो भी इतने जुनून के साथ। धन्यवाद उन सभी गुमनाम नायकों को, उन सभी डिलीवरी पार्टनर्स को, जो किताबों को पाठकों के घर तक पहुँचाते हैं, बुकस्टोर में, एयरपोर्ट्स पर, रेलवे स्टेशन पर काम करते लोगों को, जो

मेरी कहानियों को लोगों के हाथों तक पहुचाते हैं। आप सभी इस सफ़र का एक हिस्सा हैं।

मेरे सभी पाठकों और फॉलोवर के नाम, जो मुझे फेसबुक, इंस्टाग्राम, ट्विटर, थ्रेड्स, और यूट्यूब पर फॉलो करते हैं, धन्यवाद, मुझे सुनने के लिए, मुझसे और मुझ पर सवाल करने के लिए, मेरा हौसला बढ़ाने के लिए और कभी कभी डाँटने के लिए भी। आपकी आवाज़ से मुझको और लिखने की प्रेरणा मिलती है।

और अंत में, मेरा परिवार, जो हर पल मेरे लिए सहारे का एक मज़बूत स्तंभ बनकर खड़ा रहता है। मेरी माँ, रेखा भगत, मेरी पत्नी अनुषा भगत, मेरे बच्चे, श्याम और ईशान, मेरा भाई केतन, और भतीजा रियान, मेरे ससुराल वाले, सूर्यनारायण अन्नास्वामी और कल्पना सूर्यनारायण, मेरे जीजा, आनंद और मेरी भाभी, पूर्णिमा, और उनके बच्चे अनन्या और करण। धन्यवाद, हमेशा मेरा साथ देने के लिए। यह किताब आप सबका एक हिस्सा लिए चलती है।

लेखक के बारे में

चेतन भगत भारत के जाने माने आधुनिक लेखकों में से एक हैं। चौदह बेस्टसेलिंग, और दस ब्लॉकबस्टर उपन्यास लिख चुके हैं: *फाइव पॉइंट समवन, वन नाईट @ द कॉल सेंटर, द 3 मिस्टेक्स ऑफ़ माय लाइफ, 2 स्टेट्स, रेवोलुशन 2020, हाफ गर्लफ्रेंड, वन इंडियन गर्ल, द गर्ल इन रूम 105, वन अरेंज्ड मर्डर* और *400 डेज* । साथ ही उन्होंने चार कामयाब नॉन-फिक्शन किताबें भी लिखी हैं: *व्हाट यंग इंडिया वांट्स, मेकिंग इंडिया ऑसम, इंडिया पॉजिटिव* और *11 रूल्स फॉर लाइफ* । चेतन की किताबें रिलीज़ से ही बेस्टसेलर रही हैं। उनके कई नॉवेल्स पर कामयाब बॉलीवुड फिल्में भी बनी हैं, जैसे *3 इडियट्स, 2 स्टेट्स, काई पो छे* और *हाफ़ गर्लफ्रेंड*।

द न्यू यॉर्क टाइम्स ने उन्हें 'द बिगेस्ट-सेलिंग इंग्लिश-लैंग्वेज नॉवेलिस्ट इन इंडिया'स हिस्ट्री' के खिताब से सम्मानित किया है। *टाइम* मैगज़ीन उनकी गिनती दुनिया के सौ सबसे प्रभावशाली लोगों में करती है। अमेरिका की फ़ास्ट कंपनी उन्हें '100 मोस्ट इन्फ़्लुएन्शियल पीपल इन द वर्ल्ड' में से एक मानती है। चेतन, युवा और देश के विकास के बारे में, कई जाने माने हिंदी और अंग्रेज़ी अख़बारों में कॉलम लिखते हैं। वो एक मोटिवेशनल स्पीकर, स्क्रीनप्ले राइटर, यूट्यूबर और पॉडकास्टर भी हैं।

चेतन ने अपना इंटरनेशनल इन्वेस्टमेंट बैंकिंग करियर, 2009 में छोड़ दिया, ताकि वो अपना पूरा समय लेखन को, और भारत में एक सकारात्मक बदलाव लाने को दे सकें।

चेतन आईआईटी दिल्ली और आईआईएम अहमदाबाद के छात्र रहे हैं। उनकी पत्नी अनुषा, आईआईएम में उनकी सहपाठी थीं। चेतन और अनुषा के जुड़वा बेटे हैं: श्याम और ईशान।

अनुवादक के बारे में

करन ढल अशोका यूनिवर्सिटी से इंग्लिश, मीडिया स्टडीज़ और क्रिएटिव राइटिंग के ग्रेजुएट हैं, और यूनिवर्सिटी ऑफ़ सेंट एंड्रूज़ (स्कॉटलैंड) से प्लेराइटिंग व स्क्रीनराइटिंग में मास्टर्स कर चुके हैं। उन्होंने दो वर्षों तक बतौर कॉपीराइटर भी काम किया है। भाषा, अनुवाद, कहानियों और हिंदी सिनेमा में उनकी गहरी दिलचस्पी रही है, और वे कई वर्षों से कविताएँ लिखते आ रहे हैं।

चेतन भगत के बेस्टसेलर

फिक्शन

400 डेज

बारह साल की सिया नौ महीनों से लापता है। एक पुराना, अनसुलझा मामला है, लेकिन केशव उसकी माँ, आलिया, जो हार मानने वालों में से नहीं, की मदद करना चाहता है।

'मेरी बेटी सिया किडनैप हो गई है। नौ महीने बीत चुके हैं,' आलिया ने कहा। पुलिस ने हार मान ली थी। उनकी नज़रों में ये मामला ठंडा पड़ गया था। यहाँ तक कि उसके परिवार के बाकी सदस्यों ने भी सिया की तलाश बंद कर दी थी। हालाँकि, आलिया ने तलाश जारी रखी। वह जानना चाहती थी कि क्या मैं उसकी मदद कर सकता हूँ।

400 डेज में आपका स्वागत है। एक अनोखी रहस्य और रोमांस की कहानी। सस्पेंस, इंसानी रिश्तों, प्यार, दोस्ती, उस पागल दुनिया की कहानी जिसमें हम रहते हैं और सबसे बढ़कर, एक माँ के कभी हार न मानने के दृढ़ संकल्प की एक ऐसी कहानी, जिसे आप एक बार पढ़ना शुरू करेंगे, तो पढ़ते ही रह जाएँगे।

भारत के सबसे अधिक बिकने वाले लेखक की ओर से एक ऐसी किताब आई है जो न केवल आपको अपनी कहानी से बांधे रखेगी बल्कि आपके दिल को भी गहराई से छू लेगी।

वन अरेंज्ड मर्डर

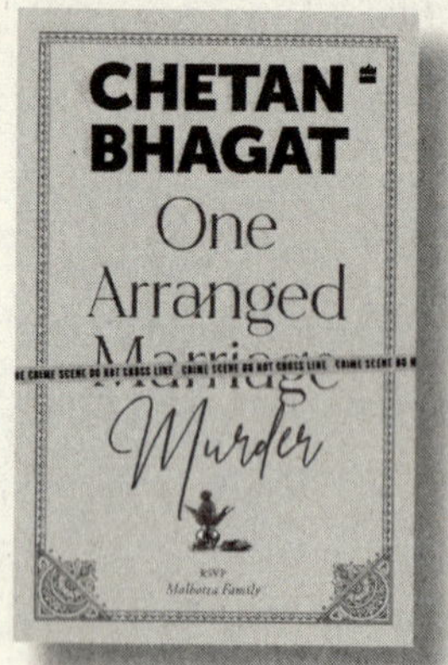

'जब से तूने प्रेरणा को पाया है, मैंने अपना सबसे अच्छा दोस्त खो दिया है,' मैंने सौरभ से कहा।

हेलो, मैं केशव हूँ, और मेरा सबसे अच्छा दोस्त, फ्लैटमेट, कलीग और बिज़नेस पार्टनर, सौरभ, मुझसे बात नहीं कर रहा है। क्योंकि मैंने उसका और उसकी मंगेतर का मज़ाक उड़ाया था।

सौरभ और प्रेरणा जल्द ही शादी करने वाले हैं। यह एक अरेंज मैरिज है। हालाँकि, उनके बीच किसी भी लव-मैरिज कपल से ज़्यादा रोमांस है।

करवा चौथ पर, उसने सौरभ के लिए व्रत रखा। उसने पूरे दिन कुछ नहीं खाया। शाम को, उसने सौरभ को फ़ोन किया और छत पर चाँद और उसके आने का इंतज़ार करती रही। कब वो आये, कब वो व्रत तोड़े। सौरभ एक्साइटेड होकर उसके तीन-मंज़िला घर की सीढ़ियाँ चढ़ गया। लेकिन जब वह पहुँचा...

वन अरेंज्ड मर्डर में आपका स्वागत है। भारत के सबसे ज़्यादा बिकने वाले लेखक की एक थ्रिलर, जिसे एक बार आप पढ़ना शुरू कर दें, तो वापस नीचे रख नहीं पायेंगे। प्यार, दोस्ती, परिवार और अपराध से भरी ये कहानी, आरम्भ से अंत तक आपको मनोरंजन और उत्सुकता में बाँधे रखेगी।

द गर्ल इन रूम नंबर 105: एक अनलव स्टोरी

हेलो, मैं हूँ केशव, और मेरी लगी पड़ी है। मुझे मेरी नौकरी से नफ़रत है और मेरी गर्लफ्रेंड मुझे छोड़ गई।

आह, खूबसूरत ज़ारा। कश्मीर से है। मुसलमान है। और क्या मैंने आपको बताया कि मेरा परिवार थोड़ सा... पारंपरिक है? खैर, छोड़िए।

ज़ारा और मेरा ब्रेकअप तीन साल पहले हो गया था। वो ज़िंदगी में आगे बढ़ गई। मैं नहीं। उसे भूलने के लिए मैं हर रात शराब पीता था। फ़ोन करता था, मैसेज करता था, सोशल मीडिया पर स्टॉक करता था, मगर वो मुझे इग्नोर करती रही।

हालाँकि, उस रात, अपने जन्मदिन से एक शाम पहले, ज़ारा ने मुझे मैसेज किया। उसने मुझे, हमेशा की तरह, अपने हॉस्टल, कमरा नंबर 105, में बुलाया। मुझे वहां नहीं जाना चाहिए था, लेकिन मैं गया... और मेरी जिंदगी हमेशा के लिए बदल गई।

ये एक लव स्टोरी नहीं है। एक अन-लव स्टोरी है।

फाइव पॉइंट समवन और *2 स्टेट्स* जैसे मशहूर उपन्यास के लेखक की कलम से पेश है एक नई, तेज-तर्रार, मज़ाकिया और मनोरंजन में बाँधे रखने वाली किताब, जिसमें दीवानगी की हदें पार करने वाला प्यार भी है, और नए भारत में अपनी ज़िंदगी का मकसद खोजने का सवाल भी है।

नॉन-फिक्शन

इंडिया पॉजिटिव: सिंपल टेक्स ऑन इंडियास बर्निंग इश्यूज़

क्या आम आदमी को इससे कोई फ़र्क़ पड़ता है कि सत्ता में कौन सी पार्टी है? बहुमत वाली पार्टी है या गठबंधन वाली पार्टी?

भारत के युवाओं के लिए रोजगार की बेहतर संभावनाओं के लिए हम क्या कर सकते हैं?

हम एक बराबरी का समाज कैसे बना सकते हैं? हम और अधिक वर्ल्ड-क्लास एजुकेशनल इंस्टिट्यूट कैसे बना सकते हैं?

हम सोशल मीडिया योद्धाओं और ट्रोल्स के बारे में क्या कर सकते हैं?

इंडिया पॉजिटिव में, बेस्टसेलिंग उपन्यास और कॉलम लेखक चेतन भगत कुछ अहम बदलावों की नींव रखते निबंधों को एक साथ लाए हैं। शिक्षा से लेकर रोज़गार तक, जीएसटी से लेकर इंफ्रास्ट्रक्चर तक, भ्रष्टाचार से लेकर जातिवाद तक—विभिन्न विषयों की पड़ताल करते हुए, भगत इस बात पर विचार करते हैं कि आगे बढ़ने और एक सच्चे आधुनिक, प्रगतिशील देश बनने के लिए हम क्या सही कर सकते हैं। इन पन्नों में उन्होंने अपना विश्वास व्यक्त किया है कि अगर हम सुधार देखना चाहते हैं, तो हमें–नागरिकों के रूप में–समाधान बनना होगा। भगत कहते हैं, अगर हमारे देश को चमकना है, तो हमें आगे आना होगा और 'भारत का एक सकारात्मक नागरिक' बनना होगा।

नकारात्मकता से ग्रस्त इस दुनिया में, ये गूढ़, मगर सरलता से लिखे गए समाधान-केंद्रित निबंध भारत के वर्तमान और भविष्य में रुचि रखने वाले किसी भी व्यक्ति के लिए अवश्य पढ़े जाने योग्य हैं।

11 रूल्स फॉर लाइफ: सफलता के सीक्रेट्स

इस किताब को ज़रूर पढ़ें। आप फिर कभी पहले जैसे नहीं रहेंगे।

एक गर्मी की दोपहर, विराज, जो एक फूड डिलीवरी बॉय है, चेतन नाम के एक लेखक के लिए लंच लेकर आता है। वह देर से आता है और परेशान सा लगता है। जब चेतन उससे पूछता है कि मामला क्या है, तो विराज फूट-फूटकर रोने लग जाता है।

'मुझे अपनी ज़िंदगी से नफ़रत है। मेरा करियर कहीं नहीं जा रहा है। मेरी गर्लफ्रेंड ने मुझे छोड़ दिया। मेरा कोई फ्यूचर नहीं है,' वह कहता है।

लेखक विराज को एक सौदा पेश करता है। 'आपकी समस्या का समाधान है मेरे पास। हर दिन वापस आइएगा, जब मैं लंच का ऑर्डर दूं। हर दिन, मैं आपको ज़िंदगी के बारे में सीखा एक राज़ बताऊंगा।'

11 रूल्स फॉर लाइफ में आपका स्वागत है, एक बेबाक किताब जो आपकी ज़िंदगी बदल देगी।

अपनी अब तक की सबसे पर्सनल किताब में, चेतन अपनी व्यक्तिगत असफलताओं और जीत, जीवन के हर क्षेत्र के महान उपलब्धि हासिल करने वालों के साथ अपनी कई बातचीत और एक प्रसिद्ध मोटिवेशनल स्पीकर के रूप में दो दशकों से अधिक के अनुभव को सामने लाते हैं।

चेतन को भारत के सबसे ज़्यादा बिकने वाले लेखकों में से एक बनाने वाली अनोखी शैली में लिखी गई यह प्रेरणादायक, आसानी से पढ़ी जा सकने वाली और सीधी-सादी गाइड आज की कम्पेटिटिव और नाइंसाफ़ी से भरी दुनिया में सफलता के लिए आपकी सोच को एक नई दिशा देने में मदद करेगी।

क्या आप अपनी सबसे बेहतरीन ज़िंदगी जीने के लिए तैयार हैं? अगर कोई एक किताब आपकी जिंदगी बदल सकती है, तो वह यही है।

चेतन भगत और उनके कंटेंट से यहाँ जुड़िए:

इंस्टाग्राम | एक्स/ट्विटर | फेसबुक

यूट्यूब | थ्रेड्स | लिंक्डइन

स्पॉटिफ़ाई | मोज | वेबसाइट

Harper
Collins

Harper
Sport

HARPER
FICTION

HARPER
NON-FICTION

हार्पर
हिन्दी
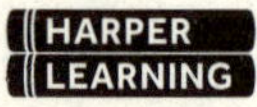
HARPER
LEARNING

HARPER
VANTAGE

HCCB
HARPERCOLLINS
CHILDREN'S BOOKS

4th

HARPER
PERENNIAL

HARPER
DESIGN

BOOKTOPUS

18 17
HARPER
BUSINESS